acabus

Katja Hirschel

Der Semmelkönig

Ein Krimi aus Bayern

acabus

Hirschel, Katja: Der Semmelkönig. Hamburg, acabus Verlag 2018

3. Auflage
ISBN: 978-3-86282-236-2

Lektorat: Susanne Schmitz, Caroline Schnitzer, TUBUK.digital
Satz: Petra Kelnberger, acabus Verlag
Umschlaggestaltung: © Marta Czerwinsky, acabus Verlag
Umschlagmotiv: © scusi – Fotolia.com; © Stephi – Fotolia.com

Dieses Buch ist auch als E-Book erhältlich und kann über den Handel bezogen werden.

Bibliografische Information der Deutschen Nationalbibliothek:
Die Deutsche Nationalbibliothek verzeichnet diese Publikation in der Deutschen Nationalbibliografie; detaillierte bibliografische Daten sind im Internet über http://dnb.d-nb.de abrufbar.

Der acabus Verlag ist ein Imprint der Diplomica Verlag GmbH, Hermannstal 119k, 22119 Hamburg.

Für meinen Vater, Otto Hirschel, dessen Liebe zur Natur mich inspiriert hat und den ich sehr vermisse.

Mein Dank geht an meine Familie, meine Freunde und meine Nachbarin, deren Unterstützung beim Testlesen mir so sehr geholfen hat, an alle Kinder, Mütter und Tiere, die freiwillig und unfreiwillig Material geliefert haben, an meine Berater in bayerischen, polnischen, medizinischen und architektonischen Fragen, an meine Lektorinnen und an die Leselupe, ohne die diese Geschichte bestimmt ein paar Jahre in der Schublade geschlummert hätte.

Vorwort

Als wir im Rahmen der Leselupe im Sommer 2012 den Wettbewerb „Mein Lieblingsbuch 2012“ ausriefen, war ich gespannt wie selten zuvor auf den Ausgang dieses literarischen Experiments. Nachwuchsautoren und Hobbyschriftsteller waren aufgefordert, uns ihr eigenes Manuskript zuzusenden. Aus allen Einsendungen wollten wir drei Finalisten auswählen, um die Gemeinschaft per Abstimmung den Finalsieger küren zu lassen. Dem Gewinner winkte ein Autorenvertrag. Soweit zur ausgeklügelten Planung. Worüber wir uns im Vorhinein jedoch keine Gedanken gemacht hatten, war die Möglichkeit, dass eine Einsendung weit aus dem – ohnehin schon hohen – Niveau der anderen Werke herausragen würde. Und zwar so weit und offensichtlich, dass ein Finale zwar schön für die Planerfüllung gewesen wäre, im Endeffekt aber nur ein Hinauszögern der Entscheidung bedeutet hätte. Kurzerhand stellten wir im kleinen Kreis der Leselupe-Redakteure unsere eigenen Pläne auf den Kopf und kürten mit dem „Semmelkönig“ den herausragenden Gewinner des Wettbewerbs für das Jahr 2012. Und wir sind glücklich über diese Entscheidung! Was Sie nun in den Händen halten, ist ein Krimi vom Feinsten. Mörder, Mordopfer, Pathologen, Gärtner, Kindergärtner, Bäckermeister, Schotten, Polen, Rinder, Süddeutsche, Norddeutsche … alles ist drin! Leicht und locker geschrieben und das sowohl spannend als auch humorvoll bis zur letzten Seite. Davon können Sie sich nun – Seite für Seite – selbst überzeugen. Ich wünsche Ihnen viel Spaß und gute Unterhaltung mit Kommissar Maus in seinem ersten Fall!

Tim Rohrer, Gründer der Literaturplattform Leselupe.de

1

Es war ein warmer, sonniger Frühlingsmorgen. Der Waldkindergarten »Die Gnome« füllte sich so nach und nach. Mit der Aussicht auf einen langen Arbeitstag als Familienmanagerin zerrten einige gehetzte Mütter ungeduldig ihre Sprösslinge den kleinen Hang hinauf. Neben der Holzhütte, vor der schon die als Tische fungierenden Baumstämme für das Frühstück gedeckt waren, standen – einem Empfangskomitee gleich – die Erzieherinnen Erika und Anni.

»Also, der Oskar hat seinen Inhalator im Rucksack. Man weiß ja nie.«

Susanne Klöter war eine vorsichtige Mutter. Zwar war Oskar im Grunde ein gesundes Kind – man könnte sagen: Dank des Waldkindergartens –, aber Susanne war gerne vorbereitet, denn nicht umsonst las sie schon seit ihrer Empfängnis vor fünfeinhalb Jahren jeden Ratgeber über Erziehung und Kinderkrankheiten.

»Is' scho recht, Frau Klöter«, Anni, eigentlich äußerst kompetent und ausgestattet mit der großen Herzlichkeit einer typischen Einwohnerin aus der Region, war heute nicht besonders gut gelaunt. Grund hierfür war die neue Praktikantin Heidi, die sich offensichtlich schon wieder verspätet hatte. Was war nur mit diesem Mädchen los? Da hatte sie nun einmal die Gelegenheit, in der Arbeitswelt Fuß zu fassen, und was tat sie? Sie kam unpünktlich, saß gelangweilt zwischen den Kindern und brachte lediglich etwas Energie auf, wenn es darum ging, mit dem einzigen Erzieher in der Truppe – Wolfgang oder den selten erscheinenden Vätern zu flirten. Dass Wolfgang auch noch nicht da war, übersah Anni großzügig. Er war eben so: Ein Mann und noch dazu sehr gut aussehend und charmant.

»Und ich find es auch nicht so gut, dass der Franzi immer den Oskar kratzt!«

»Mei, Frau Klöter, des san Buam. Die raufan amoi!«

»Nein, Anni, raufen darf kein Ausweg sein! Konflikte sollten auf Diskussionsebene gelöst werden und nicht mit den Fäusten. Also, ich wäre Ihnen sehr verbunden, wenn Sie darauf achten würden!«

Bevor aber Anni jetzt ihren ganzen Groll an der sich so sehr anbiedernden Mutter auslassen konnte, griff Erika ein: »Ich hab mal ein Auge auf die zwei. Aber ich denke, das ist alles halb so wild. Eigentlich sind sie ja total dicke. Sehen Sie selber: Ein Herz und eine Seele.«

Sie hatte Recht. Oskar und Franzi saßen einträchtig nebeneinander und verglichen interessiert ihre Popel.

2

Wolfgang hatte eine lange Nacht hinter sich. Etwas verschwommen kam die Erinnerung. Erst war er zur »Gustel« gegangen, weil er die Zeit überbrücken wollte. Dort war er seinen Freunden in die Arme gelaufen. Aus der einen Maß wurden zwei, aus zweien drei, und zu vorgerückter Stunde gab es keinen Grund mehr, warum er nicht noch in der örtlichen Diskothek hätte vorbeischauen sollen. Dort hatte er sich blendend amüsiert. Grinsend dachte er an ein paar sehr nette Mädchen, die jetzt mit ihren Telefonnummern in seinem Handy verewigt waren. Welche davon sollte er demnächst anrufen? Schließlich stand das Wochenende vor der Tür! Ach, das Leben und die Frauen meinten es gut mit ihm. Lächelnd drehte er sich auf die Seite, um noch ein bisschen weiter zu dösen, da fiel sein Blick auf den Wecker. Scheiße! Er hatte verschlafen. Mühsam rollte er sich aus dem Bett. Sein Kopf dröhnte, seine Zunge fühlte sich pelzig an, und als er einen Blick in den Spiegel warf, wäre er vermutlich erschrocken, wenn nicht sein Hirn so langsam gearbeitet hätte. Aber es half nichts. Er musste zur Arbeit. Seufzend stellte er sich unter die Dusche und drehte den Kaltwasserhahn auf.

3

»Wer ist denn das?«

Kommissar Maus blickte irritiert auf einen Mann, der unscheinbar auf dem Stuhl in der Ecke des Pausenraums saß und offensichtlich auch nicht so recht wusste, was er hier sollte.

»Aber Herr Maus, das ist doch der Typ aus Hannover«, klärte ihn seine Assistentin Steffi flüsternd auf. »Der ist doch wegen des Austauschprogramms ›Nord trifft Süd, wir lernen voneinander‹ hier. Haben Sie das Memo aus München denn nicht gekriegt? Wir mussten doch deswegen den Sedelmayer nach Dessau schicken.«

»Was? Der Sedelmayer ist nicht mehr da? Äh, das ist mir offenbar entgangen. Und von was für einem Memo sprechen Sie denn?«

Jetzt war seine Verwirrung komplett. Angestrengt versuchte er, sich an alle elektronischen Postsendungen zu erinnern, die er wie immer mit Mühen – denn Maus war vom alten Schlag und zog Papier dem Bildschirm vor – geöffnet und auch schon teilweise gelesen hatte. Da kamen ja täglich so viele. Gestern hatte er zum Beispiel mindestens drei bekommen. Mindestens drei!

»Das war im Attachment, im Anhang. Da hätten Sie draufklicken müssen!«

»Für so was hab ich nun wirklich keine Zeit«, knurrte Maus. Unbeholfen stand der Fremde auf und kam auf sie zu.

»Guten Morgen! Hauptkommissar Maus? Mein Name ist Petersen, Kommissar Hannes Petersen aus Celle.«

»Äh, ja herzlich willkommen in Bad Berging, Herr Petersen. Wir hatten Sie nicht so zeitig erwartet! Sie sind ja einer von der ganz schnellen Truppe«, versuchte Maus geschickt und – wie er meinte – mit einer Prise Humor, die Stimmung aufzulockern, und schüttelte dem Mann die kalte und etwas feuchte Hand.

»Nein, nein, ich bin eher zu spät als zu früh. Ich habe meinen Anschlusszug in München verpasst und die Bummelbahn hierher fährt ja nicht so oft, sodass ich eine Nacht in Ihrer schönen Landeshauptstadt verbringen durfte«, entschuldigte sich Petersen und zog schnell seine schmerzende Hand aus der des Kommissars. Diese Leute hier hatten für seinen Geschmack eindeutig einen viel zu festen Griff.

»Wie auch immer.«

Maus war es leid, weitere Höflichkeiten auszutauschen. Er hatte zu tun. Aber was sollte er jetzt mit diesem Menschen anfangen? Die Tür öffnete sich und Kommissarin Claudia Hubschmied betrat den Raum, um ihren Arbeitstag mit einer wohlverdienten Tasse Kaffee zu beginnen. Ihr war es zu verdanken, dass die Polizeistation seit Neuestem nicht nur die Auswahl zwischen Brühwasser schwarz, weiß, mit und ohne Zucker hatte, sondern auch exotisch anmutende Produkte wie Latte Macchiato, Cappuccino, Espresso und Espresso Macchiato im Angebot hatte. Perfektes Timing – Kommissar Maus grinste –, hier ist auch schon der Babysitter!

»Griaßts eich alle miteinand!«, freundlich nickte Claudia die Anwesenden an und wandte sich dem Automaten zu. Was sollte sie denn heute nehmen? Nachdenklich kaute sie auf ihrer Unterlippe.

»Ja, grüß Gott, Claudia!«, klang die Stimme des Kommissars hinter ihr. »Ich habe hier einen neuen Kollegen für Sie.«

Hm, vielleicht heute mal einen Milchkaffee? Sie stellte eine Tasse mit der Aufschrift »Ich hasse Montage« in die Maschine.

»Sie werden ihm mal alles zeigen.«

Oder doch vielleicht etwas Stärkeres?

»Ich denke, Sie sind die Richtige, um ihm einen Einblick zu geben, wie wir Bergbewohner die Dinge hier so handhaben.«

Ihr Zeigefinger schwankte zwischen zwei Tasten.

»Nehmen Sie ihn einfach mit. Er soll einen guten Überblick bekommen.«

Und jetzt nur nicht den Extra-Zucker vergessen.

»Na dann, viel Spaß noch!«

Die Tür schnappte ins Schloss. Der Kaffeeautomat führte zischend seinen Auftrag aus. Claudia Hubschmied drehte sich um und sah sich einem fremden Mann gegenüber, der verlegen lächelte.

»Wos? Wos is'?«

Die Maschine gurgelte noch einmal, der Kaffee war fertig.

4

Wolfgang radelte, so schnell sein nur langsam abklingender Kater es zuließ, den Hügel hinauf. Er schwitzte. Das würde ein ungewöhnlich warmer Tag werden. Gut, dass er gleich oben war und in den kühlen Wald eintauchen konnte. Ein Land Rover fuhr an ihm vorbei. Sybille Möller-Spatz – schoss es ihm durch den Kopf – war auch wieder zu spät. Sybille hupte, die Zwillinge Kevin und Jennifer winkten und Wolfgang nickte grinsend zurück. Jetzt hatte er den Wald erreicht und die Strecke wurde eben. Das Tempo steigernd fuhr er kurz darauf auf den Parkplatz. Hier war das offizielle Ende für alle motorisierten Mitbürger. Eine große Tafel vor einem Holzstoß pries die wunderschönen Wanderstrecken der Gegend an; für Rentner am Wildbach entlang, für alle anderen verschiedene Wege auf den Hausberg. Die Natur stand jetzt vollkommen unter dem Einfluss des Frühlings. Hellgrünes, zartes Laub dämpfte das kräftige Sonnenlicht. Die Vögel sangen, der kleine Bach unten in der Klamm plätscherte fröhlich vor sich hin und Jennifer fing an zu brüllen, weil ihr Bruder sie am Aussteigen hindern wollte.

»Grüß dich, Sybille!«

Wolfgang stieg vom Rad und Sybille öffnete die Heckklappe, um die Tüten mit den Semmeln herauszuholen. Jennifer brüllte weiter, was aber weder Wolfgang noch die junge Mutter störte.

»Na, Wolfi! Auch schon da?«

»Hey komm, das waren Millisekunden! Du hast Glück, dass ich heute nicht so in Form bin wie sonst!«

Er reckte sich, sodass Sybille nicht umhin konnte, seinen durchtrainierten Körper zu bewundern. Sie lächelte. »Du blöder Kerl!«

Leider war jetzt nicht mehr zu ignorieren, dass sich die fünfjährige Jennifer in wahrer Bedrängnis befand. Ihre Mutter musste eingreifen.

»Keeeeevin, Jeeeeeenny! Jetzt is' aber Schluss!«

Die Augen verdrehend drückte sie Wolfgang die Semmeln in den Arm und sah mit Genugtuung, wie sich seine Muskeln, die dank seines engen T-Shirts gut zur Geltung kamen, anspannten.

»Du warst schon lang nicht mehr bei uns. Andreas ist übrigens übers Wochenende auf der Handwerksmesse und die Kinder sind bei meiner Schwiegermutter«, kokett zwinkerte sie ihm zu. »Wie wär's? Schau doch mal vorbei!«, sagte sie und ging zu ihren Zwillingen, um diese auseinanderzuzerren.

5

»So, Kinder, jetzt macht mal hin. Nach der Brotzeit wollen die Anni und ich mit euch in den Wald gehen, um Zweige zu suchen, aus denen wir dann schöne Vogelnester bauen können. Solche, wie uns der Oberförster gezeigt hat.«

Lächelnd blickte Erika auf die Schar am Baumtisch. Sie liebte ihren Beruf. Alles war ideal. Eine Arbeit in der Natur, diese Ursprünglichkeit, diese Freiheit. Auch die Kinder mochte sie gerne, wenn da nicht einige anstrengende Mütter gewesen wären. Aber das war nur ein kleiner Wermutstropfen, der im Vergleich nicht ins Gewicht fiel und zusätzlich noch durch diesen strahlend schönen Tag um das Hundertfache aufgehoben wurde. Langsam schlenderte sie an den Tisch, bückte sich, hob einen Gummistiefel auf – wahrscheinlich wieder Oskars, da er am liebsten seine Schuhe täglich in den Bach geworfen hätte; auch im Winter –, half der kleinen Hannah, die Jacke zuzumachen, strich Vroni über den blonden Schopf, reichte ein paar Äpfel weiter, lauschte dem Geschlürfe kleiner Münder an den Milchbechern und wäre vermutlich so ein bis zweimal um die Gruppe herumgegangen, wenn sie nicht gerade Franzis Bemerkung gehört hätte.

»Wie bitte? Franzi? Was hast du grad dem Oskar ins Ohr geflüstert?«

Treuherzig sah der Junge zu seiner Erzieherin auf: »Ich will nich' in 'n Wald. Da is' 'ne Hexe!«

»Ja, wer hat dir denn so einen Schmarrn erzählt?«

»Die Heidi!«, kam es jetzt zu Erikas Erstaunen von allen Seiten. Das war ja wohl die Höhe! Ihr fehlten die Worte. Wie konnte dieses undankbare Ding nur so gegen die Regeln verstoßen? Es war ein ungeschriebenes Gesetz, dass den Kindern keine Angst gemacht werden durfte. Der Wald sollte als Ort der Geborgenheit, als Freund, als gütiger Vater gesehen werden und da hatten böse Märchenfiguren keinen Platz. Die lebten an anderen Orten; im Norden oder Osten, aber nicht hier! Hier gab es nur gute Geister! Und diese dumme Gans … Heidi war eindeutig ein Fehler gewesen. Von Anfang an hatte Erika ein ungutes Gefühl gehabt.

»Bitte Erika, ich weiß nicht, was ich mit dem Mädel noch machen soll!«, hatte im Oktober ihre beste Freundin gefleht. »Sie schwänzt die Schule, ist frech und hat Flausen im Kopf, von wegen Superstar oder Topmodel. Du musst sie bei dir arbeiten lassen. Die Schule verlangt ein Praktikum und das ist ihre letzte Chance, noch die Kurve zu kriegen. Ich weiß nicht mehr, was ich machen soll!«

»Ach Sandra, du weißt doch, ich würde sie gerne nehmen, aber Heidi …«

»Bitte, bitte, bitte. Du bist meine letzte Hoffnung. Wir haben es überall probiert. Keiner will sie nehmen. Der Schlimmste war der Möller. Jaja, ich weiß, wir waren uns wegen ihm einig und ich hätt ihn gar nicht erst fragen sollen, aber irgendwie schuldet er mir doch was.«

Erika hatte hörbar die Luft eingesogen. Würde Sandra denn nie Vernunft annehmen? Diese hatte währenddessen verlegen die Kuchenkrümel auf dem Tisch in die hohle Hand gewischt und dann mit tränenverschleierten Augen die Freundin angeblickt.

»Weißte, was der Drecksack gesagt hat? ›Des Flietscherl verdirbt mir's G'schäft‹, hat der doch tatsächlich über mein Mädel gesagt. Wie kann er es wagen, so über sie zu sprechen. Dieser …«

Wütend hatte sie die Krümel wieder auf den Tisch geworfen und dann laut aufgeschnieft.

»Du kennst sie doch auch. Sie ist im Grunde ein gutes Kind, aber sie hatte eben den falschen Umgang. Oh Gott, ich kann nicht mehr …«

Jetzt waren die Tränen geflossen und Erika hatte in der Zwickmühle gesessen. Tröstend hatte sie Sandra in den Arm genommen, ihren Rücken getätschelt und fieberhaft überlegt, wem sie den schwarzen Peter ganz schnell zuspielen konnte.

»Sandra, soweit ich verstanden habe, interessiert sich die Heidi doch eher für den Verkauf, also den Einzelhandel, irgendwas mit Kundenkontakt und Beratung. Kinder sind da eine ganz andere Baustelle. Da braucht man gute Nerven und pädagogisches Gespür. Auch ein bisschen Diplomatie ist da wichtig, wenn man mit den Eltern verhandeln muss. Ich weiß nicht, ob die Heidi das kann? Sie ist manchmal etwas zu …«

Achtung! Die Wortwahl sollte jetzt gut überlegt sein! Die Freundin war verzweifelt und da musste sie ihr soeben gerühmtes einfühlsames Geschick einsetzen, um sie nicht noch mehr zu verletzen.

»Also, lass uns doch mal überlegen, was dem Mädel so liegt. Sie mag Mode, Schmuck, Styling und so. Hm, habt ihr es mal im Frisörsalon ›Röderdich‹ versucht oder im Nagelstudio bei der Melanie?«

Das Schluchzen wurde heftiger und Erika verstand, dass diese potentiellen Arbeitgeber bereits auf der Liste abgehakt waren. Tja, und dann hatte sie sich überreden lassen. Seitdem verging kein Tag, an dem sie sich nicht über Heidi ärgern musste.

»Grüßt euch! Hier kommen die Nachzügler!«

Sybille und Wolfgang waren endlich da, mit einer verheulten Jennifer und einem feixenden Kevin im Schlepptau.

»Na, das ist ja schön«, mit einem eisigen Blick taxierte sie Sybille. Wie konnte der Bäcker Möller es wagen, Heidi als Flittchen zu bezeichnen, wenn Sybille, seine eigene Tochter, um keinen Deut besser war! Wie die immer angezogen war. Knapper Mini, bauchfreies Oberteil und viel zu viel Make-up. Wolfgang machte auch schon wieder Stielaugen.

»Dann können wir also endlich losgehen. Ich hoffe, Jenny und Kevin haben schon gefrühstückt!«

Ohne eine Antwort abzuwarten, ließ Erika ihre beste Kommandostimme ertönen und die Gruppe formierte sich widerspruchslos.

»Die ist heute aber nicht so gut drauf!«, flüsterte Sybille Wolfgang ins Ohr.

»Keine Sorge, sie beißt normalerweise nicht! Bei Erika sind das wohl die Wechseljahre. In zwei Minuten ist sie wieder die Alte.«

»Ruhe jetzt!«, die zwei Minuten waren offensichtlich noch nicht um, »Anni, du bleibst mit den Mädels hier und sammelst Tannenzapfen. Wolfgang, du kommst mit mir und den Buben, und Heidi kümmert sich um den Abwasch!«

»Mir ham da nur a kloans Problem.«

Anni, eine Fünfjährige an der Hand, mit der sie gerade von der Toilette kam, trat in den Kreis. »Die Heidi is' no ned do!«

6

»Und hier is' der Kopierer.«

Claudia Hubschmied gab sich wirklich die größte Mühe. Nicht nur, dass sie seit einer Stunde den Gast aus dem hohen Norden durch alle Räume des kleinen Polizeigebäudes geführt hatte, sie bemühte sich auch noch wacker, »Schriftdeutsch« zu sprechen. Das war leider so ungewohnt für sie, dass ihr mittlerweile der Kiefer schmerzte.

»Sieh an, sieh an. Da haben Sie ja eine wahre Antiquität! Dass es den noch gibt?«

»Wia moana Sie, äh, wie meinen Sie das jetzt?«

Er hatte es wieder getan. Seine bestimmt freundlich gemeinten Kommentare zu der nicht gerade spannenden Besichtigung verwirrten sie schon die ganze Zeit.

»Nun ...«, fast andächtig strich er über das Gehäuse der Maschine. »Damit habe ich vor elf Jahren angefangen. Mein damaliger Chef hatte nicht allzu viel von meinen Fähigkeiten gehalten und sich wohl gedacht, dass ich beim Kopieren nicht so gravierenden Schaden anrichten könnte.«

»Ah!«, mehr fiel Claudia auf die Schnelle nicht ein. Misstrauisch betrachtete sie ihn von der Seite. Sollte sich ihr Verdacht, dass sie bei dem Austauschprogramm vielleicht die absolute Niete gezogen hatten, tatsächlich bestätigen? Petersen schien ihre Gedanken zu erraten und lächelte daher entschuldigend.

»Ich bin mittlerweile nicht schlecht in dem, was ich mache. Nur manchmal werde ich etwas nostalgisch, wenn ich an meine Anfangszeiten denke. Sie müssen wissen, dass ich in einer ganz kleinen Abteilung auf dem platten Land angefangen habe, wo das Schlimmste, was passieren konnte, ein Hühnerdieb war. Da war ich ganz froh gewesen, wenn ich mich beschäftigen konnte. Sie glauben ja gar nicht, was man mit diesem Gerät alles anstellen kann.«

Claudia blickte auf den Kopierer. Wollte sie das wirklich wissen?

7

Erika war immer noch sauer, was bei Anni automatisch dazu führte, dass sie sich wieder besser fühlte, denn nun durfte die Chefin sich einmal über die unzuverlässige Praktikantin ärgern, was nur allzu fair war, da sie Heidi ja schließlich eingestellt hatte.

Zusammen mit Wolfgang und den Kindern ging Anni lachend den kleinen, steilen Pfad hinunter, der zum Wildbach führte. Es störte sie auch nicht sonderlich, dass Oskar schon wieder die Gummistiefel ausgezogen hatte, nur noch auf Strümpfen vor ihr stand, mit einem Stock auf einen Busch einschlug und laut »Huja, huja!« rief. So waren Jungen nun einmal. Die wussten halt nicht, wohin mit ihrer Energie. Unten am Bach angekommen, winkte ihr Wolfgang auch schon zu und deutete auf einen hübschen kleinen Vogel mit gelber Brust.

»Schau mal, eine Gebirgsstelze!«

»Mei, is' der liab!«

Anni machte es Wolfgang gleich und ging in die Hocke, um das Tier nicht zu erschrecken.

»Was habt ihr da?«

Die kleinen Freundinnen Vroni und Hannah, beide fünf Jahre alt, hatten sich dazugesellt und blickten neugierig auf den Bach.

»Psssst, leise! Da ist ein kleiner Vogel, den wir nicht verscheuchen wollen. Seht ihr? Dort am Ufer auf dem großen Stein.«

»Wo? Wo?«, Hannah hatte offensichtlich mit den Angaben ein paar Schwierigkeiten. »Ich seh' nix!«

»Doch da! Da!«

Vroni packte den Kopf ihrer Freundin, um ihn in die richtige Richtung zu drehen.

»Ach da! Oh, ist der süüüüüüüüüüüüüüüüüüüüß!«

Es war nicht ganz klar, was der kleinen Gebirgsstelze mehr Grund gab, aufzufliegen und mit einem empörten »Zitzitt« in den nahen Büschen zu verschwinden. Ob es nun das begeistert gequietschte »süß« von Hannah oder das triumphierende Gebrüll von Franzi, »Die Hex, die Hex is' tot!«, oder Erikas entsetzter Aufschrei war, blieb jedoch in Anbetracht der sich nun überschlagenden Ereignisse unerheblich. Wolfgang sprang sofort auf und lief, Anni dicht an seinen Fersen, um die Biegung zu Erika, die wie versteinert auf eine Stelle vor sich starrte. Der Bach stürzte hier über Felsbrocken etliche Meter tief in ein natürliches Becken und war daher der erste Ort, an dem immer jemand ein besonderes Auge auf die Kinder werfen musste. Wolfgang erschrak.

»Oh mein Gott, Erika. Einer der Buben? Ich hab's gewusst! Das damische Geländer ist viel zu niedrig!«

»Nein!«, mehr konnte sie nicht sagen. Anni drängte vorbei, ging an die Absperrung und blickte in die Tiefe.

»Da liegt oana! I sieg aba ned wer?!«

»Wart', geh' zur Seite, ich steig' da mal runter.«

Wolfgang war neben sie getreten.

»Geh doch lieber …«, Erika schien ihre Stimme wiedergefunden zu haben, wurde aber gleich von Wolfgang unterbrochen.

»Nein, nein, so bin ich schneller.« Behände kletterte Wolfgang über das Geländer, hielt kurz inne und blickte die Kinder mahnend an. »Dass mir das ja keiner nachmacht! Verstanden?«, sagte er noch und machte sich sofort an den Abstieg. Gespannt beobachtete die kleine Gruppe, wie er an den Felsen hinunterkletterte.

»Kinder, alle einen Schritt zurück! Nicht so nah an den Rand!«, Erika war offensichtlich wieder zu sich gekommen.

»Die Hex, die Hex is' tot!«

Franzi hüpfte aufgeregt auf und ab.

»Blödi! Das is' nich die Hex!«

Jennifer verdrehte die Augen. Jungs waren einfach zu dämlich.

»Das da is' das Rotkäppchen!«, stellte sie fest und fügte belehrend hinzu: »Siehste nich die rote Mütze und den Umhang?«

»Nee, des is' die Hex!«

Tränen der Wut stiegen in seine Augen.

»Die is' bös und jetzt tot!«

Heißer Zorn erfasste Franzi. Was bildete sich diese neunmalkluge Gans eigentlich ein? Nur weil sie ein halbes Jahr älter war? Oh, wie er sie hasste. Sie musste bestraft werden. Franzi wollte Anlauf nehmen und dieses eingebildete Mädchen schubsen. Vielleicht gelang es ihm ja, sie zu der im Wasser treibenden Person zu stoßen, aber bevor er auch nur einen Schritt machen konnte, hatte Anni ihn auch schon an der Kapuze gepackt.

»Ihr zwoa seid's jetzt stad!«, knurrte sie.

»Erika, Anni«, ertönte Wolfgangs Stimme. »Ich glaub, wir müssen sofort die Polizei rufen. Hier ist ein Unglück geschehen!«

8

»Na, Claudi, alles klar?«

Steffi fand die Kollegin auf einer schattigen Bank vor der Polizeistation sitzend und eine ihrer zwei Zigaretten pro Tag rauchend.

»Wie man's nimmt.«

Claudia nahm noch einen tiefen Zug, bevor sie den Stummel auf den Boden warf und mit der Ferse ausdrückte.

»Der Fischkopp is' wohl ziemlich anstrengend, was?«, Steffis Neugier war ihr ins Gesicht geschrieben.

»Naa, passt scho!«

Die Kommissarin begann zu grinsen und spitzte ihre Lippen, um dann in astreinem Hochdeutsch zu flöten: »Ich habe heute sehr viel an meiner Aussprache gearbeitet. Ich würde sogar sagen, sie ist mittlerweile perfekt.«

Die Frauen kicherten.

»Wo is' er denn jetzt?«

»Oh, der Herr Kollege wurde ausgesandt, um für unser leibliches Wohl zu sorgen. Ich habe ihn zum Fleischer geschickt und hoffe, dass er verstanden hat, dass ich mein Leberkäsebrötchen nur mit süßem Senf genießen kann.«

Steffi konnte nicht mehr an sich halten und prustete los.

»Naa, jetzt aber im Ernst, der is' ned so verkehrt, der Hannes. Zum Beispiel hat der mir verzählt, dass er schon in Dänemark und in Amsterdam im Einsatz war. Der kann fei super Dänisch, und Holländisch sei auch ned so schwer, hat er gsagt.«

»Wow, da haben wir ja wohl ein kleines Genie abbekommen. Und wen ham wir dafür losgeschickt? Den Sedelmayer! Kann der denn irgendeine Fremdsprache?«

»Hm, lass mich a mal denken. Vielleicht Tirolerisch?«

Jetzt gab es wirklich kein Halten mehr. Ein lautes Lachen erschallte auf dem ruhigen Platz, sodass selbst der Tauber, der sich gerade aufdringlich gurrend seiner Angebeteten näherte, innehielt und misstrauisch zu der Bank hinübersah. Zum Fressen war da wohl nichts zu holen! Oder doch? Was wollte er jetzt noch gleich machen? Ein beleidigtes »Gurr« ertönte neben ihm. Ach ja! Aber bevor das Paar endlich zum romantischen Teil seines Daseins übergehen konnte, wurde es rüde von festen Männerschritten gestört, die über den Platz und damit auf sie zukamen.

»Das war jetzt etwas schwierig, Claudia«, Hannes Petersen hob in gespieltem Vorwurf die Tüte hoch. »Sie haben mir nicht gesagt, was Frikadelle in der Landessprache heißt.«

»Hallo, Herr Petersen«, grüßte Steffi, nachdem sie sich schnell die Lachtränen weggewischt hatte.

»Grüß Gott, Frau Vogler, tut mir Leid, aber wenn ich gewusst hätte, dass Sie hier sind, hätte ich Ihnen natürlich auch was mitgebracht.«

»Nicht nötig, ich hab schon«, sie stand auf. »Außerdem muss ich mal wieder rein. Arbeit ruft.«

Fast wäre sie auf das Taubenpärchen getreten, das erwartungsvoll – aber auch mit wenig Aussicht – auf die Leckereien aus der Tüte hoffte.

Die Tür der Station wurde aufgerissen und Kommissar Maus – im Gehen die Jacke anziehend – eilte heraus. Sofort sah er Steffi, nickte ihr zu und ging mit raschen Schritten nach links, wo sein Wagen stand. Steffi räusperte sich: »Äh, entschuldigt bitte, aber ich glaub, es gibt jetzt tatsächlich Arbeit!«

Der Motor wurde gestartet, das Auto fuhr an und bremste nach einigen Metern neben der Bank. Maus ließ das Fenster runter: »Los, meine Herrschaften. Wir haben einen Einsatz. Eine Leiche beim Waldkindergarten!«

9

»Huja, huja!«

Oskar war außer Rand und Band. Seinen Stock schwingend, rannte er im Lager der Gnome herum.

»Du Anni, warum weint denn der Wolfi so?«, fragte Vroni, die Hand in Hand mit Hannah neben der Erzieherin stand und auf Wolfgang blickte. Dieser war neben der Holzhütte regelrecht zusammengebrochen, hatte das Gesicht in den Händen verborgen und schluchzte hemmungslos. Aber bevor Anni etwas zu dem sonderbaren Schauspiel sagen konnte, kam Hannahs Erklärung: »Der is' halt traurig, weil's Rotkäppchen tot ist!«

Kommissarin Claudia Hubschmied kam mit großen Schritten zu dem Grüppchen und sah Anni mit vorwurfsvollem Blick an.

»Bring amoi de Kinder furt. Des is' nix für die.«

»Huja, huja.«

»Is' scho recht. Kommt's Kinder, wia war's jetz mit na Brotzeit?«

»Gibt's auch Schokolade?«, fragte Hannah voller Hoffnung.

»Schaun mer moi! Vielleicht mit na Mille.«

»Bäh, ich mag die Milch nicht. Da is' immer so 'ne eklige Haut drauf!«

Diskutierend entfernte sich die kleine Gruppe und ging zu den restlichen Kindern, die unter dem Vordach der Hütte mit großen Augen den Erwachsenen bei der Arbeit zusahen. Claudia Hubschmied beugte sich zu Wolfgang und strich ihm sanft über den Rücken.

»Wolfi, jetzt kimm scho. Beruhig di doch!«

Der Mann zitterte am ganzen Körper, nahm aber die Hände von seinem tränenüberströmten Gesicht und wimmerte: »Claudi, ich hab sie gefunden! Verstehste? Ich hab sie umgedreht und hab sie erst gar nicht erkannt. Ihr Gesicht … es … es war so anders, so dick! Und dann hab ich ihre aufgerissenen Augen gesehen und sie war tot! Tot! Tot! Unsere kleine Heidi ist tot! Tot! Ich werde das wohl nie in meinem Leben vergessen können …«

Für Hannes Petersen war der ganze Ort ein Chaos. Überall waren Menschen, die seiner Meinung nach absolut keine Anwesenheitsberechtigung hatten. Es fiel ihm schwer, sich zu konzentrieren. Wie sollte man denn hier einen Überblick bekommen? Verwundert schaute er zu Maus, der – die Ruhe selbst – sein provisorisches Hauptquartier kurzerhand zwischen den Frühstücksresten des Baumtisches eingerichtet hatte und jetzt in ein Gespräch mit dem einzigen Pathologen der Gegend vertieft war. Dass man hier auf dem beschaulich ruhigen Lande war, merkte man an Doktor Frank, der eigentlich Chefarzt der hiesigen Klinik war und sich aus Neugier und zum Ausgleich auch auf das Gebiet der Gerichtsmedizin spezialisiert hatte. Hannes konnte durchaus nachvollziehen, wenn man ab und zu neben Geburten, Blinddarmoperationen, Diabetes und eingewachsenen Fußnägeln auch mal etwas Spannendes haben wollte.

»Huja, huja!«

Aber die allgemeinen Zustände waren hier einfach unerträglich. An erster Stelle stand eindeutig seine neue Kollegin, Claudia Hubschmied, die ihn einfach hatte stehen lassen und zu dem gutaussehenden Mann mit dem Nervenzusammenbruch gelaufen war. Jetzt musste Petersen zu seinem Leidwesen beobachten, wie sie diesen Jammerlappen auch noch in den Arm nahm. Das war eindeutig keine professionelle Polizeiarbeit!

»Huja, huja!«

Und diese nervtötenden Gören!

»Huja, huja!«

Oskar rannte jetzt auf die Sanitäter zu, die gerade mit der Bahre den Hang hinaufkamen und versuchte mit dem Stock auf den zugedeckten Körper der Leiche zu schlagen. Das war zu viel!

»Junger Mann!«, empört versuchte Petersen das Kind zu packen. Aber Oskar war wie ein Aal und entglitt seinen Händen.

»Verdammte Blagen!«, schnaufte er. Bekamen die Kinder von heute denn keine Erziehung mehr? Wo blieben die Pietät und der Respekt vor den Toten? Und vor den Erwachsenen, vor allem wenn es sich dabei um Polizisten handelte? Erika machte dem ganzen Spuk ein schnelles Ende. Geschickt schnappte sie sich den Jungen, nahm ihm den Stock weg und ging in die Hocke, um auf Gesichtshöhe mit pädagogisch eindringlicher Stimme zu sagen: »Oskar, jetzt komm' mal wieder runter. Das war eben ganz böse von dir! Man darf nicht auf die Leute schlagen. Das haben wir doch schon besprochen. Ich möchte jetzt, dass du zu der kleinen Schmolltanne gehst und darüber nachdenkst.«

Unter dem strengen Blick seiner Erzieherin ging der Junge mit hängenden Schultern zu einem kleinen verkrüppelten Baum am Rande des Lagers. Erika richtete sich wieder auf, klemmte den Stock unter den Arm, zog aus ihrer Jackentasche ein Handy und versuchte, die restlichen Mütter anzurufen, die sie vorher nicht erreicht hatte.

»Tja, so weit, so gut«, Maus hielt gerne alles auf seinem Notizblock fest; eine Angewohnheit, die von vielen wegen ihrer Altertümlichkeit belächelt wurde, ihm aber half, seine Gedanken besser zu ordnen.

»Die Tote ist übrigens die Praktikantin von dem Kindergarten hier. Heidi Blum, 16 Jahre alt«, las er vor und blickte dann Doktor Frank an. »Zu jung, um eines natürlichen Todes zu sterben. Was war also Ihrer Meinung nach die Todesursache?«

»Hier ist was oberfaul, Maus. Sie ist über das Geländer gestürzt, das ist zumindest sicher. Die Frage, die Sie hier zu klären haben, ist, ob sie gestoßen wurde oder einfach nur zu dämlich war. Letzteres will ich mal ausschließen, denn ich konnte Hämatome am Hals entdecken.«

»Soll heißen?«, aufmerksam betrachtete der Kommissar den Arzt.

»Soll heißen, dass ich erst mal etwas weiter ausholen muss. Fakt ist, dass sie gestürzt ist und sich dabei nicht nur einen bösen Trümmerbruch am linken Oberschenkel, sondern auch ein Schädelhirntrauma zugezogen hat.«

»Hm, sie hat sich demnach wohl etwas den Kopf gestoßen. Aber daran ist sie wohl nicht gestorben, oder?«

»Nein, das war nicht die Todesursache. Aber sie hat dadurch entweder das Bewusstsein verloren oder war zumindest sehr benebelt.«

»Aber durch die Schmerzen muss sie doch schnell wieder wach geworden sein, oder? Ich mein, so ein Bruch tut doch höllisch weh!«

»Klar tut er das. Aber vergessen Sie nicht, dass hier einige Faktoren zusammenkommen. Der Schock und die Benommenheit vom Schmerz in Kombination mit einer Kopfverletzung führen oft zu einer Bewusstseinstrübung, wenn nicht sogar zur Bewusstlosigkeit.«

»Ertrunken?«

»Mit großer Wahrscheinlichkeit! Aber jetzt kommt das Merkwürdige. Natürlich könnte sie ein absoluter Pechvogel gewesen und mit dem Kopf im Flussbecken ohne Besinnung ertrunken sein, aber das halte ich für sehr unwahrscheinlich. Ich vermute eher, dass sie auf der Seite oder dem Rücken gelandet ist. Diverse Abschürfungen sprechen dafür. Und nicht zu vergessen die bereits erwähnten Blutergüsse. Das sind eindeutig Würgemale wie aus dem Lehrbuch. Ich denke, da hat einer oder eine nachgeholfen, ist ihr gefolgt und hat sie wie eine junge Katze ertränkt. Also den Kopf so lange unter Wasser gedrückt und festgehalten, bis das arme Ding tot war.«

»Hm!«, nachdenklich tippte sich Maus an die Nase, was bei ihm immer höchste Konzentration verriet. »Hm, das ist starker Tobak, mein Lieber. Das hieße ja, dass wir hier einen Mordfall haben! Wie sicher sind Sie?«

»Auf einer Skala von null bis zehn geb ich hier mal eine Acht. Die absolute Sicherheit liefert natürlich erst die Autopsie. Gestorben ist sie ungefähr im Zeitraum Mitternacht bis drei Uhr morgens. Aber auch hierzu kann ich Ihnen Genaueres erst später sagen.«

Doktor Frank schüttelte traurig den Kopf und fischte eine Packung Zigaretten aus der Jackentasche.

»Sie war noch so jung. Armes Ding! Was für eine Verschwendung!«

Maus nickte zustimmend. Da kam ganz schön Arbeit auf ihn zu. Aber zuerst musste er seine Gedanken ordnen. Sein Blick fiel auf die Semmeltüten und er zog eine zu sich heran.

»Sie wollen doch nicht allen Ernstes hier rauchen?«, schockiert sah die Mutter, die ihnen gegenüber saß, auf die Zigarette, die der Arzt trotz ihres Protests ungerührt ansteckte.

»Hier sind Kinder!«

Doktor Frank lächelte spitzbübisch: »Dient zur Abschreckung, Frau Lang. Ihre Leonie soll gar nicht erst damit anfangen, sonst wird sie so alt und hässlich wie ich.«

Er inhalierte tief, blies dann aber den Rauch diskret über seine Schulter und vom Tisch weg. Leonie, die neben ihre Mutter getreten war, schien dennoch fasziniert.

»Herr Doktor!«, Frau Lang legte jetzt schützend ein Tuch um das Köpfchen ihres Säuglings, den sie gerade zu stillen versuchte, »Ich habe hier mein Baby! Gehen Sie gefälligst woanders hin.«

Frank seufzte, stand schwerfällig auf, sah nochmal zum Kommissar, der mittlerweile eine Semmel in der Hand hielt und anscheinend nichts von dem Disput mitbekommen hatte. Es wäre der Mühe nicht wert gewesen, Frau Lang darauf hinzuweisen, dass sie sich ungefragt an den Ermittlungstisch gesetzt und dadurch freiwillig der Gefahr ausgesetzt hatte, dass hier Erwachsene waren, die ab und zu Erwachsenendinge wie Rauchen taten. Er hätte sowieso wieder den Kürzeren gezogen.

»Muss Benni jetzt auch sterben, Mama?«, hoffnungsvoll sah Leonie den kleinen Bruder an.

»Schmarrn, Kind, wie kommst du denn darauf?«

Ihre Mutter hatte es aufgegeben, den quengelnden Säugling mit ihrer Milch zu beruhigen.

»Na, die Heidi hat ja auch geraucht und jetzt is' sie tot!«

»Leonie, Benni wurde nur von dem rücksichtslosen Doktor angepustet. Das ist nicht gut, aber davon wird er nicht gleich sterben. So und jetzt gib mir mal die Tasche da!«

Zufrieden, endlich die Lösung ihres Problems gefunden zu haben, knöpfte sie ihre Bluse zu und schob die in ihren Augen unnötigen Gegenstände – auch die Semmeltüten und Maus Notizblock – zur Seite, um Platz zu haben. Dann legte sie ihren Sohn auf den Tisch, zog ihm den Strampler aus und öffnete die Windel.

»Na, da hat der Benni aber ein großes Haufi gemacht«, flötete sie befriedigt und Maus verging der Appetit. Schnell stand er auf und prallte aus Versehen mit Petersen zusammen.

»Herr Kommissar, das geht so nicht. Jetzt kommen immer mehr Eltern. Hier herrscht das reinste Chaos! Immerhin könnte das ja auch ein Tatort und nicht ein Unfallort sein. Wir müssen schnell eine Lösung finden!«

»Recht so Petersen, recht so!«, Maus drückte ihm die Semmel in die Hand. »Hier muss tatsächlich etwas passieren, denn wir haben sehr wahrscheinlich einen Mordfall. Treiben Sie also alle, die hier nichts zu suchen haben, runter auf den Parkplatz. Die Babys zuerst! Dann bilden Sie mit Frau Hubschmied einen Suchtrupp. Ich werde den Oberförster informieren, obwohl der neugierige Bursche schon längst hätte freiwillig hier sein müssen. Der wird Ihnen helfen, das Gebiet zu durchkämmen. Wir brauchen Beweise, Indizien, Spuren, Zeugen und so weiter. Irgendwas sollte wohl zu finden sein! Woher kam das Mädchen mitten in der Nacht? Woher der oder die Täter? Haben sie sich eventuell irgendwo getroffen? Achten Sie auf abgeknickte Zweige, Fußabdrücke, auf alles, was uns weiterhelfen kann! Die Spurensicherung wird dann auch noch dazukommen. Ich fahr derweil mal zu der Mutter, um ihr die traurige Nachricht zu übermitteln und Sie kommen dann nach, wenn Sie hier fertig sind!«

Verdutzt, so schnell einen Fürsprecher gefunden zu haben, öffnete Petersen den Mund, doch der Kommissar hatte sich schon umgedreht und ging zügig hinter Doktor Frank den Hügel zu den Autos hinunter.

»Na, Hannes, ham Sie immer noch Hunger?«

Claudia war neben ihn getreten.

»Äh, was? Nee …«, er drückte auf die Semmel, »… nee, die ess' ich nicht, die ist ja total altbacken!«

»Wie? Ach Sie meinen, die Semmel is' nimma resch? Ja, das kommt vor beim Bäcker Möller. Der entsorgt gern im Kindergarten. Die is' bestimmt vom Vortag. Wussten Sie eigentlich, dass unsere Steffi mit ihm verwandt ist? Er ist irgendein Großonkel oder so von ihrer Mutter. Der ist reich wie Krösus, müssen Sie wissen. Dem gehört 'ne Großbäckerei. Aber er is' extrem geizig, sodass er jeden Tag im Betrieb vorbeischaut und alles kontrollieren muss. Und die Blonde da drüben, die sich grad an den Sanitäter ranschmeißt, is' seine Tochter Sybille. Also Steffis … Äh? Großgroßcousine? Egal, irgend so was eben. Aber wenn man die jetzt so sieht, sollt man nicht meinen, dass die verwandt sind, oder?«

Hannes musste ihr Recht geben. Trotzdem fühlte er sich geschmeichelt, da Sybille auffällig oft zu ihm hinübersah.

»Ja, ja, das kenn ich. Je kleiner die Ortschaften, umso enger sind die Leute miteinander verwandt.«

»Wem sagen Sie das. Der Typ, der unser Rotkäppchen gefunden hat, ist übrigens ein Vetter von mir. Manchmal wünschte ich, in einer Großstadt zu leben, wo man nicht an jeder Eck' einen aus der Sippe trifft.«

So war das also? Der Cousin! Auf Hannes Gesicht breitete sich ein Lächeln aus und vor lauter Erleichterung biss er in die Semmel.

10

»Ja, Steffi, ich denke, es ist besser, wenn Sie auch hierherkommen. Die Mutter wird wahrscheinlich eine weibliche Schulter zum Ausweinen brauchen. Hmhm … Ja genau! … Hmhm … hmhm, hmhm … richtig. Ja, das ist die Verlängerung von der Ringstraße. Gut! Bis gleich.«

Kommissar Maus klappte das Handy zu und blickte gedankenverloren und etwas dumpf vor sich hin. Tja, nun musste er wohl eine schlechte Nachricht überbringen. Das Fenster seines Dienstwagens war heruntergelassen. Ein Amselmännchen in der gegenüber wachsenden Glanzmispel gab sein Bestes, um einerseits den Lärm der Fußball spielenden Jungen zu übertönen, damit andererseits seine Angebetete auf ihn aufmerksam wurde. Diese saß, sich sehr wohl ihrer Unwiderstehlichkeit bewusst, kokett uninteressiert auf der Mülltonne vor Haus Nummer 100 und genoss es sichtlich, so umworben zu werden. Leider nahm das romantische Intermezzo ein jähes Ende, als der Fußball gegen die Tonne flog, dort abprallte, die Flugbahn änderte, gegen Maus Windschutzscheibe schlug und von dort in irgendeinen Garten des Siedlungsgebietes verschwand. Vogel und Kommissar verhielten sich ob dieses böswilligen Anschlags gleich. Während das Tier mit einem aufgeregten »Tektektektek« aufflatterte, fuhr Maus erschrocken hoch, wurde aber leider sofort zurückgezerrt, da er den Sicherheitsgurt noch nicht gelöst hatte und musste daher seinem Ärger besonders lautstark Luft machen.

»Ja, spinnt ihr denn!«

Genervt fummelte er an der Schließe des Gurts herum. Endlich war er befreit und riss die Autotür auf.

»Könnts ihr nicht aufpassen? Das ist doch kein Spielplatz hier mitten auf der Straße!«

Drei der vier Jungen blickten betroffen zu Boden. Allein schon diese Reaktion ließ Maus sofort wieder in versöhnlichere Stimmung kommen. Es waren ja nur Kinder. Außerdem war es heutzutage Gold wert, wenn sie draußen waren, anstatt den ganzen Tag vor dem Computer zu hocken, um hirnlose Ballerspiele zu spielen. Er wollte gerade schon zu einem »Schwamm drüber« ansetzen, als der Vierte – ein hochgeschossener schlaksiger, rothaariger Knabe – sich an seinen Spielkameraden vorbeidrängte und mit einer kratzigen Stimmbruchstimme sagte: »Is' was Opa?«

Maus blieb für einen Augenblick bei dieser Frechheit der Mund offen stehen.

Der Junge grinste breit: »Wir spielen, wo's uns passt!«, diesmal schwankte seine Stimme ins Höhere, was der ganzen Situation noch mehr den Charakter eines Zwergenaufstands gab. Maus musste wider Willen ein Schmunzeln unterdrücken.

»Burschi, du bist ja ein ganz Harter! Und glaub mir, ich kenn' mich damit aus, denn ich bin nicht umsonst Hauptkommissar bei der Polizei.«

Die Erwähnung seines Berufes verfehlte nicht die beabsichtigte Wirkung. Der Rothaarige wurde blass unter seinen Sommersprossen. Maus beugte sich zu ihm vor, ein eingefrorenes Lächeln auf den Lippen, und knurrte leise: »Woast wos. Ich bin heut nicht in Stimmung, mich mit dir zu befassen – da hast abba mal Glück. Und jetzt nimmst deine Spezis und schleichst di! Host mi!?«

Nervös blickte sich der Junge nach seinen Freunden um, aber die waren während der Rede des Kommissars schon zurückgewichen.

»Ich …, ich …«

»Holt euren Ball und dann ab damit! Passt halt das nächste Mal auf, wohin ihr schießt.«

Kopfschüttelnd beobachtete Maus, wie die Kinder über die kaum befahrene Straße trotteten, den vermeintlichen Anführer hinter ihnen nicht mehr beachtend.

»Hallo! Hallo, Sie da!«

Er hatte gar nicht bemerkt, dass eine Frau neben ihn getreten war. Vermutlich lag sie schon die ganze Zeit neugierig auf der Lauer. Zumindest schien sie der Typ dafür zu sein.

»Was gibt's!?«

»Sie sind also von der Polizei! Das trifft sich ja gut.«

Nervös strich sie sich über ihren geblümten Haushaltskittel. Maus schätzte sie auf Mitte sechzig. Die Haare waren auf Lockenwicklern und die ganze Kreation bedeckte ein durchsichtiges gelbgrünes Kopftuch, das nicht unbedingt vorteilhaft war. Wissende und vor allem neugierige Äugelein blitzten hinter einer dicken Brille, als sie fortfuhr: »Na, Sie ham's ja gesehen. Diese Burschen sind frech und vorlaut. Da sollte man mal mit harter Hand durchgreifen!«

»Schon klar und soeben geschehen!«

Sie schnaubte missbilligend.

»Das reicht nicht! Da muss man noch härter durchgreifen. Ich sag's Ihnen, die tanzen den Eltern auf der Nase rum. Und was kommt dabei heraus?«

Maus dachte nicht daran, darauf etwas zu erwidern.

»Da ist ganz viel im Argen hier in unserer Nachbarschaft. Keine Moral, keine Vorbilder, alles verkommt hier immer mehr! Dort drüben der Türke mit seiner ganzen Sippe. Man weiß gar nicht, wie man die Namen aussprechen soll. Sehen Sie nur, die bauen in ihrem Vorgarten Zwiebeln an. Was für eine Schande! Und daneben die Schmitts. Er ist seit Jahren arbeitslos und trinkt den ganzen Tag. Na, den Sohn haben Sie ja grade kennengelernt. Sie – also Frau Schmitt – arbeitet wenigstens, um die Familie – fünf Kinder haben die – durchzubringen. Im Supermarkt, glaub ich, wie die Blum. Die wohnt gleich hier nebenan. Auch so ein Beispiel. Der sind schon drei Männer weggelaufen. Man weiß gar nicht, wer eigentlich der Vater von ihrer Brut ist. Kein Wunder also, dass der Sohn ein brutaler Mensch und die Tochter ein stadtbekanntes Flittchen ist. Die sollten Sie mal sehen! Wie die immer rumläuft!«

Jetzt hatte sie Maus ungeteilte Aufmerksamkeit, jedoch ließ er sich nichts anmerken und fragte mit besonders gelangweiltem Ton: »Ach, und wie läuft sie denn so rum?«

»Na, eben nicht gerade bedeckt. Aber gestern war sie mal wieder besonders komisch angezogen. Da schau ich doch noch mal abends nach meinem Katerchen – dem Mohrli. Sie müssen wissen, der strawanzt gerne in der Gegend rum, wie Katzen eben so sind. Dabei ist er so ein Lieber und Verschmuster.«

Das war Folter! Das Letzte, was Maus interessierte, waren die Gewohnheiten des Katers Mohrli.

»Wie ist Ihr Name, bitte?«

Irritiert blickte die Frau ihn an.

»Aber es ist doch nur eine Katze. Und ich bin sicher, dass er nix angestellt hat.«

»Das meine ich doch nicht! Es geht um Ihre gestrige Beobachtung von Fräulein Blum!«

»Wieso das denn? Hat sie was ausgefressen?«

Die Neugier nahm ihr fast den Atem, weshalb sie nur noch hauchen konnte: »Ich hab's ja geahnt!«

»Was? Was haben Sie geahnt?«

Am liebsten hätte Maus sie jetzt geschüttelt. Aber das war nicht nötig, denn die Frau begann gleich weiterzuplappern.

»Na, dieses ganze spät-aus-dem-Haus-Gehen, wenn die Mutter schläft. Und dann hatte sie gestern dieses komische Kostüm an. So ein Cape, wissen Sie? Und ein paarmal hat sie sich umgedreht, als ob sie Angst hätte, dass ihr jemand folgt. Und dann hat sie da vorne an der Ecke gewartet. Und dann ist ein großes Auto gekommen und hat sie mitgenommen.«

»Ein Auto? Was für ein Auto?«

»Hm, ich weiß nicht genau. So ein großes halt, wie sie gerade so modern sind.«

»Meinen Sie vielleicht einen Jeep?«

Jetzt strahlte sie ihn an.

»Ja genau, ›Tschiep‹ heißen die wohl. Na ja, sie wurde übrigens nicht zum ersten Mal um diese nachtschlafende Zeit abgeholt.«

»Tatsächlich? Wissen Sie, wer am Steuer saß?«

»Nein, tut mir leid! Aber das geht mich ja auch wohl nix an, oder?«

Vorwurfsvoll, da er es gewagt hatte, sie als eine neugierige Nachbarin zu sehen, zogen sich ihre Augenbrauen hoch. Für Maus war jedoch klar, dass sie auf die weite Entfernung wegen Kurzsichtigkeit, vermutlich gepaart mit Nachtblindheit, nicht allzu gut sehen konnte.

»Dann wissen Sie vermutlich auch nicht das Kennzeichen, oder? Können Sie sich denn an die Farbe erinnern?«

»Mei, Farbe, was weiß denn ich. Dunkel war's halt. Vielleicht blau oder schwarz …«

Eine Fahrradklingel ertönte. Steffi kam neben ihnen zum Stehen.

»Na, war ich nicht schnell wie ein Blitz?«

»Warum sind Sie denn mit dem Radl hier?«

»Herr Maus, das haben wir doch schon so oft durchdiskutiert. Bei diesen kurzen Entfernungen lohnt es sich nicht, Benzin zu verschwenden.«

Sie lehnte ihr Gefährt gegen den Gartenzaun, ging in die Hocke und löste die Klammer, die ihre Hose daran hinderte, in die Kette zu kommen und schmutzig zu werden.

»Sie, Fräulein!«, die Nachbarin – etwas ungehalten wegen der Unterbrechung ihres doch so ertragreichen Gesprächs – tippte Steffi auf die Schulter. »Da können Sie's aber nicht stehen lassen.«

Freundlich lächelnd – Maus bewunderte wie schon so oft ihre Selbstbeherrschung – richtete sich Steffi auf, steckte die Klammer in die Tasche und entgegnete: »Ich denke aber schon. Der Gehweg ist für jede Mutter mit Kinderwagen passierbar und außerdem handelt es sich hier um ein Einsatzfahrzeug.«

»Aber …«

»Frau …?«

»Mein Name ist Sofia Wieland, Klempnermeisterwitwe, und ich wohne seit 49 Jahren hier in dem Haus Nummer 98 und das ist mein Gartenzaun und …«

»Frau Wieland …«, Maus hatte jetzt langsam genug, »… wir danken Ihnen für die Bereitschaft, uns bei unserer Arbeit zu unterstützen und möchten Sie bitten, ein Auge sowohl auf das Rad als auch auf meinen Wagen zu haben. Sie haben mir ja selbst erzählt, wie gefährlich diese Gegend hier ist. Vielen Dank und bis später.«

Als der Kommissar und Steffi kurz darauf vor der Haustür Bauerstraße 100 standen und klingelten, konnten sie aus den Augenwinkeln ein gelbgrünes Kopftuch sehen, dessen Besitzerin sich abmühte über die hohe Hecke, die das Grundstück umgab, zu blicken.

11

Wie zu erwarten, durchlebte Sandra Blum die ganze Palette der Gefühle, die die schreckliche Nachricht des Todes ihrer Tochter nun einmal mit sich brachte. Der anfänglichen Fassungslosigkeit folgte der Griff ans Herz, dann die Erschütterung und jetzt war sie auf ihr Sofa gesackt und weinte bitterlich. Vorgänge wie diese machten es Kommissar Maus manchmal schwer, in seiner Arbeit einen Sinn zu sehen, denn mit menschlichem Leid und besonders mit den Tränen einer Frau konnte er nicht allzu gut umgehen. Hilflos sah er auf Frau Blum und war überaus froh, dass Steffi es jetzt übernahm, die verzweifelte Mutter zu beruhigen. Er blickte sich um. Eine obligatorische Schrankwand beherrschte den Raum, wie das bei so vielen deutschen Wohnzimmern der Fall war. Hinter der Glasscheibe konnte er das gute Porzellangeschirr und anderen Nippes sehen. An der Wand hinter Frau Blum hingen in exakter Ausrichtung und Größenfolge einige Familienfotos. Sie zeigten in verschiedenen Posen und Altersstadien einen Jungen und ein Mädchen. Kommunionsbilder, Porträts vom Fotografen, Schulfotos, aber auch Schnappschüsse aus dem Urlaub. Auffallend war jedoch, dass es sich nur um die Kinder handelte. Weder Frau Blum, noch der – oder um Frau Wieland Glauben zu schenken – die Väter waren darauf zu sehen. Die Terrassentür stand weit offen. Um der Mutter beziehungsweise deren Schmerz noch etwas mehr Zeit zu geben, trat er hinaus und blickte in einen kleinen, ordentlichen Garten. Hübsch! Frühlingsblumen wurden von einigen Bienen und einer dicken Hummel umflogen, ein Paar Gartenhandschuhe und eine kleine Harke wiesen darauf hin, womit Frau Blum vor ihrem Eintreffen beschäftigt war. Blum war wirklich ein passender Name für jemanden mit so einem grünen Daumen. Eine dicke schwarze Katze spähte unter einem der Büsche hervor. Das war wohl Mohrli. Genauso neugierig wie seine Besitzerin. Ob die sich allabendlich zu einem Informationsaustausch bei einer Schale Milch trafen? Maus drehte sich um und trat wieder ins Wohnzimmer.

»Soll ich uns mal einen Tee machen, Frau Blum?«, fragte Steffi in leisem Ton. Obwohl die Angesprochene nicht reagierte, stand sie auf und nickte Maus zu. Das war das Zeichen, dass er es nun wagen konnte, sie zu befragen. Er setzte sich ihr gegenüber auf einen zum Sofa passenden Sessel mit Zierkissen, die zwangsläufig verhinderten, es sich allzu gemütlich zu machen, und zog seinen Notizblock aus der Tasche.

»Frau Blum, es tut mir leid, dass ich Sie jetzt mit ein paar Fragen bezüglich Ihrer Tochter belästigen muss, aber es ist wichtig, damit wir den Täter so schnell wie möglich finden können.«

Ihm fiel selbst auf, wie heruntergeleiert seine Worte klangen. Aber was sollte er machen? Es mussten so schnell wie möglich Antworten gefunden werden.

»Ja, ja, verstehe schon, Herr Kommissar.«

Sie wischte sich mit dem durchweichten Papiertaschentuch die Augen.

»Aber vorher muss ich wohl Frau Vogler zeigen, wo der Tee ist.«

Sie machte jedoch keine Anstalten aufzustehen, sondern starrte lediglich auf die Tür, durch die Steffi verschwunden war.

»Ach, da machen Sie sich mal keine Sorgen. Meine Assistentin ist eine patente Person und wird sich schon melden, wenn sie Hilfe braucht.«

»Wenn Sie meinen.«

Eine Pause entstand. Immer noch starrte sie die Tür an. Maus räusperte sich.

»Frau Blum, erzählen Sie mir alles, was Ihre Tochter gestern Abend gemacht hat. Lassen Sie nichts aus, denn jedes kleinste Detail könnte wichtig sein.«

Wieder eine Pause. Er fragte sich, ob sie ihm überhaupt zuhörte oder ob ihre Gedanken eher bei einer Inventur der Teesorten ihres Küchenschranks waren.

»Frau Blum? Wann haben Sie Ihre Tochter zuletzt gesehen?«

»Die Heidi? Mei, wir hatten zusammen Abendbrot. Na ja, eigentlich hat sie nur etwas getrunken, denn sie hat wieder so 'ne Diät gemacht. Wir haben am Küchentisch gesessen, aber viel geredet haben wir nicht.«

Traurig schüttelte sie den Kopf.

»Als sie klein war, war sie so ein liebes Kind. Immer hat sie mir alles erzählt. Wir waren mehr als nur Mutter und Tochter. Wir waren Freundinnen. Tja, bis ...«, sie schluchzte leise, »... bis sie in die Pubertät kam. Dann hatten wir nur noch Streit.«

»Hm, na ja, das passiert in diesem Alter ja häufiger. Kinder müssen sich an ihren Eltern reiben, um ihren eigenen Weg zu finden. Aber jetzt erzählen Sie doch weiter. Was ist nach dem Abendessen passiert?«

»Tja, ich musste mich ein bisschen schicken, denn donnerstags ist immer mein Flamenco-Kurs in der Volkshochschule.«

Maus – eigentlich durch seine eigene Gattin daran gewöhnt, dass Frauen unter Freizeitgestaltung etwas anderes verstehen als Männer – war dennoch überrascht und versuchte, sich vorzustellen, wie die große, etwas mollige und vor allem hellblonde Sandra Blum wohl mit Kastagnetten und einem enganliegenden Flamencokleid aussehen würde. Eigentlich hätte sie seiner Meinung nach doch viel besser in eine bayerische Volkstanzgruppe gepasst. Als ob sie seine Gedanken erraten hätte, kam auch gleich eine Erklärung.

»Ich liebe Spanien. Und Flamenco ist ein Tanz, wo Männer nichts zu sagen haben. Und bei uns sind sowieso keine dabei. Wir sind eine reine Frauengruppe und es macht mir sehr viel Freude!«

»Aber natürlich«, murmelte Maus, »Wer liebt Spanien nicht? Sonne, Strand, Paella, stolze Menschen, Stierkämpfe, Siesta, ein König, guter Rotwein, Weltmeister und Europameister ...«, jetzt fiel ihm nichts mehr zu dem Thema ein, aber Frau Blum schien zufrieden und nickte kurz.

»Gut. Sie sind also zu Ihrem Kurs gegangen. Was war mit Heidi?«

Sandra Blum zuckte zusammen. Es war offensichtlich, dass sie mit ihren Gedanken Zuflucht an einem männerlosen Strand auf der iberischen Halbinsel gesucht hatte. So brutal wieder in die Realität zurückgerissen zu werden, war zu viel für sie. Ihre Unterlippe begann zu zittern und sie drückte das aufgeweichte Papiertaschentuch wieder gegen ihre Augen.

»Ich ... ich hab sie da zum letzten Mal gesehen! Sie saß am Küchentisch und hat irgendwelche SMS geschrieben. Ich weiß gar nicht, ob wir uns verabschiedet haben. Oh mein Gott ...«, das Papiertaschentuch war nicht mehr zu gebrauchen, daher begann sie es zu einer Kugel zusammenzuknüllen. »Ich glaube, meine letzten Worte waren ›Räum dein Zimmer auf‹!«

Eine leichte Unruhe stieg in dem Kommissar auf. Er war noch längst nicht mit seiner Befragung fertig, aber Frau Blum schien ihre Grenzen fast erreicht zu haben. Jetzt musste er behutsam vorgehen, wenn er noch so viel wie möglich erfahren wollte. Und das wollte er, denn seine Erfahrungen hatten ihn gelehrt, dass die wertvollsten Informationen gerade dann kamen, wenn die Menschen keine Zeit hatten, lange nachzudenken, um eventuell lügen zu können.

»Frau Blum, jetzt nehmen Sie sich das mal nicht so zu Herzen. Sie konnten doch nicht ahnen, was passieren würde. Und ›Zimmer aufräumen‹ finde ich jetzt auch nicht so schlimm. Sie hätten ja auch einen Streit haben können«, klangen seine wirklich gut gesetzten und vor allem behutsamen Worte. Und jetzt musste er langsam Gas geben.

»Sie verstehn mich nicht, Herr Kommissar. Ich sag so einen Schmarrn zu meinem Mädel, dabei is' sie ordentlicher wie ich! Warum hab ich denn nix andres gesagt!«, weinte sie weiter.

Maus nahm im Geiste den Fuß wieder vom Gaspedal, behielt aber seinen Kurs bei und startete einen neuen vorsichtigen Versuch.

»Wie war denn Ihr Verhältnis so allgemein gesehen?«

»Unser Verhältnis? Oh Gott, sie hat sich sehr verändert! Mein kleiner Sonnenschein wurde so verschlossen, so gereizt, war plötzlich in der Schule schlecht, schwänzte, trieb sich rum … Immer wenn ich sie darauf ansprach, schrie sie mich an, dass ich mich da raushalten solle. Ich hätte merken müssen, dass sie Hilfe brauchte. Hätte mich nicht wegdrehen sollen!«

Zum ersten Mal blickte sie den Kommissar an, aber ihre Augen waren ausdruckslos.

»Hatte sie denn, abgesehen von der Schule, irgendwelche anderen Probleme? Ich meine zum Beispiel mit ihren Freundinnen? Mitschülern? Den Mitarbeitern im Waldkindergarten? Mit ihrem Bruder? Sie haben doch noch einen Sohn?«

Frau Blum begann nun nachdenklich das verknüllte Papiertaschentuch in kleine Fetzen zu zerreißen.

»Mit ihrem Bruder hat sie sich nie verstanden. Meine Kinder waren wie Katz und Hund, aber das liegt vermutlich an den Umständen und dem Altersunterschied. Ansonsten war sie eher eine Einzelgängerin. Sie hatte eigentlich nur eine richtige Freundin – die Jessica – aber seit sie das Praktikum gemacht hat, haben die sich nicht mehr so oft gesehen. Glaube ich zumindest, denn ich hab die Jessica erst neulich beim Einkaufen getroffen und sie hat nach Heidi gefragt.«

»Hatte sie denn einen festen Freund?«

Ein Geräusch war zu hören und Maus konnte es nicht gleich zuordnen. Es hörte sich wie das Glucksen einer verstopften Wasserleitung an, bis er begriff, dass Frau Blum lachte. Oh nein, sie war kurz vor einem hysterischen Zusammenbruch! Hier kam er heute nicht mehr weiter. Wo blieb nur Steffi mit dem Tee?

»Äh, Frau Blum, vielleicht sollten wir jetzt erst einmal Ihren Hausarzt anrufen, damit er Ihnen was zur Beruhigung geben kann …«

»Einen Freund?«, sie hatte ihn offensichtlich nicht gehört. »Einen Freund? Da fragen Sie die Richtige! Mei, natürlich muss da jemand gewesen sein, aber ich bin die Letzte, der sie was gesagt hätte! Immer ist sie abends verschwunden, auch wenn sie am nächsten Tag früh rausmusste. Deshalb hab' ich mir gestern auch keine Gedanken gemacht. Ich bin einfach ins Bett gegangen, während jemand zur gleichen Zeit mein Kind umgebracht hat!«

Zu schnell schoss ihr Arm vor. Maus konnte nicht reagieren, spürte nur, dass sich ihre Hand erst in den Jackenärmel und dann schmerzhaft in seinen Oberarm vergrub, um ihn dann zu sich zu zerren. Ganz nah war er ihr plötzlich, sah die weitaufgerissenen Augen, die zitternden Lippen.

»Wen? So sagen Sie es mir doch! Wen hat sie getroffen? Wer ist dieses Schwein, das mir mein Mädchen genommen hat?«

Das war das letzte Aufbäumen, dann klappte sie zusammen. Sie ließ ihn los, ihr Gesicht lief rot an, ihr Mund öffnete sich und ein langgezogenes Heulen erklang, das Maus mehr Angst machte, als er zugeben wollte. Steffi stieß, ein Tablett mit einer Kanne und ein paar Tassen darauf balancierend, die Tür auf, sah den Kommissar strafend an und eilte zu der verzweifelten Frau.

»Frau Blum, schon gut!«

Sie stellte das Teeservice ab und nahm die Frau in die Arme.

»Äh, ich seh' mich dann mal in Heidis Zimmer um. Wo ist das denn?«, räusperte sich Maus und da Sandra Blum offensichtlich unfähig war zu sprechen, wartete er, bis sie nach einer Weile schluchzend auf die Zimmerdecke deutete.

»Ah, Sie meinen oben?«

»Jähä.«

Steffi strich über ihren Rücken.

»Gleich die erste Tür links.«

Steffi tröstete sie weiter.

»In Ordnung, danke«, murmelte Maus und verließ das beklemmende Wohnzimmer.

Bei dem Gebäude Bauerstraße 100 handelte es sich um ein kleines Siedlungshäuschen aus den 40er Jahren, das denen der Nachbarn – sofern diese sie nicht umgebaut hatten – in seiner platzsparenden, aber zweckmäßigen Konstruktion glich. Im winzigen Flur sah sich Maus erst einmal um. Hier war eine kleine Garderobe, ein Schuhschrank, ein rustikales Schlüsselbrett, das mit Bauernmalerei und den Namen der Hausbewohner verziert war. Der Schlüsselhaken »Heidi« war leer. Bedächtig wandte sich der Kommissar der kleinen Treppe zu und stieg in den ersten Stock, der gleichzeitig auch das Dachgeschoss war. Eng, aber gemütlich, dachte er. Hier hatten bestimmt schon einige Blum'sche Generationen vermutlich zur gleichen Zeit gelebt. Auch er war mit der Großmutter, seinen Eltern, seinem Bruder und einer unverheirateten Tante auf ähnlich vielen Quadratmetern aufgewachsen, ein Umstand, den sich heute keiner mehr so recht vorstellen konnte.

Nostalgisch geworden blieb Maus einige Sekunden oben in der kleinen Diele stehen. Hier gab es genau drei Türen. Die vor ihm war es nicht, das wüsste er noch. Also eine der beiden anderen. Aber welche? Rechts oder links? Da er ein Mann der Tat und nicht der Orientierung war, entschied er sich für rechts. Die Sonne, die durch ein kleines Fenster hereinfiel, wurde sofort von der dunklen Tapete geschluckt, sodass er erst einmal den Lichtschalter suchen musste, um überhaupt etwas sehen zu können.

Was für ein Chaos! Wäre er beim Einbruchsdezernat gewesen, hätte Maus hier eindeutig die klassischen Spuren eines gewaltsamen Eindringens festgestellt, aber als Onkel von zwei Neffen und einer Nichte im Teenageralter erkannte er sofort, dass es sich um ein Jugendzimmer handelte. Kleidungsstücke, CDs, Zeitschriften, Schuhe und ein leerer Pizzakarton bedeckten den Boden, der Computer surrte in der Ecke auf etwas, was vermutlich ein kleiner Tisch gewesen wäre, wenn man ihn mal aufgeräumt hätte. Der Schrank stand offen, das Bett war zerwühlt. All das nahm Maus jedoch nur am Rande wahr, denn sein Blick blieb an einer großen Fahne mit einem Hakenkreuz hängen, die im Vergleich zu den zahlreichen Postern mit grimmig schauenden Popstars – vermutlich weil sie alle kahlgeschoren waren und auf der Glatze froren – akkurat aufgehängt war und den ganzen Raum dominierte. Das konnte unmöglich Heidis Zimmer sein! Angewidert drehte er sich um und versuchte sein Glück bei der Tür gegenüber.

Ja, hier war er richtig. Der zweite Raum hatte zwar die gleiche Größe, unterschied sich aber in allem von seinem bösen Zwilling gegenüber. Maus atmete auf, schloss die Tür und sah sich um. Die Mutter hatte nicht gelogen, Heidi war von Natur aus wirklich eine sehr ordentliche Person gewesen. Eigentlich hatte Maus eher damit gerechnet, dass sich Heidis Leben als notorische Schulschwänzerin auch in ihrem Zimmer widerspiegeln würde, aber hier herrschten Perfektion und penible Sauberkeit. Alles war exakt geordnet. Schlecht für die Spurensicherung, dachte Maus und ging seufzend ans Bett. Zumindest konnte man hier eine romantische Ader der Verstorbenen erkennen: eine zartrosa Tagesdecke harmonierte mit einer pinken Tapete, ein kleiner Nachttisch, eine hübsche Leselampe, ein Buch. Vor dem Fenster stand ein kleiner Schreibtisch, ein rosafarbenes Notebook genau auf dessen Mitte; zugeklappt, ansonsten nichts; noch nicht mal irgendwelche

Schmierzettel. Der Computer würde im Labor untersucht werden müssen. Maus öffnete die Schreibtischschublade: ein paar Schulhefte, zwei Kugelschreiber. Beim Durchblättern der Hefte fiel auf, dass Mathematik und Englisch nicht zu ihren Stärken gehört hatten. Wo war denn der Schulranzen? Im Schrank wurde der Kommissar fündig. Aber außer einiger Bücher und einem Schreibblock konnte er nichts Persönliches finden. Die jungen Leute schienen heutzutage nichts mehr zu notieren. Für Maus war das eine schlechte Angewohnheit, die die Arbeit der Polizei vorsätzlich behinderte. Tja, was früher das gute alte Tagebuch, eine Einladung, ein Liebesbrief und so fort waren, waren heute eben E-Mails und Nachrichten über das Handy. Letzteres hatte sie vermutlich mitgenommen, aber dann entweder verloren oder es war vom Mörder beseitigt worden. Er hoffte, dass Hubschmied und Petersen es trotzdem finden würden. Langsam ließ er seine Finger über die nach Farben und Jahreszeiten geordneten Kleidungsstücke gleiten. Ein blumiger Duft entströmte ihnen. Sehr gut zusammengelegt musste er anerkennend feststellen. Er zog die Schubladen auf. Damenunterwäsche! Einige Sekunden zögerte er, dann vergruben sich seine Hände in den hauchzarten Stoffen, um zu ertasten, ob unter ihnen etwas Brauchbares war. Ihm persönlich war Baumwolle lieber. Aber abgesehen von dieser Überlegung wurde Maus auch hier nicht fündig.

Gedankenverloren blieb er vor dem letzten Möbelstück, einem kleinen Schminktisch, stehen. Hier waren Nagellack, Cremetiegel, Lidschatten, Parfümfläschchen und das andere Zeug, das Frauen so dringend brauchten, nach Größen geordnet. Kein Fleckchen auf dem Tisch, kein Staubkorn auf dem Spiegel. Eigenartiges Mädchen! Wenn nicht die Poster und aus Hochglanzmagazinen ausgeschnittene Bilder an der Wand gehangen hätten, auf denen diverse junge Frauen, mager und hohlwangig in verschiedenen Posen und auf Laufstegen hungrig dahinstaksend, abgebildet waren, hätte Maus wahrscheinlich annehmen müssen, wieder im falschen Zimmer gelandet zu sein. Tja, dann blieb nur noch der Boden. Ächzend ließ sich der Kommissar auf die Knie sinken und spähte fast auf dem Bauch liegend unter das Bett. Die Hoffnung, hier vielleicht eine Wollmaus zu finden, wurde im Keim erstickt. Sauber! Das sollte mal seine Frau sehen! Schwerfällig ging er wieder auf die Knie. Hm, hier gab es nichts. Also, dann war er wohl fertig: Den Computer mitnehmen und dann blieb nur noch, Steffi einzusammeln und ins Kommissariat zurückzufahren. Die Befragung der Nachbarn würde er dann von dort aus in die Wege leiten. Wem sollte er denn die neugierige

Nachbarin Frau Wieland zumuten? Ein Grinsen legte sich auf seine Lippen. Na dem- oder derjenigen, der oder die ihn heute noch am meisten ärgern würde. Sein Blick blieb an dem Buch auf dem Nachttisch hängen. Was liest so ein junges Ding denn da eigentlich? Der Umschlag war alt und fleckig – also kein Ratgeber für Models und Popstars. Neugierig ergriff er das Buch. Grimms Märchen, das war ja interessant – und noch dazu eine schöne Ausgabe mit wunderbaren Bildern. Maus, ein Kenner von alten Büchern, begann andächtig, darin zu blättern.

So vertieft in seine Lektüre war es kein Wunder, dass sein Reaktionsvermögen etwas beeinträchtigt war. Die Tür wurde so plötzlich aufgerissen, dass er keine faire Chance hatte. Ein Wutgebrüll, ein menschlicher Berg – Muskeln, Körpermasse –, ein Tornado stürzte sich auf ihn. Entsetzt blieb dem Kommissar nichts anderes übrig, als sich niedergedrückt auf dem Boden einem gefährlich blitzenden Augenpaar und schlechtem Atem gegenüberzusehen. Er bekam fast keine Luft mehr, denn ein Unterarm, so dick und hart wie ein Baumstamm, drückte sich auf seine Kehle.

»Du Schwein!«, zischte der Angreifer und ein Speichelsprühregen legte sich auf Maus Gesicht, das langsam eine bläuliche Farbe annahm. »Du mieses Schwein! Ich hab's doch klar gemacht, dass ihr geilen alten Säcke hier nichts zu suchen habt!«

Jetzt war es aber genug! Der Kommissar packte den Arm und versuchte, sich zu befreien, bevor er erstickte. Ein Gerangel entstand. Der Schminktisch fiel um, Puder und Lidschatten, kombiniert mit einer zerbrochenen Parfümflasche, bildeten schnell eine farbenfrohe, duftende Mischung, in der sich die beiden Männer wälzten. Maus Gegner war zwar stärker und jünger, aber nicht unbedingt geschickter. Träge durch seine Masse gelang es ihm nicht, den Kommissar weiter auf den Boden festzudrücken. Leider konnte Maus aber auch nicht allzu viele Punkte sammeln, denn der Hass des Jüngeren war eine gefährliche Motivation. Er würde mich am liebsten umbringen, schoss es Maus durch den Kopf. Seine Hand ertastete das Märchenbuch. Eine Waffe! Schade eigentlich, aber er hatte keine andere Wahl! Dumpf sausten Grimms Sammlungen auf den kahlrasierten Schädel des Angreifers. Verdutzt schauende Schweinsäuglein, aber sonst war da keine großartige Wirkung. Verdammt, konnte man diesen hirnlosen Arier nicht aufhalten? Offensichtlich nicht, denn der Schlag schien ihm eher ein Ansporn. Erneut setzte das Wutgebrüll ein und Maus sah seine letzten Sekunden gekommen.

»Sebastian!«

Eine scharfe Stimme ertönte von der Tür, jedoch leider nicht laut genug, denn nur dank Steffis heldenhaftem Sprung auf den Rücken des Goliaths, dessen Gleichgewicht dadurch gestört wurde, konnte Maus den Rasenden mit einem Kinnhaken für ein paar Sekunden stoppen. Zeit genug, damit Frau Blum noch einmal versuchen konnte, in dem Tumult Gehör zu finden.

»Sebastian! Das reicht! Lass den Kommissar in Ruhe!«

Langsam drehte sich der Angesprochene, die immer noch an seinem Rücken hängende Steffi ignorierend, um.

»Wie jetzt, Kommissar? Hast du Schlampe auch bei den Bullen was laufen?«

Er verstummte. Offensichtlich arbeitete sein Gehirn auf Hochtouren.

»Ja, sagen Sie mal, wie reden Sie da eigentlich mit der Dame!«, ertönte Steffis berechtigt empörter Ausruf direkt an seinem linken Ohr, doch Frau Blum schüttelte nur resigniert den Kopf und erklärte mit müder Stimme:

»Herr Maus, Frau Vogler, das ist mein Sohn Sebastian. Sebastian, das ist der Kommissar, der hier ist, weil …, weil …«, plötzlich erinnerte sie sich wieder an den unendlichen Schmerz des Verlustes ihrer Tochter und konnte daher nicht weitersprechen. Steffi sprang von Sebastians Rücken ab und dann ein, indem sie die weitere Erklärung übernahm: »Herr Blum, es tut mir sehr leid, dass wir es Ihnen auf diese Art mitteilen müssen, aber Ihre Schwester ist bedauerlicherweise einem Mord zum Opfer gefallen. Mein Beileid!«

»Was is'?«

Sein Gedankenvorgang war offensichtlich noch nicht abgeschlossen, aber Maus, der mittlerweile neben ihn getreten war, schaltete sich jetzt ein.

»Ja auch von mir. Mein Beileid! Und jetzt machen Sie sich fertig, denn Sie kommen mit auf die Wache.«

»Wieso das denn?«

Maus verdrehte die Augen.

»Nun Herr Blum, was halten Sie von dem Delikt: tätlicher Angriff auf einen Polizeibeamten? Nebenbei gesagt, einer von der ganz brutalen Sorte! Außerdem möchte ich Sie noch zu Ihrer Schwester befragen! Also, gehen mer, gehen mer, aber dalli, sonst kriegen Sie noch ein Verfahren wegen Widerstand gegen die Staatsgewalt – also mich!«

Den großen jungen Mann an seiner Mutter vorbeischiebend, drehte Maus sich noch einmal um.

»Steffi, packen Sie mal den Computer und das Märchenbuch ein!«

12

»Obacht! Da geht's steil runter!«

Claudia Hubschmieds Warnung kam keine Sekunde zu spät. Fast wäre der Austauschpolizist Hannes tatsächlich abgerutscht. Es war wirklich sehr anstrengend, sich in dieser Bergwelt trittsicher zu bewegen. Der Stein, auf dem er gerade noch gestanden hatte, löste sich und fiel polternd den Abhang hinab. Das hätte auch ich sein können, schoss es ihm durch den Kopf.

»Mei, Hannes, Sie müssen scho schaun, wohin Sie treten.«

»Ja, ja. Ist ja nochmal gut gegangen.«

Das war wirklich die anstrengendste Spurensuche, die er jemals durchgeführt hatte. Seit Stunden bahnten sie sich nun ihren Weg durch unwegsames Gelände und irgendwie war ihm allmählich der Sinn zu dieser Aktion abhandengekommen. Der Oberförster – dieser war nach Maus Abgang relativ schnell zu ihnen gestoßen und führte sie seitdem gnadenlos über Stock und Stein –drehte sich um.

»Ich denk', der Abschnitt ist dann auch erledigt.«

Er war ein Bilderbuchexemplar seiner Zunft. Kräftig gebaut – ein breiter Brustkorb spannte sich unter dem Janker, den er trotz des warmen Tages trug –, rotwangig, den Hut lässig schief sitzend, die kurzen, strammen Beine in einer Kniebundhose, die seine wohlgeformten, süddeutschen Waden sehr gut zur Geltung brachten, seinen Hund »Wasti« – einen freundlichen Weimaraner Langhaar – bei Fuß stand er da und lächelte Claudia väterlich an. Für Hannes hatte er jedoch immer noch keinen Blick übrig. Die sich seit Beginn der Suche anbahnende Feindseligkeit zwischen den Männern schien unaufhaltsam ihrem Höhepunkt entgegenzueilen. Claudia schüttelte den Kopf. Wie arm doch das andere Geschlecht war. Setzte man sie mit einer Frau im Urlebensraum ihrer Vorfahren aus, dann benahmen sie sich nicht besser als Hirsche in der Brunftzeit. Da wurde das Revier markiert, sich in die Brust geworfen und grunzende Warnlaute wurden dem Gegner zugeworfen. Zwar tat ihr Hannes leid, denn er hatte eindeutig die schlechteren Karten, aber er war auch selbst schuld, denn er hatte sich auf diesen Kampf um den Platz des Alphamännchens eingelassen.

»Tja«, meinte Claudia, »dann würd' ich sagen, dass wir unser Glück mal auf der anderen Seite vom Wildbach versuchen. Wos denken Sie, Herr Oberförster?«

»Scho recht, Fräulein Oberkommissar! Des is' aber ein wenig anspruchsvoller. Ich mein, ihr Kollege hat ja schon hier rauf nicht gut mithalten können. Glauben Sie, dass ...«

Das war zu viel! Hannes fuhr herum und wollte gerade zu einem besonders ätzenden verbalen Angriff – gespickt mit Worten wie Waldschrat, Hinterwäldler, Wurzelzwerg, Zapfennase, Knödelwade, Bergsepp, Hirschkopf – ansetzen, als der Hund plötzlich mit gesträubtem Rückenhaar aufsprang und anfing, laut und heiser zu bellen.

»Ja, Wasti! Was hast denn? Aus!«

Das Tier dachte aber nicht daran, aufzuhören. Im Gegenteil: Jetzt schien sich seine Stimme vor lauter Aufregung noch zu überschlagen. Hannes war erstaunt, wie wenig der aufgeblasene Oberförster seinen Hund im Griff hatte. In Gedanken reihte er noch den Begriff »mieser Abrichter« seiner noch offenstehenden Rede hinzu.

Der ohrenbetäubende Knall eines Schusses, verstärkt durch das Echo der Felsen, ließ alle zusammenfahren. Einige Sekunden herrschte Totenstille! Dann antwortete der Wald: Erschrocken aufflatternde Vögel, ein größeres Tier, das in Panik durch ein nahes Gehölz brach, Wastis Gebell und ein weiterer Stein, der sich diesmal unter dem Oberförster löste, sodass dieser mit rudernden Armen das Gleichgewicht halten musste und daher das Halsband des Hundes losließ, der sofort wie eine Rakete den Berg hinabschoss.

»Kruzifix!«

»Scheiße, was war denn das?«

»Da hot oana g'schossn!«

»Verdammt, das Schwein kauf ich mir! Wer in der Schonzeit auf Wild schießt, wird es noch bereuen, geboren worden zu sein.«

Dieser Satz war das Startsignal. Alle drei rannten dem Hund hinterher.

13

Sie lag auf einer kleinen Lichtung. Die Sonne beschien mit ihren wärmenden Strahlen den schlanken Körper. Ein paar Wildbienen summten um die Waldanemonen, die jetzt überall ihre weißen Köpfchen dem Frühling entgegenstreckten. Ein Specht ließ sein Stakkatoklopfen ertönen. Ihre Augen waren aufgerissen, ihr Mund leicht geöffnet, als wollte er noch ein erstauntes »Oh« sagen. Ihre schwarzen Haare umrahmten das weiße Gesicht und verliehen ihr eine zerbrechliche Schönheit, die sie zu Lebzeiten nie gehabt hatte. Plötzlich flogen Blütenköpfe, zarte Grashalme und Erdbrocken. Wasti war da! Aufgeregt schnüffelnd umkreiste er sie, leckte über die Hand, jaulte und lief hechelnd ein paarmal um sie herum. Dann begann er, kurz und kräftig zu bellen. Er hatte die Beute gesichert. Äste knackten, Hannes fluchte, da er gestolpert war und Claudia Hubschmied, dicht gefolgt vom Oberförster, erreichte die Lichtung.

Die aufgestaute Wut des Waldhüters, hier sicherlich das Werk eines Wilderers vorzufinden, verflog in Sekundenschnelle, als er mit Entsetzen den toten Körper sah.

»Jesses, Maria und Josef! Das is' ja ein Mensch! Wasti! Geh her! Bei Fuß! Weg da!«

Das treue Tier – sichtlich beglückt, seinem Herrn so gute Dienste geleistet zu haben – sprang aufgeregt bellend zu ihm, um dann auch gleich wieder kehrt zu machen und ungestüm über Claudias Gesicht zu lecken, die sich neben die Tote gekniet hatte.

»Bäh, geh weg, du narrisches Viech!«

»Ist sie … Ist sie tot?«

»Hm, ja. Ein Schuss in die Stirn.«

»Aber, das ist ja die Anni!«

Entsetzt, als ob er etwas Verbotenes gesagt hätte, schlug sich der Oberförster die Hand vor den Mund. Hannes, leicht hinkend und noch mit einem Zweig kämpfend, der ihm auf der Zielgeraden ins Gesicht geschlagen hatte, kam schweratmend am Platz an.

»Scheiße, he, da war so … Oh nein! Ist das nicht die Kindergärtnerin?«

»Ja …«, traurig drehte sich Claudia zu dem Kollegen um, »… ja, des is' die Anni Hintersee.«

Hannes musste erst einmal die Hände auf die Knie stützen, um vorgebeugt zu Atem zu kommen, was Wasti wieder als eine gute Gelegenheit sah, auch diesem Menschen seine Zuneigung zu beweisen, indem er ihn ansprang.

»Herr Oberförster!«, brüllte der genervte Norddeutsche empört. »Jetzt reicht es mir. Leinen Sie sofort Ihre verdammte Töle an, sonst vergesse ich mich. Hier ist ein Mord geschehen und dieses Vieh zertrampelt alle Spuren und fällt Polizeibeamte an!«

»Mei, jetzt mal Piano«, brummelte der abgekanzelte Mann und packte Wasti am Nackenfell, worauf dieser empört aufjaulte. Noch einen letzten hasserfüllten Blick auf den Oberförster, dann wandte sich Hannes der Toten zu. »Wow, das nenn ich mal einen Treffer. Genau zwischen die Augen!«

»Glaubst du, sie hat ihren Mörder gekannt?«

Mit Genugtuung registrierte Hannes, dass Kommissarin Claudia Hubschmied zu dem vertraulichen »du« übergegangen war. Ein Umstand, der auf den Schreck ihrer jüngsten Entdeckung zurückzuführen war, ihm aber gut gefiel. Zumindest war das ein unmissverständliches Zeichen, dass er augenblicklich bevorzugter als der Waldschrat war.

»Hm, meiner Meinung nach kam der Schuss aus nächster Nähe. Siehst du die Größe des Lochs, das das Projektil in Annis Stirn hinterlassen hat? Auch die Wundränder sind aufschlussreich! Ich bin zwar kein Fachmann, aber der Täter kann nicht weit weg gestanden haben, es kommt fast schon einer Hinrichtung gleich. Ich schätz mal auf 'nen Abstand von vier, höchstens fünf Metern. Wenn sie also so daliegt, sich eventuell im Fall gedreht hat, müsste irgendwo in diesem Radius – also von den Fichten dort bis zu dem Gebüsch hier – der Standpunkt des Mörders gewesen sein. Vielleicht verraten uns das ein paar abgeknickte Zweige, Fußabdrücke oder sogar eine Patronenhülse.«

Suchend ging er den beschriebenen Bereich ab.

»Ja, genau hier hat er gestanden!«

Er bückte sich und hob einen Zweig an.

»Hast du was gefunden? Vielleicht die Patronenhülse?«

»Bin dabei. Mist! Ich glaub, das war ein Profi! Keine Spuren. Aber hier hat er gestanden. Da sind noch die Abdrücke im Moos. Leider nicht allzu aufschlussreich.«

»Lassen Sie mal sehen.«

Der Oberförster drängte sich an ihm vorbei, ging in die Knie und drückte leicht auf den Boden.

»Ja, sind Sie denn wahnsinnig!«

Nicht nur, dass der andere es wagte, den Zwist wieder anzufachen, blähte er sich jetzt auch noch als Spurenleser auf.

»Sie können doch da nicht rumdrücken! Vielleicht gibt es ja noch einen brauchbaren Hinweis, den sie jetzt vermutlich zerstört haben.«

»Des war ein Bergstiefel Marke Lowi, Größe vierzig, höchstens einundvierzig«, kam die Antwort, mit der keiner gerechnet hatte.

»Wie bitte?«

»Wie ich's grad g'sagt hab: ein Bergstiefel. Hier, wo das Moos weggetreten ist, kann man noch das Profil von der Absatzkante sehen.«

Für Hannes war es ein Rätsel, wo der Mann etwas zu sehen glaubte, aber bevor er ihn in einer nicht mehr zu unterdrückenden Aufwallung von Trotz von dem Untersuchungsort wegzerren konnte, schaltete sich Claudia ein.

»Aber das ist ja toll! Woher wissen's das? I moan, i seh' da gar nix!«

»Junge Frau, das nennt man Berufserfahrung!«, selbstzufrieden richtete sich der Mann wieder auf. »Außerdem handelt es sich nebenbei bemerkt um ein älteres Modell. Gut eingelaufen, oft getragen.«

»Und die Schuhgröße?«

Oh nein, sie hing ja regelrecht an seinen Lippen.

»Auch Berufserfahrung.«

Jetzt zwinkerte er ihr auch noch zu! Hannes verdrehte die Augen.

»Aber natürlich, Sie arbeiten nebenberuflich noch als Schuhverkäufer!«

»Das nicht gerade, aber ich kann meinen Wald halt eben lesen.«

»Jetzt fangt nicht gleich an zu raufen, ihr zwoa! Mensch, Hannes, das is' doch schon mal ein guter Anhaltspunkt. Zwar noch keine heiße Spur, aber ein Anfang. Jetzt bleibt halt nur die Frag, wer das der Anni angetan hat.«

Petersen massierte sich genervt den Nacken. Sie hatte ja Recht. Er musste aufpassen, dass er nicht noch einmal in diese Kindergartenschiene fiel. Sein kriminalistisches Gespür, seine Logik, sein Instinkt waren jetzt gefragt, auch wenn sich diese sensiblen Regungen immer wieder durch das Testosteronkraftfeld mit Namen Oberförster aus dem Gleichgewicht bringen ließen.

»Gut, weiter im Text: Sie wurde überrascht. Hat ihn zu spät gesehen und gehört.« Er ging wieder zur Toten zurück.

»Sie hat hier gestanden und gewartet. Vielleicht sogar auf ihn. Er sprach sie an, sie drehte sich um und Peng! Guter Schütze, nebenbei bemerkt! Leider können wir's vergessen, ihn jetzt noch zu kriegen. Sein Vorsprung dürfte nicht mehr einzuholen sein. Wir könnten vielleicht versuchen, den Köter auf die Spur zu setzen, wobei ich bezweifle, dass der …«

»Wasti is' noch ein junger Hund. Quasi in der Ausbildung!«, kam prompt die beleidigte Verteidigung des Besitzers. Und um Hannes vom Gegenteil seiner unhöflichen Unterstellung zu überzeugen, drückte der Oberförster kurzentschlossen die Nase des Tieres auf das Moosstück.

»Auf, Wasti, such! Such! Such's Mörderli!«

Aufgeregt schnüffelte der Jagdhund, lief um die Bäume herum, bellte kurz, schnüffelte und hob dann das Bein, um zu markieren.

»So viel zur Ausbildung«, breit grinsend beobachtete Hannes, wie sich das Gesicht des Naturburschen unnatürlich rot färbte. Und als das Herrchen auch noch zu schimpfen begann: »Saubatzi, damischer. Zu bläd den eignen Schwanz zu finden«, stimmte ihn das noch fröhlicher. Ja, dieser Punkt ging eindeutig wieder an Hannes. Leider schien Claudia von dem Kräftemessen der Männer gänzlich unbeeindruckt. Sie fischte aus ihrer Jackentasche schnell ein Paar Gummihandschuhe, streifte sie über, trat zur Leiche und begann vorsichtig, Annis Blouson abzutasten.

»Ich glaub, ich hab da ihr Handy gefunden.«

Mit spitzen Fingern zog sie das Gerät hervor, drückte auf eine Taste und versuchte so, es in Betrieb zu nehmen.

»Verdammt, des is' so ein neumodisches mit ›Tatsch‹. Damit komm ich fei überhaupt nicht zurecht.«

»Gib mir mal auch so Handschuhe und dann her mit dem Ding.«

Ein paar Minuten später las Hannes den beiden anderen die letzte empfangene SMS vor.

»Muss dich sehen. Komm zur Jagdhütte!«

Andächtig sah er in die Runde.

»Das hier ist eine Nachricht von gestern Abend. Um genau zu sein, wurde sie um 22.56 Uhr verschickt. Der Absender ist übrigens einer namens ›Wolf‹. Ich glaube also nicht, dass es sich hierbei um Annis Handy handelt. Ich vermute fast, wir haben das von Heidi gefunden. Leider zu spät, denn Anni hatte es zuerst gefunden und ich glaube, das ist ihr zum Verhängnis geworden.«

»Wolf? Meinst du, der war der Mörder?«, fragte Claudia.

»Na, wenn nicht, dann ist er der Letzte, der sie vielleicht lebend gesehen hat. Kannst du dir denken, wer das sein könnte?«

»Hm, nun, es kann ein Wolfgang sein. Das is' ein recht beliebter Name hier. Mein Vetter – du weißt schon – der Kindergärtner, der sie gefunden hat, heißt ja auch so.«

»Hm, das lässt sich schnell klären. Ich versuch mal … Verdammt!«, Hannes hob das Handy in eine andere Richtung, aber auch das nützte nichts.

»In dieser Einöde gibt es kein Netz! Na, dann muss das eben warten. Aber wir sollten vielleicht schon einmal die Nummer vergleichen, damit dein Cousin gegebenenfalls ausgeschlossen werden kann. Hast du die zufällig im Kopf?«

»Gegebenenfalls? Was meinst du damit? Du glaubst doch nicht etwa, dass der Wolfi hiermit etwas zu tun hat?«, Claudia machte runde Augen. Nicht im Traum hatte sie daran gedacht, dass ein Familienmitglied vielleicht in die Morde verwickelt sein könnte. Erschrocken, hier als naiv und unprofessionell aufgefallen zu sein, entgegnete sie daher etwas ruppig: »Mei, natürlich nicht! Wer kann sich denn all die Nummern merken. Dafür hat man sie ja auch gespeichert. Und der Wolfi hat heuer schon wieder ein neues Handy bekommen, weil er es immer verliert oder es ihm gestohlen wird. Da is' er halt scho ein rechter Depp! Soll heißen, er hat wieder 'ne neue Nummer und die hab ich noch nicht!«

Hannes blickte sie aufmerksam an, was sie noch mehr ärgerte.

»Ja, und auch ich hab' ein neues Vertragshandy und irgendwie hat das mit dem Speichern aller Nummern noch nicht geklappt. Ich hab da ein paar Probleme technischer Art. Sind halt nicht alle so talentiert mit diesen neumodischen Dingen wie du!«, lautete jetzt ihre trotzige Erklärung, der ein ebensolcher Blick folgte. Hannes, der temperamentvolle Frauen zwar liebte, wollte in diesem Moment dennoch nicht mit ihr streiten. Ein kleines Lächeln umspielte seine Lippen, als er sich sozusagen zum Zeichen des Waffenstillstands noch einmal der SMS zuwandte. Plötzlich stutzte er und blickte sofort mit schmalen Augen den Oberförster an.

»Was für eine Jagdhütte könnte hier gemeint sein?«

»Na, die dahinten. Keine zwanzig Meter entfernt. Die vom Bäckermeister Möller eben!«, kam die unschuldige Antwort, die aber in Hannes Ohren wie blanker Hohn klang.

14

Wenn Kommissar Maus gedacht haben sollte, dass dieser Tag langsam in ruhigere Bahnen übergehen würde, hätte man ihm unterstellen müssen, ein optimistischer Anfänger zu sein. Zum Glück war er das nicht. Im Gegenteil! Immer wenn er im Rückspiegel die breiten Schultern von Sebastian Blum sah, die, einem bedrohlichen Schatten gleich, die Sicht aus der Heckscheibe versperrten, überkam ihn eine Art euphorische Unruhe, ein Adrenalinstoß, den nur Polizisten mit Leib und Seele spürten. Er freute sich auf das bevorstehende Verhör. Den würde er auseinandernehmen! Der würde zusammenbrechen! Da waren noch einige Hühnchen zu rupfen. Maus nahm jetzt elegant die Kurve zu seinem Parkplatz – eine Bewegung, die er im Schlaf konnte –, um gleich wieder im Rückspiegel das Objekt seines Unmuts zu beobachten. Sebastian Blum glotzte teilnahmslos aus dem Fenster. Dir wird deine Gelassenheit noch vergehen – dachte Maus. Sofort zuckte der Riese zusammen. Das ging ja schnell!

»Stopp! Halt! Stopp!«, brüllte der Mann von hinten.

Reflexartig trat Maus auf die Bremse. Beide Insassen flogen mit einem Ruck unsanft aus den Sitzen.

»Was … was …«, aber bevor Blum antworten konnte, sah Kommissar Maus selbst, dass er beinahe auf einen Einsatzwagen gefahren wäre, der widerrechtlich auf seinem Parkplatz stand. Das war ja wohl die Höhe! Niemals hatte es jemand gewagt, ihm dieses Recht streitig zu machen, wobei das große Schild mit dem Namen des Hauptkommissars seinen Teil dazu beitrug.

»Ja, Kruzifix!«

Maus sprang aus dem Wagen. Jetzt erst bemerkte er, dass die ganze Straße mit Einsatzwagen und Privatautos vollgestellt war. Das sonst so ruhige, verschlafene kleine Revier war quasi umstellt. Was war denn hier los? Die Antwort ließ nicht lange auf sich warten. Als Maus, den mürrisch dreinblickenden Sebastian Blum vor sich herschiebend, die Tür des Gebäudes öffnete, blieb ihm vor Überraschung der Mund offen stehen. Der sonst so menschenleere Empfangsbereich hätte heute eigentlich wegen Überfüllung geschlossen werden müssen. Alle fünf – für eventuelle Wartezeiten gedachten und daher fast fabrikneuen – Stühle waren zum Teil doppelt besetzt. Vier junge, Dirndl tragende Frauen quetschten sich kichernd auf zweieinhalb, drei Männer in Lederhosen auf die Sitzgelegenheiten. Der Rest – Maus ließ schätzend den Blick über die Menge gleiten – stand herum, lehnte an der Wand, hockte auf dem Boden und einer lag sogar vor der Toilettentür, das Gesicht grün. Fast alle trugen süddeutsche Trachten. Die Luft war geschwängert mit einem Geruchsgemisch aus Alkohol, Nikotin, billigem Parfüm, Erbrochenem und einer zarten Note aus Moschus und Blut. Warum dachte denn niemand daran, ein Fenster zu öffnen?

Die Tür der Diensträume ging auf und Polizeiobermeister Hammer trat heraus. Hinter ihm wurde ein Mann mit wirrem Haar, einem Veilchen und blutverkrusteter Nase von einem, Maus völlig unbekannten, Polizeikollegen hinausgeführt. Der grüngesichtige Mann vor der Toilette begann zu röcheln, aber niemanden schien das zu stören.

Klein, dick, plattfüßig und leicht zu übersehen spähte jetzt Polizeimeister Friedrich Schnabelhuber über den Empfangstresen und ließ seine quäkende Stimme ertönen.

»So, jetzt mal Achtung, meine Herrschaften! Die, die nicht dringend in die Notaufnahme müssen« – das Röcheln wurde lauter – »ihr wisst schon, das Krankenhaus ist genau gegenüber, andere Seite vom Platz. Also, die, die da nicht hinmüssen, halten sich jetzt mal bereit, damit wir die Personalien aufnehmen können.«

Das Röcheln verstarb, eine der jungen Damen bekam einen Kicheranfall. Schnabelhuber – sensibel wie alle zu klein geratenen Männer – zuckte zusammen, nahm es natürlich persönlich, lief rot an, stürmte hinter dem Tresen hervor und schrie in den höchsten Oktaven.

»Ruhe verdammt noch mal! Das ist hier eine Polizeistation und kein Affenhaus! Hier herrschen Ordnung und Disziplin und alle haben jetzt …«

Weiter kam er leider nicht, da plötzlich eine Kamera vor sein Gesicht gehalten wurde. Der ausgelöste Blitz beeinträchtigte für ein paar Sekunden sein Sehvermögen. Lustige bunte Vierecke tanzten vor seinen Augen. Schnabelhuber musste heftig blinzeln. Langsam konnte er ein paar dicke, unrasierte Beine in einem karierten Rock vor sich ausmachen. Die Dame schien gut gebaut und ganz nach seinem Geschmack! Der kleine Beamte hob daher schnell den Kopf, starrte auf die Kamera, die viel zu zierlich für die riesigen Hände war, hob den Kopf weiter, sah einen breiten Brustkorb, mächtige Schultern und dann ein rotes, freundliches und vor allem bärtiges Gesicht.

»Was … Was soll denn das?«

»Ay man! You remind me of my uncle Fred!«

Ein weiches rollendes »r«, eine eigenartige Sprache; das war ein Fremder, ein Ausländer! Das war kein Tiroler, sondern eine Spur exotischer: ein Schotte!

»C'mon, I show you.«

Bevor sich Schnabelhuber versah, hatte ihn der andere schon an den Schultern gepackt und so gedreht, dass er gezwungen war, auf ein Display zu starren, das ihm unter die Nase gehalten wurde.

»Das reinste Irrenhaus, Herr Kommissar«, grüßte Hammer.

»Das seh' ich auch so. Was ist denn passiert?«, fragte Maus.

Hammer klopfte grinsend dem lädierten Mann, der von dem unbekannten Kollegen gestützt werden musste, auf die Schulter.

»Schorschi, wenn ich du wäre, würde ich gleich mal zum Doktor schaun. Die Hand scheint mir durch deine Rauferei gebrochen!«

»Schmarrn! Des is' nix.«

»Na, des musst du wissen. Aber Obacht, heut lässt die Finger vom Alkohol, host mi!? Ich hab bei dir dahoam angerufen. Dein Vater is' ned da. Da hast aber Glück g'habt. Aber es kommt gleich einer und holt dich ab. Also wart draußen, klar!?«

»Ja, ja!«, maulend schob sich der Betrunkene an den Beamten vorbei.

»Du verdammtes Arschloch!«, zischte Sebastian Blum dem Vorbeigehenden zu.

»Fick dich selber!«, war die schlagfertige Antwort und beinahe wäre Schorschi die Eingangsstufen hinuntergestürzt. Torkelnd bremste er mehr oder minder elegant auf dem Gehsteig ab, blieb schwankend stehen und überlegte offensichtlich, wo und wer er überhaupt war. Plötzlich schien er sich an etwas zu erinnern.

»Scheiß Weiber!«, hallte es über den Platz.

»Bitter! Des da war grad dem Bäckermeister Möller sein Schorschi. Also sein Sohn Georg.«, stellte Hammer dem Kommissar nachträglich den Betrunkenen vor. »Der verträgt offensichtlich nicht allzu viel. Da is' sein Vater aber aus einem ganz anderen Holz geschnitzt, sag ich Ihnen!«

Hammer schüttelte den Kopf und fuhr dann mit ernster Miene fort:

»Ja, Herr Kommissar, ich denke, Sie sind im Bilde. Der Georg Möller ist der Verlobte von unserer geschätzten Kollegin Hubschmied. Vielleicht sollten wir es ihr nicht gleich auf die Nase binden. Die kriegt es selbst früh genug raus. Dem werden heute noch die Leviten gelesen, das sag ich Ihnen.«

Maus bezweifelte, dass sich Hammer – der nicht umsonst als größte Tratschtante des ganzen Reviers bekannt war – hier lange diskret zurückhalten konnte. Langsam die rechte Augenbraue hochziehend, signalisierte der Kommissar, dass er immer noch auf eine Erklärung wartete und seine Geduld fast am Ende war.

»Ach so, Sie wollten wissen, was hier passiert ist?«, Hammer war jetzt in seinem Element. »Eine Massenschlägerei auf dem Frühlingsfest. In der »Schafsresi« sind ein paar mit Maßkrügen aufeinander losgegangen. Die anderen haben sich dann nicht lange bitten lassen. Das Zelt ist nur noch ein Trümmerfeld. Das kommt davon, wenn zu viel Alkohol und zu viele resche Derndl im Spiel sind. Die Kerle flippen aus. Aber wenn Sie glauben, dass hier viel los ist, sollten Sie mal einen Blick in die Klinik werfen. Heuer ham die wirklich übertrieben. Von mir aus können die nächstes Jahr den Trachtennachmittag ausfallen lassen!«

15

Hannes Petersen spähte durch das kleine Fenster der Jagdhütte. Ein dunkler Raum, ein großer Kamin, gemütliche Sessel, ein Sofa und in der Ecke konnte er so etwas wie eine Kochzeile ausmachen. Als der Oberförster ihn kurz darauf hinwies, dass die Tür nicht verschlossen sei, ließ er sich extra viel Zeit, denn er grollte dem Waldschrat immer noch. Neben den offensichtlichen Versuchen, ihn bei Claudia auszustechen, unterstellte Hannes ihm auch noch großzügig Fremdenfeindlichkeit und Diskriminierung von Nicht-Weißwurst-Essern. Daher schlenderte er besonders langsam zum Eingang, murmelte »Grobe Fahrlässigkeit«, bevor er mit hocherhobenem Haupt über die Schwelle schritt und dabei souverän Claudia Hubschmieds Einwand, dass man hier strenggenommen Hausfriedensbruch begehe, ignorierte.

»Gehört zum Tatort, zu den Ermittlungen, Mörder auf der Flucht, Gefahr in Verzug und ich will verdammt sein, wenn wir hier nix finden! Außerdem war die Tür ja unverschlossen. Also ist die Hütte für die Öffentlichkeit zugänglich.«

Mit selbstgerechter Zufriedenheit ließ er seinen Blick jetzt noch einmal durch den Innenraum gleiten. Gemütlich war es hier; auf eine rustikale, biedere Art. Er mochte das. Es roch nach Holz, nach Wald, nach Leder, nach maskuliner Freiheit. Der riesige, ausgestopfte Eberkopf – er hatte nicht gedacht, dass solche Exemplare überhaupt existierten – über dem Kamin, die Hirsch- und Rehbockgeweihe an den Wänden, die Bar mit allem, was das Herz begehrte, der Waffenschrank …

»Da hat sich wohl jemand mit Gewalt bedient!«

Auf dem Boden vor dem Schrank lag eine aufgerissene Schachtel, die Patronen waren überall verstreut.

»Hier hatte es jemand anscheinend sehr, sehr eilig!«

Hannes ließ prüfend den behandschuhten Zeigefinger über die aufgesplitterte Furnierkante der Schranktür gleiten. Vermutlich hatte sich der Täter mit einer Brechstange Zugang verschafft. Langsam schwang die Glastür auf. Im Halbdunkeln konnte man sehen, dass eine Vorrichtung für die Gewehre leer war.

»Herr Oberförster«, es half alles nichts, er musste doch wieder mit dem Mann, den er beschlossen hatte ein für alle Mal zu ignorieren, sprechen. »Herr Oberförster, würden Sie mal herkommen und schauen, was hier fehlt?«

16

»Wie soll ich denn das jetzt verstehen?«

Maus war in höchstem Maße und vollkommen zu Recht aufgebracht. Nicht nur, dass er dank der vielen Menschen Mühe hatte, bis zu seinem Büro vorzudringen, jetzt musste er auch noch feststellen, dass es besetzt war.

»Tut mir leid, aber wir müssen alles aufnehmen. Das ist Vorschrift! Und weil wir so viele Zeugen hatten, mussten wir uns auf alle Räume verteilen.«

Entschuldigend lächelnd wandte sich der Beamte, der Maus ebenfalls völlig unbekannt war, wieder dem jungen Pärchen zu.

»Also, wo waren wir stehen geblieben?«

»Das ging alles so schnell«, fuhr die Frau fort und strich dabei nervös ihre zerrissene Dirndlschürze glatt. »Eben noch hatten wir eine super Gaudi und standen auf den Bänken und plötzlich flog schon der erste Bierkrug …«

Maus hatte genug gehört. Schnaubend packte er Sebastian Blum am Arm, drehte sich um und warf die Tür seines eigenen Büros hinter sich zu.

Wütend überlegte er, wo er jetzt seine bei weitem wichtigere Arbeit verrichten sollte. In Anbetracht der wartenden Leute im Korridor konnte er wohl vergessen, heute noch ein ruhiges Plätzchen zu finden. Hammer – wichtigtuerisch und ganz in seinem Element, da er die hinzugezogenen Kollegen aus der nächsten Kreisstadt herumkommandieren konnte – schritt an den Wartenden vorbei und bemerkte beiläufig: »Sie sollten es vielleicht mal im Umkleideraum versuchen. Da ist bestimmt noch was frei! Übrigens …«, der Hafer schien ihn zu stechen, »… Sie tragen da ein interessantes Parfüm. Ein bisschen blumig vielleicht, aber doch zum Frühling passend!«

Zu spät erkannte er, dass er in einem Anfall von Größenwahn zu weit gegangen war. Das war der Tropfen, der das Fass zum Überlaufen brachte.

»Hammer!«, brüllte Kommissar Maus, »Sie haben jetzt genau fünf Minuten Zeit, mein Büro räumen zu lassen. Verschwinden Sie mit allen Kollegen, die ich nicht kenne, und Ihren besoffenen Seppels allesamt selber in der Umkleide! Und zwar pronto! Ich habe hier einen Mordfall zu klären. Also höchste Priorität! Und wenn Sie mit dieser Zirkusgesellschaft fertig sind, melden Sie sich sofort bei mir! Sie sind ab sofort zur Nachbarschaftsbefragung eingeteilt. Und wenn es Ihnen nicht passt, dann sehen Sie sich schneller, als Sie denken, als Fußstreife auf der Kuhweide wieder! Haben Sie mich verstanden?«

Sebastian Blum neben ihm zuckte genauso zusammen wie Hammer. Zufrieden registrierte Maus, dass er den richtigen Ton getroffen hatte. Während um ihn herum ein hektisches Treiben einsetzte, hob er verstohlen den Arm und schnupperte daran. Heidis Parfüm roch wirklich sehr blumig. Er hoffte, dass er diesbezüglich seiner Frau gegenüber nicht in Erklärungsnot geraten würde, denn, dass er sich mit einem wildgewordenen Rechtsradikalen in den Schminkutensilien des Mordopfers gewälzt hatte, klang, obwohl es ja die Wahrheit war, irgendwie unglaubwürdig.

17

»Ich hab hier auch keinen Empfang.« Claudia Hubschmied hielt zur Bestätigung ihr Handy hoch. »Ich werd wohl mal rausgehen, um die Kollegen wegen des zweiten Mordfalls zu informieren. Ach übrigens, Herr Oberförster, Sie solltn wissa, dass Ihr Hund gerade auf einer der Patronenhülsen rumkaut.«

18

Schwer aufseufzend, ließ sich Kommissar Maus in seinen Schreibtischsessel fallen, der ebenfalls glücklich ächzte, da er wieder das passgenaue Hinterteil zu spüren schien, das ihn jahrelang geformt hatte.

Endlich Ruhe! Zwar wäre der Kommissar mit Sebastian Blum lieber in einem der Verhörräume gewesen, aber in Anbetracht des augenblicklichen Chaos, war er froh, wenigstens sein Büro wiederzuhaben. So versöhnt lächelte er Steffi an, als diese mit hochrotem Kopf zu ihnen in den Raum stürmte.

»Herr Kommissar, nicht nur, dass Sie von mir verlangt haben, die Beweisstücke mit dem Fahrrad zu transportieren …«

Maus überlegte. Hatte er das wirklich? Ja, in der ganzen Aufregung durch die Festnahme des jungen Blum, war ihm wohl entfallen, dass Steffi nur mit dem Rad unterwegs gewesen war. Entschuldigend – und, wie er meinte, sehr treuherzig – lächelte er Steffi weiter an.

»Ich bin noch nicht fertig! Fakt ist: Sie haben mich einfach zurückgelassen, ohne dass wir jemanden hatten, der sich um Frau Blum kümmerte!«

Sebastian schnaufte verächtlich.

»Das ist mir schon klar, dass den Herrn Sohn nicht interessiert, was seine Mutter gerade durchmacht!«, bemerkte Steffi spitz.

Maus war ganz froh, nicht mehr die Zielscheibe ihrer Empörung zu sein, doch leider änderte sich das sofort wieder.

»Den Kommissar sollte es aber interessieren! Für's Protokoll: Ich hab den Hausarzt verständigt und ihre Freundin Erika Noller. Damit sie aber nicht allein ist, bis die beiden eintreffen, musste ich Frau Wieland als Babysitter einsetzen.«

Maus seufzte.

Ihm wäre es lieber gewesen, wenn diese Frau nichts mit seinen Ermittlungen zu tun haben würde. Aber andererseits konnte er Steffis Entscheidung verstehen.

»Ja, und dann musste ich, die langmütige Assistentin, nur noch schnell zurückradeln, um weiter zu Ihren Diensten zu sein! Und was muss sie hier vorfinden? Den Weltuntergang! Diese ganzen Leute haben alles auseinandergenommen. Der Kaffeeautomat ist kaputt – und das bringen Sie Claudia bitte schonend bei – mein Arbeitsplatz ist von einem Bauernlümmel in Uniform belegt, der bei uns wahrscheinlich nicht einmal für Falschparker eingesetzt worden wäre. Und um das Maß vollzumachen hat der, nachdem er alles auf meinem Tisch zweckendfremdet hatte, auch noch versucht, mich anzugraben! Unter dem Strich also wurde ich von meinem Vorgesetzten schikaniert und dann auch noch am Arbeitsplatz sexuell belästigt!«

Eigentlich sah Steffi ganz reizend aus, wenn sie in Rage geriet. Ihre blauen Augen blitzten, ihre Haut nahm eine rosige Farbe an und auch ihre Haare schienen sich dann gerne aus dem strengen Pferdeschwanz zu lösen und das Gesicht zu umspielen. Maus konnte es dem bauernlümmeligen Kollegen nicht verdenken, dass er probiert hatte, bei ihr zu landen. Aber Stefanie Vogler war nicht in der Stimmung, sich von Maus diesen väterlich anerkennenden Blick gefallen zu lassen. Wütend verschränkte sie die Arme vor der Brust und starrte mit funkelnden Augen zurück. Die Luft war zum Schneiden dick. Die Atmosphäre knisterte. Sebastian Blum versuchte, sich auf seinem Stuhl ganz klein zu machen; ein aussichtsloses Unterfangen.

Eine dicke Schmeißfliege flog gegen die Fensterscheibe. Einmal, zweimal, dreimal. Beim vierten Mal war die Wucht so stark, dass das Tier zurückprallte und auf dem Rücken landete. Das gedämpfte Brummen eines sich im Kreis drehenden Insekts war nun das einzige Geräusch im Raum und man konnte sich gar nicht vorstellen, dass im Rest des Gebäudes alles drunter und drüber ging. Maus wurde es sehr warm und er hätte am liebsten ein Fenster geöffnet. Jedoch hätte er dazu aufstehen und an Steffi vorbeigehen müssen. Die Fliege hatte es geschafft und sich wieder auf ihre Beine gedreht. Ihrem Intelligenzquotienten entsprechend setzte sie gleich wieder die sinnlosen Kamikazeflüge fort. Tja, manchmal muss man eben für andere denken, entschied Maus, stand auf, öffnete das Fenster und räusperte sich, während die Fliege hinausflog.

»Hm, gegen die von Ihnen eben geschilderten Zustände müssen wir wohl schleunigst etwas unternehmen. Als Erstes wird wohl Hammer dem auswärtigen Kollegen eine andere Aufgabe zuteilen. Der räumt natürlich sofort Ihren Schreibtisch und kann sich vielleicht gleich anders nützlich machen und schnell zum Bäcker rübergehen und Kuchen besorgen. Tja und wegen der Kaffeemaschine: Da gibt es doch bestimmt so einen Reparaturservice. Den sollte man dann mal anrufen. Und in der Zwischenzeit nehmen wir halt die alte, verkalkte.«

Steffis Augen wurden schmaler. Hatte er etwas vergessen? Maus überlegte fieberhaft.

»Oh, ja, natürlich!«, manchmal konnte er wirklich ein Holzklotz sein. »Sie haben wie immer hervorragende Arbeit geleistet, bewahren in Krisensituationen den Überblick, was ich sehr zu schätzen weiß, und ich entschuldige mich dafür, dass ich Sie mit der schweren Beweislast allein gelassen habe.«

Zur gleichen Zeit gelang es der dicken Schmeißfliege, durch ein offenes Fenster in den dritten Stock des Gebäudes einzudringen, wo sie sich gleich auf einem verwaisten Wurstbrot niederließ.

19

Während der Oberförster Wasti mit Gewalt das Maul öffnete, um an die Patronen zu kommen, und Claudia auf der Suche nach dem perfekten Netzempfang im Wald verschwand, war Hannes Petersen über die kleine Holztreppe auf den Dachboden gestiegen. Eigentlich hatte er hier einen Raum wie bei den Zeichentrickfilmen von Heidi erwartet. Stroh auf dem Boden, eventuell eine Decke, ein Fenster, durch das die Tannen und der Himmel zu sehen waren. Was er aber vorfand, überraschte ihn so sehr, dass er erst einmal ungläubig blinzeln musste. Das war ja Luxus pur! Hier war einem Innenarchitekt der Superlative offensichtlich freie Hand gelassen worden. Das Resultat war vermutlich der Traum eines jeden protzsüchtigen Hollywoodstars oder Pornoproduzenten. Fast eingeschüchtert ging Hannes zu dem kreisrunden Wasserbett und drückte auf die Matratze. Es gluckerte, was ihn eigentlich nicht überraschen sollte, es aber doch tat. Cool! Der dicke rote Teppich war auch ein Traum. Das Bärenfell, die Stoßzähne, der Nashornschädel, die ausgestopften Leoparden und das Krokodilgebiss waren eindeutig Geschmackssache und ein Fall für die Zollbehörde und den Artenschutz. Möller konnte zwar eine Berechtigung als Großwildjäger haben, trotzdem lag über allem der Hauch des Illegalen. Die Farben Rot, Weiß und Chrom – wenn das denn eine Farbe war – dominierten den Raum. Das Gefühl, eine exotische Retro-70er-Liebeshöhle entdeckt zu haben, erregte Hannes und machte ihn leicht schwindlig. Er blickte zur Zimmerdecke und stellte zufrieden fest, dass sich über dem Bett ein Glasdach befand, durch das man die Tannen und den Himmel sehen konnte. Dunkle Wolken türmten sich auf. Ein Gewitter zog heran. Hannes hatte bereits gehört, dass das in den Bergen sehr schnell passieren konnte. Die schwarze Front, die rauschenden Wipfel, ein Eichhörnchen, das hektisch noch schnell Unterschlupf suchte, kombiniert mit der Sicherheit des Raumes, vermittelten eine anheimelnde Atmosphäre. Es musste wunderbar sein, hier zu übernachten. Am besten in den Armen einer aufregenden Frau. Verträumt ließ Hannes seinen Gedanken freien Lauf. Aus dem Erdgeschoss ertönte ein herzzerreißendes Jaulen.

20

Claudia Hubschmied fluchte leise. Zuerst war sie den Weg zur Hütte entlanggelaufen und dann auf eine kleine Anhöhe geklettert. Nichts! Sie hatte noch immer keinen Empfang. Wind kam auf. Besorgt schaute sie in den Himmel. Das Gewitter näherte sich verdammt schnell. Einige Blitze zuckten kurz hintereinander auf. Claudia wartete und zählte die Sekunden. Es donnerte. Der Wind wurde stärker. Das Unwetter war höchstens fünf Kilometer entfernt.

»Ich muss wohl zurück«, sprach sie zu sich selbst. Aber ihr Ehrgeiz war größer. Kurzentschlossen wandte sich die Kommissarin nach links und lief in die entgegengesetzte Richtung, weil sie sicher war, nach der Biegung wieder Netz zu haben. Langsam wurde es wirklich dringend, denn sie musste das Revier von dem zweiten Mordfall in Kenntnis setzen.

21

»Danke, Frau Wieland, aber ab jetzt übernehme ich!«

Nachdem Erika gleichzeitig mit dem Arzt angekommen war, hattesie kaum Zeit, sich endlich um ihre bedauernswerte Freundin zu kümmern, weil sie gleich von der schnatternden Nachbarin in Beschlag genommen wurde. Sonst eigentlich die Ruhe selbst und in jeder Lage fähig, mit nervenaufreibenden Personen umzugehen, war nun ihre persönliche Grenze erreicht, die sich in der neugierigen Frau Wieland manifestierte. Ihr Gehirn schaltete automatisch auf den Stand-by-Modus. Sie sah die alte Frau an, deren Mund auf- und zuging, ohne dass die daraus strömenden Worte zu Erika durchdrangen. Das Gefühl, irgendwie Mitschuld an Heidis Tod zu tragen – denn sie hatte der Tochter ihrer Freundin den Praktikumsplatz schließlich vermittelt – und das ständig wachsende schlechte Gewissen, sich deswegen nicht gleich um Sandra gekümmert zu haben, konnten nicht mehr beruhigt werden. Ihre anfänglichen Ausreden und vorgeschützten – teilweise unnötigen – Aktionen machten ihren Seelenzustand aus diesem Blickwinkel nur noch schlimmer. Natürlich hatte sie zuerst einmal die Eltern informieren, die Kinder beruhigen, die Mitarbeiter instruieren oder trösten müssen. Und dann kam noch dieser unnötige Streit mit Anni hinzu. Anni, diese merkwürdige Frau, mit der sie jetzt schon zwölf Jahre zusammenarbeitete, ohne jemals persönlich zu ihr durchgedrungen zu sein, war ausfallend geworden und nachdem sie sich nicht mehr gegen Erikas Argumente zu wehren vermocht hatte, war sie einfach in den Wald gerannt. Was hätte sie denn anderes tun sollen, als ihr zu folgen? Dieses Biest!

Da war natürlich auch Zeit vergangen. Zeit, in der sie versucht hatte, die Dinge wieder in Ordnung zu bringen, und als das nicht funktioniert hatte, wenigstens wieder ihr inneres Gleichgewicht zu finden. Und schließlich wollten ja auch noch die Einkäufe fürs Wochenende gemacht werden. Dass sie sich dabei besonders sorgfältig über jedes Sonderangebot informiert und dann extra die längste Schlange an der Kasse genommen hatte, war im Nachhinein betrachtet der offensichtlichste Verrat an den Pflichten einer guten Freundin. Sie wollte nicht an sie denken. Sie wollte nicht wissen, wie es ihr ging. Sie wollte endlich ihre Ruhe haben. Sie hatte doch alles getan, um die Welt in geordneten Bahnen zu halten.

Solange sie denken konnte, war es immer Sandra gewesen, die ihr strukturiertes Leben durcheinandergebracht hatte. Immer gab es eine Tragödie, eine Katastrophe und einen Scherbenhaufen. Immer musste Erika mit Rat und Tat zur Seite stehen und Lösungen finden. Seit der ersten Klasse war das so. Konnte sie denn nicht langsam erwarten, jetzt auch mal etwas zurückzubekommen? Mit Recht fühlte sie sich überfordert, aber ihr Gewissen war trotzdem nicht zu beruhigen, denn sie war dann doch wie ein beim Lügen ertapptes Kind zusammengezuckt, als ihr Handy klingelte und Stefanie Vogler sie bat, sich um Sandra zu kümmern.

»Und wenn ich nicht zufällig da gewesen wäre, hätte die arme Frau Blum ganz allein sein müssen. Und die hätte sich bestimmt was angetan, sage ich Ihnen!«

Es war nur eine Frage der Zeit gewesen, bis Frau Wielands Worte endlich Erikas Gedankenwelt durchdringen würden, plötzlich tönte die schnatternde Stimme überlaut in ihren Ohren, sodass es fast schmerzte.

»Es ging ihr so schlecht. Ich hab der Beamtin zwar gesagt, dass meine Nerven genauso angegriffen sind wegen des armen Mädchens – das gute Kind. Immer ein freundliches Wort und so hübsch wie ihre Mutter. Haben sie die schönen Fotos gesehen?«

Frau Wieland war offensichtlich die einzige glückliche Person im Haus. Rote Wangen verrieten, mit welcher Begeisterung sie die letzte halbe Stunde damit verbracht haben musste, ihre Neugier und ihre Sensationssucht zu befriedigen. Angewidert schüttelte Erika ihren Kopf.

»Und auch auf die Gefahr hin, mich zu wiederholen: Dankeschön und ab jetzt übernehme ich!«

»Nein, nein, nein, haben Sie mir eben nicht zugehört? Ich habe Ihnen doch erklärt, dass Frau Blum mich jetzt braucht. Sie hat einen Schock und weil ich die ganze Zeit bei ihr war, vertraut sie mir und kann momentan nicht auf meine Unterstützung verzichten!«

»Und Sie sind unfähig einzusehen, dass es ihr dank Ihrer Hilfe überhaupt nicht besser geht und dass sie jetzt eine wahre Freundin braucht!«

»Dass ich nicht lache! Wahre Freundin! Wo sind Sie denn in ihrer Not gewesen? Beim Frisör? Ich sag immer, wer solche Freunde hat, der braucht …«

Erika zuckte zusammen. Sie hatte ja Recht. Ein Blick durch die halb geöffnete Wohnzimmertür auf Sandra, die wie in Trance den Arzt ansah, der ihr gerade eine Injektion gab, machte ihr Herz noch schwerer. Wie blass, zerbrechlich, ja regelrecht zusammengefallen sie jetzt wirkte.

Eine dicke, schwarze Katze stahl sich durch die offene Terrassentür und sah sich – wohl nicht zum ersten Mal erwartend, gleich wieder hinausgeworfen zu werden – misstrauisch um. Da sie aber niemand beachtete, erhob sie selbstsicher ihren Schwanz und trabte auf das Sofa zu, um dort mit einem Satz zu landen. Leider aber war das Tier für solche Aktionen eindeutig zu fett und deshalb fiel der Sprung nicht gerade elegant aus. Scheppernd kippte eine Teetasse um; der Inhalt ergoss sich auf die Polster.

»Mei, wie süß, mein Mohrli ist da, um auch zu trösten!«, flötete eine begeisterte Frau Wieland. Drei Minuten später fand sie sich, den schnurrenden Kater auf dem Arm, vor der Haustür Bauerstraße 100 wieder.

22

Der Sturm wirbelte das trockene Laub auf. Kleine Äste wurden abgerissen. Claudia kniff zum Schutz die Augen zu. Scheiße, es war höchste Zeit, sich aus der Gefahrenzone zu bringen. Wenn sie jetzt einen Spurt einlegen würde, könnte sie es noch zur Jagdhütte schaffen, ohne bis auf die Haut nass zu werden, dachte sie. Ein Blitz zischte auf, erleuchtete die schwarze Wolkenfront und wurde gleich von zwei weiteren Blitzen abgelöst. Drei Sekunden vergingen, dann setzte ein Donnerknall ein, der der jungen Kommissarin fast das Herz zum Stehen brachte. Zu nah, viel zu nah!

Eigentlich hatte sie keine Angst vor Gewittern, im Gegenteil: Für sie gab es nichts Schöneres, als mit gespannter Aufregung abzuwarten, wenn der Himmel im Hintergrund bedrohlich schwarz wurde, während sich die Welt vor ihren Augen, noch von der Sonne beschienen, in trügerischer Sicherheit wähnte. Das Gefühl der Vorfreude auf die Gefahr, die Gewalt, das Ende und den Neuanfang genoss sie mit einer Art voyeuristischem Fatalismus. Jedoch gab es einen Unterschied, ein Unwetter in der Geborgenheit eines Hauses zu beobachten oder sich schutzlos mittendrin zu befinden.

Claudia überlegte fieberhaft. Wenn sie es nicht schaffen würde, müsste sie einen Unterschlupf finden. »Eichen sollst du weichen, Buchen sollst du suchen!« Ausgerechnet dieser dumme Spruch schoss ihr durch den Kopf und sie musste kurz auflachen. Blödsinn! Irgendein Erdloch, eine Mulde, eine Bodensenkung, eine Vertiefung konnte da nur noch helfen, aber vorher würde sie rennen.

Warum tat sie es nicht? Es war plötzlich so merkwürdig still. Der Wind hatte aufgehört. Nichts rührte sich. In Claudia gingen sämtliche Alarmglocken los. Sie spürte, dass sie in Gefahr war. Sie war nicht allein! Ein neuer Blitz schoss über den Himmel, ein Ast knackte, Kommissarin Hubschmied riss ihre Waffe aus dem Holster und schrie gegen den Donner an.

23

»Wie würden Sie das Verhältnis zu Ihrer Schwester beschreiben?«

»Ach, das Miststück!«

Sebastian Blums Mund verzog sich angeekelt und Maus notierte im Stillen, dass die kleine Heidi ihren Bruder nicht nur durch ihr besseres Aussehen, sondern vor allem durch Intelligenz ausgestochen haben musste. Eigentlich konnte man nur Mitleid mit ihm haben, denn es war offensichtlich, dass er immer übergangen wurde.

»Die Kuh hat sich gedacht, sie wär was Besseres!«

»Gut, dann gehe ich mal davon aus, dass Ihr Verhältnis nicht so …«

»Immer hat sie genervt mit ihrem Prinzessinnengetue, ihrem Putzfimmel, ihrer undeutschen Gesinnung; hat mich bei meiner Alten schlecht gemacht. ›Deine Nazischweinefreunde sind nur Scheiß‹ hat sie ständig gesagt …«. Maus konnte ihr im Geiste nur beipflichten, obwohl er es vielleicht etwas anders formuliert hätte. »… Ich hab ihr dann die Fresse poliert, der Nutte.«

Maus zuckte zusammen, schalt sich aber gleich selbst. Was hatte er erwartet? Natürlich konnten sich solche Menschen nur mit Brutalität zur Wehr setzen. Es war offensichtlich, dass Minderwertigkeitskomplexe und ein fehlendes Sprachzentrum keine andere Wahl ließen. Trotzdem konnte und wollte er so etwas nicht tolerieren.

»So, Sie haben also zugeschlagen?«

Sebastian grinste genüsslich und Maus erschauderte.

»Oft?«

Der kahlköpfige Mann nickte.

»Und vermutlich fest?«

»So wie sie's verdient hat, was denken Sie denn?«

Am liebsten wäre der Kommissar jetzt aufgesprungen und hätte ihm demonstriert, was er persönlich von »verdienten Schlägen« hielt. Schnell schloss er die Augen, malte sich diese kleine blutige Szene aus, befand sie dann aber als nicht befriedigend und wandte sich daher lieber wieder seinem Gesprächspartner zu.

»Wenn Sie meinen!? Ihre Mutter hatte es wohl auch ab und zu Mal verdient, nehm ich an?! Ich kann mich noch erinnern, dass Sie ihr vor Kurzem unterstellt haben, sie hätte einige Verhältnisse – mich eingeschlossen. Wie kommen Sie darauf?«

Der Besucherstuhl war eindeutig zu bequem. Maus ärgerte sich, dass er nicht in einem der Verhörräume saß, wo harte Sitzgelegenheiten Männern wie Sebastian Blum ganz schnell das dumme, überheblich selbstzufriedene Lächeln aus dem Gesicht gewischt hätten, denn Kreuzschmerzen waren eine gute Methode, jeden an den nötigen Respekt gegenüber Polizeibeamten zu erinnern.

24

»Ich mach mal die Terrassentür zu. Da braut sich ein Gewitter zusammen!«

Besorgt sah Erika den Himmel an. Das war wirklich die passende Kulisse für die augenblickliche Situation.

25

Hannes wurde es zu unheimlich. Die Blitze folgten nun kurz aufeinander. Das war eine Weltuntergangsstimmung, die er nicht unbedingt in der ersten Reihe miterleben wollte. Schnell stand er vom Bett auf und ging runter in den ersten Stock.

Der Oberförster kroch auf allen Vieren und sammelte die Patronen ein. Wasti, der zitternd in der Ecke saß, hob sofort den Kopf und kam in geduckt unterwürfiger Haltung, aber mit wedelndem Schwanz zu Hannes und suchte Trost bei ihm. Gedankenverloren streichelte dieser über den Kopf des Tieres, das sich in tiefer Dankbarkeit an ihn schmiegte.

26

»Halt! Ich bin Polizeibeamtin!«, schrie Claudia Hubschmied dem Gebüsch entgegen, in dem sie glaubte, für den Bruchteil einer Sekunde ein Augenpaar ausgemacht zu haben. Sie richtete den Lauf ihrer Waffe auf die Stelle und versuchte es noch einmal: »Kommen Sie sofort da raus!«

Es war zwecklos. Die Wolken hatten jetzt alle Schleusen geöffnet, der Regen rauschte mit aller Gewalt auf sie nieder, Blitze und Donner kamen gleichzeitig, niemand schien sie hören zu können.

27

»Es ist wie vor dreißig Jahren! Die Zeit des Frühlingsfests, das Gewitter, ein totes Kind!«, flüsterte Sandra.

Auch Erika waren diese Gedanken durch den Kopf gegangen. Langsam drehte sie sich zu der Freundin um.

28

Wasti bellte wieder und Hannes, der langsam angefangen hatte, sich für das Tier zu erwärmen, begann es beruhigend hinter den Ohren zu kraulen. Offensichtlich verwirrt zwischen dem Gefühl von Genuss und der instinktiven Reaktion auf Gefahr, wurde der Hund noch aufgeregter.

»Mei, jetzt is' aber a Ruh!«, schnaufend richtete sich der Oberförster hinter dem Sessel auf.

»Sagen Sie mal, was machen Sie da eigentlich?« Hannes traute seinen Augen nicht.

»Ich hab, mit Verlaub, ein bisschen aufgeräumt!«

Triumphierend streckte der Mann Hannes seine Hände entgegen.

»Das war fast 'ne halbe Packung, die da rumlag!«

»Sind Sie so blöd oder tun Sie nur so, um mich zu ärgern?«

»Wie meinen Sie des jetza?«

Doch bevor Hannes im gerechten Zorn den anderen darauf hinweisen konnte, Beweismaterial vernichtet zu haben, ertönte ein Schuss, der trotz des Regens, der jetzt tosend auf das Dach prasselte, unüberhörbar war. Wasti sprang bellend zur Tür, drehte aber sofort winselnd ab, als ein neuer Blitz niedersauste und in einen nahegelegenen Baum einschlug. Das Zersplittern von Holz, die Buche, die ächzend umfiel, ein weiterer Donnerschlag, der Fluch des Oberförsters und die Äste, die peitschend gegen die Fenster schlugen, bildeten die Geräuschkulisse, als Hannes reflexartig seine Waffe zog und die Tür aufriss, um dann zu zögern, denn Gewitter versetzten ihn immer ein wenig in Panik.

Noch ein Schuss! Diesmal ganz in der Nähe!

»Scheiße!« Hannes entsicherte. Und wieder einer!

»Claudia!«, brüllte er, rannte todesmutig gegen die Regenwand an und prallte im gleichen Augenblick mit einem dicken Mann zusammen, der viel zu plötzlich vor ihm aufgetaucht war.

29

»Der Kerl ist dumm wie Bohnenstroh und ein brutaler Schläger!«

Maus war aus seinem Büro getreten und deutete Steffis mitfühlenden Blick richtig.

»Reine Zeitverschwendung, dem noch länger zuzuhören. Mit seiner Schwester hat er sich nicht besonders gut vertragen, aber daraus kann man ihm keinen Strick drehen. War die letzten zwei Tage in Passau bei seinen Kameraden, wo die angeblich den Geburtstag von Reinhard Tristan blablabla Heydrich Soundso – irgend so einem SS-Mörder – gefeiert haben. Die Kollegen überprüfen das bereits. Angeblich ist er erst heute Vormittag zurückgekommen. Hatte wohl Schwierigkeiten, dass ihn jemand beim Trampen mitnimmt. Hm, auch das sollten wir überprüfen, aber ich glaube, er sagt die Wahrheit. Könnte man fast als deutsche Tugend bezeichnen, nicht wahr? Wenn da nicht so viel Dummheit wäre. Eigentlich brauchen wir ihn nicht länger dazubehalten, obwohl …«, ein teuflisches Lächeln umspielte seine Lippen, »… wir ihn noch eine Weile schmoren lassen sollten. Als kleiner Racheakt wegen des Angriffs auf mich und in erster Linie, damit seine Mutter auch ein bisschen Pause von ihm hat. Mir scheint, dass er seine Unzulänglichkeiten, seine Eifersucht und seine Frustration ihr gegenüber besonders gern mit Brutalität kompensiert!«

Steffi nickte.

»Weise Entscheidung, Herr Maus! Mal sehen, ob wir da noch ein Plätzchen in einer der Ausnüchterungszellen mit der Frühlingsfestgesellschaft haben!«

Der Kommissar grinste zufrieden und trat ans Fenster.

»Na, da kommt ja ganz schön was runter in den Bergen!«

Den Zeigefinger gegen die Nase tippend drehte er sich wieder zu Steffi, die gerade im Begriff war, den Telefonhörer in die Hand zu nehmen, um die neusten Dienstanweisungen einem sehr gefügigen Hammer durchzugeben.

»Sagen Sie mal, hat sich eigentlich schon unser Ermittlungsteam Hubschmied-Petersen gemeldet?«

30

»Helfen Sie mir, bitte«, japste der dicke Mann und krallte sich so an Hannes' Jackenrevers fest, dass diesem fast die Luft wegblieb. »Da ist eine Wahnsinnige hinter mir her und will mich erschießen! Helfen Sie mir!«

Nein, die Luft blieb ihm wegen des schlechten Atems des Anderen weg. Angewidert versuchte Hannes, sich zu befreien, doch es gelang ihm nicht, denn die Todesangst schien offenbar ungeahnte Kräfte entfesselt zu haben. Da standen sie nun, die beiden Männer: Reglos, eng umschlungen, die Kleidung durchweicht an den Körpern klebend; einer groß und drahtig, einer klein und dick. Wie ein Liebespaar den Blick einander zugewandt, waren sie damit leider ein Hindernis für den Oberförster, der nun auch aus der Hütte gestürmt kam und nicht mehr rechtzeitig abbremsen konnte. Der dumpfe Aufprall war jedoch für Hannes der Befreiungsschlag, denn obwohl er sich sekundenlang wie die Wurst zwischen zwei Brotscheiben fühlte, veranlasste der Zusammenstoß den dicken Mann dazu, seinen Griff zu lockern, sodass es Petersen gelang, sich zwischen den beiden anderen herauszuwinden und aufzustehen.

»Herrschaftszeiten!«, fluchte der Oberförster.

Claudias heraneilende Schritte, die wegen der vielen Pfützen wie das Patschen einer riesigen Ente klangen, waren noch vor ihrem schnellen Atem und der leicht keuchenden Warnung »Bleib endlich stehen, du Arschloch!« zu hören.

»Hilfe! Sie hat mich gefunden!«

Mit Genugtuung sah Hannes, dass der Verfolgte jetzt seine Arme um den Hals des Oberförsters geschlungen hatte, was diesen am Aufstehen hinderte. Es donnerte wieder. Claudia Hubschmied war bei der Gruppe angelangt. Einem Racheengel gleich packte sie den Oberförster am Kragen und zerrte den armen Mann mit einer Leichtigkeit, die Hannes erstaunte, von ihrer Beute weg.

»Du Saubatzi, du dreckerter! Du wagst es, mir aufzulauern! Du wagst es, mich aus dem Hinterhalt anzugreifen! Du wagst es, nicht stehen zu bleiben, wenn ich es dir sag! Du …«

Weiter kam sie nicht, denn Petersen hatte sie am Handgelenk gepackt und drückte nun ihren Arm und damit auch die Dienstwaffe nieder, die sie die ganze Zeit auf den dicken Mann gerichtet hatte.

»Claudia, so beruhig dich doch!«

Wie in Trance sah sie ihn an. Die Angst, die Anspannung, die Empörung, das Adrenalin schienen langsam der Vernunft Platz zu machen. Ihr Atem beruhigte sich, sie wischte eine nasse Haarsträhne aus den Augen, sah auf das Häufchen Elend zu ihren Füßen und nickte Hannes leicht zu.

»Scho recht!«

Sie sah hinreißend aus; in ihrer nassen Bluse. Während bei den Männern die durchweichten Sachen wie alte Säcke herunterhingen, fand Hannes das bestätigt, was er schon die ganze Zeit hoffnungsvoll erahnt hatte. Für diese Figur brauchte sie einen Waffenschein. Deshalb konnte er ihr nicht allzu böse sein, obwohl sie so offensichtlich die Nerven verloren hatte. Auch der Oberförster glotzte voller Bewunderung und nur das vermeintliche Opfer entpuppte sich viel zu schnell als Spielverderber.

»Sie … Sie sind ja gemeingefährlich, Sie … Das wird Konsequenzen haben. Ich zeige Sie an! Ich, ich …«

31

»Wenn ich's dir doch sag! Alles wiederholt sich, alles ist ein Zyklus! Ich kann es nur ändern, wenn ich die Sache auf meine Weise in die Hand nehme!«

Erika wollte nichts mehr dazu sagen. Sie sah durch die Glastür in den Garten. Es hatte angefangen, heftig zu regnen. Ja, wie vor dreißig Jahren.

Damals waren sie in Heidis Alter gewesen. Lebensfroh und optimistisch – zumindest was Sandra betraf, denn diese war unsterblich in Josef Möller verliebt gewesen, obwohl der da schon ein richtiger Mann Ende zwanzig gewesen war – waren sie, kichernd, die Jacken über ihre Köpfe haltend, ins Bierzelt gelaufen, um Schutz vor dem Gewitter zu suchen. Dort war natürlich eine super Stimmung gewesen und sie hatten sich auch gleich zu ein paar Freundinnen setzen können.

»Mei, hier ist es herrlich!«

Sandras Augen hatten geblitzt und sie war noch aufgedrehter geworden, als sie Josef gesehen hatte, der mit seinem Bruder und ein paar anderen

Männern nur ein paar Bänke weiter gesessen hatte. Erika hatte es auch bemerkt und die Freundin argwöhnisch beobachtet, als diese übermütig noch einen großen Schluck aus dem Maßkrug genommen hatte.

»Sandra, ich bitt dich. Trink nicht so viel. Du hast jetzt schon unsere Zweite fast geleert und wir ham ned so viel gegessen und du verträgst doch sowieso nix!«

»Blablablabla, als wärste meine Mutter. Mensch Erika, entspann dich doch mal ein bisschen!«

Rasch war sie auf die Bank geklettert, hatte das Glas genommen, aber bevor sie es ganz hatte austrinken können, hatte sie laut aufgequietscht, weil ihr jemand in den Hintern gezwickt hatte.

»Hey, lass das!«

Sie hatte ihr Glück kaum fassen können, denn neben ihr war jetzt Josef auch auf die Bank geklettert und hatte sie breit angegrinst.

»Madl, wos moanst zu am g'scheidn Schnaps?«

Die Blaskapelle hatte mit einem lauten Tusch signalisiert, dass die Spielpause zu Ende gewesen war, und gleich darauf hatte ein beliebtes Volkslied eingesetzt, das alle Festbesucher auf die Bänke hatte steigen lassen. Erika war zur Seite geschubst und somit von Sandra getrennt worden, die es gar nicht gemerkt hatte. Stattdessen hatte sie dumme, verliebte Kalbsaugen gemacht und ohne zu Zögern den angebotenen Flachmann genommen. Von Erikas unglücklicher Position aus – sie war mittlerweile von einer Bedienung aufs Brutalste zur Seite gestoßen worden – hatte sie sehen können, wie Josef ungeniert auf Sandras Dekolleté gestarrt hatte. Im Nachhinein war sie sich aber nicht ganz sicher, ob die Freundin nicht doch mit Absicht ihre Reize präsentiert hatte. Vermutlich war es ein Zusammenspiel von allem gewesen. Ein verliebtes junges und leider betrunkenes Mädchen hatte schwankend auf einer Bierbank versucht, das seelische und körperliche Gleichgewicht zu halten. Als es Erika dann schließlich gelungen war, sich wieder zu den anderen durchzukämpfen, hatte Sandra nur die Augen verdreht.

»Na, auch mal wieder da? Wo haste dich denn rumgetrieben? Wohl geknutscht?«

Sie hatte gekichert, denn Josef hatte ihr etwas ins Ohr geflüstert.

»Du bist ja ein ganz Schlimmer, du Hallodri!«

»Komm Sandra, lass uns gehen!«

Erika hatte sie am Arm gepackt, aber Sandra hatte von alledem nichts wissen wollen.

»Geh doch, wenn's dir fad is'!«, hatte sie gelallt sich an Josef festgehalten, dessen Hand bereits besitzergreifend auf ihrem prallen Hinterteil gelegen hatte. »Ich hab hier 'nen großen Spaß!«

»Sandra!«

»Naa, i mog ned!«

Bevor Erika jedoch weiter hatte insistieren können, hatte Josef sich zu ihr gebeugt und drohend den Zeigefinger auf sie gerichtet.

»Hörst schlecht? Des Madl mog no ned! Schleich di oiso, du dirre Goaß, du!«

Erika hatte Josef noch nie leiden können. Er war der aufgeblasene Spross der hiesigen Oberschicht gewesen. Erbe einiger gut laufender Bäckereien, die im Schweiße seiner Vorfahren aufgebaut, aber erst nach seiner Übernahme zur Goldgrube geworden waren. Damals hatte das noch keiner ahnen können, aber selbst dann hätte Erika ihn verabscheut, vermutlich noch mehr.

»Ich hätte dich vor dreißig Jahren nicht alleine lassen dürfen! Es war mein Fehler!«

»War es nicht, Erika. Ich war so dumm und so verliebt gewesen und ich hätte in dem Moment alle verraten, nur um bei ihm zu sein. Dieses Schwein! Wie hat er dich damals beschimpft? Als dürre Ziege? Wenn ich doch mehr Rückgrat gehabt hätte … Aber jetzt wird sich einiges ändern. Heute bin ich eine Andere! Alles wird gut, du wirst schon sehen.«

32

»Hören Sie, mein Name ist Stephan von Hasenbach. Stephan bitte mit Peh Ha. Und ich bin Privatdetektiv. Hier ist meine Visitenkarte.«

»Oh, tatsächlich?«

Hannes nahm mit spitzen Fingern die Visitenkarte des dicken Mannes, setzte sich würdevoll auf das Sofa und las dann mit andächtig getragener Stimme vor.

»Stephan – mit Peh Ha – von Hasenbach. Privatermittler, Sonnenstraße 58 in 80337 München. Telefon 089 blablabla. Beeindruckend! Claudia, hilf mir mal auf die Sprünge: Ist München nicht eine große Stadt, die weit, weit weg liegt?«

»Jap!«

Claudia, eingewickelt in die rote Plüschdecke, die bis vor fünf Minuten noch das verruchte Wasserbett geziert hatte, hielt sich kichernd an ihrer Tasse mit heißem Grog fest. Nachdem die durchnässte Gesellschaft wieder in die Hütte gegangen war, hatte der Oberförster ein kleines Wunder vollbracht, indem er, während die anderen nach Decken und trockenen Kleidungsstücken suchten, schnell den Kamin entfacht und dieses köstlich heiße Starkgetränk gezaubert hatte. Hannes sah versöhnlich zu dem Mann, dessen Filzhut jetzt vor dem Feuer hing.

»I glaab des is' fei so weit, dass i do ned mit meim Bulldog in oana Woch hikemma kant«, nahm Claudia den Faden wieder auf. Jetzt kicherte auch Hannes, obwohl er kein Wort verstanden hatte.

»Sie wollen mich wohl veräppeln, oder?«

Das Gesicht von Stephan mit Peh Ha lief gefährlich rot an.

»Nicht nur, dass ich von einer Polizistin fast zu Tode gehetzt worden bin, Sie haben auch noch die Frechheit, sich über mich lustig zu machen!«

Ehe er sich jedoch versah, war Hannes aufgesprungen und hatte seine Fäuste rechts und links auf die Armlehnen des Sessels, in dem von Hasenbach saß, gestützt, sodass es für diesen keine Fluchtmöglichkeit gab und er nur noch in die gefährlich blitzenden Augen des Polizeibeamten starren konnte.

»Jetzt hören Sie mal zu, Sie Clown! Wir finden es doch sehr merkwürdig, dass da jemand aus München zufällig in einem Gebüsch sitzt, das nicht zum Englischen Garten gehört, und dabei die Dreistigkeit besitzt, meine Kollegin zu belästigen, während ein Sturm losgeht, sodass die ganze Gegend zum Katastrophengebiet erklärt wurde. Was sind Sie eigentlich? Ein Perverser? Ein Stalker? Ein Leichenfledderer? Wussten Sie, dass wir hier mittlerweile zwei Mordfälle behandeln? Was haben Sie damit zu tun? Los reden Sie, sonst werde ich wirklich ungemütlich!«

»Ich … ich …«

Jetzt fiel Hannes wieder ein, warum er eigentlich Abstand zu dem dicken Mann halten wollte. Der faulige Atem ließ ihn fast zurücktaumeln.

Hatten die in der Landeshauptstadt denn keine Zahnärzte oder zumindest wirkungsvolle Mundwasser?

»Verdammt, ich darf doch aber nicht über meine Auftraggeber sprechen …«

»Blödsinn! Sie sind kein Arzt oder Priester und Sie haben sich in unsere Ermittlungsarbeiten eingemischt beziehungsweise diese behindert. Das ist strafbar, wie Sie wahrscheinlich wissen! Also, wenn Sie hier aus dieser Sache nochmal mit einem blauen Auge kommen wollen, sollten Sie mal auspacken. Jetzt wäre ein guter Zeitpunkt!«

Hannes hatte sich an den Kamin zurückgezogen und blickte finster auf von Hasenbach. Wasti trottete zu seinem neuen Freund und stupste die kalte Schnauze gegen Hannes Hand.

»Okay, okay, ich bin im Auftrag von Bäckermeister Möller unterwegs. Der hat mich engagiert, damit ich eine Erpresserbande hochnehme. Als ich dann hörte, dass Sie eine Leiche entdeckt haben, die zufällig eine meiner Verdächtigen war, bin ich rausgefahren, um hier ein paar Sachen zu erledigen. Aber ich war zu spät, denn als ich hier ankam, hatten Sie schon die Hütte in Beschlag genommen. Was blieb mir denn anderes übrig, als mich zu verstecken. Tja, und dann ist dieses Unwetter losgegangen und diese Wahnsinnige hat mich gejagt. Sie sehen schon, das waren alles unglückliche Verstrickungen und Zufälle und ich bin der Leidtragende!«

Wastis Stupsen wurde fordernder.

»Wie jetzt? Erpressung? Der Bäcker wurde erpresst? Von wem? Von der kleinen Heidi?«

Wasti winselte.

»Wenn ich es doch sage! Das war ein ganz faules Früchtchen! Das Gör hat versucht, Geld zu bekommen. Ich kann es beweisen. Ich habe alle Unterlagen im Hotelsafe. Und ich geh sogar so weit, zu behaupten, dass sie nicht allein war.«

»Interessant«, murmelte Hannes Petersen, während er Wasti hinter den Ohren kraulte.

Claudia Hubschmied fing an zu lachen. Eigentlich hatte sie schon die ganze Zeit während Hannes Verhör merkwürdig glucksende Laute von sich gegeben, aber jetzt waren wohl die letzten Hemmungen gefallen. Irritiert blickten die Männer sie an, wodurch sie noch heiterer wurde. Plötzlich schien ihr die Luft wegzubleiben. Sie hustete, um dann gleich wieder loszulachen. Sollte man sich Sorgen machen? Zumindest dem Oberförster kam dieser Gedanke, denn er stand auf, um ihr leicht auf den Rücken zu klopfen, wahrscheinlich in der kindischen Hoffnung, dort einen Ausschaltknopf zu finden.

»Stopp!«, Claudia hob abwehrend die Hand. »Stopp, stopp! Mir geht's schon wieder gut!«

Sie wischte sich die Lachtränen aus den Augenwinkeln, hustete noch einmal und grinste.

»Herr Oberförster, gut dass Sie da sind. Wären Sie so freundlich und würden mir nochmal so einen Zaubertrank zubereiten?«, sie hielt ihm das Glas und die geleerte Kanne entgegen. »Das muss begossen werden! Eine Gangsterbraut mit Namen Heidi-Bonnie, vielleicht mit einem schnuckeligen Clyde, den wir noch finden müssen, der unbesiegbare Bäckermeister Josef Möller – in unseren Gefilden auch als Semmelkönig bekannt – als Opfer einer Erpresserbande, ein Schmierenkomödiant mit einem PEH HA, der nur fast entkommen wäre, weil ich den verfluchten Hügel runtergerutscht bin und endlich ein Motiv. Prost meine Herren, wir kommen voran!«

33

Sandra war etwas taumelnd aufgestanden und hatte angefangen, das Teegeschirr auf das Tablett zu stellen.

»Was hast du vor?«

»Hm, ich werde das spülen und dann zu Gott beten, dass ich noch einen Fleckenentferner für das Polster habe.«

»Das meinte ich doch nicht!«

Sandra seufzte leise.

»Ich auch nicht. Ich bin es leid, immer zu putzen, aufzuräumen, der Fußabstreifer für alle zu sein. Ob Josef, Sebastian, Heidi oder diese anderen Idioten, mit denen ich mein ganzes Leben verpfuscht habe. Genug ist genug. Ich werde mich ins Bett legen. Ich bin so müde. Morgen ist ja auch noch ein Tag.«

34

Der zweite Tatort des Tages war eine Katastrophe. Durch die Regenmassen, die unmöglich so schnell von dem Waldboden aufgenommen werden konnten, war die kleine Lichtung zu einem einzigen Schlammloch geworden. Das Ermittlungsteam, das vom Oberförster benachrichtigt worden war, nachdem der Sturm endlich abgeklungen gewesen war, bewegte sich vorsichtig über das Gelände, um nicht auszurutschen.

»Meine Güte!«, Doktor Frank bückte sich und hob vorsichtig ein Ästchen an. »Die hat aber wirklich auch noch post mortem Pech!«

Maus kam neben ihm in die Hocke und sog hörbar die Luft ein.

»Verstehe, was Sie meinen. Da wird sie erst abgeknallt und dann schlägt der Blitz ein und der Baum hat nichts Besseres zu tun, als genau auf ihren Kopf zu fallen. Hm, ich rate da von einem offenen Sarg ab. Das ist ja nur noch Mus!«

Frank, der den schwarzen Humor des Kommissars zu schätzen wusste – vermutlich einer der wenigen Menschen – nickte nur grinsend.

»So schaut's aus. Wir sollten aber jetzt besonders sorgsam mit der Bergung beginnen, denn ich habe keine Lust, dass die Kugel, die aller Wahrscheinlichkeit nach noch im Schädel gesteckt hat, verschwindet. Weder Sie noch ich sind darauf erpicht, wichtiges Beweismaterial zu verlieren, ganz zu schweigen von der darauf unweigerlich folgenden Diskussion mit dieser Dame aus der Ballistik.«

Maus schauderte. Frau Prof. Dr. Dr. Jung war immer schnell bereit, einen Anlass zu finden, bei dem sie betonen konnte, welche Ehre es war, dass sie ihre Dienste zur Verfügung stellte, obwohl sie als Koryphäe auf ihrem Gebiet doch weitaus wichtigere Dinge zu tun hatte. Dass sie aber ihr kleines Alkoholproblem auf dieses gesellschaftliche und berufliche Abstellgleis in der Provinz gebracht hatte, übersah sie wie immer großzügig. Für alle in der Dienststelle war es daher ein ungeschriebenes Gesetz, niemals den Unmut der Ballistik heraufzubeschwören. Maus nickte dem stämmigen Waldarbeiter zu, den der vorausschauende Oberförster gleich mitgebracht hatte und der auch sofort den Motor seiner Kettensäge anließ.

Unter den tropfenden Bäumen standen Hannes und der Oberförster, dazwischen – mit schmollend vorgeschobener Unterlippe – Stephan von Hasenbach.

Der Kommissar gesellte sich zu ihnen und brüllte gegen den Lärm der Motorsäge an.

»Petersen, wie geht es Kommissarin Hubschmied?«

»Wird schon! Ich fahre sie aber besser dann mal nach Hause. Sie braucht wohl etwas Ruhe!«, schrie der andere zurück.

»Ruhe? Ja, so kann man das auch nennen! Die bräuchte ich ebenso, wenn ich mir im Dienst einen hinter die Binde gekippt hätte.«

Die Säge verstummte zu schnell. Maus letzte Worte hallten daher ungewollt – aber dafür ziemlich laut – im Wald wider.

»Kruzifix!«, fluchte der Holzfäller und wankte grün im Gesicht an den Rand der Lichtung.

»Na, das ist wohl nicht für jedermanns Magen!«, tröstete Doktor Frank. Er begann vorsichtig die breiige Masse aus Hirn, Blut, Knochensplittern, Sägemehl und Schlamm zu untersuchen.

»Gut«, nahm Maus den Faden wieder auf. »Und jetzt zu Ihnen, Herr von Hasenbach: Wir erwarten von nun an ein bisschen mehr Kooperation!«

»Hab sie!«

Triumphierend hielt der Arzt etwas in der Hand.

»Super, Doktor, jetzt aber nicht verlieren!«

Maus nickte dem Freund anerkennend zu.

»Bestimmt nicht. Könnte mir mal jemand meine Tasche geben und auch einen von den ganz großen Plastikbeuteln, die so vortrefflich für die Verwahrung der Beweismittel zu verwenden sind?«

»Ich sag Ihnen alles, was ich weiß und was mich nicht in einen Interessenskonflikt mit meinem Auftraggeber bringen wird!«, bemerkte der Detektiv etwas trotzig.

»Das werden wir ja sehen!«, knurrte Petersen und ging einen Schritt zur Seite, damit der Sanitäter mit der Tasche des Doktors vorbeigehen konnte.

»Am besten wir fahren zu dem Hotel, in dem Sie untergekommen sind«, glättete Maus die Wogen. Es war unübersehbar, dass der norddeutsche Austauschbeamte von Hasenbach nicht gerade ins Herz geschlossen hatte. Eine gute Mischung. Damit ließ sich etwas Tempo in die Ermittlungen bringen. Der Kommissar lächelte unschuldig.

»Wie wäre es, Petersen, wenn wir zuerst Kollegin Hubschmied nach Hause bringen und dann mit unserem Freund ins Hotel fahren, um die Beweise zu sichten?«

»Das ist ja widerlich!«

Der Waldarbeiter starrte den Arzt an, der jetzt mit einem Löffel angefangen hatte, die Reste von Annis Kopf in eine Tüte zu schaufeln. Schuldbewusst blickte dieser auf.

»Tja, leider habe ich keine passenderen Gerätschaften zur Hand und in der Not muss man wohl improvisieren. Ich wollte damit eigentlich auch nachher lieber meinen Joghurt essen. Hm, theoretisch bekommt man den mit etwas Spüli wieder sauber, aber da haben Sie Recht. Das wäre schon ziemlich unappetitlich.«

»Das …«, der Mann klammerte sich an seine Kettensäge, »das Ding würde ich in den Sondermüll stecken!«

»Nein, nein, das gehört alles zum Beweismaterial. Oh, sehen Sie mal. Sie hatte dunkelbraune Augen. Dieser Augapfel ist noch bemerkenswert gut intakt!«

Offensichtlich königlich amüsiert nickte Doktor Frank dem Kommissar, der zum Aufbruch drängte, zu und vertiefte sich wieder in seine Arbeit.

35

Wolfgang zögerte einen Augenblick. War das wirklich so eine gute Idee? Er holte tief Luft, lockerte die Schultern, ließ den Kopf kreisen und drückte dann auf den Klingelknopf. Die Gegensprechanlage am Gartentor knackte.

»Ja, bitte?«

Wolfgang räusperte sich.

»Hallo?«

Noch konnte er umdrehen und die Schuld an einem Klingelstreich den zwei Eis essenden Mädchen, die gerade die Straße entlanggingen, in die Schuhe schieben. Er musste grinsen. Die kleine Dicke würde wohl erwischt werden, denn die könnte eindeutig nicht so schnell laufen.

»Hey, hallo! Wer ist da bitte?«, meldete sich wieder die Stimme.

»Servus, Sybille. Ich bin's, der Wolfi! Lässt mich rein?«

Ein vermutlich aufreizendes Lachen, das aber durch die minderwertige Qualität der Sprechanlage einen scheppernden Klang annahm, war zu hören.

Dann wurde der Türsummer bedient, Wolfgang drückte und das Gartentor schwang auf.

36

Claudia Hubschmied war auf der Rückbank eingeschlafen. Ihr Kopf lag auf der Schulter von Stephan von Hasenbach, dem das sichtlich unangenehm war. Schuld daran war vermutlich sein nachtragender Charakter, denn er würde der Frau die schreckliche Hetzjagd durch den Wald nie verzeihen können. Maus bog ab, fuhr an zwei Mädchen vorbei, die genüsslich ihr Eis aßen und sich dabei viel zu erzählen hatten, und hielt vor dem Haus der Kommissarin.

»So, hier wären wir. Endstation, Claudia!«

Ein unwilliges Grunzen war zu hören. Von Hasenbach versuchte, noch weiter von ihr wegzurücken, was aber leider unmöglich war, da er bereits förmlich an der Autotür klebte. Es blieb ihm nichts anderes übrig, als der Frau seinen dicken Zeigefinger in die Schulter zu bohren.

»Ham Sie nicht gehört? Wir sind da!«

»Menno!«, murmelte sie und schob ungehalten seine Hand weg. Langsam klappte sie ein Auge auf.

»Da wohn i ned!«

»Doch, Claudia, hier wohnen Sie.«

Maus war die personifizierte Geduld.

»Wissen Sie noch, dass Sie vor einem Monat oder so hierher umgezogen sind? Alle im Revier sind Ihnen deswegen aus dem Weg gegangen, denn Sie haben jeden als Helfer rekrutieren wollen!«

»Hm!«, kam es verhalten von der Rückbank. Dann folgte ein Kichern.

»Stimmt, aber ich habe sie alle erwischt! Außer Sie, Sie Schlitzohr! Rückenleiden hat ja jeder vorschützen wollen, aber dass Sie gleich mit einem Attest kamen, hätte Ihnen niemand zugetraut. Komisch nur, dass Doktor Frank das ausgestellt hatte!«

Maus grinste.

»Erwischt! Sie sind wirklich eine gute Ermittlerin. Aber jetzt wird es Zeit, dass Sie mal eine Mütze voll Schlaf bekommen. Also raus mit Ihnen.«

»Spielverderber!«, sie richtete sich auf und schien zum ersten Mal zu realisieren, wer noch im Auto war. Bei Stephan von Hasenbach verengten sich ihre Augen.

»Und du bist der größte Spielverderber, Dicker!«

Hannes stieg jetzt aus und öffnete ihre Tür.

»Du bist ein ganz Liaba!«, sie strahlte ihn an und er freute sich, auch wenn die Vernunft ihm sagte, dass diese Reaktion nur auf Oberförsters Grog zu schieben war.

»So a liaba Fischkopf!«

37

Als ob sie ihn erwartet hätte, trug Sybille lediglich einen Hauch von Nichts. Vorteilhaft am Rahmen der Haustür gelehnt, lächelte sie Wolfgang an, als dieser, gleich zwei Stufen auf einmal nehmend, die Treppe der Villa hinaufeilte.

38

»Ich bring sie mal rein.«

Hannes blieb auch keine andere Wahl, denn Claudia Hubschmied hing immer noch ganz verzückt an seinem Arm.

»Wohin denn genau?«

Erst jetzt fiel ihm auf, in was für einer Gegend sie sich befanden. Hier war eindeutig der betuchtere Teil der Bevölkerung ansässig. Eine schöne, kleine Allee säumte die gepflegten Vorgärten, hinter denen sich prächtige Häuser befanden.

Eine Mutter mittleren Alters versuchte gerade, die Wochenendeinkäufe aus dem Kofferraum zu packen, wurde aber immer wieder von ihrem Kind – das wohlweislich noch im schicken Kombi festgeschnallt war – unterbrochen, denn man konnte in gleichmäßigen Abständen ein »Nein, Oskar! Nein!« hören. Einige Meter weiter packten gerade zwei Gärtner ihre Werkzeuge in einen kleinen Lieferwagen. Sie machten wohl Feierabend. Hannes sah auf die Uhr. Ja, richtig, es war bereits Viertel nach sechs.

»Nein, jetzt! Du sollst dich noch nicht abschnallen. Es kann jederzeit ein betrunkener Autofahrer hinten draufknallen! Nein, Oskar! Nein!«

Aber offensichtlich war da nichts mehr zu machen. Die genervte Mutter – die Tüten in der Hand – hastete um den Wagen, während ihr Sprössling begonnen hatte, gegen dessen Innenverkleidung zu treten. Es wäre wirklich klüger gewesen, zuerst den Sohn aus dem Auto zu lassen, auch auf die Gefahr hin, dass der potenzielle betrunkene Autofahrer statt gegen den Kombi auf den Gehsteig gerast wäre.

Schnell und mit einem »Nein, Oskar! Nein!« auf den Lippen stellte sie die Tüten auf den Gehsteig, um die Tür mit der Kindersicherung zu öffnen. Ein kleiner, blonder Junge hüpfte auf die Straße, sah Hannes und streckte ihm die Zunge heraus. Das war ja wohl die Höhe! Bevor der Polizeibeamte aber reagieren konnte, merkte er, dass Kommissar Maus auch ausgestiegen und neben ihn getreten war.

»Das ist ja …«, anklagend schaute er den Vorgesetzten an, der sich ein Grinsen gerade noch verkneifen konnte.

»Nein, Oskar! Nein!«, ging der monotone Singsang weiter, als Mutter und Sohn zwischen den Büschen verschwanden.

Hannes war genervt. Eigentlich hatte er sich bis vor wenigen Minuten noch als edler Ritter gefühlt, der seine leicht weggetretene Jungfrau in ihre Gemächer geleiten wollte, musste jetzt aber einsehen, dass es unhöflich gewesen wäre, wenn er Maus Hilfe ausgeschlagen hätte. Resigniert blickte er auf die Klingelschilder am Tor. Da stand zweimal der Name »Möller« und kein »Hubschmied«.

39

»Oh, Sybille!«

Wolfgang ließ sich nur allzu bereitwillig von der verführerischen Frau in die Arme nehmen. Das tat sehr gut. Das spendete Trost. Das beruhigte.

»Mein armer, armer Schatz«, flüsterte sie und ließ ihre Lippen spielerisch über seine Wange gleiten. »Du hattest ja so einen schlimmen Tag. Hast ja schließlich die Heidi gefunden. Hm, da muss ich wohl ganz lieb zu dir sein!«

40

»Ja, mei. Hm!«, Maus schaute auf die Klingelschilder. »Ich weiß auch nicht, welches jetzt zum Junior und welches zum Alten gehört. Aber anzunehmen ist ja wohl, dass das obere Stockwerk oft den Kindern gegeben wird. Also würd ich es da mal …«

»Hey, ich hab zwar einen kleinen Schwips, aber immer noch meinen eignen Schlüssel!«, machte sich Claudia Hubschmied triumphierend bemerkbar.

41

Wolfgang – die wohlig schnurrende Sybille am Hals – wollte gerade die Tür hinter sich schließen, als sein Blick auf die gegenüberliegende Straßenseite fiel. Dort stand, nein, dort hing seine Cousine am Arm eines fremden Mannes. Daneben bückte sich gerade ihr Chef über das Schloss zum Auffahrtstor.

»Was macht denn die Claudi hier?«, murmelte er erstaunt in Sybilles verdammt gut duftendes Haar.

»Was meinst?«

Er musste kichern, denn sie begann an seinem Ohrläppchen zu knabbern.

»Na, meine Cousine, die Claudia!«

Er hatte mittlerweile die Tür geschlossen und spähte durch die bunte Zierglasscheibe. Die drei Personen auf der anderen Seite wechselten jetzt zwischen blau, grün und wenn er sich nach links drehte, kam noch ein Rotstich hinzu.

»Die wohnt doch seit ein paar Wochen mit meinem Bruder, dem Schorschi, zusammen. Haste das vergessen?«, schnurrte Sybille leise und ließ dabei ihre geschickten Hände in seinem Hosenbund verschwinden, was nicht sehr dazu beitrug, dass Wolfgang weiterhin in der Lage war, klar zu denken, geschweige denn, sich noch an irgendetwas zu erinnern. Lustvoll aufstöhnend umfasste er ihre Hüften und presste sie an sich.

42

»Möchten Sie wirklich mitgehen?«, fragte Hannes zaghaft. Er wollte es zumindest doch einmal versucht haben, den Kommissar darauf hinzuweisen, dass er sehr wohl in der Lage war, Claudia allein zu helfen. Schließlich war er mittlerweile ihr Partner. Maus zog etwas irritiert die Augenbrauen hoch.

»Wieso fragen Sie? Natürlich komme ich mit. Falls es Ihnen noch nicht aufgefallen sein sollte, lebt in diesem Palast nicht nur Frau Hubschmied, sondern auch die Person, mit der wir unbedingt sprechen sollten!«

Einige Sekunden lang entglitten Petersen die Gesichtszüge. Wie konnte er nur so blind gewesen sein? Aber natürlich! Das war die Villa vom Bäckermeister Möller: Der Mann, der mittlerweile nicht nur der Dreh- und Angelpunkt der örtlichen Wirtschaft, sondern auch ins Zentrum ihrer Ermittlungen gerückt war.

»Oh, Junge, Junge, wie konnte ich das nur übersehen?«

Die Situation war mehr als peinlich, aber Maus hob nur abwehrend die Hand.

»Kein Thema, das passiert. Vergessen Sie nicht, dass das heute Ihr erster Tag hier ist, und ein Anstrengender noch dazu. Da kann man von Ihnen nicht erwarten, gleich alle Zusammenhänge zu sehen. Vor allem, wenn man bedenkt, wie groß diese Möllersippe ist. Also, woher sollten Sie wissen, dass das sein Haus ist, oder?«

Hannes nickte, obwohl ihm der Erklärungsversuch seiner Unzulänglichkeit eher wie eine Vertuschung erschien, damit von Hasenbach nicht den Verdacht bekam, dass er es hier mit Idioten zu tun hatte. Letzterer schob aber trotzdem triumphierend seinen dicken Kopf aus der geöffneten Autotür.

»Den Weg können Sie sich sparen, Herr Kommissar. Der Möller müsste seit gestern in Wien sein. Da ist, wie jeder weiß, der internationale Bäckerkongress.«

Maus überhörte ihn gekonnt, indem er die Autotür zuschlug und wortlos den hübschen Weg zur Villa einschlug. Von Hasenbach konnte gerade noch in letzter Sekunde seinen Kopf einziehen. Hannes – Claudia mit sich ziehend – folgte und holte den Kommissar an der Eingangstür ein, die gerade von einer kleinen, rundlichen Frau mit einem strengen, schwarzen Dutt geöffnet wurde.

»Grüß Gott, Kriminalpolizei, den Herrn Josef Möller hätt ich gern gesprochen!«

Die kleine Frau schob etwas unwillig den Ausweis, den ihr Maus vor die Nase gehalten hatte, zur Seite und erwiderte: »¡Ay, lo siento! Aberr el señor no está en la casa, is' nix da!«

»Soso, nicht da also. Ist er vielleicht heute nach Wien gefahren? Zu einem Bäckerkongress?«

Maus betonte gekonnt jede Silbe, um das Verständnis zu erleichtern.

»Sí sí.«

»Wann kommt er denn wieder?«

Jetzt war es ihm sogar gelungen, zwischen den Wörtern kleine Pausen zu setzen.

»¡Mañana!«, schnaubte die Frau.

»Wirklich? Sind Sie sicher? Wissen Sie, wann er wiederkommt?«

Maus war selbst überrascht, dass er so langsam und wohlakzentuiert sprechen konnte und bekam richtig Spaß an dieser Konversation. Fremdenfeindlichkeit konnte ihm wirklich niemand vorwerfen. Leider schien die Frau aber seine Bemühungen um mehr Verständnis nicht allzu sehr zu schätzen. Stattdessen verdrehte sie genervt die Augen und bedachte die Fragen des Kommissars mit einer Maschinengewehrsalve aus spanischen Wörtern, die Maus wie ein endloser Satz mit vielen gerollten Rs vorkam.

»Ähm«, war dann lediglich seine Reaktion, als sie tatsächlich mal Luft holen musste. Bevor aber Maus einen neuen Versuch starten konnte, schaltete sich Petersen hilfreich ein.

»Sie hat gesagt, dass Möller morgen ab 17.00 Uhr zurückerwartet wird, weil er hier am Abend ein wichtiges Treffen mit seinen Geschäftspartnern auf dem Frühlingsfest hat. Aber wenn es nach ihr ginge, könne er gerne für immer fortbleiben, denn er ist in ihren Augen nichts anderes als ein triebgesteuerter«, er überlegte, wie er wohl ein nicht ganz jugendfreies Wort übersetzen sollte.

»Vielleicht passt ja Schwanzlurch?«, kam ihm Claudia zur Hilfe.

»Ja, das ginge. So könnte man es ausdrücken!«

Maus, sichtlich amüsiert, grinste Petersen an.

»Ich wusste gar nicht, dass Sie so ein Sprachgenie sind?«

Bescheiden rot werdend und mit einem hübschen Lächeln erklärte Hannes: »Nun ja, das ist nicht das erste Austauschprogramm, bei dem ich mitmache. Außerdem liebe ich Fremdsprachen und Dialekte!«

»Na, hilfreich ist so ein Talent ja immer, oder? Was denken Sie? Können wir noch bis morgen warten oder müssen wir die Wiener Gendarmerie heute Abend noch mobilisieren?«

»Hm, ich würde noch warten. Der läuft uns nicht weg. Außerdem hat er, wenn es stimmt, dass er in Wien ist, für beide Tatzeiten ein wasserdichtes Alibi. Ferner ist er ja kein Verdächtiger. Lediglich – zumindest, wenn Hasenbach nicht gelogen hat – für den Fall Heidi vielleicht ein wichtiger Zeuge. Was den Mord an Anni Hintersee angeht, besteht ja nur die Verbindung mit seinem Schnüffler. Hm, irgendwie werd ich aber trotzdem das ungute Gefühl nicht los, dass hier ein Zusammenhang besteht. Zwar nicht direkt für diesen Semmeloligarchen, dennoch … Tja, aber bis er kommt, könnten wir uns erst einmal auf die wesentlichen Punkte der einzelnen Fälle konzentrieren. Motiv! Gelegenheit! Hintergründe! Und so weiter.«

»Recht so, Petersen, recht so. Außerdem ist es sowieso schon weit über dem Feierabend. Laden Sie schnell die Kollegin ab und dann fahren wir den Privatermittler ins Hotel. Ich warte derweil am Auto auf Sie.«

Hannes schob sich an der spanischen Haushälterin vorbei, die hoch erhobenen Hauptes – ein Umstand, der nicht weiter auffiel, da sie nur einen Meter fünfzig groß war – und würdevoll ein bisschen Platz gemacht hatte. Bei Claudias Anblick schmatzte sie nur leicht angewidert und ließ dann die Tür demonstrativ laut ins Schloss fallen.

43

»Wollen wir denn nicht lieber rauf ins Schlafzimmer?«

Wolfgang stolperte, da die Jeans jetzt an seinen Knien hing, und riss Sybille mit sich. Diese fing an zu kichern und flüsterte ihm mit heißem Atem ins Ohr.

»Da kommen wir auch noch hin! Aber der Weg ist mir jetzt einfach zu weit. Ich will dich sofort! Hier und gleich!«

44

Hannes Gefühlsleben war gänzlich durcheinander geraten und das war äußerst unangenehm. Er wusste auch nicht, was er eigentlich erwartet hatte. Zumindest war er nicht besonders überrascht, dass sich in der Villa Protz und schlechter Geschmack vereinten, denn er hatte ja schon die Jagdhütte gesehen. Menschen mit Geld irritierten ihn nicht. Sie mussten ja irgendwo leben. Aber die kleine Tatsache, dass seine Kollegin Claudia Hubschmied auch hier wohnen sollte, machte ihn fast wütend. Irgendwie fühlte er sich verraten, belogen und ausgenutzt. Die Frau, die den ganzen Tag unaufhörlich in seiner Achtung gestiegen war, wurde plötzlich zum gefallenen Engel. Fast angewidert blickte er auf den braunen Lockenkopf, der jetzt an seiner Schulter lehnte, während er sich abmühte, sie nicht gerade sanft die Treppe in den ersten Stock zu ziehen. Was Hannes aber besonders ärgerte, war dieses kleine Fünkchen Hoffnung in seinem Herzen, das ihm tatsächlich erlauben wollte, an ein Missverständnis zu glauben. Grob packte er Claudia an den Schultern und lehnte sie gegen die Wand, um die Tür zu den oberen Stockwerken zu öffnen. Eine Art Loft – moderner, aber nicht minder prunkvoll, mit Designermöbeln ausgestattet – tat sich vor ihnen auf.

»Is' ganz schee übertrieben, was? Mir gefällt's aah ned!«

Sie war an ihm vorbeigegangen und breitete die Arme aus.

»Wenn's nach mir gehn dad, hätt ich hier nur gemütliche Sachen. Ne kuschelige Couch, 'nen urigen Sessel, 'ne kitschige Lampe und vor allem Farbe, Farbe, Farbe. Des Weiß und Schwarz deprimiert mich ganz schön.«

Eine Haarsträhne war ihr ins Gesicht gefallen. Während sie versuchte, diese zur Seite zu schieben, lächelte sie ihn schief an. Das hätte sie besser nicht tun sollen, denn Hannes Herz zog sich schmerzlich zusammen. Hin- und hergerissen zwischen Wut, Enttäuschung und einem Gefühl, das er nicht näher benennen wollte, wandte er sich ab und starrte durch das große Panoramafenster in die langsam untergehende Sonne. Seine Augen taten weh. Na und? Sollten sie doch! Das würde dann wenigstens verhindern, sie noch einmal klar zu sehen.

»Ich werd hier alles anmalen! Der Kindergarten hat mich heut sooooo inspiriert!«

»Mensch Claudi, jetzt mach doch ned so an Krach!«

Hannes zuckte zusammen. Das edelmütige, aber doch so schwache Fünkchen Hoffnung bäumte sich ein letztes Mal auf und erlosch in dem Augenblick, als er den halbnackten Mann sah, der sich mühsam vom Sofa aufrichtete.

»Ich hab doch irre Kopfschmerzen!«, kam die Erklärung.

45

Die Gärtner waren mit dem Einladen fertig. Der Ältere der beiden ging um den Wagen herum und verschwand im Führerhäuschen. Von dort reichte er seinem Kollegen eine Packung Zigaretten. Maus streckte sich und musste gleichzeitig gähnen. Das war wirklich ein langer Tag gewesen und er war noch nicht vorüber. Vermutlich warteten noch einige Stunden Arbeit auf sie. Seine Frau würde wohl das Essen in den Ofen stellen, einen Zettel auf den Tisch legen und ihm mit einem Herzchen – Inga liebte Piktogramme – alles zu verstehen geben, was sie beim Zeichnen gefühlt hatte: Vermisse dich! Das Abendessen ohne dich war langweilig! Ich habe wie immer mit Liebe gekocht! Sei bitte leise, wenn du ins Bett gehst, und mach alle Lichter aus!

Er lächelte und blickte dabei direkt in die Augen des rauchenden Gärtners, der sich sofort angesprochen fühlte, anerkennend eine Augenbraue hob und die Lippen wie zu einem Kuss spitzte. Was sollte das denn? Reflexartig drehte Maus sich um, in der Hoffnung, dass hinter seinem Rücken eine hübsche Frau stehen würde. Doch da war natürlich niemand. Zu seinem Schrecken musste er sich daher sofort eingestehen, dass er das Opfer dieses Flirtversuchs war.

Aus einem der geöffneten Fenster drang jetzt wie auf Bestellung ein lustvolles Stöhnen. Dann folgte ein rhythmisches und atemloses »Ja, ja, ja, jaaaaaah!«. Die Atmosphäre war von einem Augenblick auf den anderen so mit erotischer Spannung geladen, dass dem Kommissar nichts anderes übrig blieb, als schnell in den Wagen zu steigen, wo er sich kerzengerade und peinlich berührt hinter das Lenkrad setzte.

»Entschuldigung, aber würde es Ihnen was ausmachen, die Fenster zu öffnen? Diese Frau hatte so ein billiges, blumiges Parfüm. Mir ist total schlecht!«, meldete sich von Hasenbach mit quäkend vorwurfsvoller Stimme zu Wort.

46

Ein Schleiereulenmännchen breitete seine Flügel aus und stieß sich vom Balken ab, um dann lautlos aus der Scheune zu fliegen. Es war Jagdzeit und das brütende Weibchen musste gefüttert werden. Langsam flog er über das Städtchen, am Kirchturm vorbei, über den Marktplatz und passierte die Polizeistation, wo nur noch ein einziges Fenster erleuchtet war. Man konnte sich gar nicht vorstellen, welches Chaos hier noch vor Stunden geherrscht hatte. Maus nahm die Lesebrille ab und legte sie auf die Akten, in denen er gerade noch geblättert hatte. Es war spät geworden. Kopfschmerzen stellten sich ein. Er begann, seine pochenden Schläfen zu massieren. Hm, vielleicht hatte Steffi in ihrer Schreibtischschublade noch ein paar Schmerzmittel für solche Notfälle. Er wollte gerade aufstehen und nachsehen, als an seine Bürotür geklopft wurde. Es erübrigte sich, überhaupt darauf zu reagieren, denn das Klopfen war nur Formsache und – eine Wolke Zigarettenrauch ausstoßend – trat auch schon Doktor Frank ein.

»Guten Abend, werter Kommissar. Ich hab noch Licht bei Ihnen gesehen und dachte mir, ich erspare Ihnen den Weg in die Pathologie und liefere persönlich meinen Bericht zum Fall Heidi Blum ab.«

»Zu liebenswürdig, geschätzter Doktor. Aber ich wäre noch glücklicher, wenn Sie vielleicht eine Tablette gegen Kopfschmerzen aus den Weiten Ihrer Manteltaschen für mich zaubern könnten.«

»So schlimm?«, Doktor Frank ließ sich auf den Besucherstuhl fallen und seufzte auf. »Hm, man merkt es schon in den alten Knochen, wenn man den ganzen Tag stehen muss. Früher hätte ich noch zwei Autopsien drangehängt, aber heute? Na ja, einen Vorteil hat es ja, auf dem Lande zu leben. Die Menschen erwarten nicht die Geschwindigkeit, die in der Stadt gefordert wird. Liegt wohl daran, dass hier normalerweise nicht so viel Mord und Totschlag ist. Tja, heute natürlich kann ich nur sagen, die Ausnahme bestätigt die Regel: Gleich zwei Damen! Schlimme Sache!«

Maus blickte gequält.

»Ach herrje, jetzt rede ich und rede ich und dabei vernachlässige ich meine Pflicht als Mediziner und lasse Sie offenkundig leiden. Moment bitte …«

Er legte umständlich seine Zigarette an die Ecke des Schreibtischs und begann, in seinen Taschen zu wühlen. Misstrauisch beobachtete Maus, wie die Glut sich in den Lack fressen wollte, und pustete unauffällig. Die Zigarette rollte zu seiner Befriedigung langsam dem Rand entgegen. Frank hob tadelnd eine Augenbraue, zog ein Päckchen Tabletten hervor, warf dieses zu der Brille auf den Tisch, fing geschickt die Zigarette auf und nahm einen tiefen Zug.

»Maus, Maus, wie wäre es, wenn Sie einmal einen Aschenbecher für mich parat hätten. Sie können manchmal wirklich ungastlich sein!«

»Hier, nehmen Sie die Untertasse«, der Kommissar lächelte schuldbewusst: »Was ist das für ’ne Droge?«

Er bückte sich und holte aus der untersten Schublade eine Flasche Madeira und zwei Gläser.

»Glauben Sie mir, das wollen Sie gar nicht so genau erfahren! Aber sie helfen!«

»Mehr brauch ich gar nicht zu wissen!«

Zufrieden goss der Kommissar die beiden Gläser voll und reichte eines seinem Freund, dem Arzt.

47

Hannes Petersen konnte nicht schlafen. Er hatte es versucht, aber immer, wenn er die Augen schloss, begannen seine Gedanken zu kreisen. Die Spirale begann mit Claudia Hubschmied, schraubte sich zu den Morden, streifte Claudia Hubschmied, reflektierte die augenblickliche Beweislage, was auch wieder das Thema Claudia Hubschmied beinhaltete, durchwanderte die Tatorte, an denen immer wieder Claudia Hubschmied mit einem freundlichen Lächeln auftauchte, und endete in seiner persönlichen Hitliste der augenblicklichen Verdächtigen.

Da war zunächst einmal Wolfgang Wiesholz – zufällig Claudia Hubschmieds Cousin. Der Typ hatte Dreck am Stecken! Hannes Instinkt war sofort in Alarmbereitschaft gewesen, als er diesen absoluten Frauenschwarm zum ersten Mal gesehen hatte. Es war durchaus denkbar, dass er Heidi nicht nur bei der Arbeit, sondern auch privat getroffen hatte. Leider war die gespeicherte Handynummer »Wolf« nicht seine gewesen. Bei der Überprüfung am späten Abend kam lediglich heraus, dass sich der ominöse SMS-Schreiber hinter einem nichtnachprüfbaren Prepaid-Handy versteckte. Dieses war – der Klassiker – natürlich nicht zu erreichen und eine hämisch klingende Tonbandstimme hatte in drei Sprachen lediglich darauf hingewiesen, es doch später noch einmal zu versuchen. Trotzdem war Wolfgang nach Hannes Meinung noch nicht aus dem Schneider, denn er konnte sich ja ein Zweitgerät extra zur Verführung Minderjähriger besorgt haben.

Der nächste Kandidat auf der kleinen Liste war gleichzeitig Hannes Wunschtäter: Georg Möller, Sohn des Backmoguls Josef Möller und zufällig Claudia Hubschmieds Verlobter! Er wusste selbst, dass es kindisch war, ihn zu verdächtigen, denn die einzigen, ihm vorzuwerfenden Taten, waren eine Schlägerei auf dem Volksfest – ganz andere Baustelle, schalt sich Hannes – und die Frechheit, sich halbnackt einem Polizeibeamten präsentiert zu haben. Trotzdem stimmte auch hier etwas nicht. Hannes wusste selbst, dass sehr viele persönliche Faktoren den professionellen Überblick behinderten, aber auch nach deren Abzug ging seine Rechnung nicht auf. Er würde Georg morgen noch einmal ganz objektiv überprüfen müssen.

Im Zimmer war es viel zu hell, aber Hannes hasste Rollläden, denn sie vermittelten ihm immer das Gefühl, lebendig begraben zu sein. So konnte das Licht der Straßenlaterne ungehindert durch das Fenster fallen und lange Schatten in den Raum werfen, die sich je nach Perspektive und Phantasie in etwas Lebendiges verwandelten. Das dort konnte ein Berg sein, hier war ein Riese und in der Ecke erkannte man die geduckte Silhouette von Rotkäppchen, das vermutlich gerade den Strauß für die Großmutter pflückte. Die Vorhänge zu schließen, dazu hatte Hannes keine Lust, denn dann hätte er aufstehen müssen. Seufzend wälzte er sich auf die linke Seite und starrte die Tapete an. Dort flatterten in gleich großen Abständen viel zu dicke gelbe Schmetterlinge um Sträußchen aus zarten Blumen. Was für ein Kitsch! Er wäre jetzt lieber in der Jagdhütte und würde durch das Glasdach in den Himmel schauen. Schnaufend drehte er sich wieder auf die andere Seite und schaute durch das halbgeöffnete Fenster. Der Schatten einer großen Eule glitt vorbei. Heute war Vollmond! Deshalb konnte er wahrscheinlich nicht schlafen. Aber eigentlich reagierten doch nur Frauen und Werwölfe sensibel auf so ein Naturschauspiel!

»Muss wohl meine feminine Seite sein!«, tröstete er sich selbst. Apropos feminin; als weiterer Frauenheld durfte Josef Möller nicht vergessen werden. Was hatte die spanische Haushälterin noch gesagt? Hannes hatte dem Kommissar auf die Schnelle nur das Nötigste übersetzt und den Rest erst einmal für sich behalten. Der alternde Bäckermeister habe angeblich die Tochter der Dame verführt. Ines! Erst zarte vierunddreißig Jahre alt! Er musste grinsen. »Fast noch ein Baby!«, hatte die empörte Mutter gesagt! Na, das war eindeutig Auslegungssache. Spanische Kinder wurden vermutlich nie erwachsen. Wie alt Claudia wohl sein mochte? Höchstens Ende zwanzig. Hannes setzte sich auf. »Konzentration!«, wies er sich selbst zurecht.

Ein schaurig heiseres »Chrüüi« ertönte vor seinem Fenster.

Was war denn das? Jetzt folgte fauchendes »Kraich-Kraich«. Hannes blinzelte. Das musste eine Eule sein. Wo sie wohl steckte? Vermutlich saß sie mit großen Augen nach Beute Ausschau haltend in einer der Linden, die die Straße säumten. Ja, auch Hannes war ein Jäger. Er würde diese Morde aufklären.

Also, noch einmal zurück zu Möller: reich, mit Einfluss, gewohnt, das zu kriegen, was er wollte, und eine große Schwäche für das andere Geschlecht. Von Maus hatte er erfahren, dass der Bäckermeister seit vier Jahren Witwer war. Man konnte es ihm daher nicht verdenken, dass er sich in den langen Stunden der Einsamkeit auch mal an die Tochter der Haushälterin rangemacht hatte. Ferner hatte er zwei erwachsene Kinder, eine Tochter, die ihm zwei Enkel geschenkt hatte, und leider auch einen Sohn, der seit sechs Monaten mit Claudia Hubschmied verlobt war!

Und schon wieder war er bei ihr angelangt. Das war ja nicht zum Aushalten! Schnaubend schälte sich Hannes aus der Bettdecke, die bereits hoffnungslos um seine Beine gewickelt war, schaltete das Licht ein und kletterte aus dem Bett.

»Verdammt!«, murmelte er zu sich selbst. Da stand er nun in dem kleinen Pensionszimmer der Familie Huber. Was nun? Es war kurz vor Mitternacht. Ob es möglich war, jetzt noch irgendwo einen Schlummertrunk zu bekommen? Oder vielleicht sollte er zunächst mal kalt duschen? Nachdenklich massierte er sich den Nacken. Ja, das würde er jetzt erst einmal machen und dann würde ein Spaziergang auch nicht schaden.

48

»Nein! Nein! Schau mich nicht so an!«, Wolfgang schlug um sich, als wollte er jemanden von sich stoßen, der es eindeutig nicht gut mit ihm meinte. Dabei traf er Sybille an der Schläfe.

»Autsch!«, schrie die gepeinigte Frau vollkommen berechtigt auf. »Ja, spinnste denn vollkommen?«

»Was? Was?«, auch Wolfgang war hochgefahren, da Sybille ihm schmerzhaft in die Rippen gestoßen hatte. Noch vollkommen schlaftrunken und wegen des Albtraums in Schweiß gebadet, starrte er seine Gespielin verwirrt an.

»Du Idiot hast mich fast k.o. geschlagen!«, kam die ungehaltene Antwort.

»Oh, Mann, das tut mir leid, aber ich hab gerade etwas ganz Schreckliches geträumt!«

»So schaut's aus!«, ihre Stimme klang immer noch etwas beleidigt. Er rieb sich die Augen, grinste sie jungenhaft an und flüsterte: »Och, komm schon, sei mir wieder gut!«

Der Mondschein umspielte ihren nackten Oberkörper und Wolfgang konnte nicht umhin, ihre wohlgeformten, großen Brüste zu bewundern. Sehr wohl seinen verlangenden Blick spürend, lächelte Sybille, warf die Haare in den Nacken, um sich dann theatralisch gähnend und sehr langsam zu strecken und damit noch besser zur Geltung zu kommen. Als Wolfgang sie daraufhin lustvoll schnaubend anfassen musste, war alles vergessen und nur zu gerne ließ sie sich von ihm streicheln.

»Du bist 'ne Granate, Sybille!«, seufzte er. »Ich hoffe, der Andi weiß, was er an dir hat!«

»Der Depp?«

Ein boshaftes Lachen konnte nicht zurückgehalten werden.

»Das Einzige, was der kann, is' meinem Vater in den Arsch kriechen und sonst interessiert der sich für nix!«

Sehr wohl ihre Frustration spürend, hatte Wolfgang sie jetzt zu sich gezogen und bedeckte ihre Brüste mit Küssen, was sie wohlig zusammenschauern ließ, sodass sie sich fest an ihn schmiegte.

»Na, dann ist er wirklich ein Depp!«

Mit einem Ruck hatte er sie auf den Rücken gedreht und drückte ihre angewinkelten Beine sanft auseinander, um dort fortzufahren, wo er seit dem frühen Abend mehrfach sein Glück gefunden hatte.

Gleichzeitig war für eine hungrige, kleine Spitzmaus das Schicksal nicht mehr zu ändern. Sich gerade noch schmatzend über eine Larve hermachend, war sie zu abgelenkt, um die Gefahr aus der Luft rechtzeitig zu bemerken. Sie hatte keine Chance! Zu schnell hatte die Eule zugepackt. Die quietschenden Todesschreie wurden jedoch von dem Gestöhne aus Sybilles geöffnetem Schlafzimmerfenster übertönt.

49

Die kühle Abendluft tat gut. Mit weit ausholenden Schritten ging Hannes Petersen die menschenleere Straße entlang. Die Chancen, noch eine geöffnete Kneipe zu finden, waren gleich null. Trotzdem tat es gut, sich etwas zu bewegen, um einen klaren Kopf zu bekommen. Angst, sich hier zu verlaufen, hatte er nicht. Zu gut war seine Orientierung, zu klein das Städtchen. Er erreichte den Marktplatz und blickte auf das schöne, alte Rathaus, ohne es wahrzunehmen. Seine Gedanken waren woanders. Heidi! Wer hatte einen Grund, einem 16-jährigen Mädchen so etwas anzutun?

50

»Also, Sie kennen mich ja, Maus, ich bin da wie zu Weihnachten. Meine Tochter hatte es, als sie klein war, noch sehr geschätzt. Ich habe ihr immer schon vorher erzählt, was das Christkind für sie bringen wird. Ich konnte mich einfach nie zurückhalten. Es ist so, als ob man platzt, wenn man es nicht sagt.«

Doktor Frank schmunzelte in seliger Erinnerung und zündete sich eine neue Zigarette an. Maus – endlich von seinen Kopfschmerzen befreit – schenkte noch einmal nach.

»Na ja, und hier ist die Sache ähnlich gelagert. Ich bin zu aufgedreht wegen der Ergebnisse meiner Autopsie. Jetzt haben wir zwei Möglich keiten: Ich könnte Ihnen den Bericht zum Selberlesen da lassen …«, er zog die Papiere aus seiner Aktentasche, »… oder ich erzähle Ihnen kurz, was ich da so entdeckt habe und wir beide quatschen darüber!«

»Die zweite Variante gefällt mir aber besser, Frank. Lesen macht einsam!«

»Dacht ich's mir doch.«

In brüderlichem Einvernehmen wurden die Gläser gehoben.

51

Sie hatte versucht, Möller zu erpressen. Doch sie hatte einen Komplizen. Wer war der andere? Von Hasenbach war bei seinen Ermittlungen leider nur auf Heidi gestoßen. War die Erpressung vielleicht gar nicht das Motiv für den Mord an ihr? Gab es hier noch eine andere Geschichte? Und wenn ja, inwieweit bestand ein Zusammenhang? Ist die Sache demnach nur rausgekommen, weil Heidi jetzt tot war?

Hannes dachte an die Szene im Hotel, als sie von Hasenbachs Unterlagen durchgesehen hatten.

»Das sind die Fotos von der Kleinen.«

Wie eine Diva hatte sich der Münchner Privatermittler aufgeführt. War mit erhobenem Haupt an die Rezeption gegangen, hatte mit herrischer Stimme die Öffnung des Hotelsafes verlangt, mit spitzen Fingern einen Umschlag entgegengenommen, und diesen dann angewidert auf den Tisch geworfen, an den Maus sich gesetzt hatte.

»Für's Protokoll: Ich habe hiermit kooperiert, auch wenn es bestimmt nicht im Sinne meines Auftraggebers ist. Ferner muss ich energisch darauf hinweisen, dass ich meine Ermittlungen erst vor drei Tagen aufgenommen habe, was erklärt, dass meine Beweisführung noch nicht abgeschlossen werden konnte. Ich betone daher, lediglich das Fräulein Blum als eine der Erpresser identifizieren zu können. Wer ihre Helfer sind, konnte ich leider noch nicht in Erfahrung bringen. Das überlasse ich jetzt einfach mal Ihnen. Vielleicht handelt es sich ja dabei auch um Ihren gesuchten Mörder!«

Feindselig hatte er die Arme über seinem dicken Bauch verschränkt und laut geschnauft, denn er hatte sich offensichtlich in Rage geredet. Der Kommissar hatte daraufhin den Umschlag genommen und ihn geöffnet. Von Hasenbach hatte die Wahrheit gesagt. Nach und nach waren zehn äußerst unscharfe Fotografien zum Vorschein gekommen.

»Hm, dann wolln wir mal sehen.«

Hannes war neben ihn getreten und hatte sich neugierig über die Bilder gebeugt.

»Das ist sie, als sie das Geld gestern aus dem Abfalleimer im Picknickbereich des Märchenparks geholt hat«, war der erklärende Kommentar des Detektivs gewesen.

»Sie haben hier einen Märchenpark? Das ist ja stark!«, war es Hannes entschlüpft. Maus hatte daraufhin traurig genickt.

»Oh, ja, den haben wir. Ein gruseliger Ort, sage ich Ihnen. Die Schaufensterpuppen, die da langsam vor sich hin verrotten, passen mittlerweile besser in ein Spukschloss. Hm, aber trotzdem ist er – vielleicht auch gerade deshalb – immer noch sehr beliebt. Ganze Schulklassen werden dorthin gekarrt, dabei könnte man mit den Kindern weitaus schönere Ausflüge in der Umgebung machen«, nachdenklich hatte er auf das Foto geblickt, auf dem sich Heidi verdächtig unauffällig über die Schulter sah. »Dumm war es daher nicht, hier den Übergabeort zu machen. Viele junge Leute, zwischen denen sie nicht weiter auffiel. Wann genau war das denn?«

»Herr Möller hatte die Anweisung, die 300.000 Euro in kleinen Scheinen in drei verschiedene Semmeltüten zu packen und dann einzeln, eine um 16.00 Uhr in dem Mülleimer bei Schneewittchen, die zweite um 16.10 Uhr bei der Todesszene von Siegfried und die dritte um 16.15 Uhr hier im Picknickpark am Eingang links zu deponieren, was er auch gemacht hat.«

Von Hasenbach war dazu übergegangen, mit der ölgemalten Berglandschaft, die hinter Maus und Petersen hing, zu sprechen.

»Das nenn ich aber einen exakten Zeitplan. Minutiös! Hier steckt jemand mit Perfektionssinn dahinter. Ich kann mir auch nicht vorstellen, dass Heidi die Drahtzieherin war. Aber, womit genau könnte man den großen Bäckermeister um so viel Geld erpressen? Jetzt spucken Sie's doch endlich aus. Sie wissen doch noch was!«

Hannes war dieses um-den-heißen-Brei-Gerede langsam zu dumm geworden. Zwar hatte er sich mit Maus darauf geeinigt, dem Privatermittler die Informationen feinfühlig zu entlocken, da seine leicht reizbare und bockige Natur ihnen sonst vielleicht etwas verschweigen würde, aber bei dieser hohen Geldsumme und den Mordfällen konnte nicht mehr so viel Rücksicht genommen werden. Leider passierte aber daraufhin genau das, wovor Kommissar Maus gewarnt hatte. Von Hasenbach hatte die Lippen zu einem dünnen Strich gepresst und wollte gar nichts mehr sagen.

»Meine Güte, Herr Hasenbach! Ich bin es leid, immer wieder betonen zu müssen, dass Sie sich gesetzwidrig verhalten, wenn Sie nicht alles sagen, was Sie wissen!«, hatte sich nun auch Kommissar Maus eingemischt.

»Von, Herr Kommissar! Von Hasenbach, bitte!«, war die Korrektur aus dem zusammengekniffenen Mund gekommen.

»Wie auch immer. Also, raus mit der Sprache!«

Das Ölgemälde war offensichtlich immer interessanter geworden. Hannes hatte sich jetzt auch umgedreht, aber nicht, um das Alpenpanorama zu bewundern, sondern um erst einmal tief durchzuatmen. Er hatte sich beruhigen müssen, sonst wäre er dem Kerl noch an die fette Gurgel gegangen.

»Es tut mir leid, Herr Kommissar, dass ich Ihnen in diesem Punkt nicht weiterhelfen kann. Herr Möller hatte mich lediglich engagiert, damit ich bei der Übergabe dabei war und die Fotos machte. Er hat sogar ausdrücklich darauf bestanden, die Person nicht weiter zu verfolgen, denn er wollte den Rest nach seiner Reise selbst in die Hand nehmen. Was die dunklen Motive und die schmutzigen Dinge waren, weswegen er sich bereit erklärte, so viel zu zahlen, da bin ich genauso überfragt wie Sie.«

»Das ist natürlich schlecht! Aber ...«, Maus hatte Hannes einen kurzen verschwörerischen Blick zugeworfen, bevor er sich wieder dem störrischen von Hasenbach zuwandte, »... jetzt mal von Profi zu Profi: Was glauben Sie, hätte denn ein guter Grund sein können? Sie haben Möller ja kennengelernt. Das ist ein Mann, der eigentlich keine Kompromisse eingeht und trotz seiner Leichen im Keller – bildlich gesprochen, natürlich – vermutlich den besten Schlaf im ganzen Landkreis hat.«

Maus Rechnung war augenblicklich aufgegangen. Das Gefühl, endlich als Kollege respektiert und nicht als Dilettant behandelt zu werden, hatte bei von Hasenbach eine schnelle Verwandlung vollbracht. Er hatte sich entspannt, sein Bauch hing wieder locker über dem Gürtel, die Arme hatten sich aus der Verschränkung gelöst und sein Blick hatte den des Kommissars getroffen.

»Wenn Sie wirklich meine professionelle Meinung wissen wollen, dann sage ich Ihnen, ich habe mir da auch schon meine Gedanken gemacht. Vielleicht ist ihm eine seiner vielen Frauengeschichten über den Kopf gewachsen oder es hat etwas mit seinen regelmäßigen Asienaufenthalten zu tun? Irgendetwas muss da sein, das seinem Ruf erheblich schaden könnte. Und da wir hier in Süddeutschland sind, wo Kavaliersdelikte eigentlich eine Aufwertung der Persönlichkeit mit sich bringen und man sich immer auf irgendwelche Spezis verlassen kann, die einem aus der Bredouille helfen, muss es sich hier um eine wirklich skandalöse Sache handeln. Soviel ich weiß, plant Möller für das Amt des Bürgermeisters zu kandidieren. Hier würde ich ansetzen. Fakt ist: Irgendwas ist da ganz schön aus dem Ruder gelaufen und die Kleine hat es entdeckt.«

»Wirklich?«

»Nein, …« der dicke Mann kratzte sich am Kinn, »Nein, sie kann es nicht gewesen sein. Sie war ein dummes, geldgieriges kleines Luder. Aber da komme ich wieder zu meiner Theorie. Es gab einen Drahtzieher, jemanden, der älter und vor allem klüger war. Jemanden, der Josef Möller und seine Vergangenheit genau kannte. Jemanden, der den richtigen Zeitpunkt abgewartet hatte, um zuzuschlagen!«

»Herr von Hasenbach, Sie haben mich jetzt nicht wirklich überraschen können!«

Irritiert hatte von Hasenbach sofort wieder die Arme verschränkt, denn er war sich nicht sicher, ob er nun wieder beleidigt sein sollte, weil der Kommissar ihn so offensichtlich vorgeführt hatte, oder ob da noch ein weiterer Kommentar folgen würde, der diese Bemerkung klärte.

»Ich wusste doch, dass Sie ein intelligenter Beobachter sind. Danke, Sie haben uns sehr geholfen!«, lächelnd hatte sich Maus erhoben und dem Privatermittler freundschaftlich auf die Schulter geklopft, während Hannes die Fotos zurück in den Umschlag gesteckt hatte.

52

Die Turmuhr schlug eins. Wenn er morgen früh halbwegs fit sein wollte, sollte er wohl jetzt besser zurück zur Pension gehen. Hannes schlug den Weg über den Kirchplatz ein. Ein dunkler Schatten huschte vorbei. Vermutlich eine Ratte. Er schauderte und merkte jetzt erst, dass er seine Jacke vergessen hatte. Zur gleichen Zeit und einige Straßen weiter zog Wolfgang den Fahrradschlüssel aus der Tasche. Er war sichtlich ausgelaugt, aber immerhin glücklicher als ein paar Stunden zuvor. Er schob das Rad leise auf die Straße und fuhr los, vorbei an den prächtigen Villen, dann nach rechts, um den menschenleeren Kirchplatz zu passieren. Von dort hielt er sich links, bog in die Ringstraße ein und fuhr eine kleine Anhöhe hoch.

»In fünf Minuten bin ich zu Hause«, murmelte Wolfgang zu sich selbst und trat noch fester in die Pedale. Das tat gut. Er musste einen freien Kopf bekommen und vor allem wollte er nicht mehr an das schreckliche Ereignis denken. So konzentriert fiel ihm nicht der dunkle Schatten hinter der Glanzmispel auf, der sich, kaum dass er vorbeigefahren war, auf eine Gartentür zu bewegte, um diese zu öffnen. Leise schlich die Person an die Haustür, hob lauschend den Kopf, verharrte so einige Sekunden und klingelte dann kurz. Schneller als erwartet wurde drinnen ein Licht eingeschaltet. Der Mond verschwand hinter den Wolken und man konnte das große Schleiereulenmännchen nicht mehr sehen, das elegant durch die Nacht flog, im Schnabel den kleinen, schlaffen Körper der Spitzmaus.

53

Das Handy klingelte unbarmherzig. Verschlafen tastete ihre Hand danach und drückte dann die Annahmetaste.

»Claudi, wo bleibst du denn?«

Sie musste das Telefon erst einmal etwas vom Ohr weghalten, denn die Stimme, die daraus erklang, war eindeutig viel zu laut für diese Tageszeit.

»Claudi? Hallo? Hörst du mich?«

»Ärr hmmm!«, war die einzig mögliche Antwort, doch die Anruferin schien damit zufrieden und da sie jetzt offenbar die ungeteilte Aufmerksamkeit von Kommissarin Hubschmied zu haben glaubte, fuhr sie fort: »Wo bleibst du denn? Liegst du etwa noch im Bett? Hast du etwa die Sonderkommissionssitzung zu den Mordfällen ›Blum und Hintersee‹ vergessen?«

Claudia runzelte die Stirn. Wie spät war es denn? Welchen Tag hatten sie? Wieso hatte sie solche Kopfschmerzen? Sie kniff die Augen zusammen, aber leider konnte sie auch so nicht die Zahlen auf dem Radiowecker lesen. Wo war denn ihre Brille? Zwar hatte sie immer noch Scheu, diese in Gegenwart von Georg zu tragen, aber für Notfälle lag sie immer auf dem Nachttischchen.

»Steffi?«, sie stützte sich auf und ließ die rechte Hand suchend über das Möbelstück gleiten. »Steffi? Wieso sagt ihr mir das denn jetzt erst? Ich mein, woher soll ich …«, sie war fündig geworden und setzte die Brille auf. Schon besser. Es war genau fünf nach acht.

»Claudia, es wurde dir gesagt. Mindestens dreimal. Gestern, als man dich zu Hause abgeliefert hat.«

Steffis Kichern ertönte am anderen Ende der Leitung.

»Ich hab es ja nicht für möglich gehalten, dass du ein wenig blau warst. Hannes hat es mir eben erzählt. Aber jetzt muss ich es wohl glauben.«

Claudia Hubschmied, das Handy am Ohr, schwang die Beine aus dem Bett und musste erst einmal kurz innehalten, denn ihr war schwindlig geworden. Na super, jetzt war die Blamage perfekt. Angetrunken im Dienst und dann auch noch zu spät zur Besprechung! Sie hätte sich ohrfeigen können. Steffi kicherte immer noch und schien sich mit jemandem im Hintergrund zu unterhalten. Das war ja wohl die Höhe! Claudia revidierte ihren vorherigen Gedanken. Nein, nicht sich wollte sie ohrfeigen, sondern Stefanie Vogler. Wütend öffnete sie die Badezimmertür. Auf der Toilette saß Georg, ein Motorsportmagazin in der Hand, und blickte sie überrascht an.

»Steffi, hör mal. Könnt ihr noch auf mich warten?«

Claudia drehte den Wasserhahn auf. Schon wieder dieses dämliche Gekicher.

»Steffi? Biste noch dran?«

»Ja, ja natürlich. Warten sollen wir also auf dich? Schaffst du es denn nicht zu dem festgesetzten Zeitpunkt um halb zehn?«

»Wieso halb zehn? Ich dachte ihr habt …«, sie drehte den Wasserhahn wieder zu, um besser hören zu können.

»Nein, ich hab dich nur angerufen, damit du nicht zu spät kommst. Hannes meinte auch, dass die Zeit genügen müsste, um zu duschen, Kaffee zu trinken und hierher zu kommen. Also, ciao und bis gleich!«

Claudia ließ die Hand mit dem Handy sinken und starrte in das halb mit Wasser gefüllte Waschbecken. Was sollte das? Was ging denn da zwischen Steffi und Hannes vor? Dieses Backfischverhalten war mehr als nervig. »Er hat gesagt, er hat gemeint, er ist so hihihi …« – und das von einer erwachsenen Frau und bis heute eigentlich einer guten Freundin. Ärgerlich griff sie nach der Zahnbürste.

»Du siehst richtig blöd mit der Brille aus!«

Sie fuhr herum. Georg ließ das offenbar gerade benutzte Klopapier in die Schüssel fallen, stand auf, zog die Pyjamahose hoch, drückte auf die Spülung und ging an ihr vorbei zur Tür hinaus.

»Selber!«, rief sie zornig gegen das Wasserrauschen an. »Wenigstens hab ich kein blaues Auge! Und das nächste Mal könntest du auch mal die Hände waschen!«

Zehn Minuten später saß sie – die Kontaktlinsen eingesetzt und mit noch feuchten Haaren – am Frühstückstisch und trank aus einer großen Tasse Kaffee. Georg las vollkommen entspannt die Zeitung, obwohl er nach Claudias Einschätzung eigentlich sehr unter den Folgen eines ausgewachsenen Katers hätte leiden müssen. Missmutig betrachtete sie ihn. Die Farbe seines Veilchens ging schon langsam ins Violette über.

»Was?«, knurrte er ungehalten und ohne aufzublicken.

»Tut's noch weh?«

»Was meinst? Die Hand oder das Auge?«

»Beides?«

»Alles halb so wild. Die Hand is' nur etwas geprellt und funktioniert wieder tadellos. Der Kiefer von dem Blödhammel von gestern is' wahrscheinlich gebrochen. Pech für ihn! Und an das Auge musst du dich halt gewöhnen, mein Schnittchen. Sieh mich halt mit Liebe, dann geht's scho wieder! Noch was?«

»Nix!«

Laut raschelnd drehte er die Seite des Sportteils um und begann mit der nächsten Seite – nach Claudias Berechnung musste es sich hierbei um die Lokalnachrichten handeln.

»Doch! Eigentlich is' doch was!«

Er reagierte lediglich mit einem leichten Zusammenziehen der Augenbrauen, was wie immer herrlich arrogant wirkte. Bis gestern hätte sie das als besonders reizvoll, als einen Teil seines spröden Charakters zu schätzen gewusst. Leider war heute ein neuer Tag. Claudia wusste auch nicht so genau, was sie momentan am meisten nervte. Die gestrigen Morde, die Folgen von Oberförsters Grog, die Verbrüderung von Steffi und Hannes – und vielleicht war da auch noch mehr –, während sie hier ihre Zeit mit einem Eisblock verplemperte, den sie im Herbst sogar heiraten wollte. Vermutlich war die Heftigkeit, mit der sie jetzt ihre Kaffeetasse auf den Tisch knallte, ein Zusammenspiel aus all diesen Überlegungen. Georg zuckte zusammen, um dann gelangweilt in ihr Gesicht zu blicken.

»Ich hatte gestern einen schweren Tag!«

»Wenn es dich beruhigt: Ich auch!«

»Du wirst doch deine Bierzelttrauferei nicht mit meiner Arbeit vergleichen wollen?«

»Natürlich nicht!«, der besänftigende Ton, den er jetzt anzuschlagen versuchte, hatte leider die entgegengesetzte Wirkung. Claudia schnaufte wütend auf. Sie hasste es, wenn er ihr das Gefühl gab, sie sei irrational und viel zu ungestüm. Aber bevor sie etwas entgegnen konnte, blätterte er auf die Titelseite und hielt sie ihr entgegen.

»Weiß scho, was passiert ist. Hier is' der Bericht. ›Rotkäppchen tot – Mordserie im Kindergarten‹ – gute Schlagzeile. Hat bestimmt der Carsten geschrieben!«

Claudias Augen wurden schmal.

»Des is' ois, was du dazua zum sogn host?«

Stumm sah er sie eine Weile an, zuckte dann die Schultern, legte die Zeitung zusammen, stand auf, ging zur Kaffeemaschine und goss sich etwas nach.

»Du hättest mich ja mal fragen können, was da so war? Oder wer der Typ war, der mich gestern nach Hause gebracht hat. Und ob ich auch noch einen Kaffee möchte.«

»Gut, wie sahen die Leichen aus?«

»Geht di nix oh!«

»Würd mich aber trotzdem interessieren. Die Erste war wohl noch so ein ganz junges Mädel. Anscheinend kostümiert. Is' doch sonderbar, oder? Und die Zweite eine betagtere Kindergärtnerin. Erschossen?«

»Du weißt schon alles, was du wissen musst. Mehr gibt's noch nicht!«

»In Ordnung. Mit so einer schnippischen Antwort hab ich bereits gerechnet. Jetzt zu der nächsten Ungeheuerlichkeit: Wer war das Würstchen, das dich gestern hier reingeschleppt hat und nicht die Augen von dir lassen konnte?«

Er gähnte herzhaft.

»Interessiert dich offenbar nicht besonders!«

»Stimmt! Und jetzt zum nächsten Punkt: Möchtest du noch etwas Kaffee?«

Sie packte den Henkel ihrer Tasse, fuhr herum und überlegte einen Augenblick, ob sie genau auf seinen arrogant lächelnden Mund zielen sollte. Eine aufgeplatzte Unter- und Oberlippe, ein bisschen Blut und Wehklage würden sie vielleicht aus ihrer düsteren Stimmung bringen. Aber das war ein unreifer Gedanke, schmutzig obendrein und daher die Mühe nicht wert. Seufzend stand sie auf, nahm ihm die Kanne aus der Hand und schenkte sich selber nach.

»Ich muss dann fort. Arbeit! Die Ermittlungen!«

»Hmhm, scho recht. Find mal den bösen Mörder!«

»Sehr witzig! Was hast du heut so vor?«

»Während du für Recht und Ordnung sorgst, meinst du? Hm, mal überlegen …«, er blickte versonnen aus dem Fenster. »Vielleicht spiel ich nachher mal 'ne Runde Golf. Das Wetter scheint sich zu halten.«

Claudia schaute jetzt auch aus dem Fenster. Aber sie nahm weder den schönen Morgen, noch die blühende Kastanie, noch das hektische Eichhörnchen – das flink den Baum hochkletterte, um es sich dann anders zu überlegen und den Stamm wieder hinunterzuhüpfen –, noch Ines Cubelaz wahr, die gerade lautstark mit ihrer Mutter im Untergeschoss stritt.

Golf! Für sie die langweiligste Beschäftigung, die sie sich vorstellen konnte. Auf ihrer persönlichen Liste der Unterschiede zwischen ihr und ihrem Verlobten war dieses Wort eines der ersten gewesen. Zwar hatte sie am Anfang ihrer Beziehung versucht, sich anzupassen und auch ein paar Stunden genommen, aber zur großen Erleichterung ihres Trainers war sie von selbst darauf gekommen, dass sie zu impulsiv war, um dabei Freude empfinden zu können. Sie hatte daraufhin wieder aufgehört. Da machten die Übungen am Schießstand des Schützenvereins mehr Spaß. Dort hatte sie auch Georg vor sieben Jahren kennengelernt. Damals war noch alles in Ordnung gewesen. Er war gut aussehend gewesen, reich und hatte fantastisch geschossen. Sie hatten so gut zusammengepasst. Und heute? Verstohlen sah sie ihn an. Wie er da am Herd lehnte, selbstgefällig, zufrieden mit der Aussicht, ein paar Bälle einzulochen, die Küchenuhr mit seinen vollen, schönen und noch ganz zerzausten Haaren verdeckend. Oh mein Gott, die Küchenuhr!

»Herrschaftszeiten, es is' ja scho fast zwanzig nach! Ich muss mich sputen!«

Reflexartig küsste sie ihn auf die Wange und rannte ins Wohnzimmer, wo noch immer ihre Jacke zusammengeknüllt – vermutlich hatte sie sie dort gestern Abend hingeworfen – und vor allem feucht auf dem teuren Designerteppich lag.

»Mist!«, sie zerrte einen Blazer aus dem Garderobenschrank vom Bügel. Zu dünn und zu formell; aber die andere Jacke war in der Reinigung. Was jetzt? Sie wollte nicht wie eine frierende Modemagazintussi oder Bankerin rumlaufen. Nur das T-Shirt war zu wenig! Hektisch wühlte sie weiter. Der Mantel? Nein, der war für den Winter! Außerdem gefiel er ihr nicht mehr. Viel zu bürgerlich und spießig. Die Jeansjacke? Zerrissen! Oh Gott, die Zeit wurde knapp. Ein letzter Griff und sie rief über die Schulter:

»Schorschilein, ich leih mir mal deinen Parka aus, falls es heute noch mal regnet. Okay? Übrigens die zweite Tote haben wir in der Nähe von der damischen Jagdhütte von deim Vadda gefunden!«

Schnell zog sie die Tür ins Schloss, sodass sie nicht mehr hörte, wie eine Kaffeetasse in der Küche auf den Marmorboden fiel und zerbrach.

54

Stefanie Vogler hatte den Raum perfekt vorbereitet. An der weißen Tafel waren die Bilder der Mordopfer mit bunten Magneten befestigt. Auf dem Tisch lagen verschiedenfarbige Schreibstifte, damit Maus gleich beginnen konnte, wie ein Kunstmaler mit Pfeilen, Abkürzungen – die nur er verstand und manchmal vergaß zu erklären –, Symbolen und Namen die Zwischenräume der Bilder gekonnt auszufüllen. Es war eine Ehre, dem Meister dabei zuzuschauen, und eine noch Größere, ihm dabei zu assistieren.

Steffi bereitete sich seelisch schon darauf vor, die Deckel so schnell auf die Stifte zu drücken, dass sie nicht austrockneten und Maus trotzdem nicht merkte, wie pedantisch sie bei seiner Sorglosigkeit gegenüber teurem Material reagierte. Zufrieden schaute sie sich um. Der Beamer für eventuelle Bildübertragungen war perfekt auf die Wand ausgerichtet. Es waren genügend Stühle da. Die alte Filterkaffeemaschine blubberte vor sich hin. Auch an ein paar Kuchenstücke und belegte Semmeln hatte sie gedacht. Tja, sie wusste die Mannschaft bei Laune zu halten, denn nur zufriedene Mitarbeiter konnten gute Resultate erzielen.

Es war jetzt ungefähr fünf vor halb zehn. Langsam füllte sich der Raum mit den Kollegen, die für die SOKO »Waldkindergarten« eingeteilt worden waren. Polizeiobermeister Hammer nahm sich das größte Stück Kuchen – typisch für ihn – und setzte sich zu seinem Kollegen Schnabelhuber.

»Na, auch hier am Samstag? Is' wohl 'ne Ehre, dass wir mitmachen dürfen!«, er drehte sich um und zählte die Kollegen. Viele waren es nicht. »Sind das alle?«

Schnabelhuber – ebenfalls enttäuscht ob der geringen Anzahl Anwesender – setzte im Geiste Häkchen hinter die Kollegen, um durchzurechnen, wer noch fehlte.

»Nee, da fehlen noch ein paar«, lautete das Ergebnis seiner Inventur. »Die Hubschmied wird wohl verschlafen haben und ich vermute Gerster, Krautschneider und Schuster sind bei der Hausdurchsuchung.«

»Hausdurchsuchung? Das is' ja interessant! Bei wem?«

Hammer stach ein großes Stück vom Kuchen ab und begann geräuschvoll zu essen. Etwas angewidert blickte Schnabelhuber auf seinen Nachbarn. Trotzdem konnte er nicht umhin, dem anderen unter die Nase zu reiben, dass er diesmal offensichtlich besser informiert war.

»Na, die suchen natürlich die 700 000 Euro. Das Geld aus der Erpressung.«

»Echt? 700 000 Euro? Ich hab gehört, dass es 900 000 Euro waren!«, schmatzte Hammer mit vollem Mund und es schien ihn nicht weiter zu stören, dass ihm dabei ein großes Stück aus dem Mund flog und auf Schnabelhubers Ärmel landete. Paralysiert vor Ekel blickte der Getroffene auf den matschigen Klumpen aus Teig und Johannisbeere. Hammer hörte auf zu kauen, folgte seinem Blick und pickte dann das Objekt des Anstoßes kurzerhand mit Daumen und Zeigefinger auf, um es sich wieder in den Mund zu schieben. Dass er mit diesem Einsatz nicht gerade in Schnabelhubers Achtung stieg, machte ihm offensichtlich nichts aus, denn er fuhr gutmütig fort: »Und? Wie geht's dem schottischen Onkel?«, während er weiter den Kuchen in sich reinschaufelte.

»Sehr witzig, Hammer, sehr witzig! Übrigens würde ich an deiner Stelle nicht die Wespe mitessen!«

Ein entsetzter Schrei, ein Teller, der hoch in die Luft geworfen wurde, eine Gabel, die dem Teller folgte, und Hammer, der sich mit einer Art Karateschlag gegen ein immer aggressiver werdendes Insekt zu verteidigen suchte, brachten Stefanie Voglers wunderbares Arrangement augenblicklich durcheinander. Hannes warf ihr einen mitleidigen Blick zu, aber es ging zu schnell, um noch einschreiten zu können, denn Hammer pflügte sich mittlerweile in seiner Panik wie ein Elefant durch die Stuhlreihen.

»Scheiße! Ich bin total allergisch! Scheißvieh! Scheißvieh!«

Es war Schnabelhuber, der dem ganzen Spuk ein jähes Ende setzte. Er nahm kurzerhand dem gerade hereinkommenden Doktor Frank den Befund von Anni Hintersee aus der Hand, rollte ihn zusammen, konzentrierte sich einige Sekunden, fixierte dann die beiden Kämpfenden und traf schwungvoll die Wespe, die gerade zum ultimativen Sturzflug auf Hammers Gesicht ansetzte. Die Wucht des Schlages schleuderte das Tier auf den Boden, sodass es jetzt für Schnabelhuber ein Leichtes war, ihm dort mit einem erneuten Hieb den Garaus zu machen.

»Bravo! Das nenn ich Heldenmut!«

Fasziniert betrachtete der Doktor den zuckenden Kadaver, der ihm mitsamt dem Bericht wiedergegeben wurde. Hammer ließ sich mit hochrotem Kopf und schwer atmend auf einen Stuhl fallen. »Bin allergisch auf die Biester!«, murmelte er entschuldigend, als Steffi ihm ein Glas Wasser reichte. Die Tür wurde aufgerissen und Claudia Hubschmied stürmte in den Raum. Die ungekämmten, wirren Haare, die Ringe unter den Augen und die viel zu große Jacke manifestierten den allgemeinen Verdacht, dass sie gerade aus dem Bett gefallen sein musste. Verwirrt blickte sie sich um.

»Was, was is' denn hier passiert?«

»Hier ging's um Leben und Tod, Frau Hubschmied!«

Doktor Frank hatte jetzt angefangen, mit der Mine seines Bleistifts die Beweglichkeit eines Wespenbeines zu testen.

»Na, an Ihnen ist wohl ein Insektenforscher verloren gegangen!«

»Richtig, Herr Schnabelhuber, mein Hobby ist tatsächlich die Entomologie. Sehen sie nur, was passiert, wenn ich hier …«

Claudia Hubschmied fühlte sich zwar nicht besonders gut aufgeklärt, aber glücklicherweise war sie nicht zu spät gekommen. Was sie jedoch nun erheblich verunsicherte, war das Gefühl der Befangenheit, das sie beschlich, da sie alle Augen auf sich gerichtet fühlte. Oder war das nur Einbildung? Nein, da wurden ihr doch scheele Seitenblicke zugeworfen. »Die haben über mich getratscht« – schoss es ihr durch den Kopf – »wahrscheinlich haben sie erst kurz vor meiner Ankunft laut über mich geredet und jetzt machen sie flüsternd hinter meinem Rücken weiter.« Normalerweise würde Claudia über solchen Dingen stehen, aber heute war das anders. Sie fühlte sich so verletzbar. Das war doch nicht normal, oder? Mit klopfendem Herzen sah sie sich im Raum um und begegnete dem Blick von Hannes Petersen. Er sah genauso aus wie gestern. Groß, sehr schlank, drahtig, ruhig, unauffällig und – ihr Herz machte vor lauter Dankbarkeit und Erleichterung einen kleinen Sprung – freundlich. Ja, er lächelte sie kurz an, nahm eine Tasse, schenkte Kaffee ein und brachte ihn ihr.

»Merci!«, mehr konnte sie nicht sagen, denn sie war zu gerührt.

»Da nich für! Du siehst so aus, als könntest du ihn vertragen.«

Dankbar nahm sie einen Schluck. Perfekt! Das war der schlechteste Kaffee, den sie jemals getrunken hatte, aber auch der beste, den ihr ein Mann hätte bringen können.

»Und, wie geht's denn heute so? Was macht der Kopf?«

Claudia lachte und verschluckte sich. Zum Glück musste sie nicht antworten, denn Kommissar Maus kam herein und schritt energisch zu der weißen Tafel mit den Fotos, um das zu machen, wozu er als leitender Ermittler bestimmt war.

55

»Und ich habe alles überprüft. Die Websites und Homepages, die sie besucht hat, Chatrooms, ihren E-Mail-Account …«, Ercan Acar – Betreiber des einzigen Internetcafés der Stadt und nebenbei als Computerspezialist für die Polizei tätig – hatte nun begonnen, seine Ergebnisse vorzustellen, aber Claudia konnte unmöglich die nötige Konzentration aufbringen und ärgerte sich daher über sich selbst. Was war denn nur los mit ihr? Warum schweiften ihre Gedanken ständig ab? Ihr Blick fiel auf die große Uhr an der Wand. Jetzt saßen sie schon seit über einer Stunde in diesem Raum und ihre Unruhe und ihr Missmut wuchsen. Genervt begann sie die Ärmel ihrer Jacke über die Hände zu ziehen, nur um zu sehen, wie sie ohne aussah. Absolut kindisch! Hannes stieß sie leicht in die Seite, sie blickte auf und er schüttelte kaum merklich den Kopf. Spielverderber! Dann eben nicht. Sie schaute sich um. Eigentlich hatte die ganze Besprechung mittlerweile etwas von dem Charakter eines Gottesdienstes angenommen. Alle mussten still sitzen, zuhören und warten. Hammer bohrte ungeniert in der Nase, Schnabelhuber scharrte mit den Füßen und Steffi betrachtete ihre schön lackierten Fingernägel. Aha, auch die anderen schien also das ganze Computergefasel nicht sonderlich zu interessieren. Warum sagte Ercan nicht einfach: »Und hier habe ich die E-Mail von dem Komplizen. Die Adresse ist Hugo.Tralala@xyz.com und weil ich so ein schlauer IT-Fuzzi bin, hab ich auch gleich herausgefunden, wer dahintersteckt! Nämlich: der Hugo Tralala, wohnhaft in der Blablastr. 1. Also, worauf wartet ihr noch? Schnappt ihn euch!«

Claudia musste bei dieser Vorstellung ein Kichern unterdrücken. Da sie dabei aber gerade Ercan ansah, kam es leider zu dem Missverständnis, dass der junge Mann nun in ihr eine Seelenverwandte mit dem nötigen Know-how und gleichzeitig eine Aufforderung sah, noch etwas weiter auszuholen. Oh nein! Die Kommissarin vergrub das Gesicht in den Händen. Warum mussten manche Leute nur so umständlich sein. Warum konnten sie sich nicht an Doktor Frank ein Beispiel nehmen, der vorhin knapp und ohne viele Fachwörter alles auf den Punkt gebracht hatte.

»Heidi Blum, 16 Jahre«, hatte er mit seinem Bericht begonnen, kurz in die Runde geschaut, zufrieden die ungeteilte Aufmerksamkeit seiner Zuhörerschaft registriert und gleich schnörkellos weitergesprochen. »Sie stürzte erst 6,23 Meter tief – hier ein Foto der Abschürfungen, die sie davongetragen hat, als sie gegen die Felsen geprallt ist. Sie kam unten auf dem Rücken auf, was durch die Autopsie zu beweisen war. Sehen Sie hier diese Aufnahmen!«

Alle hatten angewidert auf die nun folgende Diashow geblickt. Da Frank die Zeit sehr kurz eingestellt hatte, wirkte es wie ein kleiner Film. Heidi war sozusagen vor dem Publikum obduziert worden.

»Mir wird schlecht!«, hatte ein junger Beamter in der hinteren Reihe gejammert. Frank hatte es offensichtlich nicht gestört. Zu fasziniert war er von dem verblüffenden Ergebnis gewesen, das seine Arbeit in Zeitraffer gezeigt hatte.

Gut, es war ihm offenbar schwergefallen, sich wieder auf den Vortrag zu konzentrieren, als das Programm bei dem letzten Bild angelangt war, wo er freundlich lächelnd mit einem blutigen Skalpell in der Hand in die Kamera blickte. Ein schöner Schnappschuss, den er seinem Assistenten zu verdanken hatte. Ob sich seine Tochter – die die Familientradition fortgesetzt hatte und jetzt erfolgreiche Chirurgin in Chicago war – über das Foto freuen würde? Jemand hatte gelacht. Schön, wenn es den Leuten hier schon so gut gefiel, dann wäre Helene geradezu begeistert. Er hatte sich geräuspert.

»Weiter im Text. Fräulein Blum hatte zusätzlich auch ein schönes Schädelhirntrauma und einen Beinbruch. Natürlich werde ich Ihnen die Röntgenbilder nicht vorenthalten. Äh, Ercan, wo muss ich jetzt draufklicken?«

Frank war in seinem Element gewesen. Mit geröteten Wangen, ein sichtlicher Beweis seiner Begeisterung für die moderne Technik, war er Ercans Anweisungen gefolgt und hatte den kleinen Pfeil auf die Stelle gelenkt, um weitere Aufnahmen über den Projektor zu präsentieren.

»Ja, sehr schön!«, höchst zufrieden hatte er sich wieder seinem Publikum zugewandt. »Um Ihre Frage vorwegzunehmen: Ja, sie hat nach dem Sturz noch gelebt.«

Ein Murmeln war durch die Reihen gegangen.

»Meiner Berechnung nach wurde sie zwischen 1.00 Uhr und 1.45 Uhr ertränkt. Auch hier habe ich schöne Fotos. – Ercan, wie mache ich das ein bisschen größer? Ach, hier? Ja, die Lupe macht Sinn! Sehr schön. Moment! So, jetzt. Sehen Sie, wie aufgedunsen ihr Körper und wie blass die Haut ist? Ja, auch in einem kalten Gebirgsgewässer passiert so was. Schneller geht es natürlich in der Badewanne. Das sieht dann wirklich eklig aus. Gut, und jetzt schauen Sie mal auf die Abdrücke am Hals? Sehen aus wie Finger, oder? Tja, das liegt wohl daran, dass es auch welche sind. Der Täter war nicht zimperlich! Mit der linken Hand hat er sie am Nacken gepackt und mit der Rechten den Kopf unter Wasser gedrückt. Ganz schön brutal, oder? Auf der anderen Seite gibt es aber auch wieder sehr viel Liebe zum Detail: Er hat sich die Mühe gemacht, ihr die Kapuze über den Kopf zu ziehen, als sie tot war. Haben Sie eigentlich dazu schon eine Idee? Ich mein, so eine Märchengestalt hat ja vielleicht eine Bedeutung? Und sie dann noch so zu drapieren, als würde unser Rotkäppchen nur ein bisschen im Wasser planschen? Krank, was? Ah, an Ihren Gesichtern sehe ich, dass Sie an dem Punkt bereits schon unter Hochdruck arbeiten. Gut, und weiter im Text …«

»Ich hab da noch 'ne Frage!«

Ein paar Köpfe hatten sich zu dem jungen Beamten in der hinteren Reihe umgedreht, der gleich rot geworden war, weil ihm aufgefallen war, dass er wie in der Schule die Hand gehoben hatte. Schnell hatte er sie wieder heruntergenommen, war aber, bestärkt durch Doktor Franks freundlichen Blick, fortgefahren: »Hatte sie vor ihrem Tod Geschlechtsverkehr?«

»Typisch Michi, denkt immer nur an Sex!«, hatte Hammer Schnabelhuber so laut zugeflüstert, dass jeder ihn hören konnte. Das Gesicht des jungen Beamten hatte nun die Farbe einer Tomate angenommen.

»Sehr gute Frage, mein lieber Freund! Und auch schön, dass hier jemand mitdenkt!«, mit einem tadelnden Seitenblick auf Hammer war Maus aufgestanden und neben den Doktor getreten.

»Auf der Suche nach Motiven müssen wir alles beachten. Und Sie werden lachen, aber genau das war gestern auch meine erste Frage, als mir der

Doktor den vorläufigen Bericht brachte. Also, Frank, klären Sie die Kollegen mal auf!«

»Tja, unsere kleine Heidi hatte zwar Pech, denn sie ist ja bewiesenermaßen tot, aber jetzt kommt die gute Nachricht: Sie wurde nicht vergewaltigt. Eine Sexualstraftat – und darüber bin ich froh – können wir also ausschließen. Die bessere Nachricht könnte also heißen: Sie hatte Geschlechtsverkehr, aber der war einvernehmlich, was so viel bedeutet wie: Sie hatte vor ihrem Tod noch ein kleines bisschen Liebe.«

»Sie sind und bleiben ein Romantiker, Frank.«

Maus hatte sich ein Lachen verkniffen und so getan, als ob er sich auf die Wahl seines nächsten Farbstifts hätte konzentrieren müssen.

»Dann war ihr Liebhaber, der letzte, der sie lebend gesehen hat!«, hatte der junge Beamte – durch das Lob seines Chefs motiviert – den Faden wieder aufgenommen.

»Anzunehmen«, hatte sich jetzt auch Hannes an der Diskussion beteiligt, denn nicht umsonst hatte er zu diesem Thema schon einige Überlegungen angestellt. »Er ist entweder ein wichtiger Zeuge oder gar unser Täter. Konnten Sie anhand des Spermas eine DNA-Probe nehmen, Herr Doktor?«

»Leider, nein. Der Abstrich ergab nur, dass die beiden ein Kondom benutzt haben. Wir können aber von der Geschmacksrichtung ›Apfel‹ ausgehen, denn das umsichtige und verantwortungsvolle Mädel hatte zumindest eine angebrochene Packung dieser Marke in der Capetasche. Vielleicht sollten Sie mal danach suchen, dann hätten wir was Handfestes. Schwierig jedoch, wenn man nicht weiß, wo die Turteltäubchen ihr Stelldichein hatten. Im Auto? In der Natur? Auf dem Hochstand? Hm, viel Spaß beim Suchen. Zwar habe ich eine ganze Menge anderer Proben ins Labor geschickt – Sie wissen schon, alles, was man auf der durchweichten Kleidung finden konnte und den Dreck unter ihren Fingernägeln – aber viel Brauchbares war bis jetzt noch nicht darunter. Trotzdem bleibe ich optimistisch und das sollten Sie alle auch. Vielleicht haben wir ja Glück?«

»Na, in den amerikanischen Serien kriegen die Laborratten ja auch immer raus, wer der Mörder ist«, war ein witzig gemeinter Einwurf gekommen. Claudia hatte die Augen verdreht: »Klar, das sind doch die Geschichten, wo auch bewiesen wird, dass man keine Bullen mehr braucht! Hoch die Reagenzgläser!«

Zu spät hatte sie erkannt, dass ihr ätzend gemeinter Kommentar zum Eigentor geworden war. Hammer hatte laut gelacht.

»Frau Hubschmied, da brauchen Sie aber viele von den Röhrchen, um Ihren Pegel von gestern zu erreichen!«

Hannes hatte sie gerade noch rechtzeitig an den Schultern gepackt und sie zurückgehalten, sonst wäre sie aufgesprungen und hätte etwas Unüberlegtes getan. Auch Kommissar Maus hatte ebenso schnell reagiert und durch seine Aufforderung an Doktor Frank, mit dem Bericht zu dem zweiten Mordfall fortzufahren, war es ihm gelungen, die Situation zu entschärfen. Die laute Stimme des Arztes hatte gekonnt Claudia Hubschmieds Fluch übertönt.

»Kommen wir nun zu unserem nächsten Opfer: Anni Hintersee, 44 Jahre. Erschossen! Treffer in die Stirn und sofort tot – das Kaliber, sowie die eventuelle Mordwaffe werden derzeit noch von Frau Prof. Dr. Dr. Jung untersucht und ich muss nicht extra betonen, was das heißt! Ich darf mich also nicht dazu äußern, obwohl ich da schon was zu sagen hätte! Todeszeitpunkt – und hier schließe ich mich den Berichten der Zeugen an – um 15.55 Uhr. Fotos hierzu haben wir dank Kommissarin Hubschmied, die welche mit ihrem Handy gemacht hat.« Er war immer besser geworden, denn jetzt hatte er selbstständig und ohne Mühe die richtige Datei öffnen können. »Sehen Sie hier das Loch? Sauber getroffen! Ich erkenne hier übrigens auch wieder so eine Parallele zu einem Märchen. Irgendwie hat sie doch was von Schneewittchen, oder? – Zu weit hergeholt? Ja gut, die hässliche Jacke passt nicht so gut dazu. War ja auch nur so 'ne Theorie. Zumindest schaute sie da noch besser aus, als nach dem Sturm. Die Fotos möchten Sie bestimmt auch noch sehen, oder?«

Erwartungsvoll hatte er in die Runde gesehen, doch alle hatten angestrengt auf den Boden, an die Tafel, aus dem Fenster, an die Decke geblickt, womit die medizinische Diashow offiziell beendet war.

Tja, und dann war der Fachmann für Technik dran gewesen. Verstohlen sah Claudia wieder auf die Uhr. Jetzt waren erst sieben Minuten verstrichen, aber ihr kam es wie eine Ewigkeit vor. Ercan Acar war mittlerweile dazu übergegangen, eine Sprache zu benutzen, die offenbar keiner mehr verstand. Vielleicht Türkisch? Nein, denn der andere Kollege mit Migrationshintergrund – Murat Kaya – saß mit offenem Mund da und schien auch nur noch Bahnhof zu verstehen.

Claudia zog die Stirn in Falten und starrte die Tafel an, auf der Maus schon einige Verknüpfungen gekonnt grafisch dargestellt hatte. Ihr Blick glitt über die Fotos, die ihnen von Sandra Blum zu Ermittlungszwecken überlassen worden waren. Heidi war ein bemerkenswert hübsches Mädchen gewesen. Kein Wunder, dass sie von einer Karriere als Model geträumt hatte. Aber warum war sie jetzt tot? Wenn es etwas mit der Erpressungsgeschichte zu tun hatte, rutschte der alte Möller auf Platz eins. Ihm konnte man wirklich nicht verdenken, dass er diese kleine Laus aus seinem Pelz haben wollte. Seit ihm der Detektiv am Dienstag die Beweisfotos gezeigt hatte, wusste der Bäckermeister nur zu genau, wer zumindest einer seiner Erpresser war. Er selbst konnte sie jedoch nicht getötet haben. Aber das würde ihn als Drahtzieher nicht von der Liste der Tatverdächtigen streichen. Warum sich die Finger schmutzig machen, wenn man einen Auftragsmörder engagieren konnte. So teuer waren die nicht mehr. Seitdem die Grenzen nach Osten offen waren, konnte man sogar zu Dumpingpreisen ehemalige KGB-Killer im Doppelpack bestellen, was selbst so einem alten Knauser aufgefallen sein musste. Gut, Möller könnte durchaus irgendwie in die Sache verwickelt sein. Das würde sich ja sicher klären lassen, wenn er wieder in Bad Berging war.

Claudia lehnte sich zurück. Die Stühle waren absolut unbequem und stammten eindeutig aus den Verhörräumen. Traurig, dass dem Revier offensichtlich die Gelder für vernünftige Sitzgelegenheiten im Besprechungsraum fehlten. Ihr Nacken schmerzte. So konnte man sich wirklich nicht konzentrieren. Ihre Gedanken schweiften wieder ab, als sie aus dem Fenster blickte. Abermals ein schöner Tag. Wären da nicht die Morde, würde sie jetzt erst einmal gemütlich und ausgiebig frühstücken und dann vielleicht ein bisschen mit dem Rad in die Berge fahren.

Georg würde vermutlich nicht mitkommen. Sie hätte ihn auch gar nicht dabei haben wollen. Der konnte sich bei seinem Millionärssport vergnügen. Georg, ja der tolle, erfolgreiche, von den Göttern geliebte Georg. Warum wurde sie in letzter Zeit immer so hämisch, wenn sie an ihn dachte? Hatte sie etwa ein schlechtes Gewissen? Unauffällig schielte sie zu Hannes Petersen. Nein, Georg sah eindeutig besser aus. Aber war es denn gut, einen schönen Mann zu haben? Zählten da nicht andere Werte wie Loyalität, Verständnis und Liebe? Liebte sie Georg eigentlich? Hannes hatte ihren Blick gespürt, drehte sich zu ihr und flüsterte:

»Is' alles in Ordnung? Ist dir schlecht? Du schaust so eigenartig.«

»Naa, alles okay!«

Sie musste aufpassen und ihn nicht mehr so anstarren, sonst bildete er sich noch etwas darauf ein und einen eingebildeten Mann hatte sie ja bereits daheim.

»Danke Herr Acar, das war mehr, als wir erwarten durften. Sehr detailliert. Halten Sie uns auf dem Laufenden!«

Kommissar Maus klopfte dem Computerspezialisten auf die Schulter. Aber bevor dieser dann zur allgemeinen Erleichterung gehen konnte, räusperte sich Hannes. Die teils drohenden, teils flehenden Blicke – jetzt bloß keine weiteren Details mehr zu fordern – ignorierend stand der Norddeutsche sogar auf, damit man ihn ja nicht übersah, und fragte: »Was haben Sie bei ihrem Handy rausbekommen?«

»Nun, die Nummern im Telefonbuch wurden bereits überprüft. Dieser Wolf ist ja durch sein Prepaid-Handy nicht fassbar. SMS sind nur wenige gespeichert. Aber die …«

Claudia Hubschmied war nun ebenfalls aufgestanden. Hannes hatte Recht, ihr ging es tatsächlich nicht gut. Sie brauchte frische Luft und zwar schnell, deshalb bahnte sie sich, so unauffällig wie möglich, einen Weg durch die Stuhlreihen und verließ den Besprechungsraum. Als sie dann auf dem kleinen Platz ihre Stammbank erreichte, saß da schon Doktor Frank, der genüsslich an seiner Zigarette zog.

»Servus Doc, hätten Sie vielleicht auch mal eine für mich?«

»Aber natürlich, meine Liebe.«

56

Die Jungen – jeder mit einem großen Stock bewaffnet – liefen durch den Wald. Auch heute würde es wieder ein wunderbarer Tag werden. Auf einer kleinen Lichtung hielten sie an.

»Und ich sag euch, die machen wir fertig, wenn wir sie erwischen!«, rief der Rothaarige und ließ seine »Waffe« mit zwei Händen elegant über den Kopf kreisen, zog dann mit einer graziösen Bewegung seinen Oberkörper nach links und stoppte kurz vor dem Gesicht eines seiner Freunde.

»Mensch Siggi, hör auf mit dem Scheiß!«, genervt drückte der andere den Stock von seiner Nase weg. »Und übrigens werden die von der Luitpold-Straße sowieso nicht kommen.«

»Glaubst du!«, Siggi war nun dazu übergegangen, mit dem Stock einen nahen Busch zu malträtieren.

»Ich glaub auch nicht, dass die sich trauen«, meldete sich ein schmächtiger Junge mit Brille und gestreiftem T-Shirt. »Die ham doch Schiss wegen der ganzen Morde. Lasst uns vielleicht auch besser mal verschwinden!«

»Ach!«, Siggis Blick schien ihn zu durchbohren, sodass er schnell einen Schritt zurückging und so tat, als würde ihn die große Libelle interessieren, die gerade um die Gruppe herumflog.

»Warum wundert mich das jetzt nicht! Der kümmerliche Zwerg zittert ja schon. Das kleine Paulchen hat wohl auch die Hosen voll!«

»Bin kein Zwerg und Schiss hab ich auch nich!«, murmelte der Brillenträger gekränkt, drehte dem anderen den Rücken zu und streckte die Hand aus, in der Hoffnung, dass sich die Libelle darauf setzen würde.

»Haste wohl!«, wütend schlug Siggi jetzt nach dem Insekt. Zum Glück traf er nicht.

»Oh Menno, jetzt haltet mal alle den Ball flach! Ich denk, der Kleine hat Recht, wenn er sagt, dass die Ratten aus der Luitpold-Straße nicht kommen werden. Und ehrlich gesagt, hab ich auch nicht so viel Lust hier rumzuhängen. Was haltet ihr davon, wenn wir an den See gehen. Wir könnten ja schwimmen und …«

»Du willst ja nur dahin, weil da die Utta is'!«, schnitt ihm Siggi das Wort ab. »Seitdem du in die verknallt bist, is' nix mehr mit dir los!«

»Ach ja?«

»Ja!«, Siggi begann nun eine Art Rap-Song, wobei er sein Becken obszön vor und zurück bewegte: »Der Julian und die Utta. Uff, uff. Der Julian und die Utta! Uff, uff. Die küssen sich am See uff und ficken sich uff uff und machen viele Babys und …«, weiter kam er nicht mit seinem Schmähgesang, denn Julian war auf ihn gestürzt und riss ihn durch seine Wucht mit zu Boden. Dort begannen sich die beiden Jungen zu wälzen und aufeinander einzuprügeln. Julian war stinksauer auf seinen Freund, der es gewagt hatte, ihn und seine zarten Gefühle für Utta so in den Dreck zu ziehen. Und Siggi war wütend, enttäuscht und vor allem eifersüchtig. Da sie von Körperbau und Alter ziemlich gleich waren, konnte man nicht absehen, wer gewinnen würde. So sahen es auch die anderen, die sofort einen Kreis um die Kämpfer bildeten, Wetten abschlossen und ihren Favoriten anfeuerten.

Vergessen war ihre Einigkeit in punkto Luitpold-Straße und der Bande von Schnöseln – Sprösslinge von ebensolchen Schnöseln, mit denen schon ihre eigenen Väter im Clinch gelegen hatten. Vergessen war die Angst, in den Mörderwald zu gehen. Vergessen waren alle anderen Probleme, die Kinder in ihrem Alter so hatten. Hier und jetzt zählte nur der Kampf und als Julian mit einem gezielten Faustschlag Siggis Nase zum Bluten brachte, wurde laut gegrölt.

»Weiter so!«, brüllte ein Zehnjähriger – eindeutig Julians Fan. »Der knickt gleich ein, wie gestern bei dem Bullen!«

Das hätte er wohl besser nicht sagen sollen, denn in Siggi setzten sich plötzlich ungeahnte Energien frei. Mit dem Ärmel das Blut von der Lippe wischend, kam er hoch, ballte die Fäuste und schlug mit einer Kraft auf seinen Gegner ein, dass alle Zuschauer entsetzt zurückwichen. Julian spuckte einen Schneidezahn aus, nahm aber gleich wieder Anlauf und das Ringen ging weiter.

Es fiel daher nicht weiter auf, dass sich Paul heimlich, still und leise von der Gruppe entfernte. Der Junge drückte sich zuerst an dem Holzstapel vorbei und als er außer Sichtweite war, fing er an zu laufen. Er hatte genug von dieser Bande. Zwar war es eine Ehre für einen neu Zugezogenen, mitmachen zu dürfen, aber er passte einfach nicht zu ihnen. Immer war er der Kleinste und Schwächste und wenn Manni nicht gewesen wäre, dann hätte Siggi ihn bestimmt schon mehr als nur bedroht. Ja, Manni – eigentlich Manfred – war in Ordnung. Nur hatte dieser heute leider Hausarrest und Paul sah keinen Sinn darin, das nächste Prügelziel von Siggi zu werden, wenn dieser mit Julian fertig sein würde und die Luitpold-Straßen-Jungs ausbleiben sollten. Paul ging jetzt langsamer. Hier war es so schön und so friedlich. Er beobachtete einen weißen Schmetterling, der im Sonnenlicht zu tanzen schien. Dann erblickte er zwischen ein paar Findlingen das glitzernde Wasser eines kleinen Teichs. Ob da wohl Kaulquappen oder vielleicht sogar Molche drin waren? Schnell lief er den kleinen Pfad entlang – der von den tiefhängenden Zweigen eines Busches verdeckt, kaum zu erkennen war – und beugte sich, vorsichtig seine Brille festhaltend, über das trübe Wasser, in der Hoffnung, etwas Interessantes zu entdecken.

57

»Ich habe schon einmal angefangen, alle Personen, die in Heidis Telefonnummernverzeichnis gespeichert sind, zu kontaktieren«, begann Hannes, der immer noch vor seinem Sitzplatz stand – sehr zum Ärger von Polizeiobermeister Hammer, da dieser sich fast verrenken musste, um besser sehen zu können. Ungerührt fuhr Hannes fort:

»Viele Freunde hatte sie ja nicht, was die Aussage der Mutter bestätigt. Da wären zunächst einmal Jessica und Viola: zwei Mitschülerinnen, die sie aber schon seit Wochen nicht mehr angerufen hatte. Eine SMS an Jessica vor ein paar Tagen hatte den Wortlaut: ›komm nicht mit. keine zeit. viel spaß!‹ Ich habe mit dem Mädchen gesprochen. Sie meinte, dass Heidi, seit sie im Kindergarten arbeitete, kaum mehr etwas mit ihr unternommen habe. Dann sind da noch die Nummern der Kollegen – also die Chefin, Frau Erika Noller, Wolfgang Wiesholz und die ermordete Anni Hintersee. Ob jetzt Herr Wiesholz der gesuchte ›Wolf‹ ist, möchte ich aber immer noch nicht ganz ausschließen. Ferner haben wir die Nummern von zwei Müttern – eine Frau Lang und eine Frau Klöter –, bei denen sie ab und zu als Babysitter tätig war. Mit Frau Lang habe ich heute Morgen sprechen können und erfahren, dass Heidi am Montag auf die Tochter aufgepasst hatte, während sie mit ihrem Baby bei einem ›Training zur frühkindlichen Genieentwicklung durch Mozart‹ war.«

»Wie bitte? So was gibt's wirklich?«

Stefanie Vogler machte runde Augen. Hannes hatte mit einem leichten Zucken um die Mundwinkel darauf gewartet, dass jemand reagieren würde.

»Anscheinend!«, grinste er.

»Des wär mal was für mich gewesen«, murmelte Hammer. »Dann wär ich jetzt genial und müsste nicht immer die damischen Nachbarn befragen!«

»Zu Ihren Ergebnissen kommen wir gleich«, unterbrach ihn Maus mit einem Augenzwinkern. »Was ist mit der anderen Mutter?«

»Frau Klöter konnte ich bis jetzt noch nicht erreichen, werde das aber gleich nachher nochmal versuchen. Erstaunlich fand ich jedoch, dass Heidi keine Nummer von ihrem Bruder gespeichert hatte. Die zwei scheinen sich nicht viel zu sagen gehabt haben, oder?«

58

Alfred und Lotte Wendel waren jetzt schon 56 Jahre verheiratet und die letzten acht sogar glücklich. Das Alter hatte bei beiden mit so einer Wucht von Weisheit und Nachsicht – ganz besonders gegenüber den Schwächen des anderen – eingesetzt, dass sie nicht friedlicher und harmonischer zueinander hätten sein können. Wo früher die Streitereien teilweise so hart waren, dass Lotte an Mord und Alfred an Selbstmord gedacht hatte, konnten sie im Rückblick nur noch darüber lachen.

Es hatte sich also doch bewährt, so lange auszuhalten. Jetzt gingen sie einträchtig schweigend – die kleine, fette Dackeldame Penny hinter sich her ziehend – einen schmalen Waldweg entlang und machten immer dann eine Pause, wenn Alfred meinte, einen Vogel gesehen zu haben. Sofort wurde das Fernglas von der Brust genommen und oft erfolglos auf eine Stelle in einem Baum, einem Busch oder einem Felsen geschaut.

»Ich werd' der Frau Maus von meinen Beobachtungen berichten. Sie wird erstaunt sein, dass wir doch tatsächlich ein Steinhuhn gesehen haben!«

»Ich weiß nicht, Alfred. Ich meine irgendwo gelesen zu haben, dass die ausgestorben sind. Das muss ein anderer Vogel gewesen sein. Warte …«, sie begann in ihrer Tasche nach dem Bestimmungsbuch zu kramen.

»Blödsinn, Lotte, die sind nicht ausgestorben. Außerdem hab ich doch ganz deutlich sein ›ka kriwä ka wet wet‹ gehört. Da kann man mir nix vormachen bei Vogelstimmen.«

Lotte hatte es aufgegeben, das Buch in der Tasche zu finden, und hakte sich stattdessen bei ihrem Mann ein.

»Na, dann wird Inga Maus aber staunen, wenn du es ihr erzählst.«

59

»Na, eigentlich sollte man Rauchen auch genießen können!«

Irritiert blickte Claudia Hubschmied Doktor Frank an. Dann sah sie auf den Boden, wo sie gerade die Glut ausgetreten hatte, um dann wieder ihren Nachbarn anzusehen, der immer noch die Hälfte seiner Zigarette hatte.

»Oh, äh, ja, vermutlich haben Sie Recht. Aber ich war, ich bin …«

»Sie sind nicht bei der Sache«, gutmütig lächelte er und deutete auf ihren Fuß. »Ich mein, Sie sind beim Rauchen nicht bei der Sache. Ihr Kopf ist voll mit Überlegungen. Haben Sie denn schon eine Idee, wer unser Mörder sein könnte? Oder gibt es hier sogar mehrere Täter?«

»Ach, Doktor, i woaß aa ned. Ich tret ein bisschen auf der Stell. Vielleicht kommen wir weiter, wenn wir das Geld gefunden haben. Wobei des wohl am schwierigsten sein wird.«

Ein Polizeiwagen kam mit quietschenden Bremsen hinter ihnen zum Stehen. Claudia und der Arzt drehten sich um. Die Kollegen Krautschneider und Gerster sprangen aus dem Wagen.

»Ah, das Hausdurchsuchungskommando! Vielleicht haben die ja was, was Sie endlich weiterbringt, Frau Hubschmied!«

»Hm, ich glaub nicht! Warum steigt denn der Schuster nicht aus?«

Claudia kniff die Augen zusammen. Da saßen ja zwei auf der Rückbank.

»Wer ist der andere?«

Aber ihre Frage wurde gleich beantwortet, als Krautschneider nämlich um den Wagen herumging und die Tür öffnete, damit die fremde Person aussteigen konnte. »Das ist ja ein Riese«, schoss es Claudia durch den Kopf. Leider hatte niemand mit dessen nun folgender, überstürzter Reaktion gerechnet. Denn kaum war der Mann ausgestiegen, nahm er Schwung und rammte dem vollkommen überrumpelten Krautschneider den Ellbogen in den Magen, sodass dieser vor Schmerz zusammenklappte. Erst jetzt bemerkte Claudia, dass dem Mann die Hände mit Handschellen auf dem Rücken gefesselt waren. Selbst überrascht von seinem Erfolg zögerte der Riese einen Augenblick, bevor er einen großen Schritt über den am Boden liegenden Beamten machte und losrannte.

»Halt!«, ertönte es aus dem Wagen. Schuster hatte offenbar Mühe, aus dem Auto zu kommen. Auch Gerster brauchte viel zu lange, um den Wagen zu umkreisen und die Verfolgung aufzunehmen. Ein heiseres Lachen ertönte. Der Flüchtling rannte über den Platz, drehte sich noch einmal zu den Polizisten um, wollte ihnen noch etwas Unverschämtes zurufen, kam aber nicht mehr dazu, denn er stürzte. Verdutzt fand er sich auf dem Boden wieder und starrte – weil ihm seine neue Perspektive keine andere Möglichkeit ließ – auf die Pflastersteine vor seinen Augen.

»Mei, Burschi, so groß und so bläd!«

Claudia hatte ihr Knie in seinen Nacken gedrückt und ihn so unter Gewalt, bis Gerster und der hinkende Schuster bei ihr waren.

»Blum!«, fauchte der verständlicherweise äußerst aufgebrachte Gerster. »Nicht genug, dass Sie den einen Kollegen bei der Ausführung seiner Pflicht angefallen haben, jetzt haben Sie auch noch den Anderen attackiert! Ich nehme Sie hiermit nochmals fest wegen tätlichem Angriff auf mittlerweile zwei Polizeibeamte. Das wird Sie teuer zu stehen kommen, denn wir verstehen keinen Spaß bei Widerstand gegen die Staatsgewalt.«

Nicht gerade sanft hievten Gerster und Schuster den großen Mann auf die Beine. Wutschnaubend schüttelte er seinen massigen kahlen Schädel und begann, wie ein Zirkusbär hin und her zu tänzeln. Die beiden Beamten machten gleichzeitig einen Schritt zurück. Klein und zierlich wirkten sie neben dem wuchtigen Sebastian Blum, der jetzt erst Claudia Hubschmied wahrzunehmen schien.

»Scheißschlampe!«, knurrte er sie an.

»Hm, dann kommt ja wohl noch Beleidigung auf die Liste! Machen Sie nur so weiter!«

Gerster drehte den Gefangenen in Richtung Polizeistation und schob ihn vor sich her.

»Wenigstens kann die Scheißschlampe sehr gut ihre Jacke so werfen, dass ein Depp wie du drüberstolpert!«, konterte Claudia triumphierend, bevor sie sich an Schuster wandte: »Was is' denn überhaupt passiert?«

»Ach, der Irre is' erst heute Morgen aus der Haft entlassen worden und hatte nix Besseres zu tun, als mich anzugreifen, als wir mit der Hausdurchsuchung loslegen wollten.«

»Autsch, das war bestimmt schmerzhaft, was?«

»Wem sagst du das. Ich dachte schon, mein Schienbein sei zertrümmert. Du hast ja gesehn, was der für 'ne Kraft hat. Guck nur den armen Krautschneider an. Nach dem Schwinger in den Magen kommt dem bestimmt gleich das Frühstück hoch. Ich hoff, der Doktor kann ihm helfen.«

Versonnen blickten beide über den Platz zu dem Dienstwagen, wo Doktor Frank sich zu dem mittlerweile auf der Hinterbank sitzenden Kollegen gebeugt hatte und mit ihm sprach.

»Habt ihr eigentlich das Geld gefunden?«

»Nee, nix. Das muss woanders sein. Ach übrigens …«, ganz Kavalier und trotz seiner Lädierung bückte sich Schuster und hob den Parka auf. »Danke, dein Einsatz war ungewöhnlich, aber effektiv!«

»Hm, ich hatte halt nix andres zur Hand.«

Ärgerlich starrte sie auf den Fleck, den Sebastian Blums Springerstiefel auf dem Stoff hinterlassen hatte. Sie versuchte, ihn abzureiben, was die Sache natürlich noch verschlimmerte.

»Scheißtürke!«, ertönte es jetzt von dem Haupteingang des Reviers, denn Sebastian Blum und Gerster waren dort mit Herrn Wong Li vom Chinarestaurant »Goldener Lotos« zusammengetroffen.

»Der Nazi is' wirklich zu blöd!«, Schuster wandte sich zum Gehen. »Servus Claudi, wir sehn uns dann drin!«

Sie reagierte nicht. Zu abgelenkt war sie von einem kleinen Gegenstand, den sie in der Jackentasche gefunden hatte und der jetzt schwer in ihrer Hand lag: ein Mobiltelefon?!

60

Paul ließ die Hand in den Teich gleiten, da er meinte, auf dem Grund eine Wasserschnecke gesehen zu haben. Seine Finger ertasteten aber nur einen Stein, feucht und irgendwie schleimig. Er holte ihn aus dem Wasser, um ihn dann gleich wieder hineinzuwerfen. Dort, wo er aufschlug, bildeten sich Kreise. Versonnen blickte der Junge auf die andere Seite des kleinen Sees. Wenn er herumgehen würde, könnte er dort auf den großen Felsen klettern und besser ans Wasser gelangen. Vermutlich versteckten sich an dieser Stelle alle interessanten Tiere, die er sehen wollte.

Paul stand auf und wollte gerade seinen Plan in die Tat umsetzen, als er ein lautes Rascheln rechts von sich vernahm. Zu Tode erschrocken starrte er auf den Busch. Das Rascheln verstummte. Was war das? Ein großes Tier?

Ein Wildschwein vielleicht? Er hatte gehört, dass nicht der Keiler, sondern die Bache besonders aggressiv sei, wenn sie Frischlinge hat. Und war jetzt nicht die Zeit für die kleinen, niedlichen Schweinchen? Auf der Stirn des Jungen bildeten sich Schweißperlen. Wie sollte er sich verhalten? Langsamer Rückzug! Aber da musste er an dem Busch vorbei, denn der kleine Weg war die einzige Möglichkeit, von dem Teich wegzukommen, vorausgesetzt natürlich, er wollte nicht schwimmen. Schon wieder ein Geräusch! Wie das Schleifen eines großen Gegenstands, vielleicht zerrte das Tier den schlaffen Körper seiner erlegten Beute hinter sich her. Zweige knackten.

Paul zuckte zusammen und vergaß fast zu atmen. Wieder folgte diese Stille. Selbst die Vögel hatten aufgehört zu singen. Der Junge atmete jetzt ganz flach und überlegte fieberhaft. Gab es hier Bären? Er hatte mal gehört, dass man diese mit lautem Singen oder Witze erzählen vertreiben konnte. Was für ein Blödsinn! Nervös biss er sich auf die Unterlippe. Und wenn es noch etwas Schlimmeres war? Der Waldkindergartenmörder, der gerade wieder ein Opfer – nämlich ihn – auserkoren hatte, um sein blutiges Messer … Paul konnte die aufsteigende Panik nicht mehr unterdrücken. Er wusste nicht, was er machen sollte. Paralysiert starrte er auf die grünen Blätter, die das kaum Vorstellbare verbargen. Seine Ohren rauschten, sein Herz raste und er war unfähig sich zu bewegen. Ganz weit entfernt in seinem Inneren meinte er die beruhigende Stimme seiner Mutter zu hören, doch viel zu leise, denn das Aufplatschen eines Froschs – endlich, wo hatte der denn so lange gesteckt? – war so laut, dass es dem angespannten Jungen in den Ohren wehtat. Was? Was sollte er machen? Angestrengt versuchte er, sich zu konzentrieren. Durch das schlammige Wasser auf die andere Seite schwimmen, waten, untergehen? Nein, der Teich war zu unheimlich und er wäre sowieso schnell eingeholt, wenn er versuchen würde, da durchzukommen. Genauso verhielt es sich mit dem Findling. Niemals würde er es schaffen, dort schnell genug raufzuklettern. Ihm blieb nur eine Möglichkeit: Er musste auf den Wanderweg zurückkommen, ohne dass er dem unheimlichen Wesen in die Klauen, Zähne, Buschmesser, Äxte oder was auch immer fallen würde. Langsam und vorsichtig setzte er einen Fuß vor. Nichts rührte sich. Tief atmete der Junge ein. Noch einen Schritt. Jetzt war er ganz nah an dem Gehölz. Er hielt einige Sekunden die Luft an und lauschte. Immer noch nichts! Nur noch einen Meter, dann würde er losrennen, denn dann wäre er an dem Busch vorbei. Paul hob erneut den Fuß, machte einen großen Schritt – zu groß für ihn – und kam etwas ins Schwanken, sodass er nicht gleich mit seinem Spurt beginnen konnte.

Während der Junge noch mit dem Gleichgewicht kämpfte, musste er mit Entsetzen feststellen, dass er viel zu nahe an den Busch geraten war. Hoffentlich …! Etwas schnellte aus dem dichten Blätterwerk hervor, packte Paul am rechten Fußgelenk und hielt ihn fest. Das Kind stürzte, landete unsanft auf seinem Hinterteil und starrte mit schreckensweiten Augen auf das, was ihn zu Fall gebracht hatte: eine blutverschmierte Hand, die sich in sein Hosenbein gekrallt hatte. Pauls Albträume – seit er heimlich mit seiner großen Schwester einen Horrorfilm gesehen hatte, suchten ihn nachts des Öfteren abgetrennte Gliedmaße heim – waren brutale Wirklichkeit geworden. Aber bevor er reagieren konnte, verstärkte sich der Griff und er wurde zum Busch gezogen. Unaufhaltsam näherte er sich dem, was seinem jungen Leben ein jähes Ende setzen würde, und er war zu klein und zu schwach, um sich dagegen zu wehren.

Der Schrei, der sich schon seit Minuten irgendwo in Pauls Kehle bereitgehalten hatte, fand nun seinen Weg in die Freiheit. Hoch, entsetzt, hysterisch, lang und eigentlich dazu gemacht, Glas zerspringen zu lassen, hallte er durch den friedlichen Wald. Dann begann das Kind zu treten, während es gleichzeitig verzweifelt versuchte, mit den Händen irgendwo Halt zu finden. Die Finger krallten sich in den feuchten Waldboden, Moos, kleine Wurzeln, nichts konnte jedoch das Ungeheuer davon abhalten, ihn weiter zu sich zu zerren. Paul wimmerte, gab aber nicht auf, denn immer und immer wieder versuchte er, mit dem freien Fuß das grauenhafte Gesicht des Mannes zu treffen, in das er jetzt sehen konnte.

»Hilfe!«, röchelte dieser. »Hilf mir!«

Aber Paul hörte ihn nicht. Vielleicht taub durch seinen eigenen Schrei, vielleicht taub durch den entsetzlichen Anblick und den Schock trat er weiter. Langsam zeigte sich eine Wirkung. Der Griff wurde lockerer. Der Junge konnte sich befreien, wollte schnell aufstehen, wurde aber diesmal in letzter Sekunde an seinem T-Shirt gepackt und unbarmherzig wieder zurückgezerrt. Ganz nah waren die beiden sich jetzt. Paul starrte in die blutüberströmte Fratze des Angreifers.

»Hilfe …!«

Der Junge holte aus, seine kleine Faust traf auf die Platzwunde an der Schläfe, der Mann verdrehte die Augen, brach zusammen und Paul war frei.

61

Er versuchte es noch einmal. Wieder nur der Anrufbeantworter.

»Tja, dann werde ich wohl nachher persönlich bei der Dame vorbeischauen müssen«, sprach Hannes zu sich selbst, da aber leider Maus zufällig vor ihm stand, sah dieser überrascht von seinem aufgeklappten Notizbuch auf, denn er hatte eigentlich nicht erwartet, während seiner Überlegungen gestört zu werden.

»Äh, ja, manchmal wollen die Frauen schon, dass man sich ein bisschen mehr ins Zeug legt. Vielleicht sollten Sie auch an Blumen denken?«, war die einzige Antwort, die ihm dazu einfiel. Jetzt war es an Hannes, etwas irritiert zu schauen.

»Ich meinte doch die noch fehlende Mutter, diese Frau Klöter, bei der Heidi als Babysitterin tätig war. Die werden wir noch befragen. Und auch diesen Wolfgang Wiesholz. Wegen seines Verhältnisses zu den beiden Mitarbeiterinnen und so … Ich mein, wenn Frau Hubschmied wieder da ist.«

»Ja, das sollten Sie. Dann werde ich die Chefin des Kindergartens, Frau Erika Noller … Ach, nein, das geht ja gar nicht. Die muss noch warten. Ich hab ja noch das Gespräch beim Bürgermeister. Es sei denn, Sie könnten?«

Hannes verspürte den Drang, gähnen zu müssen. Das würde ein weiterer anstrengender Tag werden. Er hatte kaum geschlafen und heute Morgen – noch bevor die Kollegen eingetroffen waren – bereits einiges recherchiert und überprüft. Er war eben ein Mann der Tat und es machte ihn wahnsinnig, das Gefühl zu haben, auf der Stelle zu treten. Sein Jagdinstinkt war geweckt: Zwei Morde; und er wollte Lösungen! Daher hielt er schnell die Hand vor den Mund, damit Maus nicht den Eindruck bekam, dass er sich eventuell langweilen würde, denn das tat er absolut nicht. Im Gegenteil: Die zusätzliche Aufgabe schien seinen Ehrgeiz sogar noch zu beflügeln. Der Kommissar, der wusste, wann er einen guten Mann vor sich hatte, nickte nur und rief dann zu Steffi, die mit Ercan vor dem Computer saß:

»Habt ihr schon was?«

»Wir sind dran, Herr Maus. Gleich …«

62

»Das war eindeutig der Warnruf des Brachvogels!«

Selbstzufrieden wieder genau ins Schwarze getroffen zu haben, drehte Alfred sich zu seiner Frau, um dort in ein äußerst skeptisches Gesicht zu blicken.

»Was? Glaubst du mir etwa nicht?«

»Ich weiß nicht …«, sie glaubte ihm offensichtlich nicht. »Für mich klang es einfach zu hoch und zu lang. Das war kein Vogel. Das muss ein Kaninchen in Todesangst gewesen sein!«

»Aber Lotte, das ist ja absurd! Ein Kaninchen! Die klingen doch ganz anders. Nein, nein, das war ein Brachvogel! Wart nur ab, gleich wird er wieder anstimmen! Wir stellen uns am besten hierhin und lauschen.«

Da standen sie nun: Alfred – das Fernglas für alle Eventualitäten parat – Lotte – eine Hand um die Ohrmuschel gelegt, um besser hören zu können –, und die hechelnde Hundedame Penny – die die ganze Länge von knapp acht Metern der Gurthundeleine ausnutzte, um im Schatten warten zu können. Mehrere Minuten tat sich nichts. Kein Geräusch. Selbst dem leichten Wind schien die Luft ausgegangen zu sein, sodass sich auch kein Blatt bewegen wollte. Aber mit dem Alter wächst ja auch bekanntlich die Geduld, beziehungsweise das Zeitgefühl verliert an Bedeutung. Das Ehepaar hätte in dieser Position vermutlich eine Viertelstunde ausharren können, doch die Auflösung des Rätsels ließ nicht lange auf sich warten.

Etwas schoss auf den Weg, wollte ihn überqueren, sah die Leine nicht, fiel darüber und landete unsanft auf dem Bauch. Penny, die dabei unweigerlich mitgerissen wurde, jaulte auf und schnappte sofort nach dem schmächtigen Jungen, der jetzt nur noch ein Schluchzen von sich gab. Zu überrascht, um gleich reagieren zu können, starrte das Ehepaar auf das Kind, das jetzt von ihrem Hund mit wütendem Gekläffe angeklagt wurde und verzweifelt anfing, im Laub nach etwas zu suchen. Lotte war die Erste, die sich aus der kontemplativen Betrachtung des Unerhörten löste – immerhin war ihrem Hund auf das Übelste mitgespielt worden – und zu dem Kind ging.

»Bub, hallo, Bub!«, leicht schüttelte sie ihn an der Schulter. »Du bist ja ganz aufgelöst. Was ist denn passiert? Hast du was ausgefressen?«

»Ich …«, aus schwer kurzsichtigen Augen schaute Paul in das verschwommene Gesicht der alten Frau. »… meine Brille. Ich hab meine Brille verloren!«, und wieder begann er, verzweifelt in den Blättern zu wühlen. Lotte war zufrieden mit der Erklärung, denn auch sie kannte das Problem, wenn die Sehhilfe nicht da war, wo sie eigentlich zu sein hatte. Beruhigend tätschelte sie jetzt dem Kind auf den Kopf und drehte sich zu ihrem Mann um.

»Der Bub hat seine Brille verloren!«

»Das hab ich gehört«, auch Alfred kam zu den beiden. »Aber das ist noch lange kein Grund, unsere Penny fast zu erwürgen – Schluss! Aus, Penny! Halt die Schnauze, man versteht ja sein eigenes Wort nicht mehr!«

Die Dackeldame verstummte sofort, jedoch hatte das nichts mit guter Erziehung zu tun, sondern mit dem Umstand, dass das sensible Tier sich zu Recht schlecht behandelt fühlte und es daher vorzog, beleidigt zu sein.

»Na prima, jetzt wird sie mich die nächste Woche noch nicht mal mit dem Hintern ansehen!«

»Ach Alfred, nimm's nicht so schwer, das macht sie doch andauernd. Komm lieber her und hilf mir mit dem Kleinen. Mein Gott, Kind«, entsetzt starrte Lotte nun Paul an, der weinend auf die Füße gekommen war. »Ist das da etwa Blut auf deinem Hemd?«

Tatsächlich hatte sich zu den blau-weißen Streifen des T-Shirts ein hässlich fleckiges Rot gemischt.

63

Claudia Hubschmied öffnete die Tür und betrat den Eingangsbereich. Erstaunt musste sie feststellen, dass anscheinend gerade Pause gemacht wurde. Das ging aber schnell. Oder war die Besprechung schon fertig?

»Das is' aber nett Herr Li, dass Sie sich persönlich hierher bemühen, um uns die neue Speisekarte zu bringen.«

Hammer schien wirklich sehr gerührt, machte eine kleine, steife Verbeugung und nahm fast andächtig das lieblos kopierte Faltblatt mit dem aktuellsten Mittagsmenü entgegen. Der chinesische Restaurantbesitzer lächelte hintergründig.

»Sehl gut! Hell Hammel! Sie bestel Kunde!«

»Hmmm!«

Hammer lief schon beim Lesen das Wasser im Munde zusammen.

»Ich sehe, Sie haben meine Anregungen aufgenommen. Sie haben doch tatsächlich die gewagte Kombination ›Sauerkraut mit Würstchen süß-sauer‹ auf die Karte gesetzt. Wunderbar! Das werde ich gleich mal ausprobieren. Ich frag mal, ob wir da nicht eine große Bestellung draus machen können. Schließlich ist es ja schon fast elf.«

Herrn Lis Mundwinkel zuckten eine Sekunde nach unten, als ob es ihm bei der Nennung der neusten Speise übel werden würde, aber schnell hatte der Asiate sich wieder unter Kontrolle, denn die Aussicht, hier ein gutes Geschäft zu machen, überwog alle kulinarischen Gewissensbisse. Freundlich nickte er und ließ Hammer seiner Wege ziehen. Claudia, die immer noch neben ihm stand, sah jetzt Hannes aus dem Besprechungsraum kommen. Er telefonierte. Sie musste ihn über ihre Entdeckung informieren! Immerhin war er ihr Partner. Aber auf der anderen Seite war Georg ihr Verlobter, der Mann, mit dem sie zusammenlebte, den sie bis vor einer halben Stunde noch so gut zu kennen geglaubt hatte. Aber blieb ihr eine andere Wahl? Es machte sie wütend, denn sie fühlte sich hin- und hergerissen! Sie war von sich selbst enttäuscht, so blauäugig gewesen zu sein. Was war sie doch für eine naive, gutgläubige, ja, dumme Nuss!

Georg hatte ein zweites Handy! Wie sollte sie sich nun verhalten? Sie hatte bei der Überprüfung festgestellt, dass er Heidi die SMS geschrieben hatte. Georg war Wolf! Er hatte sich mit dem Opfer getroffen! Er hatte sehr wahrscheinlich ein Verhältnis! Wie lange schon? Dass er vielleicht sogar der Mörder sein konnte, war für Claudia gar nicht mal das Schlimmste! Oh, sie würde sich rächen, darauf konnte er Gift nehmen. Sie musste unbedingt mit Hannes darüber sprechen. Warum telefonierte der denn immer noch? Sie fühlte sich so hilflos, unentschlossen; etwas, womit sie absolut nicht klarkam. Ein Teil von ihr – der Verletzte – wollte jetzt am liebsten zu Hannes rennen, ihm das Handy aus der Hand reißen, es auf den Boden schleudern, gegebenenfalls kaputt treten und ihn anschreien. Er sollte ihr endlich die nötige Aufmerksamkeit schenken, die sie verdiente. Ein anderer Teil von ihr – der Loyale – war irgendwie froh, noch etwas Zeit zu haben, und eine mahnende Stimme sagte ihr, dass Georg noch die Chance haben sollte, sich nur ihr zu erklären. Claudias Anspannung wuchs. Sie biss sich auf die Unterlippe. Was sollte sie tun?

»Wollen Sie einen Glückskeks?«

»Wos?«, erschrocken zuckte sie zusammen. Herr Li hielt ihr etwas entgegen.

»Äh! Ja …«, reflexartig nahm sie das in Zellophan eingewickelte Gebäck entgegen.

»Na, Sie sehen so aus, als könnten Sie etwas Glück gebrauchen!«, erklärte Herr Li seine freundliche Geste in einwandfreiem Hochdeutsch.

»Das ist wirklich sehr nett von Ihnen. Danke!«

»Gerne!«

Sie begann nun, die Verpackung mit den Zähnen aufzureißen, hielt dann aber inne und warf dem Restaurantbesitzer einen fragenden Blick zu. Wissend lächelte er zurück.

»Alles Geschäftsstrategie. Niemand würde bei mir bestellen, wenn ich gutes Deutsch mit einer perfekten Phonetik spräche. Sie glauben gar nicht, was es für eine Mühe ist, die ganzen Rs gegen die Ls auszutauschen. Und dann noch diese grauenhafte Grammatik. Unter uns, ich habe einen Magister in Germanistik. Aber damit kommt man in meinem Gewerbe nicht weit. Auf der anderen Seite will ich jedoch nicht undankbar erscheinen, denn manchmal macht es sogar Spaß; zum Beispiel, wenn man ungestraft aus Hammer einen Hammel machen kann, oder?«

Claudia lachte. Der Mann hatte vollkommen Recht. Die hiesigen Hinterwäldler würden niemals bei ihm bestellen, wenn sie das Gefühl hätten, dass ein Ausländer in der Lage wäre, ihre fehlerhafte Muttersprache gegebenenfalls zu korrigieren.

»Chapeau, Herr Li!«

Sie machte eine verschwörerische, kleine Verbeugung, die der Chinese erwiderte.

Hannes telefonierte immer noch. Aus den Augenwinkeln beobachtete er Claudia. Sie wirkte sehr angespannt und offensichtlich wollte sie mit ihm reden. Das traf sich gut, denn auch er musste mit ihr einiges besprechen. Da er aber ein Mann war und seine Konzentration nur auf eine Sache richten konnte, drehte er sich zur Wand und sprach weiter.

»Soso, er hat also nochmal angerufen. Schon früher losgefahren? Aha, das hat ihre Mutter auch richtig verstanden? … Klar, manchmal gibt es sprachliche Missverständnisse … Ja, aber das hieße dann, dass er früher … Hmhm …«

Kommissar Maus kam nun auch aus dem Besprechungsraum.

»Ah, Claudia. Da sind Sie ja. Geht es wieder? Und der Herr Li! Na, Sie haben Hauptwachtmeister Hammer ja in den siebten Himmel gebracht. Der wird gleich mit einer Riesenliste an Bestellungen zu Ihnen kommen.«

Steffi eilte hinter dem Kommissar her.

»Herr Maus, hier ist die Liste aller Personen im Landkreis, die einen Waffenschein haben.«

»Wunderbar. Wenn wir davon ausgehen, dass Annis Mörder sehr gut mit Waffen umgehen kann, finden wir hier vielleicht einen Hinweis. Setzen Sie gleich mal jemanden dran.«

Claudia legte die Stirn in Falten.

»Sie sollten aber auch nicht die Schützenvereine der Gegend vergessen. Da sind – mich natürlich eingeschlossen – einige große Talente dabei.«

»Gut mitgedacht, Frau Hubschmied. Ich merke, Sie fahren langsam wieder auf Hochtouren. Das soll der Schnabelhuber überprüfen. Jeder, der in irgendeinem Kontakt zu unseren beiden Opfern stand, wird jetzt verstärkt unter die Lupe genommen.«

»Oh je, das werden nicht wenige sein, denn in unserer Gegend, wo jeder jeden kennt …«

»Steffi, das ist nix Neues. Trotzdem möchte ich, dass alle Richtungen eingeschlagen werden. Wir müssen vielseitig ermitteln und brauchen jetzt langsam mal Ergebnisse. Was soll ich der Presse nachher erzählen?«

»Danke, ich melde mich später noch einmal!«

Hannes drückte auf eine Taste seines Handys und hatte somit sein Telefonat beendet. Doch bevor sich Claudia von Maus loseisen konnte, lief Steffi schon zu ihrem Partner und begann ein leises Gespräch. Argwöhnisch musste Claudia zusehen, wie Hannes lächelte, dann nickte und Steffi – Claudias Geschmack nach viel zu lange und sogar etwas liebevoll – ansah. Verächtlich sog sie die Luft ein. Na toll! Sie war in seelischer Not, brauchte Rat und Zuspruch und hatte absolut nicht den Nerv, Zeugin einer sich anbahnenden Revieraffäre zu sein.

»Also, dann können Sie das gleich mal überprüfen?«

Irritiert musste Claudia feststellen, dass Maus sie etwas gefragt hatte.

»Wos?«

Irgendwie kam sie sich jetzt dämlich vor. Da stand sie nun, hatte in zwei Mordfällen zu ermitteln und ließ sich von ihren Kollegen so aus der Bahn werfen. Ihr Chef musste langsam den Verdacht haben, dass sie nicht richtig tickte. Mit einem unschuldigen und wunderschönen Lächeln – ihre letzte

Hoffnung noch halbwegs glimpflich aus der peinlichen Situation herauszukommen – blickte sie Maus nun treuherzig an.

»Entschuldigen Sie, aber ich hab' grad über die Mitglieder in meinem Schützenverein nachgedacht. Glauben Sie nicht auch, dass es unter Umständen eine Frau gewesen sein könnte?«

»Hm, guter Ansatz. Warum nicht. Frauen untereinander können sich nicht nur die Pest an den Hals wünschen, sondern auch mal Taten folgen lassen.«

»Wie wahr, Herr Kommissar, wie wahr!«

Sie kniff die Augen zusammen, als jetzt Steffi ihr glockenhelles Lachen ertönen ließ. Was war denn da so witzig? Auch Hannes lachte. Sie sollten sich schämen! Alle beide! Sie, weil sie sich als geschiedene und alleinerziehende Mutter einfach nicht so billig aufführen sollte. Und er, weil er eigentlich ihr Partner war! Mit einem hässlichen Knirschen zerbrach der Glückskeks in Claudias Händen. Krümel fielen auf den Boden, klebten an ihren Fingern, doch sie schien es nicht zu bemerken.

»Ich mach mich dann mal an die Arbeit«, murmelte sie, riss die Eingangstür auf und eilte hinaus. Frische Luft! Tief atmete sie ein, aber besser ging es ihr trotzdem nicht. Wütend starrte sie auf den kleinen Zettel in ihrer Hand.

»Die Liebe ist ein scheues Reh. Erschreck sie nicht!«, war da zu lesen.

»So ein Schmarrn!«

Wütend zerknüllte sie das Papierstückchen und eilte zu ihrem Auto. Sie hatte noch viel zu erledigen.

64

»Genau so! Wir machen es am besten genau so!«

Zu seinem eigenen Bedauern musste Alfred feststellen, dass ihm niemand auch nur ansatzweise zuhörte. Zwar hatte er seiner Ansicht nach und mit dem Gefühl, der Kapitän auf dem sinkenden Schiff zu sein, schnell das logische Denken und das Kommando übernommen, aber was nützte es ihm, wenn keiner der Leichtmatrosen reagierte.

Lotte – und hier kam ihr ihre kleine Größe und die seit ein paar Jahren leicht gebückte Haltung zu Gute – hatte derweil angefangen, mit dem Jungen die Brille zu suchen. Und Penny war offensichtlich zu dem Schluss gekommen, ihn bis an sein oder ihr Lebensende nicht mehr zu beachten und hob ihre beleidigte Schnauze demonstrativ in die entgegengesetzte Richtung. Alfred fühlte sich plötzlich sehr alleingelassen.

»Hallo? Habt ihr gehört?«

Aussichtslos! Der alte Mann seufzte. Wenn er hier etwas bewirken wollte, musste er wohl oder übel erst einmal bei der Suche helfen. Missmutig stocherte er mit dem Stock ins Laub.

»Pass auf, dass du die Brille nicht kaputt machst!«

Eigentlich hätte er froh sein können, endlich eine Reaktion erhalten zu haben, aber offenbar war Pennys schlechte Laune ansteckend, sodass er ärgerlich mit seinem halbherzigen Versuch, zu helfen, aufhörte.

»Dann eben nicht!«, murmelte der Mann und starrte böse eine kleine Fichte an.

65

Steffi war Gold wert, wenn es darum ging, Informationen zu sammeln, diese dann zu sondieren und alles Unnötige zu streichen, was den jeweiligen Ermittlern ungemein viel Zeit ersparte. Ferner wurde sie auch nie müde, Extraaufgaben zu übernehmen. Maus wusste sehr wohl zu schätzen, was er an ihr hatte. Auch Hannes kam nun in den Genuss, denn sie hatte ihm selbstlos und mit unglaublicher Schnelligkeit alle polizeilichen Unterlagen herausgesucht, um die er sie gebeten hatte. Davon konnten sich die großen Polizeireviere mal eine Scheibe abschneiden. Glücklich hielt er nun einen kleinen Stapel Akten und Kopien in den Händen. Dass aber nun sein unschuldiges Lächeln aus Freude und Dankbarkeit auf manch verletzte Seele missverständlich wirken könnte, war ihm leider nicht bewusst. Zu spät bemerkte er, dass Claudia gegangen war. Auf seine verständlich irritierte Reaktion zuckte Steffi etwas gleichgültig mit den Schultern.

»Hm, die wird wohl noch was zu erledigen haben«, war ihre Erklärung.

»Ja, aber ich dachte, dass wir jetzt gleich mal loskönnten!«

In Hannes Gehirn arbeitete es. Ihm war so, als ob er etwas falsch gemacht hatte, nur konnte er nicht genau sagen, was? »Tja, dann solltest du schon mal ohne sie anfangen, um Zeit zu sparen. Ich kann ihr ja dann sagen, wo du bist, falls du sie nicht selbst erreichst, und sie kommt dann nach?«

»Leichter gesagt als getan. Wie soll ich denn jetzt wegkommen? Ich habe ja hier kein Auto. Wie sieht's aus, könntet ihr mir einen Dienstwagen leihen?«

»Schlecht!«, Hammer, seiner Natur folgend und sich daher immer in Gespräche einmischend, die ihn nichts angingen, war bewaffnet mit einem Zettel an ihnen vorbeigeschlurft.

»Heute ist die letzte heiße Phase auf dem Frühlingsfest und wir haben da alle, die nicht bei der SOKO ›Waldkindergarten‹ mitarbeiten, hingeschickt. Der einzige Wagen, der noch verfügbar ist, muss leider hierbleiben, falls irgendwo was in die Luft geht!«, rief er noch über die Schulter und – begeistert von seiner eigenen so bildhaft schönen Formulierung – begann er zu kichern, während er Herrn Li seine Bestellungen reichte.

»Das ist ja dumm!«

Hannes gerade noch so gute Laune war schlagartig verflogen. Da hatte er sich wohl zu früh gefreut, und der Optimismus, dass er nun endlich vorankäme, sah sich mit der grauen Realität konfrontiert und war augenblicklich verschwunden. Eigentlich hätte er ja nicht sonderlich überrascht sein dürfen, denn er war es durch jahrelange Erfahrungen nicht anders gewohnt. Aber sich jetzt so in einer mobilen Sackgasse zu finden, machte ihn ärgerlich. Sollte er etwa den Bus nehmen, der vermutlich auch nur alle drei Stunden fuhr? Ein Taxi würde wegen des Volksfestes wohl auch schwer zu kriegen sein. Wieder einmal war es Steffi, die einen Ausweg wusste.

»Ich kann dir gern mein Radl leihen. Du willst ja sowieso nur ein paar Leute befragen und hier kommt man auch schneller ohne Luftverschmutzung voran.«

Fahrrad? Hannes legte die Stirn in Falten. Warum nicht!? Dann würde er sich als Erstes Wolfi Wiesholz vornehmen! Eigentlich hatte er vorgehabt, bei dieser Vernehmung auf Claudia Rücksicht zu nehmen. Es wäre ihm wichtig gewesen, sie dabeizuhaben, denn immerhin war er ihr Cousin. Aber wenn sie etwas Besseres zu tun hatte, dann würde Wolfgang eben mit ihrem vergessenen Kollegen und dessen momentan nicht besonders guter Laune vorliebnehmen müssen.

Irgendwie freute sich Hannes sogar schon darauf, dem Schönling hemmungslos auf die Füße treten zu dürfen.

»Gut, so machen wir es. Kannst du mir kurz erklären, wie ich zu dieser Adresse komme?«

66

»Ich glaub, ich hab sie! Ihr dicker Hund sitzt drauf!«

Paul hatte ein verdächtiges Aufblitzen bemerkt. Einem Sonnenstrahl war es offensichtlich gelungen, sich durch die Blätter zu stehlen, und wurde von den Brillengläsern reflektiert.

»Schsch! Nenn sie nicht dick. Sie hat nur einen starken Knochenbau!«, warnte Lotte. Gleichzeitig hob sie so sanft wie möglich ihren pummeligen Liebling hoch und in der Kuhle, in der der Hund gesessen hatte, lag tatsächlich die Brille.

»Na wunderbar, Bub. Hier, setz sie gleich auf! Jetzt is' alles wieder gut, oder?«

Der Junge kam der Aufforderung sofort nach. Endlich konnte er sehen, mit wem er die letzte halbe Stunde verbracht hatte. Eine freundliche, alte Frau, leicht gebückt ihren übergewichtigen Dackel haltend, lächelte ihn an. Hinter ihr stand der Mann, auf dessen Gesicht sich ein offener Gefühlsringkampf abspielte. Er schwankte zwischen Ärger und Besorgnis, zwischen Besorgnis und Ärger. Als aber der Ärger die Oberhand zu gewinnen schien, machte sich Paul automatisch ganz klein.

»Alfred!«, missbilligend setzte Lotte den Hund ab, um dann ihren Mann mit vorwurfsvollem Blick zu strafen. »Du machst dem Bub ja Angst.«

Sofort schien es ihrem Mann leidzutun. Er versuchte sogar ein kleines, jedoch etwas angespanntes Lächeln.

»Das wollt ich nicht, Kind. Ich bin nur etwas ratlos, was passiert sein könnte. Du hast uns noch gar nicht erzählt, was dich so erschreckt hat und wo das Blut herkommt!«

Paul blickte zuerst die Frau an, dann den Hund, dann den Mann, wieder den Hund, den Mann und entschied sich schließlich, dem Tier sein traumatisches Erlebnis zu erzählen, während das Ehepaar zuhören durfte. Als er seinen Bericht beendet hatte, war es zunächst eine Weile still. Nur das Rascheln einer kleinen Maus irgendwo im Laub war zu hören.

»Hm!«

Alfred räusperte sich. Als er weitersprach, musste er mit Befriedigung feststellen, dass ihm diesmal zugehört wurde.

»Wir machen Folgendes: Wir gehen jetzt mal zu der Stelle und schauen …«

»Nein!«

Paul riss panisch die Augen auf, die, verstärkt durch die dicken Brillengläser, wie riesige Bälle der Angst aussahen.

»Nein! Bitte, bitte, nein! Sie können mich nicht zwingen, zu diesem Ungeheuer zurückzugehen! Bitte, bitte …«

Der Junge begann am ganzen Körper zu zittern.

»Aber …!«, bevor Alfred jedoch weiter in Paul dringen konnte, hatte Lotte ihn am Arm genommen und diskret zur Seite gezogen.

»Du siehst doch, dass er Angst hat!«, flüsterte sie. »Du kannst ihn nicht zwingen!«

Alfred schüttelte voller Abscheu den Kopf.

»Was ist nur mit der Jugend von heute los? Keinen Schneid mehr, was!«

»Mit dieser Einstellung kommst du aber nicht weiter. Das funktioniert nicht. Das hat auch bei unseren Kindern nie funktioniert!«

»Ja, weil du sie verzärtelt hast! Und die Eltern von heute machen das genauso. Damals, als ich Kind war …«

»Alfred!«

Mahnend hob Lotte den Zeigefinger. Für einen Augenblick waren sie wieder in ihr altes und destruktives Verhaltensmuster gefallen. Schweigend sahen sie sich an. Nein, das wollte keiner mehr. Alfred lenkte ein.

»Gut, dann machen wir es eben so, wie du denkst. Was denkst du eigentlich?«

Ein Strahlen erleuchtete Lottes faltiges Gesicht und fast hätte sie sich dazu hinreißen lassen, ihren Mann auf die Wange zu küssen. Aber nur fast, denn Zärtlichkeiten jeder Art waren nie Teil ihres Ehelebens gewesen. »Ich denke, du gehst an den Teich und schaust mal nach. Ich werde mit dem Bub hier auf dich warten. Nein, ich würde sagen, wir gehen schon mal ganz langsam den Weg zurück, sodass du uns jederzeit einholen kannst. Und vielleicht begegnen wir ja unterwegs Leuten, die uns mit einem von diesen Händies helfen können.«

»Nun denn, so machen wir es. Was ist mit Penny?«

»Die begleitet dich zu deinem Schutz!«, beschloss Lotte, drückte ihrem Mann die Leine in die Hand, legte einen Arm um Pauls Schultern und zog ihn mit sich den Waldweg entlang. Alfred blickte zu seinen Füßen. Penny beachtete ihn nicht.

67

Die Anhöhe war leider zu steil für das zwar gepflegte, aber doch etwas alte Damenfahrrad ohne Gangschaltung. Hannes musste absteigen. Der Rücken tat ihm etwas weh, was sehr wahrscheinlich auf den zu niedrig eingestellten Sattel zurückzuführen war. Leider hatte auf dem Revier so schnell kein Werkzeug gefunden werden können, sodass er gezwungen gewesen war, wie ein Buckliger durch die Stadt zu fahren; beim Treten fast mit den Knien seinen Brustkorb berührend.

Hannes lehnte das Rad an einen Zaun und streckte sich erst einmal. Die ungeplante Pause kam ihm sehr gelegen, denn nun konnte er auch sein Jackett ausziehen. Es war schon wieder so ein warmer Tag. Das doch eher frische Klima Norddeutschlands gewohnt, musste sich sein Organismus doch tatsächlich erst auf diese neuen Wetterverhältnisse einstellen. Mit einem Taschentuch wischte er sich die Stirn und blickte dabei ins Tal, in dem das kleine, hübsche Städtchen Bad Berging lag. Wenn er jetzt ein Tourist gewesen wäre, hätte er den Anblick sogar mit einem Foto festgehalten, so idyllisch war es. Da hatte sich Wolfgang Wiesholz aber eine schöne Wohnlage ausgesucht. Hannes zögerte. Ach was sollte es! Irgendwie war er ja doch in einer Art Urlaub; dienstlich sozusagen.

Schnell zog er sein Handy aus der Tasche und machte ein Foto. Man wollte ja auch eine Erinnerung haben, oder? Eine Erinnerung an hoffentlich bald gelöste Fälle, eine Erinnerung an vielleicht noch ein paar schöne Wochen an einem ganz anderen Ort, eine Erinnerung an neue Freundschaften … Apropos Freundschaften: Hatte sich Claudia gemeldet? Er schaute auf das Display. Nein! Nichts! Wo steckte sie denn nur? Sollte er sich Sorgen machen?

68

Alfred kannte den kleinen Teich, von dem der Junge gesprochen hatte. Penny hinter sich herziehend, schlug er den schmalen, überwachsenen Pfad ein. An dem Busch blieb er stehen. Irgendwie konnte er das Kind jetzt schon verstehen, denn auch ihm war es nicht so ganz geheuer. Vorsichtig bog er mit seinem Stock die tiefhängenden Äste zur Seite und stutzte. Da lag ja tatsächlich einer. Ein Mann: groß, dick und offensichtlich bewusstlos oder vielleicht sogar tot. Sollte der Kleine ihm nur mit einem Faustschlag den Garaus gemacht haben? Alfred schüttelte ob dieser Absurdität den Kopf. So schnell, wie es seine alten Knochen zuließen, ging er in die Hocke.

»Hallo?«, sagte er leise. »Hallo, hören Sie mich? Sind Sie noch am Leben?«

Der Mann im Busch rührte sich nicht. Alfred streckte nun die Hand aus und hielt sie an den Hals des anderen. Er musste doch irgendwo einen Puls finden. In angespannter Konzentration tastete er über das dicke Fleisch. War da noch was zu fühlen? Ein Herzschlag? Er sah die hässliche Wunde an der Schläfe, das Profil des Mannes, die wächserne Gesichtsfarbe. Oh mein Gott, er war doch nicht wirklich tot? Auf jeden Fall war das nicht die Schuld des Jungen. Da hatte vor ihm schon jemand kräftig zugeschlagen. So eine Wunde hatte er schon einmal gesehen.

Alfreds Erinnerungen schweiften in die Vergangenheit. Damals hatte er als Ausgleich zu seiner Arbeit in der Kanzlei immer mit seinen Freunden Fußball gespielt. Der Höhepunkt ihres Trainings hatte dann in dem jährlichen Spiel gegen die Männer aus der Bauerstraße gegipfelt. Sie waren sich schon als Kinder in der Wolle gewesen – eine Vendetta, die, wie er wusste, von Generation zu Generation weitergegeben wurde – aber da sie leider erwachsen gewesen waren, hatten sie nicht wie ihre Söhne mit Prügeleien die gegenseitigen Kämpfe austragen können, sondern dies unter dem Deckmantel des Sportlichen tun müssen. Dass dabei nicht gerade schön gespielt worden war, lag auf der Hand. »Die Gratler gegen die Großkopferten« war das Spiel in Kennerkreisen genannt worden. Alfred erinnerte sich daran, dass damals sein Freund Toni Huber nach einem besonders harten Zusammenstoß mit einem der Schläger aus der Bauerstraße hatte vom Platz getragen werden müssen. Durch Zufall – natürlich als der Schiedsrichter einmal nicht hingesehen hatte – hatte dieser verruchte Mensch einen Stein vom Spielfeldrand aufgehoben und Toni über den Schädel gezogen. Die Wunde von damals sah der ähnlich, die der Fremde jetzt hatte.

Immer noch fühlte er keinen Puls. Alfreds Fingerspitzen fingen an zu schwitzen. Aber nein, das war kein Schweiß, das war ja Blut. Angewidert zog der alte Mann seine Hand fort. Penny war jetzt langsam ihre Rolle als beleidigte Leberwurst leid. Ihre ausgeprägte Neugier half sehr dabei – besonders in Situationen wie dieser –, über den eigenen Schatten zu springen. So schnell es ihre kurzen Beine zuließen, wackelte sie zu ihrem Herrchen, schnupperte an dessen Ärmel, drehte um und beschnüffelte den Mann am Boden. Das roch doch ganz gut! Sie begann über die Stirn des Verwundeten zu lecken.

»Penny, Liebling, nein, mach das nicht! Das ist ekelhaft!«

Alfred war zwar froh, dass die Hundedame ihm nicht mehr böse war, aber trotzdem musste er sie irgendwie daran hindern, sich an dem eventuellen Kadaver zu laben. Bevor er aber weitere Maßnahmen – zum Beispiel das Tier grob am Halsband zurückzerren, laut schimpfen oder beides zusammen – einleiten konnte, begann der vermeintliche Tote plötzlich zu stöhnen. Ein zufriedenes Bellen ertönte und Penny wedelte mit dem Schwanz.

69

»Ja, mei, die Claudi!«

Braungebrannt, athletisch, nach dem neusten Modediktat einer Sportmarke gekleidet, kam Willy Haderer – der angesagteste Golfer der über Sechzigjährigen – auf Kommissarin Hubschmied zu. Noch bevor sie reagieren konnte, hatte er auch schon ihre Hand ergriffen und diese galant mit einem feuchten Kuss bedacht. So vornübergebeugt schaute er sie – wie er meinte verführerisch – aus blassblauen Augen von unten her an. Angewidert entzog ihm Claudia ihre Hand.

»Willy. Grüß di!«, erwiderte sie spröde.

Ohne jede Sensibilität, die ihm entweder schon immer gefehlt hatte oder irgendwann im Kleinkindalter abhandengekommen war, wollte er jetzt sogar einen Arm um sie legen. Doch Claudia war schneller. Genervt drückte sie ihn zur Seite.

»Jetzt geh, lass den Schmarrn.«

»Mei, jetzt hab di doch ned so. I bin's! Dei oida Spezl.«

»Naa, des bist ned. Du bist der Spezl von meim Vadda und i wui jetz a ned mit dir redn. I bin auf da Suach noch dem Schorschi. Wo is' denn der nacha?«

Willy Haderer zog die Augenbrauen hoch, was zur Folge hatte, dass sich seine Stirn in eine Art Wellpappe verwandelte.

»Mei Madel, wos woaß denn i? Du siegst doch, dass i a grod kemma bin. Sein BMW hob i zumindast ned g'sehn. Oder is' er heit mim Ländi unterwegs?«

»Wos woaß i!«

Er hatte Recht. Auf dem Parkplatz vor dem alten Gutshof, der vor zehn Jahren zum luxuriösen Golfclub mit Hotel umgebaut worden war, hatte sie weder das eine noch das andere von Georgs Spielzeugen gesehen. Sie konnte definitiv ausschließen, dass er mit dem Fahrrad oder zu Fuß gekommen war. So witzig diese Vorstellung eigentlich auch war, so wenig war ihr jetzt zum Lachen zumute. Die letzte Möglichkeit wäre gewesen, dass er mit einem seiner Freunde mitgefahren war.

Claudia entdeckte einen ihr wohlbekannten Porsche. Andreas Spatz – Ehemann von Sybille Möller-Spatz, somit also ihr Schwager in spe – war also von der Handwerksmesse zurückgekehrt und hatte es offenbar vorgezogen, erst einmal ein paar Bälle zu schlagen, bevor er wieder nach Prinzessin Sybilles oder – schlimmer noch – nach Schwiegerpapas Pfeife tanzen musste. Sie konnte es ihm eigentlich nicht verdenken.

»Wenn man an den Teufel denkt«, kam es Claudia in den Sinn, denn ganz hinten in der Reihe meinte sie Möller Seniors Mercedes zu erkennen. Der war also auch hier? So früh? Sollte das etwa ein geheimes Familientreffen werden? Aber wo war der Sohn? Vielleicht war Georg ja mit einem der beiden hierhergekommen. Ihre schnellen Schlüsse ziehend hatte Claudia leider keine Zeit, sich länger ihrem altersschwachen Verehrer zu widmen. Fast beleidigt musste dieser daher wieder auf sich aufmerksam machen.

»Wos sogst eigentlich zu meiner neistn Beauty?«

Willy Haderer breitete mit einladender Geste beide Arme aus und versuchte so, Claudias Augenmerk auf seinen nagelneuen Bentley zu lenken.

»Is' a Traum, moanst ned a?«

»Hmm …«, sie kniff die Augen zusammen und konterte mit gespitzten Lippen. »Finden Sie wirklich, Herr Haderer? Mir scheint, dass dieses Gefährt schon ein bisschen gesetzt und gediegen wirkt. Ich denke, zu einem Siebzigjährigen vielleicht durchaus passend, aber bestimmt nicht das, was Sie sonst immer mit Ihren Autos im Sinn hatten. Das ist eindeutig kein Hasenmagnet! Oder heißt das Gabyreinhüpfer? Mariflachleger? Potenzmangelvertuscher? Viagraalternative? Aber wie auch immer so etwas genannt wird, drängt sich mir nun unweigerlich die Frage auf, was mit Ihrem Ferrari passiert ist?«

Das machte ja unendlich Spaß! Plötzlich wieder halbwegs guter Laune, drehte sich die Kommissarin um und ließ den verdutzten Neuwagenbesitzer mitsamt seiner teuren Golfausrüstung auf dem Parkplatz stehen. Noch das Lachen der jungen hübschen Frau in den Ohren, strich Willy Haderer etwas nachdenklich mit seinem Taschentuch über einen nur für seine Augen sichtbaren Fleck auf der Motorhaube.

»Grüß Gott, Herr Haderer!«, ertönte plötzlich eine leicht kratzige Stimme hinter ihm.

Willy hielt in der Bewegung inne und grinste. Ihm war sehr wohl bewusst, dass er Frauen wie Claudia Hubschmied nicht beeindrucken konnte, aber bei einer Dame wie Frau Prof. Dr. Dr. Jung hatte er immer noch sehr gute Chancen. Ein breites Lächeln ließ seine blendend weißen Dritten aufblitzen, als er sich umdrehte und flötete.

»Mei, die Sonne geht auf. Gnädige Frau, wie schön Sie hier zu treffen. Planen Sie auch, diesen herrlichen Tag mit etwas Sport und einem der neu eingetroffenen Weine zu genießen?«

»Genau dies, mein Lieber. Mögen Sie mich begleiten?«

»Nichts lieber als das, gnädige Frau, nichts lieber als das!«

70

Als Alfred endlich seine Frau und den Jungen eingeholt hatte, musste er erst einmal kurz verschnaufen. Nie hätte er gedacht, dass die beiden schon so weit sein könnten. Auch war es eine Überraschung, dass Lotte die richtige Richtung gefunden hatte. Aber ein Blick auf Paul genügte, dieses Rätsel zu lösen. Der Junge hatte es, vollkommen nachvollziehbar, sehr eilig, die Gegend zu verlassen.

Wahrscheinlich lag schon ein Körnchen Wahrheit darin, dass alte Leute den Alterungsprozess gegenseitig beschleunigten. Den Beweis lieferte Lotte. Waren ihre Spaziergänge von Tag zu Tag langsamer geworden, genügte lediglich ein Kind, um bei ihr tief schlummernde Energien freizusetzen und sie – trotz gebeugter Haltung – zu veranlassen, sich wieder recht flott zu bewegen. Sie war jetzt tatsächlich ein wenig verärgert, weil sie hatte anhalten müssen. Ungeduldig stupste sie daher ihren Mann an.

»Was? Was ist jetzt? Gab es da jemanden?«

Alfred nahm seinen Hut ab und wischte sich mit dem Ärmel über die nasse Stirn.

»Mei …«, begann er. »Das ist eine sehr merkwürdige Sache. Penny und ich gingen also den Weg entlang …«

Er machte eine, seinem Empfinden nach wohlplatzierte, Kunstpause, was jedoch unweigerlich wieder den Unmut seiner Frau heraufbeschwor.

»Alfred, ich bitte dich. Sei nicht so umständlich! Jetzt haben wir keine Zeit für irgendwelche Spannungsbögen. Komm auf den Punkt. Lag da einer? Und wenn ja, ist er tot?«

Es hatte keinen Sinn mit ihr zu streiten. Auch der Junge trat nun nervös von einem Fuß auf den anderen. Beide hatten ja Recht, es musste schnell gehandelt werden.

»Also, jetzt drängt mich nicht so.«

Zumindest dieser leicht beleidigte Einwurf sollte ihm vergönnt sein, bevor er die gewünschten Informationen weitergab.

»Der Kerl ist noch am Leben, aber es geht ihm sehr schlecht. Wir müssen umgehend einen Krankenwagen rufen«, und an Paul gewandt fügte er beruhigend hinzu: »Es war nicht deine Schuld, mein Junge. Da hat schon jemand vorher draufgehauen.«

Als wäre irgendwo ein Startschuss gefallen, setzte sich Penny umgehend in Bewegung, überholte das Grüppchen und zog Alfred hinter sich her. Die anderen beiden folgten.

71

»Der Herr Andreas Spatz ist auf dem Platz!«, war die höflich reservierte Auskunft am Empfang, nachdem Claudia sich nicht ganz so freundlich nach ihrem zukünftigen Schwager erkundigt hatte.

»Fein, und Sie sind sich sicher, dass keiner der Herren Möller heute schon hier war?«

Claudia war jetzt so angespannt, dass sie am liebsten die junge Frau an den Schultern gepackt und aus ihrem Dirndl geschüttelt hätte. Die dazu passenden Kampfschreie, wie: »Spuck's endlich aus! Muss man dir alles aus der Nase ziehen? Du deckst die ganze verkommene Sippe! Du hast bestimmt auch was mit meinem Verlobten gehabt!«, wären jedoch in dem gediegenen Ambiente nicht so gut angekommen. Aber, wenn man dadurch zu schnelleren Resultaten käme? Claudia kniff die Augen zusammen, als wollte sie abschätzen, ob sie mit Anlauf über den Tresen springen oder besser blitzschnell darum herumgehen sollte, um ihren Plan tatsächlich umzusetzen. Die Angestellte schien jedoch ihre Gedanken erraten zu haben, denn rasch fügte sie hinzu: »Es tut mir leid, dass ich Ihnen keine befriedigendere Auskunft geben kann. Aber weder Möller Junior noch Möller Senior haben uns bis jetzt mit einem Besuch beehrt. Wenn Sie mir jedoch nicht glauben, werde ich noch einmal meinen Kollegen dazu fragen.«

Claudia hob abwehrend die Hand.

»Nicht nötig! Sparen Sie sich den Weg! Ich werde dann mal Herrn Spatz suchen. Vielen Dank für Ihre Mühe!«

»Aber, Sie können doch jetzt nicht einfach …«

»Muss ich Sie darauf hinweisen, dass ich bei der Polizei bin und momentan ermittle? Möchten Sie vielleicht einen kurzen Blick auf meine Dienstmarke werfen?«

»Nein, nein, das meinte ich nicht so«, befriedigt nahm die Kommissarin zur Kenntnis, dass die Frau zumindest den Anstand hatte, zu erröten. Wurde ihr etwa doch noch der Respekt gezollt, den sie verdiente?

»Ich wollte Sie nur warnen, dass Sie etwas aufpassen sollten, da wir heute ein Turnier haben und gegebenenfalls ein paar Golfbälle nicht so fliegen, wie sie sollten.«

»Danke, sehr freundlich, aber ich kenn mich hier aus.«

Claudia verließ durch die weit geöffneten Flügeltüren das Gebäude und stand auf der Terrasse. Unter den weißen Sonnenschirmen saßen einige Damen, ein erfrischendes Kaltgetränk mit zierlich abgespreizten kleinen Fingern genießend. Eine Gruppe Herren – vermutlich die Ehemänner – war gerade im Begriff, zu ihrem Wettbewerb aufzubrechen. Scherzend überprüften sie noch ihre Golfwagen, sortierten die Eisen oder zupften ihre Kleidung zurecht. Um die Ecke bog gerade ein Vater mit seinem zehnjährigen Sohn. Beide hochzufrieden nach einem angenehmen Samstagvormittag in der Natur.

Claudia ließ den Blick über das schöne Grundstück gleiten. Wo sollte sie denn jetzt bei circa 115 Hektar ihren Schwager in spe finden? Nun, sie würde eben die Löcher einzeln ablaufen müssen. Wenn Andreas vor einer halben Stunde angefangen hatte, konnte er ja noch nicht allzu weit sein.

72

Wolfgang war eigentlich nie auf Besuch eingestellt. Normalerweise benutzte er seine kleine Wohnung nur zum Schlafen, Duschen und wenn er Pech hatte und seine Mutter wie jetzt gerade mal wieder im Urlaub war, auch zum Essen. Dementsprechend gab es natürlich auch nichts mehr in seinem Kühlschrank, denn er hatte es noch nicht so heraus mit den Wocheneinkäufen. Misstrauisch nahm Erika die Milch und schnupperte an der Tülle.

»Wolfi?«, rief sie über die Schulter. »Ich glaub, ich trinke meinen Kaffee heute ausnahmsweise mal schwarz!«

Wolfgang kam aus dem Badezimmer, nur ein Handtuch um die schmalen Hüften und hob entschuldigend die Hände.

»Sorry Erika, aber ich geh erst nachher zum Supermarkt. Hab, wie schon gesagt, etwas verschlafen und gestern war doch so ein schlimmer Tag für mich, da hatte ich irgendwie andere Sorgen.«

»Schon gut!«

Sie setzte sich auf den einzigen, aber dafür sehr wackeligen Stuhl und beobachtete ihren Mitarbeiter. Einige Wassertropfen am Rücken, bekanntlich die Stelle, an die man beim Abtrocknen am schlechtesten hinkam, glänzten wie kleine Diamanten auf der leicht gebräunten Haut. Er war schon ein sehr appetitlicher Bursche, der Wolfgang. Es wäre ein Frevel gewesen, wenn er jetzt etwas angezogen hätte. Zum Glück tat er das nicht, sondern fing stattdessen etwas verlegen an, einige leere Bierflaschen wegzuräumen. Erika kam in den vollkommenen Genuss, das geschmeidige Muskelspiel eines schön gebauten Mannes beobachten zu dürfen. Ein Lächeln umspielte ihre Lippen und der grauenhafte Kaffee schmeckte plötzlich süß und verheißungsvoll. Ihr wurde es sehr warm. Am liebsten hätte sie sich die Bluse aufgeknöpft und dann Wolfgang das Handtuch heruntergerissen. Einzig und allein der energisch unromantische Ton der Türklingel hielt sie von diesem bedeutungsvollen Schritt ab.

»Mei, mei, als hätt ich heute Tag der offenen Tür!«, brummelte Wolfgang unwirsch und verschwand aus der Küche. Wenige Augenblicke später erschien er mit Hannes Petersen. Eine ungute Stimmung legte sich augenblicklich über die Gesellschaft. Die Gründe waren vielseitig und individuell verständlich: Hannes hatte erwartet, allein auf Wolfgang zu treffen, Erika hatte gehofft, allein mit Wolfgang zu sein, und Wolfgang wollte allein sein. Aus der Ecke hinter den Bierkästen kam ein leises Fiepen.

»Oh, Mann, Sauli, dich hätt ich ja fast vergessen!«

Schnell ging Wolfgang zu dem Verhau und machte sich an etwas zu schaffen. Hannes erwachte aus seiner starren Haltung, zwang sich zu einem freundlichen Lächeln und streckte Erika die Hand entgegen.

»Guten Tag, mein Name ist Petersen und ich arbeite hier für die Kripo. Ich glaube, wir sind uns schon gestern begegnet. Sie sind doch die Leiterin des Waldkindergartens, Frau …«

»Erika Noller, angenehm Herr Petersen. Ja, ich kann mich auch an Sie erinnern. Was für ein schlimmer Tag.«

Hannes nickte und blickte sich dann in der kleinen Küche um. Da er keine andere Sitzgelegenheit sah, versuchte er es mit der Fensterbank. Vorsichtig schob er einige Pizzakartons zur Seite, aber als er sah, dass darunter eine klebrige Flüssigkeit ausgelaufen war, zog er es doch vor, angelehnt unter einem schiefhängenden Poster mit einer Frau im Bikini zu stehen. Wolfgang hielt nun ein Meerschweinchen auf dem Arm, das er zärtlich streichelte. Erika seufzte unbewusst auf, denn zu gerne hätte sie mit dem Tier getauscht.

»Sorry, aber ich hab Sauli zur Pflege von meiner kleinen Nichte bekommen. Leider vergesse ich ihn manchmal. Hm, ich glaub, ich werd mir mal was anziehen und ihn dann füttern. Würden Sie ihn bitte so lange halten?«

Es war eindeutig Pech, dass Hannes am nächsten stand, sodass ihm nun die Ehre zuteilwurde, das kleine Tier in den Arm gedrückt zu bekommen. Ein Blick auf Erika genügte, um zu sehen, wie enttäuscht sie deswegen war. Misstrauisch blickte Hannes auf das Meerschweinchen, das ihn aus hübschen Knopfaugen kurz ansah, aufquiekte und dann mit unglaublicher Geschwindigkeit im Schutz seiner Armbeuge verschwand. Dort vergrub es den kleinen Kopf in den Stoff der Jacke und es schien belanglos, dass der Rest des kugeligen Körpers noch für jedermann sichtbar war.

»Soll ich ihn nehmen?«, fragte die Kindergärtnerin, aber Hannes schüttelte den Kopf. Er war gerührt. Das kleine Wesen schien sich bei ihm irgendwie wohl zu fühlen. Nebenan hörte man Wolfgang rumoren. Wahrscheinlich suchte er in einem Stapel Dreckwäsche nach einer noch halbwegs sauberen Hose.

»Komme gleich!«, rief er seinen wartenden Gästen durch die Tür zu.

»Lassen Sie sich ruhig Zeit!«

Hannes hatte angefangen, dem kleinen Sauli den Rücken zu streicheln, was auch gleich mit wohligem Fiepen belohnt wurde. Etwas verlegen blickte er Erika an.

»Hm, in der Zwischenzeit können wir uns ja mal ein bisschen unterhalten! Ich hatte sowieso vor, Sie nachher aufzusuchen. Da trifft es sich ja gut, dass ich mir den Weg sparen kann. Sie haben davon gehört, dass auch Anni Hintersee ermordet wurde?«

Die Frau nickte kurz.

»Ja, ich hab es in der Zeitung gelesen«, war die kurze Antwort, bevor sie sich gleich wieder auf ihren Kaffee konzentrierte. Der Illusion eines schönen Tagesverlaufs beraubt, schmeckte dieser wieder so, wie er war. Angewidert verzog sie den Mund.

»Was möchten Sie wissen?«

»Nun erst einmal, wie denn so Ihr Verhältnis zu den weiblichen Mitarbeiterinnen Ihres Kindergartens war? Über die Beziehung zu dem männlichen Mitglied konnte ich mir eben schon ein Bild machen!«

»Es ist nicht so, wie Sie jetzt denken. Wolfi und ich sind nur Freunde. Ich bin lediglich mal kurz vorbeigekommen, um zu sehen, wie es ihm geht. Und um ihm von Anni zu erzählen. Das ist alles!«

Sie schaute Hannes an. Feindseligkeit lag in ihrem Blick. Und noch etwas: Nervosität. Wie ein Bluthund nahm Hannes die Spur auf und setzte seine psychologische Verhörtechnik fort.

»Ich wollte Ihnen nichts unterstellen. Aber da ich nun mal ein heterosexueller Mann bin, hat Herr Wiesholz auf mich leider nicht dieselbe Anziehungskraft wie beispielsweise auf Sie!«

»Ich wiederhole mich nur ungern, da ist nix! Daher ist Ihre Unterstellung einfach nur absurd!«

»Wie Sie meinen. Dann kommen wir zu meiner Ausgangsfrage zurück. Wie war Ihr Verhältnis zu Ihren beiden verstorbenen Mitarbeiterinnen?«

Es war offensichtlich, dass sich Erika ihre Worte gut überlegte. Auf dem Tisch lag ein Esslöffel, den sie nun in die Hand nahm und nachdenklich anstarrte. Hannes wartete geduldig. Sauli fiepte.

»Nun, Heidi ist die Tochter einer alten Schulfreundin von mir. Ich tat ihr einen Gefallen, indem ich sie als Praktikantin bei mir aufnahm.«

»Was für ein Mensch war Heidi denn so?«

Erika schnaufte.

»Sie war ein Teenager. Behaftet mit allen Stereotypen, die solche Halbwüchsigen eben haben können. Renitent, unzuverlässig, schwer zu motivieren, übellaunig – ach nein, heute heißt es ja wohl zickig. Ich weiß, man sollte über Tote nicht schlecht reden, aber ich bin jetzt mal ehrlich zu Ihnen: Ich konnte sie nicht besonders gut leiden. Sie war teilweise die Pest, aber um ihr Gerechtigkeit widerfahren zu lassen: Sie hatte doch einen guten Draht zu den Kindern. Das war auch der Grund, warum ich sie nicht gleich nach einer Woche rausgeschmissen habe.«

»Ich danke Ihnen für diese aufrichtigen Worte.«

Hannes meinte das ernst. Nicht jeder würde so unverblümt vor einem Polizisten seine Abneigung zugeben. Er hatte das gute Gefühl, mit Erika eine geradlinige Zeugin zu haben. Hier musste er nicht erst mühsam zwischen den Zeilen lesen.

»Und wie war es mit Anni Hintersee?«

»Die Anni«, Erika seufzte und begann, den Löffel zwischen ihren Fingern zu drehen. »Tja, was soll ich sagen? Sie war eine verdammt gute Mitarbeiterin. Sehr bodenständig, zuverlässig, manchmal etwas zu direkt. Gott sei Dank verstanden die meisten Mütter hier nicht immer ihren Dialekt. Oder zumindest wurde es ihr nie krummgenommen, denn sie hatte das Herz am rechten Fleck.«

»Ja, Erika, du sagst es. So war sie, unsere Anni.«

Wolfgang war unbemerkt zurückgekommen und lehnte nun am Türrahmen.

»Ich kann es immer noch nicht fassen, dass sie auch tot sein soll! Warum? Wer hätte denn einen Grund, sie umzubringen? Sie war doch so eine …«

Er verstummte. Seine Stimme hatte einen merkwürdig belegten Klang angenommen, sodass er sich erst räuspern musste, und Hannes kam es so vor, als ob er Tränen in den Augen des Kindergärtners aufblitzen sah. Neugierig beobachtete er ihn.

»Du hattest doch nicht auch etwas mit der Anni am Laufen?«

Erikas Worte klangen hart und der sensible Kindergärtner wischte sich die Augen. Volltreffer? Hannes unterdrücke ein zufriedenes Lächeln.

»Nein, wo denkst du hin? Ich und die Anni? Unmöglich. Wir waren doch Kollegen! Du weißt doch ganz genau, dass das für mich tabu ist und …«

Weiter kam er nicht, denn er musste gegen ein Schluchzen ankämpfen. Meine Güte, war das eine Heulsuse! Befriedigt stieß sich Hannes von der Wand ab und reichte Wolfgang das Meerschwein.

»Hier, bitte. Sie wollten es doch füttern. Und ich glaube, der Käfig hat es auch mal nötig!«

Dankbar, eine Ablenkung von seinem offensichtlichen Schmerz zu haben, drückte sich Wolfgang das Tier an die Brust.

»Sie müssen mir glauben. Ich liebe zwar die Frauen, aber ich habe mir zur Regel gemacht, nie etwas mit Kolleginnen anzufangen. Man isst ja nicht da, wo man … Sie wissen schon, was ich sagen will?«

»Soll wohl heißen, dass Sie auch nichts mit Heidi hatten?«

»Das soll es! Erstens wegen meiner Regel und zweitens, weil sie noch ein Kind war. Ich steh nicht so auf junges Gemüse.«

Jetzt lächelte er etwas verlegen, was ihm sehr gut stand.

»Mein Jagdrevier sind da eher reifere Frauen!«

Ein wütendes Schnauben gefolgt von dem Aufschlagen eines Löffels auf den Tisch war zu hören. Beide Männer blickten überrascht auf Erika.

»Ja, da sagt er aber mal die Wahrheit. Wolfis Beute sind vornehmlich Frauen, die verheiratet oder in einer Beziehung sind. Da hat man seinen Spaß und keine Verantwortung! Deshalb ist der Kindergarten ein Paradies für ihn. Gestresste Mütter, die wie überreife Früchte in seinen Schoß fallen«, sie lachte bitter auf. »Im wahrsten Sinne des Wortes. Du hast doch dort fast jede flachgelegt, oder?«

Schockiert holte der Beschuldigte Luft. Hannes ärgerte sich, dass es in der schmuddeligen Küche keinen weiteren Stuhl gab, denn er hätte es vorgezogen, diesen überaus interessanten Schlagabtausch bequem sitzend weiterzuverfolgen. Aber von Natur aus genügsam, haderte er nicht lange mit dem Schicksal und lehnte sich wieder an seinen alten Platz.

Wolfgang hatte sich mittlerweile etwas gefangen und gab jetzt fast bockig eine weitere Erklärung ab: »Ich hab nicht nur was mit verheirateten Frauen. Das ist gemein. Außerdem stellst du mich wie ein männliches Flietscherl dar!«

»Bist du auch!«

Zu bitter klangen diese Worte in Hannes Ohr. Es war offensichtlich, dass Erika enttäuscht war, nicht zu Wolfgangs Auserwählten gehört zu haben. Vermutlich hatte dieser seinen komischen Kodex auch nur aufgestellt, damit nicht seine verknöcherte Chefin auf die Idee kommen würde, ihr Recht einzufordern.

»Bin ich nicht!«

Wie ein trotziges Kind stampfte Wolfgang mit dem Fuß auf.

»Zum Beispiel hab ich mit Susanne seit über einem Jahr eine ernst zu nehmende Beziehung! Und die ist alleinerziehend, wie du ja weißt.«

»Klar, alleinerziehend, aber wohlhabend!«

Hannes grinste. War das ein schönes Gespräch. Da wurde vor seinen Augen dreckige Wäsche gewaschen und er hatte nichts dazutun müssen.

»Außerdem würde ich Sex nicht Beziehung nennen«, fuhr Erika giftspritzend fort. »Die benutzt dich doch wie alle anderen auch lediglich als Spielzeug.«

Es war nun offensichtlich, dass Erika auch gerne mal gespielt hätte. Irgendwie tat sie Hannes leid.

»Ach, hör doch auf!«

Wolfgang ging zurück zum Käfig und setzte Sauli behutsam hinein. Er hatte nun beschlossen, seine Chefin zu ignorieren. Liebevoll strich er noch einmal über den Rücken des Tieres, nahm dann den Wasserspender vom Käfig ab und ging zur vollgestellten Spüle, um dort festzustellen, dass es unmöglich war, an die Armaturen zu kommen, ohne vorher das Geschirr wegzuräumen. Nach innerer Ruhe suchend, starrte er eine Weile vor sich hin. Es gelang ihm offenbar nicht, denn gleich darauf warf er wütend den Wasserspender auf den Geschirrberg und drehte sich um.

»Du kannst so ein gemeines Miststück sein, Erika! Du willst mich nur wieder klein machen. Was hab ich dir denn getan? Ich hab immer zu dir gehalten. Auch gestern, als du mit Anni gestritten hast, nachdem sie das Handy gefunden hatte …«

Zu spät merkte er, dass ihm da jetzt wirklich eine Indiskretion herausgerutscht war. Anscheinend hatte er im Vorfeld mit Erika eine Vereinbarung getroffen, aber mittlerweile war er so verletzt, dass er jetzt einfach blind zurückschlagen musste. Für einen kurzen Moment sahen sich die beiden schweigend an. Er feindselig, sie erschrocken, dann wandte er sich an Hannes.

»Ich möchte hiermit zu Protokoll geben, dass sich Frau Noller und Frau Hintersee gestern wegen einem Handy gestritten haben. Es war das von …«

»Heidi Blum!«, vollendete Hannes den Satz. Irgendwie war er nicht sonderlich überrascht.

»Genau! Anni hatte es gefunden. Wo? Bitte fragen Sie mich nicht, denn sie hat es uns nicht sagen wollen. Richtig bockig war sie und als Erika wollte, dass wir es der Polizei geben, hat Anni sie ignoriert und stattdessen angefangen, die SMS zu lesen. Irgendwas hat sie da stutzig gemacht. Sie hat gesagt, dass sie jetzt endlich wisse, was da die ganze Zeit dahintergesteckt hätte. Na ja, und um die Sache abzukürzen: Die zwei haben sich gestritten. Die sind richtig aufeinander losgegangen. Wir, also ich und Susanne, haben sie trennen müssen. Susanne hat versucht, in Anni zu dringen, während ich mich um Erika gekümmert hab. Aber viel genützt hat es ja nicht, bei diesen zwei Vulkanen! Warum hast du sie denn weiter so angekeift, Erika? Sie war doch schon wieder fast ganz ruhig? Susanne hatte sie beinahe so weit, dass sie das Handy rausgerückt hätte. Ich hab's gesehen, denn Anni hat genickt und ›Scho recht!‹ gesagt. Aber nein, Frau Chefin wollte es auf ihre Weise erledigen. Die Brüllerei ging wieder von vorne los und dann ist Anni in den Wald gelaufen. Tja Erika, tut mir leid, jetzt ist es raus.«

Hannes massierte sich nachdenklich den Nacken. Instinktiv wusste er, dass Wolfgang kein besonders guter Schauspieler war. Er war so, wie er eben war: geradlinig, etwas naiv, aber ehrlich. Im Geiste und mit etwas Wehmut strich Hannes den Kindergärtner von seiner persönlichen Täterliste. Anni hatte ihn schützen wollen, hatte demonstrativ das Handy gezeigt, die Textnachrichten in seiner Gegenwart gelesen und er hatte nicht reagiert, weil er unschuldig war. Hannes Erfahrung hatte ihn gelehrt, dass Typen wie Wolfgang die nötige Kaltblütigkeit fehlte, als Unschuldslamm aufzutreten, wenn sie es nicht waren. Vielleicht war er nicht ganz so dumm wie er tat. Trotzdem hätte er sich bestimmt schon längst verplappert. Außerdem konnte Hannes sich beim besten Willen nicht vorstellen, dass der Erzieher wusste, wie man mit einer Waffe umging. Das passte nicht zusammen. Vermutlich spielte auch das Plakat: »make love no war«, das etwas schief an der Tür hing, bei den Überlegungen eine Rolle. Und wie verhielt es sich denn jetzt mit Erika? War sie die Drahtzieherin? Hannes Gefühl sagte ihm, dass auch sie nichts mit den Morden zu tun hatte. Die Dame war zwar ein Drache, aber auf ihre spröde Art zu leidenschaftlich und hätte daher bestimmt einen anderen Lösungsweg eingeschlagen und nicht kaltblütig auf ihr Opfer geschossen. Etwas ratlos schüttelte Hannes den Kopf und nahm den Faden wieder auf, an dessen Ende er wohlweislich seinen letzten Köder geknüpft hatte.

»Alles schön und gut, aber was soll das beweisen? Sie hatte das Handy und ist in den Wald gelaufen. Hat Frau Noller etwa schnell ihr Jagdgewehr aus dem Auto geholt und ist ihr gefolgt?«

Der verständnislose Blick des Kindergärtners ließ Hannes Strich durch dessen Namen noch eine paar Millimeter dicker werden. Absolut keine Verbindung. Wie Schade!

»Von was reden Sie denn da? Was für ein Gewehr? Sie ist ihr einfach wutschnaubend wie ein andalusischer Stier hinterhergelaufen! Das war alles!«

Beide Männer schauten Erika an. Immerhin hatte sie jetzt eine Chance verdient, sich zu dem Vorfall zu äußern.

»Er hat Recht«, räumte sie nach einer Weile zerknirscht ein. »Ich bin hinter ihr hergerannt. Hab sie dann auch eingeholt. Ja, und wir haben uns weiter … ähm, wie soll ich sagen … Ach was soll's. Wir haben uns wirklich heftig gestritten. Sie hat mir gegen das Schienbein getreten.«

Sie krempelte sogleich zur Bestätigung das rechte Bein ihrer olivfarbenen Stoffhose bis ans Knie hoch und beide Männer sogen beim Anblick des riesigen blaugrünen Flecks die Luft ein. Das hatte bestimmt höllisch wehgetan.

»Glaubt mir! Das hat höllisch wehgetan! Darum konnte und wollte ich ihr auch nicht mehr folgen. Ich bin dann zurückgegangen, oder eher gehumpelt, und du warst da aber schon weg, Wolfi.«

»Ja, Susanne hatte mich zuerst mitnehmen wollen, aber ich bin dann doch mit dem Rad gefahren. Du solltest da 'ne Salbe drauftun, Erika. Das sieht echt schmerzvoll aus. Wart mal, ich hab da was.«

Sie lächelte ihn dankbar an. Auch Hannes verstand das – in dieser Fürsorge eingekleidete – Friedensangebot. Sauli fiepte wieder. Es war Zeit, zu gehen. Auf dem Weg zur Tür drehte er sich aber noch einmal um.

»Wie heißt diese Susanne eigentlich mit Familiennamen?«

»Susanne Klöter. Sie ist die Mutter von Oskar, einem Vierjährigen aus der Gruppe Fliegenpilz«, kam die bereitwillige Antwort von Erika, während sie eine Tube Creme entgegennahm, die Wolfgang ihr gerade reichte.

73

Erst an Loch neun war es ihr gelungen, Andreas endlich einzuholen. Es war mittlerweile sehr warm geworden und er hatte sich die Jacke ausgezogen, die ordentlich über seinem Trolley hing, vor dem er jetzt stand und offensichtlich überlegte, welches Holz er nehmen sollte.

»Grüß dich, Andi!«

Der Angesprochene zuckte zusammen. Er hatte wohl nicht damit gerechnet, hier gefunden zu werden. Schnell drehte er sich um.

»Mei, Claudi, was machst du denn hier?«

Sie schenkte ihm ein entschuldigendes Lächeln, zuckte die Schultern und stellte sich neben ihn.

»Nur mal gucken, wie's dir so geht. Hm, ich würd den da nehmen.«

»Tztz, man merkt, dass du wirklich keine Ahnung hast. Selbst bei deinen Trainerstunden ist offenbar nix hängengeblieben! Ich nehm doch keinen Dreier bei der Distanz!«

Sie versuchte, die erwähnte Distanz einzuschätzen, gab aber gleich auf, denn er hatte ja Recht: Sie hatte wirklich keine Ahnung! Andreas zog nun aus der Hosentasche ein Tee, ging in die Hocke und steckte es in den Boden.

»Also, als Beraterin hast du hiermit versagt.«

Er sah sie von unten her misstrauisch an.

»Bleibt immer noch die Frage, warum du hier bist. Hat dich Sybille geschickt?«

»Naa!«

Es fiel ihr plötzlich schwer, all ihre Gefühle, die die ganze Palette von Enttäuschung über Wut bis zu Angst und Hilflosigkeit durchliefen, in sinnvolle und verständliche Worte zu fassen; besonders da sie jetzt einen so rationalen Menschen wie Andreas vor sich hatte. Um Zeit zu schinden, ließ sie ihren Zeigefinger im Rhythmus eines Abzählreims über die Schlägerköpfe, die aus der Tasche lugten, hüpfen. Andreas kam schnell aus der Hocke hoch, trat neben sie und hielt ihre Hand fest.

»Claudi! Du machst mich grad etwas nervös!«

Diesen Vorwurf hatte sie verdient. Irgendwie machte sie unbewusst alle Menschen nervös. War das vielleicht der Grund, warum Georg mit einer anderen Frau schlief? Tränen stiegen ihr in die Augen. Sie wollten schon zu lange geweint werden, nur hatten sie die ganze Zeit gut zurückgehalten werden können. Und so sollte es auch bleiben! Wütend biss sie sich auf die Unterlippe.

»Den da, nimm doch den da. Der glänzt so schön!«

»Den nehm ich ganz bestimmt nicht, Claudi, das ist ein Sand Wedge.«

Besorgt und fast ängstlich beobachtete er ihr Gesicht. Es war offensichtlich, dass etwas sehr Unangenehmes passiert sein musste. Seine Schwägerin in spe war eigentlich immer eine starke und vor allem unabhängige Frau. Für seinen Geschmack zu stark und manchmal zu direkt, aber sie tat Georg gut. Der flatterhafte Tunichtgut, der nie mit seinem Leben etwas Sinnvolles anzufangen gewusst hatte, war durch seine Beziehung zu Claudia geerdeter, weniger egoistisch und sogar ein bisschen verantwortungsbewusst geworden. Aber was war denn nun passiert? Sie sah plötzlich so hilflos, verletzt, ja fast verzweifelt aus. Es war ihm sehr unangenehm, derjenige zu sein, der einen kurzen Blick hinter ihre Maske aus Stärke und Selbstsicherheit werfen durfte.

Andreas hatte noch nie mit Gefühlen umgehen können; weder mit seinen eigenen – und die waren deswegen schon seit seiner Kindheit irgendwo in den Tiefen seines Herzens mit hundert Vorhängeschlössern weggesperrt worden – noch mit denen von Anderen. Emotionen bedeuteten für ihn Chaos, Verwirrung und Schwäche. Sie durften auf keinen Fall freigelassen werden. Das war sein Grundsatz, mit dem er eigentlich immer gut gefahren war. Durch ihn war es ihm gelungen, sich vom einfachen Buchhalter zum Leiter einer großen Firma hochzuarbeiten. Fleiß, Disziplin und Ehrgeiz waren sein Antrieb und er hätte es nie geschafft, wenn er sich gefühlsmäßig eine Schwäche erlaubt hätte. So war sein Leben, so war seine Ehe und so sollte es auch bleiben. Lediglich auf dem Golfplatz konnte er etwas aus sich herausgehen, sich eine Pause gönnen und ausgerechnet hier, wo er sich einmal erlaubte, ein Mensch zu sein, musste ihn Claudia heimsuchen und ihm mit einem bevorstehenden Nervenzusammenbruch drohen.

Resigniert zuckten seine Mundwinkel nach unten. Er setzte unbewusst den Gesichtsausdruck für besonders harte Verhandlungen auf, denn es half alles nichts. Der Stier musste bei den Hörnern gepackt werden. Länger warten lohnte sich nicht. Erst wenn er wusste, was eigentlich passiert war, konnte er mit Logik und gutem Rat helfen.

»Sag schon, ist es wegen Schorschi?«

Claudia blickte ihn erstaunt an. Andreas war wirklich gut! Er traf anscheinend immer den Nagel auf den Kopf. Plötzlich fühlte sie sich besser. Sie hatte einen Profi an ihrer Seite. Den besten Mann, den sie für ihre schwierige Situation bekommen konnte. Das war der Beichtvater, den sie intuitiv aufgesucht hatte. Sie lächelte und Andreas entspannte sich sofort.

»Ja, du hast Recht, es is' wegam Schorschi. Ich bin mir zu 90 Prozent sicher, dass er eine Affäre hatte.«

»Nur zu 90 Prozent?«, erwiderte Andreas bitter. »Nicht 210 Prozent wie bei Sybille?«

Nun war es an Claudia, große Augen zu machen.

»Was? Sybille? Aber ich dachte, sie tut nur so, weil du manchmal – nun, wie soll ich sagen – na, weil du manchmal schon etwas kühl und abweisend bist ...«

»Glaub mir, ich bin sicher. Aber keine Sorge, es stört mich nicht weiter. Hm, und in deinem Fall? Tja, was soll ich sagen? Es liegt wohl in der Familie.«

Claudia schüttelte den Kopf. Wie hatte sie nur so blind sein können? Natürlich hatte er Recht.

»Verdammt! Dieses Schwein! Oh, wenn ich ihn jetzt vor mir hätte, dann ...«, flammender Zorn kochte in ihr auf.

»Ruhig, Claudi, bleib ganz ruhig!«

Sie hatte das 5er Eisen aus dem Golfwagen gezerrt und Andreas war sich nicht so ganz sicher, ob sie es in Ermangelung des wahren Schuldigen nun bei ihm – stellvertretend für alle Männer – einsetzen würde. Er musste sie sofort wieder in den Griff bekommen, deshalb argumentierte er schnell.

»Es ist ja noch nicht ganz bewiesen. Du hast immer noch deine 10 Prozent! Vielleicht ist es doch nur ein dummes Missverständnis!«

»Ach ja?«, sie hielt in der Bewegung inne, legte die Stirn in Falten und blickte dann nachdenklich auf den Schläger. »Aber seine Lügen sind zumindest kein dummes Missverständnis. Er wollte hier sein!«

Mit blitzenden Augen hob sie den Kopf.

»Aber das ist er nicht! Oder hast du ihn gesehen?«

Andreas schüttelte langsam den Kopf.

»Nein, aber ...«

»Kein Aber! Die Möllers sind eine verlogene, betrügerische und ekelhafte Sippe. Ich bin so froh, dass mir langsam alles klar wird. Du ...«

Sie streckte die Hand aus. Andreas wusste nicht genau, was sie von ihm wollte, und wartete daher lieber ab.

»Du tust mir leid! Gib mir mal einen von den Bällchen.«

Er reichte ihr, was sie wünschte, während sie fortfuhr.

»Denn du stehst offenbar auf Demütigung und schlechte Behandlung!«

Sie legte den Ball auf das Tee und Andreas ließ sie gewähren, obwohl sie mit untrüglicher Sicherheit wieder den falschen Schläger gewählt hatte. Aber das tat nichts zur Sache, denn diese Aktion war nur symbolisch. Sie musste für ihre Enttäuschung ein Ventil finden. Sie brauchte den körperlichen Befreiungsschlag. Erstaunt stellte er fest, dass ihr Schwung sehr gut war. Sie traf, der Ball flog mit unerhörter Kraft, aber in die falsche Richtung, prallte an dem Stamm einer Eiche ab und traf einen dicken Dackel, der sogleich aufjaulte.

»Hoppla!«, entfuhr es Claudia. »Das wollte ich nicht!«

Das Tier begann nun wütend zu bellen.

»Was macht der Köter denn hier?«, schnaubte Andreas.

Es war ihm als waschechtem Golfer ein Gräuel, wenn Zivilisten es wagten, die Anlage zu betreten. Auf seiner persönlichen Skala des Anstoßes waren Hundebesitzer ganz oben. Noch dazu, wenn sie ihre Tiere ohne Aufsicht ließen. Mit schnellen Schritten – beflügelt durch seinen gerechten Zorn – eilte er zu der Eiche. Claudia trabte, etwas peinlich berührt, hinter ihm her. Aus dem Wäldchen liefen nun drei Personen. Ein älteres Ehepaar mit einem Kind.

»Entschuldigen Sie bitte!«, Andreas deutete anklagend auf den Hund. »Aber hier ist Privatgelände! Sie können hier nicht einfach durchlaufen. Schon gar nicht mit Ihrem fetten Haustier und auch nicht mit einem Spazierstock. Sie machen damit das Grün kaputt! Ich werde sofort eine offizielle Beschwerde einreichen!«

»Ach halten Sie die Klappe!«, es war offensichtlich, dass Lotte keine Lust hatte, sich von einem Spießer bei ihrer Mission aufhalten zu lassen. »Wir brauchen sofort einen Krankenwagen und die Polizei!«

74

Dem Privatermittler Stephan von Hasenbach ging es miserabel. Leider konnte er das nicht mehr selbst monieren, denn er war bewusstlos. Trotz der Bemühungen des Sanitäter und dann der von Doktor Frank ließ sich nicht viel an seinem Zustand ändern. Daher wurde er schnell auf eine Bahre gelegt, durch den Wald getragen und dann – zum Leidwesen aller Golfer – über den gepflegten Platz.

Heute war wirklich kein guter Tag für ein Spiel, aber direkt bei einem aufregenden Polizeieinsatz dabei zu sein, entschädigte viele von ihnen. Willy Haderer war zum Beispiel einer davon. Betont lässig lehnte er an seinem Bentley und beobachtete mit Argusaugen, was da vor sich ging. Als der Verletzte eingeladen worden war und durch den dicken Verband um seinen Kopf, sehr zu Haderers Bedauern, nicht ganz so dramatisch wirkte, schlenderte er so elegant, wie es seine neue Hüfte zuließ, zu dem Grüppchen der Ermittler, um wenigstens dort ein paar Informationen aufzuschnappen.

Kommissar Maus hielt sein Notizbuch in der Hand. Neben ihm stand Claudia Hubschmied mit verschränkten Armen und blickte finster vor sich hin. Doktor Frank klopfte einem Sanitäter auf die Schulter und drehte sich dann so schwungvoll um, dass er mit Haderer zusammenstieß und sich freundlich entschuldigte, bevor er zu Maus ging.

»So, der arme Kerl ist erst mal auf dem Weg zur Klinik. Da kann man eher etwas für ihn tun«, lautete der vorläufige Bericht und als er das skeptische Gesicht seines Freundes sah, fügte er fröhlich hinzu: »Keine Sorge, der wird schon wieder. Hat eben eine hässliche Platzwunde und viel Blut verloren. Aber wenn das mal genäht ist und er ein bisschen Ruhe hat, ist er wieder wie neu!«

»Vielleicht sollten Sie noch 'ne Schönheits-OP dranhängen. Dann is' er nicht nur neu, sondern auch ansehnlich und wir könnten ihn der Steffi vorstellen«, murmelte Claudia in ihren nicht vorhandenen Bart.

Leider hatte Maus das gehört, ließ sich jedoch nichts anmerken, wunderte sich aber, was mit der Kollegin los war. Da er aber Wichtigeres zu tun hatte, verstaute er diese Beobachtung an einem sicheren Ort in den Weiten seines Gehirns und wandte sich stattdessen mit voller Aufmerksamkeit wieder dem Fall zu.

»Sehr schön, Frank. Das freut mich für ihn und natürlich auch für Sie. Nur leider würde mich in erster Linie interessieren, wann er wieder ansprechbar ist. Ich meine, diese Ohnmacht wird doch nicht allzu lange dauern, oder?«

»Hm, je nachdem. Hier müssen wir abwarten. Der Ärmste ist nicht nur lädiert, sondern hat auch ein traumatisches Erlebnis hinter sich. Er wurde angegriffen und hat sich offensichtlich durch den Wald geschleppt. Zu guter Letzt hat ihn auch noch ein Junge k.o. geschlagen. Das hält das stärkste Pferd nicht lange aus, Maus.«

»Womit und wann denken Sie, ist er so zusammengeschlagen worden?«

»Hm, das Trauma wurde mit einem gut schwingbaren Gegenstand hervorgerufen – vielleicht mit einem Golfschläger – tut mir leid, das wäre in Anbetracht dieser Umgebung naheliegend. Der Zeitraum, tja, wann behauptet das Kind ihn gefunden zu haben?«

»Moment«, Maus sah auf seine vorläufigen Notizen. »So zwischen halb elf, elf.«

»Oh, der bedauernswerte Kerl! Ich schätze, dass er sich mit dieser bösen Wunde frühestens ab fünf und spätestens bis sechs Uhr morgens durchs Unterholz gekämpft hat. Er war vermutlich in Panik, wollte sich verstecken. Nur so lässt sich erklären, dass er die nötige Kraft hatte, trotz des Blutverlusts und der Schmerzen so weit vom Parkplatz wegzukommen. Er wird uns wahrscheinlich viel zu erzählen haben, wenn er aus seinem Dornröschenschlaf erwacht ist.«

»Dann machen Sie sich mal an die Arbeit, Frank. Pumpen Sie ihn mit Medikamenten voll, kriegen Sie ihn wieder hin, lassen Sie ihn zur Not von einer Prinzessin wachküssen, oder tun Sie's selbst. Mir egal!«

Maus war selbst erstaunt über den beißend gereizten Ton, den er seinem Freund gegenüber angeschlagen hatte. Schnell fügte er daher hinzu:

»Verzeihen Sie meinen Missmut, aber so langsam habe ich das Gefühl, dass mir die Zeit davonrennt. Ständig kommt etwas Neues dazu und ich weiß nicht, wie ich das einordnen soll. So lange bin ich noch nie im Dunkeln getappt.«

Zur unbewussten Untermalung seiner Worte begann Maus jetzt, wieder mit dem Zeigefinger gegen seine Nase zu tippen. Er dachte nach und sowohl Frank als auch Claudia Hubschmied wagten es nicht, ihn dabei zu stören. Nicht so der Golfer Willy Haderer, der sich, unschuldig blickend, Zentimeter für Zentimeter angenähert hatte. Als jetzt keiner mehr sprechen wollte, schnaufte er ungeduldig. Maus fuhr herum.

»Was machen Sie da?«, war die verständlich unwirsche Frage.

»Mei, wos werd i wohl macha? Ich biet mich als Zeuge in diesem Fall an!«

»So, so, wir haben hier also einen Zeugen?«

Es war offensichtlich, dass es sich bei diesem Mann lediglich um einen neugierigen Aufschneider handelte. Maus überlegte schnell, wen er gerade für diese Zeitverschwendung entbehren konnte. Sein Blick fiel auf Claudia, die immer noch missmutig vor sich hinstarrend neben ihm stand.

»Ich denke, eine Aussage bezüglich der Vorgänge kann niemand so gut aufnehmen wie meine geschätzte Kollegin hier. Erzählen Sie doch bitte alles Kommissarin Hubschmied. Ich werde mich derweil mal mit der Spusi zusammentun. Die geben gerade ein Zeichen, dass sie was Interessantes gefunden haben.«

»Aber Herr Kommissar!«, kam Claudias empörter Protest. »Ich … Ich denk, dass der Hammer da vielleicht …«

»Tut mir leid, aber Hammer ist gerade mit dem alten Ehepaar und dem Knaben beschäftigt.«

»Aber … Und überhaupt … Ich hab gar keine Zeit. Ich müsst mal kurz …«

Es hatte keinen Sinn. Maus winkte ab und ging zu einem Mitarbeiter der Spurensicherung, der auf dem Parkplatz auf ihn gewartet hatte, um mit ihm in den Wald zu gehen. Wütend schnaubte die Kommissarin auf und blickte ihm finster nach. Erst das Räuspern von Willy Haderer brachte Claudia von den bösen Gedanken bezüglich ihres Vorgesetzten ab und sie wandte jetzt ihren ganzen Groll auf den Freund ihres Vaters. Da Doktor Frank ein sensibler Mensch war, zog er instinktiv den Kopf etwas ein, wollte sich schon schnell umdrehen und wichtige medizinische Kommandos in den abfahrbereiten Krankenwagen rufen, besann sich dann aber eines Besseren, griff in die Manteltasche und drückte Claudia eine Zigarette in die Hand.

»Nimm's nicht so tragisch, Madl«, murmelte er freundlich und nahm mit seiner Geste der jungen Frau tatsächlich etwas von dem angestauten Zorn.

75

Je weiter Hannes fuhr, umso bekannter kam ihm die Gegend vor. An einer Kreuzung bremste er, sah noch einmal auf die Liste der Zeugen, verglich den Namen der Straße und zuckte mit den Achseln. Was hatte er erwartet? Das war eine kleine Stadt. Er gab sich noch zwei Tage, dann würde er sich wie ein Einheimischer auskennen. Eine alte Dame mit einem Rollator kam neben seinem Fahrrad zum Stehen. Er nickte ihr freundlich zu. Sie blickte misstrauisch zurück. Hannes versuchte ein Lächeln.

»Was soll das, junger Mann!«, wies sie ihn zurecht. »Sie brauchen gar nicht so zu feixen. Ihre Sorte kenn ich!«

»Verzeihung? Wie meinen Sie das jetzt, bitte?«

Statt einer Antwort drehte sie mit Schwung ihr Vehikel um und zuckelte in die andere Richtung, weg von ihm. Hannes blickte ihr verwundert nach, aber bevor er weitere Überlegungen anstellen konnte, klingelte sein Handy. Claudia Hubschmied – endlich!

76

»Hannes, tut mir leid, dass ich mich jetzt erst bei dir melde! Aber hier geht momentan echt alles drunter und drüber.«

Claudia Hubschmied drehte sich von Willy Haderer weg und begann, über den Parkplatz zu schlendern. Eigentlich hatte sie die nächste Zeit keinen Kontakt zu Hannes haben wollen, denn sie war momentan zu verärgert und auch zu verwirrt. Aber als sie sich jetzt mit dem lüsternen Rentner allein sah, schien es ihr ein dringendes Bedürfnis, den Kollegen zurückzurufen. Drei Botschaften auf der Mailbox waren ja wohl Grund genug. Außerdem musste Hannes auch über die neuesten Ereignisse informiert werden. Einen Kieselstein vor sich her kickend und Doktor Franks Zigarette rauchend, berichtete sie in kurzen Worten, dass sie den zusammengeschlagenen von Hasenbach gefunden hatten.

»Ja, er ist jetzt im Krankenhaus. Wir sind gerade dabei, festzustellen, wo er eigentlich überfallen worden ist … Nein, ich bin noch vor dem Golfclub … Ja, ja, genau. Maus ist mit der Truppe unterwegs … Was ich jetzt mache?«, mühsam konnte sie gerade noch ein hysterisches Kichern unterdrücken. »Zeugenbefragung!«

Ein Blick über die Schulter reichte jedoch, um wieder ernst zu werden, denn Haderer warf ihr eine Kusshand zu. Der Kerl war einfach unsagbar widerwärtig. Sie ging die Reihe der geparkten Autos weiter, strich einem Jaguar liebevoll über die Motorhaube, blickte durch das Heckfenster eines Land Rovers – da müsste aber mal aufgeräumt werden – sah etwas blinken, bückte sich, um es besser in Augenschein nehmen zu können und rief überrascht: »Wos is' denn des?«

Hannes war, obwohl er sich das niemals eingestanden hätte, glücklich. Endlich hatte sie zurückgerufen! Zwar hatte er eine Anspannung in ihrer Stimme hören können, aber die lockerte sich während ihres Telefonats. Fast dümmlich lächelnd stand er an der Kreuzung, lauschte ihrem Bericht, beobachtete dabei die alte Frau, die nicht allzu schnell war und wünschte sich fast, dass dieser Moment ewig dauern würde. Erst bei Claudias letzter Bemerkung wurde er schlagartig hellhörig. Sein Instinkt sagte ihm, dass der kollegiale Plausch nun vorbei war.

»Was? Was meinst du? Hast du etwas …?«

Claudia Hubschmied ließ die Hand mit dem Handy sinken, suchte mit der anderen in der Jacke nach einem Taschentuch, wurde fündig und hob den Gegenstand vorsichtig damit auf. In der Sonne blitzte der Mercedesschlüssel noch intensiver. Nein – sie korrigierte sich – eigentlich war es der Anhänger, den sie nur zu gut kannte, denn sie hatte ihn Josef Möller zum 150. Jubiläum der Firma Anfang Februar geschenkt; eine Sonderanfertigung, eine silberne Brezel mit eingraviertem Namen.

Tja, damals hatte sie sich nicht lumpen lassen und ihr Schwiegervater in spe war tatsächlich sehr gerührt gewesen, hatte deshalb in einem unbeobachteten Moment dankbar in ihren Hintern gekniffen und ihr vertraulich zugeraunt: »Madel, du bist fei viel zu gut für meinen Sohn. Wir zwei würden doch viel besser passen. Lass es dir durch den Kopf gehen!« Dass sie ihm daraufhin eine Ohrfeige gegeben hatte, bereute sie immer noch nicht. Er hatte es verdient!

»Claudia? Hallo? Bist du noch dran?«, tönte es aus dem Handy in ihrer Hand und riss sie aus ihrer gedanklichen Reise in die Vergangenheit.

»Du hör mal!«, sie musste sich erst einmal sammeln, um das Ganze verstehen zu können. »Ich hab da was Merkwürdiges gefunden! Ich halte hier den Autoschlüssel von Josef Möller in der Hand.«

Und es ist ohne Zweifel der vom Semmelkönig, führte sie im Geiste die Erklärung weiter. Aber warum lag er hier? Und wo war der Besitzer? Sämtliche Alarmglocken schrillten auf. Offensichtlich war heute noch mehr passiert als der Überfall auf den Münchner Privatermittler. Mein Gott! Ihr war doch selbst das Auto ganz am Ende des Parkplatzes aufgefallen. Aber anstatt gleich wichtige Schlüsse zu ziehen, war sie lieber wutentbrannt auf der Suche nach ihrem untreuen Verlobten gewesen. Zum ersten Mal in ihrer beruflichen Laufbahn hatte sie sich von persönlichen Dingen ablenken lassen.

»Hannes?«, flüsterte sie kleinlaut. »Hannes, ich denke, dass nicht nur von Hasenbach etwas passiert ist, sondern auch dem Josef Möller. Sein Mercedes steht hier. Ich … ich seh' da mal nach!«

Sie rannte los. Rannte die lange Reihe der Autos ab, kam ans Ende und sah da schon die angelehnte Fahrertür. Sie musste jetzt schnell handeln. Um keine eventuellen Spuren zu verwischen, öffnete sie mit klopfendem Herzen die Tür mit dem Ellbogen, blickte ins Fahrzeuginnere und runzelte die Stirn. Am anderen Ende der Leitung hatte es Hannes aufgegeben, weiter auf sich aufmerksam zu machen, und wartete, während er die Alte beobachtete, deren Rollator sich in einer Rille des Gullys verfangen hatte. Sollte er ihr helfen? Aber bevor er reagieren konnte, klang Claudias Stimme atemlos durch das Telefon. Hannes musste sich sehr konzentrieren, um sie richtig zu verstehen.

»Was? Was meinst du? … Und es ist tatsächlich was passiert? … Sein Auto ist offen? … Auf dem Sitz ist ein Fleck? … Ja, klar könnte das Blut sein! Geh mal eben um den Wagen rum! Was siehst du? … Abgerissene Zweige? … Ja, ja, ich denke auch, dass da ein Kampf stattgefunden hat. Vor allem, wenn du den Schlüssel an einer ganz anderen Stelle gefunden hast. Das könnte bedeuten, dass er versucht hat, zu entkommen. Verflixt! Das klingt nicht gut! … Ja, ja. So seh' ich das auch. Aber du bist ganz sicher, dass die im Club ihn heute noch nicht gesehen haben? … Tja, dann … Ist die Spurensicherung in der Nähe? … Okay. Ja, das ist eine gute Idee. Ich …«, unsanft wurde er zur Seite gestoßen. Ärgerlich fuhr er herum und sah eine Krankenschwester und einen Pfleger an sich vorbeirennen.

»Soll ich dann mal hinkommen?«, fragte er und ärgerte sich gleichzeitig über die beiden unhöflichen Leute, die ihn so grob und ohne Entschuldigung fast in den Ginsterbusch am Wegrand gestoßen hätten. »Ach so, ja ich verstehe …«

Hannes sah jetzt, wie die Krankenschwester fast schon brutal versuchte, der alten Frau den Rollator wegzunehmen.

»Gut, du hast Recht. Jeder sollte seinen Job erledigen. Na dann, werd ich eben noch die eine Zeugin …«

Die Schimpftirade war natürlich vorhersehbar und durchaus verständlich! Selbst der Pfleger – eindeutig der einfühlsamere Part des Duos – konnte die Frau nicht mehr beruhigen.

»Lassen Sie mich augenblicklich los, Sie Xanthippe!«, keifte sie und schlug der Krankenschwester auf die Hand. »Was erlauben Sie sich. Ich bin nicht ausgerissen und ich geh auch nicht mehr in Ihr schreckliches Heim zurück! Von Ihnen lasse ich mir gar nix befehlen!«

»Claudia? Hallo? Hörst du mich noch?«

»Ich will nach Hause! Sofort! Rufen Sie meinen Sohn an, der wird Ihnen aber dann mal gehörig den Marsch blasen!«

»Ja, es ist jetzt grad ein bisschen laut geworden und ich hör dich kaum noch.« Hannes musste sich das rechte Ohr zuhalten, um Claudia besser verstehen zu können.

Ein Schmerzensschrei ertönte, als das Pflegepersonal versuchte, die Ausreißerin den Gehsteig entlang zu schieben, und diese sich mit einem gezielten Treffer ihrer Handtasche auf den Kopf der Schwester zu wehren versuchte.

»Weißt was? Wir halten uns auf dem Laufenden und treffen uns dann auf dem Revier. So in 'ner Stunde, ja?«, rief Hannes und trat schnell einen Schritt zurück, um sich aus der direkten Gefahrenzone zu begeben. Während die tobende Alte an ihm vorbeigeschoben wurde, regte sich ein klein wenig sein schlechtes Gewissen. Warum hatte er Claudia nicht erzählt, dass er ihren Cousin mittlerweile nicht mehr für den Täter hielt? Ach, dazu war ja noch später Zeit. Auch von dem Streit zwischen Erika und Anni würde er ihr dann erzählen. Er wusste ja selbst noch nicht so genau, wie alles zusammenhing. Nachdenklich schob er das Rad wieder auf die Straße, stieg auf und machte sich auf den Weg, weitere Puzzleteilchen zu sammeln.

77

Kommissar Maus war über alle Maßen aufgebracht. Das lag vermutlich daran, dass der doch sehr erfolgsverwöhnte, ausgeglichene Mann einfach nicht so gut damit umgehen konnte, zu viele Vorfälle auf einmal bearbeiten zu müssen. Und die Tatsache, immer noch keinen schlüssigen Zusammenhang zu erkennen, machte ihn im Augenblick für alle seine Mitarbeiter unberechenbar.

Wohin er auch sah: Unfähigkeit und Stillstand. Maus fühlte sich im Stich gelassen. Hammer duckte sich gleich, als er das ärgerliche Gesicht seines Vorgesetzten sah, und bedeutete Lotte, Alfred und Paul schnell in den Dienstwagen zu steigen. Leider wollte Penny nicht mitspielen. Ihre offensichtliche Angst, in ein fremdes Auto mit viel zu hohen Sitzen zu springen, manifestierte die Dackeldame mit hohem Gekläffe. So viel zu »sich unauffällig aus der Gefahrenzone ziehen«, dachte Hammer missmutig. Er sollte Recht behalten, denn Maus stand jetzt vor ihm und sein Blick verhieß nichts Gutes.

»Hammer, was haben Sie da vor?«

»Äh, ich … nun, ich …«, lautete der unbefriedigende Ansatz einer Antwort und Schweißperlen bildeten sich auf Hammers Stirn.

»Herr Kommissar«, kam der rettende Ruf und Gott sei Dank laut genug, Pennys Protestgeheul zu übertönen. Claudia Hubschmied konnte manchmal so ein Engel sein.

»Herr Kommissar, kommen Sie mal. Das müssen Sie sich anschauen.«

Hammer war es egal, was sie da gefunden hatte, aber im Geiste dankte er ihr und beschloss, ihr im Laufe der nächsten Woche einen Kaffee zu spendieren. Sie hatte es sich verdient. Schnell schob er Lotte in den Wagen. Warum brauchten alte Leute nur immer so lange? Alfred schien auch noch zu überlegen, mit welchem Bein er zuerst einsteigen sollte. Der einzig erfreuliche Lichtblick war der Junge, dem es mittlerweile gelungen war, den Hund zu beruhigen. Gutes Kind! Vielleicht würde er ihm später noch ein Eis kaufen. Aber nur ein Kleines, denn Hammer war für seinen Geiz bekannt.

78

»Sehen Sie hier. Da steht der Mietwagen von dem Schnüffler. Er ist verschlossen, während der von Möller offen war.«

Claudia war den Eiertanz und die Rücksichtnahme auf den gereizten Chef leid. Ihre Entdeckung hatte sie wieder daran erinnert, dass sie Polizistin mit Leib und Seele war. Ihre Instinkte waren geschärft, sie hatte die Spur aufgenommen und persönliche Gefühle hatten da keinen Platz. Dieser neue Elan war ansteckend und Maus ließ sich nur zu gerne inspirieren.

»Gut, dann haben wir jetzt ein paar Möglichkeiten, den Tathergang zu rekapitulieren. Zunächst einmal die etwas unwahrscheinlichere Möglichkeit: Von Hasenbach hat Möller aufgelauert und ihn niedergeschlagen. Warum aber war er dann selbst lebensgefährlich verletzt? Hatte Möller sich zur Wehr gesetzt? Aber wo steckt er dann?«

Ohne Absprache gingen beide zu dem Wagen des Bäckermeisters Möller. Auf ihren angespannten Gesichtern ließ sich erkennen, wie sehr sie sich konzentrierten.

Auf einmal ging die Polizeisirene los. Hammer schlug wütend auf Alfreds Hand. Die Sirene verstummte.

»Sind Sie wahnsinnig? Ich hab doch gesagt: ›Nix anfassen!‹«

Panisch warf er einen Blick in den Rückspiegel. Zum Glück waren Maus und Claudia so in ihr angeregtes Gespräch vertieft, dass sie diese akustische Störung gar nicht bemerkt hatten. Erleichtert drehte Hammer sich zu Lotte und Paul auf der Rückbank um.

»Alle anschnallen! Das is' Vorschrift!«

»Aber, aber ich find dieses Ding nicht!«, jammerte Lotte.

»Junge! Hilf ihr mal!«

»Geht nicht. Ich muss mich um Penny kümmern!«

Zur Bestätigung streichelte Paul noch schneller über den braunen Rücken des Tieres.

»Hä?«

Es war offensichtlich, dass Hammer mit so einer Antwort nicht gerechnet hatte. Nervös glitt seine Zunge über die Lippen. Er musste weg hier, schnell, denn Maus' Stimmung konnte jederzeit wieder kippen.

»Dann hörste jetzt mal auf, dich zu kümmern, und machst der Dame den Sicherheitsgurt zu«, zischte er wütend. Das war ein Fehler, denn Penny – Pauls neue beste Freundin – fing sofort an, gefährlich zu knurren.

»Ich würde ausschließen, dass auf diesem Parkplatz zwei verschiedene Überfälle stattgefunden haben. Dass Möller verschwunden ist, von Hasenbach aber zurückgelassen wurde, sieht eher danach aus, dass Letzterer nicht eingeplant war. Ein unerwünschter Zeuge«, fasste Claudia Hubschmied ihre Überlegungen in Worte.

Maus sah anerkennend auf seine junge Kollegin. Das Mädel war nicht nur hübsch, sondern – wenn es darauf ankam – auch blitzgescheit. Dieser professionelle Diskurs hatte ihn beruhigt; seine Arbeit machte wieder Spaß. Endlich zog man gemeinsam an einem Strang.

»Jetzt halt den Köter fest!«, schnaubte Hammer und versuchte nun selbst, nach hinten zu greifen, um Lotte beim Anschnallen zu helfen. Leider gab Paul sich nicht allzu viel Mühe, dem Befehl Folge zu leisten, denn Penny schnappte sofort nach der Hand des Polizisten.

»Ich bin da vollkommen Ihrer Meinung, Claudia. Wir können davon ausgehen, dass Möller als Auftraggeber von Hasenbach hier treffen wollte. Der Detektiv kommt an. Ist vermutlich etwas zu früh, denn er schließt den Wagen ab. Dann kommt Möller und stellt seinen Mercedes auf seinen Stammplatz. Von Hasenbach war hier wahrscheinlich noch nie, denn er hat ganz vorne geparkt, und ich gehe davon aus, dass zu dem Zeitpunkt ihres Treffens der ganze Parkplatz leer war«, spann Maus den Faden weiter. Claudia nickte.

»Autsch!«, brüllte Hammer schmerzgepeinigt. Pauls Belohnungseis war gestrichen und er würde stattdessen direkt bei seinen Eltern abgeliefert werden.

»Ja, er musste die ganzen fünfzig Meter bis hierher laufen. Er war bestimmt nicht so g'schwind, denn ich hab ihn rennen sehen. Während er also hier langgeht, wartet Möller im Wagen, denn er is' ja schließlich der Boss und braucht nicht auszusteigen, bevor sein Untergebener überhaupt da ist. Ich kenn den«, Claudia legte nachdenklich die Stirn in Falten. »Ob der Täter schon da war?«

»Penny, Schluss!«, es war wirklich sehr tapfer von Alfred, sich wieder mit seinem Hund anzulegen, aber der freundliche Polizeibeamte tat ihm leid.

»Ich glaube, wir können davon ausgehen, dass es sich um mehr als einen Täter handelt. Ich denke, sie sind plötzlich aufgetaucht. Mit dem Auto natürlich. Leider können wir auf diesem Kies nicht unbedingt mit brauchbaren Reifenspuren rechnen. Obwohl? Claudia, wo würden Sie Ihr Auto anhalten, während Ihr Helfer zu dem Mercedes läuft, um Möller unschädlich zu machen?«

Hammer hatte es aufgegeben, gegen die offensichtliche Anarchie in seinem Wagen anzukämpfen und stieg aus, lief um das Auto herum und öffnete Lottes Tür, um der alten Dame behilflich zu sein.

»Hier«, ohne zu zögern, deutete Claudia Hubschmied auf eine Stelle, die strategisch nahe an Möllers Mercedes lag und gleichzeitig verhinderte, dass dieser schnell wegfahren konnte. Maus ging in die Knie und hoffte so eventuelle Spuren zu finden.

»Hm, tatsächlich. Es sieht so aus, als ob jemand scharf gebremst hätte. Sehen Sie? Hier? Die Steinchen sind an dieser Stelle in den feuchten Boden eingedrückt und durch das ruckartige Anhalten des Wagens zum Teil regelrecht weggespritzt, sodass hier gar kein Belag mehr ist. Sehen Sie? Da hat sich der Reifen in den unteren Boden eingegraben. Hm, viel kann man zwar nicht sehen, aber ein bisschen Abdruck ist da schon. Vielleicht hilft uns das weiter. Wichtiger ist jetzt die Frage, wessen Auto das war? Möller beim Einparken? Die Angreifer? Oder einer der anderen Gäste von heute Morgen? Ich hab fast das Gefühl, dass sich in diesem Club im Augenblick sämtliche Großkopferten der Region befinden. So viele Luxusautos auf einem Haufen machen es uns natürlich nicht gerade leicht. Trotzdem könnten wir einen Beweis haben. Hm, ich möchte, dass die Spurensicherung sich das mal ansieht.«

»Ich hol sofort jemanden!«, Claudia lief los, während Maus immer noch hockend versuchte, in dem freigelegten Stückchen nackter Erde etwas Genaues erkennen zu können. Viel gab es da leider nicht, aber vielleicht reichte es ja.

Hammer hatte es geschafft. Zufrieden startete er den Motor, legte den Rückwärtsgang ein, tippte leicht das Gas an, drehte sich zusätzlich nach hinten und sah sich Pennys gefletschten Zähnen gegenüber. Offensichtlich war sie der Meinung, dass sie immer noch ein Hühnchen mit ihm zu rupfen hatte, schnappte sofort zu und verfehlte nur um Haaresbreite seine Nase. Vor lauter Schreck drückte Hammer das Gaspedal ganz durch und der Wagen machte einen Satz nach hinten. Schnell trat er auf die Bremse. Glück gehabt, wollte er gerade denken, doch da tauchte das kreidebleiche Gesicht von Kommissar Maus an der Heckscheibe auf. Sekundenlang starrten sich die beiden Männer an. Dann ging Maus langsam um den Wagen, klopfte an Hammers Fenster, das dieser schließlich zitternd öffnete.

»Nicht nur, dass Sie mich gerade fast über den Haufen gefahren haben«, kam es gefährlich ruhig aus dem Munde des Vorgesetzten. »Sie waren auch noch so hirnverbrannt, wichtiges Beweismaterial zu zerstören!«

Hammer überlegte, ob eine Entschuldigung die augenblickliche Situation etwas entschärfen könnte, entschied sich dann aber dagegen.

79

Eine viertel Stunde später klappte Maus sein Notizbuch auf und blickte Andreas Spatz nachdenklich an.

»Nun, das sind leider die augenblicklichen Tatsachen. Wir gehen davon aus, dass es bald eine Lösegeldforderung gibt.«

»Anzunehmen«, nickte sein Gesprächspartner verständig. »Aber was erwarten Sie jetzt konkret von mir? Soll ich schon mal einen Geldkoffer bereithalten? Ich mein, ich bin zwar so was wie der Finanzverwalter meines Schwiegervaters, aber selbst ich hab nicht gewusst, dass er schon seit einiger Zeit erpresst wurde. Er hat neben den Firmen- und Immobilienkonten auch noch ein oder zwei andere Depots, über die ich nichts Genaueres weiß. Er hat mir nie so richtig getraut. Ich war ihm wohl zu ehrlich und mich würde es auch nicht wundern, wenn er da irgendwo noch dunkle Geschäfte am Laufen hätte.«

Maus hatte Mitleid mit dem Mann. Es musste wirklich die Hölle sein, so ein Schlitzohr und einen Hallodri sondergleichen zum Schwiegervater zu haben.

»Wir sollten erst mal abwarten«, erklärte er. »Wenn wir wissen, was die Entführer wollen, dann werde ich Sie umgehend kontaktieren. Es wäre nur gut, wenn wir Sie jederzeit erreichen könnten. Wäre es denn im Notfall ein Problem, größere Summen aufzutreiben?«

Andreas Spatz Augen verdunkelten sich. Maus sah einen bitteren Zug um seinen Mund.

»Wird etwas schwierig, da das meiste Geld fest angelegt ist«, kam die ehrliche Antwort. »Aber, ich werd natürlich alles in Bewegung setzen, falls Sie es wünschen.«

»Gut! Mehr wollte ich nicht hören. Also dann, Kopf hoch. Wir werden den miesen Kerl schon finden.«

Zu spät erkannte er, dass sein letzter Satz nicht ganz eindeutig war. Auch Andreas Spatz fiel es auf und es war offensichtlich, dass er gerne darauf verzichten würde, den Kerl, der sein Schwiegervater war, so schnell wiederzusehen. Maus überlegte, ob er vielleicht eine Klarstellung machen sollte, doch Andreas schüttelte nur traurig den Kopf.

»Danke, Herr Kommissar. Ich warte dann auf Ihre Instruktionen, werde derweil aber mal ins Büro fahren und ein bisschen telefonieren. Es ist aber auch wirklich zu dumm, dass wir heute Samstag haben. Das macht die Sache etwas schwieriger.«

Er wollte schon die Hand zum Gruß heben, ließ sie aber wieder sinken, da ihm offenbar etwas Wichtiges eingefallen war.

»Ach, ich würde Sie da noch um einen kleinen Gefallen bitten: Könnten Sie es meiner Frau noch nicht sagen? Sie regt sich immer gleich so sehr auf und ich glaube, es ist in unser aller Interesse, dass wir nicht auch noch von einer hysterischen Tochter gestört werden.«

Maus war sprachlos. Einerseits schienen Spatz Argumente vernünftig, aber auf der anderen Seite wirkten sie so kalt und gefühllos, dass er sich gar nicht vorstellen mochte, wie es in dieser Ehe aussah.

»Nein, nein, Sie haben mich da eben etwas missverstanden«, Andreas war das Minenspiel seines Gegenübers nicht entgangen. »Ich meinte damit nur, dass ich es ihr lieber selbst sagen möchte.«

80

»Ach, nee. Sie kenn ich doch!«

Hannes, der gerade überlegt hatte, ob es nötig war, das alte Fahrrad abzusperren, fuhr erschrocken herum. Er war wirklich in einem Kaff gelandet – eine schmerzhafte Erkenntnis! Nicht nur, dass er sich immer wieder an denselben Plätzen wiederfand, denn er war nun in der noblen Wohngegend von gestern, das konnte er an der Villa von Bäckermeister Möller ausmachen –, er traf jetzt auch schon auf Bekannte. Die Stadt war wirklich kleiner, als er angenommen hatte. Die hübsche, blonde Frau vor ihm war doch eine der Mütter, die ihm schon gestern im Waldkindergarten aufgefallen waren. Wie war nochmal ihr Name?

»Sybille Möller-Spatz«, kam sie ihm kokett lächelnd zu Hilfe und Hannes fiel alles wieder ein. Claudia hatte sie ihm gestern gezeigt, aber dabei absichtlich vergessen, zu erwähnen, dass sie die Schwester ihres Verlobten war. Wieder spürte er dieses merkwürdig unangenehme Gefühl, verraten worden zu sein. Fast feindselig begann er, die Frau zu taxieren. Sie war extrem sexy. Vermutlich ein bisschen zu sehr für diese gutbürgerliche Gegend.

Sybille, bar jeder Sensibilität, sah lässig über den finsteren Gesichtsausdruck ihres Gesprächspartners hinweg. Sie war es gewohnt, aufzufallen, und dieser Mann war ihr schon gestern ins Auge gestochen. Groß, auf seine Art gutaussehend und vor allem fremd. Sie liebte alles Neue. In einstudierter Langsamkeit schob sie die Sonnenbrille auf den Kopf, schüttelte dabei ihre schönen Locken, klimperte mit den Wimpern und war dann bereit, sich zu nehmen, was ihr zustand.

»Wir sind uns schon begegnet. Leider wurden wir uns noch nicht offiziell vorgestellt, aber ich weiß schon, dass Sie der Experte aus Berlin sind?«, gurrte sie. Hannes Kehle war trocken geworden, deshalb kam die Korrektur nur sehr rau über seine Lippen.

»Celle«, krächzte er, aber Sybille schien sich sowieso nicht für Geografie zu interessieren. Befriedigt verbuchte sie seinen verstohlenen Blick auf ihr schönes Dekolleté als einen Pluspunkt und spann den visuellen Faden weiter, indem sie sich leicht nach vorne beugte, um umständlich etwas in ihrer Handtasche zu suchen. Hannes schluckte hörbar. Sybille lächelte. Ein Wellensittich kreischte schrill aus einem der geöffneten Fenster des Nachbarhauses. Das Handy klingelte.

»Das is' Ihres!«, Sybille lächelte immer schöner.

»Was meinen Sie?«

»Na, Ihrs, Ihr Handy. Vielleicht sollten Sie mal rangehn?«

Es war Steffi. Hannes musste sich sehr zusammenreißen, um sie nicht merken zu lassen, dass er jetzt gerade überhaupt keine Zeit für einen Plausch hatte, denn so eine Behandlung verdiente sie wirklich nicht. Während er nun versuchte, sich halbwegs auf das Gespräch zu konzentrieren, entging ihm keiner von Sybilles auffallenden Reizen, die sie weiterhin, gekonnt zufällig, zur Schau stellte.

»Ja, Steffi, mir geht's gut und an das Rad habe ich mich auch schon gewöhnt. Wir sind mittlerweile sehr gute Freunde und demnächst bei der Tour de France dabei«. Er wusste gar nicht, dass er so witzig sein konnte. Steffi lachte am anderen Ende der Leitung und auch Sybille schien amüsiert.

»Aha, aha … Gut … Hast du eigentlich neue Infos zu … Aha, aha … Also, dir hat man auch nichts Genaueres sagen wollen … Ach, Maus möchte noch nicht … Hmhm … Ja, klingt vernünftig, sonst haben wir bald stille Post … Okay, dann werd ich mal 'nen Zahn zulegen. Um vier Uhr sagst du? … Ja, ja, das schaff ich! Vielen Dank für deinen Anruf und bis später!«

Er legte auf, dachte einen Moment nach und stellte kurzerhand den Klingelton des Geräts auf stumm. Er wollte nicht mehr gestört werden.

»Tut mir leid, aber wir sind mitten in einem Fall, Frau Möller-Spatz.«

»Sybille«, korrigierte sie. »Sagen Sie doch einfach Sybille zu mir.«

»Äh, ja gerne, Sybille. Ich heiße übrigens Hannes Petersen.«

»Hannes, das klingt aber hübsch. So nördlich. Sind Sie Wikinger?«

Er lachte, was sie etwas zu irritieren schien.

»Nein, nein, kein Wikinger. Ich bin einer von den Guten. Sie wissen schon, ich bin bei der Polizei und raube und morde nicht.«

Sie mochte es nicht, wenn man sie nicht ernst nahm und ihr damit indirekt mangelnde Intelligenz unterstellte. Sybille war im Grunde ihres Herzens ein sensibles Mädchen, das gelernt hatte, ihre geistigen Mängel mit ihrem guten Aussehen zu vertuschen. Hannes – ein Mann eben, der ihre Frage nur süß fand – konnte das natürlich nicht wissen, wunderte sich aber dennoch, warum sie plötzlich abweisend reagierte. Er versuchte einen neuen Anlauf.

»Sie wissen schon. Die waren Räuber und Mordbuben?«

»Weiß doch jeder!«

Gleichgültig zuckte sie die Achseln, aber da sie nicht nachtragend war und ihr der Polizeibeamte immer besser gefiel, erschien gleich wieder ein zuckersüßes Lächeln. Innerlich atmete Hannes auf.

»Und Sie wollten jetzt zu mir, Hannes? Halten Sie mich für schuldig an den Morden der beiden Erzieherinnen? Möchten Sie wissen, wo ich zur Tatzeit war?«

»Leider bin ich das nicht. Also, äh, natürlich würde ich jetzt viel lieber mit Ihnen …«

Er schien es wirklich zu bedauern, was sie noch versöhnlicher stimmte. »Aber Sie haben gar nicht so unrecht. Ich bin tatsächlich auf dem Weg zu einer Zeugin, einer Frau Klöter, Susanne Klöter. Sie wohnt hier in …«

»Im Strauß-Weg 13«, vollendete sie den Satz und verdrehte die Augen.

»Oh, Sie kennen die Dame?«

»Hannes, Hannes, Hannes, sie is' fast meine Nachbarin und wohnt in einem der Mietshäuser, die mein Mann betreut. Ihr Sohn geht mit meinen Kindern in den Kindergarten und sie is' die größte Nervensäge der Stadt!«

»Ach, doch so beliebt?«, schmunzelnd beobachtete er ihre Mimik. Da hatte er ja wohl nicht gerade ihre Busenfreundin auf der Liste. Sybille schüttelte energisch den Kopf.

»Oh, überhaupt nicht! Diese Tante Etepetete! Aber das is' natürlich nur meine Meinung. Ich bin 'ne Frau. Bei den Männern sieht das wohl ganz anders aus. Sie hat da was laufen, aber Genaues weiß man nicht.«

»Wirklich? Und Sie haben keine Ahnung mit wem?«

Es war offensichtlich, dass er ihren wunden Punkt getroffen hatte. Genervt zog sie die Mundwinkel runter – was ihr tatsächlich mal nicht besonders stand – und zuckte missbilligend die Schultern.

»Naa! Interessiert mich auch nicht. Das Einzige, was ich weiß, is', dass sie erst seit sieben Jahren hier wohnt, nicht verheiratet is' und keiner weiß, wer der Vater von ihrem Sohn ist.«

»Aber, wenn der Junge das Alter Ihrer Kinder hat, dann müsste sie den Vater vielleicht hier kennengelernt haben?«

Jetzt wurde es langsam wirklich spannend. Auch Sybille ließ sich mitreißen.

»Ja, genau! Sie denken wirklich mit. Das ist es ja, was man sich die ganze Zeit fragt. Wer ist der Vater? Aber da sehen Sie, wie verschlossen und verschwiegen die ist. Ein Riesengeheimnis is' das! Aber unter uns, sie hat seitdem der Oskar da is', nicht mehr gearbeitet.«

»Soll heißen?«

»Soll heißen, Herr Oberschlaukommissar, dass der Kindsvater sie heimlich unterstützt! Und da sie hier in dieser Gegend wohnt, muss der Geld haben.«

»Einer der ganz Großen, also?«

Hannes pfiff anerkennend. Das war wirklich starker Tobak. Es lebe der Klatsch!

»Ja, genau so is' es.«

»Und Sie können sich wirklich nicht denken, wer das ist? Ich mein, wo Sie doch so gut Bescheid wissen über die Mieteinnahmen der Häuser hier in der Gegend?«

Ihr Lachen klang unerwartet schrill.

»Mei, Sie sind ja ein ganz Schlauer! Aber leider, leider geht da die Miete immer von ihrem Konto ab.«

Sie seufzte und Hannes konnte ihr nachfühlen, wie frustrierend es war, nicht im Bilde zu sein. Sie sahen sich eine Weile schweigend an. Jeder hing seinen Gedanken nach. Sybille rechnete sich ihre Chancen aus, wie lange sie brauchen würde, diesen Mann auf einen Kaffee in ihr Haus zu locken, und Hannes wünschte sich sehnlichst, die Unterhaltung an einem gemütlicheren Ort, vielleicht bei ihr zu Hause bei einem Kaffee, fortzusetzen. Doch bevor einer von ihnen den ersten Schritt tun konnte, kam ein Kinderfahrrad mit quietschenden Reifen neben ihnen zum Stehen. Ein kleiner Junge mit dreckverschmierten Wangen stieg umständlich ab.

»Mama«, wandte er sich ernst an Sybille, nachdem er den Radständer ausgeklappt und unvorschriftsmäßig mitten auf dem Gehsteig geparkt hatte. »Mama, die Jenny is' in den Pool gefallen. Mit allen Anziehsachen. Jetzt sitzt sie im Garten und heult.«

»Oh, nein, nicht schon wieder«, stöhnte die geplagte Mutter.

»Is' nicht so schlimm, Mama«, tröstete der gute Junge, streichelte sanft über ihren Arm, nahm sein Rad, stieg auf und fuhr laut klingelnd wieder davon.

»Tut mir leid, aber ich muss da mal nachsehen. Meine Tochter hat, seitdem man die Leiche von der Heidi gefunden hat, so eine Art Todessehnsucht.«

Sie bedauerte irgendetwas offensichtlich zutiefst. Leider konnte Hannes nicht so richtig einordnen, was genau: dass das Mädchen lebensmüde war oder dass sie ihn jetzt verlassen musste. Um es ihr leichter zu machen, entgegnete er:

»Kein Thema. Ich muss dann sowieso auch mal. Sie wissen schon.«

»Ja, ja. Dann Servus.«

Sie war schon halb auf dem Weg, da drehte sie sich noch einmal um.

»Wenn Sie Lust haben, kommen Sie doch einfach nachher bei mir auf einen Kaffee vorbei. Wir könnten dann weiter spekulieren, wer der geheimnisvolle Fremde is', wenn Sie es bis dahin noch nicht selbst rausgefunden haben. Ich wohn hier gleich gegenüber. Würd mich freuen.«

Sie hätte gar nicht sagen müssen, welches der Häuser das ihre war, denn Hannes hatte sich sofort gemerkt – natürlich für eventuelle Befragungen –, in welcher der Einfahrten der Junge verschwunden war. Glücklich strahlend nickte er und verweilte noch einige Augenblicke, um den Schwung ihrer Hüften beim Gehen zu genießen. Der Wellensittich fing wieder an zu kreischen und riss ihn aus seinen Träumereien. Die Arbeit rief und er ging in den kleinen, mit schönen Linden gesäumten Weg. Teure Appartementhäuser standen dort und Hannes – ein Freund moderner Architektur – staunte nicht schlecht. Man musste wirklich Geld haben, um hier wohnen zu können.

So in Bewunderung versunken, achtete er nicht darauf, wohin er trat. Zu spät merkte Hannes, dass er in etwas Weichem stand. Einige Sekunden hoffte er, dass das nur Erde war, denn ein paar Meter weiter arbeiteten zwei Gärtner, doch leider war es der größte Hundehaufen, den er je gesehen hatte. »So ein Mist!«, dachte er ärgerlich und starrte auf das Malheur. Er trug – nach der schlechten Erfahrung von gestern, als er beinahe den Abhang heruntergerutscht wäre – heute extra die festen Schuhe mit tiefem Profil. Das würde er nie alles zwischen den Rillen rausbekommen, wenn er sie nicht vorher eine Stunde in einer Pfütze gründlich einweichte. Verzweifelt blickte er sich um. Keine brauchbare Säuberungsmöglichkeit! Notdürftig versuchte er, den größten Batzen an dem Zierrasen vor einer noblen Villa abzusteifen.

»He Meister!«, rief einer der Gärtner grinsend. »Des soll angeblich Glück bringa!«

»Sehr witzig!«, brummte Hannes ärgerlich. »Wer den Schaden hat, braucht nicht lange auf Klugscheißer zu warten, was?«

Er war wirklich sauer. Zusätzlich keimte in ihm der Verdacht auf, dass die beiden Männer nicht zufällig in der Nähe dieser ekelhaften Falle gewesen waren. Ihm schien es sogar, als ob sie Wetten abgeschlossen hatten, denn der Ältere von beiden steckte seinem Kollegen unauffällig etwas zu. Das war ja wirklich die Höhe! Wütend begann Hannes, seinen Fuß immer heftiger auf dem Gras zu reiben, sodass nach kurzer Zeit dort ein hässlicher Fleck nackter Boden freigelegt war.

»He, Sie machen ja den Rasen kaputt!«, kam jetzt der zu erwartende Protest, den man aber nicht ernst nehmen konnte, denn die beiden Männer fingen wie die Schulmädchen zu kichern an.

»Wahnsinnig witzig!«

Hannes wusste sehr wohl, dass er sich wiederholte, aber es fiel ihm auf die Schnelle nichts Schlagfertigeres ein. Vergeblich versuchte er jetzt, den ganzen Dreck am Bordstein abzukratzen. Vielleicht würde ein Stöckchen etwas helfen? Eines war zumindest sicher: Wenn er den unverantwortlichen Hundebesitzer erwischen würde, hätte dieser neben einer Geldstrafe noch die Verwarnung seines Lebens bekommen. Eigentlich ärgerlich, dass man Menschen wegen solcher Delikte nicht als Abschreckung verhaften konnte. Am liebsten hätte Hannes die Gärtner auch gleich eingebuchtet. Er überlegte, ob Schadenfreude und die daraus resultierende unterlassene Hilfeleistung ausreichende Gründe lieferten.

»Hier!«, erstaunt hob er den Kopf.

Die beiden Männer waren zu ihm getreten. Einer hielt eine Gießkanne hoch und nickte jetzt freundlich, während der andere immer noch sein Feixen unter Kontrolle zu bringen versuchte.

»Probiern mers amoi mit Wasser.«

Hannes nickte nur und suchte in Gedanken die Schlüssel, mit denen er die Handschellen der beiden lösen wollte.

81

Maus wartete geduldig, bis Claudia mit ihrem Telefonat fertig war.

»Hmhm … Ja, Ines, danke. Dann bin ich im Bilde. Seitdem also nicht mehr? Gut, dann hör jetzt gut zu. Wir können nicht ausschließen, dass der Alte entführt wurde. Deshalb werden in kürzester Zeit ein paar Leute zu euch kommen, die ’ne Fangschaltung installieren, falls es Lösegeldforderungen oder so gibt. Sag deiner Mutter, dass sie sich keine Sorgen machen soll, das sind absolute Profis!«

Sie wurde nicht mal rot, als sie das sagte, denn Schuster und Krautschneider waren die Einzigen im Revier, die bei einer Weiterbildung Kenntnisse in der Telefonüberwachung erworben hatten. Wenigstens hatte man Ercan mitgeschickt, damit von technischer Seite keine unerwarteten Probleme auftraten. Es blieb nur zu hoffen, dass alles gut ging, denn Maus hatte momentan keine andere Möglichkeit, als zu improvisieren.

Claudia fuhr fort: »Du gibst aber auch sofort Bescheid, falls er sich meldet oder doch noch auftauchen sollte. Gut … Danke dir!«

Maus wartete immer noch geduldig. Claudia hatte aufgelegt, sah auf das Handy und war mit ihren Gedanken anscheinend ganz weit weg. Maus Geduld näherte sich ihrer Grenze. Kollegin Hubschmied schien aber offenbar immun dagegen, denn sie kontrollierte erst einmal in Ruhe ihren Nachrichteneingang. Maus räusperte sich. Der Zenit war überschritten und er war nahe dran, sie zu packen und den gewünschten Zwischenbericht aus ihr herauszuschütteln. In letzter Sekunde überlegte er es sich jedoch anders und fragte stattdessen etwas zu gedehnt und sehr betont.

»Was hat sie gesagt?«

Claudia runzelte die Stirn. Wollte sie ihn jetzt provozieren? Gerade noch hatten sie hier auf dem Parkplatz des Golfclubs so herrlich gut zusammengearbeitet und plötzlich schienen sie nicht mehr auf demselben Planeten.

»Kollegin Hubschmied. Es ist eigentlich unnötig, Sie darauf hinzuweisen, dass wir zwei Morde und jetzt noch diese Überfälle mit eventueller Entführung haben. Es wäre daher sehr freundlich von Ihnen, mir mitzuteilen, was die Tochter der Haushälterin von ihrem Schwiegervater zu berichten hatte!«

»Äh, ja, klar. Entschuldigung! Ich hab nur grad …«, sie sah etwas gehetzt in das strenge Gesicht ihres Vorgesetzten. »Es is' halt so, dass …«

»Was?«

Claudia zuckte zusammen. Maus war gereizt und verärgert. Das war eigentlich selten der Fall, aber der Druck, der minütlich immer schwerer auf seinen Schultern lastete, ließ nicht viel Spielraum und das schlug ihm auf den Magen. Er brauchte schnell neue Perspektiven.

»Der Möller – und er ist nicht mein Schwiegervater, immerhin bin ich noch nicht mit dem Georg verheiratet! – hat sich gestern Abend um sieben gemeldet. Hat gefragt, ob jemand angerufen habe. Behauptete, er sei noch in Wien und wolle heute nach dem Frühstück losfahren. Ines – die Tochter der Haushälterin – hat ihn daher erst am frühen Nachmittag erwartet, da er die Angewohnheit hat, in Salzburg immer einen Zwischenstopp einzulegen. Wahrscheinlich hat er dort auch eine Weibergeschichte am Laufen. Angerufen hat danach tatsächlich noch jemand. Kurz danach. Es war unser Schnüffler Hasenbach. Er wollte aber keine Nachricht hinterlassen und sagte, dass er die Handynummer ja habe. Tja, und das war's auch schon.«

»Aha, dann hat Möller also gelogen, denn er ist ja noch in der Nacht losgefahren. Habt ihr sein Handy gefunden?«, rief Maus einem Mitarbeiter der Spurensicherung zu. Dieser schüttelte bedauernd den Kopf und konzentrierte sich wieder auf ein ultramodernes und vermutlich auch superteures Gerät, mit dem er wahrscheinlich feststellen konnte, welcher Dinosaurier hier zuletzt spazieren gegangen war.

»Verflixt!«, stöhnte Maus. »Ich hab das Gefühl, die Sache, oder ich sollte wohl besser sagen, die Sachen wachsen uns über den Kopf. Überall brennt es. Ich brauch mehr Leute und selbst dann weiß ich nicht, ob wir Land gewinnen können.«

»Chef?«, meldete sich Claudia ungewohnt schüchtern zu Wort.

»Nicht jetzt, Claudia. Ich muss mich um Schadensbegrenzung bemühen. Wenn das mit Möller offiziell wird – und davon geh ich aus – bekomm ich Druck von ganz oben! Das fehlte mir gerade noch. Wir müssen presto einen Zahn zulegen! Wo steckt eigentlich sein Schwiegersohn? Dieser Andreas Spatz? Ich muss ihn unbedingt nochmal sprechen! Ist der noch hier? Nein, bemühen Sie sich nicht, das mach ich dann gleich. Zuerst muss ich bei dem Mercedes … Ja, aber, was ist denn das? Schleicht da nicht schon einer von der Presse rum?«

Claudia folgte seinem Blick. Er hatte Recht. Da war doch tatsächlich Carsten Rötzer vom »Tageblatt« auffällig unauffällig aus seinem Wagen gestiegen und überlegte, wen er als Ersten nerven könnte. Maus tat ihr leid. Sie wollte jetzt nicht in seiner Haut stecken. Aber sie konnte sich im Augenblick nicht länger damit beschäftigen, denn sie hatte etwas auf dem Herzen. Daher versuchte sie es noch einmal.

»Herr Kommissar, ich möchte Ihnen noch gern …«

Er hörte sie nicht, denn in seiner Eile, den aufdringlichen Journalisten loszuwerden, wäre er beinahe über das Gerät der Spurensicherung gestolpert. Mit einem berechtigten Fluch, aber nicht minder in seiner Fahrt gebremst, schritt er nur noch geladener der Presse entgegen.

Claudia seufzte und Georg Möllers Zweithandy schien plötzlich zentnerschwer in ihrer Tasche zu liegen. Was sollte sie jetzt tun? Sie musste mit jemandem darüber reden. Sie brauchte Rat und vor allem eine gehörige Portion Trost.

Hannes, schoss es ihr durch den Kopf. Hannes? Ja warum eigentlich nicht? Immerhin war er ja so etwas wie ihr Partner. Mit zitternden Fingern wählte sie seine Nummer, wartete, ließ es klingeln, klingeln, klingeln, bis die Mailbox ranging. Er hatte eine schöne Stimme. Warum fiel ihr das jetzt erst auf? Und warum konnte sie ihn nicht persönlich sprechen? Sollte das die Rache sein, dass sie bis vor Kurzem auch nicht für ihn erreichbar war? Na prima! Verletzt und gleichzeitig wütend starrte sie vor sich hin. Der Piep der Mailbox wartete nun auf eine Nachricht. Nein, sie hatte keine Lust etwas zu sagen. Was denn auch? »Hannes, ich glaub, mein Verlobter hat irgendwie was mit der ganzen Sache zu tun. Ruf mich zurück und übrigens, ich hab diesen Verdacht schon seit ein paar Stunden!« Nein, unmöglich! Schnell legte sie auf. Gut, dann musste sie eben doch wieder alleine arbeiten. Kurz entschlossen wählte sie Georgs Nummer; aber auch er ging nicht ran!

»Ich protestiere aufs Schärfste! Sie können doch nicht die Öffentlichkeit ausschließen!«, klang Rötzers Stimme jammervoll empört zu ihr herüber. »Das geht uns alle an. Hier herrscht Kriminalität ungeahnten Ausmaßes und der Polizeistaat versucht zu vertuschen. Das ist ein Skandal!«

Claudia wunderte sich, ob überhaupt jemand der konservativen Bevölkerung solche reißerisch sozialkritischen Formulierungen verstehen würde. Gott sei Dank gab es in der Redaktion anscheinend einen Lektor, der extra zur Übersetzung von Carstens Beiträgen eingestellt worden war.

»Nö, ich beweg mich jetzt keinen Millimeter von der Stelle!«, kam der trotzige Protest des Journalisten auf eine gemurmelte Anweisung des Kommissars. »Ich kann warten!«

»Kein Problem!«, auch Maus wurde ungewöhnlich laut. »Dann warten Sie mal schön. Wir sind hier sowieso fertig. Sie können sich ja dann mal nützlich machen und den Müll einsammeln, anstatt ihn zu schreiben. Ansonsten steht natürlich meine Einladung zur Pressekonferenz um 17.30 Uhr. Ich würde mich freuen, Sie und Ihren Kollegen vom ›Anzeiger‹ bei mir begrüßen zu dürfen. Schnittchen bringen Sie aber selber mit!«

Bravo, klatschte Claudia im Geiste Beifall und musste wegen Rötzers Gesichtsausdruck grinsen. Doch schnell wurde sie wieder ernst. Schnittchen? So hatte Georg sie manchmal genannt, wenn er besonders liebevoll wurde.

Oh, dieses Schwein! Wie vielen anderen Frauen hatte er diesen Kosenamen gegeben? Vermutlich allen! Er war in diesen Dingen etwas faul und einfallslos. Aber – so kombinierte die Betrogene – in einem bestimmten Falle hieß seine Geliebte vermutlich »Rotkäppchen« und die war minderjährig und jetzt tot! Plötzlich wurde ihr schlagartig klar, wo sie ihren Ex-Verlobten finden würde. Hastig suchte sie die Autoschlüssel und lief zu ihrem Wagen.

82

Der nasse Socken machte ein schmatzendes Geräusch im Schuh, das war nun einmal nicht zu ändern. Hannes sah auf die Uhr. Es war kurz vor drei.

Den Kaffee bei Sybille musste er wohl auf ein anderes Mal verschieben, denn er hatte keine Lust, so bei ihr aufzulaufen. Es reichte schon, dass er jetzt diese arme Frau Klöter mit seinem Gestank belästigen musste. Wenn sie zugänglich und zügig seine Routinefragen beantworten würde, könnte er noch schnell zu seiner Pension fahren und die Schuhe wechseln, bevor er wieder ins Revier fahren wollte. Energisch drückte er die Klingel. Ein schöner Ton – wohl eine Sonderanfertigung – aber nichts rührte sich. Sie war also immer noch nicht zu Hause. Merkwürdig! Vielleicht machte sie mit ihrem Sohn einen Ausflug. Aber warum beantwortete sie die zahlreichen Anrufe nicht? War sie verreist?

Laut Klingelschild bewohnte sie das Erdgeschoss mit Garten. Es könnte nicht schaden, wenn er mal um das Haus ging und nachsah. Als er um die Ecke bog, musste er wieder andächtig innehalten. Ach, war das hier wunderschön!

Auf dem Grundstück standen herrliche, alte Bäume. Er konnte in einem von ihnen ein Baumhaus entdecken – der Traum eines jeden kleinen und großen Jungen. Der Garten war selbst für eine Kleinstadtwohnung bemerkenswert groß. Der gepflegte Rasen wurde lediglich von einem Kanal begrenzt und Hannes konnte eine stolze Entenmutter sehen, die ihren Nachwuchs anführte. Aufgeregt fiepend versuchten die Kleinen, nicht den Anschluss zu verlieren und eine schöne gerade Linie zu halten. Eine dicke Ringeltaube steuerte einen Zweig an, um sich dort vermutlich etwas ausruhen zu können. Jedoch ließ ein einfaches physikalisches Gesetz das nicht zu. Ein hässliches Knacken mit Blätterrascheln verhieß nichts Gutes und der Vogel musste sich empört gurrend einen anderen Landeplatz suchen.

Fast schon etwas aufgeregt öffnete Hannes das kleine Gartentor, um dieses Märchenland zu betreten. Beinahe erwartete er schon, noch ein schlankes, großäugiges Reh zu sehen, jedoch war der Garten leer. Auch auf der Terrasse war niemand. Verwaist stand dort eine Liege. Daneben lag – vermutlich heruntergerutscht – ein Buch. Hannes hob es neugierig auf. »Wie bringe ich die Aggressionen meines Kindes unter Kontrolle?« stand da über einem Foto mit einem wirklich Angst einflößend böse schauenden Knaben. Oh mein Gott, entweder hatte Frau Klöter schon so einen Satansbraten oder er war auf dem besten Wege, einer zu werden.

Ein aufgeregtes Geschnatter riss Hannes aus seinen Überlegungen. Was hatten die Enten denn? Neugierig geworden ging er zum Kanal, wurde aber zwei Meter davor von einem Maschendrahtzaun Marke Gefängnissicherheitshochtrakt aufgehalten. Sonderbar, dass er ihn nicht gleich gesehen hatte. Es lag vermutlich an der grünen Farbe, die sehr dezent mit der Natur verschmolz. Aber warum stand hier so ein Ungetüm? Gab es in dieser Stadt eventuell Einbrüche? Er konnte es sich nicht so recht vorstellen, und auch alle Nachbargrundstücke hatten freien Zugang zum Wasser. Dann war das wohl nur als Schutz für das kleine Kind zu sehen. Ein bisschen übertrieben reagierten die Mütter von heute schon, fand Hannes, revidierte seine Überlegung aber sofort wieder, als er an das Buch dachte. Vielleicht sollten die anderen vor dem Sohn des Hauses geschützt werden.

Die Enten hatten sich beruhigt. Vermutlich war ein Freigeist in der Kinderschar der Grund für die Aufregung gewesen. Hannes schien es fast so, als ob das letzte Entlein etwas schuldbewusst dreinblickte. Er musste grinsen. Abgesehen von dem Zaun war es hier einfach wunderschön.

Ja, so etwas würde er auch gerne mal haben. Für sich und seine zukünftige Familie. Es musste herrlich sein, abends von der Arbeit nach Hause zu kommen, seine Kinder glücklich spielend im Garten zu treffen, während die Frau – eine Mischung aus Claudia Hubschmied und Sybille Möller-Spatz – dem Abendessen seinen letzten Schliff verlieh. Er musste über sich selbst lachen. Manchmal konnte er wirklich sehr altmodisch sein. Egal! Er nahm einen tiefen Zug, als wollte er den Duft des Fantasiebratens einsaugen. Sofort hörte er damit auf. Verflixt, er stank immer noch bestialisch. Er musste sofort diesen Geruch loswerden! Der Kanal wäre ideal für eine intensivere Behandlung gewesen, nur war er eben nicht erreichbar. Genervt drehte Hannes sich um und sein Blick fiel auf ein Kinderplanschbecken, das er vorhin doch tatsächlich übersehen hatte. Vorsichtig blickte er sich um. Kein Mensch war zu sehen. Warum eigentlich nicht? Die Klöters waren nicht zu Hause, sodass die Gefahr, der Junge könnte heute noch hineinhüpfen, sehr gering war. Außerdem – beruhigte Hannes sein schlechtes Gewissen – hatte er hier ja schließlich einen Notfall. Ferner konnte viel Zeit gespart werden, denn er musste nicht extra in die Pension zurückfahren, um sein Schuhwerk zu wechseln. All das waren Argumente, die sehr für seinen Plan sprachen. Es war moralisch vertretbar und so zögerte Hannes nicht länger, ging zum Planschbecken und stellte seinen rechten Fuß hinein.

83

Kommissar Maus brauchte eine Auszeit. Nachdem er alle nötigen Instruktionen gegeben hatte, musste er sowieso auf Ergebnisse warten. Das konnte er auch zu Hause. Kurz entschlossen betrat er um punkt drei Uhr sein kleines, gemütliches Einfamilienhaus, hängte die Jacke auf, ignorierte, dass sie gleich wieder vom Garderobenhaken rutschte, ging in die Küche und öffnete den Kühlschrank. Er musste seinen angespannten Geist mit etwas Süßem beruhigen. Misstrauisch schnupperte er an einem Schälchen, das eventuell Pudding enthalten könnte.

»Iss das ruhig, aber ich glaube, es wird dir nicht besonders bekommen.«

Maus brauchte sich gar nicht umzudrehen, denn er wusste, dass seine Frau hinter ihm stand. Er grinste.

»Was is' es denn diesmal, Inga? Mehlwürmer oder Maden?«

»Gar nicht so übel. Du weißt mittlerweile, was meine geheimen Zutaten sind.«

Sie nahm ihm das Schälchen ab und begann es mit einem Löffel auf seine Konsistenz zu überprüfen.

»Ja, das kann ich jetzt so nehmen«, bemerkte sie zufrieden, ging zur Tür und rief über die Schulter: »Gerhard, nimm dir doch ein Stück Erdbeerkuchen. Kaffee müsste noch warm sein. Ich geh mal kurz zur Raubtierfütterung. Du glaubst gar nicht, was diese kleine Grasmücke für einen Appetit hat. Man könnte fast meinen, dass sie plant, so groß wie ein Adler zu werden.«

Mit einer Tasse Kaffee und einer Kuchengabel bewaffnet setzte Maus sich aufseufzend an den Tisch. Er machte sich gar nicht erst die Mühe, einen Teller zu suchen, sondern stach ein Stück von dem leckeren Kuchen ab, der hübsch drapiert in der Mitte des Tisches stand. Hmmm, köstlich! Der war eindeutig nicht selbst gemacht. Der war bestimmt vom Bäcker Möller. Maus liebte Inga, wie sie war. Ihre nicht vorhandenen Backkünste gehörten dazu und er konnte davon ausgehen, dass auch sie ihn liebte, denn sie hatte trotz ihrer vielen Verpflichtungen als anerkannte Ornithologin und Naturschützerin dennoch Zeit gefunden, ihm etwas Gutes zu besorgen. Genüsslich ließ er den Geschmack auf der Zunge zergehen. Das war tröstlich. Martin, der Ganter, den seine Frau à la Konrad Lorenz aufgezogen hatte, lugte neugierig durch die offene Küchentür.

»Kschksch, verschwinde! Sonst erlebst du Ostern nicht mehr, denn ich bin da flexibel und es muss nicht immer Lamm sein!«

Es war offensichtlich, dass der Kommissar und Martin nicht die besten Freunde waren. Eines Tages, als Maus seine Frau in die Arme genommen hatte, hatte ihm der eifersüchtige Ganter in die Finger gebissen, woraufhin ihm der Kommissar einen heftigen Tritt versetzt hatte. Das Fingerbeißen konnte Maus nicht verzeihen, Martin wiederum nahm ihm den Tritt noch immer übel. Mann und Vogel starrten sich daher jetzt feindselig wie zwei Westernhelden kurz vor dem Showdown an. Der Kommissar gewann und Martin machte sich aufgeregt schnatternd auf die Suche nach seiner Ziehmutter.

»Watschel nur, so schnell du kannst, du alte Petze!«, rief Maus ihm amüsiert nach. Den Gedanken an ein festliches Mahl würde er nicht so leicht aufgeben. Deshalb stach er sich jetzt ein besonders großes Stück von dem Kuchen ab und ignorierte, dass die Hälfte davon beim Transport zu seinem Mund von der Gabel auf den Tisch neben ein Buch fiel. »Aha«, dachte er, »hab ich ja nochmal Glück gehabt. Es wäre schade gewesen, wenn ich auf den schönen Einband gekleckert hätte. «

Er stutzte. Moment mal, das war doch der schöne, alte Märchenband von Fräulein Blum! Den hatte er ja völlig vergessen! Kauend zog er das Buch heran und begann zu blättern.

84

»Warum stehste in meim Planschbecken?«

Eigentlich hatte er es ja irgendwie kommen sehen; dennoch erschrak Hannes, doch so schnell erwischt worden zu sein. Vor ihm hatte sich ein kleiner blonder Junge aufgebaut und blickte neugierig auf seinen Fuß.

»Des darf man nich!«, folgte der altkluge Kommentar. »Des sag ich Mama!«, war die anschließende Drohung.

Hannes stieg schnell aus dem Wasser und wäre fast auf dem Rasen ausgerutscht.

»Deine Mama wird noch dankbar sein, dass ich das gemacht habe!«, knurrte er ungehalten. Zumindest werde ich ihr jetzt nicht mehr die Wohnung vollstinken, fügte er im Geist hinzu. Der Knabe kam ihm negativ bekannt vor und sein letzter Kommentar wertete ihr Treffen nicht gerade auf. Mit gerunzelter Stirn betrachtete er das Kind. Irgendetwas Unberechenbares lag in der Luft. Er sollte sich nicht irren, denn plötzlich und mit einer Schnelligkeit, mit der niemand hatte rechnen können, hüpfte der Junge aus dem Stand in das Planschbecken.

»Nein! Nicht!«

Zu spät! Kichernd lief das Kind im Kreis, spritzte Wasser auf und schien sich nicht an den kleinen, verräterischen Bröckchen und der etwas bräunlichen Farbe zu stören. Angeekelt und zutiefst beschämt blickte Hannes zur Seite. Sollte er unauffällig einfach seiner Wege gehen und vielleicht später einen Kollegen zu dieser blöden Zeugenbefragung herschicken? Nein! Der Ehrenmann regte sich in ihm. Er hatte allein die Konsequenzen zu tragen. Um den Schaden zu begrenzen, musste erst einmal der Junge eingefangen werden.

»Huja, huja!«, rief der mittlerweile begeistert und Hannes wurde schlagartig klar, woher er ihn kannte und nicht besonders leiden konnte.

85

Claudia Hubschmied – auf der Jagd nach ihrem Noch-Verlobten – hatte es sehr eilig, ließ der Einfachheit halber die Autotür offen, rannte zu der Hütte, riss die Tür auf und stürmte in den ersten Stock. Genau so, wie sie es in Erinnerung hatte, lag da das Zimmer; die Lusthöhle des alten Ferkels Josef Möller und für sie jetzt auch eindeutig die Spielwiese von Georg, auf der er sich heimlich mit anderen Frauen amüsiert hatte.

»Schorschi!«, brüllte sie noch etwas atemlos. »Wo steckst nacha du Saubatzi, du dreckada!«

Stille!

»Schorschi, gib's auf! I woas ois! Du konnst di ned vor mir verstecka!«

Nichts!

»Schorschi?!«

Wo steckte er denn? Nervös fuhr sich Claudia mit der Zunge über die Lippen. Das Zimmer war leer. Aber sie wusste genau, dass jemand hier gewesen sein musste. In Hast und Eile war etwas gesucht und vielleicht sogar beseitigt worden. Der Schrank und die große Truhe standen offen, die Schubladen des Nachttischchens waren aufgezogen, einige Sexspielzeuge, die man nur hinter vorgehaltener Hand und unter dem Ladentisch mit schamrotem Kopf in einer Seitenstraße der Landeshauptstadt oder im Internet besorgen konnte, lagen verstreut auf dem Boden.

Aber von Georg Möller keine Spur! Gut, dann war er eben unten. Er musste unten sein und sie hatte ihn in ihrer Hast übersehen. Sein Auto stand schließlich vor der Jagdhütte! In dem dämmrigen Wohnraum stolperte Kommissarin Hubschmied fast über zwei große Koffer, die sie beim Hereinstürmen neben dem Sofa übersehen hatte, aber ansonsten war dort niemand. Verflixt! Wütend stampfte sie auf. Wo konnte er denn sein? Draußen? Ob er sie gesehen hatte und sich irgendwo versteckt hielt? Sie schüttelte den Kopf. Nein, das entsprach nicht seinem Charakter. Georg würde die Auseinandersetzung nicht scheuen. Immerhin war er ein Möller!

Claudia überlegte; dann war er vielleicht nur spazieren gegangen, um einen klaren Kopf zu bekommen, sich zu sammeln, Abschied zu nehmen, weitere Spuren zu beseitigen? Ein grimmiger Zug legte sich auf ihre Lippen. Sie würde seine Fährte schon aufnehmen, er konnte ihr nicht entkommen. Sie würde sich an seine Fersen heften und sie hatte schon so eine ungefähre Ahnung, wo sie zuerst suchen müsste. Sie sah auf ihre Armbanduhr. Fünf nach drei – ihr blieb nicht mehr viel Zeit!

86

»Jetzt komm aber langsam mal wieder da raus!«, ermahnte Hannes den Jungen streng. Er stieß auf taube Ohren. Verflixt! Was sollte er denn jetzt machen? Es war nur eine Frage der Zeit, bis die Mutter auftauchen würde, und diese unmögliche Situation machte aus dem Bild eines seriösen Polizeibeamten eine lächerliche Witzfigur. Vielleicht sollte er sich schnell mal den Ratgeber schnappen und nachschauen, wie man ein renitentes Kind zur Räson bringen konnte?

»Oskar!«

Zu spät!

»Oskar, hör auf damit und geh rein! Sofort!«

Tja, so klang wohl eine Stimme, die alle Oskars der Welt zur Vernunft brachte. Hannes musste es sich noch sehr überlegen, ob er schon bereit für eigene Kinder war.

An der Terrassenschiebetür stand jetzt eine Frau. Das war also Mama Klöter. Hannes folgte dem Jungen und erst, nachdem er die Liege passiert hatte, fiel ihm auf, dass auch er schuldbewusst den Blick gesenkt hatte und die Schultern hängen ließ. Schnell richtete er sich auf und versuchte, mit einem entwaffnenden Lächeln, von der vorangegangenen Szene abzulenken.

»Guten Tag, Frau Klöter. Mein Name ist Hannes Petersen, ich bin von der Kriminalpolizei. Dürfte ich Ihnen ein paar Fragen bezüglich der beiden Mordopfer Heidi Blum und Anni Hintersee stellen?«

Der Anfang war gemacht, nur leider reagierte die Frau nicht. Stoisch beobachtete sie den Jungen, der sich gerade an ihr vorbeidrückte, um ins Haus zu gelangen. Hatte sie ihn denn nicht gehört? Hannes setzte zu einem neuen Versuch an, holte gerade tief Luft, als ihr Zeigefinger hochschnellte, sich an ihre Lippen legte und ihm unmissverständlich bedeutete, still zu sein. Vollkommen perplex tat er ihr den Gefallen. Sah nun zu, wie sie wortlos verschwand und ihn mit seinem Schuh, der triefte und bereits eine Pfütze bildete, einfach stehen ließ. Hannes wartete gespannt. Wenn sie nicht innerhalb von fünf Minuten wiederkommen würde, würde er ihr einfach folgen. Ein Blick auf die Uhr – es war jetzt zehn nach drei – setzte den Startschuss. Zum Glück blieb sie unter der Zeitvorgabe, denn kurz darauf kam sie, beladen mit einem Tablett, auf dem ein Teeservice stand, und lächelte ihn fast schüchtern an.

»Nehmen Sie doch Platz, Herr Hauptkommissar!«

»Nicht Hauptkommissar, Frau Klöter, ich bin nur Kommissar«, korrigierte er freundlich den kleinen Schönheitsfehler. Sie sah ihn verständnislos an.

»Na ja, eines Tages werde ich das vielleicht mal sein …«

Nein, mit dieser schleppenden Konversation ließ sich wirklich kein Blumentopf gewinnen. Verlegen blickte er sich um. Wo sollte er denn sitzen? Auf der Liege? Offensichtlich, denn sie hatte jetzt davor das Tablett abgestellt, sich selbst gesetzt und fing an, Tee in die zierlichen Tässchen zu gießen. Hannes blieb stehen.

»Sie müssen entschuldigen, dass ich Sie nicht reinbitten kann, momentan herrscht dort ein einziges Chaos. Aber heute ist sowieso ein viel zu schöner Tag, um drinnen zu sein, finden Sie nicht auch? Hier bitte, Ihr Tee. Ich hoffe, Sie mögen ihn mit Milch und Zucker?«

Dagegen war nichts einzuwenden und etwas verblüfft, dass sie doch wie ein Wasserfall reden konnte, nahm Hannes die Tasse entgegen. Dieses gastliche Zeichen tröstete ihn über seinen nicht gerade glanzvollen Auftritt hinweg.

Interessiert beobachtete er die Frau. Er hatte sie sich ganz anders vorgestellt. Verhärmter, hagerer und nicht ganz so freundlich. Diese Frau war mollig, schlicht gekleidet und strahlte Wärme aus. Er konnte sich nicht vorstellen, dass sie so etwas wie Ratgeber las. Sie war eher der Typ für Frauenzeitschriften mit vielen Kochrezepten. Aber gute Hausfrau hin oder her, wie war es ihr möglich gewesen, in dieser kurzen Zeit, so einen guten – er sog den Duft ein und nippte – grünen Tee zuzubereiten?

»Ich hatte mir den grad gekocht!«, kam die prompte Antwort auf seine Frage.

Hannes zog eine Augenbraue hoch. Sie war also doch daheim gewesen. Warum hatte sie dann aber nicht geöffnet?

»Na, da hab ich ja wohl Glück gehabt, dass Sie mich dann doch bemerkt haben und jetzt sogar Ihren Nachmittagstee mit mir teilen«, entgegnete er trocken. Die Frau sah ihn einen Augenblick merkwürdig an, senkte dann aber den Blick und zupfte ihren langen Rock zurecht.

Um das eingetretene Schweigen zu überbrücken, nahm Hannes noch einen Schluck, bevor er vorsichtig die Tasse auf dem fragilen Unterteller absetzte. Wirklich sehr gut, aber für seinen Geschmack etwas zu viel Zucker.

»Frau Klöter, ich weiß, dass ich etwas ungelegen komme und ich möchte mich dafür nochmals entschuldigen, aber wir konnten Sie den ganzen Tag nicht erreichen, deshalb bin ich jetzt persönlich …«

»Möchten Sie vielleicht einen Keks?«, unterbrach sie ihn. Hannes – so aus dem Konzept gebracht – musste erst einmal heftig blinzeln.

»Äh, wie bitte?«

»Ob Sie einen Keks möchten? Ich hab sie heute Morgen gebacken.«

Er blinzelte wieder. Irgendwie hatte er das Gefühl, als könnte er nicht mehr so klar sehen. Auch fühlte sich seine Kehle plötzlich so trocken an. Schnell nahm er einen weiteren Schluck.

»Frau Klöter, der Grund, warum ich hier bin, ist, Sie zu Ihrer Beziehung zu Ihrer Babysitterin Fräulein Heidi Blum zu befragen«, fuhr er fort. Warum war er nur so wackelig auf den Beinen? Die Frau war mittlerweile aufgestanden und hatte ihn fürsorglich am Arm genommen. Leise flüsterte sie:

»Warum setzen Sie sich nicht, Herr Hauptkommissar? Sie sehen gar nicht gut aus!«

Schwankend nahm er ihr Angebot an und ließ sich auf die Liege plumpsen. Alles schien sich jetzt zu drehen.

»Frau … Frau Klöter …?«

»Tut mir leid, Ihnen das jetzt sagen zu müssen, aber ich bin nicht Susanne Klöter. Ich heiße Blum, Sandra Blum. Und ich bin Heidis Mutter.«

Erstaunt sah er sie an, bevor ihm endgültig die Sinne schwanden und er wie ein Sack Kartoffeln zusammensackte.

87

Der köstliche Erdbeerkuchen hatte sich schon sehr verkleinert, als Inga Maus, gefolgt von dem Ganter Martin, wieder in die Küche kam. Amüsiert schüttelte sie den Kopf und stellte einen Korb mit den Habichteiern vorsichtig auf das Küchenbuffet. Da ihr Mann offensichtlich zu versunken in seine Lektüre war, um ihr die nötige Aufmerksamkeit zu schenken, nahm sie ihm kurzerhand die Gabel ab und aß den Bissen, den er sich gerade genehmigen wollte.

»He!«, protestierte er und blickte sie im gespielten Vorwurf über die Ränder seiner Lesebrille an. Sie lachte und schluckte schnell runter.

»Nur ein Pirolo frisst solo!«

»Was is' denn das für ein Blödsinn?«

»Ein mir gerade eingefallenes Wortspiel. Es schwingt eindeutig der Humor einer Vogelliebhaberin mit. Haste den Witz verstanden? Auf alle Fälle besser als: ›Ein Sittich knabbert nur für sich!‹ Klingt wie eine Büttenrede. Hm, der ist ja extrem lecker. Da bin ich aber froh, dass ich den gleich viermal gekauft habe.«

»Viermal? Na hör mal, so verfressen bin ich nun auch nicht!«, er nutzte die Gelegenheit und nahm ihr die Gabel wieder ab. »Da brauch ich mindestens vier Tage zu! Hält der sich denn so lange?«

»Wieso halten?«, nun war es an ihr vorwurfsvoll zu blicken. Eine steile Falte bildete sich zwischen ihren Augenbrauen. Maus kannte diesen Gesichtsausdruck nur zu gut. Es war offensichtlich, dass ihm eine winzige Kleinigkeit entfallen war. Er musste jedoch nicht lange warten, bis ihm auf die Sprünge geholfen wurde.

»Gerhard!«, entgegnete sie entgeistert. »Du hast doch nicht etwa vergessen, dass wir morgen unsere alljährliche Frühlingsparty haben?«

Es war nur zu offensichtlich, dass er das hatte! Nervös versuchte er ein kleines Lächeln und konzentrierte sich schnell auf eine Ameise, die im Sprint auf einen Krümel unterwegs war. Mit seinem Zeigefinger versperrte er ihr den Weg und das arme Tier drehte sich hektisch, um gleich eine andere Richtung einzuschlagen. Der Wasserhahn tropfte plötzlich unnatürlich laut und das Ticken der Uhr tat fast in den Ohren weh. Verstohlen sah Maus zu seiner Frau, doch ihr Gesicht war unverändert vorwurfsvoll. Martin sah endlich seine Chance und schnatterte anklagend.

»Raus mit dir!«, schimpfte Inga und Kommissar Maus unterdrückte ein schadenfrohes Grinsen. Jedoch währte sein Triumph nicht lange, denn sofort hatte sich seine Frau wieder auf ihn konzentriert. Sie zog einen Stuhl heran, nahm Platz und sagte mit trauriger Stimme:

»Aber wie kannst du das denn vergessen? Wir planen doch schon seit Wochen? Dieses Jahr habe ich sogar alle Teilnehmer von der Vogelstimmenwanderung eingeladen. Hast du wenigstens den Kollegen Bescheid gesagt?«

Hatte er? Maus überlegte fieberhaft. Er könnte es vielleicht mal am Rande erwähnt haben, aber dann schon vor sehr langer Zeit und sicher war er sich jetzt auch nicht. Seine Frau kannte ihn zu gut, als dass sie einen Sinn darin sah, weiter in ihn zu dringen. Stattdessen legte sie ihm eine Hand auf den Arm.

»Meine Güte, wie dumm von mir. Wir haben uns seit gestern Morgen nicht mehr gesehen. Wir haben kaum Zeit mehr füreinander und ich reg mich wegen so was auf.«

Es hatte einen sehr ironischen Beiklang, aber er konnte es ihr nicht verdenken. Schuldbewusst ließ Maus daher den Kopf hängen, die mittlerweile verzweifelte Ameise in Ruhe und seufzte laut.

»Tut mir leid, Inga«, kam seine zerknirschte Entschuldigung. Das zog natürlich wie immer. Schon viel sanfter lenkte sie ein:

»Hattest wohl einen harten Tag, oder? Extraschicht am Samstag. Seid ihr denn weitergekommen?«

Da war sie wieder, die Frau, die er jederzeit noch einmal heiraten würde; temperamentvoll, verschroben, klug, chaotisch, liebenswert, hübsch und so verständnisvoll. Er sah kurz auf die Küchenuhr – Viertel nach drei, da blieb noch etwas Zeit – und begann dann, Inga von seinem noch lange nicht enden wollenden Arbeitstag zu berichten. Es tat wohl, in ihre intelligenten Augen zu sehen und die ganze Last bei ihr abladen zu können.

88

Vollkommen verschwitzt kam Claudia am verlassenen Waldkindergarten an. Doch sie verlor keine Zeit und schlug gleich den Weg zum Wasserfall ein. Als sie um die Ecke bog, sah sie ihn bereits. Er lehnte an der Absperrung und blickte auf das Wasser. Claudia trat zu ihm. Er sah kurz auf, nickte und starrte wieder in die Tiefe.

»Was glaubst, das du siehst?«, fragte sie.

»Weiß nicht. Vielleicht eine Nymphe, eine Nixe, einen Wassergeist«, kam nach einer Weile die Antwort. »Is' dir jemals aufgefallen, wie da 'ne Art Regenbogen entsteht, wenn das Licht in einem bestimmten Winkel fällt? Siehste jetzt? Dort, wo die Gischt is'?«

Sie tat ihm den Gefallen und beugte sich über das Geländer, um die Stelle besser sehen zu können. Er hatte Recht. Es war tatsächlich wunderschön.

»Du hast mich also gesucht?«

»Und gefunden!«, knurrte sie. Wie hatte sie sich nur so schnell und leicht ablenken lassen können? Mit bösem Blick fixierte sie ihn.

»Du hattest was mit der Kloanen, der Heidi! Stimmt's?«

Er reagierte nicht, was sie noch mehr aufbrachte.

»Du Schwein. Ich hab des Handy gefunden, des du extra für deine geheime Liaison besorgt hast. Du bist Wolf, stimmt's? Ich hab die SMSen gelesen. Ihr trefft euch schon seit Monaten!«

Gleichgültig hob er eine Augenbraue.

»Na und?«

Sie zuckte zusammen. Diese beiden kleinen Worte verletzten sie tiefer, als sie erwartet hatte. Ohnmächtig vor Zorn holte sie aus und schlug ihm ins Gesicht. Er ließ es gleichgültig geschehen, ohne sich zu wehren. Auf seiner Wange zeichnete sich ein hässlich roter Handabdruck ab. Claudia begann schneller zu atmen, aber sie fühlte sich kein bisschen besser. Langsam hob er den Kopf, begegnete ihrem Blick und versetzte ihr den nächsten verbalen Stich.

»Du bist ja so 'ne Perfekte, Claudi. Zu gut für mich! Des hod a mei Vadda g'sogt. Des Madel host fei ned verdient, hod er g'sogt. Wenn die bei dir bleibt, dann host Glück.«

Er strich sich jetzt eine Strähne aus der Stirn und sah wieder einmal trotz seiner Lädierungen fantastisch aus. Claudia merkte, dass sie die Zähne fest zusammengepresst hatte. Es stimmte also doch, wenn behauptet wurde, vor Wut knirschen zu können! Sie konzentrierte daher die Anspannung sofort auf ihre Fäuste, schnell bereit, noch einmal zuzuschlagen. Georg hatte es gemerkt und lächelte nachsichtig.

»Das Gefühl kenn ich. Am liebsten immer feste drauf, oder? Nützt aber nix!«

»Ah, geh, hör auf mit dem Schmarrn. Dein blädes Selbstmitleid und deine Minderwertigkeitskomplexe ziehen bei mir nicht. Du hast mich betrogen, hintergangen, wahrscheinlich nie geliebt. Du wolltest nur deinem Vadda zeigen, dass du nicht ganz so ein Versager bist, wie alle sagen. Na, Prost Mahlzeit. Er wird bestimmt beeindruckt sein, wenn er von dem Madl erfährt. Mein Gott, Schorschi, sie war ja noch ein halbes Kind! Was hast dir nur dabei denkt?«

Er lachte. Es war ein hohles, kaltes Lachen und ließ Claudia schaudern.

»Des Madl? Ein Kind? Na, ich weiß ned so recht. Jung war sie, neugierig und unersättlich! Die war schon auf ihre Weis guad! Die hat alles gemacht, was ich wollt. Du glaubst gar ned, Claudi, was du im Gegensatz für 'ne Langweilerin bist. Mit dir is' nix los. Immer auf die Karriere fixiert und im Bett bist du …«

Den Faustschlag hatte er sich verdient. Sie war zu schnell gewesen und überrascht stülpte er die Hände um die Nase. Das Blut sickerte zwischen seinen Fingern durch. Er taumelte leicht, es schien ihm schwindlig zu werden.

»Dass di ned schamst!«

Georg rutschte langsam am Holzgeländer hinunter, lehnte den Kopf nach hinten, wischte sich mit dem Handrücken das Blut unter der Nase weg und schloss die Augen. Beide schwiegen eine Weile, nur das Rauschen des kleinen Wasserfalls war zu hören. Dann schaute er mit einem gequälten Blick zu ihr auf.

»Fühlst dich jetzt besser?«

Claudia schüttelte den Kopf. Ihr ging es miserabel.

»Du bist das Allerletzte, du Scheißkerl!«, stieß sie hervor. Sie beherrschte sich, ihn jetzt nicht auch noch zu treten und ging in die Hocke, um mit ihm auf Augenhöhe weiterzusprechen.

»Ich muss dich hiermit informieren, dass in deinem Falle Tatverdacht besteht. Hiermit nehme ich dich – Georg Josef Möller – wegen … wegen …«, sie überlegte schnell und wagte den Schuss ins Blaue: »Wegen des Mordes an der Praktikantin Heidi Blum fest. Du kannst sogar schweigen, aber ich rat dir: Mach liaba 's Mei auf!«

Energisch versuchte sie ihn jetzt mit sich hochzuziehen, denn sie wollte es so schnell wie möglich hinter sich bringen, wollte den Abschluss, wollte endlich wieder ihr Gleichgewicht, ihr Leben zurück. Dass dies keine so gute Idee war, merkte sie, als kleine Lichtblitze vor ihren Augen auftanzten, gefolgt von einer kurzen Schwärze. Verflixt, der Kreislauf. Sie hatte wieder den ganzen Tag zu wenig gegessen, nur Kaffee getrunken und der Kater war offensichtlich auch noch nicht ganz auskuriert. Blind griffen ihre Hände ans Geländer. Nur ein paar Sekunden, dann konnte sie fortfahren.

»Na, geht's dir nicht gut?«, klang Georgs höhnische Stimme ganz nah.

Sie zuckte zusammen. Viel zu schnell war er aufgestanden und hinter sie getreten. Seine plötzliche Nähe machte ihr Angst. Sie spürte die Gefahr, die von ihm ausging.

»Ich sag dir jetzt mal was. Obwohl du wirklich auf ganzer Linie in unserer Beziehung versagt hast, biste als Bulle wirklich gut. Woher weißt du, dass ich die Schlampe …«, er verstummte. Die Katze war aus dem Sack.

»Was?«, flüsterte Claudia Hubschmied entsetzt.

Obwohl sie als ehrgeizige Polizistin hätte begeistert sein müssen, den Fall Heidi Blum so unerwartet geklärt zu haben, wurde ihr stattdessen schlecht. Damit hatte sie nicht gerechnet. Sie hatte ihn verdächtigt und gehofft, in Georg den Drahtzieher der Erpressungsgeschichte zu finden, oder zumindest durch seine Aussage etwas Licht und Schwung in die Ermittlungen zu bringen, aber dass er tatsächlich der Mörder sein sollte, war für sie ein unerwarteter Schock. Sie schloss die Augen. Was sollte sie jetzt tun?

Schnell, zu schnell und daher für sie total überraschend, ergriff er die Initiative und riss ihre Dienstwaffe aus dem Holster. Erschrocken versuchte Claudia sich umzudrehen, ihm ihre geliebte P7 wegzunehmen, aber da hatte er sie schon von hinten gepackt, an sich gepresst und nach vorne über das Geländer gedrückt.

»Schorschi!«, schrie Claudia entsetzt. »Schorschi, mach jetzt keinen Blödsinn.«

Ihr wurde schwindlig. Zu tief ging es runter. Nein, das konnte er doch nicht tun? Rasend überschlugen sich ihre Gedanken. Ihr fiel keine Lösung ein und sein teuflisch irres Lachen steigerte ihre Panik noch.

»Du hast es also gar nicht gewusst?«, flüsterte Georg wütend und sog hörbar die Luft ein. Schon wieder hatte sie es geschafft. Ob bewusst oder unbewusst, ihr starker Charakter, ihre Geradlinigkeit und ihre manchmal sehr selbstgerechte Weltanschauung hatten ihn im Laufe ihrer Beziehung nicht zum ersten Mal zu unüberlegt trotzigen Handlungen und Äußerungen getrieben. Tja, und diesmal war er direkt ins offene Messer gelaufen. Mit einem Ruck zog er sie wieder ein Stück zurück, hielt ihr die Waffe vor die Nase und warf diese dann im hohen Bogen in den Abgrund. Mit einem Plumps landete sie in einem Gebüsch neben dem Wanderpfad und Claudia blickte wehmütig auf die Stelle. Wenigstens war ihr Baby nicht im Wasser gelandet, aber sofort schalt sie sich wegen dieses dummen Gedankens, denn sie würde gleich auch diesen Weg gehen, wenn es ihr nicht gelang, ihn zu beruhigen. Sie bekam fast keine Luft mehr, konnte die Arme nicht bewegen, da er ihre Handgelenke festhielt und sie schon wieder gegen die Absperrung drückte. Obwohl sie es nicht wollte, traten ihr doch die Tränen in die Augen. Ob aus Angst, Enttäuschung oder Wut konnte sie nicht sagen, vermutlich war es von allem etwas. Auch ein Schluchzen konnte jetzt nicht mehr zurückgehalten werden. Sofort lockerte sich Georgs Umklammerung ein wenig.

»Claudi, nimm's doch mit dem Seitensprung nicht so tragisch. Ich hab halt was zum Spielen gebraucht. Und wenn's dir ein Trost is', dann sag ich gleich, dass die Heidi ein regelrecht hinterhältiges Miststück war und sie hat's auch verdient, zu sterben. So was könn mer hier nicht brauchen!«

War er jetzt vollkommen irre? Eigentlich sollte sie die Rolle des ängstlichen kleinen Mädchens weiterspielen, aber dafür hatte sie einfach kein Talent. Zu dumm war seine Erklärung und daher erwiderte sie bissig: »Schorschi, wenn da so jeder denken tät, dann tät keiner mehr in dieser Stadt leben. Also, hör auf, so 'nen Schmarrn zu verzählen. Sag mir einfach, warum? Warum warst so wütend auf des junge Madl, dass du sie hast umbringen müssen?«

Er sagte eine Weile nichts, schien zu überlegen, lehnte dann seine Stirn gegen ihren Hinterkopf. Claudia spürte einen Würgereiz. Am liebsten hätte sie sich jetzt übergeben, aber sie riss sich zusammen, starrte auf die wunderbare Landschaft vor sich, in den Himmel, konzentrierte sich auf eine hübsche, weiße Wolke, die zart, leicht und langsam vorbeizog, wurde dadurch wieder ruhiger und sprach leise weiter: »Schorschi, jetzt kimm. Des bist doch ned du. So kenn i dich ned. Also, sag schon, warum du's g'macht hast?«

Er schwieg immer noch. Aus einem nahen Busch stimmte ein Vogel ein Lied an. Ein Eichhörnchen sprang elegant und rekordverdächtig von einer Fichte zur anderen. In der Ferne bellte ein Hund. Eine kleine Eidechse huschte über ein paar Steine und verschwand raschelnd im Laub. Es war kaum mehr auszuhalten. Claudia versuchte vorsichtig, ihre Hände zu befreien, doch sofort drückte er wieder fester zu. Er war schlau, denn instinktiv knickte er gleichzeitig ihre Kniekehlen ein, damit auch hier keine Möglichkeit bestand, sich durch einen Tritt zu befreien. Verflixt, fluchte die Kommissarin innerlich. Er würde es tun. Er würde sie gleich, ohne mit der Wimper zu zucken, den Wasserfall hinunterstoßen. Sie hatte keine Chance und das war so unfair!

»Weißt, was ich vor ein paar Tag in der Schublad von meim Vadda gefunden hab?«

Erleichtert atmete Claudia auf. Er hatte sich also entschlossen, mit ihr zu reden. Vielleicht bestand doch noch etwas Hoffnung?

»Einen Brief! Einen Erpresserbrief. Wahrscheinlich wisst ihr auch schon längst, dass da jemand war, der an mein Geld, mein Erbe wollt. Du verstehst scho, dass man das nicht tolerieren kann.«

Sie nickte leicht und er fuhr fort.

»Den Vadda hab ich drauf angesprochen und der hat gesagt, ich sei zu bläd, um da was zu machen. Ich sollt des amoi ihm und einem Profi überlassen. Des wird scho wieder!«

Ja, schoss es Claudia durch den Kopf, das klang eindeutig nach einer klaren Anweisung des Semmelkönigs. Unsensibel delegierte er alles um sich herum und ließ seinen Sohn, wie so oft, spüren, dass er nichts von ihm hielt. Eigentlich konnte Georg ihr leidtun, denn er hatte in den Augen seines Vaters nie eine Chance gehabt.

»Er hat mir nie was zugetraut!«, fasste Georg ihre Gedanken in Worte. »Aber diesmal sah ich eine Gelegenheit, ihm zu beweisen, dass i doch nicht so ein Versager bin«, er lachte bitter und fuhr fort. »Ich bin heimlich zu dem Treffpunkt gegangen und da hab ich sie gesehen, diese kleine Schlange, wie sie das Geld geholt hat. Dieses kaltblütige Miststück, diese gierige Natter, diese …«

»Du hast dir also gedacht, dass du endlich die Aufmerksamkeit und das Lob von deim Vadder kriegst, indem du sie umbringst?«, viel zu schrill klang ihre Stimme und Claudia musste sich eingestehen, dass diese Anspannung nicht mehr lange zu ertragen war. Sie versuchte, sich gegen ihn zu stemmen, sodass sie wenigstens ihre Knie wieder durchdrücken konnte, aber er rührte sich nicht. Wie ein unerbittlicher Fels stand er hinter ihr. Ein leises Lachen erklang. Die Beichte schien ihm Spaß zu machen.

»Eigentlich war's ein bissel anders.«

So kam sie nicht weiter. Sie musste einen anderen Weg finden, musste ihn dazu bringen, dass er sich entspannte, wieder etwas Vertrauen zu ihr fand und dabei endlich seinen Griff lockerte.

»Wie war's denn, Schorschi?«, leidlich gelang ihrer Stimme der Klang einer verständnisvollen Vertrauenslehrerin. »Es war nur ein Unfall, nicht? Du hast's nicht so gemeint, du wolltest nicht …«

Sein böses Lachen ließ sie sofort verstummen. Jetzt gewann die Panik wieder Oberhand. Sie versuchte sich aus seinen Armen zu winden, doch sie hatte keine Chance und Georg hielt sie jetzt – immer noch lachend – noch fester an sich gepresst.

»Schorschi! Hör auf! Du tust mir weh!«, flehte sie verzweifelt.

»Ich schmus doch nur!«

Irgendwo in seinem Inneren war ein Schalter umgelegt worden – wahrscheinlich während des Mordes an Heidi. Er war nicht mehr berechenbar, hatte nichts mehr zu verlieren, würde wie ein wütender kleiner Junge alle anderen Sandburgen zerstören. Claudia sah für sich nur noch eine Möglichkeit aus dieser Situation lebend herauszukommen: Sie musste ihn beruhigen, ihn wieder halbwegs auf Kurs bringen und dazu durfte sie ihn auf keinen Fall spüren lassen, welche Todesangst sie vor ihm hatte.

»Ja, schmusen is' immer guad!«

Etwas Besseres fiel ihr im Moment nicht ein, aber vielleicht erinnerte es ihn an vergangene glückliche Tage. Sie sollte Recht behalten. Er entspannte sich, seine Arme wurden etwas lockerer, er rieb seinen Kopf an ihrer Schläfe. Der metallene Geruch von Blut stieg ihr in die Nase, ihr wurde übel.

»Ach, die Heidi, eigentlich is' es schad um sie. Wir hatten immer eine unglaublich tolle Zeit.«

Sehr gut, schoss es Claudia Hubschmied durch den Kopf, er wurde nostalgisch. Schöne Erinnerungen führen bekanntlich zu Entspannung; das wusste jeder, auch ohne vorher einen Yoga-Kurs gemacht zu haben. Aber wollte sie das wirklich hören? Sie musste! Schwer – als wolle sie sich vertrauensvoll an ihn kuscheln – lehnte sie sich abermals zurück. Ja, es funktionierte. Er schwankte leicht nach hinten; sie kamen etwas von der Absperrung weg, sie konnte wieder halbwegs stehen.

»Das glaub ich auch. Sie war bestimmt eine ganz Liebe!«, fuhr Claudia fort. Jetzt kicherte er, aber sie achtete nicht mehr darauf, denn schon wieder hatte sie ein paar Millimeter gewonnen.

»Wie war des dann gestern? Erzähl mal!«, und abermals hatte sie etwas mehr Platz.

»Tja, was willste wissen?«

»Alles, erzähl mir alles.«

Fieberhaft überlegte sie, ob es schon möglich war, mit einem Tritt gegen sein Schienbein den Befreiungsschlag zu wagen. Nein, noch war es zu früh!

»Nun!«, flüsterte er genüsslich. »Ich hab sie auf dem Weihnachtsmarkt kennengelernt. Da hat sich das kleine Luder mir an den Hals geworfen. Süß war sie, wirkte so unschuldig und war dann doch für alles zu haben. Wir haben uns dann immer heimlich getroffen, wenn du mit deinen Bullenfreunden unterwegs warst. Deine Schießübungen, dein Stammtisch, deine Fortbildungen waren ideal.«

Er begann in seliger Erinnerung zu lachen.

»Du siehst scho, du hast mich ganz schön vernachlässigt! Mich hat's gewundert, dass du uns nicht eher auf die Schliche gekommen bist. Spätestens als wir dann zusammengezogen sind, hab ich damit gerechnet. Aber du hast ja gar nix gespannt! Dafür hätt uns fast einmal ihr dämlicher Bruder erwischt, als ich sie nach Haus g'fahrn hab. Aber der Idiot hat mich nicht erkannt. Und wir haben weitergemacht mit unserem fantastischen Sex, mein Schnittchen. Ned so ein lauer Standard wie bei uns. Wild war's und hemmungslos.«

Er wagte es doch tatsächlich, jetzt an ihrem Ohr zu knabbern. Claudia erschauderte vor Ekel und er lachte wieder.

»Du weißt schon, diese Rollenspiele, die du ned mogst. Die Heidi war da voll dabei.«

»Des kann ich mir ned vorstellen. Deine perversen Wünsch hat die dir erfüllt?«

»Claudi, Claudi, des, was ich dir damals vorgeschlagen hab, ham die Heidi und ich schon lang hinter uns gelassen. Wir warn schon ein paar Stufen weiter. Hättest du auch alles haben können, aber du wolltst ja ned!«

»Du meinst, ihr habt da Märchen nachgespielt?«

»Genau so isses«, klang es rau.

Er vergrub sein Gesicht in ihrem Haar, schlang die Arme wieder fester um sie. Dass er dabei etwas ins Schwanken kam, war eine Katastrophe, denn dadurch schob er sie erneut nach vorne und Claudia wurde abermals gegen das Geländer gepresst, das zu allem Übel jetzt auch noch anfing, boshaft zu knarren. Im Geiste fluchte sie laut und verdammte gleichzeitig alle Naturschützer, die durchgesetzt hatten, die Absperrung nur mit organischem Material zu bauen. Im Augenblick wäre wenigstens eine solide Stahlkonstruktion ein kleiner Trost gewesen.

»Hmmm, du riechst so gut.«

Jetzt war es amtlich, schoss es ihr durch den Kopf. Georg Möller hat völlig den Verstand verloren. Was sollte sie nur tun? Er war zu unberechenbar. Sie konnte ihre Impulse kaum mehr beherrschen; am liebsten wäre sie in Tränen ausgebrochen, hätte in Panik um sich geschlagen und dabei hysterisch um Hilfe gerufen. Ein Blick in die Tiefe vor sich war auch nicht gerade hilfreich. Dort unten hatte das Rotkäppchen gelegen und wenn sie sich nicht bald befreite, würde sie dessen Schicksal teilen müssen. Das Geländer knarzte wieder hässlich. Konzentration – schalt sie sich – Konzentration, und zwar schnell! Was hatte er eben gesagt? Er mochte den Duft ihres Haares? Warum nicht! Dann würde sie jetzt eben mit ihm über Pflegeprodukte plaudern.

»Ja, ich weiß doch, dass des Shampoo dir so gefällt!«

Wunderbar, ihre Stimme hatte kaum gezittert. Jetzt musste sie nur noch einen Hauch Erotik draufpacken.

»Schorschi, du hast mich da jetzt neugierig gemacht. Wie habt's denn die Märchen so gestaltet?«

Er seufzte etwas wehmütig: »Hm, wir haben sie so nach und nach durchgearbeitet. Schneewittchen war der Burner. Ich glaub, ich hab einen leichten Hang zur Nekrophilie. Sag des aber keinem, gell! Ich muss da an meinen guten Ruf denken!«, er kicherte heiser. »Des letzte war Rotkäppchen. Die Heidi mi'm Cape und Strapsen und ich als Wolf.«

Die Erinnerung an seine heißen Spiele hatte ihn abgelenkt. Sein Griff lockerte sich wieder etwas, Claudia bekam fast wieder Luft. Hoffnung keimte in ihr auf. Diesmal musste es klappen!

»Klingt super!«, kam ihre mechanische Antwort, aber Georg fiel nicht auf, dass sie mit den Gedanken ganz woanders war, denn auch er befand sich jetzt wieder im Schlafzimmer der Jagdhütte. Einen Augenblick sagte niemand mehr etwas. Claudia versuchte, mit langsamen Bewegungen ihre Schultern nach hinten zu drücken, um dadurch den nötigen Freiraum für ihre Füße zu bekommen. Sofort schnaubte Georg ungehalten. Erschrocken nahm sie schnell den Faden wieder auf.

»Erzähl weiter«, ermunterte sie ihn.

»Ich hab sie genommen, wie ich's noch nie tat«, berichtete er leise. »Sie hat es verdient, die Mistkuh! Aber keine Sorg, ihr hat's gefallen.«

Ja, das war gut. Die Gedanken an seine Gespielin lenkten ihn wieder etwas ab. Claudia streichelte sanft mit ihrem Daumen über seinen Unterarm. Erstaunt sog er die Luft ein. Die Überraschung über diese plötzliche Zärtlichkeit führte dazu, dass er sich einige Sekunden versteifte. Claudias Handgelenke wurden wieder schmerzhaft zusammengepresst, aber sie hörte nicht auf, was sich auch gleich bezahlt machte, denn er fing an, es zu genießen. Innerlich jubelnd, doch noch seine Schwachstelle gefunden zu haben, säuselte sie: »Erzähl weiter! Das macht mich irgendwie an!«

»Wirklich?«, seine Stimme klang etwas misstrauisch, aber Claudias Streicheleinheiten verfehlten auch weiterhin nicht ihre Wirkung.

»Ihr hat's also gut gefallen?«

Selbst erstaunt über den Erfolg und ihr unerwartetes Schauspieltalent, packte sie noch einen obendrauf, indem sie nun ihren Kopf an seinem Hals rieb. Er stöhnte leise.

»Und wie, Schnittchen, und wie. Du hätt'st des alles auch mal mit mir machen solln.«

Claudia erstarrte. Verflixt, jetzt war sie doch etwas zu weit gegangen.

»Hast du ihr denn nicht auf den Kopf zu gesagt, dass du alles von der Erpressung weißt? Dass sie dir dein Erbe stehlen wollte?«, lenkte sie schnell das Gespräch in eine andere Richtung.

»Logo. Als wir fertig waren und sie zufrieden wie ein Kätzchen schnurrte, hab ich sie zur Red gestellt. Wollt wissen, warum sie des gemacht hat.«

Weiter so, feuerte ihn Claudia im Geiste an. Er wurde immer unkonzentrierter.

»Weißt, was der Fratz gemacht hat?«, die Erinnerung daran machte seine Stimme rau und bitter. »Sie hat mich ausgelacht, hat gesagt, dass ich ein Schlappschwanz wär und ich es verdient hätt, zu bluten! Tja, und dann bin ich selbstverständlich ausgerastet. Ich wollt sie schlagen, schütteln und ...«

»Umbringen?«, vollendete Claudia.

Seine Hände hatten sich mittlerweile so gelockert, dass sie es jetzt eigentlich hätte wagen können, aber plötzlich war sie unfähig, etwas zu tun. Seine Worte erschütterten sie. Das war nicht mehr Georg! Das hier war ein vollkommen fremder, wahnsinniger Mann.

»Mei, ja. Aber da war sie selbst Schuld dran. Sie ist weggelaufen, schreiend in den Wald is' sie gelaufen. Aber ich hab sie eingeholt, das Biest. Hier, genau hier war Ende, Finito, Aus!«

»Du hast sie also hier erwischt, ein kleines Tänzchen, wie jetzt mit mir, gemacht und dann in den Abgrund geschubst?«

Er lachte böse.

»Schnittchen, das Tänzchen, wie du es grad so schön beschreibst, war auch mit ihr ein bisschen leidenschaftlicher!«

»Ach, ja?«, knurrte sie und sein Lachen wurde eine Spur amüsierter.

»Ja, meine Süße.«

»Das liegt daran, mein SÜSSER, dass ich noch gar nicht angefangen habe!«

Blitzschnell rammte sie ihre Ellbogen nach hinten, ergriff gleichzeitig seinen rechten Unterarm, drehte sich und riss ihn mit ihrem Schwung um. Sie war frei und er hatte nichts dagegen tun können. Zu erstaunt, um den Schmerz zu fühlen, sah er zu, wie sie nach hinten abrollte, sich umdrehte und am Ende der kleinen Plattform elegant wie eine Katze auf die Füße sprang, während seine Hände ins Leere griffen.

»Du kleines Miststück!«, knurrte er anerkennend und stand ebenfalls auf. Mit lauerndem Blick und sprungbereiter Haltung verfolgte sie jede seiner Bewegungen. Sie war zu allem bereit und Georg wusste das, denn so gut kannte er sie. Langsam umkreisten sie sich. Georg war natürlich körperlich etwas im Vorteil, doch Claudia hatte nicht umsonst ihre Freizeit mit Kampfsport verbracht.

»Schorschi, gib halt auf! Des hat doch keinen Sinn!«, versuchte sie ihn zu überzeugen, doch er schüttelte nur den Kopf.

»Vergiss' es! Für mich gibt's kein Zurück. Entweder du oder ich!«

»Schon klar, aber vergiss' du mal nicht, dass du schon einen Doppelmord auf dem Gewissen hast. Deine Lage verschlechtert sich zusehends!«

»Was willste damit sagen?«, sein Erstaunen war echt. Einige Sekunden schien er zu überlegen, dann lachte er leise. »Du willst mir doch jetzt nicht auch noch diese Kuh Anni auf's Auge drücken! Nein, nein, damit kommste nicht durch. Mit der hab ich nun wirklich nix zu schaffen! Für die Tatzeit hab ich bekanntlich auch noch ein Alibi: Ich war beim Frühschoppen auf dem Frühlingsfest! Schon vergessen? Gerauft hab ich und war dann sogar noch bei euch auf der Wache! Naa, lass mich bloß damit in Frieden!«

Es wäre auch zu schön gewesen, dachte Claudia.

»Aber wenn du mir jetzt was antust, dann wären es wieder zwei! Du machst es also nur noch schlimmer. Sie werden dich erwischen, das is' sicher!«

»Wer sind sie? Deine hirnverbrannten Kollegen? Ich glaub, bis die das spannen, bin ich schon längst in Österreich und von dort aus geht's ab ins richtige Ausland. Claudi, du denkst zwar immer, ich bin ein Verlierer, aber so bläd bin ich auch nicht. Ich hab mir scho lang ein Bankkonto auf den Kaimaninseln zugelegt und ich kann's kaum erwarten, dort ein neues Leben zu beginnen.«

»Oho, doch so weit? Na für jemanden, der nicht über Italien rausgekommen is', is' das ja absolut exotisch! Ich hoff, du hast schon alle nötigen Impfungen machen lassen.«

Eigentlich wollte sie weiterreden, ihn mürbe machen, provozieren, vielleicht sogar doch noch zum Aufgeben überreden, aber ein kleiner, hinterhältiger Stein kam ihr sprichwörtlich in die Quere. Gerade noch hatte sie ihn unter ihrer Fußsohle gespürt, wusste aber sofort, dass das gar nicht gut war und versuchte in letzter Sekunde, eine neue Position einzunehmen. Das machte aber alles noch viel schlimmer. Durch die kleine Anhöhe bedingt, begann er sich zu lockern, kam ins Rollen, genau in dem Moment, in dem sie das Gewicht verlagern wollte. Sie strauchelte, kämpfte mit dem Gleichgewicht, fing sich sofort wieder, doch Georg hatte genau diese Millisekunde gereicht, um sich auf sie zu stürzen.

Das Geplänkel war vorbei, der Kampf um Leben und Tod begann. Er hatte sie am Hals gepackt und hochgehoben als würde sie nichts wiegen. Verzweifelt versuchte Claudia, seine Finger zu lösen. Wie eine Schlenkerpuppe wurde sie herumgeschleudert. Ihre Füße traten in die Luft. Einmal, zweimal – jetzt hatte sie endlich sein Schienbein getroffen, ohne Erfolg, das Atmen fiel ihr schwer –, dreimal – schon wieder daneben.

Er macht es nicht richtig, versuchte sie sich zu beruhigen. In der medizinischen Fortbildung hatte sie gelernt, dass man am besten … Verflixt, was tat sie denn da? Er war kurz davor, wenn auch unfachmännisch, dafür aber umso brutaler, ihr den Kehlkopf einzudrücken und ihr fielen dazu nur Vorträge ein, wie man das Opfer schneller und eleganter ins Jenseits befördern konnte. Der plötzliche Schmerz an ihren Oberschenkeln ließ sie sich endlich wieder auf das Wesentliche konzentrieren. Sie waren also am Geländer angekommen, und nun taten sich zwei Möglichkeiten für sie auf: erwürgt zu werden – bald würde sie das Bewusstsein verlieren – oder in die Schlucht zu stürzen. Natürlich wäre auch beides gleichzeitig drin. Mit letzter Kraft stemmte sie sich gegen die Absperrung, ließ seine Hände los, holte aus, traf Georg auf das verletzte Auge, und wie durch ein Wunder schien er doch noch etwas fühlen zu können, denn sein Griff lockerte sich. Hustend und würgend sog Claudia endlich wieder Luft ein, bevor er wieder zudrücken konnte.

Sie hatten sich gedreht. Jetzt stand er Richtung Abgrund. Schnell rechnete sie sich ihre Chancen aus. Sie waren gering, aber trotzdem …? Auch wenn Claudia ein Mensch war, der Routine nicht besonders mochte, blieb sie bei der bewährten Methode und versuchte noch einmal das Auge zu treffen. Er hatte jedoch damit gerechnet, fing die kleine Faust ab, schien sie zerquetschen zu wollen, hielt den Hals immer noch mit der Linken fest und starrte sie hasserfüllt an.

»Du miese, kleine Hure!«, zischte er. Alle Kraft war schlagartig aus ihrem Körper gewichen.

Das war es dann wohl, schoss es ihr durch den Kopf, sie war nicht mehr sein Schnittchen und gleich auch tot. Er würde jetzt zudrücken und sie runterwerfen. Vielleicht schaute er noch einmal nach, ob sie wirklich hinüber war – sie war sich jedoch sicher, dass dazu keine Notwendigkeit bestände, denn ihre Lunge und ihr Herz fühlten sich an, als wollten sie zerbersten. Bei Heidi hatte er zwar noch einmal nachhelfen müssen, aber nun hatte er eindeutig Übung.

Claudia würgte, röchelte, versuchte noch einmal, mit der freien Hand ihre Kehle zu befreien, gab auf und wartete auf schöne Bilder aus ihrem Leben, die sie die letzten Sekunden begleiten sollten, doch stattdessen musste sie weiterhin in das Gesicht dieses Irren blicken. Gab es etwa noch Hoffnung? Sie hörte ein Bellen. Ja, gleich würde sie sich verabschieden und einen Hund, den sie sich schon als Kind immer gewünscht hatte, sehen. Sogar dreidimensional! Cool, dachte sie, als plötzlich ein schwerer Körper heranschoss und Georg nach hinten riss, von ihr fort. Er musste sie loslassen, sie fiel zu Boden, schnappte nach Luft, fühlte ein Brennen in der Kehle, sah den großen Schatten, der ihren Angreifer zähnefletschend nach hinten drängte, hörte das Splittern von Holz, den Schrei und dann wurde ihr schlecht und schwarz vor Augen.

89

»Du glaubst also, dass das alles zusammenhängt?«, fragte Inga Maus ihren Mann.

»Unbedingt. Der Möller wurde erpresst, die Geldbotin ermordet und Anni Hintersee war durch ihren Fund unfreiwillig in die Sache reingeraten. Ob sie tatsächlich etwas gewusst oder geahnt hat, bleibt mal dahingestellt, denn soweit sind wir noch nicht. Fakt ist: Sie war eine Gefahr und wurde beseitigt, und das ist der Wendepunkt. Es ist anzunehmen, dass der Kopf der Erpresserbande durchgedreht ist. Vom Charakter her eine Person, die gern die Kontrolle hat, warf er sich durch diesen ungeplanten Mord selbst aus der Spur. Wir nehmen an, dass Möller in Wien angerufen wurde, denn er wollte eigentlich erst heute Nachmittag hier sein. Aber er ist ja mitten in der Nacht aufgebrochen. Wahrscheinlich haben sie ein kurzfristiges Treffen vereinbart. Es sieht so aus, als ob hier ganz schnell alle Zelte abgebrochen werden sollten. Jemand wollte offensichtlich das letzte Geld aus ihm herausholen und dieser jemand hatte ein wirklich gutes Druckmittel!«

»Noch mehr Geld? Woher weißt du das?«, warf Inga ein. »Der arme Möller! Und dann noch so kurzfristig? Ich mein, heute haben wir Samstag. Er hatte bestimmt keine Möglichkeit, mehr als ein paar Tausender vom Konto abzuheben.«

»Sehr gut mitgedacht! Man merkt, du bist mit Leib und Seele die Frau eines Polizisten!«, Maus nickte ihr anerkennend zu. »Tja, und die Sache mit dem Geld? Ich hatte da so einen Verdacht, dem wir dann nachgegangen sind. Mit der Hilfe von Möllers Schwiegersohn konnten wir seine österreichischen Geschäftspartner erreichen. Zwei seiner Spezl sagten aus, dass er sich tatsächlich etwas von ihnen geliehen hat. Ist schon praktisch, wenn man einen Safe in der Villa hat, oder? Da man in diesen Kreisen nicht darüber spricht, nahmen die Herren an, dass Möller gerade an einem schnellen, lukrativen und nicht gerade legalen Geschäft interessiert gewesen sei. Daher bekam er den gewünschten Betrag, ohne unangenehme Fragen beantworten zu müssen.«

»Hm, so läuft das also bei denen und unsereiner muss sich bis auf die Unterhose durchleuchten lassen, um mal einen Kredit zu bekommen«, Inga schüttelte nachdenklich den Kopf. »Gut! Und nun zurück zu deinen Fällen. Bis dahin finde ich deine Folgerungen zu dem Täterprofil durchaus logisch. Aber wenn wir hier so einen Kontrollfreak haben, warum wurde der Bäckermeister dann überfallen und verschleppt? Warum wurde nicht einfach das Geld genommen und ein Flug ins Ausland – in ein neues Leben – gebucht? Der ganze Tathergang ist ein einziges Desaster. Alles ist aus dem Ruder gelaufen. Das sieht für mich eher wie eine emotionale Überreaktion aus. Das Geld spielte mittlerweile nur noch eine untergeordnete Rolle. Da steckt mehr dahinter. Das hier ist etwas Persönliches!«

Nachdenklich blickte Maus seine Frau an. Ihr Argument hatte etwas für sich. Das würde auch die Hast erklären, mit der Anni aus dem Weg geräumt wurde. Die kleine Ameise hatte mittlerweile unter großer Anstrengung damit begonnen, den Kuchenkrümel über den Tisch zu ziehen.

»Ich suche schon die ganze Zeit nach einem plausiblen Motiv, warum Heidi umgebracht wurde«, spann Inga den Faden weiter. »Ich mein, sie war doch fester Bestandteil des Teams und durchaus nützlich, oder?«

»Ja, an diesem Punkt setzt meine zweite Überlegung an. Ich glaube auch nicht, dass sie von der Erpresserbande umgebracht worden ist. Da muss was parallel gelaufen sein. Ihr Tod hat etwas Privates, etwas Leidenschaftliches, etwas Unmoralisches. Sie hatte schließlich dieses alberne Rotkäppchenkostüm an.«

Er lachte leise und Inga blickte überrascht auf.

»Der Doktor hat mir erzählt, dass sie drunter nur äußerst delikate Wäsche trug.«

Jetzt stutze er. Warum blickte sie ihn so merkwürdig an? Als ob er damit gerade indirekt etwas hätte sagen wollen. Sie glaubte doch nicht etwa, dass er auch auf so etwas stand? Maus wurde dunkelrot und Inga begann loszuprusten.

»Gerhard, wirklich …«

Sie hatte tatsächlich die Unverschämtheit, ihn auszulachen! Schlimmer noch, es wurde ein richtiggehender Anfall. Tränen liefen ihr die Wangen hinunter, sie musste Luft holen, aber ohne großen Erfolg, denn schon wieder begann sie zu lachen.

»Inga, wirklich. So was ist nicht komisch!«

»Doch …«, japste sie und versuchte sich zusammenzureißen. »Aber wenn du möchtest, werd ich auch mal so was anziehen …«

»Jetzt komm schon, Inga. So können wir den Fall nicht lösen, wenn du ständig rumkicherst.«

90

Ercan Acar war sichtlich genervt. Ausgerechnet heute, als seine Frau allein im Laden war, weil sein Schwager dem Onkel in der Dönerbude aushelfen musste, forderte die Polizei Hilfe an. Er war gezwungen, mit den Beamten Krautschneider und Schuster in Josef Möllers Arbeitszimmer auf einen eventuellen Anruf der Erpresser zu warten, während Elif vermutlich gerade ihre Fingernägel lackierte. Sehr wahrscheinlich würden die Kunden umsonst surfen, weil sie bestimmt vergessen hatte, die Neuzugänge anzumelden. Er konnte es sich bildhaft vorstellen. Sie im Dauergespräch am Handy, während ihr Blick suchend auf den Platz vor dem Geschäft fiel, damit ihr auch ja nicht entging, wenn die Jungs aus dem Fitnessclub kamen. Wieder verfluchte er den Tag, an dem er sie hatte heiraten müssen. Aber wer hätte damals ahnen können, dass aus dem verschüchterten Bauernmädchen im Nu ein anatolischer Vulkan werden würde, der absolut keine Integrationsschwierigkeiten hatte? Neben ihrem Hunger auf Leben war sie noch hochintelligent – außer wenn es um Computer ging – und lernte in kürzester Zeit nicht nur Deutsch, sondern sprach besser Bayerisch als er, obwohl er hier geboren und aufgewachsen war. Das Kopftuch wurde mittlerweile als Putzlappen benutzt und Elif schien sich nur noch darauf zu konzentrieren, ihm das Leben schwer zu machen. Sie wartete auf den Absprung, stand in Startposition und würde vielleicht schon heute mit einem der Muskelprotze durchbrennen. Ein kleiner Fluch riss Ercan aus seinen düsteren Gedanken.

»Krautschneider! Nicht schon wieder!«, rief er wütend. »Du sollst von den Geräten wegbleiben. Die sind teuer und kein Spielzeug!«

»Ich ...«, setzte der gerügte Beamte zur Erklärung an. »Ich hab doch gar nix angefasst. Bin gestolpert, über das blöde Kabel. Aber es is' nix passiert.«

»Klar, des sagt ihr immer!«

Ercan überprüfte die Anlage. Offenbar war wirklich alles in Ordnung. Trotzdem warf er Krautschneider einen extrabösen Blick zu. Die Tür öffnete sich und eine junge, dralle Frau mit figurbetonter Kleidung kam herein. Sie warf ihre schönen, schwarzen Haare in den Nacken, fing sie auf und machte daraus geschickt einen Pferdeschwanz. Sich sehr wohl der Tatsache bewusst, dass sie eine willkommene Abwechslung darstellte, lächelte sie kokett. Krautschneider sog hörbar die Luft ein.

»So, meine Herren. Wie geht's denn soweit?«

Schuster erhob sich von dem Lehnstuhl in der Zimmerecke, wo er es sich mit einem Magazin bequem gemacht hatte, und kam strahlend auf sie zu.

»Ines, du schönste aller Schönen, du bringst endlich Glanz in diese Langweilertruppe. Krautschneider macht alles kaputt und Ercan ist heute sowieso so mies drauf, dass er uns am liebsten schon die Kehlen aufgeschlitzt hätte, hätte sich sein Onkel nicht das Messer zum Kebabschneiden ausgeliehen.«

»Ay, madre de dios. Doch so schlimm?«, lachte sie. »Na, dann werd ich mal meiner Mutter sagen, dass sie einen kleinen Imbiss zubereitet, damit ihr euch beim Warten nicht gegenseitig zerfleischt. Was haltet ihr von leckeren Bocadillos?«

»Klingt wunderbar!«, seufzte Schuster, der keine Ahnung hatte, wovon sie sprach, aber er würde alles essen, was ihm von diesen zarten Händen gebracht wurde.

»Für mich bitte ohne Schweinefleisch!«, rief Krautschneider und Ercan schaute ihn verwundert an.

»Wie jetzt? Bist du auch Moslem?«

»Naa, aber ich hab 'nen Onkel, der Schweinebauer is'. Da vergeht dir der Appetit, sag ich dir.«

»Keine Sorge, dann machen wir zwei mit Käse und eins mit Schinken, okay?«

»Klingt noch wunderbarer!«, schnurrte Schuster jetzt ganz nah bei ihr. »Und hättest du vielleicht eine andere Zeitschrift für mich? Mit ›Hund & Jagd‹ bin ich jetzt durch. Bis auf die Waffen bockelangweilig. Vielleicht irgendwas mit Motorrädern oder so?«

Ein Telefon klingelte. Alle vier erstarrten. Der Entführer? Nein, es war nur Ercans Handy. Schnell nahm er den Anruf an.

»Elif? Was is'?«, mehr konnte man nicht verstehen, denn er verfiel gleich ins Türkische. Dass er aber sehr aufgebracht war, ließ sich an der Lautstärke erahnen. Schimpfend begann er im Zimmer auf- und abzulaufen, ging zum Fenster, blickte hinaus, fluchte wieder, drehte um, umkreiste die Gruppe, stampfte auf und schrie zum Abschied noch etwas ganz Unerhörtes in den Apparat. Nachdem er aufgelegt hatte, war er ganz außer Atem. Erst jetzt bemerkte er sechs neugierige Augenpaare, die auf ihn gerichtet waren.

»Ach, nix Besonderes«, versuchte er die Angelegenheit herunterzuspielen. »Nur die Tageseinnahmen sind heute bei null. Wir haben da einen Virus oder so. Macht aber gar nix. Ich hab ja hier den Bombenjob, sodass das wieder ausgeglichen ist.«

Es war das alte Lied. Geld verschloss die Augen für das Wesentliche, denn sonst hätte Ercan vorhin am Fenster bemerkt, wie ein Mann zu einem parkenden Auto geschleift worden war und der Wagen dann mit überhöhter Geschwindigkeit und quietschenden Reifen die verkehrsberuhigte Zone verlassen hatte.

91

Die Ameise hatte es an die Tischkante geschafft. Jetzt gab es nur das winzige Problem, den Krümel weiter abzutransportieren. Verstärkung wäre nicht schlecht.

»Wer also könnte deiner Meinung nach hinter der ganzen Sache stecken?«

Inga nahm eine Serviette und wischte über den Tisch. Die kleine Ameise mitsamt ihrer Beute flog im hohen Bogen auf den Boden. Manchmal konnte die Lösung doch so einfach sein.

»Das Mädel war nicht gerade beliebt. Ein paar Freundinnen aus der Schule, mit denen sie in letzter Zeit nicht mehr so viel unternommen hatte. Die Leute vom Kindergarten. Ihr Bruder ist ein Neonazi und hirnloser Idiot. Ihn schließe ich als Drahtzieher aus. Von der Mutter wissen wir, dass die Geschwister sich gehasst haben. Heidi hatte einen Freund, oder zumindest einen Liebhaber, aber wer das war, wissen wir noch nicht. Irgendwie komisch, dass wir da immer noch im Dunkeln tappen. Sie war eine gute Geheimniskrämerin und hat es geschafft, die Identität des Kerls zu schützen. Das will was heißen, bei unserem Kleinstadttratsch, wo gerade solche pikanten Geschichten schnell die Runde machen. Tja, sehr ärgerlich, was?«

»Hm, irgendwie neigst du gerade ein bisschen dazu, hinter allem einen Mann zu vermuten. Warum eigentlich? Weil sie einen Liebhaber hatte?«, fragte sie wie beiläufig und zog das Märchenbuch zu sich heran. »Das ist übrigens eine wunderbare Ausgabe. Hast du dir mal die Bilder angesehen? Wie alt es wohl ist?«

»Alt«, interessiert beobachtete Maus sie nun dabei, wie sie seelenruhig in dem Buch blätterte. Das war mal wieder typisch. Erst warf sie ihm einen Brocken hin, den er sofort schluckte und dann tat sie etwas total Sprunghaftes und ließ ihn alleine verdauen.

»Inga, wie hast du das eben gemeint? Warum soll es kein Mann gewesen sein? Denkst du, dass eine Frau Heidi im Rotkäppchenkostüm gejagt und dann ertränkt hat?«, fragte er vorsichtig.

»Ich spreche von der Erpressungsgeschichte, nicht von Heidis Mörder, Gerhard. Das könnte der Liebhaber gewesen sein. Du sagst ja selbst, es war leidenschaftlich. Ein Impuls, vielleicht aus Eifersucht. Vielleicht hat er rausgefunden, was sie macht, vielleicht hat es ihn gekränkt, dass er nicht mitspielen durfte. Du weißt ja, wie Jungs manchmal sind. Oder sie hatte noch einen anderen Freund, oder ihm gedroht, ihn zu verlassen, weil sie ja bald reich war, ihn also nicht mehr brauchte. Irgendwie so was. Ich glaube aber trotzdem nicht, dass er triebgesteuert in der Lage war, auch noch den Bäckermeister zu erpressen. Außerdem war Heidi wichtig, denn bei Möller war bestimmt noch mehr zu holen. Das war erst der Anfang. Dahinter steckt ein ausgeklügelter Plan, ein kühler, berechnender Kopf und der Ort der Übergabe hat mich auf die Idee gebracht, dass es auch eine Frau sein könnte. Sehr wahrscheinlich sogar eine Frau, die Kinder hat. Eine Mutter also. Oder was denkst du? Märchenpark? Männer ziehen Bahnhöfe, öffentliche Plätze oder das Frühlingsfest vor. Außerdem spürt man deutlich diese Vorsicht. Ach, um es kurz zu machen, schließ' meine Gedanken bei der Suche einfach mal mit ein. Vielleicht hab ich ja sogar Recht.«

Sie hatte während ihrer Überlegungen weiter in dem Buch geblättert. Jetzt kam sie bei einer Abbildung an, auf der Rotkäppchen mit Korb und Wolf im dunklen Wald zu sehen war.

»Hm«, auch Maus sah gedankenverloren auf das Bild. »Dann hätten wir deiner Meinung nach einen Mann als Mörder für Heidi und eine Frau, die der Kopf der Erpresserbande ist. Aber, wer hat dann Anni umgebracht? Was hat sie damit zu tun?«

»Das, mein Lieber, muss jetzt geklärt werden. Die Anni passt auf den ersten Blick nicht so ganz ins Bild. Aber wenn es einen Zusammenhang geben sollte, dann würde ich mich gleichzeitig auf den Liebhaber und eine Frau als Chefin der Erpresser konzentrieren.«

»Aha, dann gäbe es nach deiner Theorie sogar zwei verschiedene Mörder? Das macht meinen Job nicht gerade einfacher. Jetzt muss ich nur herausfinden, wer die beiden sind, oder?«, seufzte Maus etwas mutlos.

»Gerhard, was ich damit sagen will, ist, dass du in verschiedene Richtungen denken solltest. Aber keine Sorge, vorausgesetzt natürlich, ich habe Recht, bin ich mir sicher, dass du die einzige Person bist, die es schaffen wird, diese Nuss zu knacken.«

Sie blätterte um. Das nächste Märchen war Schneewittchen. Auf der dazugehörigen Abbildung sah man die Heldin auf dem Boden knien und den Jäger um Gnade anflehen. Ob Anni das wohl auch gemacht hatte? Irgendwie konnte Maus jetzt Doktor Franks Versuch, eine Parallele zu finden, verstehen. Doktor Frank! Siedend heiß fiel ihm ein, dass er diesen wegen von Hasenbach noch anrufen musste. Vielleicht war der Zeuge mittlerweile schon aufgewacht. Ein Blick auf die Uhr – es war schon fünf nach halb vier – verriet ihm, dass es höchste Zeit war, wieder an die Arbeit zu gehen. Schnell schlug er das Buch zu – Inga konnte gerade noch ihre Hände wegziehen – und stand auf.

»Ich muss dann mal!«, murmelte er zur Erklärung für die plötzliche Hast, beugte sich vor, um seine Frau auf die Wange zu küssen, doch diese war schnell unter den Küchentisch abgetaucht. Maus Kuss ging ins Leere. Was sollte er denn davon halten?

»Gerhard!«, kam es schnaufend vom Boden. »Ich glaub, das ist ...«

Jetzt wurde Maus aber wirklich neugierig. Was suchte sie denn? Zum Glück musste er nicht lange warten, denn Ingas zerzauster Kopf tauchte auch schon auf. Triumphierend hielt sie ihm einen gefalteten Zettel entgegen.

»Meine Güte, is' des da schmutzig. Da muss ich heut unbedingt noch wischen«, war ihr Kommentar, während sie sich wieder aufrichtete. »Hier, ich glaub, das is' eben aus dem Buch gefallen.«

»Wirklich? Ein Zettel?«

Maus war etwas misstrauisch. Er konnte sich gar nicht erklären, wie er den hatte übersehen können. Vermutlich hatte er irgendwo im Umschlag gesteckt. Sollte das vielleicht der verzweifelt gesuchte Hinweis sein, durch den in den Kriminalromanen der Held endlich auf die richtige Spur gebracht wurde, nachdem er seitenlang von einer Sackgasse in die andere stolpern musste? Oder gab es »Kommissar Zufall« auch im richtigen Leben?

»Oh!«, rief Inga erschrocken. »Jetzt sind ja meine Fingerabdrücke drauf. Tut mir leid!«

»Macht nix. Ich denke, dass wir da sowieso nicht viel Brauchbares finden werden. Hm, aber trotzdem. Leg ihn mal hier auf den Tisch. Hast du vielleicht Handschuhe griffbereit?«

»Nimm die an der Spüle.«

Inga Maus hatte vor Aufregung rote Wangen, ihre Augen blitzten und sie war jetzt unverkennbar Gattin eines Polizisten. Fast schon ungeduldig beobachtete sie ihren Mann, der ihrer Meinung nach viel zu lange dafür brauchte, die gelben Haushaltshandschuhe überzustreifen. Er musste grinsen, als er sie aus den Augenwinkeln beobachtete. »Gemach, gemach, meine Liebe. Die Dinger klemmen ein wenig. Meine Hände sind wohl zu groß. So, jetzt bin ich drin. Na, dann schaun mer mal. Hm, das Blatt is' zusammengefaltet und zwar genau einmal in der Mitte.«

Inga schnaubte.

»Danke, Herr Kommissar. Soweit war ich auch schon.«

»Is' doch nur für's Protokoll!«, grinste Maus. Dann wurde er aber auch ernst. Vorsichtig öffnete er den Fund.

»Donnerwetter!«

»Das is' ein Plan, Gerhard. Um genau zu sein, das ist der Plan vom Märchenwald, diesem Kinderschreckensort. Die gibt es am Eingang, damit sich niemand verläuft, wobei ich glaube, dass es doch viele Leute tun, denn die Puppen sind so grausig, dass man vor Schreck ganz schnell die Orientierung verliert.«

»Du hast Recht! Sieh nur, hier sind drei Stellen eingekringelt. Schneewittchen, Siegfried und der Picknickbereich. Hier sind auch die Uhrzeiten notiert. Mensch Inga, weißt du, was du da entdeckt hast?« Er wartete natürlich keine Antwort ab, denn in erster Linie hatte er sich die Frage selbst gestellt.

»Das ist der Marschbefehl an Heidi zur Geldübernahme. Sieh, hier steht auch ein großes ›H‹ für Heidi. Der Rundgang wurde rot markiert.«

»Damit sie nicht vom Wege abkommt und schnurstracks zur Großmutter geht«, stellte Inga Maus den vielleicht zufälligen Bezug zu dem traurigen Ende des jungen Mädchens her.

»Aber sieh mal hier. Da sind die beiden Aus- beziehungsweise Eingänge. Hier steht jeweils ein großes ›S‹. Glaubst du, das ist ihre Helferin? Der Kopf der Bande und ihr Name beginnt mit diesem Buchstaben?«

»Hm, wäre möglich. Es könnten aber auch zwei verschiedene Personen sein.«

Maus riss jetzt eine der Tischschubladen auf und begann, darin zu wühlen. Ein paar Sekunden später zog er einen Plastikbeutel hervor, in den er vorsichtig das Beweisstück legte.

»Ich mach mich dann mal auf den Weg«, schnell, damit sie sich nicht wieder wegdrehen konnte und er es persönlich nehmen musste, küsste er Inga zum Abschied und eilte zur Küchentür hinaus.

»Gerhard!«, klang es hinter ihm. »Gerhard! Zieh doch vorher die Handschuhe aus. Nicht, dass dir die Farbe nicht stehen würde, aber ich glaube, vor deinen Leuten macht es sich nicht so gut, wenn bekannt wird, wie du dich in deiner Freizeit kleidest.«

92

Ein feuchter Lappen wischte ihr über das Gesicht. Einmal, zweimal, dreimal. Sie hörte auf zu zählen, aber es tat gut. Sie konnte wieder atmen und das tat auch gut.

»Kruzifix noch amal! Jetzt hörst aber auf, du Saubatzi!«

Das waren also die ersten Worte, die sie in ihrem neuen Leben begrüßten! Claudia öffnete die Augen. Wasti – wieder einmal brutal am Nacken gepackt und zurückgerissen – jaulte auf.

»Madl? Geht's wieder?«

Etwas verschwommen blickte sie in ein freundlich besorgtes Gesicht.

»Der Herr Oberförster?«, murmelte sie schwach. »Das is' ja 'ne Freud, Sie so bald wiederzusehen!«

»Ganz meinerseits. Besonders, da wir anscheinend in letzter Sekunde gekommen sind.«

Langsam kamen ihr die Bilder wieder in den Kopf. Der Kampf, ihr kurz bevorstehendes Ende und die Rettung. Der Hund! Wasti hatte ihr das Leben gerettet! Langsam versuchte sie sich aufzurichten.

»Jetzt aber mal ganz piano, junge Frau«, ermahnte sie der Oberförster.

»Geht scho. Danke!«

Mit seiner Hilfe kam sie auf ihre wackeligen Beine und wurde schwanzwedelnd von Wasti begrüßt.

»Guter Hund!«, sie kraulte ihn hinter den Ohren. »Du hast mich gerettet, weißt das eigentlich? Dank dir!«

Ihr Blick fiel auf die Absperrung. Sie war zerbrochen. An einer der Latten hing ein Fetzen von Georgs Jeanshemd und wehte leicht im Wind.

»Der Schorschi?«, fragte sie.

»Den hat's dabatzt, fürcht i!«

»Wie schlimm?«

»Keine Ahnung! Ich war noch nicht drunt. Hab mich erst mal um dich kümmern müssen. Lagst da wie tot.«

»Schon klar.«

Auf seinen Arm gestützt ging sie langsam an den Rand der Plattform und sah hinunter. Da lag der Mann, den sie hatte heiraten wollen. Er sah merkwürdig aus. Seine Arme ausgestreckt, als würde er einen Schneeengel machen wollen, das linke Bein sonderbar verdreht, den Kopf auf der Seite. Das Wasser hatte sich zartrosa verfärbt.

»Er blutet!«, flüsterte sie entsetzt und krallte sich im Janker des Oberförsters fest.

»Hm, sieht wirklich nicht so gut aus!«, bestätigte der Oberförster.

»Wir sollten mal nach …«, weiter kam sie nicht, denn wie aus dem Nichts brach plötzlich aus den Gebüschen rund um das Becken eine Schar Jungen hervor, die sich gehetzt und abgerissen sofort in einer Reihe aufstellte. Bewaffnet mit Stöcken hatten sie keinen Blick für den Verwundeten – es war offensichtlich, dass sie ihn nicht einmal bemerkt hatten – denn ihre Konzentration richtete sich sofort auf die Richtung, aus der sie gerade gekommen waren.

»Ja, Kruzi…!«, der Rest der Worte des Oberförsters ging in dem mörderischen Gebrüll unter, das einsetzte, als weitere Jungen – ebenfalls bis an die Zähne bewaffnet – heranstürmten und die Schlacht begann.

Siggi war im Blutrausch. Es hatte sich zu viel Frustration angestaut und endlich war ein Ventil gefunden. Nachdem er den Kampf am späten Vormittag gegen Julian dann doch verloren hatte und er seine Wut nicht mehr an Paul hatte auslassen können, da dieser wie vom Erdboden verschluckt war, schien der Tag für ihn gelaufen. Selbst der Gedanke an seine heulende kleine Schwester, deren Puppe er heute Morgen den Kopf abgerissen hatte, war keine Aufheiterung gewesen. Er fühlte sich wie ein Versager! Der Respekt seiner Gang und seine Position als Anführer waren in Gefahr und es musste schleunigst ein Wunder geschehen, sonst konnte er auswandern.

Aber wie das nun in Krisensituationen – sowohl privater als auch politischer Natur – der Fall ist, konnte mit einem Krieg von dem eigentlichen Problem abgelenkt werden. Siggi hatte gerade geschlagen nach Hause trotten wollen, als dieser unverhoffte Wendepunkt eingetreten war. Denn genau in diesem Moment waren sie um die Ecke gebogen: die verwöhnten Knaben von der Luitpoldstraße in ihren sauberen, schicken Poloshirts und den teuren Markenjeans.

Das erste Gemetzel hatte gleich vor Ort stattgefunden. Verluste: zwei Schnösel liefen weinend mit Nasenbluten nach Hause. Dann hatte die Jagd durch den Wald begonnen. Aus dem Hinterhalt hatten die Luitpold-Jungs einen Gegenschlag starten können. Diesmal hatte es einen Ausfall in den eigenen Reihen gegeben: Julians Hand war sehr wahrscheinlich gebrochen.

Wenigstens hatte er nicht geweint, als er nach Hause gelaufen war. Damit war er wieder in Siggis Achtung gestiegen.

Doch die Einbuße eines so guten Kämpfers entfachte zusätzlich alle Reserven der Bauerstraßengang. Das Gefecht – beide Seiten hatten mittlerweile mit größeren und stärkeren Stöcken aufgerüstet – hatte jetzt ungeahnte Ausmaße angenommen. Dort ein blaues Auge, hier ein Tritt in die Weichteile, da ein Schlag in den Solarplexus, auf den Kopf, gegen die Kniescheibe. Es gab keine Regeln mehr, selbst mädchenhaftes Kratzen, Beißen und Haareziehen war durchaus erlaubt. Dann hatten die Schnösel langsam die Hosen voll gehabt und einen Fluchtversuch gestartet. Natürlich hatten sie die Rechnung ohne Siggi gemacht. Sofort hatte er mit Indianergeheul die Verfolgung aufgenommen. Leider hatte er seine Gegner falsch eingeschätzt, und zu spät bemerkt, dass er ihre Spur verloren hatte. Die Ratten waren wie vom Erdboden verschluckt! Wütend hatte er die Suche begonnen. Wenigstens war auf seine Männer Verlass gewesen und gemeinsam waren sie stundenlang jedem Knacken und Rascheln gefolgt, den Feiglingen auf der Spur. So waren also beide Gruppen an den Wasserfall gelangt. Für die Jungs aus der Luitpoldstraße hatte sich dies als eine Sackgasse, eine Falle herausgestellt. Von den Feinden eingekesselt mussten sie sich verteidigen. Auf beiden Seiten trieben Wut, Angst, Hass, Verzweiflung und Panik die Kinder an und es war klar, dass jetzt alle bis zum bitteren Ende kämpfen würden.

Ein krachender Schuss – lauter als die Schmerzensschreie, das Kampfgebrüll – machte dem Spuk ein jähes Ende. In den merkwürdigsten Positionen innehaltend, drehten sich alle Köpfe in Richtung Pfad, der nach oben zur Aussichtsplattform führte. Claudia hatte sich die Stelle im Gebüsch gemerkt, in die Georg ihre Dienstwaffe geworfen hatte, und hatte nach dem schnellen Spurt zum Wasserbecken dort glücklicherweise nicht lange nach der Pistole suchen müssen. Nun hielt sie diese mit beiden Händen in die Luft und überlegte, ob sie noch einmal abdrücken sollte; zu schön war das Gefühl, nicht mehr so hilflos zu sein. Jedoch hatten die Jungen verstanden, denn Claudias grimmiger Gesichtsausdruck signalisierte eindeutig, dass sie momentan keinen Spaß verstand. Jetzt drückte sich ein großer Jagdhund an der Polizistin vorbei und setzte sich schwanzwedelnd vor sie, denn er liebte Kinder. Die aufkommende leichte Beruhigung durch das doch recht freundliche Tier verließ die Kämpfer sofort wieder, als nun auch noch der Oberförster auftauchte. Er war für beide Gruppen von jeher die größte Bedrohung. Viel zu oft hatte er sie gestört, ihnen die Freude am Prügeln, Forts bauen und Feuer machen verdorben. Schlimmer noch: Eigentlich hatten alle Jungen mittlerweile Waldverbot. Sie waren erledigt. Vergessen waren Schrammen, Wunden, Veilchen, blutende Nasen, denn was war das im Vergleich zu der Rache des Oberförsters!?

»Jetzt langt's aber.«

Mit diesem Anfang der Strafpredigt war zu rechnen. Komischerweise folgte nicht mehr. Stattdessen schoben die beiden Erwachsenen die Kinder einfach beiseite und gingen schnell zum Wasser. Erst jetzt sahen sie, dass da ein Mann lag. Sofort schloss sich der Kreis. Es war egal, ob nun Freund oder Feind neben einem stand, denn hier war was wirklich Tolles passiert.

»Is' er tot?«, kam dann auch mutig die erste Frage.

Claudia hatte Georgs Puls gefühlt. Erleichtert schüttelte sie den Kopf.

»Naa, Gott sei Dank ned. Der lebt noch. Schnell geht's mal zur Seite, damit wir ihn da rausziehn können.«

»Aber ich dacht, man soll Verletzte nicht bewegen und so.«

Siggi verdrehte die Augen. Dieser neunmalkluge Kommentar musste ja von einem der Schnösel kommen. Claudia lächelte jedoch nachsichtig.

»Normalerweis scho. Nur können wir ihn jetzt nicht auch noch aus Versehen ertrinken lassen und ich hab als Polizistin da ein bisschen Erfahrung in Erster Hilfe. Also, Herrschaften, tretet mal beiseite.«

Mit Schwung und einem großen Schwall Wasser wurde Georg an Land gezogen. Er stöhnte. Claudia zog ihr Handy hervor. Auf dem Display war es jetzt 15.52 Uhr. Sie würde sehr wahrscheinlich zu spät für das Meeting sein, aber zumindest hatte sie 50 Prozent der Mordfälle aufgeklärt. Georg stöhnte wieder und der Oberförster, der immer noch neben ihm kniete, schüttelte bedauernd den Kopf.

»Den hat's ganz schlimm erwischt!«

»Ich ruf sofort einen Krankenwagen. Wenn ich mich hier so umschau, ist er nicht der Einzige, der ärztliche Versorgung gebrauchen kann!«

93

Es war genau 16.00 Uhr, als Maus den Besprechungsraum betrat. Verdutzt sah er sich um. Hatte er sich in der Zeit vertan? Nein, ein Blick auf die hässliche, aber zweckmäßige Wanduhr sagte ihm, dass offenbar sämtliche Mitarbeiter durch Abwesenheit glänzten. Ausgenommen von Hammer – er versuchte sich, etwas verschämt, hinter dem Mechaniker zu verstecken, der in aller Seelenruhe dabei war, den Kaffeeautomaten zu reparieren – und Schnabelhuber – dieser blätterte konzentriert in irgendwelchen Akten – war niemand hier.

Nachdenklich ging Maus die Liste seiner Leute durch. Gut, Schuster, Krautschneider und Acar hatten die Telefonfangschaltung in der Villa Möller zu überwachen, Gerster hatte angerufen, weil er im Krankenhaus bei der Geburt seines ersten Kindes dabei sein musste – ihm würde man hoffentlich eine Glückwunschkarte mit allen Unterschriften schicken, aber das war Steffis Aufgabe. Ja, Steffi? Wo war die denn eigentlich? Und Doktor Frank und Hubschmied und Petersen und der junge, aufgeweckte Kollege von heute Morgen und der blasierte Anführer von der Spurensicherung?

So sichtlich seine Autorität untergraben zu sehen, konnte man es Kommissar Maus nicht verdenken, dass er ärgerlich das dicke Buch unter seinem Arm auf den Tisch knallte, sodass die Styroporverpackungen des gelieferten Proviants vom Restaurant »Goldener Lotos« hochhüpften. Hammer machte sich noch kleiner und war dankbar, dass der Bauch des Mechanikers eine gute Deckung bot.

»Hammer!«, knurrte Maus gefährlich. »Sie brauchen sich gar nicht zu verstecken.«

Der Mechaniker lachte schadenfroh.

»Trotzdem, danke, dass wenigstens Sie und Schnabelhuber da sind!«

Letzterer nickte beiläufig, aber irgendwie schien er angespannt. Maus runzelte die Stirn. Na ja, die Show musste weitergehen und was wäre er für ein Profi, wenn er sich durch geringes Interesse oder Respektlosigkeit gegenüber Vorgesetzten und der Pünktlichkeit aus dem Konzept bringen ließ. Dann würde er eben mit diesen beiden arbeiten. Den Mechaniker könnte er zur Not auch noch schnell verpflichten, denn ihm liefen offenbar die Leute davon, und da war man nicht mehr allzu wählerisch.

Langsam und umständlich setzte er sich, blickte von einem Gesicht zum anderen und eröffnete somit die Besprechung. Da sich aber niemand von den beiden Kollegen berufen fühlte, das Wort zu ergreifen, blieb es für eine Weile still. Hammer hatte sowieso nicht viel vorzuweisen und nach dem Desaster mit dem Polizeiauto, bei dem er Maus fast überfahren hätte, sogar in Erwägung gezogen, sich für den Rest des Tages krank zu melden. Lediglich die Hoffnung auf ein paar interessante, neue Informationen, die er bei einer von Steffi organisierten Brotzeit genießen konnte, hatte ihn davon abgehalten. Schnabelhuber war offensichtlich genauso von der geringen Anwesenheit der Kollegen enttäuscht wie Maus. Nervös strich er über den Aktendeckel vor sich.

Lediglich dem Mechaniker schien die angespannte Stimmung nichts auszumachen. Nachdem er verwundert gewartet hatte und sich offensichtlich nichts weiter tat, schlug er geräuschvoll mit dem Schraubenschlüssel gegen ein wahrscheinlich hochempfindliches Teil des Kaffeeautomaten, worauf dieser laut und böse zischte. Zufrieden grinsend drückte er verschiedene Knöpfe, wartete, zog einen Becher hervor, hielt ihn unter die Ausgabe und wartete weiter. Um sich die Zeit etwas zu vertreiben, begann er, einen schmissigen Bierzelthit zu pfeifen. Maus stöhnte und der Handwerker missverstand ihn.

»Keine Sorge, Meister. Gleich gibt's wieder leckeren, heißen Kaffee. Ich hab alles im Griff.«

»Schön, das zu hören. Wenigstens ein Lichtblick heute Nachmittag!«

Das war der Startschuss. Der Chef hatte gesprochen und Schnabelhuber war es jetzt ganz egal, ob er Publikum hatte oder nicht. Er platzte fast und das konnte er nur unterbinden, indem er berichtete, was er zu berichten hatte.

»Herr Kommissar, ich hab da was!«

Schöner Einstieg – dachte er sich –, dezent und doch nachdrücklich. Maus hob eine Augenbraue und wartete. Mit schnellen Schritten war Schnabelhuber bei ihm und legte den Ordner auf das Buch. Hammer machte einen langen Hals.

»Was ist das?«

»Eine hochinteressante Lektüre. In der Hauptrolle unser ach so geschätzter Bäckermeister Möller«, sprudelte es aus Schnabelhuber heraus. Der Damm war gebrochen und mit Genugtuung sah er, dass ihm alle im Raum ihre Aufmerksamkeit schenkten.

»Mir war heute Morgen so, als ob wir etwas übersehen hätten. Kennen Sie das Gefühl?«

Obwohl es eine rein rhetorische Frage war, nickte der Mechaniker zustimmend.

»Da war so eine Geschichte in meinem Hinterkopf, aber ich brachte sie nicht mehr ganz zusammen. Irgendwann vor dreißig Jahren. Da waren Sie ja noch am Ende Ihrer Ausbildung im Bayerischen Wald, Herr Kommissar, und ich selber noch ein ganz junges Kind.«

Maus überlegte ernsthaft, ob er sich über diese Unverschämtheit aufregen sollte oder dem Kollegen mangelnde Mathematikkenntnisse in seine nächste Beurteilung schreiben sollte.

»Vor dreißg Johr? Na, dann verzähl a mal. Was war mi'm Möller?«

Der Mechaniker hatte nun geräuschvoll einen Stuhl herangezogen, sich gesetzt und wartete gespannt auf die Geschichte. Etwas irritiert schaute Schnabelhuber seinen Vorgesetzten an, aber Maus nickte zustimmend.

»Man hat sich ja viel erzählt über den, aber irgendwie is' diese Episode seines Lebens in Vergessenheit geraten. Oder unter den Teppich gekehrt worden, wie man's nimmt. Auf jeden Fall bin ich heute runter ins Archiv und hab mal die alten Akten durchwühlt und Bingo: Ich hab was gefunden!«

Obwohl Maus gerade nach dem abgenutzten Aktenordner greifen wollte, zog ihn Schnabelhuber in seiner Aufregung schnell wieder zu sich, als wäre er sein persönlicher Schatz. Andächtig strich er über den Umschlag, war zufrieden mit sich und der Welt und schien für einen Moment die anderen ausgeblendet zu haben.

»WAS?«, riefen daher seine drei genervten Zuhörer wie aus einem Munde. Es war schon sehr unhöflich, so auf die Folter gespannt zu werden.

»Na, dass es vor genau dreißig Jahren eine Anzeige gegen Möller wegen Vergewaltigung an einer Sandra Beck gegeben hat. Das is' auf dem Frühlingsfest passiert. Es kam tatsächlich auch zu einem Prozess, aber ihr wisst ja, dass die Möllersippe einen Rieseneinfluss auf alles hat, sodass das arme Mädel dort regelrecht nochmal geopfert worden ist. Der Spieß wurde elegant umgedreht. Sie war plötzlich die Böse. Hat mit ihren sechzehn Jahren den armen Josef, der kurz vor seiner Hochzeit stand, verführt, sich an ihn rangeschmissen. Die ganze ekelhafte Palette eben und Möller ist rein und unschuldig aus der Sache rausspaziert. Des Mädel war erledigt und hatte auch noch die Schwangerschaft am Hals.«

»Ach herrje«, kam der anteilnehmende Kommentar vom Mechaniker. Auch Maus und Hammer blickten betroffen.

»Starker Tobak, was meine Herren?«

»Jetzt wo du's grad erzählt hast, kommt mir die Geschichte auch sehr bekannt vor«, schaltete sich Hammer ein. »War da nicht noch so was, dass das Kind entweder adoptiert wurde oder gestorben ist?«

»Meine Güte. Jetzt fangen Sie bloß nicht mit alten Klatschgeschichten an. Das hilft uns hier nicht weiter.«

Maus verdrehte die Augen und wandte sich demonstrativ an Schnabelhuber.

»Wir brauchen Fakten. Das hier ist schon sehr gute Arbeit, aber wir müssen da noch mehr rausholen, also noch mehr Zusammenhänge und vor allem Beweise!«

Mit einem lauten und gefährlichen Zischen machte sich die Kaffeemaschine bemerkbar und der Handwerker musste sich, etwas missmutig wegen der Unterbrechung an der spannendsten Stelle, um seinen ungeduldigen Kunden kümmern. Da es jetzt extrem laut wurde, waren die Polizeibeamten ebenfalls gezwungen, ihre Stimmen zu erheben.

»Was mich noch interessiert …«, brüllte Maus und ignorierte den Wasserdampf, der sich in Sekundenschnelle im Raum ausbreitete, »… ist, was aus Sandra Beck geworden ist?«

»Die …«, Schnabelhuber stand ihm an Lautstärke in nichts nach, »… hat ein paar Mal geheiratet, zwei Kinder und heißt heute Sandra Blum.«

Wie vom Donner gerührt – Schnabelhuber hatte mit Absicht den Knaller für den Schluss aufgehoben – starrte Maus den Kollegen an. Auch die Maschine schien von dieser ungeheuerlichen Neuigkeit beeinflusst worden zu sein, denn das Zischen verstummte augenblicklich und machte einem angenehmen Surren Platz. Dann hörte man ein »Klick«, ein Gluckern und den freudigen Ruf des Handwerkers.

»Meine Herren, Kaffeezeit! Wer möchte zuerst?«

Es war klar, dass Hammer sofort angeeilt kam und dankbar lächelnd den ersten Becher entgegennahm.

»Das is' wirklich allerhand!«, Maus hatte die Sprache wiedergefunden. »Schnabelhuber, Sie machen sich sofort an die weitere Recherche. Ich will alles wissen, was damals passiert ist. Finden Sie heraus, ob Möller seitdem noch Kontakt zu ihr gehabt hat, und vor allem, was aus dem Kind geworden ist. Wenn es noch lebt, müsste es Ende zwanzig sein. Los, rasch, machen Sie sich an die Arbeit.«

Zum Glück war Schnabelhuber selbst vollkommen von seinem plötzlich erwachten kriminalistischen Talent begeistert und da er als Junggeselle den Samstagabend sowieso nur vor dem Fernseher verbracht hätte, erschien ihm diese wichtige Aufgabe als Ritterschlag, als Auszeichnung und als erfreuliche Abwechslung. Den Ordner unter den Arm geklemmt, watschelte er auch sofort zum Ausgang. Als er dann die Hand auf die Türklinke legte, drehte er sich noch einmal um, um eventuell einen letzten anerkennenden Blick von seinem Chef zu erhaschen. Leider merkte er nicht, dass in der Zwischenzeit Steffi die Tür aufgerissen hatte. Diese war – natürlich ohne jedes Feingefühl für eine sich gerade anbahnende Männerfreundschaft und, typisch Frau, nur auf ihre eigenen Probleme konzentriert – mit Polizeimeister Schnabelhuber zusammengeprallt, sodass die kostbare Akte auf den Boden fiel.

»Schnabelhuber, so passen Sie doch auf!«, rügte sie ihn ungerecht, sah sich mit gehetztem Blick um und schien erleichtert, Kommissar Maus zu sehen.

»Herr Kommissar! Endlich, hier stecken Sie also. Ich versuche schon seit zwanzig Minuten, Sie zu erreichen. Ihre Frau sagte mir, Sie seien im Revier. Ich hab Sie überall gesucht!«

»Steffi!«, war Maus ärgerliche Antwort auf diesen Redeschwall. »Sie wussten doch, dass wir eine Besprechung hatten. Sie selbst sollten doch alle Kollegen informieren.«

Erschrocken schlug seine Assistentin die Hände vor den Mund.

»Verflixt, das hab ich in der ganzen Aufregung total vergessen«, aber schnell hatte sie sich wieder gefangen und drehte den Spieß kurzerhand um, indem sie vorwurfsvoll zu ihrer anfänglichen Frage zurückkam: »Herr Kommissar, warum sind Sie nicht an Ihr Handy gegangen?«

Er zuckte die Schultern, holte das Telefon aus seiner Brusttasche und seufzte.

»Weil der dämliche Akku mal wieder leer ist!«

»Ich hab Ihnen doch schon gesagt, Sie brauchen ein neues. Das is' schon so alt, dass man es im Heimatkundemuseum ausstellen könnte.«

»Es hat mir immer treue Dienste geleistet!«, kam die trotzige Verteidigung. Sie hatte es wieder geschafft und ihn in die Defensive gebracht.

»Okay, Steffi, jetzt genug über die Technik geplauscht. Was ist bitte jetzt so Dringendes passiert, dass fast niemand hier ist?«

»Wir haben ihn!«

Vor Aufregung hatten sich ihre Wangen zartrosa gefärbt und ihre Augen blitzten.

»Wir haben wen?«

»Na, Heidis Mörder! Claudia Hubschmied hat ihn geschnappt! Vor 'ner halben Stunde oder so. Es ist Georg Möller, er hat gestanden und jetzt ist er im Krankenhaus, weil er auch den Wasserfall runtergestürzt ist!«

Maus Augen wurden schmal. Das war tatsächlich eine Überraschung, die er erst einmal verdauen musste. Steffi sah währenddessen fast so aus, als wolle sie wie ein kleines Mädchen kurz vor der Bescherung auf- und abhüpfen, so aufgeregt war sie.

»Ja, wunderbar. Das is' ja wirklich eine wunderbare Neuigkeit«, bemerkte Maus und versuchte schnell, seine Gedanken zu ordnen. Seine Assistentin machte ihm dies durch ihre sonderbare Euphorie nicht gerade einfach und so schob er noch ein schnelles: »Äh, das freut mich wirklich sehr«, hinterher.

Zwar konnte er es immer noch nicht so recht glauben, aber das plötzliche Gefühl, von einer großen Last befreit worden zu sein, machte es ihm leichter, diese unerhörte Neuigkeit zu akzeptieren. Zumindest hatte er mit seinen Vermutungen gar nicht so falsch gelegen: Hinter Heidis Mord steckten Leidenschaft und ein Mann. Für Maus stand außer Zweifel, dass Kollegin Hubschmied sich geirrt haben könnte, nur sagte ihm sein Bauchgefühl, dass diese Festnahme nicht ganz so einfach gewesen sein dürfte. Er wollte so schnell wie möglich alle Zusammenhänge erfahren. Vielleicht war es das, was ihn zurückhielt, vor Begeisterung zu jubeln, sich mit Hammer oder dem Mechaniker abzuklatschen, Steffi um den Hals zu fallen oder was man sonst in solchen Situationen tat. Er war eben Realist, und die Kirche hatte gefälligst im Dorf zu bleiben. So im Grübeln fiel sein Blick wieder auf Steffi, die immer noch wie ein Honigkuchenpferd strahlte.

»Steffi, äh, wie gesagt, das ist ganz toll, aber warum Sie so glücklich sind, kann ich nicht ganz nachvollziehen. Immerhin is' der Georg Möller doch ein Cousin von Ihnen!«

»Großcousin!«, korrigierte Steffi und grinste schadenfroh. »Und ja, ich freu mich diebisch, denn er is' ein arroganter Depp! Alle Möllers sind arrogante Deppen, die auf mich und die Meinen immer als kleine Verwandte herabsehen. Am schlimmsten is' meine Großcousine Sybille. Okay, um den Großonkel Sepp bin ich schon ein wenig besorgt, aber graue Haare krieg ich deswegen auch nicht. Und um nochmal auf den Georg zurückzukommen: Da seh' ich die ganze Sach pragmatisch und im Zuge der Gerechtigkeit bin ich froh, dass man ihn geschnappt hat!«

Das waren natürlich einleuchtende Argumente und Maus ließ es dabei.

»Wow, der Schorschi also, der Hallodri!«

Hammer – an seinem dampfenden Kaffee nippend – war zu ihnen getreten.

»Des hätt man sich ja fast denken können, was? Na, da hat der Schnabelhuber dann doch 'ne falsche Spur verfolgt. Nix für ungut, alter Knabe. Aber sieh's positiv. Du hast jetzt dann wohl 'nen freien Abend.«

»Was schwätzen Sie denn da wieder für einen Müll, Hammer?«, unterbrach ihn Maus genervt. »Falls Sie es vergessen haben sollten: Wir arbeiten immer noch an einer Entführung, einem Überfall und einem zweiten Mord. Wir haben bis jetzt grad mal einen Mörder! Ich betone: EINEN! Wir brauchen schleunigst noch die zweite Person. Und hier ist mal was für Ihre grauen Zellen. Es führen alle Spuren – also, der Mord an Anni, die Erpressung und die Entführung – zu einer Frau.«

»Einer Frau?«, riefen Steffi und Hammer gleichzeitig, während Schnabelhuber schadenfroh feixend die restlichen Blätter der Akte aufklaubte.

»Exakt! Eine Frau!«, fuhr Maus fort. »Und damit Sie das etwas einschränken können, geb ich Ihnen noch einen Hinweis. Ihr Name beginnt mit einem »S«! Wie zum Beispiel Steffi. Aber die is' es nicht und die kommt jetzt auch mit mir ins Krankenhaus, während Sie überlegen und auch gleich mal zur Bauerstraße 100 fahren und dort die Dame des Hauses abholen.«

Er hatte seine Assistentin am Ellbogen gefasst und mit sich zur Tür gezogen.

»Geht klar, Chef!«, rief Hammer und murmelte dann nachdenklich: »S? Wie meint er des denn jetza? Soll des ein Vor- oder Nachname sein? Oder beides?«

»Silvia? Simone? Serafina? Schmitt? Schneider?«, kam ihm der Mechaniker zu Hilfe und Schnabelhuber schlüpfte lachend hinter Maus und Steffi aus dem Raum.

94

Doktor Frank versuchte einen aufmunternden Blick, der ihm nicht besonders gut gelang, denn er war von dem Bericht über die Festnahme zu erschüttert. Claudia Hubschmied hatte wirklich mehr Glück als Verstand gehabt. Müde strich er sich über die Augen und zwang sich zu einem halbwegs heiteren Kommentar.

»Alles halb so wild, meine Liebe. Ich empfehle nur, falls Sie eitel sind, ein hübsches Halstuch, bis die bösen Hämatome um Ihren Hals verblasst sind.«

Sie lächelte tapfer und schüttelte den Kopf.

»Kein Problem Doc, ich stech gern aus der Masse hervor.«

»Also, dann kein Halstuch?«

»Kein Halstuch! Ich bin schon froh, dass ich wieder atmen und schlucken kann.«

Er nickte. Sie war wirklich eine tapfere Frau, aber das wusste er schon lange. Da noch viele andere Patienten auf ihn warteten, klopfte er ihr aufmunternd auf die Schulter und meinte bereits im Gehen: »Ich sag ja immer: ›Solang es noch mit dem Rauchen klappt, kann es nicht so schlimm sein!‹«

Sie lachte. Schön, dass sie das wieder konnte, obwohl es eher freudlos klang! Als sich die Tür geschlossen hatte, war sie allein im Untersuchungsraum. Erschöpft lehnte Claudia ihren Kopf gegen die Wand hinter ihrem Stuhl. Ein bisschen Ruhe. Sie brauchte nur ein bisschen Ruhe, dann würde es ihr schon wieder besser gehen. Von draußen drang das Geräusch der Rotoren herein. Der Rettungshubschrauber startete also endlich, um Georg Möller in die Landeshauptstadt zu fliegen. Zu schwer verletzt war er, zu kompliziert der Beinbruch, als dass das örtliche Krankenhaus die Verantwortung übernehmen wollte. Das Schicksal hatte ihm die gleichen schweren Blessuren wie seinem Opfer Heidi beschert, mit dem feinen Unterschied, dass er noch die Chance hatte, zu überleben. Dieses Schwein! Claudia schloss die Augen. Eine Träne rollte unbemerkt ihre Wange hinunter. Sie hatte es abgelehnt, ein Beruhigungsmittel zu nehmen, obwohl sie davon ausgehen konnte, dass ihr Frank das Beste vom Besten gegeben hätte. Ein leises Klopfen ließ sie zusammenfahren. Angespannt beobachtete sie, wie die Tür einen Spalt breit geöffnet wurde. Ein Kopf erschien: Steffi.

»Claudi, hier bist du also!«

Schnell war die Kollegin in das Zimmer geschlüpft, hatte sich auf den zweiten Besucherstuhl gesetzt und sie besorgt gemustert.

»Geht's dir gut?«

»Na ja, wie sagt man? Den Umständen entsprechend?«, versuchte Claudia mit schiefem Lächeln die ganze Sache herunterzuspielen. Steffi schüttelte jedoch ernst den Kopf.

»Du siehst scheiße aus! Sei mir ned bös, aber so is' es!«

Steffi machte sie nervös. Ihrem prüfenden Blick schien nichts zu entgehen und wenn sie tatsächlich Recht hatte, dann sah sie noch schlechter aus, als sie sich fühlte.

»Wo is' der Chef?«, fragte Claudia daher schnell.

»Der unterhält sich noch mit Doktor Frank. Den Schorschi ham sie ja grad abtransportiert. Sag, wie geht's dir denn deswegen? Du weißt scho, wegen derer Sach mit der Heidi und so?«

Claudias Herz war schwer. Zu viele Gefühle – Angst, Schmerz, Enttäuschung, Trauer – hatten es bis zum Anschlag ausgefüllt. Ihr war so, als würde es jede Minute bersten. Gequält blickte sie Steffi einige Sekunden an. War sie die Richtige, der sie sich anvertrauen sollte? Sie wollte so gerne loslassen, sich befreien, wieder die Alte sein. Steffi wartete geduldig, nahm Claudias Hände und wartete weiter. Leise – erst zögerlich stockend, dann immer schneller – begann die Kommissarin zu erzählen. Die Schleusen waren geöffnet, die Schulter zum Ausweinen die richtige, die geschundene Seele schien sich bei jedem neuen Wort mehr und mehr zu regenerieren. Als Kommissar Maus zehn Minuten später in den Raum kam, fand er dort zwei aufgelöste Mitarbeiterinnen, die schnell ihre Tränen wegwischten und ihn dann unschuldig anblickten.

»Alles klar, meine Damen?«, fragte er vorsichtig.

»Aber natürlich, Herr Maus. Was soll schon sein?«, entgegnete Steffi etwas steif, stand schnell auf und eilte zur Tür. Dort überlegte sie einen Moment, suchte nach einer Idee, um diese Übersprungshandlung zu kaschieren, und sagte: »Ich besorg uns mal dann zwei Cola. Oder möchten Sie auch eine, Herr Kommissar?«

Dankend winkte er ab und als sie gegangen war, fügte er erklärend hinzu: »Dann kann ich nicht mehr schlafen.«

»Da haben Sie vermutlich Recht. Aber ich brauch jetzt Nervennahrung: Zucker, Energie.«

Maus setzte sich auf den nun frei gewordenen Stuhl.

»Tja, Claudia, da haben Sie ja auf einen Schlag und unter größter Verschwiegenheit im Alleingang den Mordfall ›Heidi Blum‹ gelöst.«

Es klang ganz neutral, aber Claudia spürte, dass der Kommissar mit etwas hinter dem Berg hielt. Ängstlich sah sie ihm ins Gesicht, suchte die dunklen Gewitterwolken, den Vorwurf unverantwortlich gehandelt und sich einer tödlichen Gefahr ausgesetzt zu haben. Sie sollte Recht behalten. Die senkrecht steile Falte zwischen seinen Augenbrauen verhieß nichts Gutes.

»Tut mir leid«, flüsterte sie. »Ich dachte mir, ich red mal kurz mit ihm und dann …«

»… und dann hätten Sie mich informiert, nicht wahr!?«, vollendete Maus den Satz.

Beiden war klar, wie unglaubwürdig das Ganze klang. Am liebsten wäre der Kommissar jetzt explodiert, hätte seine berechtigte Sorge herausgeschrien, sie geschüttelt, ihr ein für alle Mal eintrichtern wollen, dass er verantwortlich war, dass eine Polizistin nicht wie im Film einfach ihr Ding durchziehen konnte, dass ihm, nachdem er den Bericht gehört hatte, die Haare zu Berge standen. Leider verhinderten zwei Faktoren dieses reinigende Gewitter. Zum einen widersprach es Maus Naturell, in solch heiklen Situationen laut zu werden, zum anderen brach Claudia Hubschmieds reumütiger und gleichzeitig waidwunder Blick ihm jetzt fast das Herz. Er musste sich wegdrehen, sich erst einmal sammeln.

»Aber ich hab heut scho mehrmals versucht, Sie deswegen … Ich mein, Sie warn sehr beschäftigt …«, kam mit kleiner Stimme ein Erklärungsversuch.

Er schloss die Augen und schüttelte den Kopf. Stimmte das? War er wirklich so beschäftigt gewesen, dass ihm nicht mehr aufgefallen war, was in seinen Mitarbeitern vorging? Die Fälle! Diese verflixten Fälle!

»Wie lange kennen wir uns jetzt schon, Claudia?«

Sie antwortete nicht, war damit beschäftigt, die Tränen zurückzuhalten. Er sah sie wieder an. Aus seinem Gesicht war die Strenge gewichen und machte einer Besorgnis Platz.

»Lang genug, so hoffe ich, dass Sie durchaus das Recht, ach was, die Pflicht haben, mir alles zu sagen, auch, wenn ich zu beschäftigt sein sollte! Dann müssen Sie eben laut werden, mich am Ärmel oder Kragen packen, von mir aus auf den Fuß treten. Alles ist erlaubt, damit so etwas wie heute nie wieder passieren kann. Verstehen Sie?«

Ein leichtes Zucken spielte jetzt um ihre Lippen. Sie hatte verstanden und die Vorstellung, ihm heftig auf den Fuß treten zu dürfen, schien ihr auch zu gefallen.

»Gut! Ich würd ja gerne sagen ›Schwamm drüber‹, aber da müssen Sie mir noch etwas Zeit geben, bis ich das richtig verdaut habe.«

Es war offensichtlich, dass er nicht so schnell einlenken wollte. Claudia Hubschmied war eine viel zu impulsive Mitarbeiterin und jetzt war die Gelegenheit, ihr ein bisschen die Flügel zu stutzen, damit sie sich in Zukunft mehr auf ihre wahren Talente und Qualitäten besinnen konnte und das wurde, wozu sie geboren war: Eine verdammt gute Polizistin.

»Schon allein die Tatsache, dass das Ihr Verlobter war«, nahm er den Faden wieder auf. »Ich hätte Sie sofort von diesem Fall abziehen müssen. Interessenskonflikt! Sie haben ja selbst gemerkt, wie dieser Schuss nach hinten losging.«

Es schien ihn sichtlich zu schütteln, da er daran dachte, was ihr alles hätte passieren können.

»Wenn der Oberförster nicht zufällig vorbeigekommen wäre …«

Ihr Schluchzen riss ihn augenblicklich aus diesem Albtraum, der sich gerade so deutlich vor seinem inneren Auge abgespielt hatte. Betroffen blickte er auf Claudia, über deren Wangen wieder ungehindert die Tränen flossen.

»Es tut mir so leid«, mehr konnte sie nicht sagen. Verlegen wischte sie sich den Rotz unter ihrer Nase mit dem Ärmel weg, noch bevor Maus ihr ein Taschentuch reichen konnte. Irgendwie gehörte sie zu den Frauen, die selbst verheult und Schleim produzierend noch gut aussahen. Maus seufzte.

»Entschuldigung akzeptiert«, murmelte er gegen ihr lautes Schnäuzen an. »Und um ehrlich zu sein, bin ich Ihnen auch ein klein wenig dankbar. Sie haben schließlich durch Ihre fahrlässige Aktion meinen Hals zumindest vorläufig aus der Schlinge gezogen. Ich hab nun was, was ich gleich der Presse erzählen kann und was den Bürgermeister auch etwas beruhigen sollte.«

Erleichtert registrierte er, dass sie sich langsam fasste, was wiederum auch auf ihn eine wohltuende Wirkung hatte. Daher behielt er den jetzt angeschlagenen Plauderton bei.

»Na ja, Sie kennen den ja, den beruhigt so schnell eigentlich nix. Ich hab tatsächlich ein schlechtes Gewissen gegenüber Steffi, denn sie hat mir erzählt, dass er nonstop angerufen hat.«

Irgendwie nahm ihm Claudia Hubschmied die eben erwähnten Gewissensbisse nicht so ganz ab, aber sie war dennoch erleichtert, denn somit waren sie nun mit der offiziellen Abmahnung fertig. Schlimmer als jetzt konnte es nicht mehr werden. Sie sollte Recht behalten.

Maus war es leid, den strengen Vorgesetzten zu spielen, außerdem musste er wieder an die Arbeit. Schwerfällig stand er auf und wollte schon mit einem kurzen Nicken den Abschied ankündigen, als er merkte, dass sie eine Hand in dem Saum und die andere in dem Aufschlag seines Mantels vergraben hatte. Fast bekam er Angst, einen oder zwei Knöpfe zu verlieren, so fest hielt sie ihn.

»Kollegin Hubschmied, was ist denn noch?«

Das blasse, ängstliche Gesicht ließ ihn seine Sorge um die Knöpfe schnell vergessen.

»Chef?«, ihre Lippen zitterten wieder verdächtig, aber sie brachte sich schnell unter Kontrolle. »Äh, Chef. Bin ich … bin ich jetzt draußen?«

»Wie, draußen?«, er war sichtlich erstaunt.

»Na, nicht mehr dabei bei der Untersuchung und so?«

»Bei einem abgeschlossenen Fall ist bekanntlich niemand mehr dabei, Frau Kollegin.«

»Des mein ich nicht, Chef. Ich mein die Entführungsgeschichte.«

Maus überlegte einen Moment. Konnte man es verantworten, sie wieder ins Team zu nehmen? Tatsache war, dass sie eine seiner besten Ermittler war und der Gedanke, bald nur noch mit Leuten wie Hammer arbeiten zu müssen, war beängstigend. Ferner hatte er kaum mehr Personal und eigentlich brauchte er jetzt jeden, den er kriegen konnte. Aber würde sie denn nach diesem traumatischen Erlebnis überhaupt noch die Kraft dazu haben? War sie jetzt nicht zu labil? Ein Risiko für alle, die mit ihr arbeiten mussten? Sollte sie denn nicht lieber nach Hause gehen, ein Bad nehmen, einen Liebesfilm sehen, eine Flasche Portwein trinken, Pralinen essen, eine Freundin oder die Mutter anrufen oder was man sonst als Frau so tat, um sich von einem Schock und Herzschmerz zu erholen?

Claudia Hubschmied schien seine Gedanken zu erraten, ließ ihn los, stellte sich rasch neben ihn und sah ihn mit einem flehenden Blick an.

»Bitte, bitte! Sie können mich nicht ausschließen. Mir geht es wieder gut, ganz bestimmt und ich würde durchdrehen, wenn Sie mich zwingen würden, nach Hause zu gehen und Däumchen zu drehen! BITTE!«

Mein Gott, war sie gut! Diesen Blick hätte selbst Bambi nicht besser hinbekommen. Maus musste sich sehr zusammenreißen, damit sie nicht merkte, wie er dahinschmolz.

»Sind Sie sicher?«, brummelte er.

Claudia nickte heftig mit dem Kopf. Nachdenklich strich sich Maus übers Kinn, sah sie an, wog ab, sah weg, schalt sich einen Narren, sah sie wieder an, konnte diesen bittenden, hoffnungsvollen Blick nicht mehr ertragen, griff in seine Manteltasche und tat, als ob er etwas suchte, seufzte und sagte dann: »Also gut, Frau Hubschmied, Sie sind wieder im Boot.«

Ein Strahlen erhellte ihr hübsches Gesicht und Maus fühlte sich augenblicklich belohnt. Aber bevor sie sich zu einer überschwänglichen Aktion – wie ihm um den Hals fallen oder ihn sogar küssen – hinreißen lassen konnte, hob er mahnend den Zeigefinger.

»Moment, aber nur unter einer Bedingung: Sie gehen nicht mehr allein! Haben wir uns da verstanden? Ich bin nämlich immer noch nicht sicher, ob ich hier nicht einen Riesenfehler mache, aber ich denke, wir können das Risiko, dass Sie uns eventuell doch noch zusammenklappen, klein halten, wenn ich weiß, wo Sie stecken und was Sie machen. Hab ich mich unmissverständlich ausgedrückt?!«

»Ja«, kam es kleinlaut. »Ich verspreche hiermit, dass ich immer mit einem Kollegen zusammen bin und Sie über meine Schritte informiere.«

»In Ordnung. Ihr Wort muss mir genügen. Also, dann würd ich sagen, bevor wir noch mehr Zeit verlieren, machen Sie sich gleich auf den Weg ins Revier. Wir haben nämlich ein paar neue Spuren, die überprüft werden müssen. Mittlerweile suchen wir eine Frau.«

»Ich hab's geahnt, dass es 'ne Frau sein muss!«, stieß sie hervor und Maus zog überrascht die Augenbrauen hoch.

»Wie das? Weibliche Intuition?«

»Des auch und dieser merkwürdige Übergabeort!«

»Sie also auch?«, stöhnte Maus.

»Ja, das is' doch offensichtlich. Ich tipp mal auf eine Mutter, die sich rächen wollte und …«

»Ja, ja und sie is' ein Kontrollfreak und jetzt is' sie leicht übergeschnappt und macht eine unüberlegte Aktion nach der anderen. Wo hab ich das denn schon einmal gehört?«

Irritiert blickte Claudia ihn an. Er musste schmunzeln. Es war nicht gerade fair gewesen, ihr so den Wind aus den Segeln zu nehmen. Daher versuchte er eine Erklärung: »Ich glaube, Sie und meine Frau sind aus dem gleichen Holz geschnitzt.«

Claudia erkannte das versteckte Kompliment und freute sich. Eine Anerkennung, eine zweite Chance, eine Aufgabe waren die besten Mittel, sie zu motivieren und von dem Unglück mit Georg Möller abzulenken. Adrenalin pumpte in ihren Adern, ihr Gehirn lief auf Hochtouren, ihre Instinkte waren geschärft und eine Frage brannte ihr auf den Lippen: »Sie haben doch schon jemanden im Visier, hab ich Recht?«

»Davon können Sie ausgehen, werte Kollegin. Das habe ich«, erwiderte er. »Wir müssen uns so schnell wie möglich auf die Suche nach Frau Sandra Blum machen.«

»Heidis Mutter?«, sie pfiff anerkennend.

Der Startschuss war hiermit gefallen. Schnell griff sie nach dem Parka, aber erstarrte sofort wieder. Das war Georgs Jacke! Sie schluckte, fing sich aber gleich wieder, griff in die Tasche und zog das Handy hervor.

»Hier!«, sie drückte es Maus in die Hand. »Hier haben wir Beweisstück A. Mit diesem Handy hat mein Ex-Verlobter das Mädel kontaktiert. Wenn Sie mich bitte jetzt entschuldigen würden, ich habe zu tun.«

»Recht so, Claudia, recht so. Schnabelhuber wird Sie instruieren. Ich habe derweil in Ermangelung an Personal – irgendwie war Georg Möllers Verhaftung einfach interessanter – Hammer zu den Blums schicken müssen. Ich hoffe, er vermasselt es jetzt nicht wieder und bringt die Frau bald zur Befragung, die Sie dann mit mir vornehmen. Gut?«

»Gut!«

An der Tür wäre sie beinahe mit Steffi zusammengestoßen. Lächelnd nahm sie ihr eine Dose aus der Hand, drehte noch einmal um und sagte zu Maus: »Danke nochmal für die Chance, Chef! Sie werden es bestimmt nicht bereuen. Und wenn Hannes kommt, dann sagen Sie ihm bitte, dass er sich beeilen muss. Sonst verpasst er heute noch meine zweite Verhaftung!«

Dann war sie verschwunden. Kopfschüttelnd blickte Steffi ihr nach. Maus war neben sie getreten.

»Wer ist Hannes?«, fragte er neugierig.

»Hannes? Ach, Herr Kommissar. Manchmal sind Sie wirklich ignorant. Das is' doch unser Austauschbulle. Haben Sie den denn schon völlig vergessen? Der Hannes Petersen!«

»Ach, der Petersen. Woher sollte ich wissen, wie der mit Vornamen heißt?«, nachdenklich schüttelte er den Kopf. »Ja, und wo steckt der denn? Ich hab ihn seit heute Morgen nicht mehr gesehen?«

»Gute Frage«, auch Steffi kam ins Grübeln. »Ich hab ihm mein Fahrrad geliehen und er wollte ein paar Zeugen befragen. So um kurz vor drei hab ich ihn noch gesprochen, als ich alle wegen des Meetings informiert habe. Da war er …«, ratlos zuckte sie die Schultern. »Da war er … Keine Ahnung! Aber er müsste doch schon längst wieder aufgetaucht sein, oder? Ob da was passiert ist?«

»Sagen Sie's mir, Steffi. Sie sind eine Frau und Sie spüren doch so was.«

Empört schnappte sie nach Luft.

»Was soll denn das wieder heißen? Ich hab nix mit dem. Er is' sehr nett und sieht gut aus, aber …«

»Aber was?«

»Aber er hat ja nur Augen für Claudia!«, platzte sie heraus.

Ein paar Sekunden sahen sie sich schweigend an, dann mussten sie grinsen. Maus versuchte als Erster, wieder ernst zu werden.

»Sehr schön. Also, wenn unser Romeo mal wieder auftauchen sollte, dann schicken Sie ihn gleich zu Julia. Das tut beiden bestimmt gut. Bis dahin, entschuldigen Sie mich bitte. Die Presse wartet.«

95

Hammer brachte mit quietschenden Bremsen den Wagen vor Hausnummer 100 zum Stehen. Ja, diese Straße kannte er dank seiner gestrigen Nachbarschaftsbefragung nur zu gut. Er hatte sich mit Gerster die Aufgabe geteilt und blickte böse auf ein Haus schräg gegenüber. Da wohnte dieses asoziale Pack, diese Schmitts. Nachdem ihm gestern von einem mürrisch dreinblickenden, rothaarigen Jungen die Tür geöffnet worden war, musste er erst einmal den betrunken Familienvater auf dem Sofa wachrütteln. Hammer schüttelte es bei der Erinnerung daran. Der Mann war kaum ansprechbar gewesen, das Haus ein einziges Chaos. Überall Müll und rotznasige Kinder, von der Mutter keine Spur. Man hätte es ihr nicht verdenken können, wenn sie geflohen wäre. Das Fass zum Überlaufen hatte dann das einzig freundliche Wesen in diesem Tumult – ein dreckverschmiertes Kleinkind in schmutziger Windel – gebracht. Vertrauensvoll war es auf seinen Schoß geklettert und hatte dabei seine Uniformjacke mit Schokolade beschmiert.

Aber das war gestern, beruhigte sich Hammer, und sprang elastisch aus dem Wagen. Heute war ein neuer Tag und er war wieder wer. Sein Chef hatte ihn auserkoren, eine wichtige Zeugin abzuholen. Oder war sie gar eine Tatverdächtige? Immerhin begann ihr Vorname mit einem »S«! Ob Maus das auch schon aufgefallen war? Wenn nicht, freute Hammer sich schon, ihn darauf aufmerksam zu machen. Mit schnellen Schritten passierte er den kleinen Vorgarten, sprang die drei Stufen zur Eingangstür hinauf, drückte energischer als nötig die Klingel und wartete. Nichts rührte sich! Hammer drückte noch einmal, diesmal etwas länger. Immer noch nichts! Was jetzt? Das war nicht so gut, denn er war davon ausgegangen, hier schnell und professionell zuzuschlagen und eventuell das Blaulicht bei der Rückfahrt einzusetzen. Aber offenbar wollte die eigensinnige Dame nicht mitspielen. Er klingelte erneut. Nichts, nichts, nichts! Der Lärm hätte selbst in einem riesigen Schloss den taubsten Butler aus dem Weinkeller gejagt, aber nicht so Sandra Blum! Hammer kratzte sich nachdenklich am Kinn. Er musste improvisieren. Vielleicht war sie ja doch da, und hatte ihn nicht bemerkt, weil sie im Garten mit einem MP3-Player am Ohr laute Rockmusik hörte und dabei Rasen mähte. Ihm war das zumindest auch schon mal passiert und er würde nie seinen Fast-Herzinfarkt vergessen, als plötzlich seine Frau vor ihm gestanden hatte. Ja, genau so etwas könnte auch hier der Fall sein. Zufrieden mit der Aussicht doch noch seinen aufsehenerregenden Auftritt vor dem Revier zu haben, drückte er sich an den Mülltonnen vorbei und schlug den schmalen Weg um das Haus in den Garten ein. Leider wurde er dort sofort enttäuscht, denn hier war auch niemand. Die Terrassentür war verschlossen. Er spähte durch das Fenster, um ausschließen zu können, dass Frau Blum eventuell auf dem Teppich im Wohnzimmer lag und am Verbluten war. Niemand! Hammer ließ den Blick durch den Garten schweifen. Der Abend brach schnell herein. Neben einem Blumenbeet lagen noch ein paar Gartengeräte und Handschuhe. Die sollte man wohl besser wegräumen, kam es ihm in den Sinn. Wäre doch schade, falls es regnete und sie verrosteten. Fürsorglich hob er alles auf und legte es auf den Terrassentisch. Ein kleiner Körper strich um seine Beine. Er erschrak. Schnell blickte er nach unten.

Dort drückte sich jetzt eine dicke, schwarze Katze gegen ihn, fing an, leise zu schnurren und sah ihn verträumt an. Hammer war gerührt.

»Ja, Muschilein, was machst denn du hier?«

Er beugte sich hinunter und streichelte das Tier, das dadurch noch anhänglicher wurde, den Schwanz hob, wohlig die Augen schloss und seine Berührungen mit dermaßen lautem Schnurren quittierte, dass er fast schon Angst bekam und aufhören wollte. Doch das hätte die Katze niemals geduldet und als Beweis dafür biss sie ihm lustvoll in die Hand.

»Autsch, ja sag mal, Muschi, spinnst denn du? Du darfst doch den lieben Onkel nicht beißen!«

Überhaupt nicht schuldbewusst rieb die Katze ihren Kopf an seinen Knien. Hammer lächelte, griff mit beiden Händen nach ihr, hob sie hoch auf seinen Arm und stand selber auf. Zunächst etwas perplex, so schnell eingefangen worden zu sein, gefiel es dem Tier dann doch und es ließ sich weiter verwöhnen.

»Mei, du bist ja ein ganz schöner Brocken, Muschilein. Da kriegt man ja ganz schwere Arme. Bist jetzt ein Bub oder ein Mädel? Oh, oh, ich seh' schon, ein Bubilein!«, sprach Hammer mit seinem neuen Freund.

»Mohrli!«, rief jemand aus dem Nachbargarten. »Mohrli, wo steckst, mein Schätzle?«

»Sieh an, du bist wohl des Mohrli!«, schlussfolgerte Hammer korrekt. »Da staunst, dass ich so ein g'scheiter Bulle bin, was?«

Den Kater interessierten weder der Ruf seiner Besitzerin, noch Hammers Gebrabbel. Er war zufrieden mit seiner Macht über die Menschen, die in den meisten Fällen wirklich das taten, was er wollte. Jetzt zum Beispiel brauchte er etwas Liebe und Zärtlichkeit und nachher sein eigens für ihn gekochtes Futter.

»Mohrli, du Lauser, wo steckst denn? Frauli hat dir wieder was ganz Feines gemacht. Vom Metzger, ganz frische Hühnermägen. Mohrli? Komm, komm, komm!«

Hammer hatte Mitleid mit der Frau und ging zu der hohen Hecke, die die Grundstücke voneinander trennte.

»Hallo? Is' der Mohrli vielleicht ein großer, strammer, schwarzer Kater mit einem weißen Fleck auf der Brust?«, rief er.

»Ja, genau. Der Fleck sieht aus wie ein Herzerl«, klang es herüber und ein Rascheln im Gebüsch kündigte an, dass die Frau versuchte, durch die Blätter zu sehen.

»Dann is' der Stromer hier bei mir, Frau …«

»Wieland, Sofia Wieland.«

Hammer erstarrte. Schon wieder ein S-Name. Dem musste nachgegangen werden. Sehr wohl bedacht, seiner Stimme auch ja nichts anmerken zu lassen, um ihr nicht das Gefühl zu geben – falls sie tatverdächtig war – entdeckt worden zu sein, rief er: »Der Busch ist zu dicht. Ich schlage eine Übergabe Ihres Haustiers auf der Straße vor. Kommen Sie sofort nach vorne.«

»Aber es wäre doch einfacher, wenn Sie das Mohrli loslassen …«, kam der logische Einwand. Die Frau war gerissen, aber Hammer ließ sich nicht verunsichern.

»Naa, nix da. Das is' eine polizeiliche Maßnahme. Wir sehn uns in einer Minute, Frau Wieland!«

Wenn er geahnt hätte, wie gerne sie seiner Aufforderung folgte, hätte er sie natürlich nicht so hart angepackt. Noch unter dreißig Sekunden standen sich Polizei und Nachbarschaft gegenüber. Mohrli war jetzt sichtlich genervt davon, herumgetragen zu werden, schlug seine Krallen in Hammers Ärmel – was wehtat – und drückte sich kräftig ab, um gleich darauf mit einem leisen Plumps auf dem Boden aufzukommen. Dort streckte er wieder majestätisch den Schwanz in die Höhe und maunzte vorwurfsvoll seine Besitzerin an.

»Ein ganzer Kerl, Ihr Mohrli!«, versuchte Hammer den Schmerz mit einem Scherz zu überspielen.

»Sie sagen es. Herr …«

»Hammer, Polizeiobermeister Hammer, von der Kripo«, lässig zog er seine Dienstmarke, aber sie schien nicht sonderlich beeindruckt.

»Schon wieder Polizei? Sie gehen hier ja seit Tagen ein und aus. Hören Sie, langsam wirft das kein gutes Licht auf die Gegend. Man könnte ja meinen …«

»Frau Wieland, was könnte man meinen? Dass die Tochter des Hauses ermordet worden, der Sohn ein Straftäter und die Mutter der Kopf der ganzen Räuberbande wäre?« Er verstummte und hätte sich am liebsten auf die Zunge gebissen. Zu spät! Sie hatte den Brocken schon geschluckt und Begeisterung und Neugier erhellten das alte Gesicht.

»Ja, ich fass es nicht. Wirklich?«

Hammer war rot geworden, weil er sich sehr über sich selbst ärgerte. Aber ein Blick auf die alte Dame beruhigte ihn. Sie schien vertrauenswürdig, hatte etwas Freundliches, Mitteilsames, erinnerte ihn an seine Großmutter. Wie sie ihn jetzt erwartungsvoll und bewundernd ansah, schmeichelte ihm.

»Tja, Frau Wieland, da hätt ich jetzt ein paar Fragen. Sind Sie zufällig den ganzen Tag zu Hause gewesen? Haben Sie außer meinen Kollegen jemanden kommen oder gehen sehen? Vielleicht Frau Blum?«

»Herr Kommissar, Sie werden es nicht glauben, aber das habe ich wirklich. Nachdem nämlich der unmögliche Junge, der Sebastian, wie ein wilder Stier von Ihren Leuten abgeführt wurde – er hat dabei gegen mein Gartentürchen getreten – sehn Sie mal!«

Hammer tat ihr den Gefallen und war auch entsetzt. Das hatten das arme Türchen und die freundliche Nachbarin wirklich nicht verdient.

»Na ja, ein bisschen Farbe könnte helfen«, versuchte er sie zu trösten. »Aber jetzt mal weiter mit Ihrem Bericht. Was is' nach dem da passiert?«

»Ja, ich stand danach hier so rum und hab mir gedacht, jetzt geh ich mal rüber und sag der Blum, dass sie für den Schaden aufkommen muss, da is' sie auch schon von selbst rausgekommen. Ganz schnell und hektisch is' sie gelaufen. Wäre beinahe gestolpert.«

»Aha!«, entfuhr es Hammer und seine Begeisterung über diese aufmerksame Zeugin war nicht mehr zu übersehen. Warum hatte Gerster – dieser Glückspilz, der gestern die geraden Hausnummern übernommen hatte, während Hammer sich mit Alkoholikern, Türken und anderen unerfreulichen Zeitgenossen herumärgern musste – nichts von ihr erzählt? Dieser Ignorant, dieser Anfänger! Und Maus? Hatte der jemals mit dieser interessanten Frau gesprochen? Er bezweifelte es, denn sonst wären sie mit den Ermittlungen bestimmt schon viel weiter. Für Hammer war klar, diese Dame schickte der Himmel und er würde die Lorbeeren kassieren. Aufgeregt überlegte er, ob er die Beobachtungen vielleicht aufschreiben sollte, aber dann fiel ihm ein, dass er gar kein Notizbuch bei sich hatte. Zu schnell war er zu dieser augenscheinlichen Routineaufgabe aufgebrochen. Na, dann würde er eben alles in seinem fabelhaften Gedächtnis speichern.

»Erzählen Sie weiter, Frau Wieland!«, forderte er sie ungeduldig auf.

»Ja, nix weiter. Sie hörte mir gar nicht zu, als ich ihr den Schaden zeigen wollte. Ging einfach weiter zur Bushaltestelle da vorne. Eine Unverschämtheit, meinen Sie nicht auch?«

Sie konnte den Gesichtsausdruck ihres Gesprächspartners nicht so richtig einordnen. Wo vor ein paar Sekunden noch Interesse und Anerkennung zu lesen waren, kam es ihr nun so vor, als ob er ein bisschen enttäuscht wäre. Fieberhaft überlegte sie, was er denn eigentlich zu hören wünschte.

»Sie nahm die Linie 13«, fügte sie schnell hinzu.

Es war ein Versuch, aber Hammer wirkte immer noch nicht allzu überzeugt.

»Tja«, seufzte er. »Die 13 fährt 'ne weite Strecke. Sie kann bis zum Marktplatz gefahren sein, um einzukaufen. Ins Präsidium, um ihren Sohn zu besuchen, aber da war sie nicht, denn das hätte ich erfahren. Oder sie ist auf eins der Dörfer gefahren. Aber sie könnte natürlich auch umgestiegen sein.«

»Ja, das kann natürlich alles sein«, auch Frau Wieland war im Geiste die Stationen der Linie 13 durchgegangen, dann kam ihr aber eine andere Idee:

»Wissen Sie, was mir aber so im Nachhinein doch ein bisschen merkwürdig erscheint? Ich mein, ich kenn die Blum ja schon, seitdem sie hier vor 25 Jahren hergezogen is'. Ich hab damals die ganzen Geschichten mit ihrem ersten Mann – dem Vater von dem Bub – mitbekommen. Der war Österreicher und ein ganz brutaler Mensch, sag ich Ihnen. Wir waren damals alle froh, also ich, mein Mann – Gott hab ihn selig – und die Nachbarschaft, als sie sich endlich haben scheiden lassen, und der wieder zurück in seine Alpenschlucht gegangen is'. Tja, und dann hat die Blum im Urlaub in Spanien ihren zweiten Mann kennengelernt. Gott sei Dank, diesmal ein Deutscher! Aber die waren nie verheiratet. Die Heidi is' von ihm. Getaugt hat der Kerl jedoch auch nix! War der erste ein ganz Harter, so war der zweite ein Waschlappen. Ein verzärteltes Bübchen aus gutem Haus, der keine Familie ernähren konnt. Immer hat er gejammert über die Kälte, hat nach Sonne und Meer gejault und sie dann nach drei Jahren wieder verlassen, der Lump! Einfach fort, hat sie mit den Kindern im Stich gelassen. Ich glaub, jetzt is' er irgendwo in Vietnam, hat sogar eine Einheimische geheiratet und betreibt ein kleines Hotel. Aber an dem Tag, als er wegging, hat sich die Blum genauso verhalten wie gestern. Sie, na, wie sagt man, sie is' wie so eine lebende Tote rumgelaufen … Äh, wie nennt man die?«

»Zombie«, half Hammer aus, der, seitdem sie mit dieser wunderbaren Klatschgeschichte angefangen hatte, gebannt an ihren Lippen hing.

»Ganz genau, so ein Zombie war die. Hat durch einen durchgeschaut als wäre man gar nicht da, und is' einfach weitergelaufen. Da war kein Durchdringen mehr zu ihr. Ich mein, ich kenn sie ja gut genug und ich war es ja schließlich auch, die ihr in der Not immer die Hand gereicht hat. Das letzte

Mal bei dem Tod von ihrer Kleinen, aber da war sie halt anders. Nicht so wie damals, als ihr Mann sie verlassen hat und nicht so wie gestern.«

Beide sahen sich einen Moment bedeutungsvoll an.

»Und Sie glauben, dass die jetzt was Dummes gemacht hat? Dass die auch eine Kriminelle is'?«

»Nein, nein«, Hammer war die rausgerutschte Bemerkung von vorhin mehr als peinlich und er versuchte, diese schnell auszubügeln. »Nein, da haben Sie mich aber etwas missverstanden. Wir vermuten nur, dass sie uns in der Sache helfen könnte. Also, ein bisschen Licht ins Dunkel und so. Sie verstehen?«

Verschwörerisch nickte sie, was Hammer noch nervöser machte. Hatte sie ihn durchschaut? Zumindest brachte ihre Art ihn dazu, mehr zu sagen, als er sollte und deshalb hielt er es für zu gefährlich, sich noch länger mit ihr zu unterhalten. Er musste das Gespräch sofort beenden.

»Danke, das sind wirklich gute und sachdienliche Hinweise. Es wäre schön, wenn wir mehr so aufgeweckte und aufmerksame Damen hätten wie Sie. Ich fahr dann mal, aber Sie halten sich bitte zur Verfügung und wenn sich hier was tut, dann rufen Sie mich sofort an. Hier ist meine Nummer.«

Strahlend nahm sie die Visitenkarte entgegen, las sie ehrfürchtig und Hammer schmolz durch diese Geste dahin. Ihm kam es so vor, in ihr eine Seelenverwandte gefunden zu haben und er war glücklich, dass gerade sie seine seit einem Jahr in der Jacke steckende Karte bekommen hatte. Lässig ging er zum Auto und rief beim Einsteigen: »Schönen Abend noch und Grüße ans Mohrli!«

Sofia Wieland stand nach seiner Abfahrt eine Weile im Dämmerlicht vor ihrem Haus und war so in Gedanken versunken, dass sie das immer forderndere Maunzen ihrer Katze überhörte.

96

»Hier habt ihr die angeforderten Unterlagen!«

Mit einem dumpfen Aufprall ließ Steffi einen Berg Papier auf den Tisch zwischen Claudia und Schnabelhuber fallen. Letzteren strafte sie mit einem vorwurfsvollen Blick, denn er hatte gekonnt übersehen, welche Last sie zu tragen hatte und die unterlassene Hilfeleistung – wenigstens hätte er ihr die Tür öffnen können – nahm sie ihm verständlicherweise übel. Es gab halt keine Kavaliere mehr in diesem Land! Sie seufzte, als sie nun auch noch von Claudia ungeduldig zur Seite gedrängt wurde.

»Hat aber ganz schön lange gedauert!«, murmelte die Kommissarin und begann sofort, in den Akten zu wühlen. »So viele?«

»Ja, so VIELE!«, betonte Steffi genervt. »Ich hab 'ne halbe Stunde auf die biestige Schwester eingeredet, aber die hing so sehr an den Vorschriften, dass mich nur noch Doktor Frank retten konnte. Und dann wiegt das Zeug ein paar Tonnen, und ich bin damit in der Dunkelheit den ganzen Weg hierher gelaufen, weil ich ja kein Fahrrad mehr hab und …«

»Na ja, Kollegin Vogler, so weit is' es ja nicht über den Platz«, mischte sich jetzt Schnabelhuber in das Gespräch ein. Auch er wollte gerade nach ein paar Faltordnern greifen, aber Steffi hatte ihn erbost am Handgelenk gepackt.

»Das nächste Mal gehst du eben! Bei deinen schwabbeligen Armen täte dir ein bisschen Workout ganz gut!«, zischte sie aufgebracht. Ihre Augen waren nun zu gefährlichen Schlitzen geworden, eine steile Zornesfalte hatte sich zwischen den Brauen gebildet, ihr Mund zuckte verächtlich. Für Claudia Hubschmied waren das keine guten Anzeichen und sie schritt schnell ein. Sanft löste sie Steffis Finger, legte ihr den Arm um die Schulter und führte sie zu einem Stuhl, damit sie sich setzten konnte.

»Ganz ruhig jetzt. Wir sind dir sehr dankbar. Aber es is' auch nicht unsere Schuld, dass der Krankenhauscomputer abgestürzt is' und alles momentan drunter und drüber geht. Wir haben ja noch Glück, dass die wenigstens die Akten noch hatten. Glaub mir, du hast es jetzt auch viel besser als wir, denn du kannst endlich nach Hause gehen, während wir beide – falls nicht irgendwann doch noch Verstärkung kommt – eine Nachtschicht einlegen müssen.«

»Und wenn schon«, knurrte Steffi aber schon halbwegs besänftigt. »Dafür kann ich jetzt zu Fuß gehen!«

»Was is' denn mit deinem Radl?«

»Das?«, sie lachte bitter. »Das hat unser reizender Kollege Hannes Petersen leider noch nicht zurückgebracht!«

Claudia hatte das Gefühl, als ob man ihr gerade einen Vorwurf gemacht habe. Erstaunt sah sie die Freundin an.

»Ja, aber warum hat er nicht? Wo steckt er denn eigentlich?«

Plötzlich schien der Vorwurf einen Sinn zu ergeben. Sie hatte Hannes schon wieder vergessen! Er war mehr als überfällig. Schnell zog sie das Handy hervor. Keine Nachricht! Sie wählte seine Nummer. Die Mailbox! Die Tür wurde aufgerissen und Hammer trampelte herein.

»Leute, der Vogel is' ausgeflogen!«, ließ er mit Trompetenstimme verlauten. »Wo is' der Chef? Ich muss es ihm umgehend mitteilen!«

Steffi warf noch einen kurzen Blick auf Claudias besorgtes Gesicht, dann wandte sie sich an Hammer.

»Der is' noch in einem wichtigen Gespräch mit dem Bürgermeister. Du musst dich also hinten anstellen!«

»Hier!«, Schnabelhuber drückte ihm einige Papiere in die Hand. »Lies das mal durch. Wir suchen die Geburten im Zeitraum Oktober – falls es ein Frühchen war – bis Januar. Leider is' wegen der Umstellung und der Zusammenlegung der Krankenhäuser alles ein bisschen durcheinander geraten. Also, du siehst schon, die haben auch die Unterlagen von den zwei anderen Kliniken, die vor Jahren geschlossen wurden und …«

»Oh Gott, ich versteh schon, was du meinst! Da sind ja alle Stationen durcheinandergeraten! Hier is' ein Ambulanzbericht neben einem Nierenstein.«

Hammer blätterte schnell weiter und, obwohl es eindeutig eine Sisyphusarbeit war, schien er brennend interessiert.

»Haha, habt ihr gewusst, dass der Metzgermeister Gans Senior wegen eines Leistenbruchs da war?«

»Und? Was is' daran so witzig?«, fragte Schnabelhuber trocken.

»Na, dass er den wegen chronischer Verstopfung bekommen hat! Haha, stellt euch das mal vor. Man isst zu viel von seinen schlechten Würschtel, versucht sein Bestes auf dem Klo und schwupp!«

»Ja, Hammer, das is' saukomisch. Ich merke schon, dass wir dir da die richtige Beschäftigung rausgesucht haben. Also, dann lass dich nicht aufhalten und frisch ans Werk«, murmelte Schnabelhuber und vertiefte sich in seinen eigenen Stoß Akten.

»Hey und vergiss' nicht: Das is' alles vertraulich! Ich musste es dem Drachen von einer Krankenschwester und dem Doktor auf die Bibel schwören.«

»Schon klar, Steffi. Versteht sich ja von selbst. Von mir kein Sterbenswörtchen!«, aber gleich fing er wieder an loszuprusten.

»Das müsst ihr euch auch noch anhören. Die Aubichlerin – ihr wisst schon, die vom Aubichlerhof – also die hat im September doch glatt …«

»Hammer!«, riefen Schnabelhuber und Steffi genervt.

Verständnislos sah er auf, merkte aber, dass es ihnen ernst war und machte sich mit einem gemurmelten »Dann halt nicht!« weiter ans Lesen.

»Du, Steffi«, Claudia zupfte nachdrücklich an ihrem Ärmel. »Ich mach mir langsam wirklich Sorgen. Er geht nicht ans Handy. Wo wollte er denn hin?«

Steffi, die Claudia sehr gut verstehen konnte, gab bereitwillig Auskunft.

»Er wollte zuerst zum Wolfi …«

»Was? Zum Wolfi? Warum denn das?«

»Keine Ahnung, vielleicht hielt er ihn für verdächtig?«

»Ja, spinnt der denn? Der Wolfi doch nicht! Der tut doch keiner Fliege was zuleid!«

Empört starrte sie Steffi an, die nur etwas hilflos mit den Schultern zucken konnte.

»Was weiß ich? Er sah das wohl etwas anders.«

»Na, das wolln mer doch mal sehn!«

Ärgerlich suchte Claudia in ihrem Handy Wolfgangs Nummer, dann fiel ihr aber wieder ein, dass sie die ja gar nicht hatte.

»Verflixt! Ja, kann denn nicht einmal was richtig laufen?«

Wütend stampfte sie auf. Aber so schnell würde sie nicht klein beigeben. Schließlich war sie Polizistin und wählte daher kurz entschlossen die Nummer ihrer Tante.

»Schnabelhuber?«, Hammer winkte seinem Kollegen zu. »Was soll ich denn mit den Unterlagen von der abgebrannten Klinik am See machen?«

»Leg sie einfach hier auf den Haufen. Aber schau auch vorher nach, ob da vielleicht noch Berichte von der gynäkologischen Abteilung sind!«

»Huhu, Frauengeschichten, wie interessant.«

Genüsslich blätterte Hammer einen kleinen Stoß durch, während Claudia genervt und mit einem gemurmelten »Verflixt, die is' ja auf Malle!«, auflegte, um dann gleich eine andere Person anzurufen.

»Schnabelhuber?«, Hammer hielt jetzt triumphierend ein weiteres Blatt hoch. »Ich wusste gar nicht, dass du eine Schönheits-OP hattest!«

»Ja, spinnst denn jetzt vollkommen!?« Der Angesprochene war aufgesprungen und hatte Hammer das Dokument entrissen. »Was an dem Wort ›VERTRAULICH‹ hast denn nicht verstanden?«

»Griaß di, Oma! Ja, i bin's, die Claudi … Ja, guad geht's! Passt ois! … Aha … dir a. Des is' schee …«

»Aber, aber, jetzt reg dich doch ned so auf!«

»Wos, du woast ah scho von dem Möller? Na, des macht fei schnell die Rund! … Aha! Naa, des kriang ma scho hie.«

»Du, ich reg mich aber auf! Außerdem war das keine Schönheitsoperation. Ich hatte schiefe Nasenscheidewände und war immer erkältet. Das wurde nur korrigiert!«

»Du, wesweng i oruaf. Konnst mia amoi de neie Händinumma vom Wolfi gem?«

»So und jetzt schleichst di und nimmst den Stoß hier und gehst da in die Eck und bist still«

»Mei, supa! Dank dir schee und pfiati, Oma!«

Claudia Hubschmied nickte zufrieden. Die Hürde war genommen und ihrer Großmutter ging es auch gut. Seitdem diese bei einer Kaffeefahrt einen rüstigen Rentner kennengelernt hatte, war sie nicht nur um eine Heizdecke reicher, sondern auch nicht mehr so einsam. Etwas gedankenverloren blickte sie sich im Aufenthaltsraum um. Schnabelhuber wirkte verärgert, Steffi sah müde aus und Hammer saß schmollend in der Ecke. Was war denn hier los? Hatte sie etwas verpasst? Claudia, eigentlich auf Harmonie bedacht, schob den Wunsch auf eine Antwort beiseite, denn sie hatte Wichtigeres zu tun. Konzentriert tippte sie Wolfgangs neue Nummer in ihr Telefonbuch, speicherte diese und rief ihn sogleich an. Nach mehrmaligem Klingeln hatte sie dann einen schnaufenden Mann am Telefon.

»Wolfi? Bist du's? … Ja, ja hier is' die Claudia. Sag mal, stör ich dich gerade bei was? Du bist ja ganz außer Atem … Aha, du hast grad Sport gemacht? So nennt man das also heute … Haha! … Okay, hast ja recht. Mir is' jetzt auch nicht nach Witzen zumut. Du, sag amoi, war heut ein Kolleg von mir bei dir? … Ja? … Genau, so ein großer mit nem Stock im Arsch, den mein ich … aha, aha, und wohin is' er dann gefahren? … Susanne Klöter? Wer is' denn des? … Ach so, ja, die kenn ich! Die wohnt bei mir ums Eck. So 'ne dünne, etwas humorlose … Ja, die war auch mal beim alten Möller. Sag mal, weißte zufällig ihre Adresse? … Aha, also nicht so genau die Hausnummer. Aber die Straß stimmt? Hm, macht nix, das krieg ich auch so raus … Ja, ja, dann mach's mal gut und grüß mir deine Sportlehrerin.«

»Sportlehrerin?«

Steffi konnte ihre Neugier offensichtlich nicht mehr im Zaum halten, aber die Kommissarin war mit ihren Gedanken ganz woanders.

»Claudi?«

»Ja? Was is'?«

»Claudi?! Du überlegst doch grad ned, da einfach mal vorbeizuschauen? Du weißt doch, was der Maus dir eingetrichtert hat: Keine Einzelaktionen mehr.«

Claudia Hubschmied zuckte zusammen. War sie wirklich so leicht zu durchschauen? Konnte man ihr ansehen, dass sie gerade nach einem Schlupfloch, einem Hinterausgang suchte, um die doch sehr strengen Auflagen zu umgehen? Ärgerlich biss sie auf ihre Unterlippe.

»Was würdest du an meiner Stelle machen?«, probierte sie es mit einer Gegenfrage. Steffi zuckte die Schultern.

»Hm, ich glaub, ich würd erst mal nach Hause fahren, mich duschen, mich umziehen, vielleicht eine Kleinigkeit essen. Dann würd ich mir ein bisschen die Beine vertreten wollen, vielleicht lässt sich ja einer vom Überwachungsteam auch dazu überreden. Hm, ich würd den Krautschneider fragen. Tja und dann würd ich zufällig im Strauß-Weg 13 vor dem Haus der Familie Klöter stehen bleiben, weil … Tja, weil dort die Luft besonders frisch ist. Davon kann man nämlich ausgehen, denn Hannes ist ja immer noch nicht zurück und ihm hab ich heute auch diese Adresse gegeben.«

Das war ja nicht zu glauben? Claudia Hubschmied blieb vor Erstaunen über diesen raffiniert hinterhältigen Plan der doch sonst so geradlinigen und ehrlichen Stefanie Vogler der Mund offen stehen. Diese sah sie mit unschuldigem Blick an, hob dann stolz ihren Kopf, straffte die Schultern, stand auf und ging würdevoll zur Kaffeemaschine. Bedächtig stellte sie eine Tasse in die Ausgabe, aber bevor sie einen Knopf drückte, rief sie noch über die Schulter: »Claudi, das war nur so eine Idee. Du wolltest ja meine Meinung wissen und ich denk, das kann man doch vertreten, oder?«

Als sie keine Antwort erhielt, drehte sie sich um. Kommissarin Claudia Hubschmied war nicht mehr da.

»Gut so!«, sprach Steffi leise zu sich selbst und drückte auf die Espressotaste.

97

»Wer war das?«, Erika Noller legte den Arm von hinten um Wolfi, der nachdenklich sein Handy angestarrt hatte, und begann, sein Brusthaar zu streicheln. Das genügte, ihm ein Lächeln auf seine Lippen zu zaubern und ihn dazu zu bringen, das Telefon achtlos auf den Nachttisch zu werfen und sich aufseufzend zurücksinken zu lassen.

»Ach, nur meine nervige Cousine. Die Claudi. Die kennst doch, oder?«

»Hmhm.«

Mehr kam nicht mehr von ihr, denn sie war damit beschäftigt seine Schultern mit kleinen Küssen zu bedecken. Wolfgang schloss die Augen und grunzte, woraufhin sie kichern musste.

»Du kleine Hexe!«, diesmal setzte er zu einem gespielten Knurren an: »Du weckst in mir das Tier!«

»Bist du jetzt ein wilder Eber oder gar ein Tiger? Huh, ich bekomm es ja mit der Angst! Wirst du mich beißen?«, aber bevor er antworten konnte, hatte sie schon damit begonnen, an seinem Hals zu knabbern.

»Oh, ja, mach weiter!«, seufzte er genüsslich.

»Wollt ich schon die ganze Zeit, aber du musstest ja telefonieren!«, flüsterte sie heiß in seinen Nacken. Er erschauderte.

»Wenn ich das gewusst hätt …«

Er zuckte zusammen. Wo hatte die Frau das nur gelernt?

»Ich versprech dir, ich geh ab jetzt nicht mehr ran …«, stöhnte er und sog genüsslich die Luft tief an. Sie war eine Zauberin! Nie hätte er gedacht, dass es mit Erika so werden würde. Sie war eine Wucht, eine Granate, ein Naturtalent und seitdem sie sich heute Nachmittag ausgesprochen und versöhnt hatten, musste er eingestehen, dass all seine bisherigen Spielgefährtinnen nur den Stufen »langweilig« und »mittelmäßig« zuzuordnen waren. Er lachte leise.

»Was is'?«, murmelte Erika, während ihre geschickten Hände immer tiefer glitten. Das war mehr als stimulierend. Er drehte sich um, küsste sie leidenschaftlich, gab sie nach einer Weile frei, grinste dann frech und verschwand in Sekundenschnelle unter der Bettdecke.

»Wolfi, du Schlawiner, was hast denn jetzt scho wieder vor?«, kicherte sie.

»Nun, ich schau amoi nach deinen Verletzungen. Bin ja jetzt sozusagen dein Krankenpfleger«, kam die gedämpfte Stimme.

»Aber … aber … aber Wolfi, an der Stelle hat mich die Anni doch nicht getreten!«, rief Erika überrascht, bevor sie sich wieder in die Kissen zurücklehnte, die Augen schloss und zufrieden aufseufzte.

98

Das Telefon klingelte schrill. Sybille blickte von ihrem Teller auf und sah ihren Mann fragend an.

»Lass klingeln, wir sind beim Essen!«, entschied er kurzerhand.

In den Bewegungen erstarrt, lauschte die Familie dem aufdringlichen Ton, wartete auf die Befreiung durch das Anspringen des Anrufbeantworters, aber irgendwie wollte der heute wohl nicht. Genervt legte Sybille die Gabel beiseite, nahm die Serviette vom Schoß, warf sie beim Aufstehen demonstrativ auf den Tisch und ging aus dem Esszimmer, um den Anruf entgegenzunehmen. Zurück blieben Andreas, der jetzt ungerührt weiter aß, Kevin, dem offensichtlich die Erbsen nicht schmeckten und der sie daher lustlos auf dem Teller herumschob, und Jenny, die aus großen Augen in einem blassen Gesichtchen teilnahmslos durch die Salatschüssel hindurchzusehen schien.

»Möller-Spatz!«, erklang Sybilles gereizte Stimme aus der Diele.

»Kevin! Spiel nicht mit dem Essen«, wies Andreas seinen Stammhalter zurecht.

»Ach, Tante Gundi, na das is' ja 'ne Überraschung!«

Andreas merkte jetzt erst, wie angespannt er gewesen war. Die Erleichterung, dass es sich lediglich um eine entfernte Verwandte handelte, lockerte ihn jetzt sogar soweit, dass es ihm plötzlich ein Bedürfnis war, sich mit seinen Kindern zu unterhalten.

»Na, Kevin, wie war dein Tag heute so? Hast du was Interessantes gemacht?«

»Ich bin Rad gefahren«, erzählte Kevin stolz. »Bis runter an den Weiher und wieder zurück. Ich war sogar schneller als der Fritzi, aber der hat ja auch noch Stützräder, der Kinderficker!«

»Kinderficker?«, fragte Andreas entsetzt. »Ja, du meine Güte, woher hast du denn diesen Ausdruck?«

Kevin schob bockig die Unterlippe vor. Den strengen Blick seines Vaters wohl spürend murmelte er: »Weiß nich!«

»Kevin, jetzt hör mir mal gut zu. Ich will nicht, dass du irgendwelche Wörter benutzt, wenn du gar nicht weißt, was sie bedeuten. Ist das klar?«

Der Junge nickte leicht, aber man konnte seine Enttäuschung spüren, denn er hatte es sich schon wieder mit seinem Vater verdorben. Gerade noch war er überglücklich, durfte mit ihm reden und jetzt war er wieder in dessen Achtung gesunken.

Andreas tat sein Sohn ein bisschen leid. Er war vielleicht doch etwas zu streng mit ihm. Eigentlich sollte er ihn jetzt wohl trösten, aber ihm fehlten wie so oft die Worte. Er fand einfach keinen Draht zu den Kindern. Sybille war mit ihrem Telefonat fertig und kam zurück. Langsam setzte sie sich wieder, rührte ihr Essen aber nicht an, sondern zog es vor, Andreas mit einem unergründlichen Blick anzustarren. Bildete er es sich nur ein, oder war sie ein bisschen grün im Gesicht geworden?

»Willst du denn nicht wissen, wer das war?«, fragte sie scharf.

Bedächtig schnitt er ein Stück von seinem Steak ab, tunkte es in die Soße, schob es in den Mund und begann zu kauen. Ja, kauen, Fleisch musste ja bekanntlich immer gut durchgekaut werden. Sybilles Augen wurden zu gefährlich schmalen Schlitzen.

»Das war Tante Gundi!«, erklärte sie und betonte dabei jede einzelne Silbe. »Tante Gundi aus REGENSBURG!«

»Oh, nett. Was wollte die denn um diese Uhrzeit?«, er hatte das mit dem Durchkauen aufgegeben. Das Fleisch war eindeutig zu zäh. So zäh wie meine Ehe, dachte er bitter, und schluckte es im Ganzen.

»Oh, sie hatte mir eine wichtige Mitteilung zu machen!«

Sybille legte eine gekonnte Kunstpause ein. Andreas beobachtete sie argwöhnisch.

»Weißt, was sie mir gesagt hat?«

Er hob fragend eine Augenbraue.

»Sie hat mir gesagt, dass mein Vater entführt wurde. Angeblich heut am frühen Morgen, vorm Golfhotel. Ja, hab ich mir währenddessen gedacht, wird die denn auf ihre alten Tage noch ganz deppert, oder was? Wenn des wirklich stimmen tät, dann hätt mich wohl die Polizei oder mein Mann längst informiert. Ich hab sie dann reden lassen. Aber irgendwie merkwürdig is' des scho, dass die zu so später Stund mit so 'ner Räuberpistole kommt. Was meinst du dazu?«

Andreas Spatz seufzte. Sie hatte ihn am Haken und würde gleich noch mit einem Knüppel nachschlagen, damit er nicht mehr zappeln konnte. Innerlich verfluchte er sich. Was hatte er sich dabei gedacht, alles auf die lange Bank schieben zu müssen? Irgendwann war er sogar davon ausgegangen, dass sie schon Bescheid wüsste, denn schließlich war man auf dem Lande und dort arbeiteten die Buschtrommeln eigentlich recht zuverlässig. Er nahm einen Schluck Wein, um klarer denken zu können. Sein Blick fiel auf Jenny, die ihn jetzt auch vorwurfsvoll ansah. Oh, sie wurde ihrer Mutter immer ähnlicher. Was konnte er denn dafür, dass weder Freunde, Bekannte, Nachbarn noch Hausangestellte auf die Idee gekommen waren, hier mal vorbeizuschauen und sich wie alle Gaffer an dem Elend dieser Familie zu weiden? Vielleicht war man davon ausgegangen, dass hier schon alle Bescheid wüssten, und man hatte daher die Neuigkeit lieber dem Metzger, Bäcker oder Onkel in Hamburg erzählt. Natürlich war es jetzt mehr als peinlich, dass die bittere Nachricht mit großer Verspätung erst über Regensburg – und im wahrsten Sinne des Wortes – auf den Tisch gebracht wurde. Gut, daran war jetzt auch nichts mehr zu ändern und mit Genugtuung stellte er fest, dass Sybilles giftiger Blick ihn nicht besonders tangierte. Ruhig und besonnen setzte er daher zu einer Erklärung an.

»Nein, Tante Gundi hat dir die Wahrheit gesagt. Dein Vater wurde tatsächlich entführt. Die Polizei hat bis jetzt noch keine nennenswerte Spur, Lösegeldforderungen sind auch noch nicht eingegangen. Ich habe vorhin mit dem Hauptkommissar telefoniert. Der hat mir dann leider auch berichtet, dass mittlerweile der Georg festgenommen wurde. Der hat die Heidi umgebracht, ist schwer verletzt und wurde nach München geflogen, um dort operiert zu werden.«

Eine Bombe hätte nicht herrlicher explodieren können. Aus Sybilles Gesicht war alle Farbe gewichen. Entsetzt schlug sie die Hand vor den Mund, wollte schreien, konnte aber nicht, weil ein riesiger Kloß auf ihre Stimmbänder drückte.

»Tja, das is' die augenblicklich desolate Lage deiner fürchterlichen Familie! Und ich wäre dir jetzt dankbar, wenn wir darüber später weitersprechen könnten. Ich würde gerne aufessen.«

»Was hast du da gerade gesagt?«, stieß sie hervor.

Andreas zuckte gleichgültig die Schultern und nahm sich ungerührt von den Kartoffeln. Sie konnte das eben Gehörte immer noch nicht fassen. Hasserfüllt starrte sie diesen Kerl an, mit dem sie seit nun mehr als fünf Jahren verheiratet war, und von denen viereinhalb als Dauerkrise zu betiteln waren. Aber was er sich hier eben gerade geleistet hatte, setzte dem Ganzen die Krone auf.

»Du kannst doch nicht …«, sie kam nicht weiter.

Tränen der Wut wollten sie fast ersticken. Die Worte fehlten ihr, um das auszudrücken, was sie gerade fühlte. Kevin war es jetzt offenbar auch zu viel geworden und er verschwand unter dem Tisch. Jenny rührte sich immer noch nicht, blickte stattdessen verängstigt zwischen den Eltern hin und her.

»Sybille, bitte. Beherrsch dich! Wie ich bereits gesagt habe, ist das nun wirklich kein guter Zeitpunkt um weiterzureden. Denk doch bitte mal an die Kinder!«, wies er sie zurecht.

Das war zu viel. Sie sprang auf, ihr Stuhl kippte nach hinten und fiel mit lautem Krach zu Boden.

»Du sag mir nicht, wie ich mich zu benehmen hab! Du nicht! Wie kannst du es wagen, dich hier aufzuspielen, während du mir die ganze Zeit verschwiegen hast, dass mein Vater verschwunden is', mein Bruder im Krankenhaus liegt, dazu noch sehr wahrscheinlich ein Mörder is' und dann einfach so tust, als wäre nix passiert!«

»Sybille, ich bitt dich! Du kannst doch sowieso jetzt nichts tun. Es ist doch sinnlos und kindisch sich so aufzuführen. Hörst du? Jetzt beruhig dich mal und setz dich! Das Essen wird ja ganz kalt!«

Sie schloss die Augen, um das eben Gehörte zu verdauen, um sich zu sammeln, um ihm nicht mit ihrer geballten Faust die Nase zu brechen. Einatmen – ausatmen – einatmen – so wie es ihr der Therapeut geraten hatte. Aber es funktionierte nicht.

»Andreas!«, stieß sie hinter zusammengepressten Zähnen hervor. »Andreas, du bist das Allerletzte! Wie kannst du es wagen, mich nicht sofort zu informieren, wenn so etwas passiert. Mein Vater! Mein Bruder! Am liebsten hättest du mir gar nichts erzählt, du gefühlskalter Eisklotz! Ja spinnst du denn völlig? Denkst, ich bin so eine hohle Nuss, die das nicht versteht? Der man eigentlich nix sagen muss? Du … du … du, Arsch!«

Kevin lugte neugierig unter der Tischdecke hervor. Sein Vater war ebenfalls aufgestanden.

»Das sind Ausdrücke, die ich in meinem Haus nicht hören möchte!«, stieß Andreas jetzt auch sehr aufgebracht hervor.

Sie hatte seinen Nerv getroffen. Er war kein gefühlskalter Eisklotz! Er war ein besorgter Familienvater, ein Ernährer und ein Beschützer. Sie hatte ihn schon immer missverstanden, seine Gefühle mit den hohen Hacken ihrer unzähligen Schuhe getreten, ihm nie die Anerkennung gezollt, die er verdiente. Schließlich hatte er heute für sie, für die Kinder und wegen des Verschwindens seines Schwiegervaters einen Höllentag in der Firma hinter sich gebracht. Obwohl Wochenende war, hatten die Sonntagslieferungen überwacht und die anwesenden Mitarbeiter beruhigt werden müssen. Außerdem hatte er sämtliche Ressourcen zu überprüfen und deswegen viele Anrufe zu tätigen gehabt, damit das Lösegeld – falls es doch noch gefordert werden sollte – ohne Verzögerung bereitgestellt werden konnte. Die Termine der kommenden Woche – auch hier ging Andreas vorausschauend vom Ernstfall aus – hatte er schon mit seinen abgeglichen und, wo es ging, übernommen beziehungsweise verschieben lassen. All das war sehr nervenaufreibend gewesen und er war daher vollkommen erschlagen, mit dem Bedürfnis nach Ruhe und Entspannung, nach Hause gekommen.

Natürlich war der Wunschtraum, hier eine Oase aus Verständnis und Liebe vorzufinden, utopisch. Sein Sohn hatte das Fahrrad mitten im Wohnzimmer geparkt, seine Tochter mit einer Schere versucht, ihre Handgelenke aufzuritzen – zum Glück hatte sie nur eine stumpfe Kinderschere – und seine Frau hielt ihm lediglich kühl und abweisend die Wange zur Begrüßung hin – und das, obwohl er einige Tage fort gewesen war! Hatte er wirklich so eine Behandlung verdient? Aus den Augenwinkeln konnte er sehen, dass Jenny heimlich nach seinem Steakmesser griff, aber zu sehr selbst verletzt, richtete er seine Aufmerksamkeit erst einmal wieder auf Sybille, die ihn immer noch mit unverhohlenem Hass anstarrte und jetzt schrie: »Es ist nicht DEIN Haus!«

Na, das hatte aber lange gedauert! Normalerweise war sie schneller, wenn es darum ging, ihn darauf hinzuweisen, dass alles, was sie besaßen, von ihrem Vater stammte. Es war egal, dass er durch harte Arbeit sehr viel zu dem Reichtum des Familienunternehmens beigetragen hatte, denn es gab hier nur einen Leitwolf, einen Herrscher, einen König: Josef Möller. Wenn Andreas Spatz vor sechs Jahren geahnt hätte, in was für ein Schlangennest er sich da gesetzt hatte, hätte er die Finger von der Tochter des Hauses gelassen, sie nicht geschwängert und schon gar nicht geheiratet. Aber damals war er noch von Ehrgeiz getrieben seinem Traum gefolgt: Schnell reich, erfolgreich und mächtig zu werden. Leider war der Posten schon besetzt. Zu spät erkannte er, auf was er sich da eingelassen hatte und lebte seitdem mit dem Stigma, nur der Schwiegersohn des unglaublichen Bäckermeisters zu sein. Das frustrierte, machte ihn mürbe und er schien sich in einem grauen Gefängnis aus Enttäuschung und Ohnmacht zu befinden. Bis heute! Zwar war es ein furchtbar hektischer Tag gewesen, aber Andreas hatte sich seit Langem nicht mehr so frei gefühlt. Der König war tot, lang lebe der König! Ja, genauso kam es ihm vor. Er hatte endlich den Thron bestiegen und fühlte sich trotz des ganzen Stresses in der Firma mehr als befriedigt. Diese schöne, ja fast berauschende Emotion war jedoch in dem Augenblick verpufft, als er das Haus betreten hatte und seine Erben und deren Mutter sah. Nein, er schloss kurz die Augen, nein, er wollte sich das jetzt nicht mehr nehmen lassen. Der Möller konnte verrecken, seine Sybille zur Hölle fahren, denn er brauchte sie alle nicht mehr. Die Saat war unerwartet aufgegangen und er musste nur die Hand danach ausstrecken. Mit einem bösen Lächeln ließ er deshalb die nächste Bombe platzen.

»Ich weiß nicht, wovon du redest? Aber um eins klarzustellen: Es ist ab heute MEIN Haus. Dein Vater is' weg. Die Polizei geht vom Schlimmsten aus. Georg wird wahrscheinlich nicht so schnell mehr wiederkommen. Was kriegt man denn eigentlich auf Mord? Zweimal lebenslänglich? Tja, werte Gattin, da bleib ja wohl nur noch ich, der hier alles zusammenhält. Du solltest dich langsam an den Gedanken gewöhnen, dass ich jetzt der Boss bin!«

Das hatte gesessen. Sybille riss die Augen auf, wurde noch bleicher, ihre Lippen zuckten, aber das Schönste war, dass es ihr wirklich die Sprache verschlagen hatte. Um die Theatralik beizubehalten, warf Andreas nun auch seine Serviette auf den Tisch, packte Jenny am Handgelenk, entwand ihren Fingern das Messer und ging in den Salon, wo er sich erst einmal einen Cognac genehmigte und sich dann zufrieden in SEINEN Sessel setzte, um in den dunklen Garten zu starren.

»Mama?«, klang es kläglich unter dem Tisch hervor. Kevin traute sich nicht mehr aus seinem Versteck. »Mama?«

99

Sybille hatte es nicht gehört, konnte es nicht hören, denn da war plötzlich so ein Rauschen in ihrem Kopf. Eine Störung, die nach dieser Explosion eigentlich nur natürlich war. Wie konnte das passieren? Wie konnte man ihr nur so brutal und ohne Vorwarnung den Boden unter den Füßen wegziehen? Plötzlich fühlte sie sich schutzlos und so verlassen. Ihr Vater war verschwunden. Vielleicht würde er nie wiederkommen. Was würde dann aber aus ihr werden? Sie war doch seine Prinzessin, sein Augenstern, sein Liebling. Er hatte sie Georg immer vorgezogen. Erst jetzt merkte sie, dass sie ohne ihn nichts war. Ihr wurde schlecht. Sie musste hier raus; raus an die frische Luft.

»Mama?«

»Männo, Kevi, die is' weg!«, kam endlich eine Antwort, nur leider von Jenny, die damit begonnen hatte, rhythmisch ihre Beine vor- und zurückzuschwingen.

»Aber …?«

Die Tischdecke wurde angehoben und er sah sich dem Gesicht seiner Schwester gegenüber. Sie legte den Finger an die Lippen.

»Pscht, jetzt heul doch nicht gleich«, flüsterte sie und war schon zu ihm geklettert. »Was hältste von nem lustigen Spiel? Guck mal, was ich hier hab!«

»Des sin Mamas Tabletten un des sin Streichhölzer«, stellte er erstaunt fest. »Was willste damit?«

»Spielen!«, sagte sie. »Haste Lust?«

»Äh, okay«, erwiderte er zögernd. »Wie heißt denn des Spiel?«

»Mörder!«

Sie hatte jetzt einen fast hypnotischen Blick und Kevin überlegte fieberhaft, ob es eine gute Idee war, sich mit ihr abzugeben. Aber da ihn alle Erwachsenen so schmählich im Stich gelassen hatten und er sich so verlassen fühlte, willigte er ein.

»Okay, aber ich bin der Mörder, gell!«

Jennifer lächelte wissend.

»Klar biste der. Du musst mich erst mal fesseln, und dann sag ich dir, wie's weitergeht.«

»Aber dafür brauchn wir 'n Seil.«

»Richtig. Komm wir gehen rauf ins Kinderzimmer und suchn mein Hüpfseil.«

Schnell war sie aufgesprungen und lief aus dem Zimmer. Auch Kevin hatte sich von ihrer Begeisterung anstecken lassen und rannte hinter ihr her, die Treppe hinauf. Was die Erziehungsberechtigten und Aufsichtspersonen betraf, die ihren Plan hätten vereiteln können, hatten sie Glück: Andreas goss sich gerade aus der Karaffe nach und überlegte, ob er jetzt als i-Tüpfelchen für seinen triumphalen Sieg eine seiner geliebten und mit Spielverbot behafteten Jazz-Platten auflegen sollte, nur um Sybille noch einmal akustisch in ihre Schranken zu weisen. Das Au-Pair-Mädchen Svitlana hatte schon vor einer Woche gekündigt – was niemanden störte, denn es war schon Ersatz bestellt worden. Vermutlich lebte sie mittlerweile mit ihrem Freund zusammen und betrieb ein Nagelstudio. Die Köchin kontrollierte gerade im Keller die Vorräte und Sybille war aus dem Haus gerannt, ohne zu wissen, was sie jetzt tun sollte. Sie überquerte die Straße und blickte zurück. Tränen stiegen ihr in die Augen. Schnell sah sie zu der Villa ihres Vaters. Dort standen ihr unbekannte Autos. Warum war ihr das nicht schon vorher aufgefallen? Das waren vermutlich die Polizisten, die jetzt alles nach Spuren absuchten oder wie die Spinnen vor dem Telefon lauerten, falls die Entführer anriefen. Den Gedanken, hinzugehen, verwarf sie schnell. Sie war zu aufgebracht, um jetzt noch mehr schlechte Nachrichten zu verkraften. Auch Georg setzte sie ganz hinten auf die Ersatzbank. Er würde es schon schaffen, da war sie sicher. Um ihn kümmerten sich jetzt erfahrene Ärzte, aber wer kümmerte sich denn nun um sie? Was sie dringend brauchte, war Trost und zwar eine ganze Menge!

Schnell holte sie das Handy hervor und wählte Wolfis Nummer. Sie wartete. Das Freizeichen ertönte, es klingelte. Sie ließ es lange klingeln. Nichts! Niemand hob ab, denn Wolfi hielt Wort. Er hatte es Erika versprochen und momentan war er sowieso viel zu beschäftigt, um ans Telefon zu gehen. Enttäuscht legte Sybille auf. Nicht einmal eine Mailbox hatte ihr geduldig zuhören wollen. Langsam ging sie die Straße weiter und blieb erstaunt stehen. Da lehnte ja immer noch das Fahrrad von dem hübschen Polizisten am Zaun. Es war noch nicht mal abgesperrt. Merkwürdig! Wo er wohl steckte? Eines war natürlich klar, auch dieser Mann hatte sie im Stich gelassen.

»Sybille?« Sie fuhr herum.

»Mei, entschuldig bitte. Ich wollt dich nicht erschrecken!«

Claudia Hubschmied stand vor ihr. Sie hatte sie nicht kommen hören. Schnell steckte Sybille das Handy weg, strich eine Strähne aus der Stirn und versuchte ein unverfängliches Lächeln.

»Claudi, na da schau her. Mit dir hab ich jetzt nicht gerechnet.«

Sie segnete in Gedanken die schlechte Straßenbeleuchtung, denn es hätte ihr gerade noch gefehlt, dass diese Schnüfflerin gleich an ihrem Gesicht erkennen würde, wie es um sie bestellt war. Einige Sekunden sahen sie sich schweigend an. Es war klar, dass jede wusste, wie es im Augenblick um die Millionärsfamilie Möller stand, aber darüber sprach man nicht. Sybille und Claudia waren nie richtig miteinander warm geworden. Im gegenseitigen Austausch von Arroganz und Standesdünkel auf der einen Seite und Ignoranz und Selbstbewusstsein auf der anderen waren sie auf keinen gemeinsamen Nenner gekommen. Man hatte gelernt, sich zu akzeptieren und sich aus dem Wege zu gehen. Über Nebensächlichkeiten kamen sie in ihren seltenen Gesprächen nie hinaus und es war nun merkwürdig, dass sie sich ausgerechnet jetzt und mit einem sie gemeinsam betreffenden Problem gegenüberstanden.

»Nun …«, räusperte sich Claudia. »Nun, es tut mir wirklich leid mit deinem Vater …«

»Tja. Ich glaub mal, wenn du ihn suchst, dann besteht noch Hoffnung.«

Claudias Augen verengten sich. War da ein ironischer Unterton? Sie hatte keinen bemerkt, was verwunderlich war, denn Sybille war eine Meisterin, wenn es darum ging, ätzende Kommentare zu formulieren. Als ob sie Claudias Misstrauen gespürt hätte, sagte sie:

»Ich mein des Ernst, Claudi. Auch wenn wir in der Vergangenheit nicht allzu große Stücke aufeinander gehalten haben, so habe ich dich immer respektiert und bin tatsächlich der Meinung, dass du ein verdammt guter Bulle bist. Ehrlich!«

»Danke«, Claudia musste schlucken. »Dann weißt du es also noch nicht, dass ich's war, die den Schorschi verhaftet hat.«

Sybille zog hörbar die Luft ein. Langsam schüttelte sie den Kopf.

»Naa, des hab ich nicht g'wusst. Tja, wenigstens bleibt es in der Familie.«

Sie lachte bitter, als ihr auffiel, dass Kommissarin Hubschmied jetzt bestimmt nicht mehr zu ihrer Sippe dazuzuzählen war.

»Tschuldige, war dumm von mir. Die Hochzeit können wir wohl abblasen. Egal, wenigstens biste die Einzige, die mir die Wahrheit sagt und mich nicht in Watte einpackt. Das schätz ich sehr.«

»Wie geht es dir denn?«

Sybille hatte mit allem gerechnet, nur nicht mit dieser Frage. Meinte sie es wirklich ernst?

»Äh, geht so …«, sie schluckte den Kloß hinunter, der ihr schon wieder auf die Stimmbänder drückte. »Und … und dir? Wie verkraftest du's mim Schorschi?«

»Ich hatt noch nicht so viel Zeit, mir darüber 'nen Kopf zu machen«, log Claudia. Sie wollte jetzt nicht darüber sprechen.

»Ja, verstehe. Männer! Ich hatt grad den Superstreit mim Andreas. Deshalb musst ich mal raus.«

Wütend blickte sie auf ihr Haus. Im Wohnzimmer brannte Licht und durch das geöffnete Fenster drangen nun die schrägen, schrillen und vor allem lauten Töne eines offenbar sehr gequälten Saxophons. Auch Claudia lauschte überrascht. Ob es wohl einen Schutzverein für misshandelte Instrumente gab?

»Das hört man«, konnte sie sich daher den Kommentar nicht verkneifen.

»Pffft!«, schnaubte Sybille. »Er will Krieg? Den kann er haben!«

Aber sie war offensichtlich zu erschöpft, um ihren Worten Taten folgen zu lassen. Stattdessen wandte sie sich wieder an Claudia.

»Und was machst du hier? Hast wohl kontrolliert, ob deine Jungs auch ja alles richtig machen!«

»So ungefähr.«

Sie dachte an die drei Männer in Möllers Wohnzimmer. Dort war es kaum mehr zum Aushalten. Ercan hatte im Laufe des Nachmittags anscheinend alle in den Wahnsinn getrieben. Krautschneider hatte sie um eine baldige Ablösung angefleht, während Schuster gerade dabei gewesen war, aus einer Zeitschrift weitere Seiten herauszureißen, um damit Papierflieger zu basteln, mit denen er dann den türkischen Kollegen bombardierte. Ines war derweil in der Küche damit beschäftigt gewesen, ihre aufgebrachte Mutter zu trösten, die anscheinend besonders unter Ercans rassistischen Beschimpfungen gelitten hatte. Es herrschte Ausnahmezustand, aber leider mussten die Männer noch eine Weile durchhalten. So viel Elend hinter sich gelassen zu haben, belastete Claudia natürlich, doch sie hatte Wichtigeres zu tun.

»Eigentlich bin ich auf der Such nach meinem Kollegen. Dem Kommissar Petersen.«

»Dem Hannes?«

»Dem Hannes!«, äffte sie Sybille genervt nach. Langsam hatte sie keine Lust mehr, ihn zu finden. Musste er denn mit allen Frauen in ihrer Umgebung flirten? Und sie war sich sicher, dass er geflirtet hatte, denn Sybilles Gesichtsausdruck sprach Bände. Steffi hatte ähnlich verzückt geschaut!

»Den hab ich heut Nachmittag getroffen«, Sybille schien völlig immun gegenüber der wechselnden Stimmung und fuhr ungerührt fort. »Hier steht noch sein Fahrrad. Er wollte zu dieser Klöter. Aber seitdem hatt ich zu viel um die Ohren und hab ihn natürlich nicht mehr gesehen.«

Erstaunt spürte Claudia jetzt, dass Sybille ihren Arm genommen hatte und sie wegziehen wollte.

»He, was haste vor?«

»Na, wir werden mal nachsehen. Vielleicht hat die Alte den armen Kerl vernascht! Ich könnt ihr das noch nicht mal verdenken!«

Sie hielt inne. Ihr war offensichtlich ein guter Gedanke gekommen. Rasch wandte sie sich um, lief ohne ein Wort der Erklärung zurück zu ihrem Haus und verschwand dort. In der Diele zog sie rasch eine Schublade auf und griff hinein. Zu dem leidenden Saxophon waren noch andere bizarre Klänge von diversen Blasinstrumenten hinzugekommen. Verzweifelt versuchte nun auch ein Klavier sich der nichtvorhandenen Melodie anzuschließen. Sybille verdrehte die Augen und brüllte die Treppe hinauf: »Keeeeevi, Jeeeeeenny, seid's schön brav und putzt's scho amoi de Zähn. Ich bin gleich wieder da!«

Leider näherte sich die Musik gerade ihrem Höhepunkt, denn sonst hätte sie den dumpfen Schlag eines auf dem Boden aufkommenden, kleinen Mädchenkörpers gehört.

100

Maus hatte es geschafft. Nicht nur, dass er mit den neuesten Fortschritten der Ermittlungen die Presse beeindrucken konnte, sondern auch das Gespräch mit dem Bürgermeister war fast harmonisch verlaufen. Natürlich war der, politisch gesehen, erste Mann der Stadt sehr besorgt über das Verschwinden des, wirtschaftlich gesehen, ersten Mannes, aber so nach und nach kristallisierte sich heraus, dass er gar nicht allzu erpicht darauf war, Möller bald wiederzusehen. Vermutlich spielten Faktoren, wie der Versuch des Bäckermeisters im Gemeinderat die Autorität des Regierenden in Frage zu stellen und zu unterminieren, und die Ambition Möllers, sich als Gegenkandidat des Bürgermeisters bei der nächsten Wahl aufstellen zu lassen, eine große Rolle. Fast gelangweilt hatte er Maus' Bericht zugehört und dabei mit einem teuren Füllfederhalter – Maus erkannte, dass dieser oft für Eintragungen ins goldene Buch der Stadt benutzt wurde – gespielt, bis aus Versehen die Tinte spritzte und einen hässlichen Fleck auf der Schreibtischunterlage hinterließ.

»Hmhm«, signalisierte der Bürgermeister, als Maus am Ende angelangt war. »Das sieht ja doch gar nicht so schlecht aus? Zumindest besser als heute Nachmittag, wo man mich aus einer Besprechung holen musste …«

Er lachte über seinen eigenen Scherz, denn jeder kannte die Tradition am vorletzten Tag des Frühlingsfestes. Da traf sich der Stadtrat in der »Schafsresi« zum Frühschoppen, der gerne bis zum Abend ausgedehnt wurde. Er blickte auf seine Armbanduhr und schien nachzurechnen, ob es sich noch lohnen würde, dort wieder hinzufahren. Zwei Stunden blieben ihm ja noch und er hatte jetzt auch hochbrisante Neuigkeiten zu berichten. Schnell stand er daher auf, ging um den Schreibtisch herum, nötigte Maus, ebenfalls aufzustehen, zog ihn zur Tür und klopfte ihm auf die Schulter

»Maus, ich sehe schon, der delikate Fall unseres armen Sepps ist bei Ihnen in guten Händen. Ich denke – und verzeihen Sie mir nun meine Ehrlichkeit, denn so bin ich nun mal eben, meine Wähler wissen das zu schätzen und Sie hoffentlich auch – also ich denke, wir brauchen die Spezialisten aus München nicht mehr. Ja, ja, vor ein paar Stunden war ich nahe dran, meinen alten Spezi beim Ministerium anzurufen, weil ich so gar nichts von Ihnen gehört habe. Ich meine, Ihre zauberhafte Assistentin hat mich zwar zu beruhigen versucht – sie ist ein Engel, eine Perle, Sie wissen das ja wohl zu schätzen – aber immerhin war ja ein wichtiges Mitglied unserer Gemeinde verschwunden. Ich musste mich bald entscheiden, habe aber immer gewusst, dass Sie das Ruder noch rumreißen würden. Es hätte mir leidgetan, wenn wir tatsächlich Verstärkung aus der Landeshauptstadt gebraucht hätten. Nicht zu vergessen, dass die Leute dort vor lauter Langeweile nur so mit den Hufen scharren und sich daher auch mit vielleicht unnötiger Hast in die Aufgabe gestürzt hätten, was vermutlich eher schlecht als recht gewesen wäre. Unter uns, ich hab gehört, dass trotz Großstadt dort fast nie etwas passiert, sodass sie die Kollegen mittlerweile auf die Radfahrer angesetzt haben. Ich denke, Sie pflichten mir bei, wenn ich jetzt aus vollem Herzen sage: ›Ich will hier keine frustrierten Verkehrspolizisten, denen das nötige Feingefühl für unsere Gegend fehlt. Ich will die nicht, denn ich will Sie, Maus!‹«

Mit Erleichterung sah Maus, dass der Bürgermeister endlich Luft holte.

»Vor allem jetzt, nach dieser schockierenden Mitteilung, dass der Sohn vom Sepp ein brutaler Mädchenmörder ist, möchte ich Ihnen in Hinblick auf Ihre weiteren Ermittlungen und Ihren Fortschritten nicht mehr im Wege stehen. Ihnen sozusagen quasi freie Bahn lassen?«

Noch einmal holte er tief Luft und setzte zum Endspurt seiner Rede an.

»Deshalb haben Sie meine vollste Unterstützung, mein vollstes Vertrauen basierend auf meiner vollsten Zufriedenheit mit Ihren Methoden.«

Er hatte jetzt sein schönstes Beerdigungsgesicht aufgesetzt, schloss kurz und andächtig die Augen, schüttelte langsam den Kopf und fuhr ernst fort.

»Maus, lange Rede, kurzer Sinn: Schnappen Sie sich die Kerle, retten Sie Sepp Möller, heben Sie das Schlangennest aus. Viel Glück und ich danke Ihnen jetzt schon!«

Ein fester Händedruck und der Kommissar war entlassen. Da er sein Handy immer noch nicht aufgeladen hatte – vielleicht war Steffis Vorschlag, sich mal endlich ein neues zu gönnen, gar nicht so verkehrt – schlug Maus den kurzen Fußweg zum Revier ein, um dort vor Ort den neuesten Stand der Ermittlungen zu erfahren und seine Frau anzurufen, damit sie nicht auf ihn wartete. Eigentlich war Letzteres nicht nötig, denn Inga hatte es schon längst aufgegeben, mit ihm gemeinsam zu Abend zu essen, aber es war eine Geste des Respekts und der Zuneigung, sie trotzdem zu informieren.

Maus seufzte. Er hatte zwar einen Erfolg erzielt, aber der schwierigste Teil lag noch vor ihm: Er musste Möller senior finden. Während des Gehens versuchte er sich wieder einmal in die Psyche seiner Täterin hineinzuversetzen. Angst und Stress mussten mittlerweile die Oberhand gewonnen haben. Sie hatte ungeplant Anni erschießen müssen, weil diese das Handy gefunden und damit eventuell einen Beweis in Händen gehalten hatte. Arme, dumme Anni! Wer konnte gesehen haben, was sie da gefunden hatte?

Viele! Der Waldkindergarten war voll mit Menschen; mit Eltern, Kindern, Beamten, Erziehern! Irgendjemand aus diesem Personenkreis – ausgenommen der Kinder natürlich – hatte sie beobachtet, war ihr dann gefolgt und hatte dann kurzen Prozess gemacht. Die Tatwaffe war immer noch nicht gefunden worden. Was die Kugel betraf, so hatte sich Frau Prof. Dr. Dr. Jung einfach ins Wochenende abgesetzt. Von ihr konnte man frühestens ab Dienstag mit einem Bericht rechnen. Bei der Überprüfung der Waffenscheinbesitzer waren sie auch nicht weitergekommen. Zwar gab es da einige, doch handelte es sich hierbei um Personen, die nicht als Tatverdächtige in Frage kamen. Zum einen waren sämtliche Kollegen und der Oberförster über jeden Zweifel erhaben. Zum anderen gab es da noch Bäckermeister Josef Möller – seit heute Morgen verschwunden und zur Tatzeit in Österreich –, den pensionierten Biologielehrer Fuchs – seit einem halben Jahr irgendwo am Amazonas auf der Suche nach seltenen Kolibriarten –, den Bürgermeister Oelschläger und die Bauern Huber und Moser – alle drei waren unbescholten, hatten kein Motiv, dafür aber wie Möller den Jagdschein und eine dazugehörige Pacht – und das Jodeltalent Brigitta Edelweiß – sie besaß einen kleinen handtaschentauglichen Revolver, befand sich aber im Moment auf ihrer Schweiz-Tournee. Maus dachte an die Liste der Mitglieder des Schützenvereins. Na ja, auch dort waren fast 80 Prozent der eigenen Leute eingetragen. Das war eben so auf dem Lande, wo nicht allzu viele Freizeitaktivitäten auf dem Programm standen, und Polizeibeamte waren in der Wahl ihrer Hobbys doch sehr einseitig. Bei den Eltern gab es auch einige Mitglieder, doch im Nachhinein war es schwierig, bei dem ganzen Chaos zu rekonstruieren, wer tatsächlich persönlich seine Kinder abgeholt und wer nur seinen Babysitter, eine befreundete Mutter oder die Großeltern damit beauftragt hatte. Zu dumm, dass man zu diesem Zeitpunkt die Prioritäten auf die augenblickliche Leiche gerichtet hatte. Aber wer hätte auch ahnen können, dass Stunden später ein neues Opfer auftauchen würde?

101

Claudia kaute nachdenklich auf ihrer Unterlippe. Im Gebüsch raschelte es. Ein Braunbrustigel machte sich auf seine allabendliche Nahrungssuche. Mit der kleinen Schnauze über dem Boden schnüffelnd, wurde er schnell fündig und machte sich laut schmatzend über einen fetten Regenwurm her. Claudia beobachtete ihn. Wie süß, ob man den wohl streicheln konnte? Als ob das Tier die Welle des Entzückens gespürt hätte, rollte es sich blitzschnell zu einer stacheligen Kugel zusammen. Schade, dachte Claudia wehmütig, aber da hörte sie auch schon die schnellen, leichten Schritte von Sybille.

»Auf geht's!«, rief diese atemlos. Schon wieder wurde Claudia am Ärmel gepackt, aber diesmal ließ sie es geschehen und lief mit Sybille in den Strauß-Weg.

»Hast 'ne neue Jacke?«

»Ha?«

Sie waren vor der Nummer 13 angekommen und Sybille schien nichts Besseres einzufallen, als über Mode zu sprechen. Aus dieser Frau konnte man einfach nicht schlau werden. Trotzdem sah Claudia an ihrer Jacke hinunter. Sie hatte sie – Gott sei Dank war sie endlich trocken – vorhin nur zu gern gegen Georgs Parka getauscht. Weg mit den schlimmen Erinnerungen! Hinein in ihr neues Leben.

»So, hier wohnt sie!«, riss Sybille die Kommissarin aus ihren Gedanken. »Darf ich klingeln?«

»Nur zu!«, seufzte Claudia. Melodisch erklang jetzt eine Abfolge von tiefen Tönen, die vermutlich die Bewohner und den Besucher im Vorfeld beruhigen sollten. Sie warteten, dann drückte Sybille noch einmal. Diesmal wartete sie aber nicht, denn sofort zog sie einen dicken Schlüsselbund aus der Tasche.

»Hey, was soll das werden?«, rief Claudia überrascht.

»Na, was wohl, ich öffne die Tür!«

»Das kannste aber nicht. Das is' Hausfriedensbruch!«

Claudia war sichtlich schockiert über die Unverfrorenheit der Schwester ihres Ex-Verlobten, aber Sybille zuckte nur gleichgültig die Schultern und suchte nach dem passenden Schlüssel.

»Schmarrn, ich bin die Vermieterin und ich hab eindeutig das Gas gerochen. Hier is' ein Notfall, Claudi, und ich muss mir unverzüglich Zugang verschaffen, um meine Mieter zu schützen. Vermutlich sind sie schon durch die giftigen Dämpfe besinnungslos. Et voilà! Die Tür is' offen! Wenn du bei meiner Rettungsaktion dabei sein möchtest, dann empfehle ich dir, jetzt keine Zigarette anzuzünden!«

Bevor Claudia darauf etwas erwidern konnte, war Sybille schon ins Haus geschlüpft.

102

»Herr Kommissar!«

Maus blieb auf der Treppe stehen und drehte sich um. Aus dem Halbdunkeln eilte ihm etwas atemlos Herr Li entgegen. Hatte Hammer wieder eine Sonderlieferung vom Restaurant »Goldener Lotos« bestellt? Ärgerlich erkannte Maus, dass er auch großen Hunger hatte und man ihn bei der Abendessenplanung offensichtlich übergangen und vergessen hatte. Deshalb fiel sein Gruß an Herrn Li etwas knapp aus, denn er beschränkte sich nur auf ein kurzes Nicken. Der Restaurantbesitzer ließ sich aber von dem hungergeplagten und daher etwas grimmig dreinblickenden Kommissar nicht einschüchtern, denn sein Anliegen war überaus dringend. Erst jetzt bemerkte Maus, dass der Lieferant keine Kartons mit duftendem Essen bei sich hatte. Stattdessen zog er einen trotzig dreinschauenden Jungen hinter sich her. Dass es sich dabei eindeutig um keinen der kleinen Lis handelte, war offensichtlich, denn der Knabe war blond.

103

»Ich mach mal Licht!«

Sehr langsam, erst dämmrig, dann immer heller wurde das geschmackvoll und vor allem teuer eingerichtete Wohnzimmer erleuchtet.

»Oh, wie ich diese neuen Energiesparlampen hasse!«, schimpfte Sybille. »Bis man da mal etwas sehen kann, hat sich einer meiner Rabauken schon längst aus dem Staub gemacht. Ich sag's dir. Für Kevin ein Segen, denn er kann damit immer noch ein paar Minuten rausschlagen, weil er sich versteckt, wenn's ums Waschen geht! Na ja, jetzt erkenn ich was. Claudi, darf ich vorstellen: Der Salon.«

Neugierig ging sie in dem Zimmer auf und ab, öffnete eine Schublade, schloss sie wieder, zog ein Buch aus dem Regal, ließ es gelangweilt liegen, ging zur Sofa-Wohnlandschaft, hob eine Zeitschrift auf und begann zu blättern.

»Mensch Sybille, lass das!«

Die Angesprochene hob den Kopf und blickte konzentriert ins Leere.

»Claudi, riechst des aa? Gas!«

»Du bläde Henne, du!«

Claudia musste nun auch lachen. Irgendwie hatte diese gemeinsame Aktion es geschafft, dass sie sich näher gekommen waren. Erstaunt musste sich Claudia Hubschmied eingestehen, dass sie Sybille mochte.

104

»Dieser Junge«, erklärte Herr Li, »ist plötzlich vor meinem Auto aufgetaucht. Ich konnte gerade noch bremsen. Er muss irgendwo ausgebüxt sein. Sehen Sie selbst, er trägt nur einen Pyjama und ist barfuß!«

Maus schaute stirnrunzelnd auf das Kind, das seinen Blick ohne Scheu erwiderte.

»Ich habe ihn natürlich sofort geschnappt und gefragt, wer er sei und woher er komme, aber er will nicht antworten. Er ist total bockig!«

Als bockig konnte man den Kleinen im Augenblick nicht bezeichnen. Neugierig drückte er sich jetzt an seinem Finder vorbei und betrachtete Maus aufmerksam.

»Biste ein echter Bulle? Komm ich jetzt ins Gefängnis?«, fragte er aufgeregt.

Erstaunt sahen die beiden Männer erst das Kind und dann sich an. Maus versuchte, seine zuckenden Mundwinkel unter Kontrolle zu bringen, damit er nicht lachte und Herrn Li ging es offenbar ebenso.

»Ja, ich bin Polizeihauptkommissar«, begann er dann vorsichtig das Gespräch. »Und eigentlich sperr ich niemanden ein, der nachts im Schlafanzug durch die Straßen irrt. Es sei denn, du hast vorher was ganz Böses gemacht. Hast du das denn?«

Das Kind zog die Stirn kraus, als würde es scharf überlegen.

»Die Mama suchen is' doch nix Böses, oder?«, fragte er dann vorsichtig.

»Äh, in den meisten Fällen eigentlich nicht. Wo is' sie denn, deine Mama?«

»Sie hat aber g'sagt, ich soll im Zimmer bleiben«, führte der Knabe seine Überlegungen laut fort.

»Aha, und du hast das ja offenbar nicht gemacht, oder? Meinst du nicht, wir sollten dich mal ganz schnell nach Hause bringen, damit sich deine Mama keine Sorgen macht?«

»Sie hat g'sagt, ich soll warten. Aber ich musste mal. Und dann war sie nicht da und ich hab sie g'sucht!«

Maus seufzte. Kinder schienen ihre eigene Logik zu haben und was vielleicht für einen Erwachsenen wichtig war, verlor an Bedeutung, wenn Dinge wie Toilette an oberster Stelle standen. Aus dem Hinterkopf kramte er hervor, dass es im Umgang mit den Kleinen pädagogisch angebracht war, wenn man sich zu ihnen herunterbeugte, um dann auf Augenhöhe mit ihnen zu kommunizieren. Maus ging daher leicht ächzend in die Knie – der harte Arbeitstag forderte also schon seinen Tribut – und blickte in die großen, grauen Augen des Jungen.

»Weißt was, vielleicht magst du erst mal eine schöne Tasse Kakao. Und dann sehn wir mal weiter.«

»Ich muss mal!«, erinnerte ihn das Kind. Trotzdem schien auch das süße Getränk durchaus verlockend. »Und Kakao will ich auch.«

»Na, prima, dann sind wir uns also einig. Du gehst aufs Klo und ich mach derweil die Milch warm, oder so. Ich bin übrigens der Kommissar Maus!«

Der Junge kicherte. »Nicht ungewöhnlich, wenn man so einen Namen hat«, dachte Maus ergeben. Aber zumindest schien er damit die Tür des Vertrauens endgültig aufgestoßen zu haben, denn eine kleine Hand nahm die seine, zog ungeduldig, bis er wieder auf die Beine kam, und gemeinsam mit Herrn Li gingen sie zur Tür.

»Sag mal, wie heißt du eigentlich, junger Freund.«

»Oskar. Oskar Klöter«, antwortete das Kind.

105

Das Handy klingelte. Wolfgang, kurz vor dem Höhepunkt, verdrehte die Augen und ließ in sein rhythmisches Schnaufen den Satz – »I bin ned do!« – einfließen. Das Handy schien davon aber nicht beeindruckt. Erika versteifte sich, was wiederum Wolfgang aus dem Takt brachte. Das Handy klingelte weiter. Jetzt drückte Erika energisch gegen seinen Brustkorb und als er nicht gleich reagierte, stieß sie ihn fast brutal von sich. Erstaunt rollte er sich zur Seite und beobachtete, wie sie neben das Bett griff, wo sie ihre Jacke hingeschleudert hatte.

»Was soll denn das?«, murmelte er beleidigt, als er langsam wieder zu Atem kam.

»Scheiße, Scheiße, des is' meins.« Sie fingerte jetzt das Telefon aus der Tasche und kontrollierte die Nummer. Als hätte sie es geahnt! Wolfgang – neugierig geworden – beugte sich zu ihr und sah sie erwartungsvoll an.

»Wer is' denn des?«

Erika biss sich auf die Lippe, zögerte noch einen Moment und ging dann ran.

»Sandra? Was gibt's?«, rief sie gezwungen freudig. »Nein … Nein, du störst doch nicht …«

Sie überhörte gekonnt Wolfgangs beleidigtes Aufschnaufen, schwang ihre Beine aus dem Bett und fing an, im Zimmer auf und ab zu laufen. Na wenigstens kann ich sie in ihrer ganzen natürlichen Schönheit bewundern, dachte der vergessene Liebhaber und ließ langsam seine Hände unter die Bettdecke gleiten.

»Waaas is' los?«

Wolfgang zuckte zusammen und verharrte in der Bewegung. Erika war schneeweiß geworden, fuhr mit der Zunge nervös über die Lippen und blieb stehen.

»Nein, nein, hör sofort auf zu weinen, sonst verstehe ich dich nicht … Ja, so ist's besser. Und jetzt bitte ganz ruhig und noch mal von vorne …«

Irgendwie schämte er sich jetzt, dass er immer noch an Sex dachte, während offenbar etwas ganz Schlimmes mit dieser Sandra passiert war. Hin und her gerissen zwischen der Erregung, dem schlechten Gewissen und der Neugier, zog er dann doch seine Hände wieder zurück, verschränkte diese wie zum Gebet und konzentrierte sich auf das Gespräch.

»Oh, mein Gott, das gibt's doch nicht! Bist du denn jetzt vollkommen … Okay, lass mich nachdenken! Mir fällt gleich was ein! … Bist du sicher? … Verstehe … Gut, dann tu jetzt nix Unüberlegtes, hörst du? … Nein, nein, ich bin nicht sauer, ich mach mir nur Sorgen, verstehst du?! … Wohin seid ihr unterwegs? … Wo soll das denn sein? … Ach, doch, doch das kenn ich! … Ja, ja, und jetzt pass mal auf! Ich komm zu dir. Nein, hör mir zu! Ich komm gleich und dann sehn wir weiter, ja? … Sandra, hör auf zu heulen und reiß dich zusammen! Wir schaffen das schon! … Sandra? … Sandra? … Verdammt! Sie hat aufgelegt!«, bei ihrer letzten Bemerkung war nicht ganz klar, zu wem sie sprach; zu sich oder zu Wolfgang, der jetzt mit großen Augen dasaß und richtig froh war, dass ihm keins der Worte entgangen war.

»Verdammt, verdammt, verdammt, diese dumme Gans!«

Jetzt war klar, dass es sich um ein wütendes Selbstgespräch handelte. Erika fing an, schnell ihre im ganzen Raum verstreuten Kleidungsstücke einzusammeln. Plötzlich schien sie sich an etwas zu erinnern und fuhr herum.

»Wolfgang! Schnell zieh dich an! Ich brauch deine Hilfe! Wir müssen los!«, ließ sie ihre gefürchtete Kindergartenkommandostimme ertönen und Wolfgang sprang sofort aus dem Bett.

»In Ordnung, klar. Ich bin soweit. Wohin geht's?«, stammelte er und wurde plötzlich rot, denn sie musterte ihn jetzt eingehend.

»Äh, ja wir nehmen meinen Wagen. Aber du hüpfst vielleicht erst mal unter die kalte Dusche! Aber beeil dich bitte!«

106

»Hallo, hallo Frau Klööööööööööter! Oskar! Frau Klöööööter!«, rief Sybille, während sie weiter die Wohnung in Augenschein nahm. Ihr entging nichts. Claudia dachte ernsthaft darüber nach, ob Georgs Schwester wohl eine Bereicherung für die Spurensicherung wäre. Kopfschüttelnd hatte sie es aufgegeben, Sybille zurückzuhalten. Jetzt steckte sie den Kopf ins Schlafzimmer.

»Du hör mal, reiß hier nicht alles aus der Verankerung, ja? Ich mein, wir sind total illegal hier und sie muss das nicht gleich merken, oder?«

»Ach Schmarrn, jetzt hab dich mal nicht so.«

Sybille hatte einen kleinen Schreibtisch entdeckt und wühlte in den Papieren.

»Is' dir eigentlich schon aufgefallen, dass die Dame des Hauses geplant hatte, wegzufahren?«, rief sie über die Schulter.

»Du meinst wegen der Koffer hier in der Eingangsdiele? Ja, das is' mir aufgefallen. Is' mein Job, weißt du?«

Nachdenklich ging Claudia wieder ins Wohnzimmer. Ein leichter Wind blies vom Garten her und blähte die zarte Gardine. Sie stutzte. Die Tür war offen! Schnell ging sie hin, sah hinaus und wunderte sich wieder. Wenn Frau Klöter vorgehabt haben sollte, zu verreisen, die Koffer schon gepackt hatte, wo war sie dann jetzt? Musste sie noch einmal schnell fort? Aber es war schon nach neun Uhr? Wohin konnte sie zu dieser späten Stunde noch gewollt haben? Und wo war ihr Sohn? Ein knapp Fünfjähriger gehörte ins Bett. Aber auch das Kinderzimmer war leer.

Claudia trat auf die Terrasse. Dort stand eine Liege. Sie ging auf die Knie, um wie durch Zwang oder Instinkt darunter zu sehen. Da lag was: klein, schwarz, flach und leicht zu übersehen. Sie musste sich hinlegen, um den Gegenstand zu erreichen und zu sich zu ziehen. Ein Handy? Hannes Handy! Sie brauchte es eigentlich nicht zu aktivieren, denn sie wusste, dass es seins war. Trotzdem drückte sie eine Taste. Ein Bild erschien. Etwas unvorteilhaft von oben fotografiert, die Stirn breit mit zwei tiefen Falten, die Nase platt, die Augen wie immer freundlich, ein gezwungenes Lachen und Bad Berging als Hintergrund. Claudias Herz krampfte sich zusammen. Sollte dieser missglückte Schnappschuss das letzte Lebenszeichen ihres Kollegen sein?

»Claudi?«

Sie schrie auf, so erschrocken war sie.

»Verflixt, Sybille, warum schleichst du dich denn so an mich ran. Spinnst denn jetzt total? Ich hab fast ’nen Herzschlag gekriegt«, schnauzte sie, verstummte aber gleich wieder, als sie in Sybilles Gesicht sah. Es war wie versteinert. Schnell krabbelte sie unter der Liege vor, kam auf alle Viere und stand schnell auf, während Sybille ihr wortlos ein Dokument hinhielt. Claudia begann zu lesen. Als sie fertig war, sagte sie erst einmal eine Weile nichts.

»Is’ allerhand, nicht wahr?«, ergriff Sybille mit zittriger Stimme das Wort.

»Tja, nun, scho. Aber überrascht dich das denn wirklich so sehr?«

Sybille schlug die Hand vor den Mund und begann zu schluchzen. Mitleidig strich Claudia ihr über den Arm.

»Ah, jetzt komm. Beruhig dich doch. Davon geht die Welt jetzt a ned unter. Bille, hörst mi?«

»Es … es …«, wütend wischte sie sich mit dem Ärmel über die Augen. »Weiß nicht, ob du des jetzt verstehst. Aber es is’ so, als ob ich mein Vadder eigentlich überhaupt nie gekannt hab. Ich mein, ich weiß von seine Weibergschichten. Die kennt ja jeder, aber dass er doch tatsächlich gewagt hat, seinen Bastard in der Nähe von seinen Enkeln aufwachsen zu lassen, des verletzt mich doch sehr.«

Sie konnte sich nicht mehr beherrschen und legte die Arme um Claudia, um sich an deren Hals einmal so richtig auszuweinen. Beruhigend streichelte die Kommissarin ihren Rücken.

»Och, Menno, Bille, des is’ wirklich scho sehr arschig von ihm. Ich kann’s dir nachfühlen. Aber wir können’s wirklich nicht mehr abstreiten. Des is’ ein Vaterschaftstest und der is’ wasserfest. Hm, sieh’s doch amal so, er hat sich wenigstens um seinen kleinen Sohn gekümmert. Wer macht des scho so ohne Weiteres? Er is’ dann doch noch ein guter Vater.«

»Toll!«, schniefte Sybille. »Und was soll ich jetzt den Zwillingen sagen? Dass sie einen Onkel im gleichen Alter haben?«

Claudia seufzte und war gleichzeitig froh, dass Sybille langsam wieder ihren Sinn für’s Komische entdeckt hatte. Sie war auf dem Weg der Besserung. Ein Problem weniger. Blieb nur noch Hannes. Er war verschwunden. Hier in diesem Haus – genauer gesagt vor dieser Liege – musste es passiert sein. Angst stieg wieder in ihr auf. Vorsichtig löste sie sich aus Sybilles Umarmung und versuchte, ihren Chef zu erreichen.

107

»So junger Mann, hier is' deine heiße Schokolade.«

Mit einem Lächeln stellte Steffi eine dampfende Tasse vor Oskar ab, der auch gleich anfing zu pusten.

»So ist's recht. Erst mal abkühlen lassen«, liebevoll strich sie dem Kleinen übers blonde Haar. Dann drehte sie sich zu Maus.

»Herr Kommissar, auf ein Wort!«

Was blieb ihm anderes übrig, als sich jetzt beiseite ziehen zu lassen und zuzuhören.

»Wir müssen das Jugendamt informieren. Der Junge is' ohne Aufsicht durch die Stadt gelaufen. Mitten in der Nacht und wäre beinah noch unter Herrn Lis Räder gekommen!«

»Steffi, nun halten Sie mal den Ball flach. Es is' ja nix passiert. Er is' ausgebüxt und ich hab schon jemanden zu ihm nach Hause geschickt. Bevor ich nichts Genaueres weiß, mach ich auch keine Pferde scheu und leg mich vor allem nicht mit dem Jugendamt an. Des sind da sowieso die Letzten, denen ich ein Kind anvertrauen würde. Denken Sie doch mal an die grässliche Schreckschraube mit dem grauen Kostüm und dem Dutt. Wie hieß die noch?«

»Ingeborg Mann«, half Steffi aus. »Ja, ja, die is' wirklich 'ne Bissgurke. Aber trotzdem müssen wir weiterdenken, falls der Mutter etwas passiert sein sollte und sie deswegen nicht auftaucht. Ich hab selbst eine Tochter, wie Sie vermutlich schon wieder vergessen haben, und ich hätte schon gern, dass sich jemand um sie kümmert, wenn so eine Situation eintreten würde und ich irgendwie verhindert wäre.«

Maus überlegte. Was wollte sie ihm jetzt damit sagen? Wollte sie den Jungen mitnehmen? Das wäre eine gute Lösung. Oder deutete sie etwa an, dass sie seit drei Stunden Feierabend hatte und gerne endlich gegangen wäre, um sich um ihre Tochter zu kümmern? Warum erwarteten Frauen nur immer, dass man zwischen den Zeilen lesen konnte?

»Steffi, und wieder steh ich in Ihrer Schuld! Ich hab Sie wie so oft schon viel länger beansprucht, als mir zusteht. Aber trotzdem bin ich wie immer dankbar, dass Sie sich die Zeit genommen haben, den Jungen zu versorgen. Aber genug is' genug. Gehen Sie jetzt nach Hause zu Ihrer kleinen Julia und grüßen Sie sie von mir.«

Der Sieg war auf seiner Seite. Nicht nur, dass er richtig geraten hatte, wo der Schuh drückte, er konnte sich doch tatsächlich an Steffis Kind erinnern. Mit Namen – und, wenn sie es von ihm verlangt hätte, sogar mit Alter und Geburtstag. Er war eben nicht nur der auf die Arbeit fixierte Chef, sondern auch ein Mensch, dem seine Kollegen am Herzen lagen. Zufrieden sah er sie an.

»Herr Kommissar, Sie haben mich mal wieder total missverstanden«, belehrte sie ihn aber gleich eines Besseren. »Erstens wollte ich Ihnen damit eigentlich sagen, dass wir Mütter unsere Kinder nur alleine lassen würden, wenn etwas ganz, ganz Schreckliches passiert wäre. Wir müssen also mit dem Schlimmsten rechnen! Und zweitens heißt meine Tochter Jana. Julia ist Hammers Tochter. Ja und ich habe Feierabend, aber Jana ist übers Wochenende bei meinen Eltern auf dem Bauernhof, sodass ich gar keine Lust habe, in meine leere Wohnung zurückzugehen. Vorher geh ich lieber noch mal ins Krankenhaus und gratulier dem Gerster zu seinem Kind, das übrigens Jaqueline heißt!«

Maus blinzelte nervös, als sie am Ende ihrer Rede angekommen war. Das waren eindeutig zu viele Mädchen. Wie gut, dass sie hier einen Jungen hatten, der jetzt – während er seinen Kakao genüsslich schlürfte – Zutrauen gefasst hatte und sich mit Schnabelhuber unterhielt.

108

»Krautschneider, was machst du denn hier?«

An der Haustür waren Claudia und der Kollege fast zusammengeprallt. Verdutzt schauten sie sich an.

»Äh, … äh, Anruf vom Revier. Die haben da den Sohn des Hauses gefunden. Allein! Und deshalb sollte ich mal nachsehn!«, versuchte Krautschneider zu erklären.

Claudia nickte. Endlich kam etwas Bewegung in die Sache. Zu lange schon traten sie mal wieder auf der Stelle, ließen zu, dass immer mehr Menschen verschwanden und der kleine Teilsieg mit Georg hatte sie auch nicht weitergebracht. Sie hatte Angst, was ihre Ungeduld schürte. Es brannte an allen Ecken und Hannes war in Gefahr. Eventuell auch noch Frau Klöter, aber die war ihr weniger ans Herz gewachsen.

»Hier is' niemand. Los, rasch, beweg dich. Gib in der Dienststelle Bescheid und dann mach dich wieder an die Telefonüberwachung beim Möller.«

Für Krautschneider schien in Sekundenschnelle eine Welt zusammenzustürzen. Eben noch hatte er das süße Gefühl der Freiheit genossen – weg von dem beengenden Wohnzimmer mit seinen hysterischen Kollegen – und schon wieder musste er dahin zurück? Nein, niemals, er wollte nicht! In seiner Verzweiflung krallte er sich in Claudias Jacke. Erstaunt blieb sie stehen.

»Und was wird das jetzt?«

»Bitte, Claudia, du hast mir die Ablöse versprochen. Bitte, bitte, lass mich mit dir kommen. Du wirst's nicht bereuen!«

Genervt versuchte sie, seine versteiften Finger zu lösen, aber sie sah rasch ein, dass er sie sich lieber hätte brechen lassen, als noch einmal in Möllers Haus zurückzugehen.

»Okay, okay, du hast gewonnen. Dann kommst halt mit mir mit. Is' sowieso die Order, dass ich einen Kollegen dabei haben muss und du bist mir lieber als die anderen. Darfst auch fahrn. Aber vorher verrätst mir amoi, warum man den Chef nicht mehr erreichen kann.«

»Na, weil dem sein Handy genauso tot wie dem Möller sein Telefon is'. Du kannst ihn nur über die Steffi oder die Hauptnummer erreichen«, war die schnelle Antwort und Krautschneider begann mit einem breiten Grinsen neben Claudia herzutraben.

109

Bei Oskar war offensichtlich der Redeknopf gefunden worden. Seine Zuhörer staunten nicht schlecht, als er diesen merkwürdigen Tag aus seiner kindlichen Sicht schilderte.

»Die Mama war heut traurig. Sie hat sich ins Bett gelegt. Dann hat die Sandra auf mich aufgepasst, damit Mama schlafen konnte. Aber Sandra is' blöd. Die erlaubt einem echt gar nix. Dann is' der komische Mann in mein Planschbecken gesprungen. Der hat dann auch geschlafen, wie die Mama. Und dann sollt ich auch ins Bett. Aber ich hab die Milch nicht getrunken, die die Sandra mir gegeben hat. Die hat genauso schlecht gerochen wie gestern. Aber da hab ich sie getrunken, weil die Mama sie mir gegeben hat. Die Sandra hat nicht hingeguckt und ich hab sie in die Pflanze getan. Trotzdem musste ich aufs Klo. Ich hab erst nach Mama gerufen und dann hab ich sie gesucht.«

»Mein Gott, wenn ich dem zuhöre, dann schwirrt mir der Kopf«, flüsterte Schnabelhuber Maus zu. »Mich erinnert das ein bisschen an die Alten im Seniorenwohnheim, wo mein Vater jetzt ist. Dort ist auch so eine nette Dame, die ohne chronologischen Ablauf, dafür auch ohne Punkt und Komma, ungefähr genauso wie der hier daherredet.«

»Hm, da werden Sie wahrscheinlich Recht haben, was den Erzählstil betrifft. Nur momentan haben wir leider nicht viel und das Kind ist unser einziger Zeuge. Vielleicht sollten wir ihm einfach portionierte, kleine Fragen stellen? Und wir könnten Herrn Li wegen der Zeitangaben miteinfügen.«

»Das könnte vielleicht klappen«, stimmte Schnabelhuber zu und wandte sich wieder an Oskar. »Sag mal, dieser Mann. Kannst du mir etwas über den erzählen? War der groß oder klein? Hatte der einen dicken Bauch, oder nicht? Wie waren denn seine Haare? So wie deine, oder vielleicht dunkler? Krauselig oder glatt? Was hatte er an? Einen Mantel? Eine Lederhose?«

Das waren tatsächlich eine Menge kleiner Fragen. Oskar machte große Augen, schien etwas überfordert, nahm daher erst einmal einen großen Schluck Kakao, schmatzte und grinste dann.

»Nee, Lederhosen hatte der nicht an. Die trägt nur der Onkel Sepp!«

Maus und Schnabelhuber blickten sich erstaunt an. Das war eine Information, mit der sie nicht gerechnet hatten. War es Zufall, dass hier plötzlich von einem Sepp, einem Josef, die Rede war?

»Onkel Sepp?«, fragte der Kommissar vorsichtig. »Du meinst doch nicht den, der die guten Brezeln macht?«

»Doch!«, bestätigte das Kind. »Der is' doch der größte Bäcker weit und breit. Des weiß doch jeder. Und is' ganz oft bei uns. Aber eigentlich darf ich das gar nicht sagen, hat die Mama gesagt.«

Es war offensichtlich, dass sich Oskar in einer Zwickmühle befand. Da es ihm aber nun schon einmal rausgerutscht war und er die große Aufmerksamkeit der Polizisten sichtlich genoss, fuhr er etwas belehrend fort: »Aber jetzt is' er gar nicht in Bad Berging. Des weiß auch jeder! Jetzt is' der doch in … Äh, in … Äh, weg. Aber er hat mir versprochen, dass er mir was Tolles zum Spielen mitbringt!«

»Aha!«, mischte sich jetzt Steffi in das Gespräch ein. »Der nette Onkel war es also nicht. Dann war der Mann in deinem Planschbecken also ein Fremder? Trug er denn eine Badehose?«

Anerkennend ruhte Maus Blick auf Steffi. Man merkte sofort, dass sie mit Kindern umgehen konnte und er überließ es ihr nur zu gerne, die Befragung fortzuführen.

»Nö«, jetzt wollte sich Oskar bei der Vorstellung fast ausschütten vor Lachen. »Der hat angezogen dringestanden.«

»Na, so was. So ein frecher Kerl! Und? Haste den vielleicht gekannt?«, bohrte Steffi behutsam weiter.

»Er is' auch ein Polizist. Aber er is' überhaupt nicht nett. Er war schon im Kindergarten bös mit mir und heute auch!«, beschwerte sich der Junge mit gutem Recht.

»Petersen!«

Es war still im Raum geworden. Alle Blicke richteten sich auf Kommissar Maus, der so offensichtlich den Nagel auf den Kopf getroffen hatte.

»Oh, mein Gott!«, flüsterte Steffi. »Dann ist er jetzt also auch in ihrer Gewalt?«

110

Claudia hielt im Laufen so abrupt inne, dass Krautschneider fast über sie stolperte.

»Das Auto! Verflixt das Auto!«, rief sie.

»Aber ich dachte, du hast eins?«, fragte Krautschneider schnell, obwohl er sich auch mit dem Gedanken anfreunden konnte, gegebenenfalls einfach den Dienstwagen zu nehmen oder mit dem Bus zu fahren. Egal, Hauptsache, er kam hier weg.

»Nicht meins, du Depp. Ich mein, die ist nicht mehr da und mit ihr sind Kommissar Petersen und Frau Klöter verschwunden. Drei Personen. Ich glaub nicht, dass die zu Fuß gegangen sind. Und ich glaub auch nicht, dass Hannes freiwillig mitgekommen ist.«

»Ach so, ja, das macht Sinn!«

Aber Claudia hörte ihn nicht, denn sie war damit beschäftigt, Steffis Nummer zu wählen.

111

»Schnabelhuber! Schauen Sie mal im Register für Fahrzeughalter nach. Irgendwie muss unsere Tatverdächtige ja den Kollegen und die Frau abtransportiert haben.«

»Wird erledigt, Chef!«

Schnabelhuber war sofort dabei, die entsprechenden Dateien aufzurufen. Steffis Handy klingelte.

»Ja? Ach, hallo Claudia? … Ja, wir sind alle hier … Ja, wir wissen schon, dass mim Hannes was passiert sein muss … Hmhm …«

»Nichts! Frau Sandra Blum hatte vor zwanzig Jahren mal einen Käfer, aber seitdem kein anderes Auto mehr «, rief Schnabelhuber dazwischen.

Maus Gehirn arbeitete auf Hochtouren. Oskar öffnete seinen dritten Glückskeks und ließ sich die Botschaften von Herrn Li vorlesen.

»Das Leben ist ein Füllhorn an Möglichkeiten.«

»Was is' Füllhorn?«, fragte der aufgeweckte Knabe.

»Ja, wir sind grad dabei, Claudi …«

Steffi war hinter Schnabelhuber getreten und blickte auf den Bildschirm.

»Schnabelhuber! Claudia meint, dass du mal nach dem Sohn sehen könntest! Sebastian Blum!«

»Auch nix, der hat den Führerschein entzogen bekommen. Oho, Alkohol am Steuer, Unfall mit einem Igor Wasilejwitsch – Schlägerei noch am Unfallort. Der Russe hat sich wohl nichts gefallen lassen! Unser junger Blum wurde mit einem Kieferbruch ins Krankenhaus eingeliefert.«

»Na, das is' wie so eine große Eiswaffel und da sind viele gute Sachen drin.«

»Cool. Und jetzt noch eins!«

Mit einem Knirschen zerbrach Oskar den nächsten Keks und reichte Li den Zettel.

»Auch nix, Claudi. Das Auto, das er damals gefahren hatte, gehörte irgendeinem seiner braunen Kumpels. Ich glaub nicht, dass seine Mutter … Klar, sowieso logisch … Tja, was jetzt?«

»Steffi, würden Sie bitte nicht direkt in mein Ohr brüllen? Ich kann so nicht arbeiten!«

»Tschuldigung, Schnabelhuber! … Ja, er probiert grad was anderes, aber ich kann dir nicht sagen, was. Er hat mich grad weggescheucht, der böse Mann! Und ich muss mir wohl ein Büßereckchen suchen. Wer is' jetzt eigentlich bei dir?«

»Hier steht: Das Glück liegt direkt vor deiner Nase! Na, wie findest du das?«

»Der Kaba!«, quiekte Oskar begeistert. »Der is' fast alle! Krieg ich noch einen? Mama macht mir nie einen und im Kindergarten darf ich auch nicht.«

»Tja, dann werden wir wohl warten müssen, bis Fräulein Vogler etwas Zeit hat, dir noch einen zu machen. Du siehst ja, dass sie gerade telefoniert. Bis dahin kannst du den Rest ja schon mal austrinken.«

»Der Krautschneider? … Ach, verstehe … Schönen Gruß auch, seine Frau hat angerufen. Haha! … Ja, genau. Du sagst es!«

»Menno! Der schmeckt nicht mehr. Da is' Haut drauf und 'ne Fliege drin!«, schmollte Oskar. Es war wirklich zu dumm mit diesen Erwachsenen. Nie sahen sie die wirklich wichtigen Dinge.

»Claudi, ich weiß auch nicht, wie weit er jetzt ist. Warte, ich schau mal …«

»Steffi! Bitte ein bis zwei Meter Abstand! Oder wollen Sie sich auf meinen Schoß setzen?«

»Krieg ich jetzt den Kaba?«

»Vielleicht möchten del Hell liebel noch einmal plobielen sein Glück zu velsuchen?«

»Hihi. Du sprichst aber komisch!«

Oskar war jetzt dazu übergegangen, die Glückskekse der Einfachheit halber mit einem heftigen Schlag seiner kleinen, geballten Faust zu öffnen. Die in alle Richtungen fliegenden Gebäckteilchen, das wunderbare Knirschen und die klebrigen Krümel an seinen Fingern bereiteten ihm unendlich viel Spaß. Herr Li war wirklich ein Meister im Umgang mit Kindern. Dass dabei aber der Tisch mittlerweile wie ein Schlachtfeld aussah – überall Zellophanfetzen, Zettelchen mit unglaublichen Weisheiten und Keksstücke, die sich teilweise mit verschüttetem Kakao vermengt und so in eine breiige Masse verwandelt hatten –, musste man wohl in Kauf nehmen.

»Liebe ist das Elternhaus. Reiß es nie ab!«

»Des is' blöd! Noch eins!«

»Aber nein, das is' gar nicht blöd. Du musst dir nur vorstellen … Halt! Nicht, Oskar! Lass die Tasse stehn! NEIN! Ja, spinnst du denn? Siehst du, was du jetzt angerichtet hast? Du ungezogener Bengel! Du kannst doch nicht die Tasse auf den Boden werfen! Jetzt schau dir mal die Scherben an! So eine Schweinerei! Also wirklich! Darfst du dich bei deiner Mama auch so schlecht benehmen?«

»Der Kaba is' alle! Ich will noch einen!«

»So nicht, junger Mann!«

Es war erstaunlich, den sonst so ausgeglichenen Herrn Li die Geduld verlieren zu sehen; aber was zu viel war, war zu viel! Ärgerlich stand er auf, machte sich auf die Suche nach Schaufel und Besen und murmelte: »Wart nur Bürschchen, bis ich mit deiner Mutter gesprochen hab …!«

Noch bemerkenswerter war jedoch, dass sich Maus im Zentrum dieser ganzen durcheinanderfliegenden Gespräche und teilweise desaströsen Handlungsabläufe konzentrieren konnte, aber das war vermutlich seine Gabe. Er konnte – wenn es darauf ankam – das Wesentliche sehen, äußere Impulse filtrieren und in seine Überlegungen einbauen. Irgendeiner der vielen Wortfetzen aus seiner Umgebung hatte jetzt Zugang gefunden, setzte sich schwerfällig in seinem Gehirn ab, schlug sozusagen Wurzeln, stellte Verknüpfungen her, kurbelte den Prozess an, wurde schneller und schneller und wie ein Blitzschlag sah Maus die Lösung vor Augen.

»Oskars Mutter!«, stieß er hervor. »Ja, sind wir denn alle blind gewesen? Schnabelhuber, schauen Sie nach einer Fahrzeughalterin mit Namen Susanne Klöter! Rasch!«

»Bingo, Chef!«, jubelte Schnabelhuber, aber Maus ließ sich nicht beeindrucken, denn er hatte es ja gewusst. Stattdessen nahm er Steffi das Handy ab und sagte: »Claudia, ich nehme an, dass Sie noch am Haus der Familie Klöter sind. Schauen Sie bitte nach, ob da irgendwo ein 5er BMW Touring steht. Moment … Ach ja, hier. Schaun Sie nach einem mit der Farbe Mondstein Metallic und getönten Scheiben … Gut, ich geb Ihnen mal Schnabelhuber, damit er Ihnen das Kennzeichen durchgibt. Hab leider meine Lesebrille nicht dabei … Gut, gut bis gleich!«

112

Der Motor stotterte, sprotzte, klapperte und gab dann keinen Ton mehr von sich. Fassungslos starrte Erika auf das Lenkrad.

»Nein, nein, nicht jetzt!«, verzweifelt drehte sie den Schlüssel wieder um, versuchte noch einmal zu starten. Ein trauriges Aufjaulen, wieder ein Stottern und der Motor verstummte abermals.

»Ach Schnuffel, jetzt komm schon. Lass die Mami nicht im Stich! Ich brauch dich doch, Schätzele. Los, gib dir mal mehr Mühe!«

»Äh, Erika, meinst nicht, dass wir da mal nachschaun sollten? Ich mein, es is' ja süß, wenn du mit deinem Auto sprichst, aber …«

»Das is' nicht nur ein Auto! Das is' mein alter Freund! Mein Gefährte seit Jahrzehnten und nicht mehr der Jüngste. Mit dem muss man eben lieb und sanft sprechen!«, wütend funkelte sie Wolfgang an, der sich auf dem Beifahrersitz gleich ganz klein machte.

»Ich mein ja nur …«, murmelte er. Erika seufzte.

Er hatte ja Recht. Sie benahm sich gerade mehr als kindisch, aber die Angst um ihre Freundin ließ sie einfach nicht mehr klar denken.

»Okay, okay, dann schaun wir halt mal nach«, lenkte sie resigniert ein. »Ich bleib hier und starte den Motor und du guckst unter die Haube.«

»Äh, wie jetzt? Ich soll da den Fehler finden? Des meinste jetzt aber nicht im Ernst, oder?«

Sie fuhr herum. Wollte er sie auf den Arm nehmen? Ein Blick in sein erstauntes Gesicht belehrte sie sofort eines Besseren.

»Was soll das heißen?«, schnauzte sie.

»Na, dass hier nicht alle Stereotypen passen. Ich bin zwar ein Mann, aber ich hab null Ahnung von Technik! Was meinst, warum ich Kindergärtner geworden bin? Wegen meiner sozialen Ader natürlich und nicht, weil ich den anderen Burschen beim Mopedschrauben auch mal eine Chance auf den ersten Platz geben wollte.«

Erika sog hörbar die Luft ein. Ganz ruhig, ganz ruhig, sagte sie sich. Wir müssen eben improvisieren.

»Gut, dann setzt du dich eben ans Steuer und ich schau nach. Wird wohl nicht allzu schwer sein!«

Ohne eine Antwort abzuwarten, war sie ausgestiegen, um ihren Manta gelaufen und rief jetzt:

»Kannste mal den Hebel ziehen, damit die Motorhaube aufgeht?«

»Hebel? Wo soll der sein?«, kam die durchaus motivierte, aber wenig fachmännische Frage aus dem Autoinneren.

Erika überlegte, was sie jetzt als Erstes tun sollte. Wolfgangs Kopf mit Gewalt gegen den Hebel, das Lenkrad, die Fahrertür stoßen oder ganz entspannt weiter für zwei denken.

»Da war bestimmt ein Marder dran!«

Sie fuhr herum. Neben ihr war ein alter Mann mit einem dicken Dackel zum Stehen gekommen. Misstrauisch blickte sie ihn an.

»Ach, und das sehen Sie, obwohl die Motorhaube noch zu ist?«

»Nein«, gab er zu. »Aber hier in der Gegend nimmt es überhand mit diesen Mistviechern. Also hab ich mal einen Schuss ins Blaue abgefeuert.«

Er lächelte entschuldigend und Erika konnte ihm wegen seiner unqualifizierten Einmischung nicht mehr böse sein.

»Ein wunderschönes Auto. Früher hatte ich auch mal so einen. Tja, dann sollten wir mal reinschauen, oder?«, er erwartete keine Antwort, zog seinen Hund hinter sich her, als er zur Fahrertür ging, griff an Wolfgang vorbei neben das Steuer. Ein leises »Klick« kündigte an, dass die Motorhaube entriegelt war.

»So, junger Mann, dann lassen Sie ihn mal an! Ich werd derweil Ihrer Freundin zur Hand gehen.«

113

»Nichts. Da is' kein BMW! Zumindest kein Kombi«, rief Krautschneider von der gegenüberliegenden Straßenseite.

Claudia stöhnte. Sie hatte das Gefühl, dass ihr keine Zeit mehr blieb. Wo sollte sie denn noch suchen? Ob Frau Klöter einen Garagenstellplatz hatte? Der Braunbrustigel machte sich wieder bemerkbar und lief mit kleinen, schnellen Schritten über den Gehweg, aber Claudia schenkte ihm diesmal keine Aufmerksamkeit mehr, denn in diesem Augenblick bog Sybille – wie ein Geschenk des Himmels – aus dem dunklen Weg auf die Straße. Sie hatte noch etwas Zeit gebraucht, um die Ungeheuerlichkeit ihres Fundes zu verdauen, war deswegen eine Weile in der Wohnung geblieben und nun bereit für den Nachhauseweg.

»Bille!«, rief Claudia hocherfreut. Die Angesprochene stutzte.

»Wie nennst du mich? Bille?«, angewidert schüttelte sie den Kopf. »Naa, Claudi, des is' mir vorhin schon aufgefallen, dass dir des ein paarmal rausgerutscht is'. Aber ich muss da mal was klarstellen: Auch wenn wir uns jetzt mittlerweile besser verstehen, darfst mich nie, niemals so nennen. Ich hass den Namen! So wurde immer die Fette vom Schrotkuglerhof genannt und mit der hab ich nix zu schaffen. Verstehst?«

»Tschuldige, daran hab ich gar nicht gedacht«, entgegnete die Kommissarin kleinlaut.

»Schon gut«, Sybille schaute zu ihrem Haus hinüber und seufzte. »Was magst jetzt noch wissen?«

»Die Klöter, hat die hier vielleicht 'ne Garage? Wir sind grad auf der Such nach ihrem Wagen.«

»Naa, hat sie nicht. Die sind noch in Planung. Nächstes Jahr vielleicht. Aber Genaues kann dir der Andreas sagen.«

»Super! Und jetzt meine letzte Frag und dann lass ich dich wirklich in Ruh. Weißt, wo sie ihr Auto immer parkt, oder siehste es hier irgendwo?«

Sybille schaute kurz nach rechts, schüttelte den Kopf und deutete auf eine Parklücke.

»Der Luxuskombi – bestimmt auch von meinem Vadder finanziert – steht eigentlich immer da. Wenn du mich fragst, dann hat die 'nen Abflug gemacht.«

Erstaunt fand sie sich in einer kurzen Umarmung wieder. Claudia war mehr als froh, denn dieses letzte Detail war endlich der Startschuss zum Aufbruch. Glücklich ließ sie Sybille los, gab ihr noch einen Klaps auf die Schulter und brüllte.

»Krautschneider, komm zurück. Der Wagen is' nicht mehr da. Los schick dich! Wir fahren!«

Wie ein Pfeil kam der Gerufene angeschossen, fing die Schlüssel, die Claudia ihm zuwarf, riss die Fahrertür des Fords auf, sprang hinein und wäre fast ohne seine Kollegin gestartet, wenn diese nicht geistesgegenwärtig erst mit der flachen Hand auf das Autodach geschlagen und dann gegen seine Scheibe geklopft hätte.

»Es begeistert mich natürlich wirklich, dass du auch von der schnellen Truppe bist, aber ohne mich geht hier gar nix!«, knurrte sie, ging dann würdevoll um das Auto herum, wartete bis er ihr die Tür geöffnet hatte, ließ sich gnädig nieder, griff elegant nach dem Sicherheitsgurt und schnallte sich vorbildlich an.

»So, und nun genug getrödelt. Gib Gummi!«

Das ließ er sich nicht zweimal sagen. Mit quietschenden Reifen fuhr er los; viel zu schnell für den Igel, der es sich in den Kopf gesetzt hatte, genau in diesem Moment die Straße zu überqueren.

»Mann, pass doch auf!«, brüllte Claudia Hubschmied.

Sie hatte den kleinen huschenden Schatten gesehen und ohne zu überlegen, ins Lenkrad gegriffen. Der Wagen schlingerte gefährlich nach links und wäre dabei beinahe mit dem Krankenwagen zusammengestoßen, der auch viel zu schnell um die Kurve gerast kam. Eine Vollbremsung auf beiden Seiten konnte zum Glück das Schlimmste verhindern.

»Scheiße und jetzt hättest du fast auch noch den Krankenwagen gerammt!«, beschuldigte Claudia ungerechterweise und mit viel zu schriller Stimme Krautschneider.

»Aber … aber … du hast doch …«

Seine Verteidigung stieß auf taube Ohren und der Fahrer der Ambulanz hatte auch noch die Dreistigkeit, ihm einen Vogel zu zeigen. Jetzt tauchte der Kopf von Doktor Frank zwischen den Sitzen auf, und er schien mehr als ungehalten; war er doch bei der Vollbremsung nach vorne geschleudert worden und hatte sich dabei eine dicke Beule zugezogen.

»Was soll denn das? Ja, habt ihr Tomaten auf den Augen? Wir hatten eindeutig Vorfahrt«, konnte man seine Empörung trotz geschlossener Fenster hören.

Ein entschuldigendes Winken von Claudia wirkte jedoch Wunder. Man setzte zurück, ließ einander passieren und fuhr seiner Wege. Leider hatte Krautschneider trotz Claudias Eingreifen den Igel mit dem rechten Vorderreifen leicht erwischt. Das Tier war im hohen Bogen auf die andere Straßenseite geflogen, wo es etwas benommen versuchte, wieder auf die Füßchen zu kommen. Seine Chancen standen gar nicht schlecht, trotz leichter Verwundung noch in den Schutz der nahen Hecke zu gelangen, aber der Igel war eindeutig zu langsam für den Krankenwagen, der zügig genau an der Stelle, wo das Tier sich gerade abmühte, auf den Bordstein zu klettern, zum Stehen kam. Das Leben konnte manchmal wirklich grausam sein.

»Schnell, Herr Doktor!«, rief Andreas, der gleich zwei Stufen auf einmal nehmend zum Auto gelaufen war und jetzt die Tür aufriss. »Meine Tochter. Sie müssen meine Tochter retten!«

Bevor der Arzt etwas entgegnen konnte, ertönte ein entsetzter Schrei. Sybille hatte im ersten Augenblick geglaubt, dass ihr Herz aufgehört hätte zu schlagen, als sie beobachtete, wie die Ambulanz vor ihrem Haus hielt. Dann hatte sie Andreas gesehen. Arzt und Ehemann wurden fast von ihr umgerannt, so schnell war sie über die Straße gelaufen.

»Was is' hier los?«, fragte sie vollkommen außer Atem, wollte vorbei, wurde aber von Andreas zurückgehalten.

»Lass mich los! Lass mich sofort los! Ich muss zu meinen Kindern!«, schrie sie verzweifelt.

»Frau Möller.«

Doktor Frank war mit Fug und Recht stolz auf seine einmalige Stimme, die es immer wieder schaffte, selbst die aufgebrachtesten Menschen in eine Art Trancezustand zu versetzen. Auch hier vollbrachte sie wieder Wunder, denn Sybille schaute ihn plötzlich still geworden und mit großen Augen an.

»Frau Möller, ich werd da jetzt mal sofort nachschaun«, fuhr der Arzt fort. »Und ich versichere Ihnen, ich werde alles für Ihre Kleine tun. Aber nur, wenn Sie mir nicht im Weg stehen und mich in meiner Arbeit behindern. Bleiben Sie also erst mal hier bei Ihrem Mann und in ein paar Minuten kann ich Ihnen Genaueres sagen. Wo is' denn das Zimmer?«

»Die Treppe rauf, zweite Tür links«, antwortete Andreas mit monotoner Stimme.

Er sah dem Arzt nach, während seine Hände immer noch Sybilles Schultern umklammert hielten, als wäre sie sein Anker, seine Rettung. Nach einer Weile setzte er mit heiserer Stimme zur Erklärung an.

»Die Jenny!«, Tränen liefen über seine Wangen. »Die Jenny hat Tabletten genommen. Nein, eigentlich hat Kevin sie ihr gegeben, nachdem er sie gefesselt hatte. Ich bin grad ins Kinderzimmer gekommen, als er auch noch versucht hat, sie anzuzünden.«

»Oh mein Gott!«, Sybille starrte ihn entsetzt an. Auch sie konnte die Tränen nicht mehr zurückhalten und schluchzte laut auf.

»Sybille, Sybille, keine Panik! Sie hat noch geatmet und der Arzt is' ja jetzt da!«

»Und wo is' Kevin?«

»Der is' bei der Köchin. Ihm geht es gut!«

Er hatte sie nun in die Arme genommen und fest an sich gezogen. Sie zitterte am ganzen Körper, wollte ihn im ersten Moment von sich stoßen, hatte aber keine Kraft mehr, sodass sie sich auf diese ungewohnte Geborgenheit einließ und sich tatsächlich langsam beruhigte. In dieser Stellung fand Frank die beiden Eltern, als er fünf Minuten später wieder bei ihnen war.

»Na, da haben wir ja noch mal großes Glück gehabt«, bemerkte er. »Die Kleine hatte zwar 'ne ganze Menge von den Pillen intus, aber dann wurde ihr schlecht und sie hat sich übergeben. Der Körper hat sich quasi selbst geschützt. Das war gut, so mussten wir ihr nicht den Magen auspumpen. Keine angenehme Methode, sag ich Ihnen. Trotzdem nehmen wir sie zur Beobachtung mit. Was mir ein bisschen Sorgen macht, ist, dass sie immer vor sich hinmurmelt, Kevin solle sie doch endlich anzünden. Hm, is' bei einer Fünfjährigen nicht so normal, was? Hier sind übrigens die restlichen Streichhölzer. An Ihrer Stelle würd ich schleunigst mit einer Therapie beginnen. Am besten für alle Kinder und wenn ich Sie mir so anschaue, könnte ich mir glatt eine Familiensitzung vorstellen.«

»Es is' alles meine Schuld!«, weinte Sybille, immer noch das Gesicht gegen Andreas Brust gepresst.

»Ach Unsinn!«, tröstete er sie und ignorierte, dass sein Hemd durch ihre Tränen langsam feucht wurde. »Du hast doch den Doktor gehört. Wir hängen alle mit drin. Aber ich glaub, es ist noch nicht alles verloren. Das war sozusagen ein Warnschuss. Wir müssen endlich damit aufhören, uns gegenseitig zu bekriegen und uns das Leben schwer zu machen. Weißt, wenn wir uns vielleicht mal zusammenraufen und am gleichen Strang ziehen würden, dann könnten wir es vielleicht doch noch schaffen. Was denkst du?«

Sie schniefte nur. Andreas hoffte, dass man das als Zustimmung werten konnte.

»Das is' mal 'ne gute Einsicht!«, lobte Doktor Frank und ging einen Schritt zur Seite, damit die Sanitäter eine kalkweiße Jennifer zum Heck tragen konnten. »Wenn Sie da jetzt weitermachen, kriegen Sie des auch wieder hin. Und jetzt nehm ich mal an, dass Sie bei Ihrer Tochter sein wollen, Frau Möller-Spatz? Ich hätt da noch ein Plätzchen im Krankenwagen frei.«

Sybille löste sich aus der Umarmung und sah Andreas ängstlich an, aber das war vollkommen unbegründet, denn er nickte ihr so liebevoll zu, dass es ihr ganz warm ums Herz wurde.

»Geh nur, Billchen. Ich kümmer mich um Kevin und komm dann nach.«

Ein winzig kleines Lächeln trat auf ihre Lippen, dann drehte sie sich um, lief zu der Transportliege und ergriff Jennifers kleine, kalte Hand.

114

»Herr Kommissar, für Sie!«

Steffi war zu bemitleiden. Zwar hatte sie sich bereit erklärt, Überstunden zu machen, doch dass diese hauptsächlich damit erfüllt waren, die umgeleiteten Telefonate von Maus in Empfang zu nehmen, war schon fast nicht mehr zuträglich. Dennoch fügte sie sich wie immer mit einer Professionalität und einem Gleichmut, dass es beinahe unheimlich war. Kommissar Maus, der gerade Anweisungen zu Straßensperren durchgab, winkte etwas genervt ab, nahm aber dann doch den Telefonhörer, denn Steffis Blick signalisierte höchste Dringlichkeitsstufe.

»Hier Maus! Ja, ja … Na wunderbar. Ich komme sofort!«

Schnell nahm er seinen Mantel, der an einem Garderobenhaken über dem auf der Bank vor Erschöpfung eingeschlafenen Oskar hing, und zog ihn rasch an.

»Wo will er denn hin?«, fragte Schnabelhuber neugierig.

»Ins Krankenhaus. Der Detektiv is' wieder bei Bewusstsein«, flüsterte Steffi ihm aufgeregt zu.

»Na, super! Vielleicht kann der uns ja sagen, wo der Möller steckt.«

»Hoffen wir's«, erwiderte Steffi, griff nach ihrer Handtasche und rief: »Warten Sie, Herr Kommissar. Ich komm mit!«

115

»Und jetzt noch mal anlassen und langsam Gas geben!«, rief der alte Mann. Wolfgang tat sein Bestes. Der Motor heulte auf.

»Nicht so viel, du Depp! Das tut dem Schnuffel doch weh!«, schimpfte Erika und blickte böse um die geöffnete Motorhaube herum.

Wolfgang gab ihr sein schönstes Lächeln, aber anscheinend war der Manta ein wirklich ernstzunehmender Konkurrent, denn Erika schien ihm nicht verzeihen zu wollen.

»Blöde Karre!«, murmelte er daher zwischen zusammengebissenen Zähnen, denn das Lächeln war ihm eingefroren.

»Hm, die gute Neuigkeit ist …«, der alte Mann griff nach seinem Stock, den er gegen das Auto gelehnt hatte, »… es war kein Marder.«

»Und die schlechte?«, fragte Erika etwas konsterniert, während sie beobachten musste, wie er jetzt seinen Dackel, der die ganze Zeit apathisch den Rinnstein angeschaut hatte, mit einem Ruck auf die Füße zog.

»Er is' ein bisschen schwach auf der Brust. Is' halt auch nicht mehr der Jüngste. Ich kann's verstehen. Aber da ich überhaupt keine Ahnung von Motoren habe, bleiben Ihnen jetzt leider nur zwei Möglichkeiten.«

Sie war es langsam Leid mit diesen unfähigen Männern. Wolfgang, der immer noch seine Zahnreihen aufblitzen ließ, in der Hoffnung, sie würde das süß finden, und jetzt dieser Opa, dem es anscheinend gefiel, sich wie ein Orakel aufzuführen. Ihre Geduld war am Ende.

»Na, dann raus damit«, rief sie genervt. »Was kann ich erstens oder zweitens machen?«

»Zum einen könnten Sie ihn in die Werkstatt bringen«, setzte er langatmig an. »Der Wagen hat eine gründliche Überholung nötig. Die Bremsen müssten eingestellt und Öl nachgefüllt werden, der Keilriemen sieht gar nicht …«

»Und die zweite Möglichkeit?«, sie verdrehte die Augen. »Ich meine die, bei der ich nicht wochenlang auf eine unverschämt hohe Rechnung warten muss und jetzt gleich fahren kann?«

»Gemach, gemach, junge Frau. Sie sind ja wirklich etwas zappelig«, tadelnd blickte er sie aus seinen trüben, alten Augen an und Erika schluckte ein erneutes genervtes Stöhnen hinunter.

»Ich hab Ihnen doch erzählt, dass ich vor Jahren ein ähnliches Modell hatte«, sie nickte, unterbrach ihn aber nicht mehr, denn sie wollte endlich die Lösung wissen. »Tja, da hatte ich auch nicht immer Zeit, zur Werkstatt zu fahren. Ich hab's dann mit 'nem Schubs gemacht.«

»Wie bitte? Was soll denn ein Schubs sein?«

»Na, ich hab ihn anschieben lassen. Sehen Sie, wenn man auf einer geraden Straße steht, dann muss man – wie in meinem Falle – die ganze Familie einspannen, die dann vereint schiebt. Ich sage Ihnen, das gab fast immer heftige Diskussionen. Meine Frau …«

»Anschieben also? Doch so einfach?«, unterbrach Erika ihn.

»Äh, ja. Zumindest könnten wir es probieren. In Ihrem Falle stehen Sie auch günstig, hier vorne geht es den Hügel runter. Man müsste das Auto also bis …«

Mit einem »Rums« fiel die Motorhaube zu, Erika riss die Fahrertür auf, zog den immer noch lächelnden Wolfgang auf die Straße und setzte sich hinter das Steuer.

»Meine Herren!«, rief sie dann. »Auf, auf, hier wird nicht mehr getrödelt. Ab nach hinten und schieben, aber zackig!«

Der alte Mann beugte sich zu seinem Hund.

»Du bleibst hier und wartest. Das wird zu schnell für dich. Ich bin gleich wieder da. Also sei schön brav, ja?«

Als Antwort bekam er lediglich einen tieftraurigen Blick aus dunklen Dackelaugen. Er tätschelte noch einmal den Kopf seines Hundes und humpelte so schnell wie möglich zum Kofferraum, klemmte den Stock unter den Arm, legte die Hände auf das Auto, zählte bis drei und begann, mit dem jungen Mann den Manta anzuschieben.

116

Er sah schlecht aus; wie er dalag in dem Bett, den dicken, weißen Verband, der mit seiner Gesichtsfarbe konkurrierte, um den Kopf. Kommissar Maus hatte sich einen Stuhl herangezogen und wartete. Obwohl er innerlich am liebsten aufgesprungen und auf- und abgegangen wäre, denn Krankenzimmer machten ihn immer nervös, riss er sich zusammen und harrte geduldig aus, bis die Krankenschwester mit der Kontrolle irgendwelcher wichtiger Instrumente fertig war.

»So, Herr von Hasenbach, jetzt schütteln wir noch mal das Kissen etwas aus, damit Sie es so recht gemütlich haben«, flötete sie und in Maus stieg der Verdacht auf, dass es sich bei ihr um eine Sadistin handeln musste, denn sie verschwendete mit Absicht seine Zeit. Ferner zeigte auch ihr Drang nach Gemütlichkeit keinerlei Zartgefühl, denn mit einem brutalen Ruck – vielleicht hatte sie aber auch nur ein Problem, ihre Kraft richtig zu kanalisieren – drückte sie den Verletzten nach vorne, zog das Kissen aus seinem Rücken ein paar Zentimeter höher und schob von Hasenbach dann noch fester zurück, sodass dieser heftig aufstöhnte. Maus hatte Mitleid. In diesem Zimmer wurden die Menschenrechte eindeutig mit Füßen getreten.

»Herr Kommissar«, wandte sie sich an ihn, während sie vorbildlich die Ecken des Kissens geradezupfte. »Sie können jetzt mit ihm sprechen. Aber nur kurz, denn Herr von Hasenbach ist noch sehr geschwächt und braucht sehr viel Ruhe, Verständnis, Schonung und nachher noch eine Spritze.«

Der Patient wimmerte und Maus verstand ihn nur zu gut, aber er konnte nichts für ihn tun.

117

Der alte Mann sollte Recht behalten. Als der Manta, alias Schnuffel, kurz nach der Hügelkuppe ins Rollen kam, sprang der Motor an und brummte so gleichmäßig und schön, dass Erika laut aufjubelte. Leider vergaß sie vor lauter Freude zu bremsen und merkte erst nach zwanzig Metern durch einen Blick in den Rückspiegel, dass Wolfgang winkend hinter ihr herrannte. Sie hielt sofort an, damit er einsteigen konnte. Auf dem Hügel sah man jetzt den Alten, der die Hände auf die Knie abgestützt hatte, um wieder zu Atem zu kommen. Neben ihm – die Leine hinter sich schleifend – wackelte auf kurzen Beinen der Hund herbei, setzte sich und blickte gelangweilt zu seinem Herrchen auf. Da dieser aber nur Augen für die immer kleiner werdenden Rücklichter des Autos zu haben schien, blieb dem Tier nichts anderes übrig, als mit einem vorwurfsvollen »Wiff« auf sich aufmerksam zu machen.

»Schon gut, Sissy. Hast ja Recht. Wir sollten uns mal sputen, damit wir nicht zu spät zum Teckel-Stammtisch kommen. Der Alfred hat angeblich eine ganz tolle Geschichte zu erzählen. Also, auf geht's!«, sprach er, nahm die Leine und zuckelte langsam den Weg zurück.

118

Die Krankenschwester war endlich gegangen. Irgendein Notfall hatte Maus und von Hasenbach gerettet und kaum war die Zimmertür geschlossen, kam Leben in die beiden. Maus beugte sich vor, zückte das Notizbuch und war bereit. Von Hasenbach – endlich mit offenen Augen, die trotz der Schmerzmittel klar und wach blitzten – versuchte sogar ein kleines Lächeln.

119

Mit verschränkten Armen, vorgeschobener Unterlippe und starrem Blick auf die Straße machte Claudia Hubschmied jedem dreijährigen Kind Konkurrenz. Sie war sauer auf sich selbst, denn sie bereute es zutiefst, Krautschneider erlaubt zu haben, zu fahren. Er hatte zwar anfänglich versucht, mit ein paar Witzen die Situation etwas aufzulockern, aber das gefährliche Knurren seiner Kollegin belehrte ihn eines Besseren. Daher waren sie jetzt schweigend ungefähr fünf Minuten gefahren und er war richtig froh, dass sie bald das Revier erreichen würden. Nur noch zweimal abbiegen, dann wäre es geschafft.

Ein kleiner Seitenblick auf Claudia genügte schon, um noch etwas fester auf das Gaspedal zu drücken. Doch er hatte sie anscheinend zu lange angeschaut, was er im Nachhinein sehr bereute, denn so sah er den Opel – der zwar nicht schnell, aber zu plötzlich auf die Hauptstraße gerollt war – zu spät. Claudia schrie wieder auf – er meinte, seinen Namen in Kombination mit einem Fluch zu hören – aber dank der kürzlich gesammelten Erfahrung, dass seine Kollegin gerne ins Lenkrad griff, wollte er ihr zuvorkommen und riss es selbst herum.

Geschafft, sie waren dem anderen Auto ausgewichen. Das Adrenalin hatte jedoch seinen Körper mit einer Überdosis versorgt und anstatt auf die Bremse rutschte sein Fuß mit einer ungeahnten Kraft auf das Gas und drückte es durch. Der Wagen beschleunigte, nahm unaufhaltsam Kurs auf den nächsten Laternenpfahl, prallte krachend dagegen, schleuderte seine schreienden Insassen nach vorne und blieb stehen. Sekundenlang war es bis auf das Tuckern des Motors totenstill, dann kündigte ein »Plopp« an, dass die Airbags sich geöffnet hatten.

»Scheißdinger! Ich hab's ja gewusst, dass die nix taugen!«, schimpfte Claudia gedämpft, denn ihr Gesicht war im Kissen vergraben.

Krautschneiders Blutdruck war im Keller, er glotzte ohne etwas wahrzunehmen, was in Anbetracht des Airbags vor seiner Nase auch nicht relevant war, zitterte am ganzen Körper und war sich jetzt vollkommen sicher, dass er das nicht überlebt haben konnte. Jeden Moment würde seine Seele den Körper verlassen. Er fühlte noch Claudias Hand seinen Oberschenkel entlang tasten, um den Zündschlüssel zu suchen, zu finden, umzudrehen und somit den Motor abzustellen. Ja, nun war es endlich ruhig; nun konnte er vor seinen Schöpfer treten.

120

»Er wollte mir nicht sagen, mit wem er sich verabredet hatte, aber er klang so besorgt, dass ich ihn überredet habe, mich wenigstens in der Nähe bleiben zu lassen.«

Kommissar Maus tippte sich nachdenklich an die Nase. Das war mal wieder typisch Möller. Zwar war diesem langsam aufgegangen, dass die Erpresser doch nicht so einfach zu manipulieren waren, doch auf die Idee zu kommen, hier einmal die Polizei um Hilfe zu bitten, war dem stolzen Mann immer noch so fern gewesen wie die Nähe zum Mond. Stattdessen hatte er diesen Dreigroschenromanhelden in Gefahr gebracht. Möllers Arroganz und Egoismus waren beispiellos.

»Wir waren um halb drei in der Früh auf dem Parkplatz verabredet. Das Treffen mit dem Erpresser sollte um drei sein, sodass uns noch genügend Zeit blieb, Vorkehrungen zu treffen.«

Ein Nachtfalter löste sich von der Wand und flatterte um die grelle Neonröhre an der Zimmerdecke. Maus notierte die Uhrzeiten.

121

»Hallo, hallo, is' bei Ihnen alles in Ordnung? Hallo?«

Ganz aus der Ferne hörte Krautschneider den Ruf, der von heftigem Klopfen – vermutlich gegen eine Fensterscheibe – begleitet wurde. Ihm war schlecht, die Zunge pappte am Gaumen, er wollte jetzt noch nicht antworten. Das Knarzen der sich öffnenden Tür drang an sein Ohr. Dann wurde er an der Schulter gepackt und für seinen Geschmack viel zu heftig geschüttelt. Lass mich in Ruhe, hallte es in seinem Kopf, ich will jetzt nicht reden!

Leider hatte Wolfgang kein Erbarmen. Das lag vermutlich hauptsächlich daran, dass er keine Gedanken lesen konnte. Vorsichtig drückte er den Airbag zur Seite und sah besorgt in das befreite Gesicht.

»Es lebt noch!«, versuchte er mit einem Scherz seine Erleichterung zu kaschieren. »Hat vermutlich nur einen Riesenschock! Ganz glasige Augen sind das. Hoffentlich hat er keine ekelhaften inneren Blutungen! Obwohl, dafür war der Aufprall nicht hart genug und der Airbag hat ihn ganz gut abgefangen … Wie sieht's auf deiner Seite aus?«

Die Frage war unnötig, denn an Erika vorbei hatte sich bereits Claudia Hubschmied aus den Trümmern ihres kleinen Autos geschält und angefangen herumzubrüllen.

»Du bläde Henne, du! Du hast uns fast umbracht! Du …«, ihr fehlten offenbar die nötigen Worte, um ihrer Empörung den nötigen Ausdruck zu verleihen. Stattdessen ballte sie in ohnmächtiger Wut die Fäuste und fing an, auf Erika einzuboxen. Schnell ließ Wolfgang Krautschneider los, der dankbar in seinen Sitz zurücksackte, rannte um den Wagen, umklammerte von hinten seine Cousine und zerrte sie von Erika weg, was sie vor einer eventuellen Untersuchung wegen unnötig brutaler Polizeigewalt bewahrte.

»Claudi, Claudi, hör auf! Hör sofort auf!«, rief er und hielt sie noch fester.

Dass damit aber ihr persönlicher Albtraum, den sie wenige Stunden zuvor mit gerade dieser Art der Umklammerung durch Georg durchlebt hatte, wieder hochkam, konnte er natürlich nicht wissen. Erstaunt fühlte er nur, wie der Körper seiner Cousine augenblicklich erschlaffte, zusammensackte, ihn fast mitriss, denn sie war plötzlich schrecklich schwer geworden. Was Wolfgang aber noch viel mehr entsetzte, war ihr heftiges Zittern und herzzerreißendes Schluchzen. Sofort ließ er sie los und starrte auf das kleine Häufchen Elend zu seinen Füßen. Das war nicht mehr die starke, selbstbewusste Claudia Hubschmied.

»Des is' der Schock!«, kommentierte Erika mit teilnahmsloser Stimme. »Die is' kurz vorm Durchdrehen.«

Wolfgangs weiches Herz zog sich zusammen. Er konnte Frauen nicht weinen sehen. Viel schöner war es, wenn sie lachten oder vor Lust stöhnten. Betroffen merkte er, wie sich Tränen in seine Augen stahlen.

»Hört sofort auf zu flennen! Alle beide!«

Die Stimme der Vernunft, Erikas Stimme, bewirkte zumindest bei Claudia Hubschmied eine rasche Besserung. Schniefend wischte sie mit dem Ärmel über ihr nasses Gesicht. Sie musste sich schleunigst wieder unter Kontrolle bringen, ihre Autorität war jetzt schon durch diesen Nervenzusammenbruch in Gefahr geraten, drohte sogar ganz verloren zu gehen, aber weitere Schwächen gegenüber diesen Zivilisten zu zeigen, wäre eine Katastrophe gewesen. Obwohl ihr Körper immer noch zitterte und nach einer Auszeit sowie seelischem Beistand verlangte, gewann Claudia Hubschmieds starker Wille doch wieder die Oberhand. Ob das nun so eine gute Methode war, mit einem Trauma umzugehen, interessierte sie nicht. Sie wollte sich nicht kleinkriegen lassen, nie mehr wieder diese Schwäche fühlen, leuchtend und stark wie Phönix aus der Asche emporsteigen und vor allem alles vergessen, was ihr Angst machte. Mühsam zog sie sich daher an der offenen Autotür hoch, klopfte ihre Jeans ab und blaffte wütend:

»Ihr Sonntagsfahrer, ihr damischen! Ihr kommt jetzt sofort mit aufs Revier. Da wird 'ne Aussag gemacht und ein Alkoholtest.«

Ihr Blick blieb an dem emotional aufgelösten Wolfgang hängen und sie bekam gleich ein schlechtes Gewissen.

»Mei, Wolfi, jetzt kimm scho! Du musst auch ein bissel mich verstehn. Schau doch mal mein Auto. Des is' nur noch Schrott. Und jetzt mein Kolleg. Der is' ungefähr im gleichen Zustand. Für den müss mer vielleicht sogar 'nen Notarzt rufen. Des hat alles seinen vorgeschriebenen Gang zu gehen.«

Krautschneider war mittlerweile an einem Punkt angelangt, der ihm sagte, dass er jetzt genug Energie gesammelt hatte, um Schadensbilanz ziehen zu können. Vorsichtig streckte er seine Glieder. Er war in Ordnung. Er hatte den Unfall ohne nennenswerte Verletzungen überstanden. Lediglich die Hände taten ihm weh, was auf den krampfhaften Griff zurückzuführen war, mit dem er noch vor ein paar Sekunden das Lenkrad fest umklammert gehalten hatte. Erleichtert blinzelte er ein paarmal und stieg dann auch aus.

»Mit mir is' alles gut! Wegen mir braucht's jetzt keine Ambulanz zu holen!«, informierte er die anderen, musste sich jedoch gleich darauf übergeben, was aber keinen besonders zu interessieren schien. Wolfgang starrte mit hängendem Kopf auf seine Schuhspitzen. Claudia suchte wie immer ihr Handy. Wenigstens warf Erika einen gleichgültigen Blick in seine Richtung, befand aber offensichtlich alles für nur halb so wild, drehte sich um und ging resolut zu ihrem mit laufendem Motor wartenden Auto.

122

»Es tut mir leid, aber es ging alles zu schnell. Der Angreifer kam von hinten«, von Hasenberg seufzte traurig und Kommissar Maus malte ein Strichmännchen auf den aufgeschlagenen Block. »Ich hätte es besser wissen müssen«, kam es, sich selbst anklagend, vom Bett her. »Der Möller hat die Augen aufgerissen. Er hat was gesehen, aber bevor ich mich umdrehen konnte, krachte auch schon was auf meinen Schädel und mir wurde schwarz vor Augen.«

Er räusperte sich und sah traurig auf die glattgestrichene Bettdecke. Maus hob den Blick. Kam da noch was? Vielleicht etwas, das weiterhelfen würde? Der Nachtfalter war jetzt nach einem mehrminütigen Anfliegen, Abprallen, Anfliegen, Abprallen neben der Lichtquelle seiner Sehnsüchte gelandet, um dort eine wohlverdiente Pause einzulegen.

»Meine Kondition is' nicht besonders gut. Ich bin zu fett, das weiß ich selbst. Wenn mir das vor zehn Jahren passiert wäre, dann hätte ich schneller reagiert, hätte mich verteidigen können, hätte Möller gerettet.«

Maus versuchte, sich einen schlanken, athletischen von Hasenbach vorzustellen, der mit Kung-Fu-Schreien zur frühen Morgenstunde auf dem Parkplatz des Golfclubs der Angreiferin Blum einen Hammer, einen Golfschläger oder gar eine große Keule aus der Hand schlug, um sie dann nach einer eleganten Drehung gezielt mit einem Fußtritt ins Jenseits zu befördern. Er biss sich auf die Unterlippe, um nicht zu lachen.

»Tja, wir werden alle nicht jünger«, bemerkte er bedauernd.

Von Hasenbach nickte und fuhr mit leiser Stimme fort.

»Ich bin dann aber doch schneller als erwartet zu mir gekommen. Ich lag noch vor Möllers Auto, aber er selbst war verschwunden. Dann hörte ich erneut Schritte. Weil ich solche Schmerzen hatte und mittlerweile auch das Blut in mein rechtes Auge gesuppt hatte, konnte ich mich immer noch nicht bewegen. Im Nachhinein war das aber mein Glück, denn man dachte wohl, ich wäre noch bewusstlos. So konnte ich beobachten, wie ein Paar Bergstiefel über mich stiegen, zum Auto gingen und dort etwas suchten.«

»Die Bergstiefel suchten etwas?«, rief Maus erstaunt. Von Hasenbach versuchte ein Lächeln.

»Sie missverstehen mich. Natürlich steckte in den Schuhen ein Mensch. Ich konnte aber, wie bereits schon erwähnt, wegen der Schmerzen und der

Dunkelheit nicht sehen, wer das war. Lediglich diese Schuhe haben sich in mein Gedächtnis gebrannt. Schicken Sie mir den Polizeizeichner und ich liefere Ihnen ein Phantombild, das seinesgleichen sucht.«

Maus lachte und von Hasenbach stimmte – soweit es die Schmerzen zuließen – mit ein.

»Gut, und was machte der Bergstiefel dann?«

»Er holte was raus. Was, kann ich nicht mit Sicherheit sagen. Vielleicht das Geld, weswegen Möller hatte kommen sollen. Aber ich hab's ja nicht sehen können. Tja, und dann blieb er kurz vor mir stehen, als würde er überlegen. Mir war klar, dass man mich beseitigen wollte. Ich schloss die Augen und machte weiter auf toten Mann. Das hat funktioniert. Als ich merkte, dass ich wieder allein war, hab ich mich aufgerappelt, bin zum Gebüsch gekrochen, hab mich dort hochgezogen und, fragen Sie mich bitte nicht wie, aber ich bin losgelaufen.«

Maus bewundernder Blick tat ihm gut. Bescheiden sah der Detektiv auf seine fleischigen Hände.

»Ich glaub, zuerst bin ich wie ein Betrunkener getorkelt, aber dann ging's immer besser. Ich lief und lief und lief, bis ich an diesem kleinen Tümpel angekommen war. Dort hab ich mich versteckt. Ich war so erleichtert, dass ich nicht verfolgt worden bin. Vielleicht dachte man, dass ich sowieso sterben würde. Hätte ja auch leicht passieren können, wenn ich nicht so ein Dickschädel wäre«, gedankenverloren griff er nach seinem Verband. Maus konnte ihm nur beipflichten. Wäre der Schlag etwas fester ausgefallen, dann wäre der Kopf vermutlich wie eine Kokosnuss aufgeplatzt.

»Ich muss dann wegen der Erschöpfung eingenickt sein. Der Junge hat mich schließlich geweckt. Und was von da ab passierte, wissen Sie ja selbst.«

123

Mit schnellen Schritten war Claudia Erika nachgerannt und packte sie an der Kapuze ihrer Allwetterjacke.

»Wo denkst du, willst du nacha hin?«, zischte sie.

»Lass mich! Ich muss los!«

Vergeblich versuchte sie, die Kommissarin abzuschütteln, aber Claudia hatte sich festgekrallt.

124

»Tja, wenn es dann alles war, möchte ich Sie nicht länger von Ihrer Genesung abhalten.«

Maus war aufgestanden und streckte von Hasenbach die Hand hin.

»Vielen Dank, Sie haben zumindest versucht, etwas Licht ins Dunkel zu bringen!«

Es war nicht zu übersehen, dass der Kommissar nicht gerade zufrieden mit den kläglichen Informationen seines Zeugen war. Von Hasenbach – durch seine Verletzung empfindsamer geworden – spürte ebenfalls eine große Enttäuschung in sich aufsteigen. Er hatte dem Kommissar unnötig Zeit gestohlen. Tapfer lächelnd schüttelte er Maus die Hand. Währenddessen arbeitete sein Gehirn fieberhaft. Ihm war so, als ob er etwas vergessen hätte. Nur was?

Die Tür wurde aufgerissen und wie ein Knäuel drängten sich Stefanie Vogler und die Krankenschwester gleichzeitig ins Zimmer.

»Jetzt machen Sie aber halblang«, schimpfte Steffi, die durch ihren Körperbau den Kürzeren zog und kaum, dass es ihr gelungen war, in den Raum zu kommen, böse beiseite geschubst wurde. Nur dank Maus schneller Reaktion stürzte sie nicht. Vollkommen perplex fand sie sich daher in den Armen ihres Vorgesetzten wieder.

»Ja, geht's noch?!«, rief sie wütend. »Sie Trampel, so lass ich mich nicht behandeln!«

Aufgebracht befreite sie sich aus Maus Umarmung, stemmte die Hände in die Hüften und versuchte, mit einem extrem bösen Blick die Pflegerin wenigstens zu einer Entschuldigung zu bringen. Diese zuckte jedoch gleichgültig mit den Schultern und drehte sich mit einem Siegerlächeln zu ihrem Patienten.

»So, Herr von Hasenbach, genug geplaudert. Jetzt leer ich mal den Katheter und dann gibt's was gegen die Schmerzen, gell?«

»Ich glaub, wir gehen dann wohl besser«, flüsterte Maus Steffi halblaut ins Ohr und zog sie gleich mit sich.

»Halt! Stopp! Warten Sie!«, von Hasenbach hatte sich halb aufgerichtet und wie ein Ertrinkender die Arme nach dem Paar an der Tür gestreckt. Maus Mitleid wuchs schneller, als ihm lieb war, und so konnte er nur beschämt auf die Krankenschwester starren, die gefühllos die Bettdecke zurückschlug und damit dicke, weiß behaarte Beine unter einem viel zu kurzen Kliniknachthemd freilegte. Aber für den Detektiv war diese Erniedrigung bedeutungslos. In Anbetracht der Tatsache, dass ihm gerade wieder eingefallen war, was er noch zu sagen hatte, zählten solche Nebensächlichkeiten nicht mehr. Taumelnd flatterte der Nachtfalter wieder los.

125

»Okay, okay, gut, ich geb auf!«

Tränen hatten sich diesmal in Erikas Augen gesammelt. Es war doch zum Verrücktwerden. Da brauchte Sandra ihre Hilfe und ihr wurde regelrecht ein Stein nach dem anderen in den Weg geschleudert. Sandra! Nein, sie konnte sie nicht im Stich lassen! Erika fuhr herum und schrie mit letzter Kraft.

»Verdammt, versteht mich doch mal alle! Es geht um Leben und Tod! Ich muss ihr helfen! Ich muss meiner Freundin helfen!«

Beim Stichwort »Leben und Tod« wurde Krautschneider, dessen Gesichtsfarbe mittlerweile nur noch einen zartgrünen Stich hatte, sofort hellhörig. Nicht umsonst war dies seit Jahren sein Wahlspruch, seine Motivation, der Sinn seiner Berufswahl. Diese Frau war eine von ihnen. Sie durfte nicht in ihrer Mission behindert werden. Im Gegenteil: Sie brauchte seine Hilfe! Daher schritt er mutig zu seiner Kollegin und sagte mit unerwartet energischer Stimme:

»Claudi, ich denk, wir sollten uns mal anhören, was sie zu sagen hat. Danach können wir immer noch entscheiden, was wir mit den zweien da machen.«

Erstaunt über sein plötzlich so selbstsicheres Auftreten, nickte die Kommissarin nur und wandte sich an Erika.

»Na dann. Schieß mal los. Was ist passiert?«

Erika sah dankbar zu Krautschneider, nervös zu Claudia und gar nicht zu Wolfgang und begann dann, in groben Zügen Bericht zu erstatten.

126

»Als Möller mich anrief, hat er mir gesagt …«, von Hasenbach wurde durch die Schwester unterbrochen, die wichtigtuerisch ums Bett eilte und sich genau zwischen ihn, Maus und Steffi stellte, um von dort einen besseren Blick auf das Laken zu haben.

»Oho, da is' ja irgendwas ausgelaufen«, rief sie entzückt, aber anstatt sich darum zu kümmern, zog sie erst einmal ein Thermometer aus der Kitteltasche und wollte es dem Patienten in den Mund schieben. Genervt packte der sie am Handgelenk und drückte ihren Arm von sich weg.

»Herr von Hasenbach! Wir müssen die Temperatur kontrollieren! Also los, schön den Mund auf. Das kommt unter die Zunge!«

»Einen Moment, bitte Schwester! Ich rede gerade!«

Im Geiste zog Maus den Hut vor dem Detektiv, denn er hatte sich gerade mit einer Löwin, mit der uneingeschränkten Herrscherin der Station, angelegt.

127

»Sandra Blum ist Ihre Freundin?«, rief Claudia überrascht.

»Ja, ja, schon seit der ersten Klasse.«

Claudia war immer noch fassungslos. Das war wirklich der unerhörteste Zufall ihres bisherigen Lebens. Sollte das gar bedeuten, dass sie wieder eine reelle Chance hatten, den Fall heute noch zu Ende zu bringen?

»Boah, hey, schaut mal hier! Was is' denn da passiert?«, tönte es vom Gehsteig her. Aus der Dunkelheit schälten sich jetzt fünf Halbwüchsige. Alle in selbstverzierten und liebevoll mit Nieten, Ketten und anderem Klimperzeug bedeckten, schwarzen Lederjacken. Alle mit Springerstiefeln. Alle mit buntbesprühten, abstehenden Haaren und alle mit der obligatorischen Bierflasche in der Hand.

»Voll krass!«, kommentierte ein anderer und rülpste laut. »Des war wohl ein Megacrash.«

Ein Kichern ertönte. Da musste sich wohl auch eine junge Dame in der Gruppe befinden. Wenn man sich Mühe gab, konnte man sie sogar erkennen, denn sie war kleiner und wirkte trotz der schweren Lederkluft sogar zierlich.

»Heeee! Moment mal! Ihr da!«

Krautschneider reagierte vorbildlich und lief sofort mit wedelnden Händen auf das Grüppchen zu.

»Finger weg, sag ich. Alle mal einen Schritt zurück. Des is' ein Unfallort, habt ihr mich verstanden?«

»Ach kieck mal. Een Bulle!«, kam die amüsierte Bemerkung eines besonders großen, schlaksigen Lümmels. »Det is' ja janz wat Dolles, wa? Ick mach mir in de Hose! Hahaha! Mensch, jetze lacht doch mal mit. Wat is' denn?«

Es war offensichtlich, dass er nicht bösartig, sondern lediglich zu Scherzen aufgelegt war. Deshalb traf es ihn besonders hart, als er in die zum Teil versteinerten, zum Teil beschämten Gesichter seiner Freunde sah. Hatte er was falsch gemacht?

»Du, Matze«, raunte der Junge neben ihm halblaut. »Des is' jetzt aber nich so …«

»Sieh an, sieh an! Wen haben wir denn hier? Den Huber Rudi, den Haderer Ferdi, die Sendhofer Moni und meinen lieben Neffen, den Krautschneider Poldi!«

»Wie jetze, det is' dein …«

»Onkel!«, stellte sich Krautschneider selbst vor. »Ja, und du musst der Enkelsohn vom Bürgermeister Oelschläger sein, der Mathias aus Brandenburg!«

Wieder ein Kichern. Er hatte anscheinend den Nagel auf den Kopf getroffen.

128

Ein lautes Händeklatschen kündigte an, dass die Krankenschwester ihre kostbare Zeit nicht ungenutzt verstreichen ließ.

»Mistviecher!«, murmelte sie zufrieden, blickte auf ihre Handflächen und schnippte den zuckenden Körper des Nachtfalters zu Boden. Maus wollte sich aber nicht ablenken lassen, vermied den Blick auf das verendende Tier und nickte von Hasenbach zu, damit dieser fortfuhr.

129

Claudia hatte, während ihr Kollege mit den Jugendlichen verhandelt hatte, ihre Überlegungen abgeschlossen und akzeptiert, dass dieser Unfall zu einem Glücksfall geworden war. Das Blatt hatte sich gewendet.

»Kann ich jetzt fahren? Ich würd …«, nahezu schüchtern klang Erikas Stimme.

»Naa!«, schnitt Claudia ihr das Wort ab. »Naa, nix da. Des is' ab sofort Sache der Polizei. Ihr mischt euch da nicht mehr ein!«

Sie warf einen Blick auf ihr Auto, das jetzt als Hintergrundbild für ein Handyfoto herhalten musste. Krautschneider gab gerade Anweisungen, wie sich die Gruppe am besten aufzustellen hatte, damit alle auf das Bild passten.

»Okay, Matze, noch ein bisschen nach links und Poldi, halt mal die Maus hoch!«

»Des is' a Ratz, Onkel, koa Maus! De is' halt no kloa. Die wachst no!«

Tja, ging es Claudia durch den Kopf, mit dem Trümmerhaufen würden sie heute nirgendwo mehr hinkommen. Der war nur noch Schrott.

»Ach ja, Frau Noller, hiermit informier ich Sie, dass Ihr Wagen beschlagnahmt ist!«, entschied die Kommissarin kurzerhand, zog wieder einmal das Handy hervor und rief den Abschleppdienst an. Krautschneider, inzwischen fertig, verabschiedete sich gerade.

»So Herrschaften, der Spaß hat nun ein Ende. Macht mal, dass ihr den Unfallort freiräumt, geht nach Hause, holt euch ein neues Bier, was auch immer. Gute Nacht allerseits und dir, Matze, noch einen schönen Urlaub hier in Bayern.«

»Alles klar!«, prostete der Tourist Krautschneider mit seiner halbvollen Flasche zu und überlegte, ob es wohl auffallen würde, wenn er einen Rückspiegel mitgehen ließ. Vorsichtig sah er in alle Richtungen. Ja, er war unbeobachtet. Der Bullenonkel ging zu den anderen beiden und die Frau diskutierte lautstark am Telefon. Rasch beugte er sich runter, packte den Seitenspiegel und versuchte ihn mit einem Ruck abzureißen. Ein schrecklicher Schmerz in seinem mit acht Piercings geschmückten rechten Ohr ließ ihn aufjaulen. Erschrocken sah er in Claudia Hubschmieds funkelnde Augen. Das war ja eine Sadistin, denn sie drehte weiter an seinem Ohr, sodass der junge Mann stöhnend auf die Knie ging.

»Burschi, wenn du ein Souvenir brauchst, dann gehst morgen auf den Marktplatz. Da gibts genug Geschäfte, wo du sogar am Sonntag legal was kaufen kannst!«, knurrte sie und ließ von ihm ab.

»Is' ja jut, is' ja jut!«, stöhnte Matze und hielt sich das schmerzende Ohr.

Claudia Hubschmied starrte ihn stumm an. Sie war schockiert! Sie war schockiert, weil sie sich selbst nicht wiedererkannte. Was hatte sie sich denn dabei gedacht, so brutal auf dieses halbe Kind loszugehen? Eigentlich hätte sie ihm sogar dankbar sein sollen. Schließlich wollte er ja nur den Müll entsorgen. Aber bevor sie so etwas wie eine Entschuldigung äußern konnte, wurde sie von Krautschneiders Neffen am Ärmel gezogen.

»Pardon, aber ich glaub, Sie würd interessieren, dass Ihre Leut grad im Begriff sind, ohne sie zu fahren.«

Claudia fuhr herum. Er hatte Recht. Während sie sich hier mit plötzlichen Schuldgefühlen herumärgerte, saß Erika Noller bereits hinter dem Steuer ihres Wagens. Schlimmer noch; Wolfgang und Krautschneider zwängten sich gerade einvernehmlich auf die Rückbank. Claudia Hubschmied sprintete los.

»Was soll denn das?«, rief sie wütend, als sie wenige Sekunden später an der verschlossenen Fahrertür rüttelte. »Steig sofort aus! Des is' beschlagnahmt!«

»Frau Kommissarin!«, grinste Erika herausfordernd, denn sie konnte es sich nicht verkneifen, den Motor sportlich aufheulen zu lassen. »Frau Kommissarin, hinter mein Steuer darf keiner außer mir, aber wenn Sie mitfahren möchten, dann steigen Sie ein. Aber schnell!«

Was blieb Claudia Hubschmied anderes übrig, als rasch wieder die Beifahrerposition einzunehmen, jedoch nicht, ohne einen giftigen Blick auf die Jugendgruppe zu werfen, die ihnen zum Abschied grölend nachjubelte.

130

»Der Möller sagte mir, dass er den Treffpunkt in letzter Sekunde auf den Golfclub verlegen konnte. Er hätte es zeitlich sowieso nur dorthin geschafft. Außerdem – und da stimmte ich ihm zu – schien ihm zu dieser Stunde der Parkplatz am sichersten. Ursprünglich war ja die Baustelle vom Schloss ausgemacht worden.«

»Baustelle?«, fragte Kommissar Maus. »Was für 'ne Baustelle? Und was für ein Schloss?«

»Ich weiß, was er meint«, schaltete sich Steffi ein. »Mein durchgeknallter Großonkel hat sich in den Kopf gesetzt, auf seine alten Tage einen Rückzugsort zu bauen. Aber wenn Sie jetzt denken, dass das eine gemütliche, kleine, seniorengerechte Angelegenheit werden sollte, dann sind Sie auf dem Holzweg. Onkel Sepp kleckert nicht, der klotzt. Er plant eine Art Schloss. Wie König Ludwig, den er immer schon sehr verehrt hat. Den Baugrund hat er meinem Vater für einen Spottpreis abgeschwatzt. Großer Fehler, sag ich Ihnen. Jetzt ärgern sich meine Eltern tagtäglich über die ganzen Laster, die an unserem Haus vorbeipoltern, mit Lieferungen von Zement und so. Außerdem haben sie große Probleme mit den ganzen Schwarzarbeitern aus Polen, die nicht weit von unserer Kuhweide ein Lager aufgeschlagen haben. Und nicht zu vergessen: Der Lärm und der Schmutz. Meine Mutter …«

»Danke, Steffi, wir sind im Bilde. Mein Beileid für Ihre Eltern. Das muss wirklich unerträglich sein. Ich hoffe, Sie haben wenigstens etwas wegen der illegalen Fremdarbeiter unternommen?«

»Tzzzz, wenn das so einfach wäre«, sie verdrehte die Augen. »Der Onkel hat da seine Spezl, die das für ihn gedeichselt haben. Außerdem hat mein Vater keine Lust, sich nochmal mit ihm anzulegen. Das letzte Mal …«

»Ja, Steffi. Ich denke, das ist auch eine sehr spannende Geschichte, für die wir aber Zeit und Ruhe brauchen«, sie sah Maus jetzt so beleidigt an, dass er väterlich auf ihre Schulter klopfte und murmelte. »Ich hör mir das wirklich gerne noch an. Aber nicht jetzt. Jetzt beginnt die Verbrecherjagd!«

Sie nickte einsichtig.

»Dann ist dieser Bauplatz also in der Nähe Ihres Elternhauses?«, nahm Maus den Faden wieder auf.

»Ja, der Rohbau ist schon fertig und …«

»Glauben Sie, dass man den Möller dorthin verschleppt hat?«, fiel ihr von Hasenbach überrascht ins Wort.

»Eine Baustelle! Irgendwo in der Pampa, am Wochenende, wo dort keiner arbeitet, also niemand, der einen stören könnte! Keine Zeugen! Von Hasenbach, mal unter uns, ich würde augenblicklich nach viel dünneren Strohhalmen greifen, nur bin ich mir hier ziemlich sicher, endlich auf der richtigen Spur zu sein. Der Fakt, dass Möller bis jetzt noch nicht gefunden wurde, aber gleichzeitig einer meiner Beamten und eine Mutter verschwinden, ist kein Zufall. Komisch auch: Wir haben immer noch keine Lösegeldforderung. Hier wird abgewartet, sich versteckt, überlegt, was der nächste Schritt sein soll. Wenn Sie nun der Täter wären, wo würden Sie mal ganz schnell mit ein paar Personen untertauchen?«

»Genau dorthin würd ich sie bringen!«, war die spontane Antwort. »Das ist genial! Ja, einfach genial! Meine Güte, deshalb wollten die sich eigentlich dort mit dem Möller treffen. Ich glaub, der Bergstiefel war wirklich sehr sauer wegen dem Golfclub. Und als auch noch ich dazwischengekommen bin, is' er ausgerastet! So aus der Spur geworfen, hätte ich zumindest auch erst mal von der Bildfläche verschwinden wollen, um über Plan B, C und D nachzudenken. Ja, und meine Wahl wär ebenfalls auf diesen Ort gefallen!«

Auch Steffi hatte sich durch die Euphorie der beiden Männer anstecken lassen. Aufgeregt zupfte sie Maus am Ärmel.

»Herr Kommissar, fahren Sie jetzt dahin?«, fragte sie fast atemlos.

»Ja, Steffi, ich trommle meine verbliebenen Mitarbeiter zusammen und fahr zu dieser Baustelle. Sie kennen mich ja, wenn mein Instinkt mit logischen Schlussfolgerungen zusammenprallt, dann können wir mit 98,9-prozentiger Sicherheit davon ausgehen, dass wir fündig werden!«

»Das meinte ich doch gar nicht!«, entgegnete sie. »Aber wenn Sie da hinkommen möchten, dann müssen Sie Richtung Weiling und dann … Tja, dann wird's eben etwas kompliziert. Am besten Sie nehmen den Hammer mit, der weiß wo's ist, weil seine Schwester in den Hof neben meinen Eltern eingeheiratet hat. Leider Gottes!«

Maus kannte zwar Hammers Schwester nicht, aber aus Steffis letzter Bemerkung schloss er, dass da eine große Familienähnlichkeit bestand. Es war bestimmt sehr anstrengend, neben einer neugierigen Klatschbase zu wohnen.

»Na, dann lasst uns mal loslegen! Auf Wiederschauen, Herr von Hasenbach, und gute Besserung! Sie haben uns mit dem Tipp wegen der Baustelle wirklich sehr geholfen«, und schon waren der Kommissar und seine Assistentin aus der Tür. Von Hasenbachs Freude, doch noch so nützlich gewesen zu sein, wurde sofort getrübt, als das Thermometer wieder vor seinen Augen auftauchte.

»Ich hoffe, Sie haben Ihre Hände gewaschen!«, fiel es ihm ein.

»Wie meinen Sie des jetzt?«, missbilligend zog die Schwester die Stirn in Falten.

»Na, nach dem Mord an diesem Insekt. Des wär nämlich äußerst unhygienisch …«

»Ach Schmarrn!«, schnitt sie ihm das Wort ab und verhinderte weitere Kommentare seinerseits, indem sie ihm das Thermometer unter die Zunge rammte.

131

»Sybille?«

Steffi traute ihren Augen kaum. Sie waren auf dem Vorplatz des Krankenhauses angekommen, wo aus dem parkenden Ambulanzwagen gerade eine leichenblasse Sybille Möller-Spatz ausgestiegen war. Die Angesprochene drehte sich um.

»Steffi?«, weiter kam sie nicht, denn schon wieder flossen die Tränen.

»Oh je, was is' denn passiert?«, mitleidig nahm Steffi ihre schluchzende Großcousine in die Arme. »Die … die Jenny …«, heulte Sybille, und mehr brauchte man auch nicht, um den Zusammenhang zu verstehen, denn die Krankenhausbahre wurde gerade an ihnen vorbeigeschoben.

»Das mit dem Geheule geht schon die ganze Fahrt durch. Ich glaub, wir müssen den Wagen erst mal trockenlegen«, murmelte Doktor Frank Maus zu. »Tja, Frauen und Gefühle. Das is' ein Kapitel für sich.«

»Gut, dass Sie da sind, Frank.«

Es war offensichtlich, dass der Kommissar einen seiner berühmten Geistesblitze hatte. Diesmal war es ein genialer Gedanke zum Thema Zeiteinsparung.

»Wir brauchen Sie, den Krankenwagen und Ihren schnellsten Fahrer.«

»Des is' dann wohl der Horst!«

Doktor Frank dachte gar nicht daran, Maus Forderungen in Frage zu stellen. Stattdessen gab er sofort Anweisung, besagten Horst aus dem Pausenraum zu holen. Währenddessen war der Kommissar zu den beiden Frauen getreten und tippte Steffi leicht auf die Schulter.

»Steffi, ich nehm mal an, dass Sie im Krankenhaus bleiben wollen, oder?«

Sie drehte sich um und nickte.

»Gut, das kann ich verstehen. Aber wären Sie dann so freundlich und würden mir Ihr Handy leihen? Sie wissen schon, meins ist …«, bevor er seinen Satz beenden konnte, hatte sie ihm schon das Telefon in die Hand gedrückt.

»Das ist ein guter Gedanke, Herr Kommissar. So sind Sie endlich wieder erreichbar.«

Sie warf einen bedeutungsvollen Blick auf Sybille, die jetzt ihrer Tochter in die Notaufnahme folgte.

»Ich würd wirklich gerne bei ihr bleiben.«

»Auch wenn sie eigentlich die Schlimmste der Möllersippe ist?«, fragte Maus.

»Hab ich das gesagt?«, schuldbewusst sah sie ihn an und er nickte.

»Vor gar nicht allzu langer Zeit!«, kam die Erinnerung. Doch Steffi wäre eben nicht Steffi gewesen, wenn sie jetzt damit angefangen hätte, alte Bemerkungen auf die Goldwaage zu legen. Daher zuckte sie gleichgültig die Schultern und erwiderte: »Blut is' bekanntlich immer noch dicker als Wasser. Und Sybille braucht mich jetzt. Außerdem is' sie gar nicht so übel, nur manchmal halt etwas launisch und flatterhaft.«

»Herr Kommissar! Gut, dass ich Sie gefunden habe!«, wurde das Gespräch von einem Mann in zartblauem Kittel unterbrochen, der ihn eindeutig als eines der zwei Mitglieder des kriminaltechnischen Labors auszeichnete.

»Ah, wie schön, Sie gibt es also doch noch. Ich habe Ihre Berichte eigentlich schon bei der Besprechung erwartet!«, konnte sich Maus den Vorwurf nicht verkneifen.

»Wenn man nur unterbesetzt ist und mit Arbeit überhäuft wird, muss man die Prioritäten anders setzen«, entgegnete der Mann spitz. »Um ein Beispiel zu nennen: Die Abdrücke auf diesem Schlüsselanhänger gehören ausschließlich zu einer Person. Wir gehen davon aus, dass es der Autobesitzer sein muss, aber da wir nebenbei noch in die Villa von diesem Bäckermeister fahren mussten, um irgendwelche Vergleichsabdrücke zu bekommen, ist natürlich wieder Zeit draufgegangen. Was die anderen Spuren angeht – Fasern, Abdrücke, diverse Proben –, so müssen wir uns da aufteilen und einen großen Teil haben wir noch nicht erledigen können beziehungsweise haben das weitergeschickt, weil uns durch ständige Sparmaßnahmen die Gelder für die notwendigen Geräte fehlen. Ich, wie Sie vermutlich wissen, bin seit Stunden mit den Fingerabdrücken beschäftigt, sodass ich noch nicht mal die Zeit hatte, etwas zu essen! Aber, ich will mich jetzt nicht beklagen, denn dank meiner Unermüdlichkeit und trotz meines großen Hungers ist es mir gelungen, etwas sehr Interessantes zu finden. Sie erinnern sich doch noch an den Plan vom Märchenwald, den Sie uns mit der Bemerkung ›sofort oder am besten gestern‹ gegeben haben?«

Maus nickte, wollte aber nichts weiter darauf erwidern.

Er hatte keine Lust, sich jetzt auf ein Spielchen mit dieser Labordiva einzulassen. Dazu fehlte die Zeit und er war zu neugierig, um sich auf lange Diskussionen einzulassen.

»Sehr gut, ich wusste doch, als ich mich an Sie gewendet habe, dass Sie der Richtige für diese Aufgabe sind!«, ein kleines Lob musste jetzt reichen. »Was haben Sie denn gefunden?«

»Einen recht brauchbaren Teilabdruck von einem linken kleinen Finger! Und zwar nicht von irgendeinem kleinen Finger – denn das ganze Blatt war voll mit unterschiedlichen Abdrücken – sondern von … ähm, ich hab's nicht so mit Namen. Ach, hier, hier ist mein Bericht. Lesen Sie selber.«

Auch der Laborant war über den unerwarteten Erfolg zu aufgeregt, als dass er weiter die beleidigte Leberwurst hätte spielen können, und reichte dem Kommissar daher würdevoll zwei ausgedruckte Seiten. Steffi erkannte, dass sie nicht mehr gebraucht wurde, und ging rasch zum Eingang, um Sybille zu folgen. Dort angekommen, drehte sie sich noch einmal um, sah Maus lesen und flüsterte:

»Viel Glück, Herr Kommissar! Schnappen Sie sie und befreien Sie Hannes und den Onkel Sepp!«

Dann öffnete sie die Tür und verschwand.

»Ähm, tut mir leid, aber das kann man ja kaum lesen. Was steht hier?«, fragte Maus mit gerunzelter Stirn.

»Da steht, dass die Dame … Moment!«, der Laborant musste sich jetzt auch über die Seite beugen und entziffern. »Hier, hier steht es doch: Anne Lörtek und wir hatten sie in der Datei, weil sie …«

»Lörtek? Doch nicht eine Verwandte von den Lörteks aus Aschaffenburg, die damals in den Gammelfischskandal verwickelt waren?«, rief Maus erstaunt.

»Doch! Sie ist die Tochter von dem Kerl, der sich deswegen umgebracht hat. Also eigentlich gab es damals Ungereimtheiten wegen seines Todes. Man hat sie dann verdächtig, dass sie es gewesen sei, also die Mutter hat das behauptet. Aber dann hat sich die ganze Sache doch als Suizid rausgestellt, oder zumindest ist der Prozess aus Mangel an Beweisen eingestellt worden. Wie auch immer.«

»Ja, ich erinnere mich. Die Sache hat ganz schön viel Aufsehen erregt. Die Mutter war Alkoholikerin oder so. Man hat ihr daher nicht geglaubt. Aber, sagen Sie mal, was soll das da sein? Doch nicht etwa Fotos von der Frau? Ich kann da kaum was erkennen.«

»Tja, äh, wir hatten da ein kleines Problem technischer Art. Äh, der Drucker scheint kaputt zu sein. Wie Sie sehen, schmiert er entsetzlich. Da is' nix mehr zu machen, fürchte ich. Wir brauchen dringend einen neuen. Ich hab Ihnen schon die besten Ausdrucke gebracht, kann Ihnen aber auch alles per Mail ins Revier schicken, vielleicht klappt es da besser.«

»Hm, dazu fehlt uns jetzt aber die Zeit. Und ich weiß noch nicht mal, ob das tatsächlich etwas mit meinem Fall zu tun hat.«

Man konnte Maus wirklich nicht verdenken, dass er mit den Fotos, auf denen eine Frau frontal und im Profil zu sehen war, nicht viel anfangen konnte. Durch den verschmierten Druck waren kaum Konturen zu erkennen und sie sah eher wie eine Schwarzafrikanerin als wie die Tochter eines alteingesessenen, unterfränkischen Lebensmittelfabrikanten aus. Der Laborant schnaubte beleidigt.

»Dann eben nicht! Ich hab es zumindest sehr genossen, meine Zeit damit zu verbringen, Beweismittel sicherzustellen, in sämtlichen Datenbanken nachzusuchen, fast zu verhungern, mich mit einem Drucker herumzuärgern, dabei schwarze Finger zu kriegen, um letztendlich dafür Kritik mit der Randnotiz: ›Brauchen wir vielleicht doch nicht!‹ zu bekommen. Ich mein, wie kann man denn schöner und nützlicher einen Samstagabend verbringen?«

Maus war also doch in die Falle getappt. Der Mann vom Labor hatte nur darauf gewartet, dass der in seinen Augen überhebliche Ermittler eine herablassende Bemerkung machen würde, und hatte sofort zugestoßen. Es hatte nicht viel gefehlt und er hätte auf dem Absatz umgedreht und wäre mit wehendem Kittel davongeschritten. Maus seufzte.

»Wunderbare Arbeit! Und bitte, schicken Sie alles sofort an mich. Wir können es bestimmt gut brauchen. Sie haben Recht, denn es ist schon merkwürdig, dass wir ausgerechnet – und ich mein, wie viele Menschen hatten diesen Plan wohl schon in Händen – also, ich betone, ausgerechnet einen Fingerabdruck von einer fast Verurteilten gefunden haben. Ich werde der Sache nachgehen. Und – habe ich mich schon bedankt? – Äh, und bedanke mich natürlich sehr bei Ihnen, dass Sie Ihre kostbare Zeit geopfert haben!«

Perfekt! Der Laborant entspannte sich, hatte gehört, was er hören wollte, und Maus konnte sich endlich auf Verbrecherjagd begeben.

132

Hannes Petersen stöhnte und klappte ein Auge auf, sah alles verschwommen und schloss es gleich wieder. Er hatte geschlafen. Aber was war daran so ungewöhnlich? Er war ja schließlich, seitdem er an dem Fall arbeitete, kaum dazu gekommen und sein Körper hatte sich endlich genommen, was ihm zustand. Merkwürdig nur, dass er sich gar nicht erfrischt fühlte. Im Gegenteil; er war wie erschlagen, steif und alles schmerzte. Hannes versuchte, sich zu bewegen. Es ging nicht. Sofort machte er diesmal beide Augen auf. Merkwürdig! War er aus dem Bett gefallen? Aber warum war der Boden der Pension plötzlich so kalt und hart? Wo waren die alten, milbenverseuchten Teppiche geblieben? Da, wo er jetzt lag, war grauer Beton! Er lag auf dem Bauch. Vorsichtig drehte er den Kopf. Soweit er erkennen konnte, befand er sich in einem großen, hohen Raum. Über ihm befanden sich Stahlstreben. Ein Tier huschte vorbei und Hannes erschauderte. Wo war er?

133

»Verdammt, du bist falsch abgebogen!«, schnauzte Claudia Hubschmied. »Wenn wir nach Weiling wollen, hätten wir vorhin nach links fahren müssen!«

Weiter kam sie nicht, denn Erika riss das Steuer so schnell herum, dass alle Insassen herumgeworfen wurden. Krautschneider fing gleich an zu wimmern:

»Bitte, bitte. Ich hab grad einen Unfall hinter mir. Denkt an meine Nerven. Die sind angeschlagen.«

Erika ließ sich jedoch bei ihrem höchst rasanten Wendemanöver nicht stören. Nur Wolfgang hatte Mitleid mit dem Polizisten.

»Das könnte ein Schleudertrauma sein. Sie sollten vielleicht den Kopf zwischen die Knie stecken und konzentriert ein- und ausatmen. Des hilft bei Panik-Attacken!«

Genervt sah Krautschneider seinen Sitznachbarn an.

»Jetzt probieren Sie's doch mal!«

Wolfgang schien sichtlich von seinem Vorschlag begeistert und drückte Krautschneider gleich ins Kreuz.

»Nein!«, schrie dieser. »Ja, sind Sie denn narrisch? Ich brech mir das Genick bei diesem ganzen Hin und Her, wenn die wahnsinnige Paris-Dakar-Rennfahrerin das Auto rumreißt! Das is' hier ja lebensgefährlich!«

»Aber jetzt sind wir ja wieder auf 'ner graden Strecke!«

»Neeeeeeeeeeein! Und hören Sie sofort auf, mich vorzudrücken!«

»Ruhe dahint!«, Claudia hatte sich umgedreht und funkelte die beiden böse an. »Des is' ja schlimmer als wie im Kindergarten.«

134

So nach und nach war ihm wieder alles eingefallen. Der Tee, die Frau, die ihn stützte und dann auf die Liege drückte. Mein Gott, wie hieß sie noch mal? Sandra, Sandra Blum – Heidis Mutter! Jetzt wurde ihm einiges klar. Der Schmerz über den Tod ihrer Tochter hatte sie durchdrehen lassen. War sie noch hier? Panik stieg in ihm auf. Er war ausgeliefert, ein unerwünschter Zeuge, eine Gefahr für sie und er war sich sicher, dass es kein schönes Ende mit ihm nehmen würde, wenn es ihm nicht gelänge, zu entkommen! Hannes zwang sich zur Konzentration. Er musste sich so schnell wie möglich befreien! Er musste fliehen!

135

Mit quietschenden Reifen kam der Krankenwagen vor dem Revier zum Stehen. Dort warteten schon Schnabelhuber und ein junger Beamter. Maus überlegte kurz, wer Letzterer eigentlich war. Ja, erinnerte er sich, das war doch der Kollege, der bei der heutigen Besprechung so intelligente Fragen gestellt hatte. Ein guter Mann! Den musste man im Auge behalten!

»Sind das alle?«, wollte Maus wissen. »Wo sind Hubschmied, Krautschneider und Hammer?«

Schnabelhuber hatte mit der Frage gerechnet und erklärte gleich: »Tja, Kollegin Hubschmied hab ich vor fünf Minuten versucht zu erreichen, aber sie geht nicht ans Telefon. Bei Krautschneider ging Schuster ran. Der hat sein Handy bei Möller im Wohnzimmer vergessen. Ich hab dann der Hubschmied auf die Mailbox gesprochen, dass sie Gas geben sollen, weil wir einen Einsatz haben. Leider haben Sie sich wegen des Ortes etwas kryptisch ausgedrückt, Herr Kommissar, sodass ich ihnen nicht sagen konnte, wohin wir fahren. Sollen wir jetzt noch auf die beiden warten?«

»Nein!«, Maus' Blick auf seine Uhr untermauerte seine schnelle Entscheidung. »Nein, das dauert mir zu lange. Die zwei können dann hier die Stellung halten, falls ich mich doch geirrt haben sollte, die Spur eine Sackgasse ist und es wider Erwarten an anderer Stelle brennt. Außerdem haben wir schon genug herumgetrödelt und dürfen keine Zeit mehr verlieren. Ich hab es langsam satt, ständig auf Extrawürste Rücksicht zu nehmen. Das ist hier ja schlimmer als im Waldkindergarten. Also, alles einsteigen.«

»Aber Hammer …!?«, warf der junge Beamte ein.

Maus seufzte. Ja, auf diesen Mitarbeiter konnte er leider nicht verzichten. Fragend blickte er Schnabelhuber an.

»Der kommt gleich. Der war kaum mehr von den Unterlagen wegzukriegen. Ach, da. Da ist er ja schon!«

Er hatte Recht. Hammer rannte, so schnell er konnte, die Treppe hinunter, wäre beinahe über die letzte Stufe gestolpert, fing sich aber gleich und lief die letzten Meter elegant aus.

»Herr Kommissar!«, keuchte er atemlos. »Ich hab die Akte. Das müssen Sie unbedingt …«

»Nicht jetzt, Hammer, nicht jetzt. Los steigen Sie hier vorne zu Horst. Sie müssen ihm den Weg erklären. Wir anderen folgen Ihnen mit dem Streifenwagen!«

Eigentlich hatte Kommissar Maus vorgehabt, auch im Krankenwagen zu bleiben, aber die Aussicht, sich Hammers Geschwätz anhören zu müssen, veranlasste ihn dazu, seinen Plan spontan zu ändern. Es war für die Nerven erträglicher, hinterherzufahren, und die Aussicht, sich entspannt auf die bevorstehende Befreiungsaktion der Geiseln sowie auf die anschließende Verhaftung einer gemeingefährlichen Verbrecherin vorbereiten zu können, überwog gegenüber seinem Drang, als Erster anzukommen.

»Äh, da wäre aber doch noch eine Kleinigkeit«, bemerkte Hammer, der von Maus zwar sanft aber mit Nachdruck zu der offenen Beifahrertür des Ambulanzwagens geschoben wurde.

»Was?«, sah sich der Kommissar genötigt zu fragen.

»Tja, es geht um unseren Streifenwagen. Ich hatte doch vorhin diesen Einsatz Bauerstraße 100. Und da ist mir aufgefallen, dass der Auspuff immer noch nicht repariert worden ist. Der hat dermaßen laut geklappert, müssen Sie wissen. Ja, und dann habe ich mich der Sache mal angenommen und kurzerhand den Enkelsohn von einem Spezl von meinem Großvater mütterlicherseits angerufen, der ihn vor zwei Stunden auch abgeholt hat. Der ist nämlich Mechaniker und macht uns einen guten Preis. Aber was das beste is', er macht's privat und übers Wochenende bei sich zu Hause, wo er eine kleine Werkstatt nur für Freunde hat. Da kriegen wir den Wagen, so gut wie neu, Montag, spätestens Dienstag, zurück.«

Maus schloss kurz die Augen, damit man nicht sah, dass ihm fast ein schlimmes Schimpfwort entschlüpft wäre. Konnte nicht einmal etwas reibungslos verlaufen? Aber da es keinen Sinn ergab, mit dem Schicksal zu hadern, man nach vorne schauen und das Beste aus einer Situation herausholen musste, entschied er schnell: »Gut, verstehe. Dann nehmen wir eben meinen Wagen! Meine Herren, bitte kommen Sie mit!«

Er nickte Schnabelhuber zu, der sofort verstand, seinen jungen Kollegen am Arm griff und Maus folgte.

»Hallo Horst!«, grüßte Hammer freundlich und ließ sich auf den Beifahrersitz fallen.

»Tachchen«, nickte der Angesprochene. »Anschnallen nicht vergessen!«

»Ja, geht klar.«

Etwas behindert durch den Aktenordner mühte sich Hammer mit dem Sicherheitsgurt ab, blickte sich dabei über die Schulter und sah gerade noch Doktor Frank hinter dem EKG-Gerät abtauchen.

»Hallo Doc!«, rief er. »Suchen Sie was?«

»Schon gefunden.«

Es war erstaunlich, dass der sonst so gelassene Doktor doch tatsächlich rot wurde. Schnell öffnete er die Hecktür, stieg aus und rief: »Maus! Warten Sie bitte. Ich fahr bei Ihnen mit!«

Mit einem lauten »Rums« fiel die Tür wieder ins Schloss. Zurück blieben Hammer und Horst, die sich erstaunt ansahen.

Als fünf Minuten später der kleine Konvoi abgefahren war, lag der Platz wieder so ruhig und friedlich da, als wäre nichts geschehen. Mit einem leisen Knarren öffnete sich die große Eingangstür des Reviers und Herr Li, den schlafenden Oskar auf dem Arm, schlüpfte heraus.

»Na!«, murmelte er zu sich selbst. »Da geht man einmal auf Toilette und währenddessen machen sich die Gesetzeshüter aus dem Staub. Was soll man davon halten?«

Oskar gab ein kleines Schnarchen von sich, rieb seinen Kopf an Herrn Lis Schulter, suchte eine bequemere Stelle, seufzte und schlang die Arme noch fester um den Hals des Mannes.

»Ja, was mach ich denn jetzt mit dir?«, flüsterte Li sorgenvoll. »Ich kann dich doch nicht hier allein lassen? Hm, dann kommst jetzt einfach mit zu uns. Und morgen darfst du ein bisschen mit der Schildkröte spielen, bevor sie in den Kochtopf wandert.«

Er drehte sich nach rechts und stieg langsam die Stufen hinunter zu seinem Auto, das mit einem schönen roten Drachen verziert war.

136

Es fiel ihm schwer, die Hände zu bewegen. Bei den Beinen war überhaupt nichts zu machen. Hannes seufzte. Um seinen ganzen Körper war ein dickes Seil geschlungen, die Hände waren auf dem Rücken festgezurrt. Sandra war eindeutig ein großes Päckchenpacktalent. Eine kurze Pause, dann begann er wieder ungeduldig an den Fesseln zu zerren. Das Seil schnitt in die Handgelenke, aber er ignorierte den Schmerz. Die Arme wurden lahm. Erschöpft ließ Hannes den Kopf wieder auf den Boden sinken.

Mein Gott, wie lange mochte er denn schon hier sein? Und wo war er eigentlich? Soweit er gesehen hatte, handelte es sich um eine Baustelle. Es roch nach Staub und Zement. In der Ecke stand ein großer Betonmischer, daneben ein Stapel mit Dämmmaterial. Das Mondlicht fiel durch die Streben, die offenbar für ein Dach oder eine Decke bestimmt waren. So genau konnte er es von seiner Position aus nicht sehen. Jetzt war alles in ein Silbergrau getaucht. Das Tiefschwarz der dunklen Ecken wurde vom Mondlicht durchdrungen und Hannes konnte mehr erkennen. Ah, das dort musste eine Tür sein. Vielleicht konnte er dorthin robben? Schließlich war er momentan ja eine Art großer Seehund.

Als er aber dann den ersten Versuch startete, musste Hannes im Geiste revidieren. Nein, er war kein Seehund, sondern vielmehr ein plumpes, ungelenkes Walross. Trotzdem zog er erneut die Knie so weit wie möglich an und stieß sich ab. Ja, schon wieder waren ein paar Zentimeter gewonnen. Nochmal! Und nochmal! Hannes konnte ein Husten nicht mehr unterdrücken. Er hatte zu viel Staub eingeatmet. Schnell presste er sein Gesicht auf den Boden, um das Geräusch abzudämpfen. Er wollte keine Aufmerksamkeit auf sich ziehen; sich noch nicht seiner Entführerin in Erinnerung rufen.

137

Holpernd kämpfte sich der Manta tapfer einen Feldweg entlang. Claudia blickte auf die Uhr. Sie waren mittlerweile schon fast eine halbe Stunde unterwegs. Davon waren sieben Minuten unsinnigerweise beim Verfahren draufgegangen. Verflixt! Um ihre Nervosität zu verbergen, schob sie die Hände in die Jackentaschen und starrte aus dem Fenster. Eine Weide zog an ihnen vorbei. Was da wohl draufstand? Vielleicht Kühe? Im Scheinwerferlicht vor ihnen tauchte ein Fuchs auf, blieb stehen und wollte sich nicht mehr rühren. Erika drückte energisch auf die Hupe. Das Tier machte einen Satz und verschwand in der Dunkelheit.

»Des blöde Viehzeug hat mir grad noch gefehlt!«, schimpfte Erika.

»Der war aber voll süß!«, konnte Wolfgang seine Begeisterung nicht zügeln.

»Süß kann der sein, wo er hingehört. Im Wald und nicht unter meinen Vorderreifen!«, knurrte Erika.

»Alte Bissgurken!«, kam es leise von hinten.

Dann schwiegen wieder alle und nur der altersschwach aufheulende Motor – denn eine Steigung war vor ihnen aufgetaucht und musste mit Schwung genommen werden – war zu hören.

138

Schritte! Verflixt! Und jetzt wurde der Hustenreiz auch noch schlimmer. Hannes gab auf und drehte seinen Kopf wieder zur Seite, um wenigstens genug Luft zu bekommen. Er sah das Licht einer Lampe schnell auf sich zukommen. Einige Sekunden später wurde diese neben seinem Kopf abgestellt. Hannes war wirklich dankbar, endlich wieder etwas zu sehen, auch wenn der Radius nur auf die unmittelbare Nähe seines eingeschränkten Gesichtsfelds begrenzt war. Da lagen ein paar Kronkorken, kleine Steinchen und etwas Schwarzes – vielleicht Rattenkot. Schnell richtete er sein Augenmerk auf die Person vor ihm. Frauenschuhe! Hannes stutzte. Waren das etwa Flamencoschuhe?

Plötzlich fühlte er sich in seine Zeit in Andalusien zurückversetzt, als er als junger Polizist ein paar Monate in Sevilla verbracht hatte. Genervt von den hohen Trompetenstimmen seiner Nachbarn, die sich gerne laut und pausenlos unterhalten hatten, hatte er es eines Nachmittags nicht mehr ausgehalten und war trotz vorgeschriebenen Siesta-Gebots spazieren gegangen. Ziellos war er durch die leeren Gassen gelaufen, um eine Ecke gebogen und hatte sie entdeckt: Seine erste Leiche!

Zuerst war ihm nur die umgestoßene Mülltonne aufgefallen und er hatte, von Neugier gepackt, um diese herumgeschaut. Dann hatte er die Schuhe und die Beine in zerrissenen Strümpfen gesehen. Carmen! Carmen Maria Pillar Lopez Fernandez: Mutter zweier Kinder, Aushilfe in einer Tapas-Bar – dort für den Nachschub an trockenen Käse-Schinken-Baguettes verantwortlich – und hochtalentierte Tänzerin der erfolgreichsten Flamenco-Gruppe Sevillas – den »corazón gitana« – war zu diesem Zeitpunkt bereits seit fünf Stunden tot. Er hatte also nichts mehr für sie tun können. Im Laufe der Ermittlungen – die leider erst verspätet eingesetzt hatten, weil ja noch Siesta war! – war herausgekommen, dass hinter der ganzen tragischen Geschichte die Mitglieder einer konkurrierenden Tanztruppe gesteckt hatten. Gemeinsam hatten sie der armen Carmen aufgelauert und sie gemeuchelt, denn – so hatten sie es sich zumindest erhofft –, wenn die schärfste Kontrahentin nicht mehr gegen sie hätte antreten können, hätten sich ihre Chancen auf den alljährlichen, hochdotierten Flamencopreis vergrößert.

Hannes blinzelte. Sollte Carmen jetzt von den Toten auferstanden sein, um ihn daran zu erinnern, dass er ihr damals nicht wirklich hatte helfen können? Blödsinn! Er wischte in Gedanken diese Spukgeschichte fort und konzentrierte sich wieder auf die Schuhe direkt vor seiner Nase. Umständlich versuchte er, seinen Kopf zu heben. Nein, die Knöchel waren eindeutig zu dick, die Waden zu kräftig – natürlich war es jemand anderes. Um ihn nicht weiter der Gefahr einer Nackenstarre auszusetzen, ging die Schuhträgerin in die Hocke und Hannes konnte endlich ihr Gesicht sehen.

»Oh, hallo, Frau Blum. Wie ich sehe, haben Sie sich umgezogen. Hübsch!«, hustete er.

Seine Augen fingen jetzt auch noch an zu tränen. Erschöpft legte er seinen Kopf auf die Seite und ignorierte, dass sich dabei ein Zigarettenstummel in seine Wange drückte.

»Ach, Herr Petersen. Es tut mir ja alles so leid.«

Merkwürdigerweise glaubte er ihr das sogar. Trotzdem war er sauer. Er war sauer, weil er überfallen, entführt und gefesselt vor ihr lag, weil er sich so hilflos fühlte.

»Machen Sie mich sofort los!«, schimpfte er.

Sandra Blum schüttelte nur den Kopf. Das war auch nicht anders zu erwarten gewesen. Umso überraschter war Hannes dann jedoch, als sie ihn unter den Achseln packte und zurück an die Wand zerrte. Dort richtete sie ihn wenigstens in eine sitzende Position auf, sodass er wieder besser atmen und auch etwas mehr sehen konnte.

»So«, schnaufte sie zufrieden. »Ja, so ist's gut.«

Das konnte man natürlich aus verschiedenen Blickwinkeln sehen. Für Heidis Mutter mochte es gut sein, für Hannes leider nicht. Wütend blickte er zu ihr auf.

»Wenn Sie mich nicht augenblicklich losmachen, dann schreie ich!«, drohte er.

Schnell beugte sie sich zu ihm, hob wie an der Terrassentür vor ein paar Stunden den Zeigefinger an ihre Lippen und flüsterte:

»Pscht! Keinen Mucks. Die Polen könnten Sie doch hören.«

Polen? Welche Polen? Hoffnung flackerte in Hannes Blick. Seine Gefängniswärterin hatte jedoch in der Zwischenzeit eine Rolle Klebeband aus ihrer riesigen Umhängetasche gezaubert und war jetzt damit beschäftigt, einen Streifen abzureißen. Hannes Chancen, gehört zu werden, schwanden mit jedem Millimeter, den sie von der Rolle löste, sodass er schnell Luft in seine Lungen pumpte und zum Schreien ansetzte.

»Hiiiiiiiiiiiiiiiiiiilf…«, weiter kam er leider nicht.

Frau Blum war definitiv eine der ganz schnellen Sorte. Sie konnte wirklich zufrieden mit sich sein. Nur merkwürdig, dass sie jetzt anfing zu weinen.

139

Der Manta steckte fest. Verzweifelt drückte Erika das Gaspedal ganz durch. Der Motor heulte auf, die Räder drehten durch, aber sie kamen nicht voran.

»Verflixt!«, schrie sie. »Verflixt, verflixt, verflixt!«

»Alle raus!«

Offensichtlich war Claudia die Einzige, die noch einen kühlen Kopf bewahrt hatte und mit Hindernissen, egal welcher Art, kurzen Prozess machte, denn sofort fügte sie hinzu:

»Los, bewegts euch! Wir schieben an!«

Als sie dann neben Wolfgang am Kofferraum stand, bereit gegebenenfalls mit Herkuleskräften den Wagen allein aus dem Schlammloch zu wuchten, schaute Krautschneider erst einmal nach.

»Tja, des sieht nicht gut aus. Die Hinterräder haben sich festgefahren. Da kommt so ein Sportwagen nicht von allein raus! Wir haben sozusagen die einzige Matschgrube weit und breit gefunden. Muss noch von dem Gewitterguss von gestern sein und wegen der schattigen Lage is' es nicht ausgetrocknet und das Wasser hat sich natürlich auch gut sammeln können, weil hier eine Mulde is' …«

»Krautschneider!«, riefen Wolfgang und Claudia ungeduldig im Chor.

»Ja, ja, schon gut. Man wird doch mal ein bisschen Bestandsaufnahme machen dürfen, bevor man sich mit wenig Aussicht auf Erfolg verausgabt! Hatte ich schon erwähnt, dass hier eigentlich nur ein Wagen mit Allradantrieb rauskäme? Vielleicht sollten wir lieber einen Traktor besorgen, der uns da rauszieht …«

»Schluss mit der Klugscheißerei. Wir sind voller Hoffnung. Also, stell dich zwischen uns und bei drei wird geschoben. Erika, bist du bereit?«

Claudia wartete aber keine Antwort ab, sagte auch gleich »drei« und es wurde gedrückt, geschoben, gestemmt, geflucht. Der alte Wagen gab alles.

Auf Erikas Stirn hatten sich vor Konzentration Schweißperlen gebildet. Aber immer noch saßen sie im Schlamm fest. Verzweifelt gab sie wieder Gas, wobei ihr Herz blutete, weil ihr Schnuffel so litt. Immer noch nichts. Ihr war mittlerweile auch so, als ob von hinten niemand mehr dagegen drückte. Schnell warf sie einen Blick in den Rückspiegel und erschrak. Sie drehte sich um, um sich noch einmal zu überzeugen. Nein, sie hatte sich nicht getäuscht. Ihre Helfer waren über und über mit Schlammbrocken bedeckt. Besonders hart hatte es Wolfgang getroffen. Ärgerlich pflückte er einen großen Klumpen schwarze Erde aus seinen Locken.

»Ja, Kruzifix, des stinkt doch etwa nicht?! Oh nein, da war bestimmt auch Gülle mit bei! Hier Claudi, riech mal.«

»Bah, ja spinnst jetzt vollkommen? Geh weg mit dem Ding!«

Entsetzt war seine Cousine zur Seite gesprungen. Wider Erwarten war es Krautschneider, der erst genauso geschockt, entsetzt und angeekelt war, sich aber gleich eines Besseren besann und erst leise, aber dann immer lauter und lauter zu lachen begann.

Erika riss ihre Tür auf und stieg aus. Verwundert sah sie ihre Gefährten an. Claudia, die kreischend vor ihrem Cousin davonlief, Wolfgang, der immer mehr Erdbrocken von seiner Kleidung pickte und kichernd damit nach ihr warf und Krautschneider, der vor lauter Lachen schon Bauchschmerzen hatte und sich daher am Auto abstützen musste. Waren die jetzt alle komplett verrückt geworden?

140

Sie war wieder gegangen und ließ ihn allein zurück. Nein, nicht ganz allein, denn die Ratten machten sich quietschend rechts von ihm bemerkbar. Ekelhaft und viel zu nah. Leider hatte sie das Licht wieder mitgenommen, aber er konnte sich Dank des Mondscheins und seiner aufrechten Sitzposition wenigstens umsehen. Der Raum war riesig. Vielleicht eine Turnhalle? War er womöglich in der Nähe einer Schule? Er lauschte angestrengt. Na ja, in Anbetracht dessen, dass er sich auf dem Lande befand, konnte er nicht damit rechnen, irgendwelche Passanten, Nachbarn oder sogar sich im Einsatz befindliche Kollegen zu hören. Hier wurden mit der untergehenden Sonne bekanntlich die Bürgersteige hochgeklappt. Es raschelte. Schnell blickte er in die Richtung, aus der das Geräusch kam. Eine fette graue Ratte saß nicht weit von ihm entfernt, schnupperte, schien zu überlegen, ob sie zu ihm laufen sollte, begann dann aber stattdessen sich in aller Seelenruhe zu putzen. Schweiß brach aus all seinen Poren, denn wenn es etwas gab, wovor es ihm tatsächlich grauste, dann waren es diese struppigen, schmutzigen, Krankheiten übertragenden Nager. Verzweifelt zerrte er wieder an seinen Handfesseln. Gab es denn keine Möglichkeit, sich irgendwie zu befreien? Eine scharfe Kante, ein Stein, ein Stück Glas, mit dem er das Seil durchschneiden konnte? Resigniert musste er feststellen, dass diese Hilfsmittel offenbar nur in Romanen existierten und da in seiner Geschichte kein Autor Mitleid zu haben schien, blieb ihm nichts anderes übrig, als sich erschöpft gegen die kalte Wand in seinem Rücken zu lehnen und abzuwarten.

141

»Es kann wirklich nicht mehr weit sein!«

Erika merkte selbst, dass sie nicht sonderlich überzeugend klang. Nachdem sich alle wieder etwas beruhigt hatten, waren sie zu dem Entschluss gekommen, dass der Wagen nicht mehr zu bewegen war und man das letzte Stück zu Fuß gehen musste.

»Wo genau soll denn das Schloss stehen?«, fragte Krautschneider.

»Äh, da vorne, glaub ich. Da, wo der Wald beginnt.«

Sie deutete in die Ferne, während sie so zügig ausschritt, dass die anderen kaum mitkamen. Krautschneider versuchte, die Distanz abzuschätzen.

»Hm, das is' aber jetzt wirklich nicht mehr so weit. Ich denk mal, wenn wir das Tempo beibehalten, dann sind wir in gut dreißig Minuten da.«

»Oh nein!«, stöhnte Wolfgang.

Doch der Ausruf hatte nichts mit Krautschneiders Einschätzung zu tun, sondern mit der Tatsache, dass er offenbar etwas im Schuh hatte. Schnell setzte er sich auf einen Stein am Wegrand und schaute nach. Die anderen sahen in seiner Misere einen guten Grund für eine Pause zum Kräfte sammeln, denn der Weg verlief doch recht steil bergauf. Claudia zog wieder ihr Handy hervor. Es wurde langsam Zeit, ihren Chef auf den neuesten Stand zu bringen, sonst würde Maus wirklich bei seiner schlechten Meinung über sie bleiben und ihr weiterhin unterstellen, sie wolle wieder alles im Alleingang machen. Sofort sah sie, dass Schnabelhuber angerufen hatte. Warum hatte sie das nicht gehört? Vermutlich, weil das schreckliche Auto so viel Lärm gemacht hatte, dachte sie ärgerlich.

»Du, Krautschneider, ich hab da ’ne Message«, rief sie dem Kollegen zu. »Is’ vom Schnabelhuber! Wart! Ich sag dir gleich, was er wollt!«

Konzentriert hörte sie ihre Mailbox ab. Dann zuckte sie mit den Schultern.

»Was?«, wollte Krautschneider wissen.

»Ich glaub, wir können das mit der Verstärkung vergessen«, klärte Claudia ihn auf. »Die sind alle auf irgendeinem wichtigen Einsatz! Da is’ keiner mehr im Revier. Kannst dir des vorstelln? Die lassen uns hier hängen, dabei sind wir auf der richtigen Spur und kurz davor, den Fall zu lösen!«

»Des is’ wirklich dumm«, pflichtete Krautschneider ihr bei. »Ich glaub ned, dass wir das allein schaffen. Schon gar nicht mit diesen zwei Komikern.«

»Als ob ich das nicht selber wüsst«, knurrte sie. Aber ein Blick auf Erika – offensichtlich hatte sie alles gehört – genügte, um zu wissen, dass sie zumindest einen der Komiker nicht so schnell loswerden würden.

»Hat der Schnabelhuber gesagt, was für ein Einsatz und wohin die sind?«

»Naa! Du kennst den doch. Hat es immer extrem wichtig und geheim. Aber so einfach kommt der mir nicht davon! Ich ruf den jetzt zurück.«

Eigentlich wäre die Lösung so einfach gewesen. Die beiden versprengten Gruppen hätten Kontakt miteinander aufgenommen, festgestellt, dass man zufälligerweise das gleiche Ziel hatte und hätte aufeinander gewartet, um dann gemeinsam zuschlagen zu können. Leider machten aber das Schicksal und die ländliche Gegend wieder einmal einen dicken Strich durch die Rechnung, denn hier gab es keinen Empfang! Missgelaunt legte Claudia auf und stopfte das nutzlose Gerät wieder in ihre Tasche.

Wolfgang hatte derweil das Problem Stein-im-Schuh behoben und stand seufzend auf, um ein paar Schritte Probe zu gehen.

»Ha, so gut wie neu«, freute er sich. »Also, meine Herrschaften, dann kann's ja weitergehen. Ich würd da auch mal gleich 'ne Abkürzung vorschlagen und zwar hier über die Weide. Seht ihr, wie sich der Weg unnötig dort drüben rumschlängelt? Also, wenn wir stattdessen hier über den Zaun klettern und querfeldein laufen, dann haben wir mindestens zehn Minuten gespart.«

Es zahlte sich jetzt aus, dass Wolfgang ein Naturbursche war, denn sein Vorschlag war wirklich gut. Nur Krautschneider reagierte etwas skeptisch, denn er wusste um die Gefahren, die in der Wildnis lauern konnten. Bedächtig stieg er daher als Letzter über den Zaun und sah sich erst einmal gewissenhaft um, bevor er nachfolgte.

142

Sie hatte ihm die Beinfesseln gelöst, aber schnell erkannte er, warum. Sie wollte ihn wegbringen und hatte keine Lust, ihn den ganzen Weg zu schleifen. Er wehrte sich verzweifelt und es gelang ihm tatsächlich, ihr mit einer schnellen Drehung nach links seinen Ellbogen in die Seite zu rammen, sie umzustoßen, sodass er für einige Sekunden glauben konnte, eine reelle Chance zu haben. Aber bevor er überhaupt Zeit fand, loszulaufen, hatte sie wieder das Gleichgewicht gefunden, war bei ihm und hatte ihn von hinten gepackt. Mit vor Entsetzen geweiteten Augen starrte er auf den Betonmischer vor sich, da ihm gar nichts anderes übrig blieb, denn ihr Unterarm – wieso war ihm noch nie aufgefallen, wie muskulös sie eigentlich war – drückte auf seinen Kehlkopf. Er konnte sich nicht mehr bewegen und wusste, dass er gleich ersticken würde. Tränen liefen seine Wangen hinab. Er war verloren. Es war endgültig vorbei.

143

»Ah, das muss also der Hof von Stefanies Eltern sein«, bemerkte Maus, als sie ein schönes, altes Bauernhaus passierten, dem man durch den Mondschein noch die Note des Märchenhaften hinzufügen konnte.

»Ich glaub schon!«

Doktor Frank biss krachend in seinen dritten Apfel, denn da in Maus Wagen striktes Rauchverbot herrschte, kompensierte er sein Verlangen nach Nikotin mit Vitaminen.

»Sehr idyllisch, nicht?«, fuhr er schmatzend fort.

»Ja, wirklich sehr hübsch.«

Maus konzentrierte sich wieder auf die Straße, die jetzt plötzlich in einen Feldweg überging. Na, ob der befahrbar war? Der Krankenwagen vor ihnen kam leicht ins Schleudern.

144

Er spürte die Schlinge, die ihm über den Kopf gestülpt wurde. Sie war zu eng und blieb zunächst an seiner Nase hängen. Ein leiser Fluch, denn es war offenbar sehr schwierig, mit nur einer Hand diese Aufgabe zu bewerkstelligen, während der rechte Unterarm auf seine Kehle gedrückt wurde, damit er sich nicht befreien konnte. Sie war jetzt konzentriert und atmete schneller. Er versuchte, nach hinten zu treten, ihre Beine zu treffen, aber er war zu geschwächt, zu langsam. Wie eine Schlange zischte sie in sein Ohr und drückte noch fester zu. Er sog verzweifelt Luft ein, aber das Klebeband machte es ihm fast unmöglich. Seine Nasenflügel blähten sich, er würde gleich das Bewusstsein verlieren. Aber sie ließ es nicht zu. Geschickt lockerte sie die Schlinge mit der freien Hand. Ihm wurde schwindlig, die Beine drohten einzuknicken. Noch war er von hinten gestützt, das Seil um seinen Hals wurde genestelt und so angezogen, dass er nicht mehr den Kopf durchziehen konnte. Dann ließ sie ihn endlich los. Er sackte in die Knie, holte dabei tief Luft. Seine Gedanken rasten. Sollte er aufgeben? Sollte es das gewesen sein? Er brauchte eine Pause, aber konnte er sich diesen Luxus erlauben? Es gab keine Zeit mehr, um wieder zu Kräften zu kommen. Er würde es nicht mehr schaffen. Oder vielleicht doch? Langsam drehte er den Kopf, aber sofort hatte sie ihn brutal an den Haaren gepackt. Es war so, als wolle sie ihm die Kopfhaut abreißen. Der Schmerz war unbeschreiblich, aber niemand konnte seine gedämpften Schreie hören, denn das Klebeband leistete wirklich gute Dienste.

145

»Ich hab's ja gewusst«, flüsterte Krautschneider erschrocken. Neben ihm war ein neugieriges Rind aufgetaucht, blickte ihn aus seinen schönen, großen Augen an und beschnupperte den jetzt stocksteif dastehenden Polizeibeamten mit einem feuchten, geräuschvollen Schnauben.

»Helft mir!«, wimmerte er. »Sofort!«

Wolfgang lachte.

»Mei Krautschneider, hast Angst vor so einem damischen Rindvieh? Pass auf, ich zeig dir mal was.«

Er zog die Jacke aus, lief zu Krautschneider und begann damit, dessen gehörntem Albtraum vor der Schnauze herumzufuchteln. Zunächst passierte gar nichts. Krautschneider zweifelte wieder einmal an Wolfgangs Verstand und das Rind wusste offenbar gar nicht, was es davon halten sollte. Aber Wolfgang blieb hartnäckig und als er nun auch noch damit anfing, »Olé, olé!« zu rufen, machte das Tier plötzlich unerwartet heftig einen Luftsprung, drehte sich um und rannte empört aufmuhend davon.

»Danke!«, murmelte Krautschneider und betete inständig, dass Wolfgang verschwiegen war, denn wenn diese Geschichte die Runde machen würde, würde er seines Lebens nicht mehr froh werden.

»Gerne«, entgegnete Wolfgang, der ernsthaft überlegte, die Verfolgung aufzunehmen, sich dann aber wieder zu Krautschneider drehte. »Ich glaub, des bleibt unter uns, oder? Deine Kollegen werden dich damit sonst aufziehen bis zum Sankt-Nimmerleins-Tag.«

Ein Strahlen der Erleichterung trat auf Krautschneiders Gesicht. Der Junge war in Ordnung.

»Danke! Und Obacht. Ein Schritt zurück und du stehst in einem Produkt von diesen Viechern.«

Es war ja schließlich selbstverständlich, dass man Freunde vor den Gefahren eines Kuhfladens warnen musste.

»Mei Wolfi, Krautschneider? Wo bleibts denn?«, rief Claudia. Die beiden Frauen waren mittlerweile am anderen Ende der Weide angekommen und schon über den Zaun gestiegen.

»Mannsbilder!«, pflichtete Erika bei. »Immer muss man auf sie warten!«

»Apropos Mannsbilder!«, Claudia erstarrte, machte die Augen zu Schlitzen und rief dann resolut: »He, Sie da! Was machen Sie hier? Wer sind Sie? Geben Sie sich sofort zu erkennen!«

Erstaunt fuhr Erika herum und folgte Claudias Blick. Vor ihnen, vom Waldrand kommend, war ein Schatten aufgetaucht. Wer oder was war das? Der Größe und Statur nach eindeutig ein Mann. Waren sie in Gefahr? War er der Grund, warum Sandra ihre Hilfe brauchte? Erika ballte unwillkürlich die Fäuste. Auch Claudia war jetzt in höchster Alarmbereitschaft, aber bevor sie ihre Dienstwaffe aus dem Holster ziehen konnte, traf ein greller Blitzstrahl die beiden Frauen mitten ins Gesicht. Claudia schloss sofort die Augen – leider zu spät – denn die verschiedenfarbigen Punkte und Flecken auf ihrer Netzhaut waren eindeutige Symptome dafür, dass sie geblendet war. Eine tiefe Stimme sagte etwas, aber sie verstand kein Wort. »Es handelt sich eindeutig um einen Ausländer«, kombinierte sie rasch, während sie den Arm schützend vor die Augen hielt und tapfer ins grelle Licht blinzelte. Eine Taschenlampe, was für eine tolle Idee! Die hätten sie gut für die Weideüberquerung gebrauchen können, denn die Kuhfladen waren biologische Tretminen und zumindest Erika war in einer fast ausgerutscht. Ganz zu schweigen von den Kaninchenlöchern.

»Nehmen Sie das Scheißding von meiner Nase weg«, schimpfte die Kommissarin wütend und da der Mann sie offensichtlich nicht verstehen wollte, hatte sie ihm auch schon mit geübt schnellem Griff die Stablampe aus der Hand gedreht.

»Mensch Claudi, geniale Idee! Eine Taschenlampe! Aber warum haste erst jetzt daran gedacht? Ich mein, wir hätten sie grad eben für die Weide dringend gebrauchen können. Bei dem bisschen Mondlicht sieht man ja fast gar nix. Der Krautschneider wär auf den letzten Metern beinah noch in so einen Hasenbau getreten und hätt sich den Haxn gebrochen, wenn ich nicht zufällig gesagt …«

»Wolfi, das is' nicht unsere Lampe«, schnauzte sie Ihren Cousin an, sah aber gleich ein, dass sie etwas ungerecht war und fügte daher erklärend hinzu: »Die gehört dem Herrn hier und er hat sie freundlicherweise der Polizei zur Verfügung gestellt. Nicht wahr, Herr …?«, eindringlich sah sie den Fremden an. »Herr …? Na, wie heißen wir denn? Verstehn Sie kein Deutsch?«

Statt zu antworten, drehte ihr der Gefragte einfach unhöflich den Rücken zu und rief etwas in Richtung Wald. Das Knacken gebrochener Äste, das Rascheln von Laub und eine ebenfalls unverständliche Antwort waren die Begleitmusik, die sechs weitere dunkle Schatten ankündigte. Nervös ließ Claudia den Lichtkegel von einem zum anderen gleiten. Jetzt waren sie in der Überzahl. Sieben gegen vier und diese Männer hatten etwas Unberechenbares im Blick. Oder bildete sie sich das nur ein? Die Umstände, die Situation und die Überraschung auf beiden Seiten konnten erklärbare Vorgänge durchaus verzerren und Claudia wäre nicht so eine gute Polizistin gewesen, wenn sie jetzt mit einer Kurzschlussreaktion eine Katastrophe heraufbeschworen hätte.

Schnell leuchtete sie alle fremden Gesichter an, wobei sie sorgsam darauf achtete, dass diese einen kurzen Blick auf die Mündung ihrer Dienstwaffe werfen konnten. Damit auch die letzte Unklarheit beseitigt wurde, rief sie den Männern warnend zu:

»Keine Fisimatenten! Ich bin die Polizei! Verstehen Sie? Polizei! Police! Polizia! Gendarmerie!«

Sie hatten verstanden. Sofort bildeten sie eine Gruppe und begannen zu diskutieren.

»Woher kommen die denn?«, flüsterte Wolfgang laut in Claudias Ohr.

»Was weiß ich? Klingt irgendwie osteuropäisch«, raunte Claudia zurück.

»Das is' Polnisch!«, schaltete Erika sich ein.

Erstaunt sahen die anderen sie an und Erika fügte erklärend hinzu:

»Das erkenn ich an diesen Autobahngeräuschen, die sie machen. Ich wollt mal Slawistik studieren, aber hab mich dann doch ganz schnell für Pädagogik entschieden. Bin gleich im Russischkurs nach drei Wochen gescheitert und hab erst gar nicht mit Polnisch angefangen, da das noch schwieriger ist. Besonders diese Phonetik!«

Claudia sah wieder zu den Männern, die anscheinend gerade dabei waren, über etwas abzustimmen.

»Wenigstens wissen wir jetzt, woher die sind. Aber was sie hier mitten in der Nacht machen, möchte ich noch geklärt haben.«

»Schau mal, was zwei von denen in der Hand haben!«, kam Krautschneider ihr zu Hilfe. »Das sind eindeutig Wilderer!«

Er hatte Recht. Jetzt erkannte auch Claudia die toten, schlaffen Körper von einigen Kaninchen, die an den Ohren gehalten grotesk in der Hand eines Mannes hin und her baumelten, weil er sich gerade etwas ratlos am Kopf kratzte. Aber nicht genug der Absurdität; es war ihr so, als gehörte einer der Kadaver zu einem Eichhörnchen. Konnte man die denn essen?

»Nun, das scheint mir eher ein Fall für den Oberförster«, bemerkte sie, versuchte den Gedanken an das Eichhörnchen zu verdrängen und fuhr überlegend fort. »Wobei der eigentlich dankbar sein müsste, denn die Hasen vermehren sich in letzter Zeit rasend. Trotzdem ist das für mich keine befriedigende Antwort auf die Frage, was die hier zu suchen haben. Ich mein, nur um Wild zu bekommen, fahr ich doch nicht extra hierher. Die haben doch bestimmt ebenfalls Wälder!«

»Vielleicht schmeckt das unsrige einfach besser«, versuchte Krautschneider einen Scherz, aber keiner lachte.

Mittlerweile waren die Fremden offenbar zu einem Ergebnis gekommen. Mit finsterem Blick löste sich ein besonders großer und kräftig gebauter Mann aus der Gruppe und trat vor Claudia. Dann passierte eine Weile gar nichts. Die beiden standen nur da, fixierten sich misstrauisch und warteten darauf, dass einer den Anfang machte.

»Polnisch sagst du, Erika?«, fragte Wolfgang, dem die augenblickliche Anspannung offensichtlich überhaupt nicht aufzufallen schien, denn er war mit seinen eigenen Überlegungen beschäftigt. Als er nun Erika nicken sah, breitete sich ein Strahlen über sein Gesicht.

»Mir kam es doch gleich so bekannt vor!«, sagte er triumphierend, schob Claudia sanft zur Seite und rief: »Co słychać?«

Ein Lachen ertönte, gefolgt von einem zweiten, dann stimmten angesteckt immer mehr mit ein. Die Krise war überwunden und an ihre Stelle war ausgelassene Heiterkeit getreten.

146

Sie hatte ihn endlich wieder losgelassen. Er zitterte. Was würde sie als Nächstes tun? Er brauchte nicht lange zu warten. Der Tritt in seinen Rücken ließ ihn aufstöhnen. Träge fiel er nach vorne, sah den grauen, kalten Boden auf sich zukommen und schlug hart mit dem Kopf auf. Schnell zerrte sie an seinen Beinen. Das Seil! Sie wollte ihn wieder ganz fesseln. Er strampelte, aber selbst ein Rentner am Stock hätte das besser gekonnt. Ehe er sich versah, waren seine Knöchel wieder zusammengebunden, dann schlang sie das Seil weiter und kurze Zeit später war er fest verschnürt. Da lag er nun, bewegungsunfähig, hilflos wie ein Säugling und alles tat weh. Innerlich flehte er, dass sie es endlich zu Ende bringen möge. Sie sollte sich beeilen. Er ertrug die Schmerzen, die Marter, die Demütigungen und sein augenblickliches Leben nicht mehr. Er wollte endlich sterben.

147

»Was hast du dem denn gesagt?«, fragte Claudia verblüfft. Immer noch waren die Männer köstlich amüsiert.

»Ähm, ich dachte, das hieße so viel wie: »Wie geht's?« Aber ehrlich gesagt bin ich mir jetzt auch nicht mehr so sicher. Das hat mir mal eine Ex-Freundin aus Krakau beigebracht. Die war hier 'ne Zeit lang Pflegekraft beim dementen Opa Kramer, bevor er ins Altenheim ging. Aber vielleicht hat sie mich auch nur verarscht!«

»Nein, nein«, unterbrach jetzt der Anführer das Gespräch und wischte sich eine Lachträne aus dem Augenwinkel. »Nein, das alles richtig. Sie sprechen gut Polnisch. Es ist nur …«

Weiter kam er nicht, denn ein besonders witziger Kollege aus der Gruppe machte gerade Wolfgangs Stimme nach und schon wieder fingen alle an zu lachen.

»Ich glaub, es liegt an deinem Akzent, Wolfi. An dem musst du wohl noch etwas arbeiten«, fand Claudia die Lösung des Problems.

»Genug!«

Der Gruppensprecher hob jetzt die Hand und wartete, bis das letzte Glucksen in der Reihe hinter ihm erstarb. Schließlich wollte man den nötigen Respekt und Ernst für die nun folgende Verhandlung aufbringen. Ruhe kehrte ein.

»Dziękuję dobry, mój przyjaciel!«, wandte er sich dann an Wolfgang, der einfach nur nickte.

»Es geht gut, Freund!«, folgte gleich die freie Übersetzung und zu Wolfgangs Nicken kam ein freudiges Lächeln.

»Und Frau Polizei erkläre ich, wir sind Arbeiter von Baustelle hier. Wir haben Papiere und Genehmigung. Sind alle in Bauwagen und kann zeigen. Mein Name ist Lukasz Młynarz und das koledzy, Kollegen.«

Er breitete die Arme aus, als wollte er diesen wie eine Glucke unter seinen Flügeln Schutz gewähren. Claudia ließ die Waffe sinken und das letzte bisschen Spannung fiel von allen ab.

»Alles klar, Herr M…«

»Młynarz«, kam er ihr zu Hilfe.

»Wie auch immer. Mich interessieren Ihre Papiere gar nicht. Ich bin von der Kripo – äh Kriminalpolizei …«

»Kryminał?«, fragte sofort ein dickerer Mann aus der Bautruppe.

»Policja kryminalna! Gliny!«, erklärte Młynarz schnell und die anderen nickten anerkennend.

»Äh, ja genau und wir sind einem Mörder auf der Spur, der …«

Ihr Verhandlungspartner nahm seine Aufgabe jetzt wirklich sehr ernst, denn schon wieder unterbrach er ihre Rede mit einer Simultanübersetzung. Claudia verdrehte genervt die Augen.

»Stopp! Stopp! Hören Sie sofort auf, mir ständig ins Wort zu fallen. Hören Sie erst mal zu und dann sagen Sie's auf Polnisch.«

»Tak, tak, okay!«

Trotzdem ließ sie einige Sekunden verstreichen, denn sie traute dem Frieden nicht so recht.

148

Sie hatte ihren Fuß wieder auf seinen Rücken gestellt, damit er nicht von ihr fortrollen konnte. Eigentlich wäre das ja nicht mehr nötig gewesen, denn er hatte aufgegeben. Sie zurrte die Schlinge fest und er konnte den professionell geschlungenen Henkersknoten im Nacken spüren. Wenigstens hatte er jetzt gute Chancen auf einen sauberen Genickbruch. Sie hatte sich wieder aufgerichtet und bewegte anscheinend den Oberkörper, denn der Fuß auf seinen Schulterblättern verlagerte das Gewicht und sie kam leicht ins Wanken. Ein leises Surren verkündete, dass das Seil in die Luft geworfen wurde, ein metallenes Klack, dass das Ziel, der Stahlträger, genau über ihnen war. Sie hatte offenbar nicht getroffen, denn ein kleiner Fluch entschlüpfte ihren Lippen. Dann eben noch einmal. Schon wieder nicht! Er versuchte, den Kopf zu drehen, wollte sehen, was da passierte, doch sofort verlagerte sie ihr Gewicht wieder auf den Fuß und fixierte seinen Körper am Boden.

149

Man hatte sich schnell geeinigt. Lukasz stellte sich als äußerst brauchbarer Verbündeter mit großem Organisationstalent heraus. Rasch erfasste er die Lage, rief ein paar Kommandos und sofort formierten sich die Männer. An Claudia gewandt erklärte er:

»So, vier Männer holen Auto, was steckt fest. Ich und Rest zeigen, wo steht Baustelle.«

Claudia sah die Entschlossenheit in den Augen der Bautruppe und überlegte, ob sie nun gerührt oder besorgt sein sollte, weitere Zivilisten in ihren Einsatz miteinzubeziehen. Krautschneider erleichterte ihr die Entscheidung, indem er ihr zuraunte: »Die sind allemal besser, als die Kindergärtner. Hast du gesehen, wie kräftig die gebaut sind? Mit denen lässt sich sogar eine Burg einnehmen.«

Er hatte Recht. Die Kommissarin nickte Lukasz zu und schon setzten sich die Gruppen in Bewegung, jede einen wichtigen Auftrag auf dem Zettel.

150

Das Seil war endlich dort, wo es hinsollte und wurde über die Stahlstrebe gezogen. Unaufhaltsam näherte er sich seinem Ende und er konnte nichts dagegen tun. Der Druck des Fußes ließ endlich nach und verschwand dann ganz. Vorsichtig versuchte er wieder, den Kopf zu heben, aber er konnte nicht sehen, wohin sie gegangen war. Ein Kinderlied wurde gesummt. Er kannte es. Erinnerungen an schöne Tage kamen in ihm hoch, doch vermischten sie sich gleich mit den Bildern der letzten Stunden, wurden verzerrt, fratzenhaft und verhöhnten ihn. Das Summen verstummte, stattdessen hörte er nun ein Scharren, ein Ziehen und ein Geräusch, das klang, als ob etwas abgestellt werden würde. Dann wieder Stille. Er versuchte, sich zu bewegen, aber es gelang ihm nur leidlich. Zu festgezurrt waren die Fesseln. Plötzlich flammten von allen Seiten Scheinwerfer auf und ließen ihn in der Bewegung erstarren. Sie wollte offenbar alles genau sehen, wollte als Zuschauer in der ersten Reihe sitzen und sich keine Sekunde seines Todeskampfes entgehen lassen!

151

Der Krankenwagen war vor ihnen zum Stehen gekommen. Was sollte das? Waren sie denn schon am Ziel? Misstrauisch schaute Maus in alle Richtungen. Nein, hier war weit und breit keine Baustelle. Links befand sich ein hoher Holzstoß und rechts ein Weidezaun inklusive einem neugierigen Rind, das schnaubend die nächtlichen Besucher begutachtete.

»Was ist denn los, Horst?«, brüllte Doktor Frank seine Frage aus dem heruntergekurbelten Beifahrerfenster. Für die junge Kuh eindeutig zu laut – sie verschwand mit einem klagenden »Muh« hinter dem Hügel –, für den Krankenwagenfahrer aber gerade recht, denn er brüllte zurück:

»Da steckt ein PKW im Schlamm! Die Straße is' versperrt! Wir können nicht weiterfahren.«

»Sind die Insassen denn noch drin?«

Maus zuckte zusammen. Die Lautstärke war vollkommen unnötig und vor allem nicht zu ertragen.

»Nein, des Ding is' leer! Die ham sich aus dem Staub gemacht!«

Dem Doktor brannten offensichtlich noch einige Fragen unter den Nägeln beziehungsweise auf den Lippen, denn er holte tief Luft. Schnell legte Maus die Hand auf Franks Schulter.

»Doktor, bitte. Sie müssen hier nicht so rumbrüllen, oder hätten Sie gerne ein paar neue Tinituspatienten. Warum steigen wir nicht alle mal aus und schauen uns das gemeinsam an?«

Frank überlegte kurz, nickte, riss die Tür auf und eilte zu Horst, der mittlerweile schon hinter dem Manta stand.

152

Seine Augen hatten sich endlich an die grelle Helligkeit gewöhnt. Er musste nicht mehr blinzeln. Wieder begann sie zu summen, wieder das gleiche Kinderlied. Es war unerträglich, aber es gab keine Möglichkeit, die Ohren zu verschließen. Was hatte sie nun vor? Sie wollte ihn doch wohl nicht ganz allein hochziehen? Das war doch physikalisch unmöglich? Hatte er vielleicht doch noch eine Chance? War dieser ganze Albtraum nur dazu gedacht, ihm einen gehörigen Schrecken einzujagen? Würde sie ihn gleich losmachen und ihm erklären, er habe seine Lektion gelernt? Jetzt hörte er ein leises »Klick« – ein Einrasten. Verflixt, die Seilwinde! Natürlich! Damit konnte sie ihn – und nebenbei noch einen Zementsack – mit Leichtigkeit hochziehen. Wie hatte er nur so dumm sein und auf den kleinen Funken Hoffnung in seinem Herzen hören können? Die letzten Kraftreserven mobilisierend, rollte er sich auf die Seite und versuchte, doch noch irgendwie dem fatalen Unglück zu entkommen. Ein leises, kaltes Lachen erklang. Dann setzte sich der Seilzug quietschend in Bewegung. Ruckartig riss die Schlinge ihn zurück. So fühlte es sich also an? Obwohl er eigentlich nicht hätte überrascht sein dürfen, war er es dennoch. Ohne Knebel wäre ein erstauntes »Oh« ungehindert über seine Lippen gekommen.

153

Claudia verschlug es die Sprache. Zwar hatte sie davon gehört, dass ihr Ex-Schwiegervater in spe ein großes, ehrgeiziges Projekt plante, aber dass es derartig gigantisch sein würde, übertraf ihre Erwartungen. Vielleicht hätte sie bei den Erzählungen auf diversen Familienfeiern etwas mehr aufpassen sollen, dann wäre sie jetzt nicht so perplex.

»Mei, is' des schiach!«, fasste Wolfgang ihre Gedanken in Worte. »Des hätt sogar dem Märchenkönig graust. Was soll das eigentlich für 'ne Stilrichtung sein?«

Auch Erika schien es zu schütteln.

»Gute Frage. Ich würd mal sagen, eine gewagte Mischung aus Klassizismus, Gotik und Gelsenkirchner Barock. Dazu einige Rokkokostilelemente, was sich besonders mit der Tendenz zum Herrenhaus aus den Südstaaten beißt.«

»Na ja, Sklaven hat er ja schon«, gab jetzt auch Krautschneider trocken seinen Senf dazu und blickte mitleidig auf die Polen, die ihnen auf dem Weg hierher ihr Lager gezeigt hatten. Es war wirklich himmelschreiend, unter welchen unwürdigen Bedingungen diese Menschen hier leben und arbeiten mussten.

154

Den Genickbruch konnte er vergessen. Das wäre nur gegangen, wenn er aus der Höhe, in die man ihn gerade unerträglich langsam zog, gefallen wäre. Aber warum auch hätte sie den humaneren Weg wählen sollen? Schrecklich und qualvoll musste es sein. Ihm war so, als wolle sein Kopf abreißen, die Halswirbel knackten. Die Schlinge war fantastisch geknüpft und zog sich geschmeidig zusammen, drückte auf die Kehle. Er musste würgen, versuchte gleichzeitig Luft zu bekommen, wollte den Mund öffnen, den Klebestreifen zerreißen, konnte aber nicht. Panik! Das Herz raste. Der Hals schmerzte so. Es war unerträglich. Immer höher wurde er gezogen. Er bekam keine Luft mehr. Das hämische Quietschen der Seilwinde verstummte. Er röchelte, doch man konnte es kaum hören – unterdrückte Laute der Qual. Jetzt schwebte er über dem Boden. Luft! Wie hoch war der Raum? Sieben oder acht Meter? Keine Luft! Die Kehle war zugeschnürt! Schmerzen! Keine Luft mehr! Die Tür, da war die Tür! Luft! Er konnte nicht mehr atmen, versuchte wieder verzweifelt Luft einzusaugen, aber sie konnte nicht mehr in seine Lunge gelangen. Keine Luft! Der Hals würde gleich abreißen! Seine Hände! Er zerrte an den Fesseln, wollte sie befreien, damit sie an die Schlinge greifen, sie lockern, den Hals von dem Druck, dem Schmerz befreien konnten. Luft! Todesangst! Ein Wimmern, dabei wollte er schreien, aber er bekam keine Luft! Er brauchte Luft! Musste atmen, gleich, sofort, musste die Lunge füllen, die begierig darauf wartete. Luft! Er blickte in Panik in die Tiefe, sah nicht mehr den rettenden Ausgang, die Betonmischmaschine, den Baustromkasten, die Paletten mit den Natursteinplatten, den Bottich, die Mörtelsäcke, die Leiter, den vergessenen Helm. Wo war sie? Seine Lunge wollte jetzt bersten. Luft! Gleich war es vorbei! Warum? Warum hatte sie das gemacht? Warum dieser Weg? Warum auf diese grausame Art? Er wollte sie noch einmal sehen, wollte dem Monster ins Gesicht blicken, bevor er ersticken würde. Luft! Da war sie. Trat vor ihn, doch ihr Gesicht verschwamm. Luft! Die Lunge! Der Hals! Es war vorbei! Er wollte noch strampeln, wollte sich ein letztes Mal noch aufbäumen, das Leben doch noch nicht aus sich herauslassen, es aufhalten, aber die gefesselten Beine machten es unmöglich. Er schwang nur hin und her, spürte eine warme Flüssigkeit zwischen seinen Schenkeln, schämte sich kurz und gab auf.

155

»Wir müssen den wegschaffen!«, beendete Horst sachkundig seine Begutachtung und deutete zur Bestätigung auf den schmalen Wegrand. »Unmöglich da vorbeizukommen. Die Kiste steckt fest. Ich würde sagen, dass wir zunächst mal überlegen sollten, wie tief die Räder eingesunken sind. Aber das sieht nicht gut aus. Das seh' ich schon. Vielleicht würde ein kleiner Bulldog uns da weiterhelfen, oder doch lieber gleich ein großer? Ich würd also sagen, dass wir da mal die Köpfe zusammenstecken und jeder macht 'nen Vorschlag.«

Maus war wortlos an ihm vorbeigegangen, zog seinen Mantel aus, legte ihn zusammen und dann auf das Mantadach, krempelte die Hemdsärmel hoch und war bereit.

»Sie wollen den doch jetzt nicht ernsthaft da rausschieben?«

»Doch will ich! Oder was dachten Sie, wie das sonst gehen soll? Durch eine bei einer guten Tasse Tee durchgeführte, basisdemokratische Abstimmung?«

Maus war es langsam leid, ständig eine Diskussion vor jeder einfachen Handlung führen zu müssen. Ihm war sofort der steckende Zündschlüssel aufgefallen. Hier hatte es jemand sehr eilig gehabt und er wollte herausfinden, warum. Das Rumgejammer von versperrten Straßen und nicht passierbaren Wegen ging ihm gehörig auf die Nerven. Eigentlich wollte er nicht streiten, denn Horst war bestimmt auf seinem Gebiet unschlagbar – trotz Birkenstock und ungewaschener Haare –, aber augenblicklich versuchte er, Maus in die Quere zu kommen, und das konnte der Kriminalist nicht tolerieren. Herausfordernd sahen sich die beiden Männer an.

»Chef!«

Hammer hatte doch tatsächlich den Nerv, sich von hinten anzuschleichen. Maus fuhr herum.

»Chef, wenn Sie mal 'ne Minute hätten, dann würd ich gerne …«

»NEIN!«

Was zu viel war, war eben zu viel! In gerechtem Zorn funkelte Maus ihn an, und Hammer zog den Kopf ein. Rasch legte er seinen Ordner ebenfalls auf das Dach und machte sich bereit anzuschieben. Auch Doktor Frank, Schnabelhuber, der junge Polizist und sogar Horst drängten sich jetzt um den Kofferraum und fanden fast keinen Platz mehr.

»Ach Leute!«, stöhnte Maus. »So geht das nicht!«

Aber bevor noch mehr Verwirrung entstehen konnte, wurden sie alle von den vier kräftigen Männern abgelenkt, die unbemerkt und viel zu plötzlich aus der Dunkelheit aufgetaucht waren und sich vor ihnen aufbauten.

»Dobry wieczór! Grriiiaß Gott!«, rief einer und seine Kollegen nickten sowohl den Polizisten als auch dem Notarztteam wie guten alten Bekannten zu, zogen wortlos kleinere Stämme aus dem Holzstapel, um diese dann über das Schlammloch, vor die festgefahrenen Reifen zu legen.

»Super Idee!«, lobte Doktor Frank und zündete eine Zigarette an. »Warum sind wir da nicht selbst draufgekommen, Horst?«

Dessen Antwort war nicht allzu gut zu verstehen, aber es klang etwas beleidigt. Maus konnte sich ein Grinsen nicht verkneifen und beobachtete anerkennend jeden Vorgang, den ihre Retter nun durchführten. Mit Leichtigkeit hoben jetzt drei den hinteren Teil des Wagens an und drückten gemeinsam nach vorne, bis die Räder auf den Baumstämmen standen. Währenddessen war einer von ihnen – ein etwas älterer, dicklicher Mann – auf den Fahrersitz geklettert und versuchte, den Wagen zu starten. Tuckernd und stotternd gab der Motor sein Bestes, überlegte es sich dann aber anders und verstummte.

»Wird wohl der Verteiler sein, was?«, stichelte der Arzt in Horsts Richtung.

»Doktor Frank.«

Maus warf seinem Freund einen warnenden Blick zu und der Arzt hüllte sein freches Lachen schnell in eine Rauchwolke ein. Die Fremden hatten sich anscheinend ihre eigenen Gedanken zur Behebung des Problems gemacht. Schnell wurde die Motorhaube geöffnet, an ein paar Kabeln gerüttelt, ein Isolierband weitergereicht, mit einem Schraubenzieher hantiert und dann wurde dem Fahrer etwas zugerufen, woraufhin er den Zündschlüssel drehte und das Auto anließ. Tatsächlich sprang die Kiste an und machte einen kleinen Satz nach vorne, sodass Maus Mantel und Hammers Aktenordner vom Dach rutschten und in den Matsch fielen. Doch bevor sich jemand aufregen konnte, kam einer der Retter um den Wagen geeilt und rief.

»Szybko, szybko! No, ruszaj się! Bewegen, schnell! Kommen!«

Es war offensichtlich keine Zeit mehr zu verlieren.

156

»Wir müssen da jetzt rein. Lukasz, was denken Sie wäre ein guter Platz, um ein paar Menschen unbemerkt verschwinden zu lassen.«

»Ich nicht weiß!«, schüttelte Lukasz bedauernd den Kopf. »Wir nicht mal merken, wann kommt wundervoll 5er BMW Touring, welches parkiert da auf Platz. Baustelle zu weit weg von Lager und nix Arbeit. Nix Arbeit schon ein und noch halb Tag. Warten Lieferung von Marmor aus Carrara.«

Er hatte vermutlich Recht, das riesige Gebäude könnte ganze Schulklassen und Busladungen von Kaffeefahrtausflüglern verschlucken und es hätte lange gedauert, diese zu finden. Nachdenklich kaute Claudia auf ihrer Unterlippe.

»Und wenn …«, schnell hob sie den Kopf. »Wenn es einen bestimmten Raum gibt, der dem Möller ans Herz gewachsen ist, sein Augapfel sozusagen, wäre es dann nicht passend, ihn dorthin zu bringen?«

Lukasz sah sie verständnislos an. Es war offensichtlich, dass ihre Frage seine soliden Grundkenntnisse der deutschen Sprache überforderte. Krautschneider sprang ein.

»Meine Kollegin meint, ob es eine Stelle, einen Platz, einen Ort gibt, der besonders wichtig – important – für den Halsabschneider Möller ist. Sie verstehen schon: Möller. Chef! Boss! Böser, alter Mann, der nicht gut bezahlt. Wenig Geld, viel arbeiten! Wo ist also Möller?«

Dieser gekonnte Versuch einer Verständigung half schneller als erwartet. Einer der Männer nickte heftig und flüsterte Lukasz etwas ins Ohr.

»Mateusz meint, Königsaal ist das!«, folgte gleich die Übersetzung.

»Königsaal!«, rief Wolfgang überrascht. »Ja, is' der jetzt vollkommen deppert geworden?«

»Naa, des passt schon zu ihm.«

Claudia hatte Lukasz am Arm gepackt.

»Schnell, bringen Sie uns dorthin!«

Drei Minuten später liefen sie, so leise wie möglich, durch die dunkle Vorhalle. Ein Käuzchen rief und zwei der Arbeiter bekreuzigten sich schnell.

»Wie weit ist es noch«, flüsterte Claudia.

»Da. Die Treppe. Dann links. Großer langer korytarz, äh Korridor. Aber Achtung. Viele Steine für Mauer.«

»Gut, dann machen wir jetzt Folgendes.«

Sie winkte alle zu sich heran und ein Kreis wurde gebildet.

»Krautschneider und ich gehen da jetzt hinein. Lukasz und seine Männer bleiben hier unten und passen auf, dass niemand rein oder raus kann. Wolfi, dich würd ich gern draußen beim Auto wissen, falls es doch jemandem gelingen sollte, abzuhauen. Und … Erika?«

Zum Glück ging ihre Ratlosigkeit, wie sie die Kindergärtnerin ohne Risiko einsetzen konnte, im Gewisper der Bauarbeiter unter, denn Lukasz war wie immer vorbildlich am Übersetzen. Leider ließ Erika sich nicht täuschen.

»Ich komm mit euch mit, is' doch klar«, kam die resolute Entscheidung.

»Ähm, …«

Claudia seufzte. Da war offensichtlich nichts zu machen. Aber warum auch eigentlich nicht? Erika war vielleicht die Einzige, der es gelingen konnte, Sandra Blum zum Aufgeben zu überreden, wenn Krautschneider und sie wider Erwarten versagen würden. Sie musste nur darauf achten, dass die Erzieherin nicht in die Schusslinie geriet. Aber das war ein Risiko, das hoffentlich als niedrig einzustufen war.

»Gut! Dann wär ja alles geklärt oder gibt's noch Fragen?«

Ein leises, sehr nach Zustimmung klingendes Gemurmel setzte ein.

»Dann los, jeder auf seinen Posten. Krautschneider! Dienstwaffe!«

Ein leises »Klick« signalisierte, dass diese in Bereitschaft war. Das Befreiungskommando lief die Treppe hinauf, die Bauarbeiter bezogen ihre Posten und Wolfgang schlenderte nach draußen Richtung BMW.

157

»Was is' das denn?«, rief Schnabelhuber von der Rückbank.

Vor ihnen war eine Art Campingplatz aufgetaucht. Mehrere Bauwagen waren lieblos auf einer kleinen Lichtung verteilt. Ein großes Lagerfeuer brannte und Maus bekam Angst bei dem Gedanken, was den davorsitzenden Gestalten blühen würde, wenn der Oberförster sie erwischen würde.

»Sieht aus wie ein Zigeunerlager«, vermutete der junge Polizist.

»Naa, is' es nicht. Das scheint die Unterkunft von unseren Mechanikern zu sein. Schau doch, die haben angehalten und sind ausgestiegen«, korrigierte Schnabelhuber, aber es war offensichtlich, dass er sich nicht entscheiden konnte, ob er die Zustände entsetzlich finden oder als wahrgewordenen, wildromantischen Jugendtraum sehen sollte.

Der Krankenwagen kam vor ihnen zum Stehen. Maus fuhr langsam daneben und fragte sich, wie es wohl weitergehen sollte. Auf eine Antwort musste er nicht lange warten, denn einer der Männer war an sein Fenster getreten und bedeutete pantomimisch, dass sie aussteigen sollten.

»Na, dann wolln mer mal!«

Maus schälte sich aus seinem Sicherheitsgurt.

»Herr Kommissar!«

Hammer war bereits draußen und hatte sich anscheinend schon mit ein paar Camp-Bewohnern angefreundet.

»Das sind Polen. Hier is' einer, der Deutsch spricht.«

Missmutig betrachtete Maus den Mann, der ihm von Hammer entgegengeschoben wurde. Nun gut, dann musste er jetzt wohl verhandeln.

»Okay, das mich freuen. Können Sie zeigen schnellen Weg, wo Baustelle sein? Sie verstehen? Baustelle?«

Maus fragte sich, ob er langsam und deutlich genug gesprochen hatte, denn der Mann sah ihn jetzt ein bisschen komisch an.

»Aber natürlich verstehe ich Sie klar und deutlich, Herr Oberkommissar!«, kam nach einer Weile endlich die Antwort. »Mein Name ist übrigens Lech Piekarz, und wenn Sie so freundlich wären und mir folgen würden, dann ist es mir eine Ehre, Sie und Ihre Gefolgschaft dorthin zu geleiten. Der Weg ist nicht allzu weit. In zehn Minuten könnten wir es schaffen, wenn wir uns ein bisschen sputen.«

Kommissar Maus war sprachlos. Mit halboffenem Mund sah er zu, wie der neue Fremdenführer jetzt an ihm vorbeiging und einen kleinen Pfad Richtung Wald einschlagen wollte. Sollten sie ihm etwa wirklich folgen?

»He, Meister!«, brüllte Horst, der, eine brennende Nelkenzigarette in der Hand, am Rettungswagen lehnte, mit gewohnt lauter Stimme. »Warum fahrn wir nich dahin?«

Lech blieb abrupt stehen, drehte sich langsam um und schüttelte nachsichtig den Kopf.

»Weil der Weg für diese Art Fahrzeuge schwerlich passierbar wäre. Dazu hätte lediglich ein Allrad die Möglichkeit, nicht aber dieses altertümliche Liebhaberstück, welches nur ein frankophiler Mensch fahren würde.«

Maus meinte, sich verhört zu haben, aber es gab keinen Zweifel, dass nicht von dem Krankenwagen, sondern von seinem erst zwei Jahre alten Peugeot gesprochen wurde. Beleidigt sah er Lech an und strich dabei unauffällig, aber liebevoll über die Motorhaube seines blechernen Freundes. Vielleicht hatte der andere nicht so ganz Unrecht. Warum sollte er kurz vor dem Ziel das Risiko eingehen, wie der Manta steckenzubleiben, und deswegen womöglich zu spät zu kommen?

»Also gut«, brummte er. »Dann eben zu Fuß. Los Leute! Abmarsch!«

»Nö, mit mir nicht!«

Was war denn nur in Horst gefahren? Warum war er denn so bockig? Vermutlich lag es daran, dass er die souveräne Rettungsaktion der Polen noch nicht ganz verdaut hatte. Sein Ego war angekratzt, er fühlte sich missverstanden, wollte auch mal wieder was zu sagen haben und verabscheute sowieso von jeher Spaziergänge in der Dunkelheit. Er nahm noch einen tiefen Zug von seiner duftenden Zigarette und erklärte: »Meine Kiste schafft das! Kommt halt immer drauf an, wer am Steuer sitzt, nicht wahr! Ich fahr, wenn's recht is' und wir werden ja sehen, wer als Erstes ankommt!«

»Von mir aus! Viel Glück!«, entgegnete Maus, drehte dabei Hammer, der gerade versuchte, sich wieder zum Krankenwagen zurück zu stehlen, in Richtung Wald und schob ihn der Einfachheit halber gleich vor sich her. Die anderen folgten.

158

Der Mond war hinter einer Wolkenbank verschwunden und der Raum lag vollkommen düster da. Raschelnd und fiepend machten sich die Ratten, die, durch die vielen Geräusche der Hinrichtung verschreckt, verstummt waren, wieder bemerkbar. Leise knarrte das Seil, an dessen Ende der leblose Körper leicht hin und her schwang. Claudia Hubschmied schaltete kurz die Taschenlampe ein, wollte sich erst einmal orientieren und hätte sie im gleichen

Augenblick vor Schreck fast fallengelassen, als der Lichtkegel auf ein Paar hoch in der Luft hängende Füße fiel. Krautschneiders schneller Reaktion war es zu verdanken, dass dies nicht passierte, denn er griff ihre Hand und hielt sie fest.

»Mein Gott!«, auch Erika hatte es gesehen. »Da hängt ja einer!«

»Hannes!«, stieß Claudia hervor, befreite sich von Krautschneider und ließ das Licht wieder auf den Mann fallen. »Hannes!«

Sie rannte los, durch den Raum, auf den Toten zu, wollte ihn von vorne sehen, musste sich vergewissern, dass es Hannes war, spürte nur den Schmerz eines unendlich großen Verlusts in ihrer Brust und vergaß alle polizeilichen Vorsichtsmaßnahmen beim Betreten eines Ortes, der wie dieser so unübersichtlich und daher voller Gefahren und Hinterhalte war. Schon in der Grundausbildung und auch später im Sondertraining hatte man ihr eingeschärft, zuerst das Terrain zu sichern, persönliche Gefühle zum Schutze anderer beharrlich zu unterdrücken und bis zu diesem Moment war es ihr auch immer vorbildlich gelungen. Aber jetzt? Jetzt hing da einer! Jetzt hing da ihr toter Partner und sie war zu spät gekommen.

Tränen verschleierten ihren Blick, sie hörte Krautschneiders Warnruf nicht, durchlief diesen endlos scheinenden Raum in unglaublicher Zeit, wollte nur zu Hannes. Eine Bewegung im Dunkeln war zu schnell. Ein Gegenstand – ein Prügel, eine Schaufel, ein Hammer, ein Kolben, irgendetwas – schoss von der Seite auf sie zu, drehte und traf sie mit einer Wucht an der Schläfe, dass ihr Kopf wie in Zeitlupe weggedrückt wurde. Gleichzeitig wurden dadurch ihre Beine noch im Laufen hochgerissen und der enorme Schwung riss sie unbarmherzig nach hinten.

Unsanft kam sie auf dem harten Boden auf, sah, wie die Stablampe hoch in die Luft flog und dann verschwand. Sie hörte Krautschneiders Fluch, seine Anweisung an Erika, in Deckung zu gehen, und dann ein wütendes: »Frau Blum! Geben Sie auf! Hier ist die Polizei. Sie haben keine Chance.«

Ja, dachte Claudia, er hatte eine gute, laute und professionelle Stimme. Er würde das auch allein erledigen können, während sie sich für eine kleine Weile ausruhte. Ihr Kopf schmerzte unerträglich und sie drehte ihn zur Seite, aber auch diese Position brachte keine Besserung. Der Mond, endlich wieder von der Wolkenbank freigegeben, spendete silbriges Licht. Sie sah im Halbdunkeln den einen Schuh, sah den zweiten, dann waren sie weg. »Der Oberförster«, kam es ihr in den Sinn und lächelnd schloss sie die Augen.

Obwohl Krautschneider versuchte, souverän Herr der Lage zu werden, sah es in seinem Inneren gar nicht so gut aus. Er war verzweifelt. Der Raum zu groß, eine Angreiferin mit Schaufel im Anschlag, ein Erhängter und eine verletzte Kollegin hätten vermutlich jeden ins Schwitzen gebracht. Fieberhaft überlegte er, wie er jetzt weiter verfahren sollte. Es machte ihn wütend, dass Claudia so egoistisch, so emotional gehandelt und ihn damit im Stich gelassen hatte.

»Frau Blum! Ich warne Sie! Ich bin bewaffnet! Also ergeben Sie sich! Sofort!«

Er hoffte, dass sie das leichte Zittern seiner Stimme nicht gehört hatte. Angespannt wartete er. Nichts! Alle – Menschen, Tiere, Gegenstände, ja selbst der Mond – schienen für einen Moment die Luft angehalten zu haben. Krautschneider stöhnte innerlich. Es half alles nichts. Er musste die Initiative ergreifen, denn man zählte auf ihn.

»Erika«, flüsterte er über seine Schulter. »Bleiben Sie jetzt bitte dicht hinter mir und kommen Sie mit. Wir müssen nach Claudia sehn und vor allem dabei zusammenbleiben. Diese Wahnsinnige wird es bestimmt wieder versuchen.«

»Blödsinn!«, schnaubte die Erzieherin empört und brüllte auch gleich. »Sandra! Ich bin es, Sandra! Komm her zu mir! Komm! Du brauchst keine Angst zu haben! Alles wird gut. Ich bin ja bei dir!«

»Hören Sie sofort auf!«, rief Krautschneider entsetzt.

War die Frau von allen guten Geistern verlassen? Sie brachte sie in ihrem guten Glauben an eine längst vergessene Freundschaft in höchste Gefahr. Schnell packte Krautschneider Erika am Handgelenk und zog sie hinter sich her.

»Hee! Lassen Sie das!«, kam der verständliche Protest, der aber ignoriert wurde. Vor Claudia machte Krautschneider halt.

»Los, sehen Sie nach, wie es ihr geht. Ich behalte derweil den Raum im Auge«, knurrte er.

»Was denken Sie, wer Sie sind?«, zischte Erika erzürnt.

Es ist natürlich nie gut, wenn zwei aufgebrachte Menschen in einer Stresssituation zusammenarbeiten müssen. Beide wären sich momentan viel lieber gegenseitig an die Gurgel gegangen, so wütend, ängstlich und hilflos fühlten sie sich. Da aber Krautschneider als Mann und Dienstwaffenbesitzer die Rolle des Verteidigers und Erika als Frau die Krankenschwesterrolle mit Pflegeinstinkt zufiel, verschoben sie ihre aufbrechenden Hassgefühle auf später und handelten automatisch. Krautschneider hatte große Schwierigkeiten, etwas zu sehen. Zwar warf der Mond mittlerweile wieder großzügig sein kaltes Licht in den dachlosen Raum, aber die Ecken blieben dunkel und Krautschneider war leider etwas nachtblind. Erika begann in der Zwischenzeit, brutal an der Kommissarin zu rütteln.

»Claudia! Hörst du mich? Claudia! So komm doch endlich zu dir!«

»He, was machen Sie da?«

Krautschneider konnte es nicht glauben. Diese Frau war ein Metzger.

»Meine Kollegin hat etwas auf den Kopf gekriegt. Da können Sie doch nicht einfach …«

»Chef!«, brauste Erika auf. »Das weiß ich selbst. Aber sie hat normalen Puls und blutet nicht. Da kommt demnächst 'ne dicke Beule und mehr nicht! Ich weiß schließlich aus meiner Erfahrung mit tobenden Kindern, wie ich mit solchen Verletzungen umzugehen habe und Ihre werte Kollegin hat sich vorhin auch nicht anders benommen, als der Schlimmste meiner Dreijährigen. Also von meiner Seite alles unter Kontrolle! Aber an Ihrer Stelle würd ich mich auch mal nützlich machen und die Taschenlampe holen, damit wir besser sehen können. Ich glaube nämlich …«

»Schon gut, schon gut!«, unterbrach Krautschneider ihren immer schriller werdenden Monolog und musste zähneknirschend zugeben, dass die Idee mit der Taschenlampe nicht schlecht war.

Schnell drehte er sich noch einmal in alle Richtungen, um sich zu vergewissern, dass da keine Wahnsinnige mit einer Axt auf sie zustürmte, und sprintete los zu den Steinplatten, vor denen die Taschenlampe gelandet war. Rasch hob er sie auf und fühlte sich plötzlich wieder etwas sicherer. Ein Klatschen – eine Ohrfeige? Erika war in ihrer Ungeduld offenbar zu einer anderen Weckmethode übergegangen! Ein Rascheln und Schaben – Ratten? Ein »Klong«, das sich wie Metall anhörte – die Schaufel? Gleich darauf ein erstickter Ruf – ein Huschen – und Claudias Stöhnen beraubte ihn in Sekundenschnelle des kurzen Gefühls, wieder die Oberhand zu haben.

»Verflixt!«, rief er hektisch. »Was geht hier vor?«

Krautschneider wusste nicht, wohin er zuerst den Lichtschein richten sollte. In die Ecke links von sich – da waren vermutlich die Ratten! –, nach rechts – die Mörderin konnte mittlerweile schon überall sein! – oder auf Erika, die so hörbar seine Kollegin misshandelt hatte! Er zitterte, fuhr sich nervös mit der Zunge über die Lippen, schwenkte die Lampe hektisch hin und her, ließ Gegenstände sekundenschnell auftauchen und wieder verschwinden und sah so deshalb eigentlich gar nichts. Nur Schatten, dort ein böses Glitzern aus Rattenaugen, hier eine Tür, da einen Haufen irgendwas, dort noch eine Tür, wieder ein paar Augen, hier die Zementmaschine, daneben vielleicht einen Bottich, da einen Heizkörper, dort Gipsplatten, Werkzeuge und wieder eine Tür. Dermaßen nervös und die aufsteigende Angst kaum mehr unter Kontrolle, trat er einen unüberlegten Schritt zur Seite. Die leere Bierflasche bemerkte er zu spät. Sie kam ins Rollen, sein Fuß glitt ab, er strauchelte unweigerlich, ruderte noch verzweifelt mit den Armen und schlug dann schmerzhaft der Länge nach auf dem Betonboden auf.

»Krautschneider!«, rief Erika erschrocken. »Krautschneider! Was machen Sie denn da? Verflixt, Krautschneider! Stehen Sie sofort auf und kommen Sie zurück. Hier ist jemand. Ich kann wen atmen hören. Das muss Sandra sein! Sandra?«

Er versuchte sich aufzurichten. Ein Schatten lief auf die Türen zu. Welche würde er nehmen? Reflexartig riss er die Taschenlampe hoch, wollte in die Richtung der davoneilenden Schritte leuchten, sehen, wer es war, doch er erstarrte. Zwei Meter vor ihm hingen Füße in der Luft. Er war doch näher an dem Erhängten, als er angenommen hatte. Wie unter Zwang ließ er den Lichtstrahl weiter hochgleiten. Sein Knie schmerzte etwas, aber er merkte es nicht mehr, denn sein Blick war von dem Mann gefangen gehalten, der aus der Höhe mit starren, toten Augen auf ihn herabblickte.

»Mein Gott!«, hauchte er heiser vor Entsetzen.

»Sandra?«, rief Erika. »Sandra, bist du's?«

»Oh mein Gott!«

Krautschneider fiel es schwer, sich von dem grauenvollen Anblick loszureißen, aber Erika hatte offensichtlich ihre psychopathische Freundin entdeckt. Er musste sie aufhalten. Schnell sah er zu der Stelle, wo er seine beiden Mitstreiterinnen zurückgelassen hatte. Erika war verschwunden, in die Dunkelheit abgetaucht.

»Erika, zum Teufel, bleiben Sie hier! Sie bringen sich in Lebensgefahr!«, schrie er panisch und kam so schnell wie möglich auf die Füße.

»Sandra! Warte doch! So bleib doch stehen! Sandra?«, klang es bereits aus dem Korridor.

Krautschneiders Entschluss, zuerst nach seiner Kollegin zu schauen und dann gleich Erika zu folgen, verzögerte sich um wichtige Sekunden, da es ihm unmöglich war, auf direktem Weg unter dem Toten durchzulaufen. Ängstlich und vorsichtig machte er einen Bogen um die Stelle, immer die

Lampe auf den Erhängten gerichtet. Es war ihm fast so, als ob dieser sich mit ihm drehen wollte, oder schlimmer, dass das Seil jeden Augenblick reißen und seinen schrecklichen Anhänger auf ihn abwerfen könnte. Als er aber dann die Stelle ungehindert passiert hatte, rannte er sofort zu Claudia. Ihre Augen waren immer noch geschlossen, ihr Atem gleichmäßig und ein roter Handabdruck auf der Wange zeugte noch von Erikas liebevoller Pflege.

»Zefix!«, knurrte Krautschneider. »Wenn ich die erwisch! Die kann was erleben!«

Ein letzter Blick auf die Kollegin – sie würde wohl noch ein Weilchen schlafen – und er war bereit, die Verfolgung aufzunehmen. Da sah er Claudias Waffe, die sie immer noch in der Hand hielt. Was sollte er machen? Natürlich konnte er sie lassen, wo sie sich gerade befand, und wenn Claudia doch schneller als erwartet zu sich käme, wäre sie nicht schutzlos. Aber andererseits war es grob fahrlässig, falls die Irre auf der Flucht durch eine der vielen Türen zurückkommen würde und der Besinnungslosen die Pistole wegnahm. Dann wären die Karten neu gemischt und Krautschneider hatte keine Lust, aus dem Hinterhalt erschossen zu werden. Da ihm keine Zeit mehr blieb, lange das Pro und Contra abzuwägen, griff er schnell zu, löste Claudias Finger von dem Griff, steckte ihre Waffe kurzerhand ein und rannte aus dem Raum. Draußen blickte er sich hastig um. Welche Richtung hatten sie genommen? Der Lichtstrahl seiner Stablampe glitt durch den endlos scheinenden Korridor. Dort, wo sie hergekommen waren, würden sie nicht hingelaufen sein. Bestimmt hatte die verzweifelte Mörderin schon mitbekommen, dass dort die Bautruppe auf sie wartete. Dann also in die andere Richtung.

159

Wolfgang hatte schnell herausgefunden, dass man ihn abgeschoben hatte. Nachdem er zum Auto gegangen war, wurde er gleich enttäuscht, denn es war abgeschlossen. Was nun? Sollte er wieder hineingehen und bei den

Bauarbeitern warten? Zumindest wäre das spaßiger, als hier in der kühlen Nacht allein herumzustehen.

Aber andererseits hatte er auch ein bisschen Angst vor seiner Cousine. Claudia wäre bestimmt nicht erfreut gewesen, wenn er ihre Befehle missachtet hätte. Nicht auszudenken, was sie dann seiner Mutter wieder erzählen würde. Seit Längerem hatte er bereits den Verdacht, dass sich die Frauen in seiner Familie zusammenrotteten und nur noch ein gemeinsames Ziel hatten: Ihm ihre Fürsorge zu entziehen! Warum sonst war seine Mutter in letzter Zeit so oft im Urlaub? Und wenn sie mal da war, dann ging sie nicht ans Telefon, und noch schlimmer: Sie ließ sich viel länger Zeit als früher für seine Wäsche. Einmal hatte sie ihm sogar unverblümt gesagt, er solle langsam mal erwachsen werden und sich eine nette Frau suchen. Pffft, die hatte leicht reden! Er war noch viel zu jung, um sesshaft zu werden, und die Welt war voller atemberaubender Frauen, sodass er sich wirklich noch nicht festlegen wollte. Er grinste. Dass Erika dazugehören würde, hätte er bis heute Nachmittag bestimmt nicht gedacht. Die Erika! Die war vielleicht eine!

160

Auf der linken Seite zweigte plötzlich ein Nebengang ab. Krautschneider lauschte einige Sekunden. Nichts. Oder doch? Er drückte sich an die Wand und spähte um die Ecke. Hier waren im Abstand von einigen Metern Säulen hochgezogen. Es sollte wohl so eine Art Arkade werden. Der Architekt war wahrscheinlich mittlerweile dem Wahnsinn verfallen, dachte Krautschneider grimmig, sah aber keinen Anlass, sich diese Absurdität näher anzuschauen. Er wollte sich schon umdrehen und den Hauptgang weitereilen, als er ein sonderbares Geräusch hörte.

Schnell lenkte er den Lichtstrahl in die Richtung des dumpfen Lautes. Da war was! An der dritten Säule! Er konnte es aber nicht genau erkennen. Blitzartig sprang er um die Ecke und lief in den Gang. Ein Mensch, schoss es ihm durch den Kopf. Er hatte ihm den Rücken zu gedreht und schien sich an der Säule festzuhalten. Krautschneider kam an der zweiten Säule zum

Stehen, versuchte zunächst, seinen schnellen Atem unter Kontrolle zu bringen, bevor er aus sicherer Deckung schrie.

»Hier ist die Polizei. Geben Sie sich sofort zu erkennen!«

Sein Herz schien zu rasen, sein Puls pochte in den Ohren und er lauschte angestrengt. Da! Eine Art Wimmern, ein kleines Schnaufen, ein Scharren mit den Füßen. Was sollte das bedeuten?

»Haben Sie mich gehört? Polizei!«

Ein »Hmmmmmmhmmmmmmhmmmmmm« kam jetzt als Antwort. Krautschneider atmete tief ein, dann sprang er um seine Säule herum und richtete Waffe und Taschenlampe auf die verdächtige Person. Eine Frau! Eine Frau klammerte sich an dem Pfeiler fest und drehte ihm immer noch den Rücken zu. Krautschneider ging vorsichtig um sie herum. Jetzt konnte er ihr blasses Gesicht sehen, aus dem ihn riesige, ängstliche Augen anstarrten. Sie war an der Säule gefesselt und natürlich konnte sie nicht sprechen, denn über ihrem Mund befand sich ein hässlicher Klebestreifen. Krautschneider, der sich in der Freizeit gerne als Heimwerker betätigte, erkannte sofort das Isolierband seiner Lieblingsfirma. Ja, darauf war Verlass! Damit konnte man alles abdichten, auch Damen, die man zum Schweigen bringen wollte. Sein Blick fiel auf ihre Arme und er sah die Handschellen, mit denen sie festgekettet war.

»Oh je, das ist aber schlecht«, war sein ehrlicher Kommentar.

Die Frau versuchte wieder, etwas zu sagen. Gleichzeitig nickte sie mit ihrem Kopf nach rechts zu einer Fensternische hin.

»Was meinen Sie?«

Krautschneider verstand nichts, hatte aber keine Zeit zu verlieren und riss ihr darum mit einem Ruck das Klebeband vom Mund. Sie schrie auf.

»Psssch! Nicht so laut!«, seine Nerven waren angespannt. Seine Instinkte sagten ihm, dass die Gefahr in unmittelbarer Nähe lauerte. Trotzdem vergaß er seine gute Kinderstube nicht und fügte leise hinzu. »Tut mir leid!«

»Sie Idi…«, sie hatte sich gleich unter Kontrolle, wobei man ihr eine Beschimpfung in Anbetracht der hässlichen roten Streifen auf Ober- und Unterlippe nicht verdenken konnte. Es tat bestimmt höllisch weh. Krautschneider hob fragend eine Augenbraue.

»Wer sind Sie? Und wie ist das passiert?«

»Der Schlüssel!«

Es schien ihr offensichtlich unangebracht, ihm zu antworten. Stattdessen nickte sie wieder in Richtung Fenster.

»Der Schlüssel muss dort liegen. Schnell befreien Sie mich, bevor diese Wahnsinnige wieder kommt und uns alle umbringt.«

Jetzt liefen Tränen über ihre Wangen und Krautschneider ging rasch zum Fenster.

»Haben Sie ihn?«, fragte sie schluchzend.

»Ja, hier ist einer. Mal sehn, ob der passt.«

Ein leises »Klick« ließ alle Zweifel verschwinden. Dankbar rieb sich die Fremde die Handgelenke. Krautschneider betrachtete sie neugierig. Eine Frau Anfang vierzig, Pagenfrisur, was ihr etwas Französisches verlieh, mittelgroß und für seinen Geschmack eindeutig zu dünn. Auch dieser leicht verhärmte Zug um ihren Mund störte ein wenig in ihrem eigentlich attraktiven Gesicht.

»Darf ich mal raten?«, versuchte er einen Weg, sich seine Fragen doch noch beantworten zu lassen. »Sie sind gefesselt und geknebelt, haben Angst vor einer wahnsinnigen Mörderin, dann sind Sie vermutlich Frau Klöter.«

»Ja, ja genau.«

Sie sah sich nervös um, was ansteckend auf ihn wirkte und seinem ohnehin schon unguten, angespannten Gefühl noch mehr Nachschub gab.

»Wo ist sie?«, fragte er, während sich seine Finger fester um seine Waffe schlossen.

»Ich weiß nicht! Sie … äh … Sie hat mich gefesselt, nachdem sie mich gezwungen hat, hierherzufahren. Ich steh schon Stunden hier und war am Verzweifeln. Ich glaube, in der Zwischenzeit muss etwas ganz Schreckliches passiert sein …!«

Sie zitterte und Krautschneider verstand es nur zu gut, hätte am liebsten mitgemacht, beherrschte sich aber, indem er die Gedanken an den Toten schnell aus dem Kopf verbannte. Schließlich war er von der Polizei und durfte sich keinen unangebrachten Gefühlen hingeben, wenn Gefahr im Verzug war. Frau Klöter war eine nicht vorgesehene Unterbrechung seiner Mission, er musste jetzt improvisieren, sie aus der Schusslinie bringen. Fast grob packte er daher ihren Oberarm und zog sie mit sich.

»Kommen Sie! Wir müssen hier weg! Sofort!«, und auf ihren ängstlichen Blick hin fügte er rasch hinzu: »Keine Sorge! Ich habe unten meine Männer postiert. Sie sind gleich in Sicherheit!«

161

Um wieder warm zu werden, ging Wolfgang alle Frauen durch, mit denen er in letzter Zeit genussvolle Stunden verbracht hatte. Vielleicht sollte er Sterne verteilen? Grinsend, so eine kurzweilige und durchaus kreative Abwechslung gefunden zu haben, überlegte er, was die Höchstzahl sein sollte und für welche Kategorien er sie vergeben würde. Ein Blick in den Himmel diente ihm als Spickzettel. Dort funkelte es so schön. Seufzend schlug er den Kragen seiner Jacke hoch, schlang die Arme um den Oberkörper und begann wieder auf dem Platz hin und her zu gehen.

Es wurde immer kälter und abgesehen von der jetzt sternenklaren Nacht gab es hier nichts Schönes. Drohende Schatten von einigen Bauschutthügeln, gespenstisch aufragende Skelette der Kräne, das Haus, das dunkel und böse auf ihn herabblickte, Rohre und vereinzelte vergessene Werkzeuge, die bösartige Stolperfallen waren, gaben ihm berechtigten Anlass, sich noch verstoßener und verlorener zu fühlen. Wie lange musste er hier noch ausharren?

Ein langgezogenes, heulendes »Huh-Huhuhu-Huuuh« ertönte so plötzlich, dass er erschrocken zusammenfuhr. Schnell blickte er hoch. Da! Auf einem der Kräne saß ein dunkler, kleiner Schatten. Das Käuzchen. Wolfgang, der eigentlich ein großer Vogelliebhaber und engagiertes Mitglied in Inga Maus' Gruppe »Unsere gefiederten Freunde« war, bekam eine Gänsehaut. Wenn es stimmte, dass diese Tiere Boten des Todes waren, dann würde tatsächlich heute noch etwas passieren!

162

Doktor Frank stolperte zum dritten Mal über eine Wurzel. Maus hörte seinen Fluch, der das schlechte Gewissen nur noch mehr schürte, da er es vor der Abfahrt versäumt hatte, zu kontrollieren, ob genug Taschenlampen mitgenommen worden waren. Wer hätte aber auch ahnen können, dass der Weg zum Schloss so beschwerlich war?

Betroffen und besorgt blickte er über die Schulter, aber Frank stand gerade mithilfe von Schnabelhuber auf.

»Leute, bleibt besser zusammen, damit wir heil ankommen!«, rief Maus. »Und passt ein bisschen mehr auf den Doktor auf. Der muss unbedingt ganz bleiben!«

»Sehr witzig, Herr Kommissar!«

Es kam selten vor, dass der Arzt böse wurde, da das einfach nicht zu seinem fröhlichen Naturell passte, aber diesmal war es ihm wirklich ernst, denn sonst hätte er ihn nicht mit »Herr Kommissar« angesprochen. Maus' schlechtes Gewissen war zu einem riesigen Berg angewachsen. Sie mussten jetzt schnellstens zu dieser Baustelle kommen, damit er nicht tatsächlich schwerwiegende Verletzungen zu verantworten hatte.

»Lech, Sie haben etwas von zehn Minuten gesagt. Meiner Einschätzung nach sind die schon lange rum. Also, wann haben wir denn unser Ziel erreicht?«

»Herr Oberkommissar, ich würde mich sehr glücklich schätzen, wenn Sie mir Ihr Vertrauen noch einen Augenblick länger schenken würden. Gerne würde ich Ihnen übermitteln, dass wir bald da sind, aber unvorhersehbare Verzögerungen machen es mir leider unmöglich, Ihren gewünschten Zielort in dem von mir versprochenen Zeitraum zu erreichen. Die Schuld hierfür wäre aber nicht bei mir zu suchen, sondern eindeutig Ihren Leuten zuzuschreiben, da diese offenbar große Schwierigkeiten haben, sich in diesem Gelände fortzubewegen!«

»Na ja, nun werden Sie mal nicht ungerecht! Es ist in diesem Forst stockdunkel und ich habe langsam das Gefühl, dass hier noch nicht mal ein richtiger Weg ist!«

Ärgerlich über die unverblümte Kritik an seinen Männern, richtete Maus den Strahl seiner Taschenlampe erst auf den Boden, dann auf den Fremdenführer.

»Oh, entschuldigen Sie vielmals, aber ich würde denken, dass der Herr Oberkommissar gerne auf dem schnellsten Wege zu der Baustelle gekommen wäre. Darum habe ich diese Richtung eingeschlagen!«

Maus massierte sich nachdenklich den Nacken. Etwas störte ihn schon die ganze Zeit. Lech Piekarz hatte etwas Aalglattes, etwas Windiges, etwas Verdächtiges und das lag sicher nicht an seiner, alle Muttersprachler übertreffenden Ausdrucksweise. Für eine Millisekunde war es Maus so, als ob er ein verächtliches Zucken um den Mund des Mannes gesehen hätte. Aber bevor er dem nachgehen konnte, hatte sich dieser schnell umgedreht und versuchte, sich weiter durch das dichte Unterholz zu schlagen.

»Was macht er denn da?«, fragte Hammer, der jetzt neben den Kommissar getreten war.

»Keine Ahnung! Ich habe das Gefühl, dass wir in einer Sackgasse sind und er das nur nicht zugeben will.«

»Hm, oder er hat uns absichtlich hierhergeführt, um Zeit zu schinden!«

»Das ist meine zweite Vermutung. Und langsam drängt die sich auf Platz eins. Mir stellt sich da nur noch die Frage, warum er das gemacht hat? Ich mein, es gehört ganz schön viel Unverfrorenheit dazu, die Polizei in die Irre zu führen, oder nicht?«

Mehr brauchte Hammer nicht, um dem indirekten Befehl seines Vorgesetzten Folge zu leisten. Mit zwei Schritten war er bei Lech, packte ihn am Kragen und zerrte den lauthals protestierenden Mann zu den wartenden Kollegen. Doktor Frank, nachdem er humpelnd zu den anderen gestoßen war, zog nur kopfschüttelnd eine Zigarette aus der Schachtel und steckte sie an.

163

»Luaksz!«, rief Krautschneider atemlos. »Lukasz, wo sind Sie? Ich hab eine Geisel befreien können und wir müssen sie sofort in Sicherheit bringen.«

Ein Scheppern und ein kurzer Fluch kündigten an, dass der Gerufene sich gerade aus seinem Versteck schälte. Krautschneider leuchtete in die Richtung.

»Schnell, so beeilen Sie sich doch. Die Dame muss augenblicklich das Gebäude verlassen«, forderte er in ungeduldigem Tonfall.

»Lassen Sie doch!«, flüsterte Susanne Klöter. »Sie brauchen sich doch meinetwegen keine Umstände zu machen. Ich finde den Weg alleine raus. Ich weiß, wo der Wagen steht, und wenn es Ihnen wirklich wohler ist, dann fahre ich auch gleich weg.«

»Nein, nein, das kommt nicht in Frage! Sie stehen unter Polizeischutz. Wo kämen wir denn da hin, wenn ich Sie jetzt sich selbst überließe. Außerdem brauchen wir Ihre Zeugenaussage.«

»Aber …«, sie krallte sich in seinen Ärmel und sah ängstlich zu Lukasz, der, nachdem er umständlich den Staub von seiner Hose geklopft hatte, jetzt auf sie zukam. »Aber, Sie können mich doch nicht an einen Wildfremden abgeben und hier warten lassen, während dieses Monster noch auf freiem Fuß ist.«

Krautschneider verstand ihre Argumentation offenbar nicht. Schnell drehte sie sich ihm zu, legte die Arme um seine Taille, verschlang ihre Hände auf seinem Rücken, zog ihn fest an sich, presste ihr Gesicht gegen seine Brust, schluchzte leise auf und murmelte in sein Hemd:

»Ich vertraue jetzt nur noch Ihnen, weil ich Sie als tapferen Mann, als meinen Retter, kennengelernt habe. Aber dieser Kerl da …«, sie sprach nun sehr leise und irritiert durch diesen wirklich sehr intimen Körperkontakt hatte Krautschneider große Mühe, sich zu konzentrieren. »Dieser Kerl da hat so was Wildes, Animalisches. Er könnte mich vergewaltigen und ich hätte keine Chance … Bitte, bitte, ich hab doch schon genug durchgemacht!«

Lukasz war nun bei ihnen angekommen und Krautschneider betrachtete ihn misstrauisch. Ja, es wäre durchaus möglich, dass der Mann nach den langen Monaten ohne weibliche Gesellschaft und unter den augenblicklichen Anspannungen die Nerven verlieren könnte und der armen Frau das antat, was sie gerade so düster prophezeit hatte. Natürlich unterstellte er Lukasz keine Bösartigkeit, aber dieser neue Gedanke an ein eventuelles Risiko, eine weitere schwere Straftat, die hinter seinem Rücken verübt werden könnte, während er hier die Stellung halten musste, machte ihn nervös. Er war schließlich allein und konnte nicht überall gleichzeitig sein. Warum konnte nicht endlich mal alles glatt verlaufen? In diesem Augenblick wünschte er sich Ercan und Schuster wieder zurück. Wie gerne würde er jetzt mit den beiden in Möllers Wohnzimmer herumsitzen, trockene, bloß mit einer Scheibe salzigem Schinken oder geschmacklosem Käse belegte Baguettes essen und vielleicht ein bisschen mit Ines flirten, nur um Schuster zu ärgern. Aber nein, er hatte ja unbedingt da weg wollen. Hatte Claudia angefleht, ihn mitzunehmen. Und jetzt drückte die schwere Last der Verantwortung unbarmherzig auf seine Schultern. Er musste sich entscheiden, und zwar schnell. Frau Klöters unangenehme Umklammerung übte noch zusätzlichen Druck aus. Fieberhaft suchte sein Gehirn nach einer Lösung, doch da kam nichts. Er fühlte sich fast wie das dumme Rindvieh auf der nächtlichen Weide. Plötzlich durchzuckte Krautschneider ein Geistesblitz! Aber natürlich! Wolfgang! Wie hatte er den vergessen können?

»Frau Klöter!«, vergeblich versuchte er, ihre Arme zu lockern. »Frau Klöter? Hören Sie mich? Frau Klöter!«

Die Frau war ja ein Krake. Er musste sie so schnell wie möglich loswerden.

»Frau Klöter, der Wolfi! Sie kennen doch den Wolfi Wiesholz vom Kindergarten? Ihr Sohn geht doch dahin, nicht wahr?«

Endlich, sie lockerte etwas ihren Griff.

»Der is' zufällig draußen und passt auf das Auto auf. Also, wie wär's? Würden Sie es schaffen, bei ihm zu bleiben und zu warten, bis alles vorbei ist?«

Sie nickte an seiner Brust. Löste endlich die Arme, senkte den Kopf und murmelte.

»Ja, den Wolfi kenn ich gut. Wenn der da is', dann fühl ich mich auch sicher. Der wird mich nicht bedrängen, mir keine Angst machen und sich mir auch nicht in den Weg stellen.«

»Na, wunderbar«, Krautschneider war sichtlich erleichtert. »Dann bringt Sie der Lukasz jetzt …«

Aber bevor er seine Anweisung zu Ende bringen konnte, hatte sie schon auf dem Absatz kehrt gemacht und war auf den Ausgang zugelaufen.

»Äh, oder Sie gehen dann eben mal allein!«, sagte Krautschneider, während er sie in der Dunkelheit verschwinden sah.

»Frau immer komisch!«, traf Lukasz den Nagel auf den Kopf.

»Sie haben Recht. Frauen sind tatsächlich immer komisch. Nehmen Sie es bloß nicht persönlich. Sie weiß ja, wo der BMW steht, und Wolfi kriegt das schon hin. Aber wenn Sie schon mal da sind, dann können Sie mich auch gleich begleiten. Frau Blum ist mir leider entkommen, befindet sich nun auf der Flucht und meine Partnerin ist momentan etwas indisponiert. Also, los Mann, wir müssen uns beeilen. Haben Sie vielleicht eine Waffe? Ich mein, für den Notfall?«

Statt einer Antwort ging Lukasz rasch zu seinem ehemaligen Versteck, bückte sich, hob etwas auf und hielt Krautschneider dann triumphierend eine Axt entgegen.

»Oh, toll!«, sprach der Polizist leise zu sich selbst. »Da fühlt man sich doch gleich viel sicherer.«

164

Claudia hatte das Gefühl, dass es ihr gutes Recht war, einfach mal auszuspannen, sich auszuruhen, die vergangenen Strapazen wegzuschlafen. Zwar war der kalte, harte Boden nicht gerade der optimale Platz dazu, aber sie konnte nicht anders, sie musste liegen bleiben. Alles um sie herum wurde ausgeblendet und sie hatte das Gefühl weit, weit weg zu sein. Unmöglich, auch nur daran zu denken, die Augen zu öffnen. Das hätte sowieso nur bedeutet, wieder in diese grausame Welt zu kommen, wo nur Lügen, Betrug und verlustvolle Tode auf sie warteten. Selbst die Geräusche der Umgebung schienen fast gänzlich ausgeblendet. Sie stellte sich einen wunderbaren Perserteppich vor: dick, weich und kostbar. Sie glaubte zu hören, wie dieser auf sie zugerollt kam, damit sie sich darauf legen, in ihn einkuscheln konnte. Sanft stieß er gegen ihren Körper. Sie seufzte glücklich und schlang einen Arm darum – wie schön sich das anfühlte!

165

Doktor Frank konnte nicht anders, er musste laut loslachen. Indigniert schaute Maus seinen Freund an, was die Sache noch schlimmer machte, denn Frank hatte sich jetzt zusätzlich an dem Rauch seiner Zigarette verschluckt und die Mischung aus meckerndem Lachen und bellendem Husten trug nicht gerade dazu bei, die Stimmung des Einsatzteams zu heben.

»Doktor Frahahank!«, genervt schlug Schnabelhuber dem Arzt auf den Rücken, damit dieser wenigstens wieder frei atmen konnte. »Jetzt beruhigen Sie sich aber mal wieder.«

»Schon gut, schon gut!«, abwehrend hob er die Arme. »Nicht so fest, bitte. Mir geht's schon wieder gut.«

Zur Bestätigung unterdrückte er den Husten, wischte sich schnell die Lachtränen fort und versuchte, seine belegte Stimme mit einem Räuspern zu reinigen. Dann sah er, mit immer noch äußerst amüsiert funkelnden Augen, Maus an, der geduldig auf eine Erklärung zu warten schien.

»Ich diagnostiziere Amnesie!«, er musste sich auf die Unterlippe beißen, um ernst zu bleiben. »Eine ganz schwere Sorte übrigens, denn der Kerl hat durch den Schock, von Hammer am Schlafittchen gepackt zu werden, alle seine perfekten Deutschkenntnisse vergessen. Die sind regelrecht verpufft! Das ist ja so was von bedauerlich, oder?«

»So? Hat er das?«, knurrte Hammer, zog seine Jacke aus, reichte diese dem jungen Polizisten und krempelte die Ärmel seines Hemdes hoch.

»Na, ich kenn da ein sehr gutes Mittel, um vielleicht noch ein paar von diesen ›würden‹, ›könnten‹, ›wären Sie so freundlich‹ aus seinem Mund zu schütteln.«

Er meinte es ernst. Das war allen sofort klar, auch dem verstockten Bauarbeiter. Sich in seiner ganzen stattlichen Größe aufrichtend, machte Hammer noch ein paar Trockenhiebe in die Luft, dann wandte er sich mit ernstem Gesicht seinem Opfer zu. Erschrocken machte Lech einen Schritt zurück, aber sofort spürte er einen Baumstamm im Rücken. Weder nach rechts – da stand Kommissar Maus und schaute grimmig – noch nach links – da war Schnabelhuber und schaute noch grimmiger, vermutlich, weil ihm der kichernde Doktor gehörig auf die Nerven ging – gab es eine Fluchtmöglichkeit.

»Na, dann wolln mer mal!«, sagte Hammer kriegerisch und aus Lechs Gesicht wich alle Farbe.

»Das … das nennt man Konjunktiv!«, rief er verzweifelt.

»Mir egal, ich nenn das ein schnelles Geständnis mit Blessur, falls du es wagen solltest, mir aus Versehen in die Faust zu rennen!«

»Nein, nein, ich mein das ›würde, könnte, wäre‹!«, jaulte der Mann auf und versuchte in Deckung zu gehen.

»Wahnsinnig interessant! Wir haben hier ja einen kleinen Klugscheißer!«

Dinge, die Hammer überhaupt nicht leiden konnte, waren: verspätete Essenslieferungen, Unehrlichkeit und Rechthaberei. In diesem speziellen Fall traten die letzten beiden Punkte voll ein und weil er Hunger hatte, packte er den ersten – zwar ungerecht, dafür aber umso großzügiger – mit drauf. Er erhob die Faust und zielte auf das Kinn. Stöhnend ging der Getroffene in die Knie.

»Bitte, bitte, hören Sie auf! Ich sag alles!«, wimmerte er. Maus nickte Hammer kurz zu und der ließ den Arm sinken.

»Konjunktivistisches Weichei!«, knurrte er, packte den Mann aber gleich an den Jackenaufschlägen und zog ihn wieder auf die Füße. »Na, dann mal raus damit!«

»Ich … ich …«, verzweifelt suchte Lechs Blick den von Maus. Das war der Chef. Der musste doch etwas mehr Mitleid haben. Aber der Kommissar stand relativ unbeteiligt da und tippte sich nachdenklich gegen die Nase.

»Ich … ich musste es machen. Sie hat mich gezwungen. Sie …«

»Das glaube ich nicht!«, fiel ihm Maus gelangweilt ins Wort. »Ich gehe eher davon aus, dass sie Sie gut bezahlt hat, damit Sie uns in die Irre führen. Stimmt's?«

»Jahä!«

Er war anscheinend kurz vor einem Nervenzusammenbruch und die Tatsache, jetzt auch noch von Hammers starken Armen empor gezerrt zu werden und einige Zentimeter über dem Boden zu schweben, trug nicht gerade zur Besserung seines Zustandes bei. Als Fachmann für solche Fälle schritt Doktor Frank ein, legte Hammer die Hand auf die Schulter und bedeutete ihm stumm, den Übeltäter loszulassen.

»Ja, ja, genau so war's«, sagte der nun Freigelassene rasch. »Es tut mir Leid, aber Sie sehen doch unter welchen Bedingungen wir hier leben müssen. Und da dachte ich, dass ein bisschen Extrageld nicht schaden könnte. Ich wollte es nach Hause schicken zu meiner Frau und zu meinen Mädchen … ich … ich …«

»Ja mei, wie rührend«, warf Schnabelhuber sarkastisch ein.

»Und wenn's stimmt?«

Hammer hatte sich wieder abgekühlt und nachdenklich betrachtete er den zitternden Mann.

»Ich mein, das mit den Mädchen?«

»Ach so?«, grinste jetzt auch Schnabelhuber. »Du hast Recht. Das klingt irgendwie schon ein bisschen so, als ob er mit ›Mädchen‹ gar nicht seine Töchter meint. Sollten wir hier gar einen Haremsbesitzer haben? Tja, eine Frau ist schon teuer, aber gleich mehrere? Der Ärmste! Da muss man natürlich jede Gelegenheit nutzen, die sich bietet, um noch mehr Geld zu bekommen.«

Sofort begannen die beiden Polizisten zu lachen.

»Ruhe jetzt! Wir haben keine Zeit für zotige Witze!«, befahl Maus ärgerlich. Es war nicht zu glauben, wie kindisch seine Mitarbeiter vorzugsweise in solch ernsten Situationen sein konnten. Zum Glück waren ihm mittlerweile einige grundlegende Dinge klar geworden.

»Los Leute, wir dürfen keine Zeit mehr verlieren. Lech, ich gebe Ihnen eine letzte Chance hier halbwegs heil aus der Sache zu kommen. Wenn Sie uns unverzüglich aus diesem Gestrüpp raus- und zur Baustelle hinführen, dann wird Ihnen das von mir gutgeschrieben. Und es wäre in diesem Fall besser, mich als einen Fürsprecher auf Ihrer Seite zu haben.«

Lech brauchte nicht lange zu überlegen. Er war intelligent und gewitzt genug, um zu erkennen, wann ihm die Felle davongeschwommen waren und er seine Fahne in eine andere Windrichtung halten musste. Kurz nickte er zum Einverständnis und deutete nach rechts.

»Sehen Sie da, gleich vorne die Felsen? Genau dort befindet sich das Schloss des Bäckermeisters! In fünf Minuten sind wir da.«

166

Ein Zweig knackte in seiner Nähe, im Gebüsch raschelte es, der Kran knarrte leise, eine gelöste Schutzfolie schlackerte leicht im Wind, ein Stein schien sich wie von Geisterhand gelöst zu haben und fiel polternd den Schutthaufen hinunter. Alle Geräusche der Nacht waren plötzlich überlaut und Wolfgang fühlte, dass sich seine anfängliche Beklommenheit langsam in Angst steigerte. Warum hatten sie ihn bloß hier alleine gelassen? Das war nicht fair! Schweißperlen traten auf seine Stirn, obwohl es immer kälter wurde.

Das leise Tappen leichter, schneller Schritte drang an sein Ohr. Es kam vom Haus her. Jemand war vermutlich aus dem Eingang gekommen und würde gleich um die Ecke laufen, auf den kleinen Platz, in diese Sackgasse, aus der es kein Entrinnen gab, direkt auf ihn zu!

Oh mein Gott, man hatte ihn gefunden! Das war die Vorhut aller Geister und Toten des Waldes. Das war bestimmt der gnomenhafte Wächter, der gerade die Polen in blinder Raserei mit einem großen Buschmesser abgeschlachtet hatte. Die zuckenden, zerstückelten Kadaver zurücklassend, war der Unhold jetzt im Rausch auf dem Weg, um an ihm – Wolfgang –

seinen Blutdurst zu stillen. Er hatte keine Chance, konnte nicht auf Hilfe zählen, er war verloren!

Panisch sah er in die Richtung, aus der die Schritte kamen, konnte jetzt einen Schatten ausmachen. Der Kobold! Der Gnom! Der Ghul! Der grausige Zwerg hatte ihn entdeckt und zögerte einen Augenblick. In Wolfgang arbeitete es fieberhaft. Was sollte er jetzt machen? Nicht aufgeben, schrie ein kleines Stimmchen in seinem Inneren. Nicht aufgeben, wurde es lauter. Ja! Kampflos sollte das Scheusal ihn nicht bekommen! Er wollte sein Leben verteidigen, mit Würde sterben! Man sollte, wenn man ihn nach Tagen mit aufgeschlitztem Bauch und herausgequollenem Gedärm, von Füchsen und Ratten angefressen und von Schmeißfliegen bedeckt findet, sagen können: »Der Wolfi, das war ein ganz Tapferer! Seht nur, er hat bis zum Schluss wie ein Löwe gekämpft. Der Beweis ist dieses Ohr, das er dem heimtückischen Wicht abgerissen hat, und das er immer noch in seiner Hand hält!«

Zwar war diese Geschichte mehr als traurig, das Ende nicht gerade schön und vor allem schmerzhaft, aber die Aussicht nicht so schnell in Vergessenheit zu geraten, war doch sehr tröstlich. Schnell bückte er sich nach einem kleinen Holzbrett zu seinen Füßen. Zufrieden stellte er fest, dass darin zusätzlich ein paar rostige Nägel steckten. Er war bereit: Die blutrünstige Bestie konnte kommen!

167

Claudia wurde langsam kalt und so zog sie den Teppich noch näher an sich heran. Ein bisschen eckig und kantig war er schon, aber er strahlte Wärme aus, die sie jetzt unbedingt brauchte. Von weit weg drang ein Geräusch an ihr Ohr. Es klang wie ein Röcheln. Es störte sie, deshalb klammerte sich Claudia noch fester an den wärmespendenden Teppich. Jetzt kam auch noch ein Stöhnen hinzu. Merkwürdig! Langsam ließ sie ihre linke Hand über das runde, harte Ende des Gegenstandes in ihren Armen gleiten. Fransen? Nein, das waren keine Fransen, dazu waren sie zu dicht. Und jetzt ertastete sie etwas Hervorstehendes, Hartes mit glatter Oberfläche. Schnell glitten ihre Finger weiter und fühlten Feuchtigkeit, ein Zucken und gleich darauf erklang ein unterdrückter Schmerzlaut. Claudia fuhr zusammen. Das war ja ekelhaft! Entsetzt riss sie die Augen auf, sah einen unförmigen Körper neben sich liegen, schrie auf, und begann sofort in Panik gegen ihn zu schlagen und zu treten. Nein, es konnte nicht sein! Das durfte nicht der Tote sein, der auf sie gefallen war! Er sollte weg, weg von ihr und sie nie, nie wieder belästigen!

Schnell hatte sich die Kommissarin aufgesetzt, ihr Herz schlug bis zum Hals, aber sie hörte nicht auf, gegen den Körper zu treten, damit er endlich verschwand! Ein unterdrücktes, verzweifeltes »Hmmhmm!« konnte sie jedoch nicht von ihrem letzten Tritt abhalten, der so gut den Solarplexus des anderen traf, dass sich dieser vor Schmerzen krümmte. Claudia zog sich immer noch sitzend mit den Armen einige Meter zurück. Ihr Atem ging schnell, ihr Gehirn dafür etwas langsamer. Sekundenlang starrte sie erst einmal auf das merkwürdig gekrümmte Bündel vor sich.

Das konnte doch nicht der Tote sein? Der hier war lebendig und sie war gerade nicht sehr sanft mit ihm umgegangen. Aber warum bewegte sich der Kerl eigentlich so seltsam? Claudia blinzelte. Aber natürlich, er war gefesselt. Sie schnappte nach Luft. Konnte es denn möglich sein, dass dies vielleicht …? Schnell krabbelte sie zurück, packte den immer noch Stöhnenden an den Schultern und drehte ihn um. Ganz nah musste sie an sein Gesicht, versuchte etwas zu erkennen. Der plötzlich wieder einfallende Mondschein kam ihr gnädig zur Hilfe.

»Hannes?«, flüsterte sie. Sie konnte es kaum glauben. »Hannes!«

Mit Tränen der Erleichterung in den Augen, packte sie seinen Kopf und presste ihn gegen ihre Brust, wiegte den hilflosen Mann in den Armen, küsste seinen Scheitel und war nur noch glücklich.

168

»Hier lang!«, befahl Krautschneider und lief in den langen Gang.

Lukasz folgte, die Axt schwingend, was Krautschneider dazu veranlasste, noch schneller zu gehen, denn er hatte keine Lust – falls sein Mitstreiter stolpern sollte – von diesem Mordwerkzeug getroffen zu werden. Sie kamen an eine Abzweigung. Dieses Gebäude war ein einziges Labyrinth. Nervös fuhr sich Krautschneider mit der Zunge über die Lippen. Was jetzt? Rechts oder links?

»Links!«, nahm ihm Lukasz die Entscheidung kurzerhand ab. »Rechts geht nicht weiter. Abgrund! Wir noch bauen Treppe. Noch nicht fertig.«

Das klang vernünftig. Die Männer bogen also nach links und trabten einige Sekunden schweigend den Gang entlang.

Krautschneider konnte beim besten Willen nicht mehr sagen, wo sie sich befanden, denn er hatte schon seit einer ganzen Weile vollkommen die Orientierung verloren. Deshalb ließ er Lukasz jetzt doch vorgehen, denn der kannte sich hier offensichtlich sehr gut aus.

»Wohin führt der Weg?«, fragte Krautschneider.

»Zu Tür von Königsaal«, kam die knappe Antwort.

»Ja, aber dann sind wir ja sozusagen im Kreis gelaufen?«

»Alles hier Kreis«, erklärte ihm Lukasz. »Zentrum immer Königsaal.«

Ärgerlich biss sich Krautschneider auf die Unterlippe. Dann hätte ja einer von ihnen eigentlich zuerst zu Claudia gehen und dort warten können, während der andere die Mörderin aufscheuchte und sie dorthin treiben würde. Sein schlechtes Gewissen, nicht nach der Kollegin gesehen zu haben, machte sich mit aller Wucht bemerkbar.

Der böse Blick auf Lukasz, den er nun in Verdacht hatte, ihm absichtlich diese architektonische Besonderheit verschwiegen zu haben, prallte jedoch unbemerkt an dem Bauarbeiter ab. Dieser schien seinen eigenen Gedanken und Überlegungen nachzuhängen. Plötzlich blieb er so abrupt stehen, dass Krautschneider unweigerlich gegen ihn stieß. Verwirrt blickte er den Bauarbeiter an. Lukasz stand konzentriert lauschend einige Sekunden still. Lediglich sein großer Brustkorb hob und senkte sich, der Gesichtsausdruck war nicht zu erkennen, da er sich vom Licht der Taschenlampe abgewandt hatte.

Krautschneider wagte nicht, sich zu rühren. Plötzlich riss Lukasz die Axt hoch und knurrte laut etwas auf Polnisch. Die Bewegung war eindeutig zu schnell. Mit schreckensweiten Augen konnte der Polizeibeamte nur zusehen. Das Metall blitzte im fahlen Mondlicht auf. Krautschneiders letztes Stündlein hatte geschlagen!

169

Wolfgangs Muskeln spannten sich, seine Hände umklammerten das Holzbrett. Er war bereit! Er würde kämpfen bis zum letzten Atemzug! In den Schatten kam wieder Bewegung. Schnell wandte er sich nach links auf das Auto zu. Nanu? – schoss es Wolfgang durch den Kopf. Was sollte das denn? Hatte man es doch nicht auf ihn abgesehen? War er denn etwa so bedeutungslos? Seine Gefühle schwankten einen Augenblick zwischen Erleichterung und Enttäuschung. Sofort zwang er sich aber, wieder rational zu denken. War diese Person dort womöglich gar kein Bösewicht, sondern einer von den eigenen Leuten? Er kniff die Augen zusammen, um besser sehen zu können. Nein, das war keiner der Polen – zu klein, zu zierlich. Eine Frau! Jetzt war er vollkommen erleichtert. Mit Frauen konnte er umgehen, Frauen verstand er, und ohne weiter zu überlegen, lief er ihr hinterher.

170

»So Leute, wir gehen folgendermaßen vor«, begann Maus mit seinen Anweisungen.

Sie hatten endlich den dunklen Forst hinter sich gelassen und standen im Schatten des Gebäudes.

»Wir stürmen da jetzt rein und nutzen das Überraschungsmoment. Doktor Frank, Sie bleiben hier draußen, bis es vorbei ist, und kommen dann nach.«

»Wann weiß ich denn, dass es vorbei ist?«, fragte Frank.

»Geben Sie uns zehn Minuten!«, entschied Maus kurzerhand.

»Klingt ja so, als ob Sie so schnell wie möglich Feierabend machen wollen?«, konnte der Arzt es sich nicht verkneifen, fuhr aber gleich fort: »Aber wo genau werde ich Sie denn dann finden? Ich mein, diese Hütte sieht recht groß aus und Sie können doch nicht riskieren, dass ich mich verlaufe, während Sie dringend auf meinen medizinischen Beistand warten?«

»Frank, da bin ich guter Hoffnung. Sie haben einen untrüglichen Instinkt, wenn es darum geht, zur richtigen Zeit am richtigen Ort zu sein«, konterte Maus den kleinen Seitenhieb seines Freundes. »Außerdem stelle ich Ihnen unsere Fremdenführerperle zur Seite. Lech? Wo glauben Sie, dass Sie hinwollen?«

Der Bauarbeiter, nachdem er dann doch endlich seine Aufgabe erfüllt hatte, war gerade dabei, sich langsam und unauffällig rückwärtsgehend Richtung Wald zu schleichen.

»Hier geblieben, du kleiner Verräter!«, knurrte Hammer und sofort war Lech wieder bei den anderen.

Da nun die Aufgaben verteilt worden waren, machte Maus ein Zeichen, dass alle leise sein sollten, deutete auf das Portal, sprintete sofort los, nahm zwei Stufen der Eingangstreppe auf einmal und war kurz darauf, gefolgt von dem jungen Polizisten, in der Vorhalle. Wenige Augenblicke später trampelte Hammer herein, hinter ihm, seinen keuchenden Atem so gut es ging auf ein Minimum reduzierend, Schnabelhuber.

Die Männer verharrten einige Sekunden und lauschten. Vorsichtig entsicherte Hammer seine Dienstwaffe, denn er hatte es vorher in der ganzen Hektik vollkommen vergessen. Das leise, unverwechselbare »Klick« verriet ihn jedoch und Hammer spürte sofort den vorwurfsvollen Blick seines Vorgesetzten. Doch bevor Maus irgendetwas sagen konnte, fiel polternd eine Kiste um. Erschrocken drehten sich die Beamten in die Richtung, aus der der Lärm kam. Schnabelhuber richtete seine Lampe auf die Stelle und beleuchtete einen ängstlich dreinschauenden Mann mit erhobenen Händen und verdreckter Arbeitskleidung.

»Nie strzelać! Jestem bezbronny!«

Was auch immer er da gesagt haben mochte, war nicht so wichtig. Klar waren nur zwei Punkte: erstens wollte er nicht erschossen werden und zweitens war er unbewaffnet. Zwar hatten sie dank Lech eine eher schlechte Erfahrung gemacht, aber Maus erinnerte sich auch an die anderen Bauarbeiter, die ihnen unaufgefordert geholfen hatten. Der Mann vor ihnen gehörte vermutlich zu diesen Leuten, denn er hatte ein ehrliches Gesicht. Ob man ihm trauen konnte? Wieder war ein Poltern zu hören, diesmal auf der rechten Seite. Schnabelhuber fuhr herum, doch etwas zu langsam, denn wie aus dem Nichts stand schon ein weiterer Mann neben ihm.

»Verdammt!«, rief der Beamte und war sich sicher, dass sein Herz aufgehört hatte zu schlagen. »Wie viele von denen haben sich denn hier noch versteckt?«

Sein neuer Nebenmann blickte unschuldig und zuckte die Achseln. Maus glaubte jetzt langsam, den Dreh im Umgang mit den Ausländern heraus zu haben und ergriff das Wort: »Könnten Sie bitte jetzt alle aus ihren Verstecken kommen, damit wir wissen, wie viele Leute sich hier auf dem Gelände befinden? Es dient zu Ihrer eigenen Sicherheit, denn hier wird es bestimmt gleich sehr ungemütlich und ich möchte Sie gerne außerhalb der Gefahrenzone wissen.«

»Co powiedział?«, fragte der Mann mit den immer noch erhobenen Händen, denn er hatte unverkennbar große Angst vor Hammers Dienstwaffe. Vermutlich lag es hauptsächlich daran, dass dieser sie immer noch in seine Richtung hielt.

»Okay«, Maus gab noch nicht auf. »Okay, Inglisch? Do you speak Inglisch?«

»Yes, yes!«, die Stimme wurde immer zittriger.

»Wondervoll!«, und seinen Ärger über diese Zeitverzögerung auf Hammer projizierend, fuhr Maus fort: »Nehmen Sie gefälligst die Waffe runter, Mann! Sie sehen doch, dass der arme Kerl fast einen Infarkt bekommt! Und nun zu Ihnen, äh, and now to you, Sir. Do you know where se ossers are?«

Vergeblich wartete man auf eine Antwort. Einige Sekunden blieb es still, lediglich verständnislose Blicke wurden gewechselt. Anscheinend waren entweder Maus Fremdsprachenkenntnisse oder das Englisch des anderen doch nicht so gut, wie erhofft, oder letzterer hatte in seiner Verzweiflung nur »Yes« gesagt, um am Leben bleiben zu können. Bevor aber die Geduldsfäden aller Anwesenden mit einem hässlich kollektiven »Ratsch« reißen konnten, hörte man einen langgezogen, schauerlichen Schrei. Aus irgendeinem Zimmer der oberen Stockwerke kommend, drang er in die endlosen Korridore, wurde durch das Echo von den kahlen Wänden, an denen er abprallte und weitergetragen wurde, verstärkt, und erreichte so, etwas verfälscht, dafür aber umso effektvoller, die Eingangshalle.

171

»Oh, tut mir leid!«

Mitfühlend sah Claudia auf Hannes und zerknüllte schnell den Klebestreifen, den sie ihm gerade vom Mund abgerissen hatte.

»Schon gut! Ich war nur so überrascht. Das ist alles«, versuchte er tapfer lächelnd die Schmerzenstränen zurückzuhalten.

In ihrem Gesicht konnte er lesen, dass sie wieder nahe daran war, ihn zu umarmen. Da er aber ein ganzer Mann war und seit seiner Entführung sehr darunter litt, sich nicht mehr bewegen zu können, widerstrebte ihm die eigentlich verheißungsvolle Aussicht, wieder an ihren Busen gepresst zu werden. Er fühlte sich dabei wie ein hilfloses Baby, und das gefiel ihm überhaupt nicht. Stattdessen wollte er endlich wieder frei sein, ihr ihre Zärtlichkeit mit ebensolcher vergelten, sie auch mal in die Arme nehmen können.

»Mach mich los, ja?! Und zwar schnell!«, wies er sie knapp und etwas ruppig an.

172

Während der Schrei dem Befreiungsteam in der Eingangshalle sämtliche Haare zu Berge stehen ließ, war er für Krautschneider ein Glücksfall. Im ersten Augenblick kam es ihm so vor, als ob er selbst geschrien hätte, denn sein Mund stand offen, aber schnell merkte er, dass sich seine eigene Stimme schon seit einer Weile von ihm verabschiedet hatte. Seine Kehle war zu trocken, da war nichts mehr zu machen. Der Gedanke, in Kürze seinen leblosen Körper auf dem grauen Betonboden liegen zu sehen, inklusive einer riesigen Blutlache, die sich schnell im Gang ausbreiten würde, hatte ihn gelähmt. Paralysiert starrte er auf die Axtklinge, wusste, dass er keine Chance hatte, und fand alles so ungerecht, denn er liebte sein Leben.

Erst der Schrei riss ihn aus der Starre. Lukasz, dadurch verständlicherweise auch etwas abgelenkt, zögerte. Das reichte Krautschneider. Sofort riss er seinen Arm hoch, machte eine elegante Halbdrehung, holte dadurch den nötigen Schwung und schlug dem überraschten Bauarbeiter die Faust gegen die Nasenwurzel. Dass Krautschneider in seiner Hand noch die Dienstwaffe hatte, war ein Segen, denn damit war seine Verteidigung um ein Mehrfaches effektiver. Lukasz verdrehte die Augen, ging in die Knie und brach zusammen. Da lag er nun wie ein gefällter Baum. Krautschneiders Atem ging rasch, sein Herz schlug Rekorde.

»Jetzt! Schnell!«, hörte er es neben sich hinter einigen großen Rollen Dämmwolle.

Aus den Augenwinkeln sah er zwei Gestalten hervorspringen und davonrennen. Verdammt! Was war er nur für ein Idiot gewesen!? Lukasz hatte nie vorgehabt, ihn anzugreifen! Er hatte als erfahrener Jäger die beiden Frauen gehört und wollte, nachdem er die Witterung aufgenommen hatte, sie orten und dingfest machen; oder was auch immer man mit einer Axt sonst noch machen konnte.

173

»Susi?«, fast schüchtern klang seine Frage.

Glücklich, noch am Leben zu sein und als Dreingabe hier sogar eine alte Freundin anzutreffen, war er kurz davor, vor Dankbarkeit zu weinen. Abrupt drehte sich die Angesprochene um, starrte ihn einige Sekunden an, versuchte die Mundwinkel zu einem Lächeln hochzuziehen, was ihr nicht gelang, sodass sie es gleich wieder bleiben ließ, und entgegnete stattdessen etwas kühl: »Wolfgang, was für eine Überraschung. Mit dir hätte ich jetzt aber nicht gerechnet.«

»Nicht wahr? Das is' toll!«

So war Wolfgang nun einmal. Wenn er sich freute und glücklich war, dann ging er davon aus, dass andere Menschen genauso empfanden. Meist war es dann auch so, denn positive Gefühle wurden ebenso schnell von anderen aufgenommen wie negative. Ein freundliches Lächeln von einem Wildfremden wird daher oft dankbar aufgesogen, gelangt direkt ins Herz, macht dieses froh und leicht und als letzte Reaktion findet eine Widerspiegelung dieses schönen Gefühls im Gesicht statt. So einfach das Rezept auch war, mussten jedoch gewisse Voraussetzungen gegeben sein. Eine davon war, dass das Gegenüber die Bereitschaft dazu hatte. Im Falle Susanne Klöter war das aber nicht so. Immer noch starrte sie Wolfgang mit diesem unergründlichen Blick an. Er zögerte, ließ sich aber dann doch nicht beirren und tat das, was ihm jetzt das Natürlichste erschien, ihm ein Bedürfnis war: Er nahm sie in seine Arme und drückte ihren stocksteifen Körper fest gegen seinen.

174

Krautschneider war genervt. Schon wieder war er in einer Situation, in der sein Partner ausgeknockt am Boden lag – warum, war jetzt vollkommen irrelevant – und er vor der Wahl stand, die Flüchtenden zu verfolgen, oder sich erst einmal um den anderen zu kümmern. Da es sich aber diesmal nicht um einen richtigen Kollegen handelte, entschied er schnell zu Lukasz Ungunsten, stieg über ihn hinweg und schrie: »Sofort stehen bleiben, oder ich mache von meiner Schusswaffe Gebrauch!«, um dann hinter den zwei Frauen herzulaufen, die seine Autorität schon wieder ignorierten und bereits einen großen Vorsprung hatten. Doch durchtrainierter als die pummelige Sandra Blum war er allemal. »Bleibt jetzt – verflixt noch mal! – endlich stehen!«, schrie er wieder, aber ihm ging langsam auch die Puste aus, sodass er nicht noch einmal brüllen wollte, sondern für seine Wut auf die Geschehnisse der letzten Stunden ganz schnell ein besseres Ventil brauchte. Kurzentschlossen hob er die Waffe und schoss als Warnung über die Köpfe der Flüchtenden hinweg. Sandra Blum quiekte erschrocken auf, als die Kugel vor ihr in die Wand schlug, aber schon war sie von Erika um die Ecke gezerrt worden.

175

Claudia sprang auf.

»Scheiße! Da wird geschossen!«

Kaum waren Hannes Fesseln endlich gelöst, sah er sich vor einem neuen Problem: Zwar hatte er theoretisch die Freiheit seiner Glieder wieder, aber aus rein praktischer Sicht waren die zu nichts mehr zu gebrauchen. Zu lange hatte er in dieser steifen, unnatürlichen Position aushalten müssen, zu lange war stellenweise die Blutzufuhr beeinträchtigt gewesen, und es war ihm daher unmöglich, es seiner Partnerin gleichzutun und ebenfalls sportlich aufzuspringen, um sich dann Seite an Seite mit ihr der Gefahr zu stellen. Ihm blieb also nichts anderes übrig als liegen zu bleiben, sehnsüchtig an Claudias langen Beinen emporzublicken und sich gleichzeitig darüber zu wundern, wie er es vorhin mit dieser Kondition fertig gebracht hatte, von der Wand quer durch die Halle zu ihr zu rollen.

»Zefix, Hannes! Was machst noch dadrunt?«

Ihre Frage klang wie der blanke Hohn.

»Claudia, ich kann mich noch nicht besonders gut bewegen. Is' alles so steif!«, kam seine frustrierte Erklärung.

»Ach, verflixt. Na logo, du Armer! Das is' ja bläd!«

Irgendwie hörte sich das jetzt ziemlich uninteressiert an, eher etwas runtergeleiert. Obwohl Selbstmitleid gepaart mit etwas Wehleidigkeit versuchte ihn zu übermannen, meldete sich gleichzeitig die Stimme der Vernunft zu Wort. Natürlich war sie abgelenkt! Schließlich hatte gerade jemand geschossen! Sie war Polizeibeamtin, und da er nur noch ein Klotz am Bein war, musste sie jetzt ihn und sich selbst schützen.

Claudia war wieder auf den Knien. Ob sie ihm noch ein paar aufmunternde Worte zuraunen und ihn vielleicht mit einem zärtlichen Kuss beruhigen wollte, bevor sie sich auf die Lauer legte, um dann dem Revolverhelden aus dem Hinterhalt ein Bein zu stellen? Leider machte sie ihm wieder einen Strich durch seine schönen Vorstellungen, denn sie beachtete ihn überhaupt nicht mehr, sondern schien hektisch etwas zu suchen.

»Herrgottsakra!«, fluchte sie verzweifelt. »Wo is' sie denn?«

»Was?«, fühlte Hannes sich verpflichtet zu fragen.

»Meine Pistole! Wo zum Teufel is' meine Pistole?«, sagte sie fast weinerlich und ließ ihre Hände weiter fieberhaft über den unebenen Boden gleiten, in der Hoffnung, die Waffe doch noch zu finden. Dass sie sich dabei immer weiter von ihm wegbewegte, musste er wohl akzeptieren, aber gleichzeitig fühlte er mit großer Erleichterung, wie sein Blut langsam wieder durch ihn hindurchströmte und er konnte fast schon einen Arm heben. Dann hörte er sie plötzlich: Schritte! Schnelle Schritte! Und nicht nur von einer Person. Da kamen viele!

»Claudia!?«, rief er ihr alarmiert zu. Sie schien ihn aber nicht mehr wahrzunehmen, wurde immer hektischer, fiepte sogar ein bisschen.

Schritte! Schnelle, trappelnde, rennende, stampfende, klackernde, hastende Schritte! Es war so, als ob sie aus allen Richtungen auf den Saal zu gerannt kamen. Jetzt hatte sie es auch gehört. Er konnte ihre dunkle, und leider schon viel zu weit von ihm entfernte, Silhouette erstarren sehen.

»Claudia! Das Licht!«

Sie kamen immer näher! Von allen Seiten. Es hörte sich jetzt fast an, als ob eine ganze Armee anstürmen würde.

»Wos meinst?«, fragte sie nervös.

Gleich, jede Sekunde wären sie da! Würden durch all die unzähligen Türen hineindrängen, das Feuer eröffnen, ohne zu sehen, ohne auf die beiden Polizisten Hubschmied und Petersen zu achten, die hier im Dunkeln und vollkommen hilflos dem Kreuzfeuer ausgeliefert waren.

»Na, das Licht, die Scheinwerfer!«, rief Hannes aufgebracht und merkte gar nicht, dass er seinen Oberkörper halb aufgerichtet hatte, und sogar schon seine Zehen bewegen konnte. »Claudia! Hast du gehört? Hier sind doch die …«

176

»Oh Susilein!«

Er hielt sie immer noch umschlungen, ignorierte, dass sie sich nicht rührte, vergrub sein Gesicht in ihrem Pagenkopf, küsste sie auf die Schläfe, hielt es für eine gute Idee eine Hand an ihrem Rücken entlanggleiten zu lassen, und dann leicht ihr spitzes Hinterteil zu kneten. Die Ohrfeige kam überraschend. Völlig perplex starrte er sie an.

»Lass mich augenblicklich los!«, fauchte sie ihn an.

»Aber … aber Susanne??«

177

Der Tumult brach los, alles passierte fast gleichzeitig und vor allem zu schnell. Noch bevor Claudia begriff, was Hannes mit der Bemerkung »die Scheinwerfer« meinte, rannten auch schon zwei Frauen, sich fest an den Händen haltend, durch eine Tür an der Südseite in den Raum.

Erika und Sandra hatten die Hölle hinter sich und den leibhaftigen Teufel in Gestalt von Krautschneider auf den Fersen. Während Sandra immer wieder ängstlich über die Schulter blickte, war Erika, einer fleischgewordenen Nashornmutter gleich, bereit, alles niederzutrampeln, was sich ihr in den Weg stellte. Daher war Kommissarin Hubschmieds augenblickliche Position nicht gerade günstig. In letzter Sekunde rollte sie sich ein, machte einen krummen Rücken und schlang schützend die Arme um den Kopf, sonst wäre sie wie Georg ein Fall für den Rettungshubschrauber geworden.

Erika, die sie einerseits gar nicht gesehen und die andererseits zu viel Schwung hatte, um überhaupt bremsen zu können, flog im hohen Bogen über die Polizistin und riss Sandra mit. Gleich darauf rutschte Krautschneider durch die Tür, sah in der Dunkelheit natürlich ebenfalls nichts, wurde nur von dem einen Wunsch beseelt, die Flüchtenden endlich zu schnappen, sprintete deshalb ohne zu denken los und flog selbstverständlich über die am Boden Liegenden.

Auf der anderen Seite – durch die Tür gen Nordwesten – drängten nun ebenfalls mehrere Personen in den Saal, verteilten sich aber gleich wieder in dem Raum, um Position zu beziehen, sodass man nur hoffen konnte, hier endlich Profis am Werke zu sehen. Hannes konnte sich mittlerweile schon aufsetzen und versuchte, in dem Menschenknäuel nicht weit vor sich Claudia zu erkennen; ein aussichtsloses Unterfangen.

Alle vier – Claudia, Erika, Sandra und Krautschneider – wanden, verhakten, ringelten, verzahnten, verkrallten, verkeilten sich ineinander. Es wurde geflucht, gekrabbelt, gebissen, gequält, geschimpft, getreten, gezogen, gekratzt, geschrien, geschlagen, gekniffen, geboxt, geschluchzt und gerungen. Sie konnten sich anscheinend selbst nicht mehr auseinanderhalten. Krautschneider gelang es dann schließlich doch noch, sich aus dem Haufen zu schälen, und er zog sich wie ein waidwundes Tier an den Rand, wo er erst einmal stöhnend liegenblieb. Plötzlich flammte das Licht der Scheinwerfer auf. Einer der Bauarbeiter hatte den Schalter umgelegt, eilte aber sofort zu seinem Kollegen, der bereits bei den Amazonen stand und eine Favoritin für eine schnelle Wette suchte.

Mit Erleichterung sah Hannes Kommissar Maus, der mit erhobener Waffe ganz in seiner Nähe stand und seinen Männern zunickte, denn der Raum war offenbar gesichert. Endlich, sie waren in guten Händen, der Albtraum wäre gleich vorüber. Als hätte der Einsatzleiter die erwartungsvolle Erleichterung gespürt, ließ er auch gleich seine klare, ruhige Stimme – nur etwas lauter, damit er den Radau übertönen konnte – erklingen.

»Hammer, Schnabelhuber, junger Kollege, entwirren Sie mal die Damen!«

Vorsichtig machten die Aufgeforderten sich an die gefährliche Arbeit, aber Claudia Hubschmied, die ja nun endlich etwas sehen konnte, hatte sich schon selbst befreit. Sie stand auf, musste sich dann aber doch gleich auf Hammer stützen, denn ihr Bein schmerzte dank Erikas gezielten Tritten. Sie hatte auch das Gefühl, dass sich ihre Kopfhaut zu lösen begann, und für das brutale Haareziehen hatte sie Krautschneider in Verdacht. Kollateralschaden hin oder her, es tat höllisch weh. Sie war sauer auf ihn und wollte ihm deswegen einen wohlverdient giftigen Blick zuwerfen.

Leider wurde ihre Aufmerksamkeit dabei sofort auf den Mann gelenkt, der jetzt hell erleuchtet, und nur wenige Meter entfernt, immer noch an dem Seil hing. Claudias Augen weiteten sich vor Entsetzen. Sämtliche medizinischen Vorbereitungskurse mit kriminaltechnisch forensischer Grundlage hatten sie nicht darauf vorbereiten können. Was da nicht weit vor ihrer Nase baumelte, übertraf alles, war so unbeschreiblich grauenvoll, dass sie erst einmal zu keiner nennenswerten Reaktion fähig war. Sie starrte, schluckte, fühlte einen Würgereiz. Sie meinte ebenfalls, ersticken zu müssen und daher blieb ihr nur noch eine einzige Möglichkeit: Sie musste sich Luft verschaffen, den Schock über den Anblick aus sich herauslassen.

Sie fing an zu schreien! Ihr Schrei war unerwartet hoch, schrill und trommelfellzerreißend. Sie konnte nichts dafür, wollte damit nur das schreckliche Bild zerstören, das sich immer mehr in ihre Netzhaut einbrannte. Dieser blaue Kopf, die rotunterlaufenen – nein, sie musste sich korrigieren, während sie Atem holte –, die hervorgequollen Augäpfel waren rot! Rot! Und die Hände schneeweiß! Es sah so erschütternd schrecklich aus, so furchtbar, so schauderhaft, so unvorstellbar grässlich.

Eine schallende Ohrfeige brachte sie wieder zur Besinnung. Vor ihr stand Doktor Frank, eine stumme Entschuldigung in seinem Blick. Dann legte er den Arm um sie und drehte sie sanft weg, weg von dem Toten.

»Is' gut, meine Liebe! Ganz ruhig! Ich kann Sie verstehen, denn so ein Erhängter is' wirklich kein allzu schöner Anblick. Wissen Sie, mir ging es bei meinem ersten auch nicht besonders gut. Ich mein, an diese Farbkombinationen muss man sich erst einmal gewöhnen.«

»Ja, Sakra, des is' ja der Möller!«, bemerkte Hammer. »Mei, is' der schiach. Des is' aber auch keine schöne Art, so zu sterben! Und den Mund hat man dem armen Kerl auch noch zugeklebt, damit er nicht mehr schreien konnt!«

178

Wolfgangs Hand rieb unbewusst über die misshandelte Wange, während er immer noch schockiert Susanne ansah. Warum? Warum hatte sie das gemacht? Das Gefühl, so ungerecht behandelt zu werden, während er ihr doch nur Liebe und Geborgenheit hatte geben wollen, wich schnell einem kleinen, gerechten Zorn. So etwas musste er sich nicht bieten lassen. Susanne, die es offensichtlich überhaupt nicht interessierte, was sie ihrem sensiblen Freund da eben angetan hatte, war gerade im Begriff, ihn stehen zu lassen und endlich zu ihrem Auto zu gehen, als sie mit Erstaunen feststellte, dass Wolfgang sie grob am Handgelenk gepackt hatte und festhielt.

»Lass mich los! Sofort!«, rief sie giftig.

»Nix da!«, schnauzte Wolfgang zurück. »So kannst du nicht mit mir umspringen! Was bildest du dir eigentlich ein? Mich einfach so zu watschn und dann stehen zu lassen!«

Sie sahen sich jetzt einige Sekunden böse an. Dann versuchte sie, ärgerlich über die unnötige Zeitverzögerung, seine Finger von ihrem Handgelenk zu lösen. Aber er ließ nicht locker, intensivierte den Griff und als sie sich wegzudrehen versuchte, setzte er zur Verstärkung noch seine andere Hand ein. Dass es Susanne wehtat, nahm er in Kauf, aber da sie keinen Schmerzenslaut von sich gab, setzten die beiden ihr stummes Ringen fort. Nach einigen Minuten gab sie auf.

»Wolfi.«

So klein, so sanft war ihre Stimme jetzt, dass es Wolfgang sofort Leid tat, so grob gewesen zu sein.

»Wolfi, ich bitt dich, hör auf!«

Hörte er da etwa ein Schluchzen? Erschrocken ließ er sie los.

»Mei, Susanne, mei, des wollt ich nicht! Ich wollt dir nix zuleid tun. Du … du hast mich halt nur so arg verletzt. Nicht körperlich, sondern seelisch. Und … und du bist halt so komisch, so gar nicht mehr du. Ich hatt fast des Gefühl, dass du mich nicht mehr lieb hast … ich …«

Er verstummte, denn sie hatte ihre kalte Hand sanft auf seine Wange gelegt. Dankbar blickte er sie an, genoss die Liebkosung, lehnte den Kopf gegen ihre leicht klebrige Handfläche, schloss die Augen.

179

Krautschneider war schwerfällig aufgestanden, seine blutende Nase ignorierte er vorläufig, denn er hatte mit zwei bestimmten Damen ein Hühnchen von der Größe eines Straußes zu rupfen.

»Sandra Blum!«, hob er mit donnernder Stimme an. »Hiermit können Sie sich als verhaftet betrachten und zwar wegen des Doppelmordes an Anni Hintersee und Josef Möller!«

Bevor die Frau jedoch etwas erwidern konnte, schaltete Maus sich ein.

»Halt, halt, keine unüberlegten Verhaftungen«, tadelnd sah er den jüngeren Kollegen an. »Zumindest nicht wegen dieser Straftaten. Beteiligung bei einer Erpressung und zwei Entführungen sowie unterlassene Hilfeleistung bei einem Mord, ja, aber nicht bei den Delikten, die Sie ihr gerade zur Last legen wollen.«

»Wie jetzt? Das war nicht die Blum?«

Krautschneider rang sichtlich um Fassung.

»Nein!«, rief Hannes, dem gerade von Doktor Frank aufgeholfen wurde, ächzend aus dem Hintergrund.

»Wir müssen uns jetzt mal ein bisschen bewegen, mein Junge, damit Ihr Kreislauf wieder in Schwung und die Steife aus Ihren Gliedern kommt«, ordnete der Arzt ungerührt an, packte seinen Patienten, der sich bedrohlich auf zittrigen Knien zur Seite neigte, kurzentschlossen am Arm, zog ihn sich zurecht und begann dann einen engumschlungenen, aus der Ferne fast romantisch anmutenden Spaziergang.

»Das war diese Wahnsinnige. So eine Brünette mit halblangen Haaren, einem Prinz-Eisenherz-Schnitt und einem total irren Blick«, rief Hannes über die Schulter, musste sich aber gleich wieder konzentrieren, um nicht zu stolpern, denn dem Arzt schien es nun eine gute Idee, mit leichten Slalomkurven die Strecke abwechslungsreicher zu gestalten.

»Prinz-Eisenherz-Schnitt?«, stöhnte Krautschneider entsetzt. »Ziemlich mager, eins achtundsechzig, graue Augen, Bergstiefel?«

180

»Weißt, Wolfi, du bist schon ein guter Junge und ein wunderbarer Liebhaber, und ich will dir auch nicht wehtun. Dir nicht! Du hast mich wirklich oft sehr glücklich gemacht und dafür bin ich dir auch sehr dankbar!«

Immer noch hatte er die Augen geschlossen, ein seliges Lächeln auf den Lippen.

»Deshalb fällt es mir auch so schwer, dir zu sagen, dass ich dich im Moment absolut nicht brauchen kann, du Depp, du blöder! Du bist mir im Wege und das geht mir so was von auf den Geist!«

Seine Mundwinkel erschlafften, gehorchten ihm nicht mehr, schnellten in ihre normale Position zurück und Wolfgang wusste einen Moment lang nicht, was ihn mehr schockierte: Der Inhalt oder der scharfe Ton ihrer Worte? Schnell riss er die Augen auf, musste die Frau ansehen, die von einer Sekunde auf die andere vom anschmiegsamen Kätzchen zur giftigen Klapperschlange werden konnte.

»Du hörst mir jetzt mal ganz genau zu und versuchst, einmal im Leben das kleine Hirn zu benutzen, das so traurig in deinem hübschen Kopf vor sich hinwelkt!«, fuhr sie mit schneidender Stimme fort.

»Aber Susanne …«

Sie verdrehte genervt die Augen.

»Verdammt noch mal! Was hab ich dir grad gesagt von wegen Zuhören?«

»Sus…«

»Ich heiß nicht Susanne!«, schrie sie so zur Weißglut getrieben. Ein Speichelsprühregen legte sich auf Wolfgangs Gesicht, aber er merkte es nicht.

181

Krautschneider war verzweifelt. Wie konnte das sein? Und wie sollte er seinem Vorgesetzten jetzt erklären, dass er der gemeingefährlichen Mörderin begegnet war, sie sogar befreit und ihr zur Flucht verholfen hatte? Fieberhaft überlegte er, während die anderen jetzt gespannt auf weitere Ausführungen von Maus warteten, der nur allzu gerne seiner Pflicht nachkam.

»Ja, Herrschaften, mir ist das auch erst im Wäldchen so richtig klar geworden. Wir lagen zwar mit unserer Vermutung, dass eine der Kindergartenmütter dahinterstecken könnte, nicht so falsch, aber da haben wir uns dann doch zu früh auf Frau Blum festgelegt. Wegen ihres Schmerzes über den Tod von Heidi und ihrem berechtigten Hass auf Möller, der auf die Vergewaltigung vor dreißig Jahren zurückzuführen ist, haben wir den Überblick verloren, sind großzügig über Kleinigkeiten hinweggegangen, haben aufgehört, mehrspurig zu denken. Mir fiel dann aber auf, dass da etwas nicht passte, nicht passen konnte. Zum Beispiel, wie es einer einfachen Kassiererin möglich war, einen geldgierigen Bauarbeiter zu bestechen? Nein, dahinter steckte jemand anderes, jemand, der die Kaltschnäuzigkeit, das nötige Kleingeld und die Zeit zur genauen Planung der ganzen Geschichte hatte. Tja, und da fiel es mir wie Schuppen von den Augen …«

Krautschneiders Gedanken kreisten immer schneller, drehten sich mittlerweile wie ein Tornado, dass es ihm selbst ganz schwindlig wurde. Er hatte schon lange aufgehört, dem Kommissar Gehör zu schenken. Er suchte nach einer Antwort, einer Erklärung und einem Weg, seinen dummen Fehler zu vertuschen.

»Die Frau, die wir jetzt sofort finden müssen, heißt Susanne Klöter, eigentlich Anne Lörtek, Tochter von Oskar Lörtek …«

»… dem Steckerlfischbaron?!«, fiel ihm Hammer aufgeregt ins Wort. »Der, der vor acht Jahren versucht hat, seine mit Bandwürmern verseuchten Forellen doch noch an den Mann zu bringen? Boah, wie ekelhaft. Seitdem ess ich überhaupt nix mehr, was aus dem Wasser kommt. Hat der sich danach nicht erhängt?«

182

Für Wolfgang war die Welt aus den Fugen geraten. Nichts war mehr so wie es sein sollte. Er befand sich mitten in der Nacht auf einer unheimlichen Baustelle, wurde nicht mehr geliebt, und sah sich einer unberechenbaren Furie gegenüber, die ihn schon mehrmals mit hässlichen Schimpfwörtern beschrien hatte. Was zu viel war, war zu viel, deshalb entgegnete er wütend: »Is' mir doch scheißegal, wie du heißt und was auch immer du vorhaben solltest und dass ich dich dabei störe! Das interessiert mich nicht, denn du bist krank, hörst du? Du bist so was von krank!«

Das hatte gesessen. Sie war zusammengezuckt, still geworden, hatte den Kopf gesenkt.

»Und überhaupt! Hör endlich auf, mich immer wie einen Idioten dastehen zu lassen, nur weil ich offenbar gar nix weiß. Woher auch!? Du warst es ja schließlich, die mich die ganze Zeit, in der wir zusammen waren, belogen und hintergangen hat. Da brauchst du jetzt nicht so selbstgerecht daherreden und mich noch dazu beschimpfen!«

Vollkommen gerührt von seinen eigenen, aus dem Schmerz himmelschreiender Ungerechtigkeit geborenen Worten, musste er innehalten, sich sammeln, kurz ausschnaufen. Leider hatte sie anscheinend nur darauf gewartet, um wieder mit giftiger Zungenspitze einem Messer gleich in sein Herz zu stechen.

»Ihr Männer seid doch alle gleich! Ihr denkt, ihr seid Gottes Geschenke, spielt euch als Beherrscher auf, denkt, ohne euch geht es nicht, mischt euch in alles ein, wollt unser Leben zerstören. Und du, mein lieber, schöner Wolfi, bist da keine Ausnahme. Du willst mich wie der Möller Sepp einschränken, bevormunden, aufhalten. Dabei bist du ein NICHTS, ein kleiner, dummer, schwanzgesteuerter Betthase mit Stehvermögen. Du hast mir gar nix zu sagen. Du wirst mich nicht aufhalten! Deinesgleichen kann mir gestohlen bleiben. Über euch alle kann ich nur lachen!«

Tatsächlich lachte sie auch sofort. Schaurig klang es, dass selbst der kleine Kauz, der es sich mittlerweile auf einem der Silos bequem gemacht hatte, erschrocken aufflog.

183

»Ja, Hammer, genau den meinte ich«, Maus ließ sich nicht so gerne unterbrechen. »Ich bin dank meiner Leidenschaft für Anagramme darauf gekommen. Mir war die ganze Zeit schon so, als ob bei dem Namen Klöter bei mir was klingeln würde. Sie hat hier vermutlich versucht, nach dem Tode ihres Vaters ein neues Leben mithilfe eines alten Geschäftspartners, dem Möller, zu beginnen.«

»Und das würd ich einen guten Neuanfang nennen, denn der hat sich so intensiv um sie gekümmert, dass sie davon schwanger geworden is'«, kommentierte Claudia Hubschmied trocken.

»Nein! Nein, nein, nein!«, schimpfte Hammer aufgebracht und erntete zunächst einmal verständnislose Blicke.

Das störte ihn aber nicht sonderlich, denn er starrte mit anklagend vorwurfsvollem Blick Claudia an, die gar nicht wusste, was er von ihr wollte. Maus, der schnell zu einem Ende kommen wollte, intervenierte: »Hammer, teilen Sie bitte kurz und knapp mit, was Sie gerade so erregt, damit wir uns wichtigeren Dingen zuwenden können!«

»Mich so erregt? Wichtigere Dinge? Herr Kommissar, und das ausgerechnet von Ihnen!«

So kannte man ihn gar nicht. Eine unbehagliche Stille senkte sich über die Gesellschaft. Schnabelhuber überlegte, ob es eine gute Idee wäre, Doktor Frank bei Hannes Gymnastikübungen zur Hand zu gehen, nur damit er nicht mit ansehen musste, wie sein Kollege gleich die Nerven verlor. Aber bevor er zu einer Entscheidung kommen konnte, hatte Hammer schon mit leicht zitternden Fingern einige stark zerknitterte Seiten Papier aus der Innentasche seiner Jacke gezogen und Maus stumm hingehalten.

»Was ist das?«, fragte Maus, denn er wollte es von Hammer hören und jetzt nicht noch mehr kostbare Zeit damit verschwenden, die schlammverschmierten Unterlagen ohne seine Brille zu entziffern.

»Das, Herr Kommissar, ist die Akte, die ich Ihnen schon den ganzen Abend zeigen wollte. Es ist …!«, gekonnt legte er eine Kunstpause ein, denn schließlich war es ihm nicht jeden Tag vergönnt, eine so große Zuhörerschaft zu haben. Bedächtig ließ er seinen Blick über die Gesichter wandern. Freute sich, dass die Bauarbeiter sehr interessiert schienen, Claudia immer noch etwas verblüfft war, Schnabelhuber ängstlich und Kommissar Maus erwartungsvoll zurückhaltend blickten. Krautschneiders blassgrüne Gesichtsfarbe irritierte zwar etwas, aber auch er hörte offenbar zu.

»Nun denn«, räusperte sich Hammer. »In meinen Händen halte ich eine Rechnung, die sich gewaschen hat. Eine Rechnung für eine Entbindung, eine Rechnung für einen Kaiserschnitt – Sectio würde unser werter Freund Doktor Frank wohl sagen …«

»Och, ich sag auch manchmal Kaiserschnitt, je nachdem«, meldete sich Frank aus dem Hintergrund, während er Hannes sanft auf ein paar Zementsäcke niederdrückte, damit dieser eine wohlverdiente Pause einlegen konnte.

»Jetzt kommen Sie endlich zum Punkt, Hammer!«, knurrte Maus sichtlich genervt. »Wer hat die Rechnung für wen beglichen?«

»Na, einen Riesenbatzen für Entbindung und einwöchige Unterbringung im Einzelzimmer mit allem Pipapo hat der Möller bezahlt und zwar für eine Entbindung von einer Frau Klöter!«, und da ihm ja Claudia Hubschmied diese delikate Enthüllung verdorben hatte und die Überraschung nicht mehr ganz so groß war, fügte er triumphierend die Papiere hochhaltend hinzu. »Und ich kann's hiermit auch beweisen!«

»Ich auch!«, ließ sich Claudia provozieren. »Ich hab den Vaterschaftstest gesehen …«

Jetzt entbrannte eine heftige Diskussion, an der sich alle außer Krautschneider, der immer noch mit einem grüblerischen Gesichtsausdruck vor sich hinstarrte, und Maus beteiligten.

184

Es war wieder still geworden. Wolfgang spürte ein Kratzen im Hals. Na prima, da stand er einer Wahnsinnigen gegenüber und musste dabei feststellen, dass sich – dank der langen Wartezeit hier draußen – jetzt auch noch eine Erkältung ankündigte. Er kannte sich und seinen Körper zur Genüge, um zu wissen, dass es nicht mehr lange dauern würde, bis seine Lymphknoten anschwollen, seine Nase verstopfte und Kopfschmerzen dazukamen. Er war eben ein bisschen empfindlich und die aggressiven Kinderviren in der Arbeit gaben seinem Immunsystem auch nicht immer die nötige Zeit, sich bis zum nächsten heimtückischen Anschlag wieder richtig aufzubauen. Durch diese Aussicht auf sein baldiges Leiden etwas abgelenkt, vernachlässigte er die Konzentration auf Problem Nummer eins: Susanne, oder wie auch immer sie wirklich hieß. Diese griff in ihre Tasche und machte dabei einen kleinen Schritt rückwärts. Wolfgang bemerkte es nicht, weil er gerade seinen Hals massierte. Sie machte noch einen. Wieder keine Reaktion. Diesmal tastete er vorsichtig die Lymphknoten ab. Noch einen. Wolfgang überlegte, ob er zufällig ein Aspirin dabei hatte, das könnte zur Vorbeugung vielleicht helfen. Jetzt drehte Susanne sich fix um, zog den Schlüssel hervor, drückte auf die Fernbedienung, entriegelte das Schloss und rannte gleichzeitig zu ihrem Auto, um einsteigen und endlich wegfahren zu können. Doch Wolfgang – hochgeschreckt durch das kurze Piepen und Blinken des Wagens – war schneller, holte sie ein und stemmte gleich seine Hand gegen die Autotür, damit sie diese nicht aufziehen konnte.

»Du bleibst jetzt aber gefälligst da, bis meine Cousine kommt, hörst du, du Luder!«, knurrte er und fühlte, dass mit dem Kratzen im Hals auch seine Stimme schon etwas angeschlagen klang.

»Ach, was machste denn, wenn ich nicht will?«

Zwar war es nur ein Flüstern, aber es klang alarmierender als ihr früheres Gekeife und Geschrei. Er dachte nicht daran, zu antworten, packte sie kurzerhand und sehr grob an den Handgelenken und zerrte sie zu sich herum. Das Mondlicht fiel auf ihr Gesicht. Er konnte ihre Augen funkeln sehen. Sie sahen aus wie harte, kalte Kristalle. Ihn schauderte. Sie war so unheimlich. Wo blieb verdammt noch mal Claudia?!

185

»Wollen Sie mir denn jetzt nicht Ihre Version erzählen?«

Maus überließ seine Leute sich selbst, er hatte Wichtigeres zu tun, brannte darauf, alle Puzzleteile zusammenzufügen und hatte sich daher mit Sandra und Erika etwas abseits gestellt.

»Sie kann jetzt nicht!«, entschied Erika kategorisch. »Sie is' nur noch ein Wrack, das sehen Sie doch selber!«

»Chef?«

Endlich hatte sich Krautschneider ein Herz gefasst. Er musste den Kommissar informieren, ihn endlich einweihen, ihm endlich alles sagen, um dann entweder eine Absolution oder eine wohlverdiente Abmahnung zu bekommen. So begann er zu berichten und als er geendet hatte, wagte er einen raschen Blick in Maus' Gesicht. Mit Erleichterung sah er dort keine Wut, sondern nur Nachdenklichkeit.

»Einfacher Trick, Krautschneider«, half Maus ihm dann endlich auf die Sprünge. »Die Frau hat sich selbst an die Säule gefesselt; den Schlüssel also vorher in die Fensternische gelegt, sich das Klebeband auf den Mund geklebt, mit den Handschellen festgemacht und dann auf Sie gewartet. Sie wusste ja, dass Sie ihr auf den Fersen waren.«

»Ja, so kann's gewesen sein!«, rief Krautschneider überrascht. »Aber dann war die ja verdammt schnell. Ich mein …«

»Meine Schwägerin ist ehemalige Landesmeisterin im Kurzstreckenlauf«, mischte sich Sandra Blum unerwartet in das Gespräch ein.

186

Immer noch wie gelähmt von dem bezwingend eisigen Blick seiner ehemaligen Geliebten, war Wolfgang eindeutig zu langsam und vor allem nicht darauf gefasst, dass sie plötzlich blitzschnell ihr rechtes Knie hochriss und es ihm dann in den Unterleib rammte. So an seiner empfindlichsten Stelle getroffen, waren die Sorgen wegen einer aufkommenden Erkältung schlagartig vergessen. Entsetzt darüber, dass sie ausgerechnet dahin getreten hatte, wo seine Seele, sein bestes Stück, seine Aussteuer, der Neid sämtlicher Geschlechtsgenossen, der Glückspender unzähliger, hochbefriedigter Frauen, sein Augapfel und sein bester Freund saß, schnappte er nach Luft und spürte nur noch den unerträglichsten Schmerz seines Lebens.

187

»Schwägerin?«, entgegnete Maus verblüfft. Es gehörte viel dazu, ihn aus der Fassung zu bringen, aber Heidis Mutter war es gelungen.

»Na ja, fast. Ich war ja nie mit ihrem Bruder – dem Vater von meiner kleinen Heidi – verheiratet.«

»Donnerwetter!«, Maus konnte es anscheinend immer noch nicht so ganz glauben. »Das würde natürlich meine größte Frage beantworten, warum Frau Klöter ausgerechnet mit Ihnen und ihrer Tochter diese Erpressergeschichte geplant und durchgeführt hat.«

»Ja«, sagte Sandra Blum traurig und es stand ihr ins Gesicht geschrieben, dass sie den Tag, an dem Heidis Tante auf der Türschwelle erschienen war, verfluchte. Die Stimmen im Raum überschlugen sich mittlerweile. Hammer und Claudia waren am lautesten, aber auch die anderen standen ihnen in nichts nach.

»Ruhe! Verflixt nochmal, Ruhe! Und zwar alle!«, brüllte Maus, denn er konnte sich nicht mehr konzentrieren.

Es war unfassbar: Da lief ihre Hauptverdächtige immer noch frei auf dem Gelände herum, und seine Leute stritten sich wie Spatzen um irgendwelche Brotkrumen. Der Lärm verstummte sofort. Befriedigt aufschnaufend wandte Kommissar Maus sich wieder der gerade sehr kooperativen Frau Blum zu.

»Wo? Wo könnte Frau Klöter jetzt sein? Wir müssen sie schnellstens finden!«

»Ich … ich hab keine Ahnung!«

Es schien so, als ob sie durch die Erinnerung an ihre ehemalige Komplizin gleich in Tränen ausbrechen würde. Beruhigend strich Erika ihr über den Rücken und sah Maus dabei finster an.

»Müssen Sie sie denn jetzt noch so quälen? Sie sehen doch, dass sie fix und fertig is'!«

»Tut mir leid, doch Frau Blum ist die Einzige, die uns hierfür sachdienliche Hinweise geben kann.«

Aber bevor Maus und Erika einen weiteren Schlagabtausch durchführen konnten, sprach Sandra Blum weiter: »Ich hab sie nicht mehr gesehen, seit sie die Hinrichtung vorbereitet hat. Ich wollte nicht dabei sein. Ich hab sie angefleht, es nicht zu tun, aber sie hat nicht mit sich reden lassen, hat mich nur mit ihren kalten Augen angeschaut und dann ausgelacht. Sie müssen mir glauben, dass ich nichts für Josef hätte tun können. Sie … sie ist plötzlich ein ganz anderer Mensch gewesen. Sie hat mich sogar geschlagen, mich bedroht, mir gesagt, dass es mir so wie Anni gehen würde, wenn ich sie behindern wollte, ihr in die Quere kommen würde. Sie … Oh Gott! Sie ist wahnsinnig! Sie hat die Anni einfach so erschossen, müssen Sie wissen. Weil die für ihren Geschmack zu frech wurde, sich eingemischt hat. Dabei hat die doch gar nix gewusst! Gar nix über uns, über unseren schönen Plan, ein neues Leben in einem warmen Land zu beginnen. Mit dem Geld endlich sorgenfrei zu sein. Herr Kommissar!«, ihre Stimme war mittlerweile so schrill geworden, dass Doktor Frank sich sofort über seine Arzttasche beugte, um ein gutes Beruhigungsmittel zu suchen. »Verstehen Sie, Herr Kommissar! Sie ist gefährlich, unberechenbar, total verrückt! Wenn die schon einen Menschen erschießt, der ihr dumm gekommen is', sie provoziert hat, dann hätt sie doch auch bei mir nicht lange gefackelt! Was hätt ich denn tun sollen? Ich konnt doch nix für den Möller tun … Ich konnt ihm nicht helfen. Ich musst mich doch selbst schützen. Ich bin dann …«

Sie ließ den Tränen freien Lauf, bemerkte sie nicht einmal, sah nur Maus verzweifelt ins Gesicht, schniefte dann laut, blickt traurig zu Josef Möllers leblosem Körper, dann entschuldigend zu Hannes, der ihr dafür ein kleines, verzeihendes Lächeln zurückgab, was sie dankbar annahm. Sie straffte die Schultern, um ihre Geschichte zu beenden.

»Ich bin dann weggelaufen, aus dem Raum. Hab mich im Gang versteckt, wollt mir selbst schon was antun, aber dann hat plötzlich Erika vor mir gestanden …«

»Oooch, mein armes Mädchen!«

Erika hatte die Arme um die weinende Freundin geschlungen und sie an sich gedrückt. Sanft und beruhigend strich sie ihr über den Rücken und machte Maus gleichzeitig mit ihren Augen klar, dass es nun genug war.

188

Wolfgang wand sich auf dem Boden. Das war ihm das letzte Mal in der Schule beim Stepptanzen passiert, als seine ungeschickte Partnerin auf ihren glatten Schuhen ausgerutscht war, und mit hochgestrecktem Bein genau auf ihn zugeschlittert war, während er gerade eine komplizierte Drehung gemacht hatte und in der Grätsche zum Stehen gekommen war. Damals – so erinnerte er sich dunkel –, damals war es nicht ganz so schlimm gewesen. Damals war er guter Hoffnung gewesen, noch Kinder in die Welt setzen zu können; jetzt musste er sich wohl mit dem Gedanken an eine Adoption anfreunden. Aus der Ferne hörte er, wie jemand einen Motor startete. Susanne! Sie wollte wegfahren! Ein kleiner Warnruf machte sich in seinem Inneren bemerkbar, aber er war zu schwach und der unbeschreibliche Schmerz zu stark, stärker als jeder Lebenserhaltungstrieb.

189

»So, Frau Blum. Ich denk, ich gebe Ihnen mal was zur Beruhigung.«

»Doktor, ich weiß nicht, ob das nötig ist«, mischte sich ihre Freundin Erika ein.

Die Kindergartenchefin war von jeher chemischen Produkten gegenüber etwas skeptisch eingestellt. Für sie gab es bessere Alternativen, wie zum Beispiel Baldrian, heiße Bäder oder eine Flasche Hochprozentigen. Auch einer der Bauarbeiter schien Anhänger der letzten Methode zu sein und hielt deshalb wortlos einen Flachmann hin.

»Wie Sie meinen.«

Misstrauisch schnupperte Frank an der Flasche, befand den Inhalt für gut und reichte ihn Sandra Blum.

»Dann probieren Sie das hier. Das scheint tatsächlich ein exzellenter Wodka zu sein.«

»Herr Kommissar!«

Krautschneider zupfte an Maus Ärmel.

»Herr Kommissar, da wär noch was!«

Er musste jetzt schnell machen, denn gerade war ein großer Mann taumelnd durch eine der vielen Türen getreten. Seine Axt schleifte am Boden, eine hässliche Platzwunde zierte seine Stirn, das teilweise getrocknete Blut machte es unmöglich, seine Gesichtszüge zu erkennen, aber man konnte davon ausgehen, dass er nicht gerade bester Laune war. Noch hatte niemand Lukasz bemerkt, aber wenn Krautschneider jetzt nicht handelte, dann würde sich das gleich ändern. Eile war geboten.

»Herr Kommissar, ich glaub, ich weiß, wo sich die Frau befindet. Ich habe sie selbst zu ihrem Auto geschickt, damit sie dort auf uns wartet. Und …«

»Was?«, rief Maus und es war ein lautes und sehr scharfes »Was«.

»Äh, wenn ich schnell zu Ende erklären dürfte?«, fuhr Krautschneider gehetzt fort. »Wir haben da eine Zivilperson postiert, die darauf achten sollte, dass niemand wegfährt. Vielleicht hat er sie ja lange genug aufhalten können.«

»Scheiße!«, schrie jetzt Claudia. »Scheiße, der Wolfi! Der Wolfi is' ja noch da drunt. Allein mit dieser Durchgeknallten! Wir müssen ihm sofort helfen! SOFORT!«

Der Startschuss war gefallen. Einige Sekunden später war der Raum bis auf Erika und Sandra, die sich schwesterlich den Flachmann teilten, und Hannes und Lukasz leer.

»Hallo!«, grüßte Hannes und warf einen misstrauischen Blick auf die Axt.

190

Horst war sauer, deshalb trat er wieder so kräftig aufs Gas, dass der Motor gequält aufheulte. Warum hatte man ihm denn nicht gesagt, dass er hätte rechts und nicht links abbiegen sollen?

Nachdem Maus und seine Männer zur Baustelle fortgegangen waren, hatte er noch ein bis zwei Gläschen Wodka mit den Arbeitern im Lager getrunken, denn es wäre unhöflich gewesen, diesen abzulehnen. Außerdem war er zuversichtlich, noch genügend Zeit zu haben und lange vor den anderen am Bauplatz zu sein. Ob er nun dort wie bestellt und nicht abgeholt wartete, oder hier bei den freundlichen Leuten noch einen kleinen Plausch einlegte, blieb sich eigentlich gleich und letztere Option hatte ihm eindeutig besser gefallen. Zehn Minuten später war er dann doch hinter das Steuer geklettert, hatte hupend den Platz verlassen, war die Zubringerstraße entlanggefahren, dann in den Hauptweg eingebogen und kurz darauf an eine Abzweigung gekommen.

Hier hatte er sich entscheiden müssen: Entweder rechts – dort führte eine gekieste Schotterpiste den Berg hinauf – oder links – hier befand sich ein zugewachsener und schlecht passierbarer Waldweg. Kurzerhand hatte sich Horst für links entschieden, da er natürlich Lech glaubte, der ja schließlich vor nicht befahrbaren Straßen gewarnt hatte. Dass der Bauarbeiter gekauft war und gelogen hatte, konnte Horst natürlich nicht wissen.

Als er dann aber etwa fünf Minuten auf dem holprigen Pfad durchgeschüttelt worden war und gerade noch rechtzeitig einer Stelle mit Achsenbruchgefahr ausweichen konnte, hatte er vor einer Felswand gestanden. Er war in einer Sackgasse gelandet, man hatte ihn auf den Holzweg geschickt und das machte ihn wütend. Dieses Gefühl hatte sich dann in Raserei gesteigert, als er hatte feststellen müssen, dass es keine Wendemöglichkeit gab und er daher gezwungen war, die Strecke im Rückwärtsgang wieder zurückzufahren. Um sich Luft zu machen, hatte er erst einmal so lange gegen den Felsen getreten, bis sein Fuß schmerzte, war dann zum Auto zurückgehumpelt, eingestiegen, hatte zurückgesetzt, dabei eine Erdkröte überfahren und war so fluchend wieder zu der Abzweigung gekommen.

Hier hatte er so schnittig gewendet, dass der Kies aufgespritzt war, hatte wieder Gas gegeben, brauste jetzt den rechten Weg entlang und versuchte gleichzeitig, das Radio einzuschalten. Ein überlautes Jodeln setzte ein. Der

Doktor hatte einen seltsamen Musikgeschmack. Schnell drehte Horst am Regler. Er brauchte jetzt etwas Härteres, etwas, das zu seiner augenblicklichen Stimmung passte: Einen Heavy Metal-Sender.

191

Wolfgang gab sich seinem Schmerz hin, dachte nicht daran, dass er im Wege liegen könnte, stöhnte stattdessen und wälzte sich noch weiter in die Mitte des Platzes. So leidend wurde er plötzlich von den Scheinwerfern des BMW angestrahlt. Geblendet schloss er die Augen und realisierte schlagartig, was Susannes Plan war. Offenbar war das Maß jetzt voll und sein Liebhaber-Bonus aufgebraucht. Sie hatte sich nun endgültig dazu entschieden, ihn umzubringen, ihn zu überfahren. Ihr Hass war jetzt offenbar nicht mehr zu kontrollieren, zusätzlich davon geschürt, dass er schon wieder im Weg stand, oder viel mehr lag! Wolfgang versuchte aufzustehen, was ihm aber nicht allzu gut gelang, denn immer noch hielt er schützend seine Hände an die Stelle, an der bis vor Kurzem noch das Schaltzentrum seiner Männlichkeit gewesen war. Unbeholfen versuchte er, Stand zu finden, schwankte aber wie ein Betrunkener leicht hin und her. Seine Locken hingen ihm wirr ins Gesicht, als er mit gesenktem Kopf zu dem Auto sah und hinter der Windschutzscheibe seinen Todesengel suchte. Sie hatte mit Kalkül, oder auch aus Versehen, die Innenbeleuchtung eingeschaltet. Ihr Gesicht war versteinert, ihre Augen blickten durch ihn hindurch. Sie gab Gas. Obwohl es nur Millisekunden waren, sah Wolfgang das Auto wie in Zeitlupe auf ihn zukommen. Er versuchte, sich zur Seite zu werfen, war zu langsam, wurde hochgehoben, befand sich in der Luft, drehte sich, flog wie ein Vogel so leicht, so unbeschwert, sah neben sich das Auto den nun freigegebenen Weg entlangschießen, näherte sich jetzt selbst unaufhaltsam dem Boden und kam dann hart auf seiner Schulter auf.

»Autsch!«

Er machte sich nicht die Mühe, zu ergründen, ob er das nur gedacht oder tatsächlich gesagt hatte, denn jemand schrie seinen Namen. Gleichzeitig kam es ihm so vor, als ob das davonrasende Auto von der Spur abgekommen war. Da er aber zu benommen war, um sich überhaupt noch irgendwelche Gedanken machen zu wollen, nahm er es als die natürlichste Sache der Welt, als sich gleich darauf das besorgte Gesicht seiner Cousine über ihn beugte.

»Wolfi! Wolfi! Sag, bist du noch am Leben? Bist in Ordnung? Wolfi, jetzt sag doch was!«

Wolfgang sah sie an und wunderte sich über ihre komischen Fragen.

192

Offenbar war es in dieser Region einfach unmöglich, einen anständigen Radiosender zu finden. Zu nah an Österreich, zu sehr in den Bergen gefangen, schien es ein ungeschriebenes Gesetz, hier nur folkloristische Beiträge zuzulassen. Wütend drehte Horst am Knopf, achtete dabei nur mit halbem Auge auf die Straße, fand jetzt einen Sender mit Alphörnern, drehte schnell weiter und gleich darauf schepperte ein dialektbelastetes Liebeslied aus den alten Lautsprechern. Er sah die schmale Einfahrt zur Baustelle vor sich, drehte wieder am Radioknopf, blickte noch einmal kurz auf, bemerkte plötzlich den Kombi, der auf ihn zugeschossen kam und trat in letzter Sekunde auf die Bremse. Der andere Wagen wurde herumgerissen, kam ins Schleudern und prallte gegen das Fundament eines Turmkrans.

Horst war unfähig, sich zu rühren. Er saß stocksteif und kreidebleich hinter dem Steuer. Er hatte zwar bewiesen, dass er wirklich der beste Krankenwagenfahrer der Gegend war, konnte sich aber gar nicht darüber freuen, denn er hatte das Gefühl, dass sein Herz kaum noch schlug. Nur das fröhliche Stück einer Blaskapelle, das jetzt aus dem Radio drang, gab ihm das tröstliche Gefühl, noch am Leben zu sein.

193

»Gehen Sie mal zur Seite. Das übernehme ich!«

Doktor Frank war zu ihnen gestoßen und machte das, wozu er berufen war: Er rettete Leben.

»Herr Wiesholz? Sehen sie mal auf meine Finger! Sehen Sie sie? Gut! Sehr schön! Und jetzt sagen Sie mir bitte, wie viele das sind?«

Wolfgang begann zu kichern, aber Frank ließ sich nicht aus dem Konzept bringen. Dafür war er zu erfahren.

»Tja, dann machen wir mal mit was Einfacherem weiter. Wo tut's denn weh? Hier vielleicht?«

Wolfgang schrie auf und Frank war zufrieden.

»Das Schlüsselbein also? Wundert mich nicht. Das is' so eine ganz typische Männerverletzung, mein Lieber. Na, dann wolln mer mal sehen, was ich da machen kann!«

Claudia war beruhigt, wusste ihren Cousin in guten Händen, warf ihm noch einen liebevollen Blick zu, und verließ Arzt und Patienten, um sich wieder dem Einsatzteam anzuschließen. Als sie um die Ecke lief, sah sie auch schon, was währenddessen passiert war. Der BMW hatte einen Unfall. Ihre Kollegen waren um das Fahrzeug herum in Deckung gegangen. Rasch lief sie zu Krautschneider, der sich hinter einem Stapel großer Kanalrohre verschanzt hatte.

»Was hab ich verpasst?«, fragte sie leise.

»Na, die Wahnsinnige wär fast mit dem Krankenwagen kollidiert. Konnte ihm in letzter Sekunde noch ausweichen und is' gegen den Kran gerast. Jetzt rührt sie sich nicht mehr, und ich frage mich, ob die überhaupt noch lebt?«

»Ja, und warum schaut ihr dann nicht nach?«

»Weil sie eventuell bewaffnet sein könnte, nicht ganz richtig im Oberstübchen ist und der Chef nur die Order gegeben hat, dass wir alle in Deckung bleiben sollen.«

»Aber, wenn wir jetzt nix machen, sind die Chancen auf ihrer Seite. Wenn sie jetzt vielleicht ohne Bewusstsein ist, können wir sie doch überwältigen!«

Claudia warf einen prüfenden Blick über das Gelände, schätzte den Abstand zwischen sich und dem Unfallwagen ab, sah genügend Deckungsmöglichkeiten, um unbemerkt zur Fahrertür zu gelangen, und hatte ihren Plan schon ausgearbeitet. Gerade war sie im Begriff, um die Rohre herumzuschleichen, als Maus kompromisslose Stimme über den Platz hallte: »Frau Klöter, oder Frau Lörtek! Steigen Sie sofort und mit erhobenen Händen aus dem Wagen!«

Es war schon ein bisschen dumm mit den Namen, aber Maus hoffte inständig, dass sie auf einen davon reagieren würde. Einige Sekunden passierte nichts. Alles blieb ruhig. Die Anspannung wuchs. Maus versuchte es in umgekehrter Reihenfolge: »Frau Lörtek, Frau Klöter, haben Sie denn nicht gehört? Es ist aus! Sie haben keine Chance! Also, geben Sie auf. Sofort!«

Im Inneren des Wagens konnte man eine Bewegung ausmachen. Sie schien etwas zu suchen, hatte es offenbar gefunden und schaltete die Innenbeleuchtung aus. Maus zählte im Stillen bis dreißig. Wenn sie dann nicht seinem Befehl Folge leisten würde, müsste er mit seinen Leuten wohl oder übel das Fahrzeug stürmen. Oh, wie er solche Situationen hasste! Im Gegensatz zu ihrem Vorgesetzten wollte Claudia jetzt keine Sekunde länger warten, aber Krautschneider schien zu merken, was sie vorhatte.

»Hey, mach jetzt keine Dummheiten. Hörst du? Des is' viel zu gefährlich!«

»Is' es nicht!«, knurrte sie ungehalten und tastete automatisch an ihr Holster. Doch da war nichts mehr.

»Verflixt, meine Waffe!«

Sie hatte ja vollkommen vergessen, dass sie die nicht mehr gefunden hatte. Ob sie noch oben im Königsaal lag? Ärgerlich musste sie zugeben, dass sie sich innerhalb von ein paar Tagen sehr verändert hatte. Früher wäre sie nie so aus dem Konzept gebracht worden, hätte nicht gleich die Nerven verloren und dabei so wichtige Dinge wie ihre Waffe vergessen. Krautschneider beobachtete sie und fragte dann feixend:

»Na, nach was suchst? Doch nicht etwa nach …«

Er ließ seine Hand in die Tasche gleiten, wollte mit einem triumphierenden Lächeln Claudias P7 hervorziehen, ihr Erleichterung und Dankbarkeit ins Gesicht zaubern, aber auch er fand nichts. Die Pistole war verschwunden. Zunächst war er verwundert, dann setzte langsam der Denkprozess ein und als dieser dann zu nur einem logischen Ergebnis führte, wurde ihm schlecht.

»Scheiße!«, flüsterte er.

»Des kannst laut sagen!«, erwiderte Claudia ungehalten, rechnete aber gleichzeitig alle Möglichkeiten durch, dann eben unbewaffnet ihren Plan umzusetzen.

»Äh, Herr Kommissar!«

Krautschneider sah keinen anderen Weg. Er musste seine Kollegen vor einer eventuellen Gefahr warnen.

»Herr Kommissar! Achtung! Sie ist mit absoluter Sicherheit bewaffnet!«

»Wie meinen Sie das?«, erklang Maus Stimme hinter den Marmorplatten. »Wissen Sie, dass sie das Jagdgewehr noch im Auto hat?«

»Äh, das vielleicht auch!«

Krautschneider stand der Schweiß auf der Stirn.

»Aber, was ich mein, is', dass sie mir irgendwie Kollegin Hubschmieds Dienstwaffe aus der Tasche stibitzt haben muss und äh …«, weiter kam er jedoch nicht.

»Krautschneider, du Arsch!«, rief Claudia wütend und viel zu nahe an seinem Ohr. »Wie konntest du nur!?«

Für eine Entschuldigung war es offensichtlich zu spät. Er merkte schnell, dass sie ihm Gleiches mit Gleichem vergalt, nicht lange fackelte, ihm seine Waffe entriss und zu schnell, als dass er sie hätte aufhalten können, in der Dunkelheit hinter den Rohren verschwunden war. Na super, jetzt war er nicht nur ein Verlierer im wahrsten Sinne des Wortes, sondern auch noch schutzlos.

»Kommen Sie jetzt endlich heraus!«, versuchte es Maus ein letztes Mal.

Ein leichtes Knarzen und Ächzen war nun endlich zu hören. Wahrscheinlich versuchte sie gerade, die Autotür zu öffnen. Bei den Polizeibeamten spannten sich kollektiv alle Muskeln an. Wie Raubkatzen lagen sie zum Sprung bereit und auf ein Zeichen von Maus würden alle außer Krautschneider sofort aus der Deckung springen, um den Wagen einzunehmen.

Es knarzte und ächzte wieder. Gleich, dachte sich Maus, gleich würde die Tür geöffnet werden, gleich würde sich entscheiden, was zu tun war.

194

Horst saß wie im Kino in der ersten Reihe. Ein Zitterspieler lieferte mit seinen harmonisch im Chor singenden Schwestern die dazugehörige Filmmusik, und wenn er die Erdnüsse nicht vor seinem hastigen Aufbruch vergessen hätte, würde er sie vermutlich jetzt essen, denn bei diesem spannenden Realkrimi brauchte man Nervennahrung.

In der Dunkelheit konnte er mehrere Schatten sehen, die schnell auf- und abtauchten, aber das waren ja die Guten und die interessierten nicht weiter. Dass mit dem Kombi etwas nicht stimmte, war ihm recht schnell klar geworden. Darin saß vermutlich ein wahnsinniger Massenmörder, ein Diktator auf der Flucht, ein menschenverachtender Wissenschaftler mit einer Bombe. Horst lehnte sich gespannt weiter vor, um besser sehen zu können, um auch ja nichts zu verpassen. Ein Alpen-Duo besang jetzt den Frühling und die sprießenden Gefühle. Trotzdem war es ihm so, als ob die knarrenden Geräusche von draußen extra für ihn lauter gestellt worden waren, damit er alles so hautnah wie möglich miterleben konnte. Das war wirklich perfektes Dolby Surround!

Jetzt! Ja, jetzt kam Leben in den BMW. Eine Person stieg aus. Horst hatte seine Stirn fast gegen die Windschutzscheibe gepresst, so aufgeregt war er. Wer würde es sein? Die Person tat ihm den Gefallen, ging um den Wagen herum und er konnte endlich mehr erkennen. Sofort ließ er sich enttäuscht wieder in den Sitz fallen. Das war ja nur eine Frau! Deswegen machten die da draußen so ein Theater? Aber – sofort zog er sich wieder am Lenkrad in aufrechte Position –, aber sie hatte da doch was in ihrer Hand? Ja, jubelte Horst innerlich, das war eine Waffe!

Zu sehr war er der Utopie verfallen, tatsächlich nur Zuschauer zu sein, dass ihm gar nicht bewusst wurde, wie gefährlich es mittlerweile geworden war. Ein Schuss ertönte. Peng! Mann, der war ja laut, registrierte Horst befriedigt. Der hatte sogar das mittlerweile doch etwas enervierende Knarren, Ächzen und Knirschen übertönt. Hier hatten sie ja mal ein wirklich böses Mädchen am Start!

Ein weiterer Schatten huschte vorbei. Dann ein neuer Schuss! Noch einer! Immer mehr! Das Feuer war eröffnet. Ein Querschläger traf die Windschutzscheibe des Krankenwagens, ein Knacken verkündete, dass das Glas gesprungen war, ein rundes Loch, dass das Geschoss nur um wenige Zentimeter den Kopf des Rettungsfahrers verfehlt hatte. Horst erstarrte. Die Realität hatte ihn wieder eingeholt. Er befand sich in Lebensgefahr, mitten auf einem Schlachtfeld, im Zentrum des Gemetzels. Gerade wollte er sich im Fußraum des Wagens in Sicherheit bringen, als die Tür aufgerissen wurde und Hammers Kopf erschien.

»Schnell Mann, raus hier! SCHNELL! Der Kran bricht ein!«

Das musste man Horst nicht zweimal sagen. In seiner Hast verfing er sich fast in der ausgeleierten Schlaufe des Sicherheitsgurtes, konnte sich aber gleich wieder befreien und stolperte hinter Hammer her, der allerdings auch nicht so recht wusste wohin, denn der ohrenbetäubende Lärm einer in sich zusammenfallenden Stahlkonstruktion versetzte ihn in Panik. Durch die Dunkelheit konnte man nicht sehen, wohin die Teile fallen würden und so war es nur allzu verständlich, dass die Beteiligten jetzt wie aufgescheuchte Hühner herumrannten.

Der Kran stellte durch seine unfachmännische Montage – denn Josef Möller war ein Geizkragen gewesen, hatte auf ein professionelles Team aus Kostengründen verzichtet und seine Schwarzarbeiter mit dem Aufbau beauftragt – schon immer eine Gefahr dar. Obwohl er wie durch ein Wunder monatelang ohne verhängnisvolle Zwischenfälle seine Dienste verrichtet hatte, war er doch immer eine Zeitbombe gewesen, die in dem Moment, als Susanne Klöter beziehungsweise Anne Lörtek gegen ihn gefahren war, ausgelöst wurde. Der Turmmast knickte, als wäre er aus Pappe, die Kranbahn senkte sich bedrohlich und schlug dann in das Dach des Portals ein. Steine und Gerüstteile flogen in alle Richtungen, stürzten in die Tiefe, bildeten Haufen. Die Säulen hielten noch einige Sekunden dem Druck stand, mussten dann aber auch knirschend aufgeben und wie Dominosteine unter lautem Gepolter umklappen. Zurück blieb nur eine dichte Staubwolke.

Damit war das Unglück aber noch längst nicht überstanden, denn vom Kran selbst hatten sich jetzt einige Teile gelöst. Erschrocken konnten Schnabelhuber und sein junger Kollege gerade noch der Kranführerkabine ausweichen, die plötzlich vom Himmel fiel und nur einige Meter entfernt auf dem Boden aufschlug. Zitternd standen die Männer da und Schnabelhuber merkte gar nicht, dass er am Kopf leicht blutete. Vermutlich war er von einem der herabfallenden Steine getroffen worden.

Während des Getümmels verschwendete niemand mehr einen großen Gedanken an irgendwelche Festnahmen, was für Susanne nur von Vorteil sein konnte. Aus der Katastrophe war für sie ein Glücksfall geworden.

Nachdem die Schießerei durch die fallenden Trümmerteile so abrupt beendet wurde, sah sie ihre Chance, doch noch zu entkommen. So zögerte sie nicht lange, rannte zu dem verlassenen Krankenwagen, setzte sich hinters Steuer, schaltete kurzerhand das Radio aus und startete den Motor. Dann legte sie den Rückwärtsgang ein, blickte noch einmal nach vorne und zuckte zusammen.

Dort stand Claudia Hubschmied – im Gegensatz zu ihren Kollegen die Ruhe selbst – und richtete die Mündung ihrer Pistole auf die Fahrerin. Da es sich sowieso nicht lohnte, wegen des Lärms irgendwelche Befehle zu geben, konzentrierte sich die Kommissarin nur noch auf ihr Ziel und war bereit abzudrücken. Das Inferno wurde Kulisse und in den Vordergrund trat nun eine spannungsgeladene, nonverbale Kommunikation, die nur in den Blicken der Frauen ihren Ausdruck fand. Von Claudias Seite kam die Botschaft »Steig aus, sonst blas ich dir das Hirn weg!« und Susanne antwortete ebenso direkt: »Du kannst mich mal!«

Aber bevor eine von ihnen ihre stumme Drohung in die Tat umsetzen konnte, schaltete sich das Schicksal in seiner ganzen Wucht und mit erbarmungsloser Macht in Form der tonnenschweren Betonblöcke des Gegenauslegers ein, die plötzlich, ohne nennenswerte Ankündigung, mitsamt dem restlichen Kran auf den Krankenwagen niedersausten. In letzter Sekunde konnte Claudia noch zur Seite springen. Für Susanne Klöter kam jedoch jede Hilfe zu spät.

195

Es war ruhig geworden. Der Staub legte sich. Ein paar Steine fielen leise polternd in die Richtungen, die ihnen von physikalischen Gesetzen vorgeschrieben waren. Irgendwo rieselte Sand oder Kalk. Kommissar Maus hustete und kam unter einer Schicht aus Schutt hervor. So mussten sich damals die Menschen nach einem Bombenangriff gefühlt haben – wie schrecklich! Wieder begann er zu husten, wischte sich den Dreck von den Augen, sah endlich seine Leute so nach und nach aufstehen, zählte durch und war froh, dass die Anzahl stimmte.

Um die Ecke kam Doktor Frank, einen um die Brust bandagierten Wolfgang stützend. Über die Steinbrocken am Eingang sah man Hannes und einen Bauarbeiter den Frauen beim Abstieg helfen. Hinter ihnen wartete Lukasz mit dem anderen Kollegen, bis sie an der Reihe waren. Es schien so, als ob alle aus ihren Löchern kamen und dann in geisterhafter Stille einen Kreis bildeten. Einen Kreis um Kommissar Maus, der sich neben Claudia Hubschmied gestellt hatte, auf den zertrümmerten Rettungswagen starrte und offenbar über den Sinn des Lebens nachdachte.

196

Er leckte über den Zeigefinger und strich damit seine Augenbrauen glatt. Dann fuhr er sich noch schnell über den Scheitel, warf einen letzten, prüfenden Blick in den Spiegel und war mit dem Ergebnis sehr zufrieden. Ja, so konnte er sich zeigen, so würde er überzeugen, so würde man ihm aus der Hand fressen. Er trat rasch aus dem kleinen Badezimmer, bereit das Geschäft seines Lebens zu machen.

Im leergeräumten Wohnzimmer stand etwas verloren das Ehepaar Kitzinger. Auf der Terrasse war ein kleiner Faltpavillon aufgestellt, damit, falls es heute Nachmittag doch noch regnen würde, keiner nasse Füße bekam. Seine Assistentin stand draußen und ordnete die Schnittchen an. Sie war ein gutes Mädchen und er war froh, dass er sie so kurzfristig eingestellt hatte. Na ja, dachte er grinsend, zwar hatte sie keine besonderen Qualifikationen, dafür aber hervorstechende Qualitäten, die sie – sie hatte sich gerade über eine Platte gebeugt und war damit beschäftigt, die Petersilie kunstvoll anzuordnen – geschickt zum Einsatz brachte. Das war ein herrliches Dekolleté, er seufzte und war so in Betrachtungen versunken, dass er zusammenzuckte, denn er hatte nicht bemerkt, dass Herr Kitzinger zu ihm getreten war und mit einem leisen »Verzeihung!« seine Aufmerksamkeit suchte.

»Herr Schneider?«, fragte der Mann schüchtern. »Herr Schneider? Sie glauben wirklich, dass diese Methode funktionieren wird? Sie ist … na ja, sie ist doch ein wenig ungewöhnlich!«

Damit war zu rechnen. So reagierten diese konservativen Leute eigentlich immer. Schneider ließ sein bestes Eine-Million-Euro-Lächeln erstrahlen, legte den Arm kumpelhaft um den älteren Herrn, drehte ihn zur Terrasse hin, damit auch er einen Blick auf die wirklich schönen Dinge des Lebens werfen konnte, und erklärte:

»Keine Sorge, Herr Kitzinger. Lassen Sie mich nur machen. Sie werden heute noch einen guten Preis für Ihr Häuschen bekommen. Was sag ich da? Gut? Ich meine natürlich den besten, und das nur wegen dieser neuen, innovativen Methode. Glauben Sie mir, VCBHP ist ein Garant für Höchstpreise.«

»Wicibiätschpi?«, plapperte der Mann verständnislos nach und Schneider stöhnte innerlich, denn er hatte es wirklich schon oft genug erklärt. Jedoch ließ er sich nichts anmerken und erläuterte weiter geduldig lächelnd sein Konzept.

»Visit-Check-Buy-House-Party, Herr Kitzinger. Also: besuchen, checken und kaufen Sie das Haus, heißt das. Der Gag ist, dass sich die Leute in einem ungezwungenen Rahmen umschauen und dann mit ihren Geboten rausrücken. Wir müssen eigentlich nur warten und geben dann den Zuschlag. Wie eine Auktion.«

Schneiders visionärer Blick wanderte durch die offenstehende Terrassentür, durch den Garten und blieb an der Hecke zum Nachbargrundstück hängen. Er stutzte, blinzelte, schaute genauer hin, blinzelte wieder.

»Äh, Herr Kitzinger? Äh, was is' denn da drüben los?«

»Da drüben?«, Herr Kitzinger folgte seinem Blick. »Ach so. Das is' mein Nachbar, Herr Maus. Ich denk, der macht sein alljährliches Gartenfest. Warum fragen Sie?«

197

Immer mehr Gäste kamen und Kommissar Maus war erstaunt, dass doch so viele Kollegen darunter waren. Steffi klärte ihn schnell auf:

»Ihre Frau hat mich schon vor zwei Monaten informiert und ich hab dann 'ne Rundmail und 'nen Aushang im Pausenraum gemacht, für Leute wie Sie, die nicht so oft ihre Computerpost kontrollieren.«

Maus legte die Stirn in Falten, konnte sich aber an keinen Aushang erinnern. Vermutlich wäre er heute der Einzige gewesen, der nicht auf seiner Party erschienen wäre, weil er weder das eine noch das andere gelesen hatte. Weil der Gedankengang aber einfach zu absurd war, wischte er ihn schnell weg und erinnerte sich an seine Pflichten als Gastgeber. Zwar war er immer noch etwas erschöpft von dem vergangenen harten und ereignisreichen Tag und dem nicht so glücklichen Ende, aber jetzt so viele Menschen um sich zu haben, machte ihn wider Erwarten froh, zumal seine wackeren Leute sich gut zu amüsieren schienen.

»Und, was denken Sie, hab ich dann zu der Frau gesagt?«, fragte Hammer mit seiner unverwechselbar lauten Stimme das gebannt lauschende Ehepaar Alfred und Lotte Wendel.

»Ich hab sie nach ihrer Rotlichtbefreiung gefragt! Verstehen Sie? Rote Ampel? Einfach weiterfahren? Also: Rotlichtbefreiung!«

So über seinen eigenen Witz entzückt, brach er in brüllendes Gelächter aus und merkte gar nicht, dass Alfred mühsam die Mundwinkel hochzog, Lotte nur verständnislos schaute und gleich darauf Penny zurückhalten musste, die sich laut kläffend in Hammers Hose verbeißen wollte.

Maus ging in den Garten, die Schürze in der Hand, bereit den Grill anzuwerfen, damit die ersten Würstchen des Jahres bald auf den Tellern liegen konnten. Hier waren auch eine Menge Leute. Amüsiert bemerkte Maus, dass Hannes Petersen und Claudia Hubschmied kichernd in der lauschigen Hollywoodschaukel saßen. Na, da konnte er wenigstens vermerken, dass das Projekt »Nord trifft Süd« sehr gut funktioniert hatte. Er bückte sich nach der Kohle, wollte sie gerade großzügig verteilen, als Doktor Frank sich räuspernd neben ihm bemerkbar machte.

»Nicht so viel, alter Freund, sonst bekommen Sie keine gescheite Glut! Vertrauen Sie mir, ich kenn mich mit Feuer aus.«

Er hielt Maus wie zum Beweis seine brennende Zigarette entgegen und biss gleichzeitig in eine Sandwichecke.

»Wenn Sie das sagen!?«

Der Kommissar hörte auf zu schütten und stellte den Kohlesack wieder auf den Boden.

»Aber passen Sie mal auf, dass Sie nicht aus Versehen in Ihre Zigarette beißen oder am Schnittchen ziehen!«

»Keine Sorge, das bekomm ich schon hin!«, erwiderte Doktor Frank und steckte sich den Rest des Sandwiches ganz in den Mund, griff in die Manteltasche, zog das Feuerzeug hervor und überreichte es kauend dem Grillmeister.

»Übrigens«, schmatzte der Arzt. »Ich habe gute Neuigkeiten wegen unserer Kriegsverletzten. Der Detektiv hat eine offizielle Beschwerde gegen eine unserer Krankenschwestern eingereicht und kann morgen entlassen werden. Wolfgang Wiesholz' Schlüsselbein muss halt heilen, aber ich glaub, der hat mit Erika Noller eine bessere Pflegerin abbekommen, also hier keine Beschwerden. Dem Herrn Lukasz Młynarz geht's auch ganz gut. Der hatte nur eine Platzwunde wie unser Schnabelhuber. Tja, ich würd sagen, von meiner Seite aus alles unter Kontrolle.«

»Das is' schön zu hören.«

Maus tat so, als ob er sich jetzt auf das Anzünden konzentrieren würde, doch er wusste, was Frank mit dieser Einleitung eigentlich von ihm wollte. Eine Antwort, eine Erklärung, einen plausiblen Grund, warum es heute Nacht so hatte enden müssen.

198

Herr Schneider war jetzt auf die Terrasse getreten und blickte besorgt zum Nachbargarten hinüber, in dem sich immer mehr Menschen lachend und plaudernd versammelten.

»Glaabst, dass des schlescht is'?«, fragte seine neue Assistentin.

»Hm, ich weiß nicht so recht, Klara!«, kam die nachdenkliche Antwort.

»Ei, isch haaß doch Claire. Des musste schon a biss'sche französischer ausspresche«, maulte sie etwas beleidigt, besann sich dann aber gleich eines Besseren, zupfte ihren Ausschnitt zurecht, ging um den schön dekorierten Tisch herum und stellte sich neben ihn.

»Die habbe da abba mordsviel Spaß, gell? Glaabst, des is' für unser G'schäft ned so gut?«

»Tja, das bleibt abzuwarten. Es kann natürlich sein, dass sich jetzt einige Käufer denken, hier wären immer laute Partys, was natürlich schlecht ist. Oder aber sie finden es schön, dass es hier so nette Nachbarn gibt. Ich kann es dir halt noch nicht sagen, denn in so einer Situation war ich noch nie.«

Er war sichtlich nervös, klammerte sich an den Gedanken »nette Nachbarn«, hoffte, dass dadurch der Preis stieg und nicht fiel, war kurz davor, überzeugt zu sein und entdeckte dann eine große Gans, die durch das Gebüsch von nebenan gekommen sein musste, jetzt auf dem Rasen stand, den Hals streckte und ihn herausfordernd ansah.

199

Das Feuer brannte. Maus fächelte mit einer Zeitung über die glühenden Kohlen, nahm aber dann dankbar den Blasebalg entgegen, der ihm von Frank gereicht wurde.

»Wissen Sie«, sagte er und drückte auf den Balg. »Ich möchte immer gern verstehen, warum Menschen so handeln, wie diese bedauernswerte Frau Lörtek gestern.«

»Ganz meine Meinung, Maus. Ganz meine Meinung. Bei ihr muss irgendetwas den Auslöser gegeben haben. Ich tippe mal auf einen seelischen Schock, eine Situation, mit der diese so rational denkende Frau nicht mehr umgehen konnte, die sie dazu veranlasst hat, nur noch wild um sich zu schlagen, zu morden.«

»Ja, genau! Ich seh' das auch so. In ihrem Falle dürfte das Heidis Tod gewesen sein. Die beiden waren sich doch näher als sie selbst gedacht haben. Heidi war vom Typ her wie ihre Tante. Ordentlich, auf ihre Weise sogar organisiert, und mit der Zeit wären die beiden ein sehr gutes Team geworden. Hm, und als das Mädchen dann tot war, konnte Frau Lörtek nicht anders, sie musste sich wehren, irgendwie die Ungerechtigkeit aus der Welt schaffen, ein neues Gleichgewicht herstellen. Dass sich da ihr Hass in erster Linie auf Möller konzentrierte, war selbstverständlich.«

»Warum?«, fragte der Arzt provokativ.

»Na, sie hatte ja nicht wissen können, dass Georg das Mädchen umgebracht hat. Für sie gab es nur einen, der Schuld an allem war: Der Semmelkönig! Ich denke, da haben sich schon seit geraumer Zeit äußerst negative Gefühle aufgebaut. Also, die Erpressung war natürlich eine Sache, und als der schöne Plan durch Möllers Sturheit zu scheitern drohte, könnte man hier einen weiteren Grund für ihre Kurzschlussreaktion sehen. Die angestauten Aggressionen konnten endlich ausbrechen. Sie hatte ihn satt, war seine Einmischung in ihre Erziehungsmethoden leid, wollte ihn loswerden, endlich wieder frei sein. Mehr noch, sie war sogar dazu bereit, die Gans mit den goldenen Eiern zu schlachten!«

»Aber irgendwie ist das doch dumm, oder?«, bemerkte Doktor Frank und trat einen Schritt zurück, da es am Grill zu heiß und vor allem zu rauchig wurde.

»Um Dummheit ging es ab einem bestimmten Punkt nicht mehr. Da sind plötzlich ganz viele Gefühle hochgekocht, haben die Vernunft ausgeschaltet. Wir haben in ihrer Wohnung ganz bemerkenswerte Unterlagen gefunden, die es mir nun halbwegs möglich machen, sie besser zu verstehen.«

Maus schien der Qualm nicht zu stören. Er war mit seinen Gedanken in der Wohnung, die sie am späten Vormittag durchsucht hatten. Zwar hatte Sybille Möller-Spatz hier schon gute Arbeit geleistet und fast alles Interessante entdeckt, aber der kleine Safe, der ganz schnell mit Oskars Geburtsdatum geöffnet werden konnte, war ihr offenbar entgangen.

»Sie hatte herausgefunden, dass Möller ein wirklich mieser Hund war. Nicht die Vergewaltigung ihrer Fast-Schwägerin – das wusste sie ja –, sondern dass er es damals war, der ihren heißgeliebten Vater dazu überredet hatte, die verseuchten Fischteiche zu einem Freundschaftspreis zu kaufen, musste für sie ein Schlag ins Gesicht gewesen sein. Ich vermute, das war auch der Grund, warum sich die Damen an einen Tisch gesetzt und diese Erpressung geplant hatten, wobei ich davon überzeugt bin, dass parallel dazu auch die ersten Mordgedanken in Frau Lörtek herangereift waren. Eines schweißte die Frauen jedoch ohne Zweifel zusammen: Sie wollten mit dem Kerl abrechnen und es wäre ihnen ja auch beinahe gelungen.«

»Klingt logisch!«, hustete Frank und zog Maus etwas von dem Grill weg, da er befürchtete, seine Schürze könnte Feuer fangen. »Trotzdem versteh ich nicht, dass keiner wusste, wie die drei zueinander standen. Ich mein, wir leben hier in Bad Berging, einer Kleinstadt! Warum ist also niemandem aufgefallen, dass Heidi plötzlich eine Tante hat?«

»Tja, und schon wieder haben Sie meine Überlegungen aufgegriffen. Wir ergänzen uns wirklich gut, Doktor!«

Maus bückte sich nach einer Plastiktüte, die offensichtlich Würstchen enthielt, denn das Logo von Metzger Gans war darauf gedruckt. Zwar hatte er mit dieser Unterbrechung seinen Freund nicht zappeln lassen wollen, aber er durfte auch nicht vergessen, dass er in erster Linie für das leibliche Wohl seiner Gäste verantwortlich war. Nachdem er die Grillwaren ausgepackt und griffbereit gelegt hatte, waren seine Vorbereitungen abgeschlossen und er konnte sich wieder seinen Ausführungen widmen.

»Also, wo waren wir stehengeblieben? Ach ja, warum niemand – nicht einmal die neugierige Nachbarin – von der Verwandtschaft wusste. Nun, zunächst einmal stammte Frau Lörtek nicht aus dieser Gegend. Erst nach dem Tod ihres Vaters und nach dem hässlichen Prozess ist sie ja hierher gezogen. Nein, um genau zu sein, ist sie hier eigentlich untergetaucht. Sie wollte ihre Vergangenheit hinter sich lassen, ein neues Leben beginnen. Deshalb hat sie ihren Namen geändert und Möller – damals noch in ihren Augen ein Freund ihres verstorbenen Vaters – war der Einzige, der alle Hintergründe kannte. Er hat ihr ja auch geholfen. Am Anfang war das vermutlich ein Job in seiner Firma, na ja, und dann ist die Beziehung immer intensiver geworden. Er hat sie dann ausgehalten, ihr Leben und das ihres gemeinsamen Kindes finanziert. Aber die Geschichte kennen wir ja schon.«

Maus blickte jetzt nachdenklich auf die vielen Soßen, die seine Frau zu den Grillspezialitäten reichen wollte. Sie hatte sich dieses Jahr selbst übertroffen.

»Aber natürlich! Sie musste die ganze Zeit in Furcht gelebt haben, dass man ihr trotzdem auf die Schliche kommt, dass man ihre wahre Identität aufdecken könnte.«

Doktor Frank war die ständig abschweifende Konzentration des Kommissars langsam zu anstrengend, deshalb führte er das Gespräch in seinem Sinne weiter. Maus grinste schief.

»Genau. Sie hat sorgfältig darauf geachtet, wann und wo sie sich mit den Verwandten traf. Frau Blum erzählte uns, dass sie erst nachdem Oskar schon über zwei Jahre alt gewesen war, mit ihnen Kontakt aufgenommen hatte. Vielleicht ging ihr zu dieser Zeit Josef Möller schon gehörig auf die Nerven, oder sie wurde sentimental und vermisste ihren Bruder, ihre eigene

Familie. Ich kann es nicht sagen. Fakt ist, die drei Damen trafen sich nur in aller Heimlichkeit. Nachts, wenn alle schliefen, oder an öffentlichen Plätzen, oder dann später bei diversen Kursen unseres Kulturvereins. Zum Beispiel begegnete Sandra Blum nach dem Flamencokurs zufällig in der Umkleide Frau Klöter, die gerade mit ihrer Selbstverteidigung fertig war. Oder Heidi unterhielt sich mit ihrer Tante im Supermarkt bei den Tiefkühlprodukten. Einfacher und vor allem unauffälliger wurde dann natürlich alles, als Heidi Oskars Babysitter wurde.«

»Wow!«, entfuhr es Doktor Frank anerkennend. »Die drei waren gut! Da kann ja noch so mancher Agent von denen lernen.«

»Nicht wahr?«, pflichtete ihm Maus bei.

200

»Herr Kitzinger! Was bitte is' das?«, rief Schneider den Hauseigentümer zu sich.

»Was?«

Der Mann schien nicht gleich zu begreifen. Blickte scheu in das Gesicht des empörten Maklers, der jetzt anklagend mit dem Zeigefinger auf eine Stelle im Garten deutete.

»Ach, das! Äh, das ist der Ganter unserer Nachbarin. Der Martin. Der kommt öfter mal vorbei, um ›Hallo‹ zu sagen. Ich nehm mal an, dass ihm heute der Lärm da drüben zu viel geworden is' ...«

Weiter kam er jedoch nicht, denn Schneider hatte ihn am Ärmel gepackt und mit sich auf den Rasen gezogen.

»Der muss weg! Aber schnell! Los, los, helfen Sie mir!«

201

»Und womit?«, wollte Doktor Frank seine letzte Frage beantwortet wissen. »Womit konnte das Trio den großen Möller denn erpressen? Doch nicht mit den Fischteichen? Da hätt er doch gleich gewusst, wer dahinter steckt.«

»Nein«, grinste Maus. »Nein, das ging natürlich nicht. Hier, und ich muss sagen, es ist die plumpste und banalste Geschichte, seit es Wahlkämpfe und Frauen gibt, lieferten einige pikante Fotos aus Asien das beste Druckmittel. Frau Lörteks Bruder, Heidis Vater, war doch zu etwas nütze, denn er hat die Damen mit den nötigen Informationen versorgt!«

202

Kopfschüttelnd beobachtete Claire die beiden Männer mit dem Tier und es war nicht so ganz klar, wer da wen jagte. Frau Kitzinger war nun auch auf die Terrasse gekommen und wedelte mit einem Flugblatt.

»Fräulein, entschuldigen Sie mal, aber ich muss Sie da auf einen Fehler hinweisen.«

Verständnislos sah die Angesprochene auf den Zettel, der ihr nun hingehalten wurde.

»Ja«, versuchte sie eine Erklärung. »Ja, des is' aaner von unsere Flyern, die wir letzte Woch in alle Briefkäste gesteckt habbe, domit die Interessente jetzt scharenweis hierher komme. Was is' jetzt dodamit?«

»Ähm.«

Der Dame des Hauses schien es plötzlich peinlich, aber was gesagt werden musste, musste eben gesagt werden.

»Ähm, des is' ja alles schön und gut, und Ihre Methode is' auch nicht schlecht, aber Ihnen is' da trotzdem ein Fehler unterlaufen. Die Hausnummer! Sehen Sie, die Hausnummer stimmt nicht. Wir wohnen hier in Rossweg Nummer 17 und hier steht …«

»19!«, hauchte Claire und blickte erschrocken zu ihrem Chef, der gerade von einem fauchenden Martin in ein Beet mit Tulpen zurückgedrängt wurde. Jetzt war wirklich kein günstiger Zeitpunkt, ihn auf das kleine Malheur hinzuweisen, denn er war offensichtlich sehr beschäftigt.

203

Inga kam mit zwei Flaschen Bier in der Hand – für jeden der Männer eine, denn sie war eine umsichtige Gastgeberin – zum Grill geeilt.

»Ein gelungenes Fest, Frau Maus«, lobte Doktor Frank und bekam dafür ein strahlendes Lächeln.

»Nicht wahr? Und dass trotz des schlimmen Falls so viele Kollegen gekommen sind, freut mich besonders. Steffi hat mir gerade erzählt, ihre Großcousine würde den kleinen Waisenjungen aufnehmen. Wie hieß der noch gleich?«

»Oskar«, kam ihr Mann zu Hilfe.

»Ja, genau, der kleine Oskar. Der ist ja sowieso ihr Halbbruder. Da dürfte es wohl keine allzu großen Schwierigkeiten geben, oder?«

»Inga! Kommst du mal bitte!«, rief jemand von der Tür her. »Da is' wieder so einer, der dich etwas wegen dem Badezimmer und eurem Heizsystem fragen möchte.«

Maus konnte in dem immer größer werdenden Gedränge nicht genau erkennen, wer da seine Frau gerufen hatte. Er vermutete, dass es sich um eine von Ingas vielen sonderbaren Vogelfreundinnen handelte, machte sich deshalb keine weiteren Gedanken und öffnete erst einmal sein Bier, um mit Doktor Frank anzustoßen.

ENDE

Spickzettel

Hauptdarsteller

Ermittlungsteam:

Gerhard Maus	Polizeihauptkommissar
Stefanie Vogler	Maus' Assistentin
Hannes Petersen	Austauschbeamter aus Celle
Claudia Hubschmied	
Werner Hammer	
Friedrich Schnabelhuber	
Alois Krautschneider	

Weitere wichtige Mitarbeiter:

Doktor Frank	einziger Pathologe der Gegend und nebenher praktizierender Chefarzt, oder umgekehrt
Stephan von Hasenbach	Privatdetektiv aus München
Ercan Acar	freier Mitarbeiter der Polizei/ IT-Experte und Internetcafé-Besitzer
Oberförster	

Mitarbeiter im Waldkindergaten „Die Gnome“:

Wolfgang Wiesholz	Kindergärtner und Cousin von Claudia Hubschmied
Erika Noller	Chefin des Waldkindergartens
Anni Hintersee	Kindergärtnerin
Heidi Blum	Praktikantin im Kindergarten

Andere wichtige Rollen:

Inga Maus	Frau von Kommissar Maus
Sandra Blum	Mutter von Heidi
Sebastian Blum	Bruder von Heidi
Sofia Wieland	Nachbarin der Blums
Josef Möller	Semmelkönig, Besitzer einer großen Bäckerei

Sybille Möller-Spatz	Tochter vom Semmelkönig
Andreas Spatz	Mann von Sybille
Georg Möller	Sohn vom Semmelkönig und Verlobter von Claudia Hubschmied
Susanne Klöter	Mutter von Oskar
Herr Li	Besitzer des Restaurants „Goldener Lotos“
Lotte und Alfred Wendel	Rentnerehepaar
Lukasz Młynarz	Bauarbeiter aus Stettin/ Polen
Horst	Rettungswagenfahrer

<u>Kinderdarsteller:</u>

Oskar Klöter	Sohn von Susanne Klöter
Kevin und Jennifer Spatz	Zwillinge von Sybille und Andreas
Paul Ekström	kürzlich in die Bauerstraße gezogen
Siggi Schmitt	Anführer der Bauerstraßengang, Nachbar der Blums

Nebenrollen

Gerster & Schuster	Polizeibeamte
Frau Cubelaz	Haushälterin von Möller
Ines	ihre Tochter
Willy Haderer	angesagtester Golfer der über Sechzigjährigen
Frau Prof. Dr. Dr. Jung	Fachfrau für Ballistik
Rudi Rötzer	Journalist vom Tageblatt
Franz Xaver Oelschläger	Bürgermeister
Lech Piekarz	Bauarbeiter aus Warschau/ Polen
Makler Schneider & Claire	seine Assistentin;
Ehepaar Kitzinger	Schneiders Kunden
Hannah, Vroni, Leonie, Fritzi	Kindergartenkinder
Julian	Gangmitglied und Gegner von Siggi Schmitt
Matze, Rudi, Ferdi, Moni	einzige Punkergruppe der Gegend

Die Autorin

Katja Hirschel – geboren 1967 in Bogotá/Kolumbien – brachte die Kindheit in Michelstadt/ Odenwald hinter sich, wo ihr von ihrem Deutschlehrer, trotz Differenzen mit diesem bezüglich des Gebrauchs der Rechtschreibung, prophezeit wurde, vielleicht eines Tages zur Schullektüre zu werden.

Der Wunsch, viele Kilometer zwischen sich und dem Kleinstadtmief zu lassen, führte sie nach München. Hier setzte sie die folgenden Jahre ihr schriftstellerisches Talent wirksam im Studium „Deutsch als Fremdsprache“ (Seminararbeiten, Referate, Magisterarbeit) ein.

Nach einem Kurs im kreativen Schreiben erkannte sie, wie viel Spaß es macht, der Fantasie freien Lauf zu lassen. So entstanden 2003 einige Kurzgeschichten, erste Romane und Kommissar Maus erlebte in „Hüttenzauber“ seine Geburtsstunde.

Wegen der freiberuflichen und arbeitsintensiven Aufgabe als Dozentin in der Erwachsenenbildung – verbunden mit einigen Auslandsaufenthalten – blieb ihr jedoch nicht viel Zeit, sich weiter auf diese neue Leidenschaft zu konzentrieren, sodass sie eine Schaffenspause von neun Jahren einlegte. 2012 kam mit der Erkenntnis beruflich auf der Stelle zu treten, sich niemals eine größere Wohnung, einen Gebrauchtwagen oder einen Hund leisten zu können, der Wendepunkt. Verschiedene Perspektiven wurden durchdacht. Die Wahl zwischen einer Umschulung zur Flugbegleiterin oder einer Autorin fiel jedoch nicht allzu schwer.

Durch die Möglichkeit, bei verschiedenen Plattformen –Leselupe/neobooks – aufzutreten und den Reiz, in Wettbewerben zu provozieren, entstanden in diesem Jahr viele neue Kurzgeschichten und ein Roman: „Der Semmelkönig“. Letzterer markiert einen wichtigen literarischen Schritt, da somit das Ziel, eines Tages mit dem eigenen Hund spazieren gehen zu können, in greifbare Nähe rückt.

Weitere Krimis aus dem acabus Verlag

Jochen Geißel

Frühblüher schneidet man später
Ein München-Krimi

ISBN: 978-3-86282-004-7
400 Seiten
EUR 14,90

Andreas Behm

Der Spion ohne Vaterland
Hamburg – Deine Morde

ISBN: 978-3-86282-195-2
356 Seiten
EUR 13,90

Michael Hetzner

Prager Requiem

ISBN: 978-3-86282-094-8
268 Seiten
EUR 13,90